惜抱軒詩文集

〔清〕姚鼐 著
劉季高 標校

上海古籍出版社

圖書在版編目(CIP)數據

惜抱軒詩文集/(清)姚鼐著;劉季高標校.—上海:上海古籍出版社,1992.11(2023.4重印)
(中國古典文學叢書)
ISBN 978-7-5325-0694-1

Ⅰ.惜… Ⅱ.①姚…②劉… Ⅲ.古典文學—作品集—中國—清代 Ⅳ.I214.92

中國版本圖書館CIP數據核字(2010)第146628號

中國古典文學叢書
惜抱軒詩文集
〔清〕姚　鼐　著
劉季高　標校
上海古籍出版社出版、發行
(上海市閔行區號景路159弄1-5號A座5F　郵政編碼201101)
(1)網址:www.guji.com.cn
(2)E-mail:gujil@guji.com.cn
(3)易文網網址:www.ewen.co
常州市金壇古籍印刷廠有限公司印刷
開本850×1156　1/32　印張22.375　插頁5　字數393,000
1992年11月第1版　2023年4月第5次印刷
印數:2,601-3,100

ISBN 978-7-5325-0694-1

I·428　精裝定價:98.00元

前言

姚鼐（一七三一——一八一五）字姬傳，安徽桐城人，乾隆二十八年（一七六三）進士，以庶吉士散館，任禮部主事，遷刑部郎中，四庫館開，任纂修官。書未告成，以病歸。歸後歷主安徽敬敷、南京鍾山、揚州梅花諸書院凡四十年，啓迪後進，孜孜不倦。嘉慶二十年卒，年八十有五。

康熙間，桐城方苞揭櫫義法，以古文名海内，劉大櫆繼之。鼐伯父範治羣經及古文，頗有識解，與大櫆友善，時相過從。鼐自幼及壯，在家庭師友間，受到長期薰陶，益以本身學養及研摩所得，所爲古文，簡潔深淳，雅近歸熙甫。其談詩論文，雖根柢前賢，而時出新義，有古人所未嘗言，鼐獨能抉其微而發其蘊。論者以爲理深於劉，辭邁於方。然方不以文人自居，時有生民在念；姚則純粹古文家，文章雖多，無一語涉及民間疾苦者，乃姚不及方處。然亦由當時文網峻密所致。不關心國計民生，一時學者大抵皆然，固不能對姚氏一人加以深責。

方苞硜硜以儒學自守，姚鼐則不拒異端，於佛典、道藏，時復涉獵，談言微中，不乏妙解。其立身清儉寡欲，與人極和藹，不爲崖岸自高，殆多少受二氏思想之影響，而義所不可，則侃侃以爭，雖親故不稍假借。於其虚懷樂善、和而不同，一時衆口無異辭。方、劉、姚均桐城人，其治古文，一脈相承，故世人謂之桐城派。門弟子傳其古文之業者，有梅曾亮、管同、劉開、方東樹等。梅曾亮名最著，而管同所得爲深。姚鼐著有惜抱軒文集十六卷、後集十卷、詩集十卷、詩後一卷、詩外一卷、法帖題跋三卷、左傳公羊傳穀梁傳補注三卷、國語補注一卷、筆記八卷、九經説十七卷。

方苞篤信宋儒，對清初否定程、朱之顏習齋，與程、朱異趨之陽明派黄梨洲曾加指斥；姚鼐基於同一原因，對乾隆中期以後進一步否定程、朱的漢學家，也進行了抨擊：

> 明末至今日，學者頗惡陋儒，不考古而蔽於近；於是專求古人名物制度，……以博爲量，以窺隙攻難爲功。其甚者，欲盡舍程、朱而崇漢之士。枝之猎而去其根，細之蒐而遺其鉅，寧非蔽與？（贈錢獻之序）
>
> 近世休寧戴東原，其才本超越乎流俗，而及其爲論之僻，則更有甚於流俗者。（程綿莊文集序）
>
> 今世相率爲漢學者，搜求瑣屑，徵引猥雜，無研尋義理之味，多矜高自滿之氣。（復汪孟慈書）

第三條可作第一條的注脚，議論雖涉於偏，但對當時漢學家來講，尚不失爲藥石之言。第二條提出戴東原，因爲他否定程、朱，是當時漢學家的代表。

可是姚鼐雖反對漢學，却並不反對考證，不但不反對，甚至昌言：

> 天下學問之事，有義理、文章、考證三者之分，異趨而同爲不可廢。……凡執其所能爲，而呲其所不爲者，皆陋也。必兼收之，乃足爲善。……天下之大，要必有豪傑興焉，盡收具美，能祛末士一偏之蔽，爲羣材大成之宗者。（復秦小峴書）

當時的漢學家，專事考據，門户自高，看不起理學家，更看不起古文家。姚鼐鎔義理、文章、考據於一爐，這就使三者不再互相排斥，而可收相輔相成之效，而他的願望，則是要做一個兼收宋學、漢學蓄道德能文章的人。

在這三方面，他的成就又如何呢？他服膺程、朱，雖無多深造自得之處，然亦不失爲洛、閩學派中謹守繩墨的後進之士。至於文章，他是桐城派的發揚光大者，其古文及詩歌方面的成就，可暫放一下，留待後面再講，現在先談他的考證。

惜抱軒文前後集，共三百十篇，屬於考證性質者，有四十一篇。另有筆記八卷，法帖題跋三卷，九經說十七卷，幾乎全部是考證。其考據文之佳者，如筆記四史部一史記，證據確鑿，斷語下得乾淨利落，並未繁徵博引，却解決了歷史上的疑團，堪稱考據文典範之作。

又如筆記六史部三地輿考證金陵地名建置，如抽繭絲，牽引而出；如剝蕉卷，層出不窮，而語言溫雅，筆帶感情，幾使人忘其爲考據文。又如筆記八雜記，能舉出反證，來破對方之偏見，出以平心靜氣，無假劍拔弩張。考據之功用，不出諸考據家之口，而出自古文家之口，說得絲絲入扣，自能令對造心服。

姚鼐在考據方面，和其他考據家一樣，不可能盡善盡美，在有些問題上，不免有强不知以爲知、牽强附會之處。如筆記四考漢書地理志魏郡條，即失之偏頗。

在文論方面，姚鼐在其古文辭類纂序目裏，提出了八個字：神、理、氣、味、格、律、聲、色。據他說前四字是文之精，後四字是文之粗。粗者易知，精者難懂，那就先從其粗者談起吧！格在此處不能作風格解，因風格是不能放在文之粗裏面的，那就只能作格局（也就是布局）或體制解，在方苞義法論裏，布局則是包括在法裏的。律者法也。少陵遣悶詩：「晚節漸於詩律細。」方苞在進四書文選表裏說：「按以文律。」一言詩律，一言文律，其爲法也則一。聲、色者，辭之作用。傳統文論不言聲、色而言辭者，因舉辭則聲、色已包於其中矣。粗者既明，可以談其精者了。神、理、氣、味，這裏要倒一下，先談理、氣，次談味，最後談神。「文以氣爲主」，是曹丕在典論論文中提出的。「文章雖有逸氣，……當以理致爲心腎。」（顔氏家訓文章）。是北齊顔之推對曹說所作的補充。「理辯則氣直，氣直則辭盛」（李文公集答朱載言書）。神、氣、辭三點論的完成，則是唐代的李翶。這應是姚氏八字訣裏理、氣、聲、色（辭）四字的來源。味是依於理而行，話說得有理，聽的人才會感覺有味道，劉彦和說得好：「故志隱而味深。」（文心雕龍體性）又說：「餘味曲包。」（隱秀）味也就是含義深刻，耐人咀嚼的意思。因此八字訣中的味，也是有其來源的。八字訣談了七個，就賸下個神字了。神是可以作爲品地或境界來理解的，如孟子說：「聖而不可知之謂神。」（盡心下）書畫評論家之所謂神品，還有姚鼐在與魯絜非書中所說的「文之至者，通乎神明」。這些所謂的「神」，都是指品地或境界而言，但姚氏八字訣中的「神」，却不是品地或境界。因爲姚氏是這樣說的：「所以爲文者八，文、理、氣、味、格、律、聲、色。」這個「爲」字，是作「組成」用的。是說組成文章的要素，一共是八項。品地或境界，是指整篇文章所達到的品地或境界而言，是不能混在組成文章的要素裏面去的。據說歸有光曾經用五色筆圈點史記，每一種顔色表示一種義例。其中之一，便是「精神氣魄」（文史通義文理）。劉大櫆把歸氏的「精神氣魄」簡化爲「神氣」（論文偶記），而且成爲劉氏文論的標幟。雖說通俗易懂了一些，可是從字面上講，「氣」變成附屬於「神」，比重大大降低了。現在姚鼐又把它還了原，「神」即「精神」，「氣」即「氣魄」，並且特意用「理」字把它們隔開，使它們各自保持了獨立的地位。

這八個字總起來就是說：文章要寫得有精神，有道理，有氣勢，要耐人尋味，而所有這些却都要通過適當的格局（體制），嚴密的文律，有聲有色的遣辭造句，才能表達出來。儘管這套東西，大半是前人或歸、方、劉的舊物，然而補苴罅漏，使之系統化，其功自不可没。

姚鼐又從氣、辭出發，把文章分爲幾種類型：一種是陽剛，一種是陰柔，其次是陽剛與陰柔混合在一道，有的陽剛成分多一些，有的陰柔成分多一些（復魯絜非書）。劉彦和曾說過「氣有剛柔」（文心雕龍體性）。姚氏這一分類，就更爲具體了。唐司空圖分詩爲二十四品，人不嫌其多；姚鼐分文爲四類，人不嫌其少，這可以說是姚鼐對傳統文論的又一貢獻。

姚鼐雖倡八字文論，但在其與友朋論文的書牘中却很少提及。所經常談到的，還是傳統文論的理、氣、辭。對其八字訣中的「律」，有時甚至持否定的態度：在與翁學士書一文中，從推理來說明文之無定法，也就是直接否定了他的八字文論中的「律」，並間接否定了方苞所謂義法的「法」；後半部則是强調意（理）、氣、辭特别是氣的作用，來說明文之無定法。

並且方、劉的古文，都不是他最佩服的，他最佩服的還是歸有光。他曾直言無忌地這樣說：「文章之境，莫佳於平淡，措語遣意，有若自然生成者，此熙甫所以爲文家之正傳。」（與王鐵夫書）以「平淡自然」

作爲衡量古文的最高標準，不但劉大櫆不及格，連方苞也不能及格，及格的便只有歸有光了。更重要的，是他不再重視什麼豪雄之氣、慷慨之音、綺麗之色了，所重視的，却是平淡自然。陽剛之美，不再措意，而是一味偏向陰柔了。他存年達到八十五歲，這可能是其後期的文論。在他去世的那一年，有幾句最後論文的話：「文者，皆人之言書之紙上者爾！在乎當理切事，而不在乎華辭。」（稼田集序）既然承認文是「人之言書之紙上者」，那麼，至少他對於從口語提煉出來的書面語言，不再像方苞那樣頑固地反對了。「當理」就是合理，人之言要合理，這是没人反對的。「切」是切近或切合，「事」是事實，「切事」也就是説文所反映的要切合事實的真相，這也是十分正確的。並且這話不能僅僅從字面來理解，似乎有其深刻的内涵。白居易與元九書曰：「文章合爲時而作，歌詩合爲事而作。」要「唯歌生民病」（傷唐衢）。這可能是姚氏提出「文要切事」的淵源所在。

因這時已是嘉慶二十年（一八一五），清王朝經歷了一個半世紀以上，已走向下坡路了。嘉慶帝的父親，好大喜功的十全老人乾隆帝，在其帝業上雖有其成就，但他所留給其繼承人的，却是民窮財盡，官逼民反的局面。在嘉慶帝即位後二十年之間，有蔓延四省，歷時十年的川、楚白蓮教徒抗清運動，有大衆先據曹、滑，奇兵襲攻宮禁的天理教徒之抗清運動。兵火破壞其腹地，利劍直指其喉吭，事雖不成，却起了初步動摇清王朝的作用。時移世遷，文網漸弛。乾隆帝的不許士大夫以天下爲己任的硃諭，已經褪了色了（見乾隆帝書程頤論經筵札子後），所以姚氏才會提出「文要切事」這一論點，但話説得還是很含蓄。其大弟子梅曾亮在答朱丹木書裏有一段話，不妨引來從側面作點補充：

竊以爲文章之事，莫大乎因時，立吾言於此，雖其事之至微，物之甚小，而一時朝野之風俗好尚，皆可因吾言而見之。

姚云切事，梅說因時，把它拼起來，這不是白居易的「文章合爲時而作，歌詩合爲事而作」的翻板嗎？因時切事也就是文章要爲時事而作，其內在的真意，也就是「唯歌生民病」而已。這在他的另一高弟管同的因寄軒文集裏，可以清楚地看到：

國家承平百七十年矣，長吏之於民，不富不教，而聽其飢寒，使其寃抑。天下幸無事，無敢先動，一旦有變，則或乘以起，而議者皆曰：必無是事。彼無他，恐觸忌諱而已。天下以忌諱而釀成今日之禍，而猶爲是言。（因寄軒初集與方制軍書）

清承明後，明之時言官爭競，今則給事、御史，皆不得大有論列。明之時士持清議，今則……一使事科舉，而場屋策文之及時政者皆不錄。明俗弊矣，其初意則主於養士氣、蓄人材。力舉而盡變之，則於理不得其平，而更起他禍。朝廷近年，大臣無權而率以畏愞，臺諫不爭而習爲緘默。（因寄軒初集言風俗書）

不富之教之，聽民受飢寒，使之有寃無處訴，此正是皇帝之失職，非長吏之失職。不言皇帝而言長吏者，有所忌諱，不敢直指也。「撫我則后，虐我則讎」，天下有變，則乘之以起，指出民之不可終侮，說得何等可畏！「天下以忌諱而釀成今日之禍，而猶爲此言」，前車已覆，而後車未戒，說得何等沈痛！清自康、雍、乾以來，文網高張，株連累累，摧挫士氣，無所不用其極。朝廷之上，則皇帝「從心所欲」，「大臣無權，諫官緘默」，對清統治者來講，已達到最危險的「唯其言而莫予違」的可怕境地。其「喪邦」之後果，將由其子孫來承受，已不待言而自明。管異之有學有識，在文欲「切事」這一點上，完成其師未竟之志，可謂桐城派中之佼佼者。

姚鼐最後文論「在乎當理切事」的下一句「而不在乎華辭」，是對於辭之要求，僅僅是達意而不要求華麗的辭藻。這對傳統文論之理氣辭，保留了理，强調了文的內容；對辭作了限制，反對「辭勝於理」；把氣換成「事」，突出了文的作用。「切事」就是說文要如實地反映現實。最大的現實，莫過於國計民生；那就是文章要關心國計民生，爲現實服務。姚鼐這一套最後的文論，比起他中年時期所標榜的八字訣來，是一個重大的進步，不管他自己是否已實踐，在中國文論史上，還是值得大書一筆的。

在古文風格方面，姚氏也是接近歸有光。而不接近方、劉，偏於他自己所謂的陰柔那種類型。其文之佳者，如：快雨堂記、遊媚筆泉記、袁香亭畫册記、登泰山記、復魯絜非書、答蘇園公書、復汪孟慈書、荷塘詩集序、王禹卿七十壽序、袁隨園君墓誌銘，以上各篇，皆惜抱軒集中文之傳誦人口者，然此亦僅以示例而已。

姚氏論詩，亦頗具卓識，如說：

善爲詩者，不自命爲詩人者也，其胸中所蓄，高矣！廣矣！遠矣！發之於詩，則詩亦與之爲高廣且遠。若志在於詩人而已，爲之雖工，其詩則卑且小矣。（荷塘詩集序）

事實確是如此，但未經人道過，不能不謂之創見。他又說：

詩之至善者，文與質備，道與藝合。（荷塘詩集序）

質者，本也。論語：義以爲質。道者，理也（中庸注）。姚氏所謂之質或道，實即其古文八字訣中之「理」；所謂文與藝，亦即其八字訣中之格律聲色。文與質備，道與藝合，此顛撲不破之名論也。

清初之詩，以一大批由明入清之志士仁人，受到易代之衝擊，目覩華夏之腥膻，生民之塗炭，恢復之暫時無望，其一股忠憤填膺之氣，噴湧迸發而爲詩，長歌短吟以當哭。因之其篇章往往豪蕩感激，或沈鬱蒼涼，文質俱勝，得未曾有，爲清初詩壇放大光明。康、雍以後，文網漸密，淫威所及，學者則鑽進考據，詩人則相率走向另一條道路，於是倡神韻者有之，重格調者有之，標性靈者有之，幾幾乎舍質而事文。其始則時代爲之，其終則流蕩而忘返。若姚氏者，其不忘返者與？

姚氏不徒發爲高論，且能實踐其言。其詩之佳者，古體如：嚴長明散木庵集、同王禹卿游八公洞、登江鶴亭康山草堂、感衰、金麓村招游莫愁湖，近體如登永濟寺閣、弔王彥章、呂翁祠、雄縣詠周世宗、秋室漫咏、游攝山第二首，上引諸篇，皆質文兼備，不讓古之作者。但爲其文名所掩，人多不加注意耳。

姚集通行本爲商務印書館的四部叢刊本（簡稱叢刊）及中華書局的四部備要本（簡稱備要）。叢刊影印所據本僅限於詩與文。備要本名爲「全集」，實則除文與詩外，僅有筆記及法帖題跋二種，其他著述，並未收入。其它刻本，有清光緒三十三年丁未（一九〇七）上海校經山房本，係根據同治五年丙寅（一八六六）有李瀚章題記的省心閣本重印，並有所改訛。它除了有備要本之所有外，更有春秋三傳補注、國語補注、九經說、五言今體詩鈔、七言今體詩鈔五種，較爲完備。但可惜的是省心閣本刊行之日，正當東南兵燹之餘，書籍多成灰燼，致校勘極爲不易，魯魚亥豕，觸目皆是。校經山房本雖略加校正，亦未見完善。所幸尚有叢刊、備要及江寧劉氏家鐫本殘刻（簡稱劉本），可資校訂。故這次整理詩文集，即以之作底本。淺學謬誤，自所難免。尚希海内外賢達匡其不逮，實深企禱。

劉季高

一九八六年七月於上海

惜抱軒詩文集目録

惜抱軒文集

卷六

卷七

卷八

卷十二

卷十三

卷十四

惜抱軒文集後集

卷一

卷四

卷五

卷六

卷九

卷十

惜抱軒詩集

卷一

卷二

卷三

卷四

卷五

卷六

卷七

卷八

卷九

卷十

惜抱軒詩集後集

補遺

詞

惜抱軒詩集外集

惜抱軒文集卷一

論

范蠡論

范蠡之子殺人，繫于楚。蠡令其少子行千金於所善楚莊生救之。其長子請行，不許。其後卒强以行。於是莊生因爲入朝楚王而説之赦。蠡長子聞楚將赦，謂弟固可活矣，入莊生家，復取金去。莊生怒，竟説楚王論殺其弟。人以此稱蠡始不欲遣其長子爲知也。自君子觀之，蠡固未嘗知也。

比之蹇曰：「比之匪人。」隨之震曰：「孚於嘉吉。」夫以匪人之比，而望嘉孚之吉，其可乎？吾觀莊生非賢者也。其褊心與市井小人之爲慮無以異，而蠡顧以其子之命委之，烏得知？方蠡子之進金莊生也，如果不欲受，卻之可也；既思終還之，則雖爲取去，奚嫌焉？蓋生以爲救蠡之子，而其家不見德，則不足以爲名。又忿己以力爲人，而反爲人所易，故雖當其厚友之託不顧而必以術殺其子。噫！抑甚矣！

郈成子過衛，右宰穀臣饗之，欲託以其孥而未言。及穀臣死，迎其妻子，分宅而居之。晉叔向繫獄。祁奚乘馹見范宣子，言而出之，不見叔向而歸。夫受人之事，則死生不以變其志；急人之難，而非爲名高，此固古賢人君子所爲，而蠡乃以望於莊生。及其不得，反以爲其長子致之，何其謬也！

且蠡當日即令遣其少子如楚，而其子之囚於楚者，亦必不可救。何則？長子生而貧，則嗇而貴財；少子長而富，則亦驕而輕士。今使膏粱之子，忽視貧士，指麾而爲之用，則雖予之厚利而不甘。況以莊生之褊心多忌，挾殘忍以報睚眦，設以少年輕肆之氣乘之，蠡之子不愈危哉！

嘗考范蠡之行：當其相越，所圖皆傾險之謀。及越破吳，吳危急而求成，句踐欲許，獨蠡不可，而必亟斃之，其意蓋亦忍矣。夫涘頻之水，鱣鮪不游，離靡之草，虎豹不居，旦暮之交，君子弗與。故必內行備而後可友天下之士，友天下之士而後爲之謀，則忠信而不私，當其事，則利害而不渝。故君子重修身而貴擇交，而蠡之所爲，殘忍刻薄，其事獨與莊生者相近，宜其心賢之，而欲倚以爲重也，而豈知身受其禍也哉！

伍子胥論

昔者嘗怪樂毅之於燕，伍子胥之於吳，皆以受任於先君之時，及至嗣子棄之，於是毅遂超然遠引，而子胥乃戀戀不去，終以諫死于吳，若是之不同何也？蓋古所謂忠臣之行，必度其心之所安而後爲，非以苟託於名義以自居而遂可也。

今夫毅之仕燕也，所任者，軍旅之事耳，惠王死而兵權奪，毅雖留，固無可爲矣。當伍子胥困屈楚、鄭之郊，飄摇江海之間，結吳光于草野之際，一旦攝吳國而乘之，卒以君臣相倚，報父仇而成君之名于天下。其與吳相得如父子手足。員雖烏集起事，而其實與世胄同國休戚者等。吾意闔廬之死也，必以吳託之子胥，子胥亦必慨然任而不辭。子胥之心，方以爲受先君之恩，寄社稷之重，思盡其輔弼之任，雖播棄而不忍自疏，而不料夫差之終愎不悛，遂泯絶其身而莫之復省也。設令子胥于驟諫不用之時，即引身去國，人亦誰得而議之？而樂毅之書至謂「子胥不知主之不同量」，是其行固不免爲天下之所譏，而子胥終不肯以彼易此者，蓋彼徒以求其心之慊然而無憾者，夫豈以行事求白於衆多之口也哉！

或曰：「子胥之諫夫差，其時季札與同立于朝。季子親于吳而反不以諫死，何耶？」蓋自諸樊戴吳，欲以位傳季子，而季子又以賢得民。彼夫差者，忌而遠之甚矣。微子啓，帝乙之長子也，疑于紂而紂疏之，故抱器適周，而奉商祀。微子、季札之不諫，知不可諫而以身存宗也；伍員之諫，恃夙昔之恩，而冀君之一悟也，而柳宗元乃從而非之，以爲非吳親屬，諫死爲過。夫彼謂爲親屬者固宜死也，而微子、季札之不死，又豈非親屬者哉？

翰林論

爲天子侍從之臣，拾遺補闕，其常任也。天子雖明聖，不謂無失；人臣雖非大賢，不謂當職。而不陳君之失，與其有失播諸天下而改之，不若傳諸朝廷而改之之善也；傳諸朝廷而改之，不若初見聞諸左右而改之之善也。翰林居天子左右爲近臣，則諫其失也，宜先于衆人。見君之失，而智不及辨與，則不明；智及辨之而諱言與，則不忠。侍從者，擇其忠且明而居之者也。唐之初設翰林，百工皆人焉，猥下之職也。其後乃益親益尊，益親益尊故責之益重。今有人焉：其于官也，受其親與尊，而辭其責之重，將不蒙世譏乎？官之失職也，不亦久乎？以宜蒙世譏者，而上下皆謂其當然，是以晏然而無可爲，安居而食其禄。自唐及宋及元、明，官制因革，六七百年。其不革者，御史有彈劾之責而兼諫爭，翰林有制造文章之事而兼諫爭。彈劾、制造文章所別也，諫爭所同也。其爲言官也，奚以異？入而面爭於左右，出而上書陳事，其爲諫也，奚以異？今也獨謂御史言官，而翰林不當有諫書，是知其一而失其一也。

是故君子求乎道，細人求乎技。君子之職以道，細人之職以技。使世之君子，賦若相如、鄒、枚，善敘史事若太史公、班固，詩若李、杜，文若韓、柳、歐、曾、蘇氏，雖至工猶技也。技之中固有道焉，不若極忠諫爭爲道之大也。徒以文字居翰林者，是技而已，若唐初之翰林者，則若是可矣。

今之翰林，固不可云皆親近居左右，然固有親近居左右者。且翰、詹立班于科、道上，謂其近臣也。居近臣之班，不知近臣之職可乎？明之翰林，皆知其職也，諫爭之人接踵，諫爭之辭運筴而時書。今之人不以爲其職也，或取其忠而議其言爲出位。夫以盡職爲出位，世孰肯爲盡職者？余竊有惑焉，作翰林論。

李斯論

蘇子瞻謂「李斯以荀卿之學亂天下」，是不然。秦之亂天下之法，無待于李斯；斯亦未嘗以其學事秦。當秦之中葉，孝公即位，得商鞅任之。商鞅教孝公燔詩、書，明法令，設告坐之過，而禁遊宦之民。因秦國地形便利，用其法，富强數世，兼并諸侯，迄至始皇。始皇之時，一用商鞅成法而已，雖李斯助之，言其便利，益成秦亂。然使李斯不言其便，始皇固自爲之而不厭，何也？秦之甘于刻薄而便于嚴法久矣！其後世所習以爲善者也。斯逆探始皇、二世之心，非是不足以中侈君而張吾之寵。是以盡舍其師荀卿之學，而爲商鞅之學，掃去三代先王仁政，而一切取自恣肆以爲治；焚詩、書，禁學士，滅三代法而尚督責。斯非行其學也，趨時而已。設所遭值非始皇、二世，斯之術將不出於此，非爲仁也，亦以趨時而已。

君子之仕也，進不隱賢。小人之仕也，無論所學識非也，即有學識甚當，見其君國行事，悖謬無義，疾首嚬蹙于私家之居，而矜夸導譽於朝廷之上。知其不義而勸爲之者，謂天下將諒我之無可奈何于吾君，而不吾罪也。知其將喪國家而爲之者，謂當吾身容可以免也。且夫小人雖明知世之將亂，而終不以易目前之富貴，而以富貴之謀，貽天下之亂，固有終身安享榮樂，禍遺後人，而彼宴然無與者矣。嗟乎！秦未亡而斯先被五刑、夷三族也，其天之誅惡人，亦有時而信也邪？易曰：「眇能視，跛能履，履虎尾，咥人，凶。」其能視且履者，倖也，而卒于凶者，蓋其自取邪？

且夫人有爲善而受教于人者矣，未聞爲惡而必受教于人者也。荀卿述先王而頌言儒效，雖間有得失，而大體得治世之要，而蘇氏以李斯之害天下，罪及于卿，不亦遠乎！行其學而害秦者商鞅也；舍其學而害秦者李斯也。商君禁遊宦，而李斯諫逐客，其始之不同術也，而卒出于同者，豈其本志哉？宋之世，王介甫以平生所學，建熙寧新法。其後章惇、曾布、張商英、蔡京之倫，曷嘗學介甫之學邪？而以介甫之政促亡宋，與李斯事頗相類。

夫世言法術之學，足亡人國，固也。吾謂人臣善探其君之隱，一以委曲變化從世好者，其爲人尤可畏哉！尤可畏哉！

賈生明申商論

太史公曰：「賈生、鼂錯明申、商，公孫弘用儒術顯。」世多疑之。果若是，則公孫弘賢於賈生邪？宋儒者以爲生上書謂「髖髀之所，非斤則斧」，以此待諸侯，爲申、韓之意。吾謂不然。生欲立法制以約諸侯王，使受地有定，不致人于罪，而抗刭之，所以爲安全也。斤斧以取譬耳，豈刑戮謂哉？此不足爲生病。然遂謂太史公爲誣賈生，則亦非也。

夫戰國以來，百家並興，雖或純或駁，或陋且謬悖，推本之，彼亦各原於聖人之一端，未嘗不可相爲用也，顧用之何如耳。冬必裘而夏必絺者，時也。齊甘苦酸辛鹹而御之者，和也。諸葛武侯當先主之時，寬法孝直，救李邈、張裕，其用意一出于慈仁，乃以申、韓之書教後主，知其所不能也。且賈生、諸葛，皆所謂天下之才，識時務之要者矣！申、商明君臣之分，審名實，使吏奉法令而度數可循守；雖聖人作，豈能廢其說哉？然使述此於景、武之時，則與處烈風而進翣者何以異？良醫不能使鍾乳、烏頭之無毒，而使其毒不爲患也。惟文帝仁厚，而所不足者，在于法制。故賈生勸之立君臣，等上下，法制定則天下安，此皆申、商之長也。申、商之短，在于刻薄。賈生之知，足以知文帝必不如申、商之刻，特患不能用其長耳。景帝之天資固薄矣：提殺吳太子於嬉戲，疏張釋之而誅周亞夫，其資如此，而鼂錯又以申、商進之，何怪有吳、楚之難。賢者視其君之資而矯正之，不肖者則順其欲。順其欲，則言雖正而實與邪妄者等爾。

賈生當文帝而明申、商，汲長孺爲武帝言黃、老，彼皆救世主之弊，和而不同。豈如公孫弘、匡衡之流，雖號爲儒者，誦説之辭，洋洋盈耳，而適以文其姦説者邪？周公之告成王曰：「詰爾戎兵，方行天下。」召公、芮伯之告康王曰：「張皇六師。」若以此言施之好武之主，其害豈不更重於申、商哉？惟於成、康之時，則無以復易矣。

吾嘗謂觀人之真僞，與書之真僞，其道一而已。世所謂「古文尚書」者，何其言之漫然泛博也！彼以爲使人誦其書，莫可指摘者，必以爲聖賢之言如是其當於理也，而不知言之不切者，皆不當於理者也。

晏子不受邶殿論

大夫相滅而相并者，是篡殺其君之漸也，齊、晉之末載是已！齊崔氏也亡，而邑入乎慶。慶氏也亡，而邑入乎二惠諸族。其時大夫分邑，子雅辭多受少。子尾既受而稍致諸公。陳氏不取邑而取百車之木。是三子者，以爲賢於吞噬之甚者則可矣；以其私家相取爲非人臣之道，則一而已。晏子將明言其不義乎？得罪一國而不可爲也；將從而受分乎？違己之心而不忍出也。「邦無道，危行言孫。」其處喪，則託曰：「惟卿爲大夫。」其辭邶殿，則託曰：「畏失富。」晏子之心，固亦苦矣！

夫晏子之賢，無愧儒者。世乃以孟子不欲比管、晏，及沮封孔子事，疑其非賢。是皆不然。晏子蓋盛德而才差不足，又直陳氏得政之日，事景公庸主，未嘗得君如管仲專也，故其功烈，非孟子王佐之才之所希也。然第曰「管仲，曾西所不爲」，不言晏子者，重晏子之德也。當孔子至齊，以景公之庸懦，豈遽能以「季、孟之間」期以待鄒之一儒士哉？此必晏子薦之故也；及其不能用孔子，此必晏子所痛，而知其國之將亡不可救者，夫何有反沮孔子事哉？晏子以儉著，春秋之後，墨子之徒，假其說以難儒者，沮孔子封事，墨者造之也，故載于墨子非儒篇。其言以儒者爲崇喪遂哀，破產厚葬，此墨者之陋說，非「麤縗斬」以喪父盡禮者之言也。諸侯裂地以封大夫，此三晉、田齊以後之事，非孔子時國不過賜田邑之制也。子長不能辨而載之世家，雖大儒如朱子，亦誤信焉。是以晏子爲世詬，而不知其固非實也。

魯襄公十七年，晏桓子卒。平仲嗣立，能爲喪禮，又從平陰之役，意其年必逾二十。其後五十七年乃會夾谷，計晏子必已喪矣。晏子喪而後景公行事益悖，而子長言會夾谷時有晏子，吾益知世家言之多謬也。

議兵

兵民分，雖有聖人，不能使之復合者，勢也。今有人焉，命其子弟：入則挾筴操管而學書，出則量庾藪、權輕重、度長短、持算而營什一之利，其子弟必無一能矣。今君國子民者，俛而使耕稼之農，聽號令、習擊刺，舍田里安居而履鋒鏑，而輕死亡之難，其病於衆庶而傷於國也，亦明矣。目不兩視，耳不兩聽，手左右畫則乖，足跂立則先疲。兵農兩爲，戰則速敗，而田野爲蕪萊，國何賴此哉？

然古王者兵未始不出於農，何也？古之時，征伐之事固少，一旦戰而用其衆也，至於萬人，則爲多矣。日行三十里而舍，戰陳必以禮節焉。擇素教之人，而使進退止伐於疆埸之交，不啻爲揖讓俯仰於庭户之内也，夫何爲不可？後世不然，動以百萬之師，決勝於呼吸之頃，屠滅之慘，川谷流膏血。軍旅數動，則士長齒槁馘於營幕之中。當此之時，士卒知戰鬥而已，居則暴桀，而與人若不同類，固不可使伏居井里；而民苟非習於兵者，亦不可使之復爲兵矣。昔者湯之伐桀也，民則曰：「舍我穡事。」湯至仁也，以民爲兵，不免於怨。若後世之兵，善撫循之，或踴躍以從戎事。豈將能賢於湯、武哉？兵與民分之故也。

昔者管仲用齊，欲以兵服諸侯。管仲知先王兵民爲一之制，不可以決戰，故參其國，伍其鄙。國中士之鄉十五，五鄉爲一軍，參其國，故三軍以方行天下。伍其鄙，故野有五屬，五屬皆農夫而已。國則爲軍，鄙則爲農，雖不盡若唐、宋以後之制，而兵民之分自是始。故齊之伯天下者，兵習戰而農不勞。是故管子天下才也！謂兵不可擾農，亦不可盡一國而爲兵，定以三萬人，教以軍令，使之足用。是故兵必習戰，農必習耕，兵不習戰，農不習耕，雖多不如其寡已。

嗚呼！後之爲兵者，何異於管子也？兵額多而不盡可戰，又不欲養兵而逸之，使之不習戰而習於百役。自明以來，運糧之丁，其始兵也，而卒不能持一梃以與怯夫爲鬥。然以代民轉輸之苦，尚有説也。今之營伍，有戰兵，有守兵，不習知戰守之事，顧使之雜爲，捕伺盜賊，詰私販、娼妓、賭博之任無不與，是直有司事耳。使兵足任之，而有司不能，何以爲有司？況兵藉是名而恐猲取財，擾地方爲害者，有之矣。夫兵農惟不欲兼也，故使之專於爲兵。今之紛紛而呼於市，而誰何於道路者，夫豈非兼任也？則又不若使爲農之爲愈也。

惜抱軒文集卷二

考

郡縣考

周之制：王所居曰國中，分命大夫所居曰都鄙。自國而外，有曰家稍者矣，曰邦縣者矣，曰邦都者矣，而統名之，皆都鄙也。鄭君云「都之所居曰鄙」，殆非是，宜曰鄙之所居曰都。詩曰：「作都於向。」月令曰：「毋休於都。」然則都者，鄙所居城之謂也。見於詩、書、傳記，凡齊、魯、衛、鄭之國，率同王朝都鄙之稱。蓋周法：中原侯服，疆以周索；國近蠻夷者，乃疆以戎索。故齊、魯、衛、鄭名同於周，而晉、秦、楚乃不同於周，不曰都鄙而曰縣。

然始者有縣而已，尚無郡名。吾意郡之稱，蓋始於秦、晉，以所得戎、翟地遠，使人守之，爲戎、翟民君長，故名曰郡。如所云「陰地之命大夫」，蓋即郡守之謂也。趙簡子之誓曰：「上大夫受縣，下大夫受郡。」郡遠而縣近，縣成聚富庶而郡荒陋，故以美惡異等，而非郡與縣相統屬也。晉語：「夷吾謂公子縶曰：『君實有郡縣。』」言晉地屬秦，異於秦之近縣，則謂之曰郡縣，亦非云郡與縣相統屬也。及三卿分范、中行、知氏之縣，其縣與己故縣隔絶，分人以守，略同昔者使人守遠地之體，故率以郡名。然而郡乃大矣，所統有屬縣矣。

其後秦、楚亦皆以得諸侯地名郡，惟齊無郡，齊用周制故也。都鄙者，王朝本名。故晉、秦、楚雖爲縣，而未嘗不可因周之稱，而周必無郡之稱，以郡者遠地之稱也。秦之内史，漢之三輔，終不可名之郡，況周畿内乎？周書作雒篇乃有「縣有四郡」之語，此非真西周之書，周末誣僭之士爲之也。

漢廬江九江二郡沿革考

自秦并六國，分天下以爲三十六郡，其後頗復增置，然世欲考秦置分土之實，不可得而詳矣。其大要自巴、蜀而下，在江南地爲郡：曰長沙、鄣、會稽；江北地爲郡：曰南郡、九江、東陽，皆緣江以達海。漢興，以秦郡居地太廣，稍分置焉。

昔禹貢九江之水，居秦九江郡南。今安徽淮南地及湖廣之黄州府，皆秦九江郡也。項羽分王諸將，分九江爲二國：其北封九江王黥布都六，其南封衡山王吴芮都邾。秦時呼禹貢衡山曰湘山，而名灊、霍山曰衡山。始皇帝二十八年，「渡淮水，之衡山、南郡浮江」是也。故芮爲衡山王，約有今安慶、廬州、黄州地矣，而九江之水，乃在衡山之國。漢滅項羽，徙芮封於長沙，以黥布爲淮南王，王九江、衡山及江南豫章、廬江。豫章、廬江之在秦，不知地何屬也。及漢爲郡，以隸淮南。黥布滅，以布四郡封淮南王長。長死，文帝復封其三子：安爲淮南王，蓋得黥布九江王時故地。勃爲衡山王，蓋得吳芮故地。賜爲廬江王，得豫章、廬江。夫廬江者，其水出陵陽東南，而西北流經彭蠡以入於江，至今猶命彭蠡之山爲廬山云。故漢之郡國以是名之也。

廬江王賜既都江南，地鄰越，吳、楚反時，賜使使與越交通。吳、楚滅，景帝以衡山王勃堅守不下吳、楚，内徙之爲濟北王以褒勃，而疑賜，徙賜王衡山，收豫章、廬江以斷通越焉。其後伍被與淮南王謀收衡山以擊廬江，絶豫章之口，思得江南以通越云。武帝元狩初，淮南、衡山，既皆以謀反國除，淮南爲九江郡，分其西爲六安國，衡山國爲衡山郡。漢二郡之立，自是始。

始者劉賈王鄣、吳、東陽三郡，爲荆王。吳故會稽也，賈死，以封吳王濞。濞時吳郡復名會稽，又易東陽曰廣陵。景帝罪楚王戊，削東海郡，又削吳會稽、鄣郡，今史記作豫章，蓋傳寫誤。吳、楚以是反，國除。以吳、廣陵爲江都國，頗予以江南鄣數縣，故江都號爲得鄣郡而不得吳。武帝元朔元年，江都國以推恩，封易王子江南，爲丹陽侯，湖孰侯，秣陵侯，及元狩、元鼎間，國皆除。然後武帝於江南建丹陽郡，其東合吳傅海爲會稽郡，其西南包彭蠡居嶺爲豫章郡，而鄣、吳、廬江悉罷。自秦於江南設鄣、會稽二郡，至漢嘗分爲四五，而卒爲三郡焉。於是江南遂無廬江名矣。其後改衡山郡曰廬江，然後廬江之名遂移於江北也。

太史公猶稱九江、衡山爲南楚。褚先生始稱：「廬江郡嘗歲時生龜長尺二寸者二十枚。」桓寬爲廬江太守丞。然則衡山之爲廬江，其昭、宣間乎？及平帝元始間，録地志者於廬江郡，書曰「廬江出陵陽」云云，此蓋沿武帝以前廬江郡之舊説。昭、宣以後，廬江之水，不在廬江而在豫章也。

九江、廬江二郡，始爲九江、衡山國時，北界淮，南界大江，東抵滁水，西循安豐以南，其形截然以方，及漢以邾屬江夏郡，則西南缺焉。史言「衡山王賜當朝，道過淮南、壽春」，苟賜因吳芮故都都邾，則往長安不經壽春，賜都蓋處其東。疑賜來王時，漢削其邾，自是郡無邾也。

漢郡二，國一；其縣三十二。今州縣二十七。

舒　蓋得今舒城南、桐城北及廬江西地。左傳杜注：「廬江舒縣西南有桐鄉。」又云：「廬江南有舒城。」按：廬江郡治舒，而云南有舒城者，三國兵爭，舊治已壞，魏、晉徙

舒城　屬廬州府，蓋得漢舒縣北、合肥南界之地。

郡治於舒縣之北。又漢舒縣當孔道，六朝畏北兵，移治僻地。宋、齊舒縣城徙東南，即今盧江縣矣。隋因之，改縣與郡同名，唐又因之。故章懷後漢書注云：「舒故城在今盧江縣西。」以杜注、章懷之言度之，漢舒治今舒城界內，六朝之舒在今盧江縣。隋無舒。唐開元後復置舒城，略當漢、晉故城之地，宋、元、明因之。

居巢　蓋得今巢縣漅湖南地及合肥東南、無爲州東北地。當春秋之世，此巢國，西屬楚橐皋，東屬吳。吳、楚蓋以漅湖爲界。定二年，桐畔楚，楚師於豫章。吳潛師於巢，取道潛、六，以敗楚於豫章。度其時巢在今合肥界。漢因古居巢，猶治漅湖西南。東漢爲侯國。劉昭注引廣志云：「有二大湖。」今巢縣南金繩寺東有古廢城，其北即漅湖，其南乃盧江白湖，然則廣志二湖，蓋謂此也。魏、晉間縣廢，六朝於其地僑置南譙郡。隋合橐皋盡入襄安。唐復襄安之北置巢縣，而其治乃古橐皋。宋又分巢縣西南無爲鎮置無爲軍，而其治乃古居巢境矣。

盧江　屬盧州府，蓋得漢舒縣東南併臨湖之地。

無爲州　屬盧州府，蓋得漢居巢併襄安之地。

龍舒 蓋得今懷寧北、桐城南地。左傳杜注：「舒西南有龍舒。」東漢侯國，六朝縣廢。

臨湖 蓋得今廬江縣東地。晉、宋之世，舒故治廢，移舒治於其東南，今廬江縣也。意其縣界所得古舒地實少，而得臨湖地爲多矣。

雩婁 蓋得今霍丘西南地，決水出焉。東漢侯國，晉以縣屬安豐郡。水經酈注引地道記云：「在安豐縣西南。」宋以處蠻民，屬邊城左郡。

襄安 蓋得今無爲州西南地。

樅陽 蓋得今桐城東南地，東漢縣廢。左傳杜注：「廬江舒縣有鵲尾渚。」按：鵲尾在今桐城東鄉江側。舒縣地本不至江，東漢廢樅陽併入舒，舒地遂及江矣。樅陽入舒，則樅陽水爲舒口。魏志臧霸傳「吳兵屯舒口，欲救陳蘭」是也。東晉時，嘗復置樅陽。隋於此置同安縣，爲同安郡治。唐廢郡，同安縣屬舒州。開元中，移縣治於山焦〔一〕城，至德二載，改名桐城。

尋陽 蓋得今湖廣之黃梅、廣濟縣地。吳立蘄春郡，尋陽

今懷寧、桐城之間，有大小龍山，意古之龍舒境乎？

今無爲州西南六十里有襄安鎮。

桐城 蓋得舒南、龍舒北併樅陽地。自隋同安經李子通之亂，郡縣毀壞，唐徙郡治懷寧。後同安徙治山焦城，蓋在漢舒縣桐鄉域矣，故改名桐城。而東鄉獨廣百八十里者，古樅陽境也。今屬安慶府。

黃梅 屬湖廣黃州府，蓋得尋陽東地。

屬焉。晉太康元年，省蘄春郡，以縣屬武昌。二年，還屬廬江。惠帝置尋陽郡，治江南柴桑，江北縣猶尚在也。及晉南度，江北之縣，僑置江南，後省縣併入柴桑，獨郡名在。自是江南之尋陽著，而江北之尋陽隱不聞矣。

灊 蓋得今霍山縣地，沘水出焉。晉省入六，故杜元凱云：「灊在六縣西南。」隋置霍山縣，屬廬江郡。唐置盛唐、霍山二縣，屬壽州。章懷後漢書注云：「灊故城今壽州霍山縣。」宋省，明復置霍山縣。

皖 蓋得今潛山縣及懷寧西地。廬江郡本治舒，三國兵爭，舒廢不處，乃南治皖。東晉爲晉熙郡之懷寧縣。唐以懷寧爲舒州治。宋寧宗時爲安慶府治。

湖陵邑 蓋得今太湖及望江西地。漢縣有蠻夷，故或加邑。漢志云：「北湖在南。」蓋以今望江諸湖，對江南之彭蠡湖，名北湖耳。東漢省入皖。東晉置新治縣，宋

廣濟 屬湖廣黃州府，蓋得尋陽西地。是二縣在唐屬蘄州。元和郡縣志以蘄州四縣，盡爲漢蘄春地，誤也。漢縣雖大，何能方三四百里？由不悟尋陽之本在江北耳。

霍山 屬六安州，得灊縣地。

潛山 屬安慶府，得皖地。唐、宋故懷寧、舒州治。宋景定元年，徙城於其縣東南宜城鎮。元英宗至治三年，析懷寧西置潛山，復城於唐舒州之舊治。

懷寧 今安慶府治，得皖東及龍舒之南地。宋景定元年，築宜城鎮，徙城於此，元、明、國朝皆因之。

太湖 屬安慶府，蓋得湖陵北地。

望江 屬安慶府，蓋得湖陵南、皖縣西地。

宿松 屬安慶府，蓋得湖陵西、潯陽東地。

置太湖蠻縣，齊置大雷郡。隋以爲望江、太湖二縣。

松兹 蓋得今英山及湖廣羅田地六安共王子霸侯國。晉以縣屬豫州之安豐郡。 以上十二縣屬廬江郡。

六 蓋得今六安及鳳臺地。如溪水首受沘，東北至壽春入芍陂。六安王國治。東漢爲六安侯國。魏、晉六安縣。宋、齊僑置新蔡郡。唐置盛唐縣。宋復爲六安，既又爲六安軍。元爲六安州。

蓼 蓋得今霍丘之東北，潁上之南地。晉屬安豐郡，宋置蓼城左縣。隋於梁霍丘戍立霍丘縣，屬壽州。

安豐 蓋得今霍丘之西、河南固始東地。東漢竇融侯國。水經：「淮水東過安豐縣東北。」又「決水北過安豐縣東。」魏爲安豐郡治。晉以郡屬豫州。宋爲邊城郡。隋以其地入霍丘。

安風 蓋得今霍丘之東北、壽州之西地。壽州芍陂，蓋居漢壽春、安風之界，今或名之安豐塘，正以宋於壽春地置安豐軍故耳。其實此塘不近安豐，乃在安風也。

陽泉 蓋得今霍丘之東南地。梁於決水東陽泉古城置決

英山 屬六安州，蓋得松兹東地。

羅田 屬湖廣黄州府，蓋得松兹西地。

六安州 直隸，得六縣及博鄉西地。

霍丘 舊屬壽州，雍正二年，改屬潁州府。蓋得蓼南、安豐東、安風西及陽泉地。又得雩婁北地，故其境最廣。

口城，後改爲臨水縣。以上五縣，爲六安王國。東漢無六安王，五縣皆爲侯國，屬廬江郡。

壽春邑　蓋得今壽州、鳳臺之北地。水經注：「芍陂在縣南八十里。」九江郡治。東漢去邑，揚州刺史治。魏淮南郡。晉改縣曰壽陽。隋、唐曰壽州治。周世宗克壽州，以下蔡併屬壽州，移治於淮北。宋爲壽春府，亦在下蔡。南宋復移淮南，爲安豐軍治。今有安豐城舊址是也，非漢安豐縣。元屬安豐路。明省縣及下蔡，置壽州，屬鳳陽府，更建今城。

逡遒　蓋得今合肥東、巢縣西北地。宋僑置汝陰、愼縣於此，隋、唐因置愼縣，屬廬州。南宋避孝宗諱，改梁縣。明省入合肥。

成德　蓋得今合肥西北地、壽州東南地。水經：「肥水出成德廣陽鄉，西北過其縣西，北入芍陂。」施水受肥，從廣陽鄉入於湖。

橐臯　蓋得今巢縣西。晉省入逡遒，故杜元凱云：「橐臯在逡遒東南。」今去巢縣西北二十里，俗猶呼柘臯。

壽州　屬鳳陽府。自淮以南，得漢壽春及成德西、安風東地。淮以北，乃漢下蔡地。蓋漢之九江、沛郡，以淮分界故也。

鳳臺　雍正間，以壽州地太廣，分其東北爲鳳臺，而同治一城。

巢　屬廬州府。此本漢橐臯，蓋九江、廬江，正以濼湖爲南北界耳。唐因隋襄安併有湖北橐臯地，分其北置巢

陰陵 蓋得今懷遠西南地、鳳臺東南地。水經注：「淮水又北經莫邪山西。山南有陰陵故城，後漢九江郡治。濠水經其城西，屈而南，又東至其城東，北流入淮。」晉屬淮南郡。

歷陽 蓋得今和州地。東漢以其地分烏江縣。今江浦之臨江地，皆歷陽之烏江境地。

當塗 蓋得今懷遠東南地。東漢耿弇侯國，晉屬淮南郡，安帝義熙間置馬頭郡，齊曰荊山郡馬頭縣。隋塗山縣，屬濠州。唐省入鍾離。

鍾離 蓋得今臨淮西及鳳陽縣淮水南地。晉屬淮南郡，東晉置鍾離郡，六朝爲徐州治。本在淮南，梁昌義之守徐州，北阻淮水是也。隋、唐爲濠州鍾離縣治，在淮北，乃漢沛郡夏邱地。李吉甫謂：「竇參據淮割地，使屬徐州節度使。後張愔逆命，因挫王師。由參不學，昧於疆理之制是也。及明爲中京，復建城於淮南，設鳳

縣。宋又分巢縣之南爲無爲軍。於是巢縣治去居巢遠矣。

和州 直隸，得歷陽西地。

江浦 屬江寧府，得歷陽東地。

懷遠 其淮水南地，當塗及陰陵東地也。其淮之北則沛、下蔡地也。屬鳳陽府。

鳳陽 鳳陽府治，得鍾離地。其跨淮北，乃漢沛、夏丘地也。其東故臨淮，今省。然此實明之臨淮。若唐、宋之臨淮，乃泗州之舊治，及乾隆十年，没於淮水，泗州移治盱眙，後又移虹縣。

陽、臨淮二縣，同城，後乃移臨淮於其東五十里。乾隆年，復併於鳳陽。

合肥 蓋得合肥治前後方百里地。漢城在今城北，魏新城又在漢城西北三十里。然則今城，隋、唐之址。淮南江北，城邑丘墟，其變多矣。隋定淮南，更置縣邑，地壙人稀，兼漢數縣。及明以梁縣益之，則其廣彌甚。自南北交爭，梁於此僑置汝陰、陳郡。隋、唐爲廬州廬江郡治。

東城 蓋得今定遠南地。故城在定遠東南五十里。梁置定遠郡定遠縣。隋以縣屬鍾離郡。

博鄉 蓋得今六安東南地。水經：「泄水出博安縣。」注云：「漢之博鄉也。」又云：「泄水自灊東北逕博安，泄水出焉。」按水經之泄水，今六安之蔡河也。

曲陽 蓋得今定遠東北及盱眙西地。

建陽 未審所在，或謂得今滁州之來安縣地。

全椒 蓋得今滁州地。梁置頓丘及北譙郡北譙縣於此。隋改清流縣，屬江都郡。唐置滁州。

合肥 廬州府治。蓋得漢合肥地，東北得逡遒之西，西北得成德之東，南有居巢之界焉。故其境方二百里，猶有餘焉。

定遠 屬鳳陽府，得東城及曲陽南地。

滁州 直隸州，約得古全椒地。

阜陵　蓋得今全椒西南、含山北地。太平寰宇記：「阜陵故城在全椒西南八十里。梁於此縣地置南譙郡。隋大業初，以全椒縣隸江都，唐以屬滁州。」以上十五縣屬九江郡。

全椒　約得漢阜陵東地。

含山　約得漢阜陵西地。按：漢阜陵與歷陽鄰。孫策在歷陽，移家阜陵而後度江。又孫布〔二〕欲誘取王淩，淩當從合肥來，權伏兵阜陵以待之。以此度之，阜陵固在今含山境矣。

楚辭招魂曰：「路貫廬江兮左長薄。」廬江之在江南古矣。漢景帝時，廬江王賜以通越徙王江北爲衡山王，而廬江改爲漢郡。夫賜既以過徙，漢蓋不盡予以衡山〔三〕王勃之故地。勃之故地，蓋頗分數縣附廬江郡；廬江一郡遂跨江南北矣。故武帝建元中，東甌廣武侯望率衆來降，使處廬江郡，在江、淮間也。其後賜以罪國除爲衡山郡。又其後置六安國以封膠東王子慶。蓋其時王國地益小，漢郡地益多。於是廬江郡江南之地，別分爲豫章郡，而江北十二縣，乃獨有廬江郡之名。然而此始分十二縣之年，不可考矣。

廬江，西漢十二縣，東漢省其三。故李憲據廬江，其傳曰：「據九城。」所省者，樅陽、湖陵、松兹也。晉陶侃爲樅陽令，是晉復置樅陽，而晉書地志遺之。其後歷宋、齊至陳，蓋復有樅陽縣。故陳本紀：「大建十年，廬江蠻寇樅陽。」隋書：「同安縣，舊曰樅陽。」因陳縣也。

漢之廬江治舒，及孫策破舒之後，蓋不堪復立郡治，故劉勳、朱光皆以太守居皖。皖又破於吳，於是魏廬江太守蓋居六安。故吳嘉禾六年，全琮襲六安，而朱桓傳云：「桓與全琮迎廬江主簿呂習引還，廬江太守呂膺不敢出。」又朱異傳：「魏廬江太守文欽營住六安。」此皆魏廬江治六安之證。晉蓋因之，故郭璞洞林叙其度淮之時，先至陽泉，後至廬江。所云廬江，亦六安也。

晉本於并州置新興郡，惠帝改曰晉昌。南渡僑置晉昌於廬江之南部，至安帝時，避孝武諱改晉熙。故宋書地志云：「安帝立晉熙郡。」宋、齊皆因其名，今之安慶也。

隋書地志：「同安郡，梁置豫州，後改曰晉州。」又「廬江縣，梁置湘州。」按此於梁書内皆不見其事，蓋非蕭氏所置，特侯景置耳。北齊書辛術傳：「術爲淮南經略，王僧辯破侯景，術招攜安撫二十餘州。」蓋即此晉州、湘州之類也。齊文宣紀：「保大六年詔云：百室之邑，便立州名；三户之民，虚張郡目。」誠有然矣。梁敬帝紀有「譙、秦二州刺史徐嗣徽」，此譙州即今滁州地，秦州即今六合地，在梁武帝時皆一郡耳。蓋侯景置州，而梁之末造，亦因以名州。此雖於梁書紀傳無明文，而推尋事理形勢，固有可意會耳。

廬江郡在東漢時有安豐、松兹縣，乃郡之極西北境，約在今霍丘、英山間矣。魏於彼置安豐郡，統松兹縣，其境固不能越山而南際江也。至東晉來江左，於時山北之民，南遷避寇，乃僑置安豐郡於臨江之地，併僑置松滋之縣，雖在漢時並是廬江郡地，然有南北部之分矣。及隋於此置縣，遂因僑置之松滋，而立宿松之名。然本西漢湖陵邑之地，非松兹地也。近志多以宿松爲漢之松兹，則誤矣。

自漢以後，江北淮南，遭六朝兵爭之禍，城郭空虚者數矣，而僑置州郡在其間，更移故名，廢興遷徙，稽之尤爲難詳。南朝諸史，僅沈約宋書、蕭子顯齊書有地志，梁、陳無志。其作志者，於沿革亦略，逮於後世而欲求之！不亦難乎？自隋混一南北，更建郡縣，自是雖有遷變，以至今日，而與隋不甚差絶。隋建置於久亂之後，户口尠少，城邑疏闊，是以漢縣三十二，今止爲州縣二十七也。

囊者鼐在京師，與休寧戴東原言：「世之方志，言古城邑，苦不考求四面地形遠近，堪容置否？是以所舉多不實。欲以漢縣與今地相較爲表，而貫他沿革於其中，縱不能無失，猶差翔實，愈於俗之所爲地理書也。」東原曰善。今夏無事，遂取鄉里所近漢二郡一國爲沿革考一卷。多病廢學，不能求博，東原既喪，無以聞之。設有如鼐此例，盡考漢之郡國，勒爲一書，以裨學者，則將以俟夫世之君子也。乾隆四十五年，桐城姚鼐記。

〔校記〕

〔一〕「焦」字原無。劉本、備要同，據讀史方輿紀要江南八桐城縣注文改。

〔二〕原作「龍」，備要同。劉本作「權」，據殿本吳志孫權黃龍三年史文改。

〔三〕原作「王」，劉本、備要同。據殿本漢書淮南、衡山王傳改。

項羽王九郡考

史言項羽分割天下，自王梁、楚地九郡，而不載九郡之名。余考之：蓋爲碭、陳、東郡、泗川、薛、東海、東陽、鄣、會稽，是云九郡。碭與東郡，故梁地也；自陳以東，故楚地也，故曰王梁、楚。大抵西界故韓，東至海，北界上則距河，下則距泰山，南界上則距淮，下則包踰江東，固天下之膏腴平壤矣。

昔秦以水灌大梁，大梁毀。意滅梁後郡不治大梁而南治碭，故曰碭郡。楚襄王始都陳，後爲秦得，故陳爲郡。陳涉世家云：「陳守令皆不在。」則秦有陳郡明矣。張子房擬分楚地與信、越，正自陳、碭畫之，北予越，南予信。其後羽滅，如前約，越得其二，信得其七；復如戰國時之梁、楚。高祖六年，漢禽韓信，分信國封劉賈以鄣、吳、東陽三郡爲荆王，封劉交以沛、薛、郯三郡爲楚王。吳即會稽也，郯即東海也，沛即泗川也。沛者高帝更名，餘或羽所改，或漢所改不可知。然皆羽自封時舊郡耳。今本漢書高帝紀誤文以沛爲碭。碭與東郡，是時方屬彭越爲梁國；且度地勢，交必不能踰沛而有碭，故其誤可意決也。

是時雖分韓信地爲交、賈國，而漢西收陳郡，不予諸侯。淮水東流，過陳則少北流。故太史公云：「賈王淮東，交王淮西。」夫收陳者，以南制黥布，北制彭越也。於是分陳西爲汝南郡，故地志曰：「汝南郡，高帝置。」

其後漢廢彭越，立子恢爲梁王、友爲淮陽王，淮陽得汝南、陳二郡。是時相國何等請罷東郡，頗益梁；罷潁川郡，頗益淮陽。蓋彭越國本有東、碭郡二郡，今以王恢，爲國太大，故罷東郡，半屬漢，半屬梁也。汝南、陳本楚故一郡耳，以王友，爲國小，故罷潁川，半益淮陽，半歸漢也。計二國各得楚故一郡又半矣。

及景帝徙淮陽王爲魯王，復空爲郡。太史公云：「淮北沛、陳、汝南、南郡，此西楚也。」

陳在楚、夏之交，故知武帝時尚有陳郡矣。宣帝時乃復以陳郡爲淮陽國。漢自武、昭、宣以後，王國減小，於是梁、淮陽國不滿一郡。

始者灌嬰、夏侯嬰、傅寬等傳，皆云從追項籍軍至陳破之，故垓下、陳地也，而在洨縣。至漢地志乃載洨縣於沛郡。賈誼欲割淮陽北縣益梁之東郡。度誼所欲割者，後或入沛，或入陳留，則淮陽與東郡，無鄰地焉。

惜抱軒文集卷三

序

老子章義序

天下道一而已，賢者識大，不賢者識小；賢者之性，又有高明沈潛之分，行而各善其所樂；於是先王之道有異統，遂至相非而不容並立於天下，夫惡知其始之一也。

子曰：「述而不作，信而好古，竊比於我老彭。」老彭者，老子也。孔子告曾子、子夏，述所聞老聃論禮之説，及老子書言「以喪禮處戰」之義。其於禮精審，非「信而好古」能之乎？「南行者久而不見冥山，求之過也。」夫老聃之言禮，蓋所謂求之過者矣。方其好學深思，以求先王制禮之本意，得先王制禮之本意，而觀末世爲禮者循其迹而謬其意，苛其説而益其煩，假其名而悖其實，則不勝悁忿而惡之。「禮云！禮云！玉帛云乎哉！」夫禮，貴有誠也。老子之初志，亦如孔子，而用意之過，貶末世非禮之禮，其辭偏激而不平，則所謂「君子駟不及舌」者與！且孔子固重禮之本，然使人「寧儉寧戚」，「下學上達」而已，「庸言之必謹」。逮七十子之徒，推孔子之義極言之，固多高遠失中，此亦聖門好古達於禮者之言失也。夫老子，特又甚焉耳。

孔子遇老聃問禮於其中年，而老子書成於晚歲，孔子蓋不及知也。老子書所云「絶聖棄智」，蓋謂聖智仁義之僞名，若臧武仲之爲聖耳，非毀聖人也。而莊子乃曰「聖人不死，大盜不止」，老子云「貴以身爲天下」者，言不以天下之奉加於吾身爲快，「雖有榮觀，燕處超然」，以是爲自貴愛也。而楊朱乃曰「不拔一毛以利天下」，皆因其説而益甚爲謬。夫老子言誠有過焉，雖舉其末學益謬，推原及老子以爲害天下之始，老子亦有所不得辭，然是又豈老子所及料哉？世乃謂老子之言固已及是，而儒者遂不肯以「述而不作，信而好古」爲老子之行。夫孔子於老子，不可謂非授業解惑者，以有師友之誼甚親，故曰我老彭。解論語者，顧説爲商之大夫，不亦遠乎！其説出於大戴禮記，吾意其辭託於孔子而實非，殆不足據耶？抑所舉别有是人耶？若論語之老彭，非商大夫可決也。

老子書，六朝以前解者甚衆，今並不見，獨有所謂河上公章句者，蓋本流俗人所爲，託於神仙之説。其分章尤不當理，而唐、宋以來莫敢易，獨劉知幾識其非耳。余更求其實，少者斷數字，多則連字數百爲章，而其義乃明，又頗爲訓其旨於下。夫著書者，欲人達其義，故言之首尾曲折，未嘗不明貫，必不故爲深晦也。然而使之深晦、迂而難通者，人好以己意亂之也。莊子天下篇引老子語，有今文所無，則知傳本今有脱謬。其前後錯失甚明者，余少正之，並以待世好學君子論焉。

太史公書不甚知姓氏之别。又自唐以前，讀者差不若漢書之詳，故文多舛誤。夫老子，老其氏也，聃其字也。太史公文蓋曰老子者，楚苦縣厲鄉曲仁里人也，姓李氏，名耳，字聃，周守藏室之史也。漢末妄以老子爲仙人不死，故唐固注國語，以爲即伯陽父。流俗妄書，乃謂老子字伯陽，此君子所不宜道。當唐之興，自謂老子之裔，於是移史記列傳，以老子爲首，而媚者遂因俗説以改司馬之舊文，乃有字伯陽謚曰聃之語，吾決知其妄也。老子匹夫耳，固無謚。苟弟子欲以謚尊之，則必舉其令德，烏得曰聃？孔子舉所嚴事之賢士大夫，皆舉氏字，晏平仲、蘧伯玉、老聃、子產，其稱一也。陸德明音義註老子兩處，皆引史記曰「字聃」。河上公曰「字伯陽」，不謂爲史記之語。陸氏書最在唐初，所言史記真本蓋如此，則後傳本之非明矣。

老子所生，太史公曰「楚苦縣」，或曰陳國相人。莊子載孔子、陽子朱皆南之沛見老子。夫宋國有老氏，而沛者宋地。言老子所生，三者説異，而莊子尤古，宜得其真。然則老子其宋人子姓耶？「子」之爲「李」，語轉而然，猶姒姓之或以爲弋也。彭城近沛，意聃嘗居之，故曰老彭，猶展禽稱柳下也，皆時人尊有道而氏之。晉穆帝名聃，字彭子。漢、晉舊儒必有知老彭爲聃之氏之説者矣，後世失之，乃不能明也。乾隆四十八年夏六月，桐城姚鼐序。後漢書桓帝紀章懷注：「史記曰：老子者，楚苦縣厲鄉曲仁里人也，名耳，字聃，姓李氏。」吾作此序，未及檢引。然則改此文，疑玄宗以後事。

莊子章義序

漢藝文志：莊子五十二篇。陸德明音義，載晉、宋注莊子者七家，惟司馬彪、孟氏載其全書。其餘惟內七篇皆同，外篇、雜篇，各以意爲去取。自唐、宋以後，諸家之本盡亡，今惟有郭象注本，凡三十三篇。其十九篇，經象刪去，不可見矣。

昔孔子以詩、書、六藝教弟子，而性與天道不可得聞。其得聞者，必弟子之尤賢也。然而道術之分，蓋自是始。夫子游之徒，述夫子語子游，謂「人爲天地之心，五行之端，聖人制禮以達天道，順人情」，其意善矣。然而遂以「三代之治，爲大道既隱之事」也。子夏之徒，述夫子語子夏者，以「君子必達於禮樂之原，禮樂原於中之不容已，而志氣塞乎天地」，其言禮樂之本亦至矣。然「林放問禮之本」，夫子告以「寧儉、寧戚」而已。聖人非不欲以禮之出於自然者示人，而懼其知和而不以禮節也。由是言之，子游、子夏之徒所述者，未嘗無聖人之道存焉，而附益之不勝其弊也。夫言之弊，其始固存乎七十子，而其末遂極乎莊周之倫也。

莊子之書，言明於本數及知禮意者，固即所謂達禮樂之原，而配神明、醇天地與造化爲人，亦志氣塞乎天地之旨。韓退之謂莊周之學，出於子夏，殆其然與？周承孔氏之末流，乃有所窺見於道，而不聞中庸之義，不知所以裁之，遂恣其猖狂而無所極，豈非「知者過之」之爲害乎？

其末天下一篇，爲其後序。所云「其在詩書禮樂者，鄒魯之士、搢紳先生，多能明之」，意謂是道之末焉爾！若道之本，則有「不離於宗，謂之天人」者，周蓋以天人自處。故曰「上與造物者游」，而序之居至人、聖人之上。其辭若是之不遜也，而蘇子瞻、王介甫者，謂其推尊聖人，自居於不該不偏一曲之士。其於莊生，抑何遠哉？

若郭象之注，昔人推爲特會莊生之旨，余觀之，特正始以來所謂清言耳，於周之意十失其四五。夫莊子五十二篇，固有後人雜入之語。今本經象所删，猶有雜入，其辭義可決其必非莊生所爲者。然則其十九篇，恐亦有真莊生之書，而爲象去之矣。余惜莊生之旨，爲説者所晦，乃稍論之，爲章義凡若干卷。

左傳補注序

左氏之書，非出一人所成，自左氏丘明作傳，以授曾申，申傳吳起，起傳其子期，期傳楚人鐸椒，椒傳趙人虞卿，虞卿傳荀卿，蓋後人屢有附益。其爲丘明說經之舊，及爲後所益者，今不知孰爲多寡矣？

余考其書，於魏氏事，造飾尤甚，竊以爲吳起爲之者蓋尤多。夫魏絳在晉悼公時，甫佐新軍，在七人下耳，安得平鄭之後，賜樂獨以與絳？魏獻子合諸侯，干位之人，而述其爲政之美，詞不恤其夸。此豈信史所爲「論本事而爲之傳」者耶？國風之魏，至季札時亡久矣，與邶、鄘、鄶等，而札胡獨美之曰「以德輔此，則明主也」，此與「魏大名」、「公侯子孫，必復其始」之談，皆造飾以媚魏君者耳。又忘明主之稱，乃三晉篡位後之稱，非季札時所宜有，適以見其誣焉耳。

自東漢以來，其書獨重，世皆溺其文詞。宋儒頗知其言之不盡信，然遂以譏及左氏，則過矣。彼儒者親承孔子學，以授其徒，言亦約耳，烏知後人增飾若是之多也哉？若乃其文既富，則以存賢人君子之法言、三代之典章，雖不必丘明所記，而固已足貴，君子擇焉可也。

自服、杜以後，解其文者，各有異同。近時有顧亭林、惠定宇，皆爲之補注。余以爲有未盡，乃別記所見者。若總古今之說，擇善用之，萃爲一書，則以俟後之君子。

西魏書序

當拓跋氏之衰，朝廷失政而邊鎮橫，武夫暴興而國柄移，天子寄居，亟立亟廢。蓋高歡一人，而援立之帝三焉：安定廢而孝武興，孝武奔而孝靜立。計其得失之故，雖不甚相遠，而以時論之，則孝靜固始爲孝武之臣也。魏收書外孝武而以天平爲正，豈理也哉？南康謝蘊山觀察，舊居史職，出剖郡符，間以退處數年之暇，慨魏收之失當，撰西魏書二十卷，以正其失，可謂勤學稽古、雅懷論世者矣。

吾觀李延壽北史本紀，録孝武于東魏孝靜之前，而不曰西魏，意蓋以收爲非者。然拓跋自崔浩被誅，史筆回罔，故紀道武以往事多侈詞。又自道武以前二十餘世，率加以皇帝之號。延壽因之，不能正也。今觀察所紀，僅在其末二十五年事，固有延壽之得而無其失者。然延壽自序言「見別史千餘卷」，今時代遠隔，泯亡無一存，不獲使觀察據之以考稽同異而裁定焉。惜哉！惜哉！讀者知其網羅放失述作之志，存焉可也。

族譜序

昔三代帝王及卿士大夫巫醫祝卜之職，莫不出於世族，當時姓氏之分，端緒著備，而朝廷又專設之官而掌之，故黄、農、虞、夏，支裔流别，數千歲之紀，可得而知也。自漢以降，王者興於草澤，將相出於屠牧，皆不能紀其先世，而譜諜寖以不詳。及晉、宋因魏制，以九品官人，重門户，辨族地，而後譜學復興，以至於唐。然考唐以前諸家世譜所能詳，皆始於魏、晉。魏、晉而上，或依託謬妄，蓋郎邪王氏，自云出於王子晉；蘭陵蕭氏，自謂本蕭何、望之，皆爲昔人所誚。由是言之，譜諜之詳略，非時俗風尚之有盛衰，由世族之崇替存亡異也。當世族之存，非特子孫能詳其先人之傳，凡天下學士博於聞見者，歷舉各族系世，如循庭木之支，如舉其室之庋物，迄世族亡，則子孫有不能推明其祖，而始誣託名人，求以自重，是亦可謂愚也與！

自五代至宋，故家殘滅；及元、明，屢遭兵火，今日天下，無復有千年相傳之家譜矣！吾族先世本於田農，又自餘姚遷桐城，正當南宋末元興之日，江、淮之間，居民粗定，而譜叙皆失。故居餘姚以前祖，不可得而知，不可知則闕，以爲愈於誣託者之愚也。

譜自先雲南參政，及先職方府君，及叔祖瀚州太守，嘗三修之，逮今孫子益衆，爲文益繁。故少變其體，依古世表之法，卒横列而注歷職、生卒、妻子於其下，欲其文簡而易檢也。初自餘姚來居桐城大有鄉之麻谿，人謂麻谿姚氏。逮明中葉而始有譜，又垂及今二百餘年。自是以往，子孫之崇替不可知，而譜之存亡不可必也。然而差冀其經歷久遠者，惟文册輕簡，易挾而藏，則傳久之道與？

代州道後馮氏世譜序

吾嘗謂三代重姓族，而繫世詳。其後晉、宋六朝尚門地，而譜諜之學亦貴。獨中間秦、漢之世，公卿大夫，崛興草野，而譜繫蔑可徵焉。世變使然，學者不能强説也。

漢書所載公卿名人傳，皆不詳其先世，而所詳者，獨司馬遷、揚雄、馮奉世三傳而已。子長、子雲，皆以其所自序，故載之。然則宜鄉之族，亦必有能自序者，故史得因其文，異於他傳。以此推之，馮氏之有譜舊矣。

自漢以後，斷續不可盡明，而今代州之馮，興於明之中葉，至國朝乃益盛，非第仕宦貴顯也，蓋賢哲君子多矣。以余所及交，則湖北按察使馮君弼，其人介然自立士也。君弼既没於武昌數年，其從父弟右書，來爲安徽布政司經歷，因得識之，又識其弟汝咨，皆敦誼好學，異於流俗。右書示余所藏海内名人爲其先世作傳誌數十篇，信乎其世濟爲君子也。

余與右書、汝洛論：「近世人作譜，繁而非法。夫譜欲簡要而卷册少，俾子孫百世，流轉海內，易攜以行。其體當略如古世表之法。」因略與分別所宜載與不者，右書、汝洛以爲善。後余别去，次年再見之皖中，則右書、汝洛已如余論，作道後馮氏譜成書矣，而余爲族譜反未及成。右書、汝洛之勇於取善如此，余能無愧乎哉？馮氏古多偉人矣，而今譜首於明時者，缺所不聞以爲信也。

余聞右書之考秀山令君，應鄉試時，夜揭榜，有走報其已得舉者，令君方卧，聞，應之而已，顧熟寐至曉，其氣量之閎遠如此。乃仕終於令，雖有惠政而澤未及遠。今右書弟兄，方嗣其德，賢者子孫，宜更有大興者。他日史氏爲名人列傳而紀及其先，意或有資於是譜，而余又欲用是書之體，爲世作譜者式也，故序之。

包氏譜序

周時天子重神明之姓，使小史「奠繫世」，載以世本之紀，諷以瞽矇之詩。延及春秋，黄、農、虞、夏、商、周之裔，散在列國者，可考而别也，而人臣功德尤異，思褒録其子孫，則又因所生地謚字，賜姓氏族，用别紀之，而政教衰，賞罰亂，所命族氏不加於賢者，則得氏不足以爲重。上無掌繫之職，而私譜亦興，蓋去先王之義益遠矣。

宋興五代之末，天下俗敗壞而道不明，洎仁宗之時，大賢乃出。包孝肅公，亦于其間以忠言諒節聞于朝，後世聞而慨慕之。蓋孝肅合肥人，其後有移居桐城北鄉者，于是吾邑有包氏焉。自古賢者少，士囿於俗，或一姓數百年未有聞人。然則幸遇賢者之裔，而庶見其先遺風餘烈，君子未嘗不樂得而親友之也。

包氏世故有譜，卷首載孝肅像及宋誥勅，詳其世自孝肅而下。今某方重修之，以語余。余謂譜别紀孝肅爲宗，誼近於古。又嘗慕賢者之懿，而樂道其家事也，于是爲之序云。

醫方捷訣序

余少有羸疾，竊好醫藥養身之術，泛覽方書；然以不遇碩師，古人言或互殊，博稽而尠功，深思而不明，十餘年無所得，乃復厭去。

夫醫雖小道，然其本出於聖帝所爲，三代以來，設官而氏其族，其極至於使人無疵癘夭札之傷，而羣生樂育。導天和，安民命，至治之隆有賴焉。又推原其故，必自君子躬能循天理之節，應六氣之和，固筋骨之束，調氣血之平，於是安樂壽考，永享天禄。然後推其意以爲醫藥，以及庶民，此其意至精且厚。是以後世醫者雖多，然苟非慈明篤厚之君子，終不能究其義，而雖有篤厚慈明之心，苟不世業而少習者，猶不能盡其曲折變移之理，審其幾微而察其離合也。

吾鄉有嚴氏，世爲醫。前世有號則菴者，其術神驗，余恨不及見之。今其孫以恬，能繼其學，出其傳書曰捷訣者以示余：其言簡直，使人易入，能盡疾病之變狀。又操論得中，無偏駁之弊。蓋嚴氏既世其業，又欲以此明諸人人。信哉！君子之用心矣。惜乎余方以事牽，不能從以恬盡學其術，以獲養身濟人之益也，乃爲之序而歸之。

惜抱軒文集卷四

序

張冠瓊遺文序

張冠瓊，余妻弟也，才而早卒。余婦翁爲黄州通判，有二子，冠瓊其季也。黄州就官時，年六十矣，家人皆留不使從。冠瓊求從。則曰：「汝在家專靜，爲學易。」不許。冠瓊念父甚悲，傷己之不得從，則益自奮厲於學，未幾遂病，未半歲而死。

死後其妻語人曰：「吾夫今年學尤勤苦，每夜靜家人盡寐，獨聞其誦書聲悽然。」於是余既痛之，而亦咎其以未及壯之年，乃亟欲成名，敝耗精氣，而至於短折，何不自惜之甚也！人莫不思苦身立名，以光父母，然竟以害其生，則所志者有得有不得，皆適以傷親之心，故君子慎之也。然冠瓊體非甚羸弱，能勝勞，其及死蓋出於不幸，非意所料，而其志固可悲矣。

冠瓊爲人專靜，淡於交遊。余初婚後，間至其家，間冠瓊何弗見，外姑江安人笑曰：「吾兒避人如女子也。」須臾呼至，坐逾時，默然而已，後乃益親。然亦寡聞其言，獨每見，依依向余不忍離，可念也。其疾初起亦不甚，以不遇良醫，遂不救。臨訣執余手，流涕而言黄州也。蓋極冠瓊才與志，皆足自表見，惜乎其學未成。然所爲文，久於文者或不逮也。

今年黄州公以公事被使淮上，過家檢其遺文，俾余删次，得十餘篇，將刻之以自慰其悲，余因爲之序。冠瓊名元臚，死時年二十二，生一子，纔十餘日。後半年，其子亦亡。

食舊堂集序

丹徒王禹卿先生，少則以詩稱於丹徒，長入京師，則稱於京師，負氣好奇，欲盡取天下異境以成其文。乾隆二十一年，翰林侍讀全魁使琉球，邀先生同渡海，即欣然往。故人相聚涕泣留，先生不聽，入海覆其舟，幸得救不死，乃益自喜，曰：「此天所以成吾詩也！」爲之益多且奇，今集中名海天遊艸者是也。

鼐故不善詩，嘗漫詠之，以自娛而已，遇先生於京師，顧稱許以爲可，後遂與交密，居閒蓋無日不相求也。一日值天寒晦，與先生及遼東朱子潁，登城西黑窰廠，據地飲酒，相對悲歌至暮，見者皆怪之。

其後先生自海外歸，以第三人登第，進至侍讀，出爲雲南臨安府知府，赴任過揚州，時鼐在揚州，賦詩别去。鼐旋仕京師，而子潁亦入蜀，皆不得見。時有人自西南來者，傳兩人滇、蜀間詩，雄傑瑰異，如不可測，蓋稱其山川云。

先生在臨安三年，以吏議降職，遂返丹徒，來往於吳、越，多徜徉之辭。久之鼐被疾還江南，而子潁爲兩淮運使，興建書院，邀余主之。於是與先生别十四年矣，而復於揚州相見，其聚散若此，豈非天邪？

先生好浮屠道，近所得日進，嘗同宿使院，鼐又度江宿其家食舊堂内，共語窮日夜，教以屏欲澄心，返求本性。其言絶善，鼐生平不常聞諸人也。然先生豪縱之氣，亦漸衰減，不如其少壯。然則昔者周歷山水，偉麗奇變之篇，先生自是將不復作乎！鼐既盡讀先生之詩，歎爲古今所不易有。子潁乃俾人抄爲十幾卷，曰食舊堂集，將雕板傳諸人，鼐因爲之序。

左仲郛浮渡詩序

江水既合彭蠡，過九江而下，折而少北，益漫衍浩汗，而其西自壽春、合肥，以傳淮陰，地皆平原曠野，與江、淮極望，無有瑰偉幽邃之奇觀。獨吾郡潛、霍、司空、龍眠、浮渡，各以其勝名於三楚；而浮渡瀕江倚原，登陟者無險峻之阻，而幽深奥曲，覽之不窮。是以四方來而往遊者，視他山爲尤衆，常隱然與人之心相通。必有放志形骸之外，冥合於萬物者，乃能得其意焉。

今以浮渡之近人，而天下往遊者之衆，則未知旦暮而歷者，凡皆能得其意而相遇於眉睫間耶？抑令其意抑遏幽隱榛莽土石之間，寂歷空濛，更數千百年，直寄焉以有待而後發耶？余嘗疑焉，以質之仲郛。仲郛曰：「吾固將往遊焉，他日當與君俱。」余曰：「諾。」及今年春，仲郛爲人所招邀而往，不及余；迨其歸，出詩一編。余取觀之：則凡山之奇勢異態，水石摩蕩，煙雲林谷之相變滅，悉見於其詩，使余恍惚若有遇也。蓋仲郛所云得山水之意者非耶？

昔余嘗與仲郛以事同舟，中夜乘流出濡須，下北江，過鳩兹，積虚浮素，雲水鬱藹，中流有微風擊於波上，其聲浪浪，磯碕薄涌，大魚皆砉然而躍。諸客皆歌呼，舉酒更醉。余乃慨然曰：「他日從容無事，當裹糧出遊，北渡河；東上太山，觀乎滄海之外；循塞上而西，歷恒山、太行、大岳、嵩、華，而臨終南，以弔漢、唐之故墟；然後登岷、峩，攬西極，浮江而下，出三峽，濟乎洞庭，窺乎廬、霍，循東海而歸，吾志畢矣。」客有戲余者曰：「君居里中，一出户輒有難色，尚安盡天下之奇乎？」余笑而不應。

今浮渡距余家不百里，而余未嘗一往，誠有如客所譏者。嗟乎！設余一旦而獲攬宇宙之大，快平生之志，以間執言者之口，舍仲邪吾誰共此哉！

吴荀叔杉亭集序

自蘄、黄而東，包潛，霍，帶淝、滁，其間皆山邑也。淮水繞其後，江水環其前，故安慶、廬州數府，名雖隸江南省，其實乃江北云。余家桐城，吴君荀叔家全椒，相去僅三百里，在家未嘗識，至京師乃相知。然余嘗論：江、淮間山川雄異，宜有偉人用世者出於時。余之庸闇無狀，固不足比儕類；荀叔負儁才，而亦常頽然有離世之志。然則所云偉人用世，余與荀叔固皆非與？

荀叔雖無意進取，而工於詩，又通曆象、章算、音韻，所著書每古人意思所不到，是則余遜荀叔抑遠矣。余嘗譬今之工詩者，如貴介達官相對，盛衣冠，謹趨步，信美矣，而寡情實。若荀叔之詩，則第如荀叔而已。荀叔聞是甚喜。夫余雖不足比荀叔，然謂荀叔之學，余爲不知也，其可乎？荀叔訂所著詩文曰杉亭集成，請余序之。遂不辭而爲之説。

張仲絜時文序

常熟，蘇州府之一縣，居府治東北隅。其縣自明以來，仕宦多貴人，聲勢相繼。雖偏僻下邑，其士人多知乘時，或適於都會廣聚之區，習使之然也。

余始入京師，見邵三丈叔宀，其人温誠君子，善爲魏、晉、六朝之文，與鼐伯父同年交好，皆爲編修，未數年皆休致去。既又識湯君綏叔，其人尤朴直好學。是時綏叔館余姻黨張君家，余嘗與同宿一榻，見規以古誼，自中夜至晨。綏叔之徒張仲絜，時已官部曹有名。綏叔嘗召之至，誠飭之如其兒時，仲絜輒受教惟謹。余又因綏叔識仲絜焉。綏叔與余後登第同年，而常熟同年又有蘇園仲。其後園仲以部屬外出爲知州，不得志，遂自屏不仕。既余又識編修陳君耕崖，爲學亦近古。此數君皆常熟人余所識，皆君子也，而以較其縣人材輒不類。諸君誠較然自好者與？抑余之愚陋，所取者偏狹，乃獨得諸君，聚而不厭也耶？

仲絜今歲初改官御史，旋稱病去，謂余曰：「吾才薄，不足有爲於朝，尚可有爲於家。」又出其生平所爲時文屬余曰：「吾文用意與俗殊，以不敢背吾師之教，子爲我定之！」仲絜去半年，貽書陳君，令其趣余。余乃取其文删定若干首。其時叔宀、綏叔皆已死，園仲方授學於晉、絳之間，仲絜又去，獨余與陳君在京師耳。余由是益知如數君者，果爲難得，相見無日，獨其文字可常在目前，玆益可重也已。諸君存者，方各有著述之志。邵三丈集，其家已刻成。綏叔在時，論説經傳甚衆，未成書，仲絜將卒成之。時文未足盡仲絜之業，然其文固已醇雅有體，善觀文者，必能愛之。乾隆三十七年十一月，桐城姚鼐序。

高常德詩集序

明季沂水高侍郎，巡撫河南，堅守圍城，與流賊相拒，前後幾一年，卒以忠節著稱，世所傳爲守汴記者也。後百餘年，侍郎之玄孫，來爲余鄰邑蒙城知縣、六安知州，時余生一二歲耳。及余少長，而六安已遷去爲湖南常德府知府。獨蒙城、六安之人，猶道其强直有爲，不愧高侍郎後也。

後又二十餘年，常德公既没，余乃識其子葵，因得觀常德生平所爲詩一卷。余顧有疑焉：人生各有所遭，時侍郎當天下阽危，致命效節，人觀所著書，莫不淒然以悲。至常德生當太平，以政事顯，屢典大郡，其所遇宜人情之所喜矣。顧其詩常若有所不懌，而欲自適於山澤間者何邪？嗟乎！士或所挾者廣，而世之取之者不能盡。事有旁觀見爲功名之美，而君子中心歉然，以爲不足居。若此者，往往而有。其志深，其情遠，顧非其辭之工，猶不能盡達其情志，使人悵然感歎而不能自已也。

常德之詩，貫合唐、宋之體，思力所嚮，搜抉奇異，出以平顯，憔悴專一之士或不能逮，而乃出於仕宦奔走之餘，信乎才之偉已！余取其尤工者别録之，歸諸其家，而因爲之序。

海愚詩鈔序

吾嘗以謂文章之原，本乎天地；天地之道，陰陽剛柔而已。苟有得乎陰陽剛柔之精，皆可以爲文章之美。陰陽剛柔，並行而不容偏廢。有其一端而絕亡其一，剛者至於僨强而拂戾，柔者至於頹廢而闇幽，則必無與於文者矣。然古君子稱爲文章之至，雖兼具二者之用，亦不能無所偏優于其間，其故何哉？天地之道，協合以爲體，而時發奇出以爲用者，理固然也。其在天地之用也，尚陽而下陰，伸剛而絀柔，故人得之亦然。文之雄偉而勁直者，必貴於溫深而徐婉；溫深徐婉之才，不易得也。然其尤難得者，必在乎天下之雄才也。

夫古今爲詩人者多矣，爲詩而善者亦多矣，而卓然足稱爲雄才者，千餘年中數人焉耳，甚矣其得之難也。今世詩人足稱雄才者，其遼東朱子潁乎？即之而光升焉，誦之而聲閎焉，循之而不可一世之氣勃然動乎紙上而不可禦焉，味之而奇思異趣角立而橫出焉，其惟吾子潁之詩乎！子潁沒而世竟無此才矣！

子潁爲吾鄉劉海峯先生弟子，其爲詩能取師法而變化用之。鼐年二十二，接子潁於京師，即知其爲天下絕特之雄才，自是相知數十年，數有離合。子潁仕至淮南運使，延余主揚州書院，三年而余歸，子潁亦稱病解官去，遂不復見。子潁自少孤貧，至於宦達，其胸臆時見於詩，讀者可以想見其藴也。蓋所蓄猶有未盡發，而身泯焉。其没後十年，長子今白泉觀察督糧江南，校刻其集，鼐與王禹卿先生同録訂之，曰海愚詩鈔，凡十二卷。乾隆五十九年四月，桐城姚鼐序。

敦拙堂詩集序

言而成節合乎天地自然之節，則言貴矣。其貴也，有全乎天者焉，有因人而造乎天者焉。今夫六經之文，聖賢述作之文也。獨至於詩，則成於田野閨闥、無足稱述之人，而語言微妙，後世能文之士，有莫能逮，非天爲之乎？

然是言詩之一端也，文王、周公之聖，大、小雅之賢，揚乎朝廷，達乎神鬼，反覆乎訓誡，光昭乎政事，道德修明，而學術該備，非如列國風詩采於里巷者可並論也。夫文者，藝也。道與藝合，天與人一，則爲文之至。世之文士，固不敢於文王、周公比，然所求以幾乎文之至者，則有道矣，苟且率意，以覬天之或與之，無是理也。

自秦、漢以降，文士得三百之義者，莫如杜子美。子美之詩，其才天縱，而致學精思，與之並至，故爲古今詩人之冠。今九江陳東浦先生，爲文章皆得古人用意之深，而作詩一以子美爲法。其才識沈毅，而發也騫以閎；其功力刻深，而出也慎以肆；世之學子美者，蔑有及焉。

且古詩人，有兼雅、頌，備正變，一人之作，屢出而愈美者，必儒者之盛也。野人女子，偶然而言中，雖見録於聖人，然使更益爲之，則無可觀已。後世小才嵬士，天機間發，片言一章之工亦有之，而裒然成集，連牘殊體，累見詭出，閎麗譎變，則非鉅才而深於其法者不能，何也？藝與道合，天與人一故也，如先生殆其是歟？先生爲國大臣，有希周、召、吉甫之烈，雖不具論，論其與三百篇相通之理，以明其詩所由盛，且與海内言詩者共商榷焉。

荷塘詩集序

古之善爲詩者，不自命爲詩人者也。其胸中所蓄，高矣、廣矣、遠矣，而偶發之於詩，則詩與之爲高廣且遠焉，故曰善爲詩也。曹子建、陶淵明、李太白、杜子美、韓退之、蘇子瞻、黄魯直之倫，忠義之氣，高亮之節，道德之養，經濟天下之才，捨而僅謂之一詩人耳，此數君子豈所甘哉？志在於爲詩人而已，爲之雖工，其詩則卑且小矣。余執此以衡古人之詩之高下，亦以論今天下之爲詩者。使天下終無曹子建、陶淵明、李、杜、韓、蘇、黄之徒則已，苟有之，告以吾説，其必不吾非也。

適來江寧，識涇陽張君。君以累世同居、義門之子，負剛勁之氣，兼治煩之才，雖爲一令，廿餘年屢經躓起，而志不可抑，今世奇士也，而耽於詩，政事道途之閒，不輟於詠。出其詩示余。余以爲君之詩，君之爲人也。取君詩而比之子建、淵明、李、杜、韓、蘇、黄之美，則固有不逮者，而其清氣逸韻，見胸中之高亮，而無世俗脂韋之概，則與古人近而於今人遠矣。

夫詩之至善者，文與質備，道與藝合，心手之運，貫徹萬物，而盡得乎人心之所欲出。若是者，千載中數人而已。其餘不能無偏，或偏於文焉，或偏於質焉。就二者而擇之，愚誠短於識，以爲所尚者，蓋在此而不在彼。惟能知爲人之重於爲詩者，其詩重矣。張君殆其倫歟？

香巖詩稿序

吾家渭川孝廉，贛州府君季子，於輩行余叔父也，而自少從余學爲文辭，相親愛甚，入京則館余舍。余歸相從，則十日而見常八九。日者舉族人才就衰，君方傑出，詞氣秀發，又通敏人事，有振興之望，君亦以自命也。乾隆三十九年，登順天府鄉薦，名著於京師，會稽梁相國尤愛之，然竟不獲一第以死。

乾隆四十年春，君自里中將應禮部試，余餞之於城北張氏園。大雪松竹盡縞，酒中君淚下，曰：「先生四十四歲棄官歸矣！某今逾先生棄官之歲，如此盛寒，方走三千里，俯就場屋，爲門户計，誠非得已！世事茫茫，安知所稅駕乎？」君是年竟黜，歸二年，遭母氏張恭人艱。服終又一試，又黜，遂没京師僧舍，年五十。

又一年，其孤哀録生平所爲詩，曰香巖詩稾，俾余論之。余稍删定，存若干首。君詩多得古人清韻，不爲淺俗之言。其才於古文經義駢儷之文，無所不解，爲之皆有法度，而尤長者在詩。然亦恨人事擾之，苟極其才力，所至當不止此也。然於近之詩人，足以豪矣！有才若此而鬱鬱早終，當爲天下惜，豈獨姚氏哉！乾隆五十五年七月朔鼐書。

張宗道地理全書解序

自中原達乎冀北，地高而壤厚，喪親者雖未能慎擇而葬，尚尠水蟻之憂，然而不若精鑑而慎擇之之爲善也，而況江、淮以南者乎？儒者欲安親體，必求免地下之患，苟非山川氣交，盤繞障護之美，患不得而免矣。夫山川之用在氣，人子安親，固非希爲富貴昌熾之計，然山川氣之所聚，亡者安則生者福，反是則禍，亦理之所必有。夫君子固不深希福利，然使葬失其道，而致衰敗絶祀之禍，亦豈人子情所安哉？以此論之，形家之説，雖孔、孟復生，不盡廢也。

余以求葬親故，頗觀覽形家言十數家，而以爲近世爲其說理當而辭明顯者，莫如張宗道。吾鄉章淮樹觀察，尤精其術，而亦取張宗道書，嘗爲解釋、推衍其旨；又於其言有誤失者，稍辨正之。形家之理，備於此矣。於是將刊行所解，以遺天下之爲人子欲葬親者。夫「惠迪吉，從逆凶」，道也；擇葬地以萃天地山川之氣，術也。術之至者，與道相成而不相害。吾觀觀察每爲親族交友擇地，予之財以葬，恤難而廣仁，非徒自喜其術而已。余嘗邀定先塋，屢煩跋涉，未嘗言瘁，誼有足動人子之心者。夫今之刊是書以裨益天下者，亦廣仁之事，惠迪之一端也，余安得不樂而爲之說也哉！

停雲堂遺文序

士不知經義之體之可貴，棄而不欲爲者多矣！美才藻者，求工於詞章聲病之學；强聞識者，博稽於名物制度之事；厭義理之庸言，以宋賢爲疏闊，鄙經義爲俗體。若是者，大抵世聰明才傑之士也。國家以經義率天下士，固將率其聰明才傑者爲之，而乃遭其厭棄。惟庸鈍寡聞，不足與學古者，乃促促志於科舉，取近人所以得舉者，而相效爲之。夫如是，則經義安得而不日陋？苟有聰明才傑者，守宋儒之學，以上達聖人之精；即今之文體，而通乎古作者文章極盛之境。經義之體，其高出詞賦箋疏之上，倍蓰十百，豈待言哉！可以爲文章之至高，又承國家法令之所重，而士乃反視之甚卑，可歎也。皐蘭王誠亭先生，固秦中之聰明才傑士也。又當康熙時，世未甚厭經義，盡心爲之，其文亦既工矣，蓋異於今之所以得舉者也。後卒於山西，家貧子幼，其稿幾於湮没，今嗣孫光晟爲江寧尉，乃雕板傳之。以余持論素不厭棄經義也，來請爲之辭。余既欲以前輩之究心經義者導後之人，而又念王君能勤勤盡其心力，以揚先人之美，是亦可紀也，作停雲堂遺文序。

謝蘊山詩集序

南康謝蘊山先生，奮迹江湖，迴翔詞館者十餘年，出而分符秉節者又二十餘年。鼐初識之於庶常館中，時先生之年尚少，而文采已雄出當世矣。

自是與先生屢有離合，惟丙申、丁酉之歲，遼東朱子潁轉運淮南，邀鼐主梅花書院，適先生來守揚州。其時相從最久，遊蓋接影於山水之區，三人屢以酬詠相屬。先生才豐氣盛，鋭挺猋興，不可阻遏；非特如鼐輩者，望而自卻，雖才雄如子潁，亦未嘗不以爲可畏也。然先生殊不以所能自足，十餘年來，先生之所造，與時俱進。

今者觀察河、淮，自定其詩集成若干卷，而往時宏篇麗製，人所驚歎以謂不可逮者，先生固已多所擯去矣。夫豈非才高而心逾下，識精而志彌遠者歟？是以其詩風格清舉，囊括唐、宋之菁，備有闓闊幽深之境，信哉！詩人之傑也。

且夫文章、學問一道也，而人才不能無所偏擅，矜考據者每窒於文詞，美才藻者或疏於稽古，士之病是久矣。鼐於前歲見先生著西魏書，博綜辨論，可謂富矣！乃今示以詩集，乃空靈駘蕩，多具天趣，若初不以學問長者。余又以是知先生所蘊之深且遠，非如淺學小夫之矜於一得者。然則謂之詩人，固不足以定先生矣。

子穎自去淮南，奄終於京國。獨先生從宦益久，功名益盛，文章亦益多。今子穎遺集，得其子白泉觀察鐫板江寧，鼐方爲之序，而先生集亦適來。回憶疇昔往來兩君之間，盡覩文章之豪儁。日月逾邁，駑憊如故，而兩君之集，將並大傳於時，與名其間，其爲可感歎而愧恧者又何如也？是爲序。

恬菴遺稿序

鄉之前輩以文章稱而年與鼐接者十餘人。鼐自童幼，受書一室，足希出户，苟非嘗至吾家者，率不得見。若望谿宗伯、韞參司業、南堂、息翁諸先生，異鄉學者見其詩文，或生愛慕，恨莫接其形容，而惡知生同里閈者，固亦若是也。

汪稼門觀察之先君子恬菴先生，計其生之年，與鼐接之年也，而鼐未嘗見。觀察出其文讀之，清和恬雅，有越俗之韻，真吾鄉前輩文也。余於是益歎昔者文學之盛，而怪今者之不繼。豈人不悦學，而吾邑之文將自是日衰耶？抑士有藏於室而吾不得識，亦如吾曩者與前輩不相遇者耶？不然，何今昔之殊也？

觀察承其家學，在官有廉靖之節，世推其賢。恬菴之文，因益聞於天下。其蓄深者其播遠，於理固然。吾將舉是編，爲里之羣士勸焉。

晚香堂集序

鼐世父薑塢先生，乾隆九年，爲順天鄉試同考官，得長白永卧岡先生。先生後仕爲寧遠州刺史以没。其後數年，鼐爲禮部員外郎，而先生之兄尚書公領禮部，獲侍焉，因見尚書公之賢。又後廿年餘，先生之子小尹同知江寧府，鼐適在江寧，時與共語，於是又備知小尹之爲才也。獨於卧岡先生，生平未嘗相見。先生嘗一至桐城，謁吾世父於里，鼐適他出，惟世父語鼐：「永君伉直誠篤君子也。」洎既知小尹，小尹出其先君子之所爲詩曰晚香堂集見示。讀之得其度越流俗之槩，音和而調雅，情深而體正，益以信吾世父之言不虚。其間亦屢有懷思薑塢先生之作，用情尤摯。回計卧岡先生之喪二十一年，而吾世父卒二十三年矣，因與小尹相對泫然。小尹之仕也，始亦自寧遠州徙官而來。寧遠之民，愛慕小尹，樂從其令，以謂「甚似昔使君，真使君之子」。蓋先生遺愛在民若此。

先生國之世家，自尚書以往，並奮迹戎馬之間，立功疆場之外，入爲鄉士，道光廊廟；而先生官止一州，蓋未竟其志業。況區區文墨辭翰之事，僅稱爲詩人，豈先生意哉？雖然，後之學者欲知先生之志與人，讀其詩，亦舉可想見云。乾隆五十七年十一月，桐城姚鼐序。

鄉黨文擇雅序

婺源江慎修先生，修行鄉閭，講明六藝，博學精思，導啓滯霿，生則學者師焉，没而配食朱子。其生平著述，蓋百餘卷。嘗以諸生説論語鄉黨篇，尤多於古制不明，以後世所見，苟相附會，臆説淺妄，乃作鄉黨圖攷。又録前人鄉黨篇文，頗辨論其是非。其有題而文無足録者，乃自撰之，合三百餘篇。夫國家所以設經義取士之法者，欲人人講明於聖人之傳不謬而已。不達經説，而泛爲文，何取於是文哉？如先生著書録文，以明經爲志，良足輔助朝廷教士必使成學之意。其視流俗號爲選録文字者，猶塵堁也。

鄉黨圖攷昔已刻行。乾隆五十一年，大興朱石君侍郎典試江南，以過位章命題，士達於江氏說者，乃褒録焉。獨其鄉黨文存於里中，鬱而未發，異鄉士或聞而思見之。今婺源吳君石湖，將盡刻江氏遺書，乃先出其鄉黨文，雕板以傳。用科舉之體制，達經學之本原，士必有因是而興者，余竊樂而望焉，因爲之序。

左筆泉先生時文序

左筆泉先生之文，沈思孤往，幽情遠韻，澂澹泬寥，如人入寒巖深谷，清泉白石，仰蔭松桂之下，微風泠然而至，世之塵壒不可得而侵也。

吾鄉前輩多文學之彦，而先生後出，先君子及世父編修府君皆友之如弟。編修府君嘗語人：「左君年少而才穎，極其所至，殆欲超越吾輩也。」鼐八歲時，從先君自城南移居城北，與先生爲鄰。時方侍廬先生館於鼐家，每日暮，則筆泉先生步來，與先君、方先生談說。鼐雖幼，心喜旁聽其論。筆泉尤善於吟誦，取古人之文，抗聲引唱，不待說而文之深意畢出。如是數年，鼐稍長，爲文亦爲先生所喜。又其後鼐遊京師，不第而返，先生招使課其諸子。鼐後成進士，從世父自天津歸，則先生築别業於媚筆泉，故自號筆泉。其時鼐孤，而方先生遠遊河、洛，先生邀編修府君及鼐遊於泉上。鼐歸爲作記，先生大樂而時誦之。余旋去里，又十年自京師歸，則編修府君與先生、方先生相繼喪矣。

先生雖文士，而才足有爲。其事父母孝，鄉舉入都，父母見其行，甚悲。故三試不第，遂不復往，爲武進教諭。太公一就官舍，不樂居，先生即稱病返。故不盡其才，以至於没。其居里，里人有事叩之，爲謀必當。爲文不甚愛惜，多聽人持去，今其子搜求所得才數十篇，而余少所見佳文，或軼不具。余年七十矣，執先生之文，追憶六十餘年之事如一日間，今惟先生家與余鄰居如故耳！乃悽然爲之序云。

徐六階時文序

前十年，余於里中始聞徐君六階之名，衆咸推其能文。後偶過張行可職方，值六階館於其家，爲訓職方之子，余因識之。其年甚少，而温良可親，余以器之。乾隆乙卯秋，六階乃舉於順天鄉試，余及鄉人皆爲之喜。逾年丙辰會試，六階不第，而遽得疾亡於京師，年僅三十餘，妻子貧弱，鮮期功之親。今職方之子與其徒，悲傷其師之不幸，爲刻遺稿，欲以存六階於久遠也。

六階之文，與今世登第之能文者，無以讓也。當明中葉，士始有文稿，以文稿傳者，皆善文士也。及國初，有不善文而倖第者，取諸生善文而身没者之文，據爲己有，亦刻爲稿。世之讀者，以謂是佳文，必宜成進士，而烏知爲是文者，乃終身不遇哉？雖然，是其人雖不遇，而其文猶傳，猶爲不負其用心。近世天下都不復重爲文，登第者亦無事刻文稿，則不遇者之文尤湮没無由見於世矣。傷哉！

若六階雖不成進士，而其文得其徒傳播之，猶愈於其竟泯也。悲夫！余爲叙之，或足慰六階於幽冥中乎？抑使列士聞之而嘅息也！

禮箋序

有人江海之深廣，欲窮探其藏，使後之人將無所復得者，非至愚之人，不爲是心也。其六經之書，其深廣猶江海也。自漢以來，經賢士鉅儒論其義者，爲年千餘，爲人數十百。其卓然獨著、爲百世所宗仰者，則有之矣。然而後之人猶有能補其闕而糾其失焉，非其好與前賢異，經之説有不得悉窮，古人不能無待於今，今人亦不能無待於後世，此萬世公理也。吾何私於一人哉？大丈夫寧犯天下之所不韙，而不爲吾心之所不安。其治經也，亦若是而已矣。

歙金蘂中修撰，自少篤學不倦，若始成書。其於禮經，博稽而精思，慎求而能斷。修撰所最奉者康成，然於鄭義所未衷，糾舉之至數四。夫其所服膺者，真見其善而後信也；其所疑者，必核之以盡其真也。豈非通人之用心、烈士之明志也哉！

鼐取其書讀之，有竊幸於愚陋夙所持論差相合者，有生平所未聞得此而俛首悦懌，以爲不可易者，亦有尚不敢附者。要之，修撰爲今儒之魁俊，治經之善軌，前可以繼古人，俯可以待後世，則於是書足以信之矣。嘉慶三年五月，桐城姚鼐序。

述菴文鈔序

鼐嘗論學問之事，有三端焉：曰義理也，考證也，文章也。是三者苟善用之，則皆足以相濟；苟不善用之，則或至於相害。今夫博學强識而善言德行者，固文之貴也；寡聞而淺識者，固文之陋也。然而世有言義理之過者，其辭蕪雜俚近，如語録而不文；爲攷證之過者，至繁碎繳繞，而語不可了當，以爲文之至美，而反以爲病者何哉？其故由於自喜之太過而智昧於所當擇也。夫天之生才雖美，不能無偏，故以能兼長者爲貴，而兼之中又有害焉。豈非能盡其天之所與之量而不以才自蔽者之難得與？

青浦王蘭泉先生，其才天與之，三者皆具之才也。先生爲文，有唐、宋大家之高韻逸氣，而議論攷覈，甚辨而不煩，極博而不蕪，精到而意不至於竭盡。此善用其天與以能兼之才而不以自喜之過而害其美者矣。先生歷官多從戎旅，馳驅梁、益，周覽萬里，助成國家定絶域之奇功。因取異見駭聞之事與境，以發其瓌偉之辭，爲古文人所未有。世以此謂天之助成先生之文章者，若獨異於人。吾謂此不足爲先生異，而先生能自盡其才以善承天與者之爲異也。

鼐少於京師識先生，時先生亦年才三十，而鼐心獨貴其才。及先生仕至正卿，老歸海上，自定其文曰述菴文鈔四十卷，見寄於金陵。發而讀之，自謂粗能知先生用意之深，恐天下學者讀先生集，第歎服其美，而或不明其所以美，是不可自隱其愚陋之識而不爲天下明告之也。若夫先生之詩集及他著述，其體雖不必盡同於古文，而一以余此言求之，亦皆可得其美之大者云。

小學攷序

六藝者，小學之事，然不可盡之於小學也。夫九數之精，至於推步天運，冥測乎不得目睹之處，遥定乎前後千百載不接之時，而不迷於冥茫，不差於毫末，此術家之至學，小子所必不能也。夫六書之微，其訓詁足以辨別傳說之是非，其形音上探古聖初制文字之始，下貫後世遷移轉變之得失，此博聞君子好學深思者之所用心，小子所不能逮也。至於禮樂，則固聖賢述作之所慎言，尤不得以小學言矣。然而謂之小學者，制作講明者〔一〕君子之事，既成而授之，使見聞之端於幼少者，則小子所能受也。今夫行萬里窮山海者，紀其終身之所履，艱危勞苦之所僅獲，以告於居不出於室中者，可以一日而盡得也。夫小學者，固亦若是而已。

秀水朱錫鬯檢討，嘗作經義攷，載説經之書既備，而不及小學。今南康謝蘊山方伯，以爲小學實經義之一端，爲論經始肇之事。且禮、樂則言之大廣，射御則今士所不習，九數則誠術家專門之所爲，惟書文固人人當解，學者須臾不能去，非專門之事也。前世好古之儒，固多究心於斯；至於今日，其書既衆，或因舊聞而增深，或由創得而邁古，雖其間粹駮淺深，爲者或不必盡同，然而彼皆欲自爲其艱危勞苦，而授小子以逸獲之道，其人其志，固皆不可泯也。因輯漢以來言文字訓詁形音之書，至於今日英才博學所撰，舉載於編，凡若干卷，名之曰小學攷，以補朱氏之所未備。其言筆勢八法者，乃棄不録，以其無關於經學也。

攷成，以其書示某。某誠嘉方伯有不遺衆善採輯之美意，又以爲能盡大人君子之心，乃能授其教於小子。方伯之用心如此，異日助成國家禮樂之修，其亦有望也與！嘉慶三年八月，桐城姚某序。

〔校記〕

〔一〕「者」，叢本、劉本同。疑衍。

選擇正宗序

天下術家之言，必首以太歲爲重，餘術皆由太歲而生者也。有問於余者曰：「古太歲之法因於歲星。歲星居所次辰，則太歲居辰之所合。星與太歲順逆行異，而合辰無貸。歲星歲一辰而微速，久則過辰，故有龍度天門之注，則太歲應之，百四十四年而超辰焉。自漢後，太歲失超辰法。是歲星太歲所居，辰不與合也，而術者以推吉凶，猶能驗乎？」余曰：「驗也。夫吉凶生乎氣，氣生乎神，神生乎人心。夫太歲非有形也，爲天之君神。夫人心所向者，則君也。今天下九州，人人心所執爲太歲在是辰者，則太歲在是辰矣。人心之所不超，則亦神之所不超，故以驗吉凶可也。雖然，又有道焉：天之道神而不可盡測，其氣時而至，時而不至。今夫盛暑南向，宜受氣熱矣，而累日北風，析析而涼者有之。隆冬北向，宜受氣寒矣，而累日南風，煦煦以温者有之。故天氣時而不至，雖以古測太歲之術甚密，而吉凶不必驗也。其氣時而至，雖以今測太歲術甚疏，而吉凶未嘗不驗也。君子知其不可拘，干祿不回，不失吾理，而於術家之言，亦不必故違其大忌而已。」

吾鄉章淮樹觀察多術藝，兼通形家日者之言，究心爲一書曰選擇正宗，以視余俾爲之序。余不能盡通其説，而推淮樹著書之心，欲以爲人利而祛其害，其志甚美。乃以余夙所持論，書以爲之序云。

陳仰韓時文序

世之文士，以文進於有司，使一依古之格度，枯槁孤寂，與世違遠，以覬見賞於俗目，此亦不近人情之事矣。然遂背畔規矩，蔑理棄法，以趣時嗜，則必不可。譬如相人者，於儔類萬衆之中，求堯顙而舜目，龍章而鳳姿，然後許爲人，固不得也。若夫聳肩踰頂，隱口於臍，支離跛躄，而猶爲全人乎哉？酌古今之宜，審文質之中，内足自立，外足應時，士所當爲，如是而已。

休寧陳生仰韓，見余於江寧，惟余言之聽。其爲文體和而正，色華而不靡，足以自立，足以應時者也。然生從余遊十二年矣，而猶困於場屋。謂生文不善乎？不然也。謂其枯槁孤寂而大遠於時乎？亦不然也。夫草木之榮華，同本而遲速異時。夫守己不變以俟時者，此亦士信道篤自知明之一端也。生尚終取余言乎哉！因以是書生文之首云。

惜抱軒文集卷五

題跋

孝經刊誤書後

孝經非孔子所爲書也，而義出於孔氏，蓋曾子之徒所述者耳。朱子疑焉，爲之刊誤。夫古經傳遠，誠不能無誤也；然朱子所刊，亦已甚耳。夫其書有不可通者，非本書之失，後人離合其章者之過，而文有譌失不能明也。

漢藝文志云：「孝經古孔氏一篇，二十二章〔一〕。其曾子敢問章爲三章。」夫孝之常，在於事親立身，而其極至於嚴父配天，故曾子敢問章，義與首章之說相備。朱子中庸章句，以孔子言子、臣、弟、友之常爲費之小，以舜、文、武、周公之孝爲費之大，夫孝經亦猶是已。舉中庸之言孝，以釋嚴父配天之義，則知聖人論孝，必極於是。以人子自盡之實，則匹夫啜菽而不爲不足，以其行於天下之量，則爲帝王，制禮樂，皆備於孝之中。故曰「義相備」也。

「子言：天地之性，人爲貴」，至「聖人之德，又何以加於孝乎」，其辭盡矣。其下「故親生之膝下」，至「不敬其親而敬他人者，謂之悖禮」，自爲一章，以申「資於事父以事君而敬同」義也。自「以順則逆，民無則焉」，至「其儀不忒」，又爲一章，言君子苟不能自慎其威儀，而但以虛辭訓民，民必逆之，而滋爲凶德，縱能得志於民，而已實無禮以臨之，君子亦所弗貴，是以君子慎威儀。此章以申「非先王法服不敢服，非法言不敢道」義也。古孔氏分三章是也，而章首各有脫文，又「訓」誤爲「順」。儒者見其發句言「故」言「以」，遂聯屬之，而以「子曰」字寘「父子之道天性」及「不愛其親」之上，則失其所矣。

孝經後章之文，多以廣前章之義，但非必以經、傳分其次，亦不必拘拘比附也。若其辭有同於左傳者，蓋此固曾氏之書，而左傳傳自曾申，劉向別録記之矣，意或爲傳時取辭於是，未可知也。不幸孝經之文，譌脫不具。朱子覺此文義之不完，反不如左氏之可通，遂疑爲襲左氏也。其病亦由混合爲章者過也，若其首前儒所分爲七章者，朱子合爲一章，則說誠善無以易矣。

夫儒者有德行，有言語、文學，苟非亞聖之才，不能備也。德行之儒或疏於辭，若坊記、表記、緇衣之類，每一言畢，輒引詩、書文以證之，間有不甚比附而强取者矣，亦洙、泗間儒者之習然也。子思、孟子然後不爲是習，至荀子則亦有之矣。孝經引詩、書亦頗有，然知其取義有疏密則可耳，而節去之，恐未可也。

〔校記〕

〔一〕「二十二章」，原作「二十三章」，叢本、劉本同，殿本漢書藝文志及備要作二十二章，據改。

辨逸周書

世所傳逸周書者，漢藝文志載之六藝略尚書中，但云周書七十一篇，不云尚書之逸者。云孔子所論百篇之餘者，劉向説也。班氏不取，識賢於向矣。

然吾謂班氏辨此亦未審。子貢曰：「文、武之道，賢者識其大，不賢者識其小。」雖小而所傳誠文、武道，非誣也，誣則奚取哉？周之將亡，先王之典籍泯滅，而里巷傳聞異辭。蓋聞而識者，無知言裁辨之智，不擇當否而載之，又附益以己之私説。吾意是周書之作，去孔子時又遠矣，文、武之道固墜矣。

莊子言「聖人之法，以參爲驗，以稽爲決，其數一二三四」是也。此如箕子陳九疇，及周禮所載，庶官所守，皆不容不以數紀者。若是書以數爲紀之詞，乃至煩複不可勝記，先王曷貴是哉？吾固知其誣也。

其書雖頗有格言明義，或本於聖賢，而間雜以道家、名、法、陰陽、兵權謀之旨。程寤、太子晉篇，說尤怪誕，殆非儒者所道。校書者宜出之六藝，入之雜家，乃爲當耳。宜依其本書名曰周書，雖與尚書周書名同，不害也。不當曰逸，云逸，則附之尚書矣。

讀司馬法六韜

世所有論兵書，誠爲周人作者，惟孫武子耳，而不必爲武自著，若其餘，皆僞而已。任宏以司馬法百五十五篇入兵權謀，班固出之以入禮經。太史公歎其閎廓深遠，則其書可知矣。世所傳者，泛論用兵之意，其辭庸甚，不足以言禮經，亦不足言權謀也，且僅有卷三耳。

漢藝文志：吳起四十八篇在兵權謀，尉繚子三十一篇在兵形勢。今吳子僅三篇，尉繚子二十四篇。魏、晉以後，乃以笳笛爲軍樂。彼吳起安得云「夜以金鼓笳笛爲節」乎？蘇明允言：「起功過於孫武，而著書顧草略不逮武。」不悟其書僞也。尉繚之書，不能論兵形勢，反雜商鞅刑〔一〕名之說，蓋後人雜取，苟以成書而已。

莊子載女商曰：「橫說之則以詩、書、禮、樂，從說之則以金版六弢。」然則六弢之文，必約於詩、書、禮、樂者也。劉向、班固皆列周史、六弢於儒家，且云：「惠、襄之間，或云顯王時，或曰孔子問焉。」然其爲周史之辭，若周任、史逸之言無疑也；非言兵，亦無與於太公也。今六韜微取兵家之說，附之太公而彌鄙陋。周之權曰鈞不曰斤。其於色曰玄，曰黑，曰緇，不曰烏。晉、宋、齊、梁間，市井乃有烏衣、烏帽語耳，而今六韜乃曰斤，曰烏。余嘗謂周、秦以降，文辭高下差別頗易見。世所謂古文尚書者，以他書事實證之，其僞已不可逃。然直不必論此，取其文展讀，不終卷而決知非古人所爲矣。蓋古書亡失，多在漢獻、晉惠、愍間，而好爲僞者，東晉以後人也。唐修隋書作藝文志，不知古書之逸，舉司馬法之類悉載之。顔師古注漢書，於六韜直以謂即今書。此皆不足以言識。至韓退之乃識古書之正僞，惜其於此數者，未及詳言之也。

漢書刑法志所載古井田出車之法甚詳，其文蓋出於司馬法，與包咸注論語辭同也。刑法志引其文備，故以六十四井出車一乘；別以三十六井地，當山川、沈斥、城池、邑居、園囿、術路，合之則百井。包咸引其辭略，故第言「成出車一乘」耳，其原出一也。作僞者，其所見書寡於爲古文尚書者，故舉此及他經史明載之司馬法而併遺之。

〔校記〕

〔一〕原作「形」，各本同。按形、刑通，但以「刑名」一辭用之法家，自前漢已然，仍以改「刑」爲是。

辨賈誼新書

賈生書不傳久矣，世所有云新書者，妄人僞爲者耳。班氏所載賈生之文，條理通貫，其辭甚偉，及爲僞作者分晰，不復成文，而以陋辭聯廁其間，是誠由妄人之謬，非傳寫之誤也。賈生陳疏，言「可爲長太息者六」，而傳內凡有五事，闕一。吾意其一事言積貯，班氏已取之入食貨志矣，故傳內不更載耳。僞者不悟，因漢諸侯王表有「宫室百官，同制京師」之語，遂以此爲長太息之一。然賈生疏云，「令君君臣臣，上下有差。」已足該此義矣，不得又別爲其一也。

夫天子母曰皇太后，妻曰皇后。諸侯王母曰王太后，妻曰王后。雖武、昭以後，抑損宗室，終不改此制，何嘗爲無別耶？易王后曰妃，自魏、晉始。作僞者魏、晉後人，乃妄意漢制之必不可用耳。若諸侯王相用黄金印，固爲僭矣，故五宗王世易爲銀印。然吾以爲此亦未爲巨害。漢御史大夫秩中二千石，銀印青綬。張蒼以淮南王相遷爲御史大夫，周昌以御史大夫降相趙。高祖曰：「吾極知其左遷。」其時國相乃金印，此正如隋以來，外官章服官品雖崇，而位絀於京職之卑品耳，是亦何必爲太息哉？

要之漢初諸侯王，用六國時王國之制，故其在國有與漢庭無別者若此。若皇帝，臣下稱之曰陛下，此是秦制，周末列國諸王所未有，則漢諸侯王必不襲用秦皇帝之制，而使其國臣稱曰陛下，而僞爲賈生書及之，此必後人臆造，非事實也。真西山取新書是篇，欲以補賈生之疏，吾是以爲之辨。若其文辭卑陋，與賈生懸絶，不可爲量，則知文者可一見決矣。

讀孫子

左氏序闔閭事無孫武；太史公爲列傳，言武以十三篇見於闔閭。余觀之：吳容有孫武者，而十三篇非所著，戰國言兵者爲之，託於武焉爾。

春秋大國用兵，不過數百乘，未有興師十萬者也，況在闔閭乎？田齊、三晉，既立爲侯，臣乃稱君曰主。主在春秋時，大夫稱也。是書所言，皆戰國事耳。

其用兵法，乃秦人以虜使民法也，不仁人之言也。然自是世言用兵者，以爲莫武若矣。

書貨殖傳後

世言司馬子長因己被罪於漢，不能自贖，發憤而傳貨殖。余謂不然。蓋子長見其時天子不能以寧靜淡薄先海内。無校於物之盈絀，而以制度防禮俗之末流；乃令其民仿效淫侈，去廉恥而逐利資，賢士困於窮約，素封僭於君長。又念里巷之徒，逐取十一，行至猥賤；而鹽、鐵、酒酤、均輸，以帝王之富，親細民之役，爲足羞也。故其言曰：「善者因之，其次利道之，又次教誨之，整齊之。」夫以無欲爲心，以禮教爲術，人胡弗寧？國奚不富？若乃懷貪欲以競黔首，悢悢焉思所勝之，用刻剥聚斂、無益習俗之靡，使人徒自患其財，懷促促不終日之慮。户亡積貯，物力凋敝，大亂之故，由此始也。故譏其賤以繩其貴，察其俗以見其政，觀其靡以知其敝，此蓋子長之志也。

且夫人主之求利者，固曷極哉？方秦始皇統一區夏，鞭箠夷蠻，雄略震乎當世；及其伺睨牧長寡婦之貲，奉匹夫匹婦而如恐失其意，促訾啜汁之行，士且羞之，矧天子之貴乎？嗚呼！蔽於物者必逆於行，其可嘅矣夫！

辨鄭語

太史公曰：「左丘失明，厥有國語。」吾謂不然。今左氏傳非盡丘明所録，吾固論之矣。若國語所載，亦多爲左傳采録，而采之非必丘明也。又其略載一國事者，周、魯、晉、楚而已。若齊、鄭、吴、越，首尾一事，其體又異。輯國語者，隨所得繁簡收之，而鄭語一篇，吾疑其亦周語之文，輯者别出之者。

周自子朝之亂，典籍散亡，後之君子，掇拾殘闕，亦頗附會非實，喜言神怪。若周語房后爲丹朱馮，及是篇龍櫱之説，何其誕耶？夫褒姒之事，鄭桓公所親見；如是篇史伯所述，後世紀前代之辭，非同時辭也。

鄭桓公周賢人也，而謂寄賄誘虢、鄶，取其地，用小人傾詐之術。且當西周時，史伯惡能知周必東遷，鄭必從之哉？此可謂誣善之辭矣。秦伯居幽王時，僅一附庸，不足云小國，而何以云國大？造飾之詞，忘其時之不合。以丘明君子，必不取也。

若鄭人爲鄭語，宜載有鄭東建國後之事。子産引鄭書「安定國家，必大焉先」，司馬叔游引「惡直醜正，實蕃有徒」。然則鄭固有語，輯國語者卒未得邪？

跋夏承碑

自漢以來，爲書者有隸書，或又言八分書。説者欲殊别之，辨之愈繁，愈使人茫然不得所據。吾謂八分止是隸書耳！衛恒四體書勢，古文、篆、隸、草書四者而已，明八分在隸内也。然隸書自有三種之别：秦與西漢官俗所用，猶未有波磔，然不得謂之篆，止是隸書。其字形亦殊不正，真所謂取便徒隸者也，是爲其一。東漢及魏，則波磔興矣，然尚無懸針之體，是爲其二。自晉以來，皆法羲、獻，有懸針、垂露之别，蓋創始於漢末，而大盛於二王，以至今日，是爲其三。其間貌别形殊，真所謂變化如浮雲者，然一以此三者統之則盡矣，其中不容八分別爲體也。

蔡伯喈嫌世俗隸書，苟簡謬誤，正之以六書之義，取於篆、隸之間，是謂八分。蓋所爭者，在筆畫繁簡得失之殊，而不在體勢波磔之辨。其謂之八分者，既爲隸體，勢不容盡合篆理，略用其十七八耳。亦如顏元孫所云「盡法説文，則下筆多礙」者也。故余嘗云蔡伯喈爲漢八分，顏魯公書即可云唐八分，此與論筆法體勢者遠矣。

衛恒云：「上谷王次仲善隸書，始爲楷法。」王次仲未知何時人？然當在伯喈之前。楷法者，止言筆法之工拙，與八分論字形之正不，與六義離合者無涉。張懷瓘書斷，妄以次仲爲秦人。又謂「次仲作八分」，若以八分在隸外爲一體者。果若是，漢書六藝志中載六體書，何以遺漏八分邪？

歐陽公集古録凡漢碑字率呼爲漢隸，蓋伯喈惟書石經，當爲世則，字形必合典正，故取於八分。其尋常作書，亦或有出入。況他人所書碑石，舛失之字多矣，其中縱有能爲八分者，謂之漢隸，終不爲誤。若俗體漢隸，苟謂之八分，乃是誤也。

齊、梁以下至唐人，往往言分書、真書。其分書乃指波磔而不懸針者，聊與二王等真書爲別異。此皆沿俗失其義，不若歐公稱漢隸之善，世反謂歐公誤以八分爲隸書，可謂倒易是非也。趙明誠云：「嘗出漢碑數本示一士人：『何者爲八分？何者爲隸？』士人卒不能別。」

不知八分本未嘗別於隸體也。

此夏承碑中，作字有甚得六義近篆者，亦有從俗舛誤者。然從其多者論之，固愈於漢人他碑作字舛俗極甚者，即謂此碑是八分書亦可。但未知是伯喈所爲不耳？至若鄭僑所云：「漢石經是隸體八分，夏承碑是篆體八分。」此乃不知而妄說，所謂使人茫然者也。

書攷工記圖後

休寧戴東原作考工記圖。余讀之，推考古制信多當，然意謂有未盡者。東原釋車曰：「軫謂之收。」此非也。記曰：「軫之方也，以象地也。」蓋軫方六尺六寸。記曰：「參分車廣之一以爲隧。」蓋以二尺二寸爲輿後，其前也其廣如軫，而深四尺四寸，以設立木焉，是爲收。詩曰：「小戎俴收。」毛公曰：「收，軫也。」謂輿深四尺四寸，收於軫矣，非謂軫名收也。古者之尺小，鞌之戰，綦毋張寓乘，韓厥肘之，使立於後。晉師入平陰，獲殖綽、郭最，衿甲坐中軍之鼓下。使軫深四尺四寸而已，此非四尺四寸所容也，故收非軫也。

夫車邸之四邊爲軫，後軫無立木，人所由登也。軫三面有立木者謂之軓。記曰：「軓前十尺而策半之，」此前軓也。版之前於前軓者曰陰，陰一而已。少儀曰：「祭左右軓。」軓有三面也。古大車轅上附輿，小車輈下附軸。其既駕也。輈附軸者上離輿七寸，揉而升之，踰軓及衡。不及軓七寸，而揉始焉，故記曰：「軓中有灂。」今圖謂軓爲陰，而揉輈自軓始，抑誤矣。

輿上以一木再揉而曲爲三，横居前曰式。其餘輿上巨木皆曰較。記曰：「參分式圍，去一以爲較圍。」又其餘細木爲欞，旁者曰軹，前者曰轛。故横木其高平於式而當式後，較也。注家謂之輢。士，棧車，其崇者輢而已。大夫以上飾車，衷甸重較。輢上二尺二寸，而設重較焉。左右衡較皆二，立較皆三，短其一，修其二。記曰：「以其隧之半爲之較崇。」謂重較也。天子重較則爲繆龍。荀子曰：「彌龍以養威也。」今戴君謂較輢不重者，失之矣。

凡戴君説考工車之失如此。其自築氏而下，亦間有然者。然其大體善者多矣。余往時與東原同居四五月，東原時始屬稾此書，余不及與盡論也。今疑義蓄余中，不及見東原而正之矣，是可惜也。

書夫子廟堂碑後

虞伯施夫子廟堂碑，無建立年月。觀其文内，蓋武德九年十二月建廟，次年爲貞觀元年，仲春廟成釋菜。又稱述太宗有「視膳問安」及「空山盡漠」等語，則知立碑必在李靖俘頡利之後高祖未崩以前而爲之也。

當武后稱帝之時，磨去唐字，改題曰大周孔子廟堂之碑，故前署「司徒相王旦書碑額」，後復有「長安三年太歲癸卯金四月壬辰水朔八日己亥木書」凡二十一字，黄山谷見榮咨道家所藏舊搨本如此。然史言是年三月，相王罷爲司徒矣，不知史誤耶？或山谷所記四月字非耶？貞觀立碑年月，是時既磨去，及文宗時，祭酒馮審又請琢去大周字及武后年號，而元建碑之年，竟不能知，如今本是也。歐陽公集古録、趙明誠金石録，皆以此碑爲武德九年立，蓋失之。

是碑宋初已毀壞，爲王彦超再建。文内「及金册斯誤」，「及」字誤爲「反」；「榮光幕河」，「幕」字誤爲「莫」，蓋再建時，摹刻者失之耳。石既非舊，加又刓敝，至今執是以論伯施書法之妙，遠矣！

聞今安徽巡撫閔公家藏古拓殘文，自集其字爲纂言。孔繼涑爲鉤本勒石，以一本贈余。余觀之，尚不如此石本。伯施書雖渾厚而有鋒鍔，王彦超摹刻，山谷固云不厭人意矣，若孔刻乃彌失之模稜爾。但未見閔藏本，不知究如何也？

曩時陳紫瀾宫詹見語云：「某王府有唐拓廟堂碑，後進入大内。」果然，亦可與山谷所見榮咨道家者抗行也。

何孺人節孝詩跋後

昔孔子删詩，鄘風首柏舟之篇。蓋春秋之時，禮教衰，風俗敝，女子若共姜者鮮矣，故聖人亟與之也。其後風俗益偷，若魯貞女、淮陽陳孝婦之倫，間稱於世。及宋時，儒者申明禮義之說，天下宗之，至於今日，女子皆知節行之爲美，若柏舟之賢者多矣。是何士大夫之德日衰於古，而獨女子之節有盛於周之末世也？

乾隆十五年，禮部議從江蘇巡撫奏，以天下爲節婦者衆，不可盡予旌表，乃别定爲格，如格者乃旌表，而女子之行，或出於人所難能，不幸不及格，有終不與於旌表者矣。然其實足以存教化，美風俗，君子樂得詠歌而稱道之，不繫乎旌與否也。

鳳陽何太孺人，少寡守節，育其遺孤，不幸孤子夭，自投於井，家人救出之，爲立嗣，嗣子長而又死，卒撫孤孫，今武清令何君也，與鼐爲同年友。京師士大夫以孺人節行尤異，多作歌詩以美之，何君以視余。詩曰：「無忝爾所生。」夫孺人高行明節，可以張之以風乎天下之士君子，而況其子孫也哉！然則孺人之遺教遠矣。

劉念臺先生淮南賦跋尾

右山陰劉念臺先生淮南賦，蓋爲寶應劉練江先生作誄者也。兩先生之於爲儒，皆所謂篤行好學、守死善道者也。其相爲友，有不僅直諒多聞之爲益者矣。當萬曆中紀，朝廷政治大壞，念臺先生方出，而練江先生告歸於家，然皆内進修其德，而外繫心於天下之事，欲援手以救斯民者。念臺先生以行人出使過邗，方欲見練江先生，而先生已没，故其痛尤深。次年使還又過邗，不勝其悲，私謚之曰貞修，而作此賦，因自書以貽其家人，此卷是也。乾隆乙卯秋，練江先生之六世孫台拱，攜來江寧，出以示鼐。讀之使人感懷悽愴，不能自已！又念先六世祖汀州府君，與念臺、練江兩先生，皆萬曆辛丑進士，卒皆爲名臣。俯以通家之情，仰增敬慕，用敢識詞於其後云。後學桐城姚鼐記。

方坳堂會試硃卷跋尾

乾隆三十六年會試，余與南康謝蘊山編修並爲同考官。蘊山得詩四房，余得禮記二房，皆居西序東向，坐最近，時每共語，得佳卷，或持與觀賞之。今觀察歷城方君坳堂，出於蘊山之房，余獲讀其文最先，及填榜始知其名。

其後余病歸，久之來主江寧書院，時蘊山既外授，遷河庫道，去江寧三百里。坳堂觀察亦來江南，則居江寧，日夕相從，出其會試硃卷見示：余再讀之，因憶昔者危坐終晷，握管披卷，時欣時厭，及獲於諸賢聚居言笑之狀，宛在目前，計去今二十二年矣！當時考官三人：諸城劉文正公、長白觀補亭尚書、武進莊方耕侍郎，皆已亡。同考官十八人，及今存者，余與謝觀察外，復四人而已。是科得才稱最盛，而當時登第烜赫有聲，若程魚門、周書昌、孔葓谷、洪素人、林於宣、孔撝約輩，今率已殞喪。況歲月悠悠，又自是以往者乎！因與坳堂語及愴然。坳堂才行逾人，不負科名，是卷固宜爲後世所寶貴，而余顧尤念者。今昔之情也。

同考官舊制用藍筆，是科以皇太后萬壽恩科，易之以紫，循用數科，升祔之後，復改從舊。又是時試帖詩題在第二場，房官以五經分卷；今則詩題移於第一場，而房官無五經之名。是皆二十年中科場儀制之小變，併記於是，俾後考求故事者知之。

十一世祖南安嘉禾詩卷跋後

先參政公當明中葉，以給事中出知南安，惠澤下流，祥嘏上應。成化二年，屬縣大庾有嘉禾之瑞，一時文士多爲歌詠，凡數十篇，而大庾蔣君銘爲之序。參政公既集而刻之石，又以其真蹟藏於家，閲今三百二十七年矣，所藏間有零失，弟壯亭收輯重裝之，凡得詩十六首。仰思先人仁賢清白之風，無忘後嗣夙夜繼紹之志。然則是卷也，在昔者爲國祥，在今兹爲家慶，夫豈特文章翰墨之事哉？子孫其世寶諸！

梅二如古文題辭

吾郡潛山有張立齋先生者，爲人純白清介，舉世間勢位利禄之事，無以動其心者，一以飭身稽古爲事，困而不改，耄而不倦，真所謂君子儒也。宣城梅文穆公第三子鈖，字二如，學於立齋，矯然以篤行自持，其人品蓋似其師。立齋頗好爲古文，見二如古文，喜以爲勝己。

梅君中庚午科副榜，與鼐爲同年，然初不及相知。君後從文穆公居江寧。乾隆四十三年，鼐偶以事至江寧，其時文穆已薨，於人家坐上一遇君而心重之，然怱怱别去。又後十餘年，鼐來主鍾山書院，則君已喪數年矣。江寧人每爲鼐述君之賢，思今不可復得也。乾隆五十九年八月，見君弟繼美，始得君文讀之，果有高格清氣，異於世之爲文者。然君不自意其早亡，爲文不自收拾，繼美鈔於散佚零亂之中，得二十餘篇，鼐取其尤善者，别鈔以付其家。

鼐家去潛山百二十里而不獲見張先生，唯其文自先生存時已雕板得見，然終以不遇其人爲恨。君家世有德行文學，自定九先生及文穆公所著書及文集，行於海内，鼐具讀之矣。苦君年四十而喪，既無立齋之壽以大著其名，而文又未刻，鼐苟非後至江寧，烏知君行之詳及文之善哉！君文太少，似不足名集。然世固有鈔取漢、魏以來名人文數首，輒以某集稱者，然則即以君集刊行亦可也。

孫文介公殿試卷跋尾

武進孫文介公萬曆二十三年殿試對策卷，公官禮部時，自取出以藏於家。嘉慶四年，余於公從七世孫淵如觀察處得觀之，賢哲翰墨，雖寸紙足貴，況其身所由始仕，而陳辭慷慨，切直忠藎之志，已見於此焉者乎？

文介書法，爲世所稱，董華亭亦嘗推之。方其登第時，年三十一，書猶未爲甚工，蓋暮年筆力轉進，又踰於少壯之蹟。然如公德修節立，不愧始終，書小藝不足論，縱不能加益於其少時，亦何害乎？

卷内每行作三十二字。凡鄉、會試卷，皆有横直硃絲行，殿試卷但有直行而已。推立制之意，蓋以備士對策文有長短，則字從而疏密，無不可者。今時相習書殿試所對，率行二十三字，失爲法之本意矣。觀公此卷，足以知近時之失也。六月二十八日，桐城姚鼐謹跋。

惜抱軒文集卷六

書

答翁學士書

鼐再拜，謹上覃谿先生几下：昨相見，承教勉以爲文之法。早起又得手書，勸掖益至，非相愛深，欲增進所不逮。曷爲若此？鼐誠感荷不敢忘！

雖然，鼐聞今天下之善射者，其法曰：「平肩臂，正脰，腰以上直，腰以下反句磬折，支左詘右。其釋矢也，身如槁木。苟非是，不可以射。」師弟子相授受，皆若此而已。及至索倫蒙古人之射，傾首、欹肩、僂背，發則口目皆動。見者莫不笑之，然而索倫蒙古之射遠貫深而命中，世之射者常不逮也。然則射非有定法亦明矣。

夫道有是非，而技有美惡。詩文皆技也，技之精者必近道，故詩文美者命意必善。文字者，猶人之言語也，有氣以充之，則觀其文也，雖百世而後，如立其人而與言於此；無氣，則積字焉而已。意與氣相御而爲辭，然後有聲音節奏高下抗墜之度，反復進退之態，采色之華。故聲色之美，因乎意與氣而時變者也，是安得有定法哉！自漢、魏、晉、宋、齊、梁、陳、隋、唐、趙宋、元、明及今日，能爲詩者殆數千人，而最工者數十人。此數十人，其體製固不同，所同者，意與氣足主乎辭而已。人情執其學所從入者爲是，而以人之學皆非也；及易人而觀之，則亦然。譬之知擊棹者欲廢車，知操轡者欲廢舟，不知其不可也。

鼐誠不工於詩，然爲之數十年矣，至京師，見諸才賢之作不同，夫亦各有所善也。就其常相見者五六人，皆鼐所欲取其善以爲師者。雖然，使鼐舍其平生，而惟一人之法。則鼐尚未知所適從。比承先生吐胸臆相教，而鼐深蓄所懷而不以陳，是欺也，竊所不敢，故卒布其愚，伏惟諒察！

復張君書

辱書諭以入都不可不速。嘉誼甚荷！以僕騃蹇，不明於古，不通於時事，又非素習熟於今之賢公卿與上共進退天下人材者；顧蒙識之於儔人之中，舉纖介之微長，掩愚謬之大罪，引而掖焉，欲進諸門牆而登之清顯，雖微君惠告，僕固媿而仰德久矣！

僕聞蘄於己者志也，而諧於用者時也。士或欲匿山林而羈於紱冕，或心趨殿闕而不能自脱於田舍。自古有其志而違其事者多矣！故鳩鳴春而隼擊於秋，鱣鮪時涸而鮒鮔遊，言物各有時宜也。僕少無巖穴之操，長而役於塵埃之內，幸遭清時，附羣賢之末，三十而登第，躋於翰林之署，而不克以居，浮沉部曹，而無才傑之望，以久次而始遷。值天子啓秘書之館，大臣稱其觕解文字，而使舍吏事而供書局，其爲幸也多矣。不幸以疾歸，又不以其遠而忘之，爲奏而揚之於上，其幸抑又甚焉。士苟獲是幸，雖聾瞶猶將聳耳目而奮，雖跛躃猶將振足而起也，而況於僕乎？

僕家先世，常有交裾接迹仕於朝者；今者常參官中，乃無一人。僕雖愚，能不爲門户計耶？孟子曰「孔子有見行可之仕，於季桓子」是也。古之君子，仕非苟焉而已，將度其志可行於時，其道可濟於衆。誠可矣，雖遑遑以求得之，而不爲慕利；雖因人驟進，而不爲貪榮；何則？所濟者大也。至其次，則守官攄論，微補於國，而道不章。又其次，則從容進退，庶免恥辱之大咎已爾。

夫自聖以下，士品類萬殊，而所處古今不同勢。然而揆之於心，度之於時，審之於己之素分，必擇其可安於中而後居。則古今人情一而已。夫朝爲之而暮悔，不如其弗爲；遠欲之而近憂，不如其弗欲。易曰：「飛鳥以凶。」詩曰：「卬須我友。」抗孔子之道於今之世，非士所敢居也；有所溺而弗能自返，則亦士所懼也。且人有不能飲酒者，見千鍾百榼之量而幾效之，則潰胃腐腸而不救。夫仕進者不同量，何以異此？是故古之士，於行止進退之閒，有跬步不容不愼者，其慮之長而度之數矣，夫豈以爲小節哉？若夫當可行且進之時，而卒不獲行且進者，蓋有之矣，夫亦其命然也。

僕今日者，幸依聖朝之末光，有當軸之褒采，踴躍鼓忭以冀進，乃其本心，而顧遭家不幸，始反一年，仲弟先殞，今又喪婦。老母七十，諸稚在抱，欲去而無與託，又身嬰疾病以留之，此所以振衣而趦趄，北望樞斗而俛而太息者也。

遠蒙敎督，不獲趨承，雖君子不之責，而私衷不敢安，故以書達所志而冀諒察焉！

復曹雲路書

鼐再拜，雲路先生足下：數十年來，士不說學，衣冠之徒，誦習聖人之文辭，衷乃泛然不求其義，相聚倛首帖耳，哆口僔沓，乃逸乃諺，聞耆長者考論經義，欲掩耳而走者皆是也。風俗日頹，欣恥益非其所，而放僻靡不爲。使士服習於經師之說，道古昔、承家法以繫其心，雖不能逮前古人才之美，其必有以賢於今日之濫矣。鼐少時見鄉前輩儒生，相見猶論學問，退習未嘗不勤，非如今之相師爲媮也。所謂「飽食終日，無所用心」者與！獨先生單心畢力於傳註，辨究同異，既老而不懈，說之矻矻然。雖未知於古學者何如，其賢於今之士不亦遠乎！

鼐居此一期矣，嘗苦無可與語者。聞先生之篤學著書，苟非居處閒遠之故，必將造而請觀焉。先生乃辱寓書而示以所爲説，不棄愚陋而欲因之求益，抑何任其幸且媿也！詩曰：「心乎愛矣，胡不謂矣。」鼐固不能爲益於先生，然而心之所蓄不敢不盡者，愛敬先生，謂不可類先生如今世俗倫也。夫聖人之經，如日月星之懸在人上，苟有蔽焉則已，苟無蔽而見而言之，其當否必有以信於人。見之者衆，不可以私意狥也。故竊以謂説經當一無所狥。程、朱之所以可貴者，謂其言之精且大而得聖人之意多也，非吾狥之也。若其言無失而不達古人之意者，容有之矣。朱子説「元、亨、利、貞」舍孔子之説者，欲以達文王之意而已。苟欲達聖賢之意於後世，雖或舍程、朱可也。

自漢以來，爲經説者已多，取視之不給於日。苟非吾言足發經意前人所未明者，不可輕書於紙，而明以來説四書者，乃猥爲科舉之學，此不足爲書。故鼐自少不喜觀世俗講章，且禁學徒取閲，竊陋之也。今先生之説，固多善者，然欲爲時文用之意存焉，鼐輒以硃識所善者，先生更自酌而去取之，必言不苟出，乃足爲書以視於後世。

鼐又聞之：「言之無文，行而不遠。」出辭氣不能遠鄙，則曾子戒之。況於説聖經以教學者、遺後世而雜以鄙言乎？當唐之世，僧徒不通於文，乃書其師語以俚俗，謂之語録。宋世儒者弟子，蓋過而效之。然以弟子記先師，懼失其真，猶有取尒也。明世自著書者，乃亦效其辭，此何取哉？願先生凡辭之近俗如語録者，盡易之使成文則善矣。直諒多聞，益友之道也。鼐不足爲多聞，直諒雖不能逮，而不敢不勉，故盡言之如此。鼐自撰經義數十首，中乃有幸與先生意同者，今併寄一册，幸教其失。

賢從子謂杖履秋冬或來郡，然則不盡之意可面陳，兹略報鄙意。承自稱謂過謙，不敢當也。鼐再拜！

復汪進士輝祖書

六月某日，鼐頓首汪君足下：鼐性魯知闇，不識人情嚮背之變、時務進退之宜，與物乖忤，坐守窮約，獨仰慕古人之誼，而竊好其文辭。

夫古人之文，豈第文焉而已，明道義、維風俗以詔世者，君子之志；而辭足以盡其志者，君子之文也。達其辭則道以明，昧於文則志以晦。鼐之求此數十年矣，瞻於目，誦於口，而書於手，較其離合而量劑其輕重多寡，朝爲而夕復，捐嗜捨欲，雖蒙流俗訕笑而不恥者，以爲古人之志遠矣，苟吾得之，若坐階席而接其音貌，安得不樂而願日與爲徒也。

足下去鼐居千五百里，非有相知之素，投書致辭甚恭，惓惓焉欲得其言，以紀太夫人高節卓行。足下何所聞而爲是哉？海內文士，爲達官貴人甚衆，執筆爲太夫人紀述者亦甚衆，足下既求得之，今又以命僕，將足下不遺一士而以鼐備其目乎？抑遂以太夫人不朽之名冀之僕耶？

且古人之文，今人讀之或不識。以今人之道度古人，古人文之傳，特其幸耳。然則雖有如古人之文，其能不朽與不，未可知也，況鼐之不足比古人邪！雖然，推足下爲母氏之心，姑爲文以備衆士之列者，僕所不辭也。足下書來久矣，有犬馬之疾，今始閒，輒作記一首，寄請觀之。久未報，惟諒宥不宣！

復孔撝約論禘祭文

鼐頓首：去聖久遠，儒者論經之説，紛然未衷於一，而又汩於同異好惡之私心，以自亂其聰明，而長爭競之氣，非第殘闕之爲患而已。子曰：「多聞，擇其善者而從之。」又曰：「禮失求之於野。」夫於羣儒異説，擇善從之，而無所徇於一家，求野之義，學者之善術也。雖於古禮湮失之餘，亦終不能盡曉，然而當於義必多矣。

承教禘説，其論甚辨，而義主鄭氏，則愚以謂不然。禘之名見於禮經傳、春秋、國語、爾雅，未有云祀天者。禮記曰：「王者禘其祖之所自出，以其祖配之，而立四廟。」韋玄成釋之云：「王者受命祭天，以其祖配，不爲立廟，親盡故也。所立親廟，四而已。」玄成以是解禮記之義已僻矣，此班彪所謂「不博不篤，不如劉歆」者也。意玄成之爲此言，固非臆造，當時儒者，固有以禘爲祭天神之解矣。玄成又引禮「五年而再殷祭，言壹禘壹祫也」。此亦當時儒者之説，蓋出於公羊經師。推是説固以禘爲宗廟之大祭，非祭天神也。惜玄成混引其辭，不能分別，擇其一是耳。

東漢而後，儒者説經之義，或繼或絶，或闇不章，而鄭氏獨著。鄭氏所受師説，同於玄成。夫以祖之所自出爲天，則人孰不出於天，何以別爲一王所自出？別爲一王所自出，則必如康成所用緯説感生「靈威仰」之類而後足以達其義。故究韋玄成之解，必至於用讖緯而後已。然則禘説之失，萌於西漢之士，而極於康成之徒。西漢之士，説非皆誤也，雖有是者，傳述之不明，而廢於無助也。夫逸禮尚有禘於太廟禮，安得如鄭説，以祭昊天於圜丘而謂之禘。果周以禘祀天，而以嚳配；孔子告曾子，宜與郊以稷配，明堂以文王配並舉之矣，而反漏不言乎？禮記喪服小記、大傳兩篇，皆以説儀禮喪服者耳，因喪服有宗子適庶之禮異，故推其極至天子承祧，至禘而後止，何謂泛言及祀天乎？兩篇皆言「禮，不王不禘」，鄭君釋以祀天，不達經之本旨者也。且夫郊以祭天，其禮誠重矣；然自人鬼言之，則禘之祭祖所自出而以祖配，其禮專爲祖設者也，重在人鬼者也；郊祭天而配以祖，所重非在人鬼者也。故展禽之言禘先於郊，春秋外傳屢言禘、郊者以此，不可因是遂謂禘乃祭天神與郊同義也。

當康成注周禮，知是說之不可通矣，亦謂宗廟之祀，有禘、祫、祠、禴、烝、嘗六者，然不能舉禘、祫之別。惟鄭司農注司尊彝，有云：「朝享、追享，謂禘、祫也。」夫王者先祖之於太祖，皆子孫也。子孫得朝於祖而合食，故祫謂之朝享。王者之追遠，未有遠於祖所自出者矣，故追享禘也。以是求之司農之說當矣，而後鄭不達，顧捨而不從。及王子邕難鄭君，作聖證論，斷以禘爲宗廟五年之大祭，以虞、夏出黄帝，商、周出帝嚳，四代禘此二帝，是爲禘其祖之所自出，然後禘義大明。故究禘之論，仲師啓其萌，子邕暢其義，後儒所不能易已。

然鼐意子邕之說，亦有未盡。蓋王者，太祖以下，皆其祖也。禘祭祖所自出，則其祖皆得配之，祫有不禘而禘無不祫，是以皆曰殷祭也。其祖皆殷祭而立廟者四，是謂以其祖配之而立四廟，言隆殺之分有如此，故雖有太祖之廟，而非其辭意所及也。非如玄成謂遠祖無廟，亦非如子邕言專以太祖一人配也。然子邕之言，大旨善矣，後有執鄭君以難子邕者，皆好爲說，而無從善徙義之公心者耳。

當明時，經生惟聞宋儒之說，舉漢、唐箋注屏棄不觀，其病誠隘；近時乃好言漢學，以是爲有異於俗。夫守一家之偏，蔽而不通，亦漢之俗學也，其賢也幾何？若夫宋儒所用禘說，未嘗非漢人義也，但其義未著耳。夫讀經者，趣於經義明而已，而不必爲己名；期異於人以爲己名者，皆陋儒也。摀約以爲然乎？鼐於義苟有所疑，不敢不盡，非有爭心也。苟不當，願更教之，得是而後已。鼐頓首！

復魯絜非書

桐城姚鼐頓首，絜非先生足下：相知恨少，晚遇先生，接其人，知爲君子矣；讀其文，非君子不能也。往與程魚門、周書昌嘗論古今才士，惟爲古文者最少，苟爲之必傑士也，況爲之專且善如先生乎？辱書引義謙而見推過當，非所敢任。鼐自幼迄衰，獲侍賢人長者爲師友，剽取見聞，加臆度爲說，非真知文能爲文也，奚辱命之哉？蓋虛懷樂取者，君子之心；而誦所得以正於君子，亦鄙陋之志也。

鼐聞天地之道，陰陽剛柔而已。文者，天地之精英，而陰陽剛柔之發也。惟聖人之言，統二氣之會而弗偏，然而易、詩、書、論語所載，亦間有可以剛柔分矣，值其時其人，告語之體，各有宜也。自諸子而降，其爲文無弗有偏者。其得於陽與剛之美者，則其文如霆，如電，如長風之出谷，如崇山峻崖，如決大川，如奔騏驥。其光也如杲日，如火，如金鏐鐵。其於人也，如馮高視遠，如君而朝萬衆，如鼓萬勇士而戰之。其得於陰與柔之美者，則其文如升初日，如清風，如雲，如霞，如煙，如幽林曲澗，如淪，如漾，如珠玉之輝，如鴻鵠之鳴而入廖廓。其於人也，漻乎其如歎，邈乎其如有思，暖乎其如喜，愀乎其如悲。觀其文，諷其音，則爲文者之性情形狀舉以殊焉。

且夫陰陽剛柔，其本二端，造物者糅而氣有多寡進絀，則品次億萬，以至於不可窮，萬物生焉。故曰：「一陰一陽之爲道。」夫文之多變，亦若是已，糅而偏勝可也，偏勝之極，一有一絶無，與夫剛不足爲剛、柔不足爲柔者，皆不可以言文。

今夫野人孺子聞樂，以爲聲歌絃管之會爾；苟善樂者聞之，則五音十二律，必有一當，接於耳而分矣。夫論文者，豈異於是乎？宋朝歐陽、曾公之文，其才皆偏於柔之美者也。歐公能取異己者之長而時濟之，曾公能避所短而不犯，觀先生之文，殆近於二公焉。抑人之學文，其功力所能至者，陳理義必明當，布置取舍、繁簡廉肉不失法，吐辭雅馴不蕪而已。古今至此者，蓋不數數得。然尚非文之至，文之至者通乎神明，人力不及施也。先生以爲然乎？

惠寄之文，刻本固當見與，抄本謹封還，然抄本不能勝刻者。諸體中書疏、贈序爲上，記事之文次之，論辨又次之，鼐亦竊識數語於其間，未必當也。梅崖集果有逾人處，恨不識其人！郎君、令甥皆美才，未易量，聽所好恣爲之，勿拘其途可也。於所寄文，輒妄評說，勿罪！勿罪！秋暑惟體中安否？千萬自愛！七月朔日。

復蔣松如書

久處閭里，不獲與海内賢士相見，耳目爲之聵霿。冬間舍姪浣江寄至先生大作數篇，展而讀之，若麒麟鳳皇之驟接於目，欣忭不能自已！聊識其意於行間，顧猶恐頌歎盛美之有弗盡；而其頗有所引繩者，將懼得罪於高明，而被庸妄專輒之罪也。乃旋獲惠賜手書，引義甚謙，而反以愚見所論爲喜。於是鼐益俯而自慚，而又以知君子之衷，虚懷善誘，樂取人善之至於斯也。鼐與先生雖未及相見，而蒙知愛之誼如此，得不附於左右，而自謂草木臭味之不遠者乎？「心乎愛矣，何不謂矣。」尚有所欲陳説於前者，願卒盡其愚焉。

自秦、漢以來，諸儒説經者多矣，其合與離固非一途。逮宋程、朱出，實於古人精深之旨，所得爲多，而其審求文辭往復之情，亦更爲曲當，非如古儒者之拙滯而不協於情也，而其生平修己立德，又實足以踐行其所言，而爲後世之所嚮慕。故元、明以來，皆以其學取士。利禄之途一開，爲其學者以爲進趨富貴而已，其言有失，猶奉而不敢稍違之，其得亦不知其所以爲得也，斯固數百年以來學者之陋習也。

然今世學者，乃思一切矯之，以專宗漢學爲至，以攻駁程、朱爲能，倡於一二專己好名之人，而相率而效者，因大爲學術之害。夫漢人之爲言，非無有善於宋而當從者也；然苟大小之不分，精粗之弗別，是則今之爲學者之陋，且有勝於往者爲時文之士，守一先生之說，而失於隘者矣。博聞强識，以助宋君子之所遺則可也，以將跨越宋君子則不可也。鼐往昔在都中，與戴東原輩往復，嘗論此事；作送錢獻之序，發明此旨，非不自度其力小而孤，而義不可以默焉耳。先生胸中，似猶有漢學之意存焉，而未能豁然決去之者，故復爲極論之。「木鐸」之義，蘇氏說，集注固取之矣，然不以爲正解者，以其對「何患於喪」意少遠也。至盆成見殺之集注，義甚精當，先生曷爲駁之哉？朱子說誠亦有誤者，而此條恐未誤也，望更思之！

鼐於蓉菴先生爲後輩，相去甚遠；於潁州乃同年耳。先生謂潁州曰兄，固於鼐同一輩行，而過於謙，非所宜也。客中惟保重，時賜教言爲冀！愚陋率達臆見，幸終宥之！

復談孝廉書

某頓首，星符先生足下：前辱以辛楣先生說秦三十六郡事，與僕二郡說異，示以相較，甚喜！比未及詳答，今更考尋，知少詹言亦未審也。按秦始皇紀「分天下爲三十六郡」，在其二十六年；迄三十三年，略取陸梁地爲桂林、象郡、南海，是已爲三十九郡；至秦亡時，或更有分合，不知凡若干郡也。子駿、孟堅蓋已不能詳知，姑舉其初，曰：「本秦京師爲内史，分天下作三十六郡。」下遂及「漢興」云云。其説實有未備，不可拘守也。

僕考秦、楚間郡名，得四十餘。漢地志郡、國其有注云「秦置」者，凡三十六。少詹所舉，謂始皇所分三十六郡即是也，而桂林三郡在其中。其外史記紀秦昭襄王置黔中郡矣。陳涉世家云：「比至陳，陳守、令皆不在。」則知有陳郡矣。「丁疾等圍東海守慶于郯。」則知有東海郡矣。項羽紀：「趙將司馬卬定河内，故立爲殷王，王河内。」蓋秦有河内郡也。「田安下濟北數城。」留侯世家：「孺子見我濟北。」是濟北亦秦郡，故曹參定濟北郡也。至於鄣、東陽、膠東、膠西、博陽、城陽、衡山諸郡，皆名見楚、漢之交者。此或秦置耶？或楚、漢置耶？舉未可知。將以推始皇二十六年分三十六郡之數，惟南海、桂林、象郡必不當數之，少詹誤耳。其餘四十餘郡，不能定其決爲後置者何郡也。裴駰所舉三十六郡，與少詹互有短長。僕作二郡沿革攷時，姑因六朝人説，以鄣爲秦郡。究之秦初郡必不可指數，謂有鄣者未必非，亦未必是也。「多聞闕疑」，庶得之耳。

尊著斗建考甚精當，然猶覺文太繁。減其大半乃善。餘當相見論之，不具。

與許孝廉慶宗書

正月行過敝邑，幸得見温然君子之容，心竊異其非恒士矣。車馬發後，取所著世室攷讀之，何其博洽辨達也。三月鼐來江寧，攜入行笥重繹，執卷敬歎累日。士牽於俗學，略能留意古箋註者，了不易得，況精思若此者乎！年二十許，所進已踰世耆宿，進而不止，至耆宿之年，絶出尚可量哉？何時當復見？當復更有示教者不？

至於審辨所説當不，必學有精博踰足下，或與足下比者，乃可決之，僕淺學蓋不任此，僕惟識文句之末而已。曾子問篇「當七廟五廟無虚主」，足下欲伸己説，以「當七廟」爲句，此非愚見所安。大抵古今之隔遠矣，議禮者非特漢以後不可合，雖周人之言，亦或舛牙，必欲衷於一是，故難也。又内載朱子説，不應書名。二者幸更酌之！原本附還，千萬自愛，不具。

答袁簡齋書

前日承詢婦人無主之説，當時略以臆對。歸後復讀賜書，檢尋傳記以攷其實。蓋以士大夫禮言之，非特婦人無主，雖男子於廟固亦無主也。以天子、諸侯言之，則自漢以後，婦人於廟中有主，而周以前，則或有或無，未敢決焉。古人所重者尸祭。其依神者尸爲要，主非所必不可無也。

鄭康成注祭法，謂士大夫之廟無主，惟天子諸侯廟乃立主。其說頗爲今學者所駁，而攷之於古則實然。孔子告曾子曰：「當七廟、五廟無虛主。」然則三廟、二廟、一廟者，固可虛無主矣。古聘禮：賓介所居館，皆士大夫之廟也。使有主之廟，而使人居之，將豫移主出乎？抑聽其人神之相瀆乎？賓主皆何以安焉？斯廟不設主之可徵者也。惟左氏載孔悝有取祏之事，此特末世之僭耳，非禮之正也。以禮之正言之，天子有日祭、月祀，諸侯亦月有告朔，故設官以日嚴奉其主爲宜。卿大夫之祭，於時疏矣，又位下，不能專立官以日典守，故廟中亦無常奉之主。且古人依神，所重亦不必以主也，故男子婦人皆無主於廟，士大夫禮也。若天子、諸侯，廟中固必有主矣。

然主不書謚，雖漢猶然。婦人配祭，不專立尸，設同几以依神，則謂后夫人與君同一主，亦無不可者。至漢儀載：「天子主一尺二寸。后主七寸，在皇帝主右。」則婦人有主之事，至漢而甚明矣。不知自周、秦以來所傳禮固然，漢乃因之耶？抑第漢時人自爲之禮耶？此不可以臆決者也。若今世士大夫不以尸祭，廟中惟主爲重。主則書先人之爵與字，不可以云與妣共之。其必當立妣主明矣。

荀子「食魚泔之」之義，鼐意謂食魚易傷人者鱠也。泔之恐是漸之醯醬之類，以爲鱠耳。奧讀如燠，奧之則以火熟之矣。曾子殆傷昔奉父母時不聞此語，常以泔供饌，故泣也。然別無攷證，不敢信以爲是也。

「不逆薪而爨」者，言持薪必順其本末。此小事尚不肯逆，況爲暴乎？此解易了，但不知所出耳。來書云：「見南齊劉璡傳。」撿璡傳無此語，乃見宋書建平王宏傳，係璡上書中建平王景素之詞。

其餘數條，鼐皆不能解，古事固難通，而傳書亦或有誤字也。謹就所見者上陳待教！少涼走候不具。

再復簡齋書

士喪禮有重無主。若「虞主用桑，練主用栗」，乃是文二年，「作僖公主」公羊傳文，非言士禮也。何休引「士虞記云：『喪主不文，吉主皆刻而謚之。』蓋爲禘祫時別昭穆也。」此是禮之逸篇。題云士虞記，而中廣言天子諸侯之禮，若士則安得有禘祫也。鼐前書所云不書謚，蓋誤以漢禮爲古禮，據是篇則古主有謚也。

左傳：「凡君薨卒哭而祔，祔而作主。」杜元凱云：「言凡君者，謂諸侯以上，不通於卿大夫。」觀何、杜之注，皆與康成同意，則知康成言之不可易矣。

穀梁疏載麋信引衛次仲云：「宗廟主皆用栗，右主八寸，左主八寸。」此亦言婦人於廟中有主，然不知次仲所言，古禮耶？抑第漢事耶？是猶不能明也。謹再復。

再復簡齋書

兩札下問，愚淺不能具答，略以所明者上陳：古人以玄爲服采之盛。禮所云冕服，皆玄也。衣正色，裳間色，謂之貳采。惟軍禮乃上衣下裳同色，故曰袀服。宿衛之士，當用軍禮，衣裳同色，故趙世家有黑衣之列，其衣兼衣裳而名之也。周制軍禮韎韋之服。韎之爲色，在赤黑之間，不知趙左師所云黑衣者，即是周之韎耶？或玄衣玄裳耶？要之黑非賤服也。古帝王革命，雖有易服色之事，而要其大體，皆上玄而下纁黃，雖魏、晉而降，制猶存焉。隋人以宇文周尚黑，舉矯而變之，遂亦及於章服。自隋、唐以後，以紫緋爲品官上服，朝會皆衣之，無復尚玄之禮矣。

夫聖人制禮，其始必因乎俗，故曰禮俗。祭之有尸，始蓋亦出於上古之俗，而聖人因以爲禮，此亦仁孝之極思。使聖人生乎今世，天下但有厭祭而無尸矣，固必不更行設尸以祭之禮，然不可因此遂譏古人之爲謬也。尸蓋廢於秦世，秦戎俗也。然則設尸非夷禮，廢尸乃夷禮耳。凡祀天神無尸，而配者人鬼有尸。淮南子言「郊祭有尸」可也，然太公爲尸之說，則不可信。郊祀稷尸，固宜以子孫爲之，何爲以姜姓乎？國語：「董伯爲尸。」晉之董姓，出乎辛有之子。意辛有乃夏子孫，故董伯爲觭尸耶？然而不可攷矣。若夫感生之說，則緯書之妄，固不足述。猫虎之尸，亦說之者過耳，於理不應有也。

儒者生程、朱之後，得程、朱而明孔、孟之旨，程、朱猶吾父師也。然程、朱言或有失，吾豈必曲從之哉？程、朱亦豈不欲後人爲論而正之哉？正之可也，正之而詆毀之，訕笑之，是詆訕父師也。且其人生平不能爲程、朱之行，而其意乃欲與程、朱爭名，安得不爲天之所惡。故毛大可、李剛主、程綿莊、戴東原，率皆身滅嗣絕，此殆未可以爲偶然也。愚見如是，惟幸教之！尚熱，未敢走謁，謹復。

復休寧程南書

虙羲氏受河圖而畫八卦，禹得洛書而陳九疇，是其說本出劉歆，世儒或疑歆言不足憑。吾謂莊子有九、洛之事。其言出歆前矣。歆說必有受，未可非也。宋儒所得河圖、洛書，傳自道家。夫禮失求之野，亦不得謂道家所傳，必非古聖之遺。故如歸熙甫輩，肆訾宋儒之非者，吾未敢以爲然也。

然吾謂有聖人之智，然後能見圖、書而得卦、疇之理；苟非聖人，而推測言之，固未必當矣。就邵、朱之書，而決其必合於古聖人歟否歟？斯非聖人不能定矣！非吾末學所敢論也。

且聖人之得於天者，有道焉，有機焉。道則列聖同其傳，機則聖各異其所取。虙羲與禹，所見者道也，而所由悟者機也。夫易者，言道之書也，而聖人作易詞取象，則亦各因其時之機焉。文王所由取，周公或未及知；周公所由取，孔子或未及知。解易而强言其象之所由，皆不知道可明而機不可明之故。朱子本義，置象不言，此朱子識之最卓，非漢以來諸儒所可及者。然則邵、朱所傳之圖、書，即誠與虙羲、禹所見者纖毫無失焉，吾亦存之不言可也。

彼聖人與天契者，有機焉，作易以教天下之理，天下所必當知也；作易始發之機，天下所不必知，亦不可知也。食肉不食馬肝，未爲不知味。吾尊奉朱子而不言圖、書，意蓋如此。今足下所著易，尤以言圖、書爲事，此僕平生所不能解者，雖承下問而無以對焉。

答魯賓之書

某頓首賓之世兄足下：遠承賜書及雜文數首，義卓而詞美，今世文士，何易得見若此者。某之譾陋，無以上益高明，「求馬唐肆」，而責施於懸磬之室，豈不媿甚哉？顧荷垂問，宜略報以所聞。

易曰：「吉人之詞寡。」夫内充而後發者，其言理得而情當，理得而情當，千萬言不可厭，猶之其寡矣。氣充而靜者，其聲閎而不蕩。志章以檢者，其色耀而不浮。邃以通者，義理也。雜以辨者，典章、名物凡天地之所有也。閔閔乎！聚之於錙銖，夷懌以善虚，志若嬰兒之柔。若雞伏卵，其專以一，内候其節，而時發焉。夫天地之間，莫非文也。故文之至者，通於造化之自然。然而驟以幾乎，合之則愈離。

今足下爲學之要，在於涵養而已！聲華榮利之事，曾不得以奸乎其中，而寛以期乎歲月之久，其必有以異乎今而達乎古也。以海内之大而學古文最少，獨足下里中獨盛，異日必有造其極者。然後以某言證所得，或非妄也。足下勉之！不具。六月十七日，某頓首。

復秦小峴書

小峴先生觀察閣下：鼐惷愚無所識，又以年老多疾，遂至廢學，爲海内賢士大夫所棄宜矣。與閣下非有生平過從之舊，遠承賜書，殷勤垂問，見推過甚，恧然媿赧！固不敢議閣下之言爲無端，又安敢以所相望之深，謂必可以任也？

鼐嘗謂天下學問之事，有義理、文章、考證三者之分，異趨而同爲不可廢。一塗之中，歧分而爲衆家，遂至於百十家。同一家矣，而人之才性偏勝，所取之逕域，又有能有不能焉。凡執其所能爲，而呲其所不爲者，皆陋也，必兼收之乃足爲善。若如鼐之才，雖一家之長，猶未有足稱，亦何以言其兼者？天下之大，要必有豪傑興焉，盡收具美，能祛末士一偏之蔽，爲羣材大成之宗者。鼐夙以是望世之君子，今亦以是上陳之於閣下而已。

往時江西一門徒取鼐文刻板，鼐意乃不欲其傳播，屬勿更印，故今絶無此本子。惟四書義乃鼐自鐫，其板在此，今輒以兩部奉寄。經義實古人之一體，刻震川集者，元應載其經義，彼既録其壽序矣，經義之體，不尊於壽序乎？

胡雒君在會稽當佳，孝廉之舉不得，亦不足恨耳。此間常與鄒先生相見，因以略知近祉。相望殊切企慕，略報不宣。

復東浦方伯書

四月二十三日，姚鼐頓首奉書東浦先生閣下：得前月二十七日賜書，伏悉近祉，慶慰！慶慰！所諭論文之旨，反覆數百言，詞氣雄逴，而又深盡文章之奥秘，雖於鼐有見許太過之謬，而於立論鑒古之精，兩不相妨也。世之爲學者多矣，其所得高出千萬人之上者亦有之矣。若先生之識，不與今之出千萬人之上者並，而當於千百年中數古人期也。鼐以生平用心，所隱冀相知於不可知之異世者，而竟得於同時乎！以四海之廣，悄然相望於曠邈泬寥之中，有不使更感歎而增欷者乎！先生文亦自非今世所有，特爲之不多耳，然亦何必以多貴乎？

韓理堂、魯絜非文，略如來諭。絜非後日之文，乃更不逮舊刻之文。昌黎云：「無慕於速成，無誘於勢利。」凡爲文始善而終衰者，大率病此耳，可太息也！陳石士前月末自此往蘇州，云將謁閣下，必已過。其人可謂有志意矣！其必成與否，尚未敢決知耳。

示詩三十餘，大抵蒼勁入古，已併入大集内矣。鼐詩集近亦刻成，謹以一部呈教。此間可與言者，僅毛俟園一人。其言詩文貴「當者立碎」，果爲名論。先生所作，時有此境，而尚不能盡然，況如鼐耶？賤狀略如曩昔，率復併候不具。

惜抱軒文集卷七

贈序

送右庶子畢公爲鞏秦階道序

陝、甘古雍州，於九州最大。其西北兩邊，緣河、隴之外，地比接乎戎夷。今皇帝即位，方内乂寧，乃以師定準噶爾，禽大、小和卓木，取烏什。中國師行之道，芻餉之運，前後數年，皆出於陝、甘。上軫念陝、甘之民，爲數免其供賦焉。大功既成，闢地廓遠，駐師以爲守，屯田以爲食，有不足用，轉移以資給，是以陝、甘設新疆經費之局。

夫吏臨所治，安氓俗，頒政教而已，而陝、甘之吏，疇畫顧及萬里之外。然則國家選人，西北較重三方，亦其宜也。

三十二年冬，命右庶子畢公爲鞏秦階道。公材高而容衆，資厚而善文。庶子之職，自明以爲相階。今一旦出爲外吏，士大夫不以爲憾而以爲慶，知西北重地，而上嚮賴公之意甚殷故也。

隴、洮南轉，包、氐故居，帶挾羌、渾，種性雜殊。夫兼植異類，而内民不改樂業者，所以稱上仁、安疆埸也。公其建德於兹，而後人爲輔相，天下乃謂上之進公，非不試而用者已。

送龔友南歸序

龔君劍成居江南之宜興，有園田在焉。其來京師，每爲余道宜興山水之勝，而自言其樂思於此也。余曰：「昔者孔子取狂狷之士。狂狷者，慕古之人而不同乎流俗，故鄉愿絶而譏之。今子材甚美，志甚高，論甚峻，近乎狂狷而將蒙譏者也，京師中豈宜是哉？其思自放於山水固宜也。」

今年冬十月，龔君一日過别余曰：「吾將隨吾父歸陽羨之居，逾年將復見子於此。」夫以龔君之逸才曠志，將處迹乎山谷之間，歌詠乎風雲，狎友乎魚鳥，余與龔君相别之日則長矣，而龔君顧樂之。若猶將復來此也，則余與龔君相别之日短矣，而竊恐君之不欲。雖然，如君年富而質美，進修而日强，且志日慕乎道德之盛。夫道德之盛者，不傲世而立名，不離物而矜己，謙而光，偕乎俗而不流。如是者，夫焉所處而不宜？君其一旦自江南而返乎京師，使君之學進乎古人，而德足信乎天下，復與余歡然相聚於此。然則君今者適乎江南山水之樂，其樂猶淺也。

龔君之行，其友皆作歌詩以送之。余更欲其更進於道也，而別爲之序。

贈孔搢約假歸序

自周衰至今，垂二千年，古帝王之後，覆墜泯絶者，不可勝數。獨孔子後嗣，歷代有封爵，進而益崇，若聖人常在世者然。士大夫過曲阜孔氏，無論新故，必加敬愛，如恐弗及。豈孔子子孫人人賢哉？尊慕者深，則推及其遺體也遠。吾因是知古封建世及之法，當乎人心，由之足以維繫後世畔散乖異之羣，而使之不忍去，其道亦猶是也。

國家重德而尊師，加禮聖裔，典逾前代遠甚。惟禮部會試，黏名拔之，孔氏試者，雜於儔人之中，欲加意而莫由。於是有間數十年無孔氏舉進士，則天下歉然。前年春恩科會試，前衍聖公之孫孔君搢約與其從叔名繼涵皆得舉，搢約又選入翰林。天下不以爲孔氏榮，而以爲朝廷慶，雖余固亦樂之也。人情好惡殊異，選舉雖至公，未必人皆謂善；若天下樂之，因爲國獲得人之譽，其於選舉之道，不尤盡乎？

然吾聞士之自待，與人之所以待己者不同。搢約年僅二十而有高才，廣學而遠志，蘄爲古人而不溺於富貴。然則其必不以人之所以樂之者自樂也。傳曰：「莫知其苗之碩。」何也？誠愛之深也。余誠無狀，然愛撝約之深，殆未有若余者。夫器莫大於不矜，學莫善於自下，害莫深乎侮物，福莫盛乎與天下爲親。言忠信，行篤敬，本也；博聞、明辨，末也。今夫豫章松柏，託乎平地，枝柯上干青雲；依於危碕，岸崩根拔而絶，土附之不足也。以天下愛敬孔氏，而加以撝約之賢，未嘗不益重也，慎其所以自附者而已！

今年春，撝約以親疾假歸省焉。其行也，官於朝者皆眷然不欲離，余乃别爲之説以贈。乾隆三十八年二月，桐城姚鼐序。

贈錢獻之序

孔子没而大道微，漢儒承秦滅學之後，始立專門，各抱一經，師弟傳受，儕偶怨怒嫉妬，不相通曉；其於聖人之道，猶築牆垣而塞門巷也。久之通儒漸出，貫穿羣經，左右證明，擇其長説；及其敝也，雜之以讖緯，亂之以怪僻猥碎，世又譏之。蓋魏、晉之間，空虚之談興，以清言爲高，以章句爲塵垢，放誕頹壞，迄亡天下；然世猶或愛其説辭，不忍廢也。自是南北乖分，學術異尚，五百餘年。

唐一天下，兼採南北之長，定爲義、疏，明示統貫，而所取或是或非，未有折衷。宋之時，真儒乃得聖人之旨，羣經略有定説；元、明守之，著爲功令。當明佚君亂政屢作，士大夫維持綱紀，明守節義，使明久而後亡，其宋儒論學之效哉！

且夫天地之運，久則必變。是故夏尚忠，商尚質，周尚文。學者之變也，有大儒操其本而齊其弊，則所尚也賢於其故，否則不及其故，自漢以來皆然已。明末至今日，學者頗厭功令所載爲習聞，又惡陋儒不考古而蔽於近，於是專求古人名物、制度、訓詁、書數，以博爲量，以闚隙攻難爲功，其甚者欲盡舍程、朱而宗漢之士。枝之獵而去其根，細之蒐而遺其鉅，夫寧非蔽與？

嘉定錢君獻之，强識而精思，爲今士之魁傑，余嘗以余意告之而不吾斥也。雖然，是猶居京師厖淆之間也。錢君將歸江南而適嶺表，行數千里，旁無朋友，獨見高山大川喬木，聞鳥獸之異鳴，四顧天地之内，寥乎茫乎，於以俯思古聖人垂訓教世、先其大者之意。其於余論，將益有合也哉？

贈程魚門序

余初識魚門於揚州人家坐上，白皙長身美髯，言論偉異，自是相愛敬。魚門來官京師，乃益親。去歲同纂四庫全書，因日日相見，至今歲，余始將去。余與魚門一別於揚州。後六年，余由京師歸家，别於京師。後又六年，魚門南遊江、淮，轉入梁、宋，復别余去。後四年，至今日。前之別，皆未幾即見；今之去，其見時未可期也。

余幼於魚門十四歲，始相識余年二十八，今逾四十，多羸疾，思屏於江濱田間以自息。魚門意氣亦不如故，修髯蒼蒼大半白，相對言今昔事，有足慨者。人欲握手交歡，杯酒道款曲，則鄉里親舊多有之；至縱横往復古今賢士術業，言足起人意，非遇海内豪傑之士，不可得也。是以今者，余益有慕乎魚門。

夫士處世難矣！羣所退而獨進，其進罪也；羣所進而獨退，其退亦罪也。天地萬物之變，人世夷險曲直好惡之情態，工文章者，必抉摘發露至盡。人匿其情久矣，而或宣之，宜有見惡者矣，況又加之以名稱邪？往時大學士劉文正公，嘗太息魚門之才，而惜其爲名士。夫魚門行與學甚敦美，與名相副，名何足爲魚門病？抑吾聞之：物求而致之者，不若不求而致之之安也。魚門處盛名之下、車馬塵雜之間，其將釋知遺形、超然萬物之表，有若聲華寂滅、遺人而獨立者也。然則魚門終免世網羅繒繳之患也已！

贈陳伯思序

周衰而莊周、列禦寇之言興。蓋古帝王之時，民皆有淳德，聖人謂無以持之也，道以仁義，養以禮樂文章，使民始於忠信而成於禮。若周、禦寇所云「大人至德」者，聖人乃以爲教之質也。去古既遠，功利狙詐益用，二子始欲一返乎質，使人各全其真，其言雖不中，捄世之心，可謂切矣！自周及魏、晉，世崇尚放達，如莊、列之旨。其時名士外富貴、淡泊自守者無幾，而矜言高致者皆然，放達之中，又有真僞焉，蓋人心之變甚矣！

昌平陳君伯思，其行不羈，絶去矯飾，遠榮利，安貧素，有君子之介。余謂如古真德而可進乎聖人之教者，伯思也。國家設百官，以治庶事；伯思處曹司，温温無所辨，不爲能吏。嗟乎！使今之在官者皆伯思若也，則治亦大矣！伯思友余時年二十許，今又二十餘年，德與年日新者，余所望於伯思也。以魏、晉之賢自處而安乎故者，陋也。久與遊將別，思有以慰且勉之者，余之衷也，故述是説進焉。

惜抱軒文集卷八

壽序

劉海峯先生八十壽序

曩者鼐在京師，歙程吏部、歷城周編修語曰：「爲文章者，有所法而後能，有所變而後大。維盛清治邁逾前古千百，獨士能爲古文者未廣。昔有方侍郎，今有劉先生，天下文章，其出於桐城乎？」鼐曰：「夫黄、舒之間，天下奇山水也。鬱千餘年，一方無數十人名於史傳者。獨浮屠之儁雄，自梁、陳以來，不出二三百里，肩背交而聲相應和也。其徒徧天下，奉之爲宗。豈山川奇傑之氣有蘊而屬之邪？夫釋氏衰歇，則儒士興，今殆其時矣！」既應二君，其後嘗爲鄉人道焉。

鼐又聞諸長者曰：「康熙間，方侍郎名聞海外。劉先生一日以布衣走京師，上其文侍郎。侍郎告人曰：『如方某何足算邪？邑子劉生，乃國士爾！』聞者始駭不信，久乃漸知先生。」今侍郎没而先生之文果益貴。然先生窮居江上，無侍郎之名位交遊，不足掖起世之英少。獨閉户伏首几案，年八十矣，聰明猶强，著述不輟，有衛武懿詩之志，斯世之異人也已。

鼐之幼也，嘗侍先生，奇其狀貌言笑，退輒仿效以爲戲。及長，受經學於伯父編修君，學文於先生。遊宦三十年而歸，伯父前卒，不得復見。往日父執往來者皆盡，而猶得數見先生於樅陽。先生亦喜其來，足疾未平，扶曳出與論文，每窮半夜。

今五月望，邑人以先生生日爲之壽。鼐適在揚州，思念先生，書是以寄先生，又使鄉之後進者聞而勸也。

書制軍六十壽序

大司馬制府書公紱庭先生，自其先相國藩屏江南之時，從於官署，趨庭之暇，以偉材明識，佐成善治，而因習知江南之民俗。其後以忠孝入侍禁垣，以勳績外著徼塞，而天子知其才德之閎，尤熟於江南之治，命撫安徽，擢督三省，皆嗣相國之故迹。公整身秉義，以率列城之吏，殫心悉謀，以圖數千里之政。法令不苛，而治績日茂，爲時益久，民心益仰戴親樂之。至於今歲，公俯臨江南者十年，而維秋八月，降嵩之壽亦六十矣。

昔周公、召公，分主東西陝，始自文王之時；及於成王，則君陳繼周公爲尹，而召公受任，逮於康王，年幾百歲。周、召之治，皆前後數十年，此周治所以盛也。今聖人臨馭宇内，備文、武、成、康創守之道，亦且兼有其前後累洽之年矣，而督治三江者，自中原而包有吳、越，猶周、召分陝之職，公實以父子相繼居之，譬若周公、君陳焉。至其莊敬日强，任劇煩而不倦，精神方富，耆艾壽考，必且同於召公。然則以一人之身，將兼有周、召之美。若是者，豈獨公一身之庥嘉哉！夫亦我國家之盛事也。

然公持清介之節，葆儉素之風，設弧之辰，方親詣河、淮，以防秋水之至，誠屬吏無敢爲慶祝之禮。至於閭巷之間，歎美者盈途，頌禱者在室，而固不敢以陳於左右也。

鼐聞之豳風：古豳民頌其國侯，有躋公堂稱兕觥而祝無疆之壽者。今公世治江南，固猶古諸侯之嗣職，而凡厥吏民，各懷躋堂稱觥之思久矣。特公謙懷儉德，不使其下得爲耳，然其意不可不著也。鼐江南庶民之一，實與億兆同心，又欲附古詩人之意，謹述而爲之序云。

陳約堂六十壽序

始者予在京師，獲知於新城陳觀察伯常，得聞其考凝齋先生之賢，其後遂拜凝齋先生於南昌，粹乎君子德人之容也。後予再入京師，乃遇約堂先生，爲觀察之弟，仕於兵部，望其狀，知其爲人足嗣父兄矣，而顧不常見。

其後十餘年，鼐歸江南，新城魯君絜非示予所爲文，中記約堂在鄉里，爲義田、義倉恤民之事十餘端，而志若未足，其仁心如此。時約堂已來爲守太平，問諸太平之人，曰：「太守之撫吾民，如其邦族焉。」後又數年，予來江寧，遇約堂於江寧。既而約堂命其少子用光碩士來從予學爲古文。碩士年少，才駿而志遠，固世之異士也。其時約堂長子，以爲四庫書勞賜舉人，當補京職，而觀察之孫既成進士入詞館矣。甚矣！陳氏之多才也。蓋天固相其家而興之，而亦其累世仁德篤行之蓄，有以致之矣。

詩有之曰：「樂只君子，遐不黃耇？樂只君子，保艾爾後。」夫貽德於後美矣，而身以黃耇得躬見之，則尤人之所樂得，如詩之頌君子，抑何盡乎人情也。今陳氏世德相承，固古所謂「樂只君子」者矣。維諸少年之興，凝齋先生與觀察不逮見，而約堂於政成名立之時，日見其子孫繼登之美，由是日引而未艾，是古之善頌而不可必得者，而約堂獨得之也，可不謂盛乎！

歲之正月，爲約堂六十壽辰，碩士求余言持歸爲親壽；余以世俗之爲壽者，必曰神仙，昔凝齋先生嘗爲仙說斥其陋矣，不足爲約堂道，俾碩士誦詩以侑觴焉其可也。

陳東浦方伯七十壽序

昔昌黎韓文公之論爲詩曰：「歡愉之詞難工，愁苦之言易好。」故世謂唐詩人罕達，獨高常侍稱爲作詩之顯者而已。其後歐陽永叔因亦有「窮而後工」之説，世多述焉，或以爲是不必然。夫詩之源必遡於風、雅，方周盛時，詩人皆朝廷卿相大臣也，豈愁苦而窮者哉？鼐嘗思之：當文、武、成、康爲治，周、召之倫，陳述祖宗，援引興亡，以爲教諫，憂危恐懼之意常多。逮宣王中興，尹吉甫之徒，於君友間，誼兼規勉。是雖處極治之時，其詞固不得第謂爲歡愉矣。若夫爲歡愉之詞，魚麗、蓼蕭、菁莪、魚藻之篇，寥寥數言，不足以發爲詩之極致。然則詩人誠不必盡窮，而歡愉之詞不如愁苦，其説上推之六經，卒無以易也。

潯陽陳東浦先生，少爲詩人，實配盛唐之雄傑，秉節方面，則嗣周室之旬宣，固兼孔門之政事、文學，而爲詩人之達者也。今秋七月，先生七十初度，吏民蒙德者，無不爲先生慶，而先生方勤思國事，愍念民瘼，未嘗少自暇逸，歡愉之説，靡得進焉。鼐謂此先生德業之所以隆，亦先生詩所以美也。是以援韓公之論，證之周、召、吉甫，以請於先生。蓋衛武公年八九十，而爲抑戒，而召公矢音卷阿，年逾百歲，爲古詩人之壽，而道光於天下後世，此鼐所以祝於先生者。若夫白樂天、陸務觀之倫，雖亦詩人之多壽，而不足爲先生道矣。

家鐵松中丞七十壽序

維歲乙卯春二月，吾兄鐵松先生，由廣西巡撫移臨雲南，於故事當覲於朝，會黔中有疆埸事，吾兄當助籌糧運以應軍興，將待胥靖而後請覲焉。是夏六月，先生七十初度，以國事方殷，幕府之前，命無得以祝壽言者，而吾嫂方夫人及其子伍祺，方留任家事於里。方夫人慈和惠愛，幼先生一歲，來年五月，亦七十矣。伍祺將進觴於室，且以寄祝於先生，而俾鼐為之辭。

鼐聞之詩曰：「汎汎楊舟，紼纚維之。」此言諸侯佐天子任民事，如將舟者必有維檝之勞也。既而曰：「優哉游哉，亦是戾矣。」言既勤勞之後，則道洽治成，優游無事，以造於天子之朝也。吾兄早居繁劇，屢任封疆，宣力奏績，感激知遇。今以七十之年，精力方剛，許國之情彌厲，忘家之節愈堅，非所謂「紼纚維之」者乎？所治事寧，將趨闕下，優游是戾，旋當其會矣；而吾兄不敢亟言優游，唯盡力於勤勞，則誠忠孝之志也。

仰維聖人臨馭，重熙而久洽，海內鼓舞於萬壽無疆之樂，而大臣蒙錫福而佐嘉謨者，又皆耇造之人，雍容化日盛世之福也。吾家積德累數世，一二三百年矣，而舉族壽登耆耋者極少。吾兄少居貧，以孝名天下，備經勤苦矣，乃老而康艾登焉。且其始仕河、隴之間，分符江、漢之域，觀察閩海，提刑南越，所處每在邊徼，遭值事勢盤錯，或爲常情所難居，而肩任不疑，屢禽大憝，惠布遠黎。今又居昆明西南數千里，建旄秉鉞，爲國家安奠中外，愈任其勞，福禄愈遠，此殆天所篤祐，以助承景運之隆者，夫豈偶然哉！然則上引天下之閎休，下成吾一家之私美，吾兄雖不欲言慶，家之人能無慶乎？

若夫蓼蕭有黄耇之褒，桑扈有受祜之命，度吾兄入述所職，承被龍光，將亦上近於古義矣；而其禮瞻於禁陛，固當紀在史官。今方與吾嫂稱觴於里巷，道款於平生，所謂家人之詞，有未敢抗比詩人之頌者云。

彙香七叔父八十壽序

吾族居桐城四百年，累世仰承先祖之盛德，率獲爲善之報，登仕籍致名稱者亦多矣，而惟耆壽最爲難至，蓋有年居七十，已爲貴矣。若夫數百年中數千人，其至八十者，三四人而已。今歲乙卯，吾族在城居而度七十已有五人，而秋八月、九月，吾叔彙香先生暨叔母趙孺人並壽八十，然則今兹最爲吾族之盛而吾叔又當今盛美之尤也。吾叔承家世忠厚之訓，行固可稱，而族人所尤推者，與叔母趙孺人事叔祖祥符府君，盡孝愛之道，故宜其福之優而亦天之相之也。

今歲吾族壽七十者，莫貴於鐵松中丞矣。然中丞方遠撫西南萬里之邊，勤勞公事，不敢暇逸，豈如吾叔使長子貫一弟作令近省，禄足以供甘毳；而依平弟宦歸之後，侍養里中；懷源、石南兩弟，又方以才進於時。諸孫並奮誦讀，足娱老人之志。下有曾孫，上偕琴瑟，以大耋之年，於里中時會親族，康强娱樂，不知世有缺陷之事，以此言之，所得福且鐵松中丞所不逮也，而況於餘人乎？

貫一弟作令有聲，時方倚用，而吾叔亦惟勉以在公，以盡養志之理，雖不獲常在側，而與稱觴階下無異也。族之人於吾叔初度，咸合慶於庭，鼐故爲之詞，既以增吾叔、叔母之歡，又以達貫一兄弟之志云。

鄭太孺人六十壽序

儒者或言文章吟詠，非女子所宜，余以爲不然。使其言不當於義，不明於理，苟爲眩曜迂欺，雖男子爲之可乎？不可也。明於理，當於義矣，不能以辭文之，一人之善也，能以辭文之，天下之善也。言而爲天下善，於男子宜也，於女子亦宜也。太姒之所志，莊姜之所傷，共姜之所自誓，許穆夫人之所閔，衛女、宋襄公母之所思，於父母、於兄弟、於子，采於風詩，見録於孔氏，儒者莫敢議；獨後世有爲之者，則曰不宜，豈理也哉？

侯官林君母氏鄭太孺人，少善文辭，歸於林君尊甫。林君尊甫以進士知山陰縣，罷官旋没。廉吏家無儲贍，太孺人年三十餘，上事姑，下撫兩幼子，辛苦勞瘁，以其學教二子，同一年得鄉薦，季者成進士爲編修。余每與兩林君言論，非世俗淺學也，而皆出於母氏。今詣余謂太孺人是冬壽六十，乞一言以歸爲獻。余謂太孺人之行，孔氏所褒，而其文，儒者所當采以附古録詩之旨者也。林君歸，以是説進諸母氏之前，太孺人其益可以自信矣！

旌表貞節大姊六十壽序

周之西都多貴族，而詩人嘗思詠其女子焉，曰：「彼君子女，謂之尹吉。」女而有君子之德，天下所得之以爲榮者也。及尹氏爲太師，見刺家父，而節南山作焉，則併其親黨譏之曰：「瑣瑣姻亞。」夫一尹氏也，而得其女者，或以爲榮，或以致譏，豈非以所值賢不賢異哉？故貴賤盛衰不足論，惟賢者爲尊，其於男女一也。吾族夙有形家之説，曰「宜出貴女」，而張氏與吾族世姻，其仕宦貴顯者，固多姚氏婿也。然余以爲吾族女實多賢，豈待其富貴而後重邪？

余三從伯父爲嘉湖道布政副使，實生大姊，適張君肩一，爲萊州太守之子。太守之夫人，吾姑也，大姊之姊，又吾妹也，皆賢有可稱，而大姊之遭最不幸，十六而嫁，能事公姑，以爲有禮。太守捐館舍，肩一以憂致疾，姊割臂求以療之，竟不起，遺一孤女。姊年才二十，悲傷之甚，損其一目。自是上事姑，下撫弱女，閉門自守，不妄見一客，卒以夫弟子雍嗣，教之成立，有司請於朝而旌其閭焉。吾嘗閱歸熙甫作顧文康之女壽序，言：「其家隆盛，能以豔陽桃李之年，而有冰雪風霜之操。」吾姊雖不若彼出於宰相之門，而父母及夫家，皆典牧方州，世承仕宦。姊獨於其間遭離荼苦，執德秉節數十年，其亦可謂君子之女，無媿古之尹、吉，而其榮有逾六珈簟茀者已。

萊州之喪，吾姑恭人最儉謹，持家有法。姊能嗣姑之舊以保其業，子女皆婚姚氏：女嫁母姪，子娶姑女，甾然門庭之間，日浸以盛。姊於是老而傳事，蓋今茲年六十矣。十月上浣，實其初度，内外之族，皆往慶之。詩曰：「無非無儀，惟酒食是議，無父母遺罹。」此以處常者言也，若不幸遭值艱厄如吾姊，其必如吾姊處之，乃可以言無遺罹矣。吾故引詩美刺之義爲壽，豈獨以榮吾姊哉！又使幼少者將聞吾言而知敬戒也。

孫母張宜人八十壽序

孫君石似之母張宜人，節孝著聞於鄉鄰，慈惠洽溥於族戚；上則朝廷旌異其門閭，下則士大夫敬禮而樂頌其美；子孫才儁，冠蓋滋興。歲春正月，閱壽八十，設帨之辰，親交咸詣，舉觶爲慶，而俾某首爲之辭。某讓不獲，乃進曰：

夫前哲往行之美，而後進不獲見者多矣。天既俾其人爲賢，必又與以耆耇之壽，然後後之人得承事聞見其嘉言懿行而傚法之。其能及是者，豈非幸乎？某之生晚，於鄉前輩之賢，多未奉杖屨，嘗侍宜人之父張少司空，時公年八十餘矣，竊自以爲幸，而今又見宜人之八十。宜人雖女子而有父風，其在孫氏，承其舅東昌太守清吏之後，尺寸銖累，必由於儉樸，而所以助鄰里宗族者，罄竭與之，未嘗吝也。治身恭肅，作配刺史公，刺史公早世，獨撫三子，教之成立，節義凜然，老而修行不衰。後進士女，靡不見之有所矜式。如宜人之壽，豈獨孫氏之福，夫寧非吾鄉之美也歟？

往者諸城劉文正公嘗問某：「子同鄉張少司空，子以爲何如人也？」某謹對：「公孝友篤敬人也。」文正曰：「公非第此而已，其立朝有丰裁，能斷大事，吾希見其比者。」會他客至，某不及請問其詳，嘗以爲恨。夫少司空男子，行著於外，人尚有不及盡知者，況懿美之藴於閨闥者乎？宜人之德雖著，然或尚有餘美，雖鄉人不及知，而獨以貽慶於其子孫者。然則吾言第盡於此，若其所以爲孫氏慶者，蓋自是不可窮也。

伍母陳孺人六十壽序

自余來江寧，伍生光瑜從余遊四年矣，時爲余述其母氏之賢，曰：「昔光瑜先考，爲人慈仁樂善，而艱於子。適母楊孺人賢明而好義，急緩帶之思，乃得生母陳孺人來歸，生子瑛及光瑜。光瑜甫生而孤，是時舉家所以爲生計者，皆託於人手。主人驟喪，或乃乘勢危而欲攘之。兩孺人處悲哀之中，内撫幼弱，外禦强侮，備嘗困難，而後得保其家。二子既長，雖慈愛之甚，而教督必嚴，以至於有孫也，則撫之亦如是。於是者數十年，而楊孺人棄世。陳孺人之事女君也常嚴，未嘗一日懈於禮；侍其疾也，未嘗須臾離於側；及其亡也，悲哀至久而不能自勝。其持家教子婦及施德親族也，一皆率循楊孺人之舊法而不敢怠。當先君始没，楊孺人年三十餘，陳孺人二十餘。國家之制：三十歲以下守節者得旌典，逾三十則否。光瑜將爲母請旌，孺人聞之悽然曰：『吾與楊孺人共守數十年，目見女君之懃苦立義至矣！今者使國恩獨加於吾，而楊孺人不與，則吾不忍也，必不可。』」

光瑜又請曰：「甲寅之歲，春正月五日，實吾母陳孺人六十初度。光瑜既不敢違母命而請旌於朝，願先生賜之言以光於室。」余聞而歎曰：「兩孺人者之秉義，則皆美矣，而陳孺人讓善之意，何其厚也！」易曰：「謙尊而光。」今世相矜以名，雖閨門之内，亦務爲夸飾而寡情實。如陳孺人之辭名不欲居者，何可及哉！雖然，守謙者，孺人之志也，而奉國制以揚幽潛者，有司之責也。孺人自盡其情，而有司自行其典，夫亦並行不悖可矣，孺人豈必終拒之哉？若夫詩之言曰：「釐爾女士，從以孫子。」言女有士行也。孺人之用心如此，可不謂有士行乎？況其子孫從爲士者乎？然則將必有承其德而興者，可以爲伍氏慶矣。

王禹卿七十壽序

孔子曰：「古之學者爲己，今之學者爲人。」今夫聞見精博至於鄭康成，文章至於韓退之，辭賦至於相如，詩至於杜子美，作書至於王逸少，畫至於摩詰，此古今所謂絕倫魁俊，而後無復逮者矣。假世有人焉，兼是數者而盡有之，此數千年未嘗遇之事，而號魁俊之尤者矣。然而究其所事，要舉謂之爲人而已，以言爲己猶未也。

夫儒者所云爲己之道，不待辨矣。若夫佛氏之學，誠與孔子異。然而吾謂其超然獨覺於萬物之表，豁然洞照於萬事之中，要不失爲己之意，此其所以足重，而遠出乎俗學之上。儒者以形骸之見拒之，吾竊以謂不必，而況身尚未免溺於爲人之中者乎？

丹徒王禹卿先生，篤志學佛者也。先生少以文章登朝取上第；生平吟詠之工，入唐人之室，與分席而處；書法則如米元章、董玄宰之嗣統二王；此皆天下士所共推無異論者。獨至其學佛之精，而人反不甚信；僕以語人，人口諾而心笑者且有之。今歲八月，先生忽生背疽，負痛欲死，而晝夜危坐，與人言說，神明不變，匝月而平復。於是世始駭歎，知先生之學，真有能外形骸而一死生者，平時不覺，遇難而後見也。

又越月，則爲先生七十壽辰。夫先生苟無此七十之壽，則其爲己之實，不能大著於天下，而天下反以其爲人寄迹之事稱之，不亦失先生於交臂乎？先生持佛戒，桑弧之日，不可以酒醴稱觴；鼐獨爲斯言以壽，侑以清茗，使來壽於堂者同飲之，將終醒而無醉云。

吴伯知八十壽序

余往主江寧鍾山書院，高淳吴君伯知，使其次子維彦來江寧，就余爲學。自是余得備聞君之爲人，温良君子人也，而未得相見。獨維彦時往來於江寧，如是者數年。及余今年，畏涉江濤，辭去鍾山而居皖，而維彦又適當補官於安徽，亦來皖，於是又相從幾一歲。維彦與余之得屢聚，豈非天乎？

維彦以歲十月，爲君之八十壽辰，告余將請歸爲父壽；余又因詢知君之康强如少壯，面渥丹而筋骨堅凝，又有以異於常人也。君性甚孝，自其先人之亡，葬於郭外，每日晨起，必先步詣墓下，然後歸治家事，今八十矣，猶日往如其昔也。君於鄉黨有急無不應。於高淳公事：修學宫、治道路、拯災患、恤孤寡，無不盡其力，鄉人皆戴而德之。又恭敬謙遜，未嘗少以言加人。獨居必肅然，聞雷霆必正衣竦立。夫存心慈仁而持躬戒敬者，壽之道也。君之得壽，於理固爲當然，而以天下人子之心思之，維彦與其兄維英、弟維綱，以逾壯之年，而見其老親之壽健若此，得不謂天之厚之乎？余是以樂爲之辭，使維彦以歸爲君獻。

若夫仁孝如君，以其道教其子，則維彦成慈祥之德、異日必爲吾安徽良吏者，吾又將因君之爲人決之，而君且於子成政之日就養於官，或與余相遇於此邦也，則尤余之所深願也。

惜抱軒文集卷九

策問

乾隆戊子科山東鄉試策問五首

問：古者立學釋菜，祀其國賢者爲先師，示學者取法前哲，從地近者始也。矧東土爲聖人父母之邦，名儒繼踵，多士仰慕師法，尤易興起者乎？春秋時若柳下惠、季文子、孟獻子之流，嘉言懿行，於傳述焉，多士宜誦習而考其純駁矣！及孔子同時所交遊者，大抵齊、魯賢士。太史公既稱孔子嚴事晏平仲矣，而又載晏子嘗沮尼谿之封。夫晏子賢者，而其言何謬乎？抑史所載有未信乎？劉向録晏子於儒家，而柳宗元謂其書出於墨子之徒，又何説也？

孔子之後，齊、魯儒者，各有著書，惜哉今不盡傳。其篇目存亡可考者凡幾？曾子之書，見存於大戴禮記者十篇，與論語中曾子之語，精粗奚若？孟子十一篇，今存者七篇。其餘軼説，尚可聞乎？

荀子嘗爲齊稷下祭酒矣，古以孟、荀同稱。然荀子乃詆子思、孟子之説爲非是，夫何悖哉？抑其言今多載於禮記，諸生能別出之，而論其當否歟？

漢初若魯申培、穆生、白生、齊轅固、濟南伏生之屬，誠多賢者。其後若公孫弘、兒寬、韋賢父子、蕭望之、匡衡、孔光，皆齊、魯之儒，皆致位公相矣。乃其人邪正優劣，則何如也？

鄭康成於東漢之末，興於高密，爲海内鉅儒。夫世言理學者宗閩、洛，而考證經義詳博者推漢儒。雖然，漢儒行事具在，將謂其第能博聞稽古，爲有功於經乎？抑有躬修實踐，誠無媿於儒者也？宋儒孫明復、石守道，最有重名。其人亦可與閩、洛諸儒竝論之否？

方今皇上聖學日躋，繼古道統，崇經術，奬德行，所以興起教化，勸示儒林者至矣。諸生承聖朝之澤，而追鄉里之賢，尚友千古，考論辨説，所慨慕企仰者何如哉？願聞之以覘志趣焉。

問：儒者之學非一端，而欲觀古人之迹，辨得失之林，必求諸史。爲史之家有數體，而欲統貫終始，言簡事該，其法必取諸編年。昔者孔子作春秋，爲編年家之所祖，筆削褒貶，學者述焉。然孟子曰：「其文則史。」左傳亦間稱其體爲禮經之舊。然則聖人所筆削者，殆無多歟！

自是之後，爲編年之史者，有荀悦漢紀，張璠、袁宏後漢紀，習鑿齒漢晉春秋，干寶晉紀，孫盛晉陽秋，裴子野宋略之類。其書或傳或不傳，然昔人固有評之者，其槩可略聞歟？

宋司馬文正公，以遷、固以來文字繁多，删削冗長，舉其大要，作資治通鑑。觀其進書表，自謂搜摘幽隱，計較毫釐，則可謂盡善矣。乃若漢留侯之致四皓，唐莊宗之負囊矢，豔稱今古，而何以不載？而雜家小説，若西京雜記、平剡録之類，轉有採者何哉？其後朱子因之作綱目，其法益備，而義益精，第以門人編録，或不免脱漏舛誤。諸生嘗盡讀而考論之乎？夫孔子序尚書始於堯，太史公亦止紀五帝，温公通鑑託始於三晉，而劉恕外紀，獨上追盤古。夫恕固與温公同修書者，而茲何其異也？其餘前編、續編、續綱目等書，孰爲優劣？王應麟、胡三省爲通鑑注，尹起莘、劉友益爲綱目發明、書法，其得失何如？揚子雲曰：「子長多愛，愛奇。」愛奇，史氏通病，豈獨子長哉？故審理論世，覈實去僞，而不爲古人所愚，善讀史者也。

我皇上聖學淵深，睿知首出，故御定通鑑綱目三編，及近奉御批通鑑輯覽，所取予進退，莫不歸於至當。譬之日月至明，幽隱必照，千載之遠，不能欺也。多士承聖訓而仰文明，於史氏之學，必有能稱量是非、自據所見者，盍詳著於篇！

問：夏書紀九州，而各載其貢道，蓋以急惟正之供，謀轉輸之便，聖人所以安國而利民也。禹時九州之中，四州貢道，皆在今山東之境，或由濟、漯，或由汶、泗，皆達河以至帝畿。或謂徐州「浮於淮、泗，達於河」，河乃「菏」字之誤，是何謂耶？

自水道屢變，大河改流而南，而國家建都燕京，則天下糧運，皆由會通河以至太倉，而山東爲咽喉扼要之地，是其勢較古時爲尤重。夫運河北所行者漳水也；南所行者泇、承、沂、泗也；臨清以南，濟寧以北，則上下皆賴於汶水。昔人言「汶水有五，源别而流同」，其詳可得聞歟？

明永樂中，尚書宋禮用白英策，築壩東平之戴村，遏汶盡出南旺，分流南北，可謂巧於濟運矣。然南旺地勢特高，故昔人謂去閘則南北分瀉一空；況天時不齊，或有旱竭，固其理也。然則豫備之使無患運道者，宜以何術？周禮稻人：「以瀦蓄水，以防止水。」考工記曰：「善防者水淫之。」初宋禮於汶上、東平、濟寧、沛縣並湖地，設水櫃、斗門，櫃以蓄泉，門以洩漲。然水櫃在明時，已苦易淤，今固不免填塞矣。夫豈乏善防之術，如周禮所云「逆地阞」、「不理孫」者乎？抑湖濱之民或有侵占，失其舊而吏不之省乎？且唐時承縣有十三陂，以爲沃壤，嶧縣其故界也。今將舉湖陂之利，盡修復之，内美田疇，外資舟楫，其道何以籌之？至於濬淺、置閘諸策，前人謀之詳矣，其在今日，尚有可議者歟？

夫通古今之謂儒，漕運經國之重務也。是以皇上既嘗親莅河隄，指示方略；至雨澤小有不時，必上軫宸慮，咨命河臣，毋敢怠忽，意至切矣。然則考稽川瀆，講求利病，幾一得以佐當世之用，亦儒者事也。其各陳所見，以爲當宁獻！

問：國家設官分職，各有典司，而惟守令最爲親民之吏。使親民之吏，舉得其人，則天下何患不治？使親民之吏，一方失其人，則一方受其病，朝廷雖有良法善政，皆爲虚文而已。恭惟我皇上愛養黎庶，軫念如傷，重司牧之官，慎察吏之政，是以綱維建立於上，羣生禔福於下，治化之澤行，而貪暴之風寡矣。雖然，海内至大，人情萬殊，賢者固各舉其職，而間有不肖，或亦偷容其間。今將使郡縣之吏，盡稱其職，其道以何者爲要？

夫人難求備，德性多偏，吏之嚴明者或鮮慈惠，仁愛者或過於寬柔。所謂嚴而不殘，愛民如子，見惡如農夫之去草者，甚難其人。今將聽長民者意之所自趨乎？抑國家法令，有可以持其偏而扶其弊者歟？至其甚者，則又或放縱無忌，黷冒侵牀。是以今者稽察之令，責成上官，而執法除邪，明示懲創。然猶恐上官以姑息，而吏巧於避法，何以禁之？

且國風羔羊之詩，美節儉正直之德。夫節儉則無侈費，正直則無營求；無侈費，無營求，則取用於廉俸，寬然有餘資矣，而曷至甘爲墨吏哉？然則奢蕩營謀者，吏治之所由敗也。今欲羔羊之美，偏於郡邑，而無「簠簋不飭」之譏，將焉所立法而後可？昔者司馬子長始傳循吏，而所載公儀子，固魯人也。諸生亦嘗讀史而慕其風歟？漢書循吏六人，後漢書循吏十二人，其所爲之迹，有於今可倣而用之者，亦有不可施於今者，尚分別論之！至其餘如趙、張、三王之流，雖不入於循吏之傳，然其治道實有足爲吏法者，採其長而施之於今，奚不可也？諸生其援古以合諸當世之要，書所謂「學古入官」者，蓋將有取於此。

問：民俗美惡，因上治化。王者在上，道德一而風俗同，言治化無弗偏也。雖然，當周盛時，分封魯、衛及晉，已有用夏政、商政、周索、戎索之異。然則所云風俗同者，舉其概而已。其水土風氣性情習尚之偏，聖人不能强使合也。故曰：「修其教不異其俗，齊其政不易其宜。」昔者周公「尊尊而親親」，太公「舉賢而上功」，二者殊而齊、魯皆治。及其衰，則「洙、泗之間，齗齗如也」，而臨淄至以「多刼人爲大國之風」。於是乎曹參以勿擾獄市、容姦爲治矣。若是者，豈風俗一變，不可復反乎？將其時上所以導之者，失其理乎？恭惟國家平治百年，百姓自厥祖父，被列聖教養之澤，加以我皇上建極錫福，德溥而化光。是以山東境内，秀民則詩、書絃誦，愚民則重農桑、務本業，有淳古之風。豈非以其質性敦樸，處地近而感化尤速乎？雖然，恬熙久而侈肆萌，生齒繁而游惰起，文學固可貴，而恐其質行之衰。纖作冰紈、冠帶、衣履，天下之舊不必復，而恐其本富之不足。欲防其弊，厥道奚從？

且欲保風俗之美者，莫要於去姦民。昔管子治齊，「參其國而伍其鄙」，使「罷士無伍，罷女無家」。管仲雖非王道之器，及其治國，實與周禮比伍族閭聯「相保相受」者同意。諸生能舉其法之詳而識其要歟？今山東東階巨海、廣斥之野，南岨蒙、羽，西連湖澤，盜賊匪人或託迹焉。夫列郡舉行保甲之法，豈非周公、管子之遺？去姦宜得其要矣，姦民猶有竄匿何耶？將山澤曠遠，有散處幽阻，難以比次歟？抑市廛雜遝，流冗來去無常，難以蹤跡歟？不然，則吏奉行者不盡實歟？諸生生長其間，見聞熟矣，欲登進其風俗之美，而彰善癉惡以敦治道，諸生私所議論者謂何？其悉論陳之！

乾隆庚寅科湖南鄉試策問五首

問：古者立教，多以文章禮樂爲則，未嘗輕言性命，而性命之理，實無不明。其後學者歧分，異說競起，於是言性理者紛紛焉。蓋孔子之傳，惟孟子得其宗。至若莊周、荀卿之屬，推其原，未嘗不出於孔氏之徒，而卒不勝其剌謬者何也？夫言性惡者，其悖不待論矣。

董仲舒對策陳性命之情，韓愈作原性、李翺作復性書，皆依於儒先之旨，而時有純駁，將何所去取歟？

昔箕子言五事，周禮言六德，孔子四教：文、行、忠、信而已。孟子始言四端，及宋周子又舉仁義中正。夫道一而已，聖賢所舉之目，何其參差也？將有同條共貫者存，而不嫌於言之異乎？自漢以來，天下賢人君子，不可勝數。然言道學，孟子之後，遂紹以周、張、程、朱，其實何以定之？且周子言無極、太極，頗近於太始、無始，主靜則近於寂滅之旨，主一則近於常德不離之教。正學異端，懸於霄壤，而判於微茫，奚以析焉？

方今聖天子在上，至德至教，究廣大而極精微，接羲、軒之統，探孔、顏之蘊，垂則士林，嚮風興起。湖南爲周子故鄉，餘風未泯，尤宜有推闡服習其微言者。諸生其毋謂誦習宋儒，第爲科舉之學也。試悉攄所自得焉！

問：史家之體多矣，而紀傳之敘載爲詳；爲紀傳者亦多矣，而司馬遷、班固爲首；故言史法者，宗史、漢而已。夫史記之紀五帝、三王，援據尚書及帝繫篇，不敢多入異說，蓋其慎也。然揚子雲猶云「子長愛奇」，乃後人補述，或反溢於子長之外何耶？

漢書本紀止於十二，張衡謂宜增元后紀，豈誠班氏之疏乎？表所以敍列事時，使人易曉。共和以前之年，不可知矣。司馬遷表燕昭、齊宣時事，亦與孟子諸書不合者爲何？漢有功臣表與外戚、恩澤侯表。景帝以後，侯國以降將得者，皆進於功臣。丞相封侯，雖以魏相、丙吉之賢，皆列於恩澤，其升降義當然乎？抑有所失耶？後世之史，多作兵志，而史、漢不著其目，并分見於他篇，其義安取？

孔子或謂不當入世家。屈、賈、魯、鄒，或謂不當同傳。進游俠，退處士，前人并以是譏遷，能斷其功過歟？史記西域之事，何以附於博望？漢書宗廟之議，何以附於韋賢？又霍去病之於子孟，賈生之於君房，雖爲一家，而列傳釐分，各以事彙，當矣。至劉向以附元王，而不與蕭傳同傳。張湯、杜周不入酷吏。其於本書體例，能無參差乎？

恭惟皇上萬幾之暇，披閱前史，決千古之匿情，剖儒生之疑說，特著論辨，啓牖羣蒙。士得奉折衷之論，以盡探石室之藏，將博學精思，足備異日珥筆之選者，必有其人焉。故詢史、漢數端以覘其概云。

問：管子曰：「有地牧民者，務在四時，守在倉廩。」賈生曰：「積貯者，天下之大命。」古聖王之制：「九年耕，必有三年之食。以三十年之通，雖有凶旱水溢，民無菜色。」則積貯莫善於此。其後李悝治魏，視年豐殺以爲糴出之節。是雖富强之術，其計畫亦足爲王政資。漢五鳳年間，始設常平倉。其法，悝之遺法也。然當時止用於邊郡，一傳及元帝而罷之。豈其道有不便於民乎？抑吏爲之不善也？隋時有義倉之名，宋儒定社倉之制。言積貯者，大抵因此三術。其建置本末利害得失之相較，可悉聞歟？

今州縣各設常平倉，又令鄉邑自爲社倉，國家籌爲民厚生者至矣。湖南之地，古所云「火耕水耨，民食魚稻，呰窳媮生，而無積聚」者。然則議積貯於茲地，尤其急也。夫土壤卑溼，官存倉穀，久貯則有紅朽之虞，歲糴則有强派抑買之弊，是將何以杜之？社倉積穀，雖民所自爲，然將一聽於民，而官不爲之經理歟？將使吏與於其間，而毋乃又爲閭里擾歟？必使吏良而令行，民賴其利，將何術與？夫審民生纖悉，以達於謀國大體，儒者有用之學也。願聞陳義之詳密焉！

問：民有四，而士其表率也。士習既端，則國多卿大夫之材，而民安於從化。古之時，兔罝之士，皆可爲干城。父與父言慈，子與子言孝，一有罷士，不得容於其間也。周、秦之交，士習始漓，而縱横狙詐之説以起。自漢以來，士風又屢變矣。方今多士涵濡於列聖重熙累洽之餘，又仰被皇上聲律身度之教，嚮仁慕義，俊民聿興。詩云「藹藹王多吉士」，固茲時也。

若乃九州萬國，地廣俗殊，椎魯者無文，華巧者失實，南北異尚，何以齊其短長？又其間間有居庠序而侵吏事，舍樸厚而樂輕俠，有士之名而實爲士之蠹。地有師儒，而未必盡從其教；歲舉優劣，而未必盡得其實。將使化導得行，而激勸各當，其道曷由？諸生夙誦洙、泗、閩、洛之言，所以自正其身者，即國家所以整齊天下之理也。修己移風，試爲悉陳其要！

問：詩以言志，虞廷設教，蓋首用之。唐時以律詩試士，其後或沿、或否。聖上以科舉表判之法，文具無實，乃詔試士增用詩題。所以觀學者性情才力，畢陳而不可掩也。今試以古今體制之殊，俾諸生縱論之。

五言詩始於枚乘、蘇、李，其後作者輩出。魏、晉而下，太白譏其綺麗，退之斥爲蟬噪。果無足取若是乎？李、杜詩之大家，而朱子尤推子昂感遇者，則又何說？七言歌行，王子猷所告謝太傅者，已盡其理。能推發其意與？唐、宋、金、元、明諸家歌行一體，派別尤多，而各極其致。其正變何以衡之？自沈約始言聲病，五言近體，權輿於此。唐初言律詩者推沈、宋，其後諸家少變其法。中唐作者多以五律爲長，然以視開、寶以前何如也？元微之推杜子美爲第一者，其長律一體耳。子美果以是獨絕，而律詩必以是爲正法乎？七言律詩，明人之論，或主王維、李頎，或主杜子美，而盡斥宋、元諸作者，意亦隘矣。然蘇、黄而下，氣體實自殊別。意有不襲唐人之貌，而得其神理者存乎？夫唐人之詩，古今獨出。然或謂惟絶句一體，最爲得樂府之遺者，是何謂也？

我朝文治百有餘年，風雅之林，炳焉極盛。皇上睿藻昭回，囿古今而羅萬象。學者少窺萬一，以旁衡千古詩人之作，如登高臨谷，如持鑑察形，較如其易明也，可以究舉而詳説矣！

惜抱軒文集卷十

傳

朱竹君先生傳

朱竹君先生名筠，大興人，字美叔，又字竹君，與其弟石君珪，少皆以能文有名。先生中乾隆十九年進士，授編修，進至日講起居注官、翰林院侍讀學士。督安徽學政，以過降級，復爲編修。

先生初爲諸城劉文正公所知，以爲疏儁奇士。及在安徽，會上下詔求遺書。先生奏言：「翰林院貯有永樂大典，内多有古書世未見者，請開局使尋閲。」且言搜輯之道甚備。時文正在軍機處，顧不喜，謂「非政之要而徒爲煩」，欲議寢之，而金壇于文襄公獨善先生奏，與文正固爭執，卒用先生説上之。四庫全書館，自是啓矣。先生入京師，居館中纂修日下舊聞。未幾文正卒，文襄總裁館事，尤重先生。先生顧不造謁，又時以持館中事與意迕，文襄大憾。一日見上，語及先生。上遽稱許「朱筠學問文章殊過人」，文襄默不得發，先生以是獲安。其後督福建學政，逾年，上使其弟珪代之，歸數月遂卒。

先生爲人，内友於兄弟，而外好交遊。稱述人善，惟恐不至，即有過，輒覆掩之，後進之士，多因以得名。室中自晨至夕，未嘗無客。與客飲酒談笑窮日夜，而博學彊識不衰，時於其間屬文。其文才氣奇縱，於義理、事物情態無不備，所欲言者無不盡，尤喜小學。爲學政時，遇諸生賢者，與言論若同輩，勸人爲學先識字，語意諄勤，去而人愛思之。所欲著書皆未就，有詩文集合若干卷。

姚鼐曰：余始識竹君先生，因昌平陳伯思，是時皆年二十餘，相聚慷慨論事，摩厲講學，其志誠偉矣，豈第欲爲文士已哉！先生與伯思皆高才耽酒，伯思中年致酒疾，不能極其才。先生以文名海内，豪逸過伯思，而伯思持論稍中焉。

先生暮年賓客轉盛，入其門者皆與交密，然亦勞矣。余南歸數年，聞伯思亦衰病，而先生没年才逾五十，惜哉！當其使安徽、福建，每攜賓客飲酒賦詩，遊山水、幽險皆至。余閒至山中厓谷，輒遇先生題名，爲想見之焉。

張逸園家傳

張逸園君者，諱若瀛，字印沙。曾祖兵部尚書諱秉貞。祖諱茂稷，考諱廷瑑，皆贈左都御史。廷琛三子：長若漼，仕至左都御史，而君其季也。都御史爲人端凝樸慎，而君慷慨强果，自其兄弟少時，里人皆異之矣。

君始以諸生爲書館謄録，叙勞授主簿，借補熱河巡檢。熱河今爲承德府，君仕時未設府、縣，以巡檢統地逾百里，歲爲天子巡駐之所，四方民匯居其間，君以嚴能治辦，奸蠹屏除。留守内監爲僧者曰于文煥，君一日行道，見其横肆，立呼至杖之。於是熱河内府總管怒，奏君擅杖近御，直隸總督亦劾君。上聞之，顧喜君强毅，不之罪，而以劾君者爲非。

其後爲良鄉知縣、順天府南路同知。有旗民張達祖，居首輔傅忠勇公門下，始有地數百頃，賣之民矣，久而地值數倍，達祖以故值取贖構訟。經數官，不敢爲民直。君至，傅忠勇頗使人示意君也；君告之以義，必不可，卒以田歸民。畿南多回民，久聚爲竊盗，不可勝詰；君多布耳目，得其巨魁，或親捕之，凡半年獲盗百餘。盗畏之甚，乃使一回民僞來首云：「有某人至其家，巨盗也。」及捕之至，即自首「某案已所爲盗，有贜在京師禮拜寺」。君使兵役偕之至禮拜寺，則反與鬨鬭。至刑部訊，以某案事與此人無與，以君爲誣良，議當革職。既而上見君名，疑部議不當，召君，令軍機處覆問，減君罪，發甘肅以知縣用。是時上意頗嚮君，然卒降黜者，大臣固不助君也。

在甘肅二年，嘗爲張掖復營兵所奪民渠水利。又以張掖黑河道屢遷，所過之田，爲沙礫數百頃，而歲輸糧草未除，力請於總督奏除之。時甘肅官相習僞爲災荒請賑，而實侵入其財，自上吏皆以爲當然，君獨不肯爲。其後爲者皆敗，於是世益推君。

君引疾去甘肅，里居數年，會兄都御史已進用，上數顧詢君狀。君乃復出，補直隸撫寧知縣。其勤幹如昔，然君年已六十餘矣。以子鴻恩爲兵部郎中，受封朝議大夫，例不爲知縣，遂去歸里，又數年卒。君居里爲園，時遊之，名之曰逸園，言已不得盡力爲國勞而苟逸也，故人以逸園稱君。

姚鼐曰：余家與君世姻好，君爲丈人行。所謂逸園者，負城西山面郊，余先世亦園址也。君數飲余於是，自述平生爲吏事，奮髯抵掌，氣勃然。誠充其志，所就可量哉！君在里建毓秀書院，爲族人設藝局以養貧者。親姻昏喪急難，每賴其施以濟。君亡久矣，人方思之不能忘也。然余尤偉君杖内監僧及不爲傅忠勇曲論民田事，爲有古人剛毅之風，故爲著傳。君能著於世矣！才節遇知天子，而仕抑屈於縣令，惜哉！命爲之耶？抑古之道終不合於今乎？君長子鴻肇，爲户部員外郎，先卒。次鴻恩爲福建延平府知府。次鴻磐。

方晞原傳

方根矩，歙人，晞原其字也，爲歙諸生，工爲文。其文用意高遠，非今世之所謂時文者也，而昔人所以取四子書爲義之初旨，則晞原得之爲深。其學宗婺源江愼修，其文宗桐城劉海峯也。所居在歙西靈金山中，有林泉之勝。晞原親賢好學，四方賢者至歙，無不樂交晞原，晞原亦延致其家，唯恐其去，名聞甚廣。乾隆丙午科，大興朱石君侍郎主江南試，自決必能以第一人取晞原，而晞原是時已不應試。後又四年晞原卒，其卒年六十一矣。

晞原父曰□□，候補布政司理問，常客於漢上，而使晞原家居爲學，及爲其曾祖、祖父母營卜葬地。數年，晞原學益深，而登涉川原，盡得兩世葬地，其父乃以爲慰。其於交遊，死生如一，能任其急難。意氣和易，寡怨怒，雖終身諸生，世爲之不平，而晞原未嘗以爲感歎也。子二：曰起泰、起謙。

姚鼐曰：余始聞方晞原之名自戴東原。東原爲言新安士三：曰鄭用牧、金蘗中及晞原也。蘗中在京師，與相接最久；用牧、晞原之文，嘗得讀之，而不識其人。及晞原歿之前一年，余主紫陽書院，用牧以鄉試去里不得見，得見晞原，果君子。然以事促歸，不及造其靈金山居也。其後余不復至歙，而晞原、用牧相繼喪矣。人存歿數十年間耳，遇不遇曷足論，士有所以自處其身者足矣。蘗中書來，使作晞原傳，余以所知者述於篇。

張貞女傳

昔歸熙甫作貞女論，謂：「女在父母家，不應以身屬人；所許嫁者亡而爲終守，不合於義。」吾謂熙甫是言過矣！今律與人約婚而中背者有刑。而晉王褒以其婿葬父洛陽，即以其女別嫁。以今律論，褒爲甚不誼。以褒之賢，衡今之法，則制刑非矣。然而皆不然者，古今情事殊也。且伊尹五就桀，柳下惠不羞汙君，而伯夷非其君不事。季歷、文、武興周室，而泰伯逃隱，夷、齊叩馬而諫。士各行其志所安耳，君子亦仁而已，何必同。吾近覽鄉曲之事，高貞女之節，悲傷其志，以謂靡病於古誼焉。

張貞女者，父曰張裕昌。其五世祖爲明末山東左布政使秉文，殉難於濟南者也。貞女許嫁之夫曰葉孝思。孝思父母皆老病將死，獨有孝思一子，又病瘵甚篤，欲迎張氏侍其父母疾，張氏親戚皆難之。貞女曰：「既以身許人，奈何聞其危篤，安坐以待其死乎？」即布衣乘輿入葉氏，視其公、姑及夫疾，晝夜不怠。一年而舅、姑及孝思皆死，僅有屋三間。張氏迎父、弟共處，以屋居父，而己所處幾於不蔽風雨。時爲父浣炊，爲弟縫紉，晝夜營女工以爲生。及父死而治其喪，立族子友賢爲子，聘姪張氏爲婦，得孫曰傳興。一年而友賢又死，其婦亦能效其姑立節概焉。貞女自十九歲守節，至今五十四。

而葉孝思之族祖曰蔭寰，聘妻胡氏。蔭寰失愛於繼母，悲憤以死。胡氏農家女也，聞而誓必爲夫守，父母不能奪，即送至持喪。其夫伯母楊氏亦寡婦，憐胡氏，與同寢處，其姑久亦愛焉。胡氏今年四十餘，守節三十年矣。其居皆在縣城内之西。

又有周氏者，居縣城東百四十里，許配法洪山章彌六，年十五而彌六死，請於父母，來夫家服喪，遂不返。其夫家爲立嗣撫之，至有玄孫，年九十三，去歲冬没，乾隆五十五年也。鄉俗焚葦輿以送終，章氏數千人見其焚煙上徹，聚爲白鶴，久乃滅云。

而桐城城内又有馬鳴玉之聘婦方氏。鳴玉死，方氏居父母家，極窮困，然守而不嫁至老，先周氏二年死。始馬氏諸子，疑方氏初未即至夫家，不敢迎入門，至其老將死，乃服其節，請於官而旌之。

嗟乎！行必久而後信，女子固然。非耄期不亂者，曷以爲士乎哉？

印松亭家傳

印君諱憲曾，字昭服，寶山縣人也。祖曰輯瑞，考曰克仁。克仁無子，其弟廣西太平府知府光任生君，以君爲之後。中乾隆十五年順天鄉試舉人，次年成進士，分發廣東爲翁源知縣，以能吏稱。其後内擢補吏部稽勳司員外郎，三擢至吏科給事中，京察一等。乾隆四十六年，命爲浙江寧紹台兵備道。

其在寧紹凡八年，嘗修海寧石塘有功；榷海關盡去苛征，商民喜之。寧紹歲造戰船，以樟木爲材，君采購嚴禁吏蠹，毋擾於民，而公事修辦。大計列一等，當擢而君疾，引歸數月而卒，年七十一。

君爲人孝弟慈仁。其在京師，遭本生父母喪哀甚，見者不能與言也。平居和易愛人，人樂親之。交友鄉里至都，居君寓舍常滿，有求索者必應。事有就君謀者，必盡其慮。及君外任，則求君者益廣，君意常若有歉於人者然，故求者雖頻數不以自沮。其處内外職，屢治刑獄，而意一出於慈仁矜全，多賴以生者。

鼐與君及泰州侍庶常朝，皆以鄉試同年相知。侍君負氣疾惡，同年生多遭誚責，然獨重君，嘗謂鼐：「印君眞長者也！」其後庶常没於京師，君視其棺殮尤備。君生平寡欲，獨好鼓琴，晚而自號松亭云。子三：曰鴻經、鴻緒、鴻緯。君居官爲政之詳，錢辛楣少詹事已爲誌墓具之。鼐更以所知者爲傳，以授其子焉。

節孝陳夫人傳

陳夫人，雍正甲辰科進士、臨海知縣諱鬲鑑之女，遷江知縣左諱文高子世揚妻也。年十七而嫁，嫁十年夫死，一子行遜二歲。左氏雖宦後，至夫人寡居，甚貧乏，上事姑謹，下撫孤子，及以叔娣女爲女，訓之必以禮。

始臨海公生五女，夫人最長，季則姚鼐母也。臨海嘗夜教女讀書，每太息言：「吾女何率勝兒！」夫人後亦自授行遜書。左氏所居，獨其先明忠毅公之故宅，分至夫人及子，二室才盈丈。撫子愛甚，鼐時至其室，亦愛甚。嘗使子與鼐於室中談經義，夫人自治食噉之，聞其言於牖外，即喜入曰：「汝等與人言宜若是！」夫人年五十八，乾隆十五年冬甚疾，鼐之母視疾，執手而訣。

行遜後終於諸生，其子其章最有行誼。嘉慶元年，詔舉孝廉方正，里以其章應舉，而其章之子，前一年登江南鄉試榜，人謂天祐節孝之遺也。然去夫人卒四十五年，去行遜亡二十餘年矣。今惟夫人所撫叔娣女爲女適張氏者尚存，亦爲嫠，年七十餘矣。當乾隆間，夫人已爲吏奏旌表其節孝，鼐更愴思而述從母傳云。

鍾孝女傳

孝女錢塘鍾曉齋女，三歲母徐氏没，父繼娶陸氏，又三年喪父。及女年十四，陸氏得危疾，人謂必死，女禱天求活其母，刲股和藥飲之未愈，乃再刲，陸氏竟起。女後適邵志錕，志錕疾病，女亦割臂以愈之，年二十四卒。

夫割股，非孝之正也，然至情所至，無擇而爲之，君子所許也。且天道人事，捷於呼響，惟誠則達，於鍾氏女何疑焉。

志錕字儒珍，性好爲善，浙中凡有濟民之事，必儒珍董之，以此聞四方。其言孝女事舅姑、接家人，皆多可稱，雖復娶矣，嘗悲思鍾氏。余哀其意，作鍾孝女傳。

節孝張孺人傳

張孺人桐城太學生張若楷之女，適孫良□。良□高祖臨，明末以監楊龍友軍殉難仙霞嶺，國朝謚之節愍者也。考爲候選知州循綽，早没。妣張宜人，工部侍郎廷瑑女也，里中稱賢明，先以貞節被旌。孺人爲家婦，事之能承其志。

蠡亭先娶姚氏無子卒，孺人爲繼，生一子起嶸。起嶸生兩月而蠡亭以疾卒。起嶸幼而多疾，孺人撫視之尤瘁，嘗累日夜不能眠，然子五歲則使就學，督之嚴甚，卒以成其才。孫氏家故豐，而張宜人施於宗族戚黨者厚，故漸貧。蠡亭兩弟，仲亦先喪。其後季弟將援例就官。或勸孺人：「於是時當議析爨以食，毋與俱盡也。」孺人曰：「吾寧合而貧，不欲析而富也。」其後家遂大乏，起嶸出授徒於外以爲養，時有不給，孺人頗困，然朝夕怡然，如處其家故富時，未嘗以爲怨。乾隆四十八年，吏部奏孺人節孝，奉旨旌表。

起嶸中乾隆己酉科順天鄉試。及嘉慶辛酉科，其子世昌，亦舉順天鄉試，而孺人於是年遂卒，年七十七，爲嫠五十年矣。次年世昌成進士，改庶吉士，而起嶸先以大挑二等當得學官，獨哀母氏多歷艱苦，不與禄養，請姚鼐爲述其傳。鼐亦夙聞孺人賢，知起嶸之狀不誣也，故爲書其概云。

何季甄家傳

何季甄者，名思鈞，霍州靈石人。考諱世基，生三子，思鈞爲季，故字曰季甄。季甄早孤，依於其兄思温，友敬甚至，勤力於學。乾隆四十年成進士，改庶吉士。纂修四庫全書，善於其職。四十三年散館，改部屬矣，旋以校書之善，仍留庶常館。次年授檢討，自是常在書局。及全書成，與賜宴文淵閣下，而旋以疾請告，屏居訓子元烺、道生，兩子一年成進士，其後皆以才顯，有名内外。其居靈石北鄉有雙溪，嘗自號雙溪。天下稱何氏爲盛門，以何雙溪爲宿德矣。嘉慶六年季甄卒，年六十六。

始吾二十八歲居京師，而季甄之兄令季甄從吾學。其齒幼於吾六年耳，而事吾恭甚，使背誦諸經，植立不移尺寸。其後學日進，而與吾或别或聚。吾在禮部時，季甄得山西鄉舉而來，相對甚喜。後三年而吾以病將歸，季甄適攜家居於都。吾入其室，見其子之幼儁，歎曰：「何氏其必興乎！」然是年別，不復得相見。次年，聞其成進士。又後十二年，聞其兩子成進士。又後十三年，聞季甄喪矣。

季甄存時，常以書問吾甚摯。自京師來者，爲吾言：「季甄之家法整飭，老而所養益邃，容肅而氣沖，士流有前輩典型之望。其所以訓子者，真古人之道也。數十年未嘗須臾晝而居内，敕其子皆然。」吾老而德不加修，吾媿於季甄，季甄不吾媿也。季甄於交遊鄉黨多惠愛，每好濟人絀，又嘗設義學於其閭。

始季甄娶王氏無子，繼娶梁氏生二子：元烺以庶吉士改部，今爲户部郎中。道生以工部郎擢山東道御史，出爲九江知府。又繼娶張氏，生四子：立三，維四，慎五，漱六。漱六爲孤才三歲。吾痛季甄之喪，既爲文哭之，又次其行爲傳，以寄諸其家云。

陳謹齋家傳

陳謹齋諱志鉉，字純侯。休寧有陳村，在縣治西南山谷之間，俗尚淳朴，陳氏世居之。謹齋之曾祖仁琦，以孝悌稱，爲鄉飲賓。其子燿然、孫世瑫，皆敦厚不欺爲長者。世瑫又爲鄉飲賓，僅一子，志鉉，守其家法尤謹，故自號曰謹齋也。

謹齋以行賈往來江上，或居吴，或居六合、江浦。所居貨嘗大利矣，而輒舍去之，既去而守其貨者果失利，其明智絶人如此。而内事親孝，養寡姊甚厚。姊亡，盡力上請，獲旌其節。在里則歲以米平糶；建陳氏宗祠，置祀田，設爲條制甚備；倡修邑鄉賢祠。其村南有巨溪，越溪道達婺源，而溪漲輒阻爲人患。謹齋爲造舟設義渡，置田以供其費。在六合、江浦，遇公事所能爲者，必以身先，如其在休寧焉。

其自奉甚簡陋，而濟人則無所惜。人或欺忤之，夷然未嘗較也。人或頻以事求索之輒應，未嘗厭也。暇則以忠謹之道訓其家人，而未嘗言人之過。少時遇一術者，爲言君某歲當少裕，某歲大裕，及他事成毁，後皆奇驗。又言君當五十三歲死矣！故謹齋至五十即歸卧陳村不出以待終，然壽七十八乃没，人謂其修善延也。既没而其家不失長者風，謹齋之教也。

謹齋子四人：有灝、文龍、有洄，皆篤謹爲善人，皆先之卒；惟幼子有涵送其終，時年五十矣，而以盡禮致毁有稱。有涵之子兆麒，從姚鼐學爲文，嘗爲鼐述謹齋之行。

姚鼐曰：謹齋生平皆庸行，無奇詭足駭人者；然至今人多稱之者，以其誠也。夫使鄉里常多善人，則天下之治無可憂矣。如謹齋者，曷可少哉！曷可少哉！

方染露傳

方君染露，名賜豪。爲人清介嚴冷，不可近以不義。少以能文稱，爲諸生。乾隆三十年，中江南鄉試。屢不第，以謄録方略館年滿議叙，得四川清溪知縣。既至官，視其僚輩澒洞之狀，曰：「是豈士人所爲耶！吾奈何與若輩共處？且吾母老不宜遠宦。」即以病謁告，其莅官甫四十日而去歸里，歸則授徒以供養，日依母側。執政有知之招使出者，終不往。如是十年，母以壽終。君悲傷得疾，次年卒，年五十有九，乾隆五十九年也。

君尤工書，里中少年多效其法。君夫人張氏亦賢智有學。余居里中寡交遊，惟君嘗樂與相對。一日在余家，共閲王氏萬歲通天帖，疑草書數字，不能釋。君次日走告余曰：「昨暮，吾妻爲釋之矣！」舉其字，果當也。然張夫人竟無子，側室□氏生子元之，元之四歲而孤。

君既喪，余益老，里中舊相知皆盡。君弟僡自京師書來，請爲君傳。余謂君行可紀，而亦以識吾悲，故書之如此。

程養齋暨子心之家傳

程養齋，諱文邃，字乘素，養齋其自號也。先世居歙黄墩，唐末徙新建，至宋淳祐中徙婺源。居婺源十六世，爲贈資政大夫宇，生贈資政大夫應鵬，兩世皆有厚德於鄉黨，養齋乃應鵬之第三子也。年十九而父嬰風疾，兩兄適客遊，君侍疾左右，及經理家事，稱爲賢孝。及既孤，上事母、兄，下撫三庶弟，人無間言。

程氏自兩贈資政相繼建立祖祠，而增修飭之；至養齋，爲立祭法，規久遠，益虔且密。恤宗族，厚鄉里，能嗣其家風。爲人循謹，踐履質實。著無忝誌、經目誌、禮考若干卷。又輯先代遺訓、師友格言，自端楷細書爲卷，日取以自警惕。平居嚴衣冠，慎動作，見者肅然。又明于處事。婺源嘗值歲饑，君率衆出粟平糶，設立規條，事舉而爲利溥。總理婺源縣志，書成人以爲善云。年五十七卒于家，以例得都察院都事職。卒後以子尚義由知府加五級，得贈資政大夫。娶董氏。子二：尚志，尚義。

尚志字心之，其爲人年少而沈静，寡言笑，嚴毅如宿德。十八歲補邑弟子員，力學不懈，于十三經皆成誦，而不牖于時文之卑陋。嘗讀古史書，分類而纂記之，求經濟之用，自厲氣節，嘗曰：「士入世，立脚不堅，任事不巨，則庸人耳！」兼通算法，能推三角八線，以闡宣城梅氏之義。居家孝悌，最爲養齋所喜，赴試金陵卒于途，年二十二。養齋哭之，有曰：「人非善不交，物非義不取；于朋友閭閻，于兄弟怡怡。」茲足著其人矣。以子學金爲户部主事加二級，得贈奉政大夫。妻王氏以節孝獲旌。子二：學金、南金。

姚鼐曰：婺源爲大賢朱子之鄉，士大夫猶以敦禮講義爲貴，君子之遺風遠矣！如程養齋者，誠無愧一鄉之善也與？養齋于修縣志時，婺源士皆惜心之之死，欲載之志内，養齋不可，今學金乃請余傳之。其父子用意，顯晦皆是也。如心之之賢俊，矯出于俗，使天假之年，所成立可量哉！

惜抱軒文集卷十一

碑文

宋雙忠祠碑文 並序

東海朱使君受命領兩淮鹽運司之次年，謁於江都城北宋制置使李公、副都統姜公祠下。乃進士民告之曰：當宋之季，自荆、襄而下，城潰師殲，降死相繼。伯顔之軍，南取臨安；阿朮之軍，北圍揚州。時維二公，忠義堅固，竭力合衆，以守茲城。臨安既下，帝、后皆入於元。孤城孰不可終全，二公卒不肯降屈其志，再卻謝后之書，斬元使焚其詔，以絶他慮，明身必死國家之難。

昔蜀漢霍弋、羅憲，據郡不降魏；及審知後主内附，然後釋兵歸命。世猶愍其所處，以爲弋、憲欲守而無所嚮，異於君在懷有二心者也。若二公當國破主降之後，效節於空位，致命不遷，卒成其義概，可以壯烈士之志而激懦夫之衷者，以視弋、憲何如哉？今天子褒禮忠節，雖親與聖朝爲敵難而殞者，皆隆崇謚號，俾吏秩祀。矧宋二公立身甚偉，而舊祠陊壞，歲久不修。其於朝廷獎忠尊賢之典，守吏以道導民之誼，甚不足以稱，吾將率先飭而新之。衆皆曰：「願盡力。」

乾隆四十二年六月，既竣工，桐城姚鼐爲之銘。辭曰：

元雄北方，既脫金距。瞰視江淮，嬰兒稚女。誰固人心，奉彼弱主？力或不支，有氣可鼓。二公堂堂，孤城在疆。國泯衆遷，誼不辱身。死爲社稷，生豈隨君。既得死所，安於牀茵。列士搏膺，市人流涕。同廟揚州，以享以祭。五百斯年，其報匪懈。新堂炯炯，有翼其外。神陟在天，明曜剛大，思蠲厥心，來庭來對。

蕭孝子祠堂碑文　並序

蕭孝子諱日曠，江都人。其母朱氏病且殆，孝子刲脇割肝，使婦虞氏和藥進母，母愈而孝子死。世之學者言「不敢以親遺體行危殆爲孝」，是固然也。抑紂之時，微子去之，比干死而箕子奴，而皆爲仁。武王伐暴救民，伯夷恥食周粟，而皆爲聖，君子行豈必同乎？今夫小人之爲不善，非不聞有禮誼廉隅之介也，出於情所不自勝，則潰藩籬蕩防檢而不顧。夫君子之爲善，亦若小人之爲不善也，發於至善而不可抑遏，豈尋常義理辭説之所能易哉？故曰：「求仁而得仁，又何怨。」孝子既喪，虞氏謂母初愈，不當使聞悲慟，乃匿語姑曰：「日曠商出耳！」殯孝子他室，奠則麻衰絰而哭孝子，入則常服而奉進食藥。孝養十餘年，姑死，虞氏守節以終。虞氏誠賢婦，然亦孝子行足感動之，以成其德。士患欲行道不能必於妻子者，觀於虞氏，可自反矣。孝子事在康熙時，墓在梅花嶺東，邑人祠之於墓側。鹽運使遼東朱使君至，修整祠宇，桐城姚鼐爲銘之曰：

親吟於席，子憂弗寧。親偃然死，子欲無生。親蹶然起，而拆子形。猶全九鼎，碎彼缶甖。何究何思？一決於誠。志存身滅，夫豈徇名？德衰恩薄，以忍爲貞。千世萬世，徠讀此銘。

明贈太常卿山東左布政使張公祠碑文 並序

明崇禎十一年冬，大清兵自青山口入畿甸，所過夷剿，蔑能防阻。放兵南下，山東巡撫以濟南兵守德州。濟南遺卒不及二千，而大兵卒至。左布政使張公，率吏卒募士城守，相拒十晝夜，力盡援絶。十二年正月庚申城破，公戰死城上，妻方夫人、妾陳氏，皆自投大明湖内。事聞，贈公太常卿，方夫人、陳氏皆被錫命。義果章於一家，忠烈光於國紀。夫天下之善一也。我朝神武，奄有天下，於前代之臣，忠於所事，雖相抗拒以死，必褒美及之。豈非崇善植義，示人臣不以衰盛易心之道哉？故天下聞而增感歎焉，況在其人之鄉里乎？

張公桐城人也，既沒，濟南及桐城皆爲祠祀公。鼐昔嘗以使事至濟南，瞻公像，拜於祠下，俛焉賦詩而後去。後十五年家居，值里中修飭公祠，衆請爲文以記。吾鄉當明萬曆中，公及左忠毅公以丁未、庚戌兩科相繼成進士，而皆死於忠藎，故世言吾鄉人物風節之美也。君子所貴，爲善而已。二公所以死不同，而同爲忠。士有遭值行義不必同二公，而庶幾於二公者，其道亦必有在焉矣。公行載明史傳，不待文而顯；爲之文者，以厲鄉人也。祠在邑南門公居室前，復修之者，公五世孫某。銘曰：

天有所廢，人不可支。危以軀殉，道則無虧。公治閩、粵，民頌曰哲，遷屏東藩，以困奮節。婉懿夫人，援攜娣妾。甘卧潭淵，高義矗立。靈車神輦，風雨之辰。偕徠故居，撫其嗣人。倚彼城垣，高堂以軒。既飭敬祀，以萬斯年！

鄭大純墓表

閩縣鄭君諱際熙，字大純，爲人介節而敦誼，勤學而遠志，年三十六，終於舉人，而士知其生平者，靡弗思焉。君初爲諸生，家甚貧，借得人地才丈許，編茅以居，日奔走營米以奉父母，而妻子食薯蕷，君意顧充然。鄰有吳生者，亦介士，死至不能殮。君重其節，獨往手殯之，將去，顧見吳生母老憊衣破，即解衣與母。母知君無餘衣，弗忍受也。君置衣室中趨出。

君既中鄉試，將試京師，行過蘇州。或告之曰：「有閩某舉人至此，發狂疾，忽詈大吏。吏繫之，禍不測矣。」君瞿然曰：「吾友也！」即謝同行者，步就其繫所，爲供醫藥，飯羹至便溺皆君掖之。適君有所識貴人至蘇州，求爲之解，某始得釋。君即護之南行，至乍浦，乃遇其家人，君與別去。於是君往來蘇州月餘，失會試期，不得與。

君文章高厲越俗，其鄉舉爲乾隆丙子科。同考知龍谿縣陽湖吳某得君文大喜，以冠所得士。及君見吳君，吳君曰：「吾不必見生，見生文，知生必奇士也。然已矣！生文品太峻，終不可與庸愚爭福。」君自是三值會試，一以友故不及赴，再絀於有司。君意不自得，遂不試，往主漳州雲陽書院，歸謁吳君於龍谿，遂於龍谿卒。

君有弟字曰大章，少與君同學，同執家苦，長而同有名。君歿八年，大章登進士爲編修。去年，余與大章同纂修四庫全書。大章日見余，每如欲有言而止。今秋余疾請假，大章乃悽然曰：「世好文者多矣，莫若吾兄。吾兄鄙夷凡近人，而追慕古人，則忘寢食、棄人事，以求其文之用意。惜乎不見君文，吾兄必愛之也。今吾兄没十四年矣，君又將去，安得君文傳之？」余爲惻焉。昔吾鄉方望谿宗伯與兄百川先生至友愛，百川死而宗伯貴。吾鄉前輩皆告余：宗伯與人言，一及百川，未嘗不流涕也。今大章何以異是？

大純學行皆卓然，雖生不遇，表其墓宜可以勸後人。余固不憚爲辭，而大章之志，則亦益可悲矣。君無子，其詩文曰浩波集，大章爲鐫行之。乾隆三十九年十月，刑部郎中桐城姚鼐撰。

羅太孺人墓表

攸縣陳檢討夢元之母曰羅太孺人，初歸於贈檢討諱伍南，家無尺地以資生，父母作苦，中年乃能買屋以居，教子讀書爲士。未幾贈檢討君亡，太孺人撫其二子皆十歲餘，能使無失業，相繼爲縣諸生。既而長子夢龍又亡，獨與次子居。或頗侵侮之，太孺人禁毋論較，惟責爲學益急，以至成進士、選庶吉士。時太孺人年近七十，檢討請歸奉養。太孺人遭逢艱難，豫樂不同，能始終靜一，其心不怵不惛，年七十三乃没。將没，戒子異日入朝，毋徇勢利而棄舊學，故檢討至今奉其教爲端士焉。

當長沙之南，衡山之北，湘水東受洣水，泝湘則逾衡、永，西南居嶺；泝洣則東南至茶陵之東。洣源雖近，而清徹侔於湘，故其旁多奇士。攸縣居茶陵下流，洣至是納攸水，受其通稱，其西遂近湘、攸之會云。縣中陳氏爲最大姓。檢討之祖，在明多取科第仕進，久而勢落徙業，至檢討再興其家，而太孺人最有力焉。

初贈檢討君治屋城中，居攸水西南，而其六世墓地曰叢壩，又在其西南，距攸水十里，據谿山之勝。陳氏長者謂贈檢討君夫婦賢也，使葬獨祔於是。故太孺人始厝城北，今葬叢壩祖塋之次。乾隆二十七年，檢討值國覃恩，追贈及太孺人。三十九年，刑部郎中桐城姚鼐表其墓前之隧。

荆條河朱氏先墓表

朱氏先居山東歷城，明初有以功得世襲三品指揮使者數世，譜失其名。其始以指揮使屯遼陽左衛名永安，名乃可紀。永安生澄，澄生國輔，皆襲指揮使於遼東。

國輔之子諱應奎襲職，會太祖高皇帝定遼東，改爲正紅旗漢軍參領，管火器營，嘗以修理遼東户口籍成，賜爵阿達哈番，既而失爵，以參領終。長子襲參領諱登科，世祖章皇帝入關，從有功，又改爲鎮守山海關城守尉，兼參將事。章皇帝賜之塋地於寧遠州荆條河上，今墓所也。城守尉遷父柩於遼東來葬之，城守尉没亦葬之。其子諱廷縉襲城守尉二十餘年，於職無廢事。康熙二十年，增山海關守兵，設谿屯，大裁，去城守尉，改朱公爲副都統官。副都統未任而卒，卒從父葬，故荆條河多從葬之墓，而參領、城守尉、副都統三世最先焉。

朱氏城守尉世職也，及改官副都統，吏議之不詳，而遂亡之。自是副都統子孫，或居山海關，或遷京師，雖失世職，而自以才進顯者益多。副都統有孫曰倫瀚，曾孫曰孝純，繼以文章治行顯。倫瀚仕至正紅旗漢軍副都統，孝純今爲兩淮轉運使。嘗使人出關修墓植木，既以圖來告余曰：「孝純家京師，出官四方，先人墓地，越在山海關外，不獲時謁。自吾父謀立石表隧，以昭國恩，崇紀前烈，石既具矣，未得文以刻。孝純懼久遠或湮廢，敢請爲之辭！」

余曰：「參領以來，三世皆有功開國時，以受賜地爲墓，誼固宜表。天下族姓興衰多矣，尊貴或一二世，或數世輒盡。朱氏自明迄今十餘世矣，而人才之興未替，豈非其先人遺澤遠哉！此天下所樂稱者，而況其子孫乎？若夫右控北平巖壑之雄深，左臨渤澥之波而瞰中外之界，山川偉異，足以發其子孫英傑奇秀之氣，則是被先朝賜地之恩厚於無窮也，朱氏其勉焉而已！」乾隆四十二年某月，刑部廣東司郎中桐城姚鼐表。

丹徒王氏秀山阡表

王氏世丹徒人，今在告雲南臨安府知府文治之祖，諱元盛，字祥甫，里居爲誠樸長者，不幸早世。有子諱士閎，字漢徵。漢徵生五歲而孤，母吳孺人尚少，家貧乏，無族黨內外之助，撫三尺之孤，默默自守於窮巷之中，卒教養子至成立。漢徵有兩弟皆殤，獨漢徵長而至孝，母子相依，無須臾之離。其事親，衣服飲食之具，貧不能致美，而能使母衣食之而樂也。母八十餘而終，漢徵年逾六十矣，喪殯不能華飾，而能極其哀慕之誠也。乾隆初，鎮江修府志，丹徒馮令君詠主其事。漢徵謁令君涕泣而述母節，詠爲感動，載之志内，里人皆以爲不誣也。

祥甫亡時不能葬，漢徵長，乃營葬父於丹徒東南秀山枝之原，及吳孺人亡，祔焉。漢徵年七十三卒，娶同縣某孺人，無子。側室秦孺人生文治、文源、文明。漢徵兩孺人皆從葬於秀山墓右。

後文治以一甲第三人登第，爲翰林院編修，遇國恩，贈兩世皆如其官，階皆文林郎，妣皆爲孺人。又其後文治以侍讀出爲知府，歸守先壟。桐城姚鼐其友也，嘗訪文治於丹徒，拜於壟下，文治請爲表未及成。又其後文源與江南己亥科鄉試爲舉人，文明爲湖北龍坪鎮巡檢。文治視其弟於湖北，過皖，就鼐復徵前語。乃以所知者，書俾揭諸其阡。

夫王氏内外節孝，誠可稱矣！然皆生窮困於其身，卒乃光顯於其後。爲善之報有不可必，而爲己之無憾者可必也。誠無憾矣，無聞於時亦可也，而必盡力表章以著於世者，賢子孫之心不能已也。傳曰：「既美其所稱，又美其所爲。」非是謂邪？斯亦可爲爲人後者勸矣！

乾隆五十二年五月表。

河南孟縣知縣新城魯君墓表

魯氏世居江西新城中田村。康熙乙丑科進士諱瑷，由翰林檢討仕至右通政。通政之子諱京，康熙戊子科舉人，爲廣西平南知縣，實生孟縣君。

君諱鴻，字遠懷，乾隆癸未科進士，爲河南沈丘、滎澤、孟縣知縣。君少讀書，慕古人行蹟，思效於實用。其在職重鄉約長，必慎擇清謹畏法者，而稍禮貌之，又重獎其尤善者。告上誡下，一以忠信，故事舉而民不擾，下情達而上官樂從。

沈丘與江南阜陽界，鄰盜互匿焉，故難捕。君推誠與阜陽約，兩縣合捕如一邑，於是宿盜皆獲。沈丘有買硝之累，君力請去之。而爲孟縣，禁無賴號爲水官擾民者。其時上官亦多知君賢，然十年居河南，終不見拔。君亦厭吏事，遂援例入貲，當得府同知，因離任遽返。返則誘進後進，稱善如不及。著四禮通俗以率鄉人。

其於古文，受法於建寧朱梅崖，所爲凡百餘首，持論有根柢而多當於情。君之族子九皐，始從君爲科舉之學，君高其才，勸使學古，九皐卒成進士，以古文名。君於余爲進士同年，然往來疏甚，晚與九皐相知，乃聞君之爲人。君在里又將使其二子繪、繽渡江從余學，雖不能至，余甚愧其意。

乾隆五十四年冬，君卒。卒逾年，九皐與繪、繽以書乞爲文揭諸墓上。蓋魯氏多才，而君所以啓後人者爲有道矣。乾隆五十七年三月日，桐城姚鼐表。

疏生墓碣

疏生名枚，父曰長清，兄曰枝春，皆桐城諸生。生幼從其兄讀書，穎悟過人。大興朱竹君學士督安徽學政，愛其才，取入學。次年補廩膳生，才十三歲。乾隆五十一年，朱石君侍郎典江南試，塡榜得疏枚名，大喜曰：「此吾兄生平所重士也。」然生終於舉人，年三十二，乾隆五十七年夏卒。

生爲學精甚，寒暑晝夜疾病不輟。世之士能文章者，略於考證；講經疏者，拙於爲文；生能兼攻之不懈，於箋註文辭之事，皆求得塗轍矣，用力憊而夭及之。悲夫！

生居去吾家七十里，顧不常見。其慕余絶甚，得余文輒誦之不忘。余在江寧，生疾，亟謂其兄曰：「吾不復見姚先生矣，爲乞數言識我足矣！」其秋，枝春來語余，余傷而書之，使歸鐫其墓上。姚鼐表。

蔣君墓碣

君諱知廉，字用耻，翰林院編修鉛山蔣心餘先生士銓之長子也。編修以才稱天下矣，君少，繼有才名，能文，工作書。乾隆四十三年，爲選拔貢生，從編修京師，編修大病，割臂和藥，一進而愈。君鄉試屢不録，以謄録勞授州同知，發山東，署臨清州同知，吏事甚辦，辨獲盜之不實者，執之力，卒獲真盜，果如君言。值水澇，君行視救溺者，中溼，未幾卒，年四十，乾隆五十六年也。

當余在揚州時，編修君赴都，過揚州相見。君以拔貢將入試，與其弟偕從。時丹徒王侍讀有家僮善歌吹笛，而編修工爲曲，嘗成曲，俾以笛歌。吾曹相從飲酒聽歌極樂，以君年少不呼使與也。第見編修有子英秀侍側，共言其可慶而已。後未十年，聞編修歸里旋没，又數年而君亡。余頃居江寧，君之子立中來求爲文紀君，其年已逾君始遇余之年矣。人世之速，而才者之不可留如此。悲夫！

君才既足稱，没後，其幼子立萬之生母賈氏卒縊以從，今從君葬，是亦可紀，而余又感思生平故舊，乃書其略，俾立中碣君墓上云。嘉慶三年十月，桐城姚鼐書。

惜抱軒文集卷十二

墓誌銘一

内閣學士張公墓誌銘 並序

故資政大夫、内閣學士兼禮部侍郎桐城張公者，贈光禄大夫諱士維之曾孫，贈光禄大夫諱秉彝之孫，而太傅大學士文端公之子也。雍正元年，恩詔開會試科。是時文端公薨，公之兄太保文和公已爲户部尚書充會試考官矣。公以舉人例避不與試，值特命官别試迴避舉人，於是公成進士，改庶吉士，授編修，遷左贊善，歷翰林院侍讀學士、詹事府詹事。今上即位，以公爲工部右侍郎。

公在翰林，常充日講起居注官。起居注素無條例，爲者繁簡任意，漏遺冗贅，不稱史體。公精思爲之，寒暑在館十餘年，編載詳贍，上以爲善於其職。於是公以工部侍郎兼起居注官事。本朝官不爲翰林而仍職注記者，獨公爲然。爲工部侍郎數年，轉内閣學士兼禮部侍郎，又二年遂告歸。

公爲人誠樸篤謹，細微必慎，每當入朝，自書職名讀之，曰：「某官張某。」又屈指計之曰幾字，視紙上三四而後敢出。奉使督江蘇學政，遇試士日，公服竟日，燕處不脫。人問之，公曰：「取士，國重典也，敢忘恭乎？」其爲侍郎，謹奉法度而絕阿私。

既告歸，則益以舊德篤行自守，所爲喪祭禮制，多合於古，足爲法式。其自奉甚陋，或人所不堪，雖其家人皆竊笑之；然至族黨有緩急，出千百金不惜也。未嘗私受人一錢。門生某爲江西巡撫，過公居，奉數百金爲壽。公曰：「吾幸足衣食，安用汝金爲？」又有以人葠寄公者，公曰：「吾生平無病，烏用葠？」少爲宰相子，久居京師冠蓋之間，而終無世故態，遇人無貴賤，率意而言，必忠必信，是以天下之士，皆謂公長者。

公諱廷瑑，字桓臣。兄弟六人，其四皆貴：長少詹事廷瓚，仕仁皇帝，與文端公同時；次太保大學士廷玉；次禮部侍郎廷璐。太保、禮部侍郎與公，皆仕憲皇帝及今上最久。公之歸也，禮部侍郎及太保前後皆告老，而公最後沒。上聞，顧謂左右曰「張廷瑑兄弟皆舊臣賢者，今盡矣！安可得也？」因歎息久之。

公卒於乾隆二十九年，年八十有四。夫人吳氏。子二：長若泌，舉人；次若渠，副榜貢生。以乾隆三十八年某月日，合葬公夫人於桐城北投子山麓。銘曰：

德葆以居，才託其餘，取安吾心，不爲人夸。士誰能然？惟公之行。繼成於學，始秉於性。再世卿相，家胡不隮？厚植根苞，天則祐之。我銘其幽，所陳者信。後世識之，以固無盡。

四川川北道按察副使鹿公墓誌銘 並序

公諱邁祖，字紹聞，定興鹿氏，始明監察御史久徵，有直諫名。久徵生正，明熹宗時，嘗營救左、魏諸君子之難，天下稱爲鹿太公者也。太公生太常少卿繼善，殉節死，謚忠節。忠節子曰化麟，舉鄉試第一，居父喪歿，人謂之孝子。孝子之子諱盡心，公之曾祖也，爲安邑令。公祖諱賓，仕本朝爲陝西道監察御史。考諱聖權，封奉政大夫。

公雍正八年庶吉士，授編修，以四川川北道按察副使罷官，乾隆二十九年十二月十四日卒於家，年六十。夫人王氏先卒。子二：琪，廪膳生；次預，早卒。以乾隆三十二年□月□日葬公及夫人於江村祖塋之側。銘曰：

鹿氏在明，忠孝久稱。有肖無替，累以世嗣。巍副使公，彪文縝質。始作詞臣，究通經術。匪曰能言，而允行之，以學事君，在心不欺。命作御史，有辭謇謇，君子所予，小人所憚。巡察帝城，周閱殷廣。閉杜謁言，搜邪伐黨。給事於中，掌禮、吏科，審較牘奏，詳而不苛。轉運奉使，湘湖之南，羣吏放手，民則弗堪，覈正斗甬，公以躬監，正税罔贏，誅責貪惏。有盜殺人，吏論如法。撫軍卻之，謂不當執。罷按察使，而令公攝，將觔律令，意授威憎。或旁諷公，公曰不可。佑賊詭正，寧禍及我。言忤上官，解其柄持。改任川北，畀以疲羸。親入山林，掘盜根株。歸哀問民生，慰恤瘠枯。直時軍興，征金川醜。以馬濟軍，百城交走。或應於前，而乏於後。歸罪邑令，大吏借口。公曰憊矣，非令之咎，予以身任，遂遭彈奏。吏籍其家，敝几故書。怨嫉之徒，媿感嗟吁。詔荷公校，以重軍罰，大吏憐公，勸使私脱。公曰詔乎，脱余則爲。苟非君命，敢奸以欺？卒朝夕荷，西師隨罷。既有定功，公亦蒙赦。公之在官，嶷嶷剛毅。公之在家，愉愉孝弟。歸遭父喪，以毁受病。秉道終身，卒斃於正。有懿夫人，飭身約己，佐公清節，誼不爲侈。同穴江村，高墳磊砢。我銘直諒，以厲媕婀。

光禄大夫刑部尚書贈太傅錢文端公墓誌銘 並序

刑部尚書嘉興錢公，登朝爲名卿，老而告歸，上承聖人之殊眷，下爲海内文學之士宗仰，爲耆碩者又二十餘年，乾隆三十九年正月辛酉薨於里。疏聞，上悼惜甚至，製詩哀之，命贈太傅，祀於賢良祠，謚之曰文端，賜祭葬如制，特予銀千兩治喪。其子汝誠以是年十二月，葬公武原生坊南化城，請余爲銘。

按狀：公諱陳羣，字主敬。明給事中贈太常卿徽者，公六世祖也。曾祖諱陞，祖諱瑞徵，考諱綸光，三世皆以公貴，贈光禄大夫，妣皆一品夫人。

公之少也，讀書穎悟過人，未二十遊京師，則已與諸名士論文，唱和相得，時言才士，即曰錢君。康熙四十年，公成進士，改庶吉士，授職編修。世宗時，三進官至侍讀學士，充日講起居注官，直南書房。今上登極，擢通政使司右通政，四進官至刑部侍郎，以疾歸里。

公當事持大體，守成法。爲編修時，嘗爲陝西宣諭化導使，在事稱爲能。及久任刑部，讞獄剖晰得情，甚稱職。然上尤愛公詩文之美，嘗樂與考論今古，稱爲故人。公之歸也，上每思見之。公以所作詩奏進，上覽之，未嘗不稱善也。

公歸後五年，上南巡，賜在家食俸。後三年，皇太后慈壽七十，公入都慶祝，命加尚書銜，與九老之會，圖形禁中。後又兩值南巡，加命以刑部尚書致仕，晉太子太傅。至皇太后壽八十，公再入都，年八十六矣，猶健步，上見公益喜，賜騎馬紫禁城，再與九老之會。公子汝誠爲户部侍郎，侍養於家，及是隨公入朝。父子卿貳，持杖扶攜，出入宫苑禁闥之中，觀者以爲榮。其歸也，又賜詩以寵其行。

公嘗一爲會試總裁，三典鄉試，再提督學政，及年益高，天下文士翕然趨之。公亦和易，與後進談説，往復論難不厭；吟誦詩章，音節抑揚要眇；説先朝故事，歷歷首尾，如披史傳，聽者每至中夜忘疲。是時長洲沈文慤公在吳，公在嘉興，天下以爲齊名，雖上亦稱爲二老也。文慤既歿，後四年公亦亡。於是上自九重，下洎朝士，以及閭閻識與不識，莫不歎息悲傷，謂東南耆舊盡矣。

公年八十又九，再娶皆俞氏，皆一品夫人，與公祔葬。子七：長侍郎汝誠、次汝恭、汝慤、汝隨、汝豐、汝弼，公以汝弼嗣弟界後。幼子汝器，上南巡，爲公賜汝器爲舉人。女九，孫男十五，曾孫二。銘曰：

多士雲興，蔚此昌時！孰爲魁英，備履福祺？秀水之郭，鴛湖之湄。公起登朝，作吏之儀。歸樂太平，爲羣士師。上與天子，賡和其辭。衆望裒然，既老不衰。我嘗識之，丹頰白髭，飲酒笑談，寡怒多怡。國有上瑞，匪鸑匪芝。進觀公貌，退讀公詩，詩則永留，貌不可追！刻示後來，吾言不欺。

贈武義大夫貴州提標右營遊擊何君墓誌銘 並序

君諱道深，字會源，山西靈石縣人。以武進士侍衛乾清門，出爲貴州提標右營遊擊。乾隆三十二年，兵部尚書明瑞總督雲貴，進討緬甸，集諸道兵。君初不與調，明公聞君訓練營卒勇健有節度可用，特檄以其衆至永昌，至則果整練異他軍，明公善之。秋，三路出師，以軍隨幕府，從取木邦，破錫箔，踰天生橋，大戰蠻結，先登奪栅殪醜，紀功一等。又從入至窮窄，去賊巢阿瓦城益近，賊斲木壘石守隘。我師糧少，火藥鉛丸盡，師旋，賊抄其後。君爲殿，遇山谷險阨，君必奮戰，俾師得度，至猛域。盍

未至猛域前二日，君中鳥鎗夜息，有軍校曰：「君傷重矣！賊至日衆，道險難與敵。盍稱病？且逸歸乎！」君曰：「賊衆，乃將卒致力時也。」叱之退。明日，戰益力。

初，明公將中軍趨錫箔，別將分左右軍異路進，約會師。及至猛域，兩軍不如約。前阻大山，賊盡塞蹊隘，環圍數重，軍殺馬以食。三十三年二月丁卯，明公令夜拔營起。平明賊來邀，君立高岡與相拒，他軍士從其旁得去。君朝戰至日中，被數創仆，君亡。次日，明公亦亡。

事聞，上以中軍多戰功，其没以無援，賜卹特厚。左右兩軍死事者，殺其制不與之等。於是君得贈武義大夫，祀於昭忠祠，祭葬卹廕如制。君祖龍騰、父思義，皆贈中憲大夫。夫人梁氏先没，繼配武氏。君之赴永昌也，武夫人方孕，君没猛域兩月，子膺綬始生。

君撫士嚴而有恩，其聞檄令，二日即行，而顧擇其無子無兄弟者皆勿從。没後軍皆悲涕，以其帶髮返。次年，贈葬本邑。銘曰：

頎與何君！眉目清美，揖讓温温，以與余友。佩韃横戈，徂險而馳，急難舍生，義孰與多？汾流之側，君起厥邑。往不生歸，銘窆無極。

副都統朱公墓誌銘 並序

公諱倫瀚，先世世襲指揮使於明，屯戍遼陽左衛，因家焉。三世歸我太祖皇帝，爲正紅旗漢軍世襲參領。其子以從世祖入關功，爲鎮守山海關世襲城守尉，是爲公之曾祖，諱登科。祖諱廷縉，襲職後改副都統，因亡世襲，自是以白衣仕進。副都統有弟爲湖廣道參議，諱廷宷，無子。副都統使己子爲之後，是爲公考諱天爵，爲建寧府知府，有吏能清節。

公少而孤貧，負軼才奇氣而好學，文武藝皆能盡其巧，通知當時事變利病，慨然懷濟人之志。中康熙五十一年武進士，選三等侍衛。聖祖偉其才，使兼直武英、養心殿。數年，改用爲刑部郎中，持法堅，不可奪。時刑曹或破律放意，以入人罪；公疏論其非，上善之，飭吏如公指。

雍正中，出爲寧波、衢州知府、浙江糧儲道布政副使。衢民爲齋堂，合衆誦佛書。公曉以非道，盡解其黨；及大吏聞，欲以邪教論，衆已散去，遂皆免。運丁有積欠久不能償者且十萬金；公計糧道所入歲償之，竟除其逋。今上初，召入爲御史，出莅湖廣驛鹽道，復爲御史、給事中，掌吏、户科，巡南城，擢正紅旗漢軍副都統。在朝屢以事陳，抉絶萌姦，民賴其念。

公爲人和易好交遊，而持身介直。仕宦恥爲家計，晚歲益貧，或至乏食，其意益恬，時爲文自娛，以至於歿，年八十一，有集十二卷。

公在浙江時，世宗夜夢道士見而請曰：「吾天台山道士也，來就陛下乞所居地。」帝寤異之，使問於浙江，吏言：「天台故有桐柏觀，今爲人侵廢，且爲墓矣。」詔還爲觀，俾公董其事，公成觀而民無疾焉。往來山中，爲詩一編曰天台遊草，其辭尤奇儁，士多誦之。自聖祖愛公書，世傳寶朱公指畫及書。然公修己，立朝卓然，於衆不詭隨，蓋有古人之風，豈以文士論哉？

子五人：長孝先；次孝升，舉人，□縣知縣，先公卒；次孝全；次孝純；次孝揚。乾隆二十五年，葬公宛平西北十五里祖墓之側，夫人合祔。銘曰：

言以法謇刮吏瑕，行以義域不爲他。苟利於國家則羸，偉哉中藏鬱以多！抑揚文武誰不宜，遠皉涕泗百士嗟！作銘幽室埋其阿，此石可泐名不磨。

淮南鹽運通判張君墓誌銘 並序

君諱廷璇，字清紹。桐城張氏始以仕顯者，曰明廣西布政司參政淳，史録諸循吏。參政之孫秉哲，順治時以能文名爲舉人。舉人生都水員外郎芑。都水四子，其季爲君。

君少修謹，寡子弟之過。長以薦舉，試職於禮部。出爲東臺鹽課大使，擢鹽運通判，分司通州，廉慎於法，所職無不舉。

通州符生，以文爲君知，嘗侍，從容以吏事干君。君曰：「書生乃可言及此耶？」既而曰：「汝毋乃貧乎？曷不語我？而俾人以利誂汝。」遂厚予之。生感而奮，爲善士。

海濱以竈户煮鹽，舊給之田，竈户輒賣之民，且百年，田價增八九倍，而田數易主矣。有議：「奪田與竈户，使竈户第償故直。」君曰：「是非平法也。且竈户貧，不能買田；必姦民誘使爲名，而陰據之。是平民失業而姦民利也。」以告上官，不聽。君曰：「厲民爲媚可乎？」投劾遠去。

君與太保文和公，皆參政玄孫也。君績學工詩，善楷書，言行有蘊藉，太保尤器之。然仕於内外，皆不竟其志，年四十餘即歸。歸而飲酒賦詩，接鄉里，歡然無間。其居衆中，望其狀，疑如也。娶左氏，生子若兆。教其子少毋與人接。鼐年十九時，君一日見之，歸使若兆獨與之友。

君没於乾隆三十三年，年六十七。始厝他所，逾□年，若兆定葬君某所，左安人祔。鼐爲之銘曰：

羣言以禮，士容几几，維邦之祉。羣言詭隨，士容狷披，邑以敝墮。嗚乎！予尚見古之人，以恪以循，既畚以墳，以徵予文。

原任少詹事張君權厝銘 並序

君諱曾敞，字塏似，桐城張太傅文端公之曾孫，禮部侍郎諱廷璐之孫，翰林院侍講諱若需之子。年二十一，中乾隆十六年進士，改庶吉士，授翰林院檢討。自文端至君，爲翰林四世矣。是時君家太保文和公解爲相歸，而侍講及羣從在朝爲翰林者四人，君年最少，材器通美，究識古今事宜、國家典故，而持己清峻，人謂君且繼其家兩相國後也。

君爲檢討十餘年，值御試翰林，名列第五，進侍讀，充日講起居注官；四遷至詹事府少詹事兼侍讀學士。又值試翰林，列第三，當進官，詔特褒君而未及遷。

自有記注官，君家世職之，及君尤講正體例，嘗獨任一館之事。諸城劉文正公爲掌院，每歎異君。君疾士大夫骫骳隨俗，節概不立，欲以身正之，見於辭色，衆頗憚焉。

君三爲順天鄉試同考官，有公廉名。逮己丑科會試，復同考。時武進劉文定(正)公(一)爲考官，知君可信，君所薦卷，中者較他房多且再倍。君又以嶢然獨立，稍自喜也。於是榜發磨勘，有摘君所薦舉人梁泉卷疵纇數十，當斥革。吏遂傅君法，革職提問。會考驗無纖毫私狀，而梁泉故鄉舉第一，詔卒復梁泉舉人，君雖釋罪而竟廢矣。於是惜君者莫不咎當時議君之重，而謂兩劉相國宿知君賢，而不能爲一言於上，而顧使疾君者得其快。嗟乎！君進非人所得援，其退非人所得沮，天則使君仕不究其才、而志不信於世也，而何咎邪！

其後君以萬壽加恩，復五品頂帶，歸主晉陽、江漢、大梁三書院。乾隆四十二年正月，卒於大梁，年四十七。始娶姑女姚氏，生一女，適孫起岻。再娶定興鹿氏，生子元良。側室生子元襄、元衮。其亡也，長子才十二歲。

君少而孝友，持喪以禮。於族姻朋友，事雖難成者，任之必盡其勞，謀之必竭其慮。雖疏遠，以急投之必應。乙亥之歲，江南饑。君居侍講憂在里，倡捐米出賑平糶，晝夜營之，以活一縣之衆。又以糶餘錢積穀，以待歲祲，今吾鄉所謂永惠倉也。

爲文工爲應制之體，尤好古人文章，託意深邈，而不比於時者。仕方顯而爲詩示余，多憤慨深鬱之詞，蓋其所志遠矣。君與余家世姻，少相知，又嘗重余文。君喪之歸也，余既以辭祭而哀之，乃復爲其權厝室銘曰：

綺組會者絲邪！而孰爲之機邪？鳴者匏簧邪！而孰嗚以揚邪？物或以冬榮，或盛夏而先零，孰主是而爲之虧成？以盛族有君，志則抗而節弗汚，既駕而騖，而躓於中路，芒乎吾奚知其故？維紀其人而如可以呼。

〔校記〕

〔一〕「文定」，原作「文正」，誤。清代謚文正者七人，劉姓有諸城無武進，此必劉綸謚文定之誤。綸字眘涵，常州人舉乾隆元年鴻博第一人，仕至大學士，故曰「兩劉相國」，蓋統勳亦官大學士也。

翰林院庶吉士侍君權厝銘 並序

君諱朝，字潞川，泰州人也。其先姓侍其，明初去「其」稱侍氏。曾祖諱念祖，祖諱震，考諱衛，皆諸生，而祖、考得贈如君官。

君少孤好學，無師友之助，而於古文辭、詩歌、四六諸體，皆習而能之，始冠得鄉舉。初聘泰州沈氏，沈氏女不幸得痼疾，其家願無嫁，請君他娶。君不可，卒與處無嫌惡，且十年。沈氏卒而後娶江寧鄭氏，人以爲難。

君内行修，外重交遊，有死生之誼，而性峭急，聞人一善，稱之不容口，惟恐世不及知；及見行有失道理者，亦切齒忿怒，若不可須臾共處世者然。故世亦以此過君。

乾隆二十五年成進士，當就吏部選知縣。君曰：「吏事非吾所堪也。」後國子監缺丞，詔大臣於進士中選得君。君任職，以不阿上爲節。有共事不合君者，君不能堪，即日引疾去。

久之，會修四庫全書，大臣有知君之才，奏爲校勘官，既而爲總校。君校書數倍他人而最精當，乃命爲庶吉士。是時君已得疾，而讐閱不懈。乾隆四十二年，瘍生於首。秋七月晦竟卒，年四十九。無子，女嫁者一，幼者二。其弟臣仕浙江，亦未有子。君妻弟鄭君厝君甘泉之西山，以待臣生子而後之。

鼐知君最久，故爲銘。銘曰：

山璞瑶琨，器則隊也。龍淵、太阿，銳則折也。嗟子忼忼，勇言義也。孑以自居，甘與躓也。日暮延登，才未竭也。天生不與之年，死不與之繼世也。劬兮以託於兹，吾辭以志也。

亡弟君俞權厝銘　並序

先贈大夫三子：長鼐，次訏，次鼎。訏字君俞，幼於余八歲。嘗以一鐙環坐三人而讀書，其時家貧甚，中夜余歎以爲聚讀之樂不可得而長也，君俞聞而悲獨甚。

余二十二歲，授徒四方以爲養；既孤，又仕京師，使兩弟侍太恭人於家。久者十年，或四五年，弟兄不相見。君俞獨以應順天鄉試閒入都，每來學加充，識加明，行加慎，余輒喜。其初病目幾瞽，及愈而作真行書甚工，余益以喜。

然君俞數困場屋，後以監生試吏部，得吏目職，於是君俞意彌不懌。值南昌李侍郎督學浙江，邀之同往。侍郎事或不當，君俞輒諫之。其夫人聞之，太息而稱爲益友也。君俞聞余歸里，遂亦歸。逾年丙申歲夏六月，感暑疾，初如甚微，夜不能言，旦遂没。嗚乎！余不孝不友，不能亢其家；君俞存，余冀其有以爲太恭人慰也；君俞亡，余其斷棄也已！君俞娶張氏，再娶倪氏。一子三歲，名曰恩，余惡知能卒使其成立邪？銘曰：

貌碩以豐，氣寬以有容，宜達而窮，閱期卅八而奄終。天乎人乎！宗之不振乎！厝汝以近先君乎！知我言哀者鬼神乎！

左衆郛權厝銘 並序

衆郛諱世經。考曰贈文林郎諱徵，母曰張孺人；祖曰贈文林郎諱之延，祖妣曰姚孺人，孺人爲鼐曾祖姑。於親黨，君爲余丈人行，然而年相若，少而志相善也。君娶舅女。其妻之弟應宿及君兄一青及余四人，少者十餘歲，長者二十餘，里居無他交，獨四人相遇不厭，而君於其間尤沈静寡言笑，勤學喜爲詩。詩成視余，輒以意指瑕纇，君不爲忤，輒芟易之。一青與余常出遊，君偕應宿嘗視余家甚備。

其後一青丞湖北縣，以獲盜功，升爲令。入京師，過余旅舍，篝鐙夜對太息，憶君與應宿，雖爲諸生，而方藝花竹爲園，遨遊歌詠山水，邈然不可逮也。

一青爲令六年罷去。後二年，余亦病歸。然後四人者，復聚於里中，時乾隆乙未夏也。然君比已被疾，其秋加劇，九月竟卒。夫人倉卒遽慟，從而絕。逾年，一青病，至冬亦亡。夫交友久離，及其遇而遽亡之，雖常人猶可悲，矧君兄弟之賢而與余之厚邪？

君卒年四十七。一子七歲曰虎，應宿撫之。厝君暨夫人柩縣北古塘，而余爲銘，待虎長而葬君。銘曰：

嗚乎衆邪之柩也！志學而將究也！身隱而年弗壽也！繼者昆而偕亡者婦也！厥天爲之夫焉咎也！維余之與舊也，銘以詔孤之幼也！

惜抱軒文集卷十三

墓誌銘二

兵部侍郎巡撫貴州陳公墓誌銘 並序

公諱步瀛，字麟洲，陳氏。先世居歙，公曾祖諱時賓遷江寧，遂爲江寧人。祖諱應陛。考諱士鉉。家故殖財，至公考爲文學，好施予，盡亡其貲，生四子而公爲季。公長益貧，精厲爲學，閎傑於文詞，中乾隆二十六年恩科會試榜第一，選庶吉士。散館改兵部主事，再擢至武選司郎中。公考至是年八十餘乃卒，公爲養與喪，皆當人意。及後爲安徽布政使，則自曾祖至考，皆獲贈通奉大夫如公官，妣皆贈太夫人。

公在兵部，職事修辦，吏不能爲奸。服闋，其尚書奏請補車駕司郎中。逾二年，授河南陳州府知府，再擢至甘肅按察使，讞獄平。值平涼府鹽茶廳回民爲亂，黨連數郡，人心皆聳。爲逆者聚於通渭石峯堡，而總督李侍堯乃託以追逸賊，西往靖遠，獨留公扼隴上爲守禦。公亦憤發，不避險難，盡拘爲逆者之家，又擒其分處他縣爲間應者。官軍初戰失利，公度賊乘勝必東犯陝西，以隆德、平涼當下隴之要，而守衛單弱，即撥固原兵分守，而後奏聞。其後賊果東犯，不得過。公奏之達，上以爲知兵。命大臣督軍至甘，詔「事與陳某議之」。公迎說形勢，事理無不究。又籌糧饋，入險岨皆給。逾月賊平，公雖身未履戰陳，而功足以埒。上乃擢爲布政使，而旋調任於安徽，賜之花翎以奬焉。

乾隆五十年，江淮大饑，米升至錢五六十，暴民脅衆爲攘。公徧至所部，頒布上恩，督吏賑卹，防捕盜賊，全護疲困，自夏迄秋末，安徽得寧，而公勞瘁成疾。其後擢貴州巡撫，抵治所，舊疾大作，遂薨，爲乾隆五十四年十一月某日，年六十。

公爲人坦白和易，雖於屬吏無矜容厲氣；然審察能否，進退必當其才。安徽布政司書吏皆江寧人，公臨之有恩誼，而不以奸公法。公自奉儉陋，其在陳州，嘗舉家食稷。於族戚故舊，助恤常厚，歲時餽問無間，所在官舍，來居者常滿。少工文章，喜誦書，老而不倦。承學弟子多材，而秦中丞承恩與公進士同榜，又同一年爲巡撫，人以爲美談。

鼐嘗偕公官兵部，公來安徽，鼐方主安慶書院，於公習且久。公子舉人廷碩、國學生廷頎以乾隆五十六年□月某日，葬公江寧城北□□山之麓，請鼐爲銘。銘曰：

公以文興，多士誦稱，不究其能，司武是膺。秉節西疆，布迺有方，力不挽强，戎慝翦襄。天子命將，謀以公壯，以戰以饟，其阻有蕩。陟登大吏，而親勞事，爲國之志，以爲身之憊。養其疲羸，拊其寒飢，誅其越欺，斥其不治。協維帝心，開府西南，不以歲深，雲而弗霖。金陵之里，兩中丞起，公壽先已，貽休弟子。鍾山東北，卜維公宅，植保松柏，載詞藏石。

贈承德郎刑部主事鄭君墓誌銘 並序

君諱士俊，字灼三，歙諸生，以子貴贈承德郎、刑部奉天司主事。鄭氏，歙舊族也。自君考諱廷証以上，皆居歙之巖鎮。歙人營賈淮上，或僑居揚州。君少孤貧，從妻父李氏宦居南昌，後依族人居揚州儀真縣。

君爲族人謀事，盡其智能而無欺。嘗值歲饑，爲粥以賑揚之餓者；及歙鄭氏廟敝壞，營而新之，君皆任其事，勤苦數倍于人。曰：「吾藉人財以爲善，吾力不容惜也。」君既定居儀真，乃迎其兄弟之孤及從父兄之節婦洪氏，皆來居而養焉。

乾隆四十二三年間，余主揚州書院，歲一二歸，歸必過儀真，然未嘗識君，識君子文明。君婿呂彩從余學，時言其舅，誠篤長者也。其後十餘年，文明成進士，授刑部主事，呂彩亦與鄉舉矣。乾隆五十年二月初三日，君卒。

逾年余在江寧，文明來求爲君銘，因言未得葬地。余姑應之曰：「吾嘗行儀真西三十里，山川體勢，如可葬者。」又逾年，文明又至，曰果得地于西三十里張家坳，已葬君矣，將補納石，求卒銘之。余不意言之幸中。自念老矣，當不復至揚州，於其山水人物有足興舊思者，而文明又求銘甚勤，安得弗銘也？

君二子：文明、文盛。一女，四孫。銘曰：

愼所履，載謙飭，子升朝，父遺德。生江南，亡葬北，堧升原，茂翳植。大厥族，歲千億！

嚴冬友墓誌銘 並序

冬友，江寧嚴氏，諱長明，一字道甫。乾隆二十七年，車駕南巡，君以生員獻賦，召試賜舉人、內閣中書。就職，旋入軍機辦事。

君在軍機凡七年，通古今，多智，又工於奏牘，諸城劉文正公最奇其才。戶部奏：「天下雜項錢糧，名目煩多，請去其名，而以其數併入地丁徵收。」君曰：「今之雜項，古正供也，今法折徵銀。若去其名，他日吏忘之，謂『其物官所需，民當供』。且舉再徵之，是使民重困也。」文正曰：「善。」乃奏已之。

大金川之爲逆也，大學士溫福（敏）〔一〕往督師，欲君從行，君固辭。退有咎君奈何違宰相意者，君曰：「是將敗没，吾若何從之？」人頗甚君言，既而温公卒致軍潰以死，隨往者皆盡。

辛卯恩科會試，劉文正公爲考官，值軍機事有當關白，君撾鼓入闈得見，既而出。同考官朱學士筠曰：「甚哉！冬友不自就試，而屑屑治吏事爲？」文正曰：「士亦視有益於世否耳！即試成進士，何足貴？」當是時，軍機有數大案，賴君在直，任其勞，獲成議，而雲南糧道以分賠屬員虧銀不完，將死，去限期十日；君具牘入請文正奏寬之，乃生。其年遂擢侍讀。

君治事衆中獨勤辦，然以是頗見疾。其後連遭父母喪，服終遂請疾，不復入。間遊秦中、大梁，居畢中丞所，爲定奏辭，還主廬陽書院。乾隆五十二年八月□日，卒於合肥，年五十七。

君於書無不讀，或舉問，無不能對。爲詩文用思周密和易而當于情。嘗爲平定準噶爾方略、通鑑輯覽、一統志、熱河志四纂修官；其自爲之書，曰歸求草堂詩文集及論辯經史、書算、文藝、金石文字者，凡二十餘部百餘卷。祖諱馨，父諱自新，俱以奉直大夫、内閣侍讀爲贈封官。夫人南昌耆士葉用章之女，生男女各二，男曰觀晉。

余在都時，君時與相從，見君朝趨省禁，暮入文酒之會，若甚暇者。然或以事就君謀，必得其當。君嘗語人曰：「異日先去官者，必姚君也。」後數年，余請告歸過江寧，君見迎笑曰：「吾固料君之來也！」余居皖中，君一來會；後余再至江寧，而君喪矣。乾隆□□年□月□日，葬君及葉夫人於某所，君之子請銘。銘曰：

偉猗冬友！當時羣士，智孰與醜？既箎事樞，振物之首。才非不見知，而其仕之登不究。得年非夭，而亦不爲壽。天命若是，夫孰可多有？伐石鑱詞，瘞貽弗朽。

〔校記〕

〔一〕「温福」，原作「温敏」，查木果木僨事者，爲督師大學士温福，「敏」字乃明顯錯訛，應改正。

孔信夫墓誌銘　並序

信夫諱繼涑，孔子之六十九世孫而曲阜衍聖公諱傳鐸之季子也。幼而才儁，衍聖公爲聘華亭張尚書照女，女殤而君遂習於張氏。尚書以書名天下，君得其筆法，書蓋埒之。又善於鑑別，收集古今名家書，鐫刻論辨，世所傳玉虹樓帖也。其於詩文爲之皆工善。乾隆三十三年，余主山東鄉試，得君及君兄户部之子廣森。時廣森才十七歲，而君年四十餘，名著海内久矣。其後廣森得第爲檢討，以經學稱，三十五歲而殞。君之少也，值上釋奠闕里，嘗充講書官。及爲舉人，累會試不第，納貲爲中書舍人，未就職。又值上東巡，於中水行宫召使作書，及進，上稱善。然竟不獲仕，終於曲阜。

初衍聖公夫人□氏，生冢子繼濩。繼夫人徐氏，生户部及君。冢子之後，襲爵三世，君與户部皆及之。其遇曲阜公事，以祖父體自任也，其氣皆剛直，人或與之或否。其後户部不樂家居，客遊杭州以没，檢討哀痛遽殞，不數年而君又繼之。嗟乎！君與檢討之生，世第一家也，又以文學才藝名著天下，余一旦遇之，二三十年間，見其死亡至盡；雖其文采風流不可磨滅，而志意加鬱乃更有甚於常人者，其可悲爲何如也？

君於交遊有始終之誼；鄉里值歲饑，出千金賑之者三焉。乾隆五十六年，余在鍾山書院，君夏來江寧視余，再宿而别，君遂以是年十二月戊辰卒，年六十五。無子，以户部少子廣廉嗣。將死，貽書乞余銘其墓。銘曰：

猗子聖人之世也。廓其知也，蔚其藝也，名上聞于朝，而下載于四裔也。完則毁而剛則折也，有疾而不可乂也。銘託余哀，以待後君子之達其志也。

陝西道監察御史興化任君墓誌銘 並序

君諱大椿，字幼植，其先爲王氏。在元有爲山東行省平章事者曰王信。其子宣繼居父職，元亂避居興化，改曰任氏，爲任氏之十三世，爲歲貢生鑣。其子晉，中乾隆己未科進士，官徽州府學教授，是爲君祖；生庠生葆，爲君考；祖、考皆以君得贈封朝議大夫、禮部儀制司主事。

君之少也，穎敏于學，爲文章有盛名。又性和易謙遜，人無貴賤靡弗愛君。然君固有特操，非義弗敢爲，故自少至老，終於貧窶。乾隆庚辰恩科，君爲舉人，中己丑科二甲一名進士。故事，二甲首當改庶吉士，人皆期君必館選矣，然竟分禮部爲儀制司主事。君每日自官所歸，輒鍵户讀書如諸生時。值詔開四庫全書館，大臣有知君才，舉爲纂修官。是時非翰林而爲纂修官者凡八人，鼐與君與焉。君既博於聞見，其考訂論説多精當，於纂修之事，尤爲有功。其後鼐以病先歸，君旋遭艱居里。

既而鼐遇君淮上，當是時四庫書成，凡纂修者皆議叙，嚮之八人者，其六盡改爲翰林矣。大臣又以鼐與君名列之章奏而稱其勞，請俟其補官更奏。君於是初服除，將入補官，亦以見邀，鼐以母老謝。君獨往，然大臣竟不復議改官事。君自循資遷員外郎、郎中，保御史。乾隆五十四年四月，授陝西道監察御史，甫一月而卒，年五十二。君賢者，居曹司固亦佳吏，居言官苟非日淺，亦必有所見，然終不若以其文學居翰林之爲得人也，而惜乎其竟抑不得也。

君事父母，能於貧匱中盡其養，待族友有恩誼，而不可使爲諂瀆。所成官書外，其自著者曰經典弁服釋例十卷，深衣釋例三卷，釋繒一卷，字林考逸八卷，小學鉤沉二十卷，吳越備史注二十卷，惟字林已刊板。詩集已刊者四卷，其餘與雜文未刊者又若干首。君學博奥，而於爲詩則尚清遠，不多徵引，曰：「此非詩所貴也。」

娶趙宜人，無子。没後三年，弟大楷始生子爔炎以嗣君。又後十二年，葬君於某處。鼐昔者與君本相知，及同處四庫館，則朝晡無不偕，有所疑説，無不相論證也；退而偶有尊酒召賓之設，無不與同也。閱今二十年，同居館者死亡殆盡，而鼐僅存。君弟大楷來求爲誌，乃愴懷而銘之曰：

嗚呼！幼植之瘞，不居文章之官，而既爲其事矣！不至耆耇之壽，而著書足名後世矣！生不見子，而没可以祀矣！吾爲銘之，足慰君志矣！

夏縣知縣新城魯君墓誌銘 並序

君諱九皋，字絜非，建昌府新城魯氏也。大父諱宁，康熙庚午科舉人，爲内閣中書。考諱淮，歲貢生，爲廬陵縣學訓導。君爲人敦行誼，謹於規矩，而工爲文。人觀其言動恭飭有禮，而知其學之邃；讀其文沖夷和易而有體，亦知其必爲君子也。嘗踰嶺至建寧，謁朱梅崖，而受其爲古文之法。於四方學者苟有聞，君必虚心就而求益，雖以鼐之陋，君嘗渡江至懷寧，見鼐而有問焉。君古文雖本梅崖，而自傅以己之所得，持論尤中正。里居授其學于子弟及鄉之儁才，又授于其甥陳用光，且使用光見鼐。蓋新城數年中古文之學日盛矣，其源自君也。

其爲科舉之文，不徇俗好，自以古文法推而用之。或以爲不利場屋，君曰：「得失，命也。」君竟以乾隆庚寅科得鄉舉，辛卯恩科成進士。歸居十餘年，奉養祖母及父，因益力爲學。而因事設方以利其宗族閭里，雖貧而必致其財，雖勞而必致其力，逮終養乃出就官。

是時鼐聞，寓書諫君，謂：「今時縣令難爲，而君儒者，違其長而用之，殆不可。」然君竟謁選得山西夏縣。縣當驛道，又時值後藏用兵，使驛往來日不絕。縣舊分二十餘里，里以次出錢供役，謂之里差，吏因爲利，民致大困。君自持既廉，又減其役之得已者，而重禁侵蠹，民大便之，而樂爲役。君顧歎曰：「吾不能盡去里差，是吾恨也。」其見民，煦煦然告以義理所當從及去，不作長官威厲之狀，民亦欣然聽其教。於是縣號爲治，上吏亦絕重君矣。鼐聞乃自咎前者知君之淺，固不能盡君才也。然君亦以積勞致疾，在縣凡兩期，以乾隆五十九年三月卒于官，年六十三。

娶楊孺人，生四子：肇熊、肇光、嗣光、迪光。四女子。又庶出之子五，皆少，一女。肇光，拔貢生，君以後母弟某；嗣光，壬子科舉人，君以後從父弟某，皆能嗣君古文學者，而肇光先殞。君文曰山木集，已刻者若干卷，未刊者若干卷。

某年月日，葬君某所，嗣光及君甥用光，皆以書來乞爲銘。銘曰：

孰謂儒者不可以理繁庶？孰謂學古不可爲今世語？美哉魯君！其行企矩，其文蹈雅，卒寘德在夏，而士興其庭宇。其生也有令譽，其亡也有傳緒，其葬也於是野。

汪玉飛墓誌銘 並序

汪生行忠信而立志甚高，不與今世士同流，謂：「士舍宋儒程、朱之所道以爲學，舉不足云學也。」晝動而暮休，必考一日所爲，得失離合，悉書於一册，以自爲戒勸。事其父兄，撫其妻子，交其師友，循今世之禮，通以古人之意，見者未嘗不以爲當於人心。爲今世場屋之文，必求發古聖賢之旨，而不爲苟美。

余主鍾山書院，生以上元學生來爲弟子。余德薄不足爲生益，然生親余尤至，相見論說，依依者幾三年，而生遽死。生故有咯血疾，而爲學研思不懈，余時戒之。乾隆五十六年秋冬間，忽大甚，至失音。余方歸里，亟以爲憂。其次年春正月，疾進，時時念余，遂卒。余復至，遂不見生。嗟呼！使生不死，必追逮古賢人，必有立於天下；不幸亡，學未成，行未著，知其異於今世學者，唯余而已！

生年二十六，其父七十餘，子雲官甫六歲。妻楊氏割肱療生不愈，終爲嫠而守之。余爲擇攝山東南故曇花寺址右阜葬生，而爲銘曰：

古秣陵，明南畿。粤汪生，挺產茲。名兆虹，字玉飛。聖不作，望縉哉！夐有轍，崇有階。逴勵志，胡弗幾？抗發塗，蹶駿才。芒天乎！理則乖。痛無沫，伐石埋。翳姚鼐，綴此辭。

鮑君墓誌銘　並序

鮑氏世爲歙人，明末有諸生遭革命不復出者曰登明，爲君高祖，其居在巖鎮，生子元穎，賈于吳致富。其子蕃賈于杭州，入其籍。蕃生善基，爲杭州府學生，善爲文，而家業貧落，生四子，其第三者君也。君繼父學而益勤，少自杭就學于歙，已而歸杭。終父喪，遂復至巖鎮，復先人居，入歙學，其文名日起。

巖鎮有吳先生瞻泰者，試之紅豆歌，使次韻，君詩即成且工。先生喜，以孫女妻之。吳先生贈嫁，有書數千卷而無他財。君爲人敦行義，重然諾，作詩歌古文辭皆有法，能見其才。當時儒者文士，皆樂與之交，學使者舉爲優貢生。然困於鄉試，不見知。年四十餘，遂絕不就試，以文業授徒。其徒乃多發科成名，其尤著者，金修撰榜也。

君諱倚雲，字薇省，嘗爲族譜數十卷，以擬蘇明允族譜，故復號蘇亭。子二：長嘉邕，亦歙學生，能文。乾隆四十二年，嘉毖疾殞。君以慟得疾，次年秋九月二十一日，君遂卒于巖鎮，年七十一。次子嘉命，君使後其仲兄倚樓。嘉毖有子早亡，嘉命有四子，以其次子金復嗣嘉毖，爲君宗焉。嘉命及其長子壬子科順天舉人桂星，皆嘗問學于鼐，今將葬君某所，乞鼐爲銘。銘曰：

五世三徙卒居歙，貧富迭更返故業，師友援推表鄉邑，有文炳興身挹攕，卜其終登在繼葉。

建昌新城陳母楊太夫人墓誌銘 並序

太夫人建昌新城楊氏，贈朝議大夫諱大炳之女，適同邑陳氏。舅曰贈資政大夫諱世爵，姑曰魯太夫人，夫曰乾隆戊辰科進士封資政大夫諱道。子五：曰分巡金衢嚴道守誠、太平府知府守詒、舉人候選内閣中書守中、江蘇按察使守訓、舉人候選中書守譽。女三，壻曰舉人内閣中書楊尚鋐、監生涂志紘、魯勷。孫二十四。曾孫二十七。玄孫三。

封大夫以學行稱于世，成進士後，不仕而修於家，世謂之凝齋先生。太夫人之始歸也，能承舅姑以得其歡；能任家事以佐凝齋，使專志以成其業；存能事以禮，亡能述其志，以厲其子孫。子仕爲司道、郡守矣，太夫人能持禮法於家，衣服飲食，不侈以踰。以廉正勗其子者，見則數言，遠則數書。於族黨之貧者，能約己而厚恤之。年七十時，諸子方謀爲樂飲燕會。太夫人使止，而以其財設義倉于近鄉，以濟農者。凝齋先生講學，守宋儒法，不言仙佛。太夫人亦樂善，而不取福田利益之説。後凝齋三十年而卒，爲乾隆五十五年十一月十日，年八十四。

其時長子觀察、四子提刑先喪，而太夫人顧目見其孫觀、曾孫希祖皆成進士，爲部主事。孫煦、吉、冠，曾孫希曾，皆爲舉人，而希曾爲江西鄉試榜第一，太夫人没後三年，以第三人及第爲編修。其餘多文學可觀者。人謂封大夫及太夫人植德不懈，足興其家，宜其後之昌也。

乾隆五十九年某月日，合祔封大夫墓。余於太夫人子，知其伯仲，少客南昌，及見凝齋先生。而太夫人孫用光，從學余爲文，故得其家世素行，宜爲之銘。銘曰：

維清有道，天予鉅祥。帝見玄孫，福錫四方。母儀江嶺，秉德柔正。秀茁曾玄，國庥家慶。夫以儒興，子有治聲。慈惠鄉閭，人樂其榮。荷塘之野，大夫之墓。山周水回，宜祔永固。

章母黄太恭人墓誌銘 有序

太恭人桐城黃氏，處士諱貞吉之女。適章氏，爲贈中憲大夫、松太兵備道諱某之冢婦，贈中憲大夫、松太兵備道諱天祐之妻。生二子：長曰東桂，爲候選州同知；次曰攀桂，爲江蘇松太兵備道，獲以其官贈祖、考，以太恭人封妣者也。

太恭人年三十三而寡，舅姑老且疾矣，而子甚幼。逾十餘年，又喪夫之弟。太恭人能晝夜勤苦操作，以殖其產。又能上盡奉養，以及舅姑之終，下撫教稚弱，以至於壯。祀先人，賙親舊，應賓客，皆盡恩誼，人謂章氏一婦任二子事也。

其後攀桂仕爲渭源知縣，擢知鎮江、江寧府，監司蘇松，皆迎太恭人於官舍。諸孫屢與鄉舉矣，人皆榮之。太恭人被服自奉之具，不加於其素，而修治先廟墓，餽遺族黨，濟人乏匱，則每進而廣焉。乾隆五十年，江、淮大旱，民死亡相繼。太恭人適在里，睹大哀之，盡分藏廩于族戚故舊，以書速子於浙江購山芋玉米數千石，雜錢米濟賑，所費萬金。攀桂迎之官，不可，曰：「吾去，若饑者何？」於是攀桂亦遂請養歸。逾再期，乾隆五十二年冬十二月，太恭人卒，年八十有一。卒而來哭者填户，曰：「微夫人，吾死久矣！」孫五：曰夢橘、甫、維極、維桓、維棟。曾孫四。

初，太恭人頗通形家説，與其子營葬夫贈中憲於縣東南蟢子湖之北原，命曰：「異日勿啓祔以驚神靈。」其子乃爲卜宅於縣西二姑峯之麓，登其巔以嚮蟢子之湖，明如趾下。太恭人乃喜。以卒之次年十二月某日葬。銘曰：

施則侈也，於己苟完。有子承之，其惠以殫。山之嶔也中有原，趾出石泉湛甘寒，首於西北嚮東南〔一〕，德人居之固且安，載詞堅石永不刊。

〔校記〕

〔一〕南下原有間字，叢本、備要同，校文義、句法刪。

廣州府澳門海防同知贈中憲大夫翰林院侍講加一級張君墓誌銘 並序

君諱汝霖，字芸墅，宣城張氏。大父諱宿，父諱中聖，皆爲縣學生，皆贈中憲大夫。君自縣學生雍正十三年爲拔貢生。又以人才保舉，乾隆元年引見，命爲知縣。分發廣東，任河源、香山、陽春知縣。其至香山者再，而攝署之者又三四焉。

君初在香山，丁母汪太恭人喪憂居，新任令未至，姦民賴姓乘隙爲亂。君即起捕倡亂者寘之法，而杖校其和從者。逮新令至而邑已寧。其後至香山，免荒埔報升之稅；修城南羅婆陂，成灌溉之利，而禁豪家爲隄堰之厲民者。海南徐聞縣民惰窳，布種後不知糞耨槔車之事，而婚姻尤無禮式。君攝其令，乃教之如內民。時廣東有開鑛採銅者七縣，地力盡而役未止。君攝英德縣，知其病，請于巡撫奏停焉。澳門者，香山南境，斗入海，西洋夷民居之，以與中國爲市。時設同知官甫二年，上吏以君賢，俾攝其職。君尤能得夷民情而柔調之，故卒授君爲澳門同知。值事，吏議降一級，上官惜君去，奏請留粵，而部議不許。君遂返宣城，不復出矣。

君博學多聞，尤工駢體文及詩。嘗爲澳門記略，輯宛雅若干卷，詩約若干卷，自爲詩文集三十卷，政牘五十卷。乾隆三十四年七月八日卒於家，年六十一。配袁恭人，生君長子壽，乾隆癸未科進士，爲翰林院侍讀，得贈君如其官。一女適附監生梅學。側室梁安人生二子：廣西布政使經歷倓、太學生炯。二女：一適諸生劉辛，一未嫁死。孫男十一。孫女七。乾隆□□年□月□□日，葬君于寧國縣花塢山村之原。桐城姚鼐與壽爲進士同年，又與炯相知，於君葬後，爲君補爲墓銘。銘曰：

懿維君，吏海瀆，安内民，外夷馴。爲國勤，著有勳。未上聞，乘歸輪。聚典墳，閎厥文。子繼振，蔚以彬。壍泯泯，昭億春，吾銘云。

袁隨園君墓誌銘 並序

君錢塘袁氏，諱枚，字子才。其仕任官有名績矣。解官後，作園江寧西城居之，曰隨園。世稱隨園先生，乃尤著云。祖諱錡。考諱濱，叔父鴻，皆以貧遊幕四方。君之少也，爲學自成。年二十一，自錢塘至廣西，省叔父於巡撫幕中。巡撫金公鉷一見異之，試以銅鼓賦立就，甚瑰麗。會開博學鴻詞科，即舉君。時舉二百餘人，惟君最少，及試報罷。中乾隆戊午科順天鄉試，次年成進士，改庶吉士，散館又改發江南爲知縣，最後調江寧知縣。江寧故巨邑難治。時尹文端公爲總督，最知君才，君亦遇事盡其能，無所迴避，事無不舉矣。既而去職家居，再起發陝西，甫及陝，遭父喪歸，終居江寧。

君本以文章入翰林有聲，而忽擯外；及爲知縣著才矣，而仕卒不進。自陝歸，年甫四十，遂絶意仕宦，盡其才以爲文辭歌詩，足迹造東南山水佳處皆徧，其瑰奇幽邈，一發於文章，以自喜其意。四方士至江南，必造隨園，投詩文幾無虚日。君園館花竹水石，幽深靜麗，至櫺檻器具皆精好，所以待賓客者甚盛。與人留連不倦，見人善，稱之不容口。後進少年，詩文一言之美，君必能舉其詞，爲人誦焉。

君古文、四六體，皆能自發其思，通乎古法。於爲詩尤縱才力所至，世人心所欲出不能達者，悉爲達之。士多效其體，故隨園詩文集，上自朝廷公卿，下至市井負販，皆知貴重之。海外琉球，有來求其書者。君仕雖不顯，而世謂百餘年來，極山林之樂，獲文章之名，蓋未有及君也。

君始出，試爲溧水令。其考自遠來縣治，疑子年少無吏能，試匿名訪諸野，皆曰：「吾邑有少年袁知縣，乃大好官也。」考乃喜，入官舍。在江寧，嘗朝治事，夜召士飲酒賦詩，而尤多名蹟。江寧市中，以所判事作歌曲，刻行四方。君以爲不足道，後絕不欲人述其吏治云。

君卒於嘉慶二年十一月十七日，年八十二。夫人王氏無子，撫從父弟樹子通爲子，既而側室鍾氏又生子遲。孫二：曰初，曰禧。始君葬父母於所居小倉山北，遺命以己祔。嘉慶三年十二月乙卯，祔葬小倉山墓左。桐城姚鼐，以君與先世有交，而鼐居江寧，從君遊最久，君没，遂爲之銘曰：

粵有耆龐，才博以豐。出不可窮，匪雕而工。文士是宗，名越海邦，藹如其沖！其産越中，載官倚江，以老以終，兩世阡同。銘是幽宮。

郭君墓誌銘 並序

吳江郭君諱元灝，字清源。其祖諱如龍，考諱謣。君少工爲文，爲吳江學生，而陸中丞燿之弟子也，中丞最稱賢之。君居家授徒，僅以供養父母而已，其室時至匱乏，而不以爲憾。中丞貴，亦絕不往干，第與書往來論學。乾隆五十一年，君年五十三卒。孺人迮氏無子。側室翁氏，生子廖、鳳。廖嘗從余學爲文。君亡，其考猶在，而家益貧。廖出遊求養，既而君考亡。又數年，廖乃克葬祖若父。于是葬君於嘉善縣澄湖港之阡，時嘉慶二年也。

次年遇余于杭州，乞補爲君誌。余宿知吳江陸中丞，天下君子，其所許，必君子無疑也。而又哀廖志，乃爲銘曰：

篤爲學，文可稱。守有介，行中繩，進而與之君子朋。吳、越兩縣間一塍，回見故國喬木升。於焉卜兆曰永寧。

江蘇布政使德化陳公墓誌銘 並序

公諱奉茲，字時若，其先陳宜都王叔明十世孫崇，唐末爲江州長史，聚族爲孝義，僖宗旌之。其後五世，自南唐及宋，皆旌爲江州義門。後乃遷居南昌，明季又自南昌遷德化。居德化三世，爲九江府學生俶。俶生範，康熙戊子科舉人，爲安義縣教諭。生絢，爲德化縣學生，是爲公考。自曾祖至考三世，俱以公貴，贈通奉大夫，江寧布政使。妣皆贈夫人。

公生二十二歲，中乾隆丁卯科鄉試第一。庚辰科成進士，授四川知縣。凡知蓬山、閬中，擢知茂州，皆有善政。當金川爲逆，大將率兵討之，任公主礮局，及修飭兵輿橋路。常居口外山谷間，瀕危，勞績甚著。有三雜土司，地當進攻金川之路。官兵猝至，三雜長卓爾碼，婦人也，謂且伐之，閉道不通。將校譁言三雜畔矣，宜先攻。公告將軍：「三雜未知國家意耳，非畔也。請往察而諭之！」將軍從公策。公至一告諭，卓爾碼即散守者，具狀上謝，且奉軍過甚謹。其後詔加其封號曰「賢順」。卓爾碼以謂「惟陳公活我，又予我以榮也。」公旋晉嘉定府知府及建昌道。其居官日常寡，出入邊塞，仁恩素著，多所鎮定，中外皆稱之。上乃授公四川按察使。乾隆五十二年，調河南按察使。居二年，調江蘇，旋擢江寧布政使。居四年，調安徽。未半歲，又調江蘇。

公始在蜀最久，凡二十七年。其後居江南亦九年，歷四任。熟習民情，洞其利弊，能以簡靖漸袪其患，未嘗厲威爲聲名。吏民愛戴，以謂得大臣之體。好士樂善，獎掖如不及。公自壯入蜀，至老受任不得歸，乃取鄉地，自號東浦以寄思，士皆稱東浦先生云。其天才高厲，作詩專法杜子美，論者謂朴厚之氣，殆足媲之。平生經歷多異境，舉見所爲詩，凡千首，曰敦拙堂集。古文則所爲不過十餘篇，然實得古人之法，今世作者，無能逾也。

公年七十四，嘉慶四年正月壬午，薨於蘇州。夫人桂氏，同縣縣學生某女，有賢智，從公居建昌時卒。生蔭生候選員外郎大來、候選州同知方來。又生二女。側室蔣氏，生候選布政司理問斯來、戊午科舉人具來。側室張氏，生候選司務備來。

公嘗喜桐城姚鼐之文，薨前一歲，在江寧監臨武鄉試，見鼐語曰：「我死，必得君志吾墓。」鼐曰：「公方健，何言是也！」然心諾公。及公子於□年□月□日葬公某所，卒爲銘鼐也。銘曰：

才爲國勞，險阻載遭，靖彼紛囂。平寧安處，來宣江滸，從容風雅。民曰吾宜，列士懷儀，未究其施。有政可頌，有文可誦，名存身弆。匡廬前麓，故居爰復，永安幽谷。

方侍廬先生墓誌銘　有序

方先生，桐城人，諱澤，字苧川，侍廬其自號也。祖某，父某。先生少有異才高識，遊江寧，與諸名士遊。一時才儁之士，言行多險怪，先生默默獨守中行。其後同遊者多及禍，而先生弗與。然頗經紀其喪，有終始之誼。退爲諸生，久屈場屋。長白觀尚書保，以學士督學安徽，最知先生賢，乃舉優貢入都，時先生年五十矣。再入北闈不售，爲八旗生教習，歲滿詔以知縣用，先生不樂就。歷遊湖南、河南、山西學政幕内，徧觀山水之勝，作爲詩歌以自娛；最後主洪洞玉峯書院，得疾歸，歸未幾卒，年七十一。

先生與鼐伯父編修府君少爲交友。編修府君仕京師時，先生館於鼐家，鼐兄弟皆受業。先生論學宗朱子，論文宗艾千子，惡世俗所奉講章及鄉會闈墨，禁其徒不得寓目。先生爲文，高言潔韻，遠出塵壒之外，場屋主文俗士不能鑒也。然先生弟子，以其説獲雋於鄉會試者十餘人矣。得失要自有數，不繫乎其文，士自從所好耳！如先生，乃真信道篤而知所守者也。編修府君嘗謂先生文似明羅文止，詩似宋楊秘監云。

子二：□、□，今皆亡。有孫績、曾孫東樹，能世其家學。先生弟子今僅存三人，皆年七十矣，與績謀葬先生，而鼐豫爲之誌，曰：

其守頟頟，以古爲則，不爲俗惑。英英高雲，以壯其文，絶於穢氛。生名弗耀，没遲藏兆，弟子所悼。營是幽宮，龜言既從，以安厥終。

陳孺人權厝志

孺人，仁和陳氏女也。父琛。母程氏，通文字，以課子女。故孺人自少讀書，能爲詩文，而其志慨慕古女子賢哲有節行者，不欲以才藝自居也。故其爲詩，質直慷慨，義常近古；不若世女子流連風景，爲媚好悦人之詞。

孺人適江寧胡君，名培，胡君居貧甚，孺人時以文字慰其意。既而胡君病没，遺三子二女，皆未婚嫁；孺人執女紅爲衣食，暇則教子女，與之論古今爲學。又性解醫術，里中婦女有疾，往往請爲之方。孺人於富者尠所求，於貧者或濟之藥，雖自處乏困不恤也，其子女卒皆成立婚嫁。幼子鎬從姚鼐學，鼐見孺人詩曰合簫樓稿，歎謂今女子作詩者之冠，雖流俗淺人論詩者未必知也，而後世必有知之者已。

孺人嫠居三十四年，嘉慶三年十月卒，年六十八。鎬與其兄鎮、鑑，權厝夫人於江寧城北，鼐爲之銘。銘曰：

居庳里，志高矣。藏無有而學富。其身可亡名不毁，吾爲命之女君子。

奉政大夫江南候補府同知軍功加二級仁和嚴君墓誌銘　並序

君諱守田，字穀園，杭州仁和嚴氏。祖諱士奇，贈奉政大夫。考諱立功，爲虞城主簿，封奉政大夫。君少遊濟南，寄籍運學爲諸生，遂中乾隆辛卯科山東鄉試舉人。乾隆四十六年，挑發廣東知縣。初任陽江縣，未至境，有迎吏來，與君語少習，見君囊橐貧甚，誘君以利。君問何以取利，吏曰：「邑有賣漿者，毆人死，而多引富室，繫數十人矣。君至咸脅以罪，千金立致也。」君曰：「諾。」至縣日，即坐堂上，出所寃繫囚，盡縱之去。獨留一囚訊之，囚即服罪，賣漿者也。迎吏捧牘在側，捽下痛杖黜之。是時方傾市來觀上新令，見君治此吏，讙呼動地，君名聲一日大起。調仁化，與巡撫孫公士毅爭獄，君辭厲。孫公變色，既而卒從君議，更以重君。遂調之番禺，凡獄事多委君。以母憂去官。服闋再赴廣東，補順德知縣。治海盜有績，屢辨難獄，又調南海。番禺、南海，皆大府治所，君兩莅之，人見其意思如暇，然而政無不盡。是時孫公擢爲總督，率兵出關，討安南之亂。公故奇君才，檄之從軍，及市球江之捷，叙功入奏，賜孔雀翎、五品頂帶。君才益見端緒矣，既而與孫公偕返。孫公内召，嘉勇公福康安代其任。福公亦重君才，君議論其前必盡。福公常聽其説，於事多便，乃保題君。引見，命記名知府，而發江南以同知用。在江南三年，屢委署，未及真授，而遭父憂歸。

其署淮安知府時，值旗丁以各縣助之費少爲詞，數百人大噪淮上漕使之門。君往召衆前，使訴其意。君徐曰：「助費在州縣。今爲爾白漕使飭下道，道下州縣。取費至，則汝候久矣，不亦病乎！」衆曰：「然。」君曰：「是誠非吾職，然吾當爲公濟汝以私財。汝等張帆疾行可矣！」於是命之次第發，而稍資給之，竟無事。江淮人咸稱頌君有定亂才。君既歸數年，竟不復仕，於嘉慶四年四月十日卒於里，年五十有二。

君文章無不能，而奏牘尤善，通曉兵事，便騎射。爲舉人時，偕人遊塞上，與侍衛武人共讌飲角射。君最後發，三矢中的如一。武人大愕沮屈。君從容就坐，題詩便面而去。其在孫公軍中，誠欲盡其謀，以共立功于域外，不幸值阮氏之變，軍潰功不就。然古人始敗而卒建大功，如孟明之類，史册多有。其後孫公猶被眷遇，卒收庸、蜀桑榆之效，而君竟不復試于軍旅矣，世孰由知其才之異也。

君在江南時，嘗一來訪余。與言，果明決異士。其後余至杭州又遇君，而君無意用世，亦旋歿矣。娶莊宜人。君在江南時，宜人卒。生炳及兩女。側室范氏生煥，亦兩女。胡氏生燾。吳氏生煦。某年月日葬君于杭州天馬山祖塋之側。莊宜人祔。銘曰：

既多文，又秉武，臨溟海，江淮滸，鋤黠猾，柔强禦。意趠遠，爲國撫，萬里駕，中乘阻，鬱餘能，紀可睹。勒堅石，慰終古。

歙胡孝廉墓誌銘　並序

胡君諱□□，字受穀。其先鄞人，康熙中有武進士璋遷歙，生行人司行人廷鳳，廷鳳生歲貢生銘恭，銘恭生廩膳生與修一統志凝鼎，凝鼎生君。君少孤，受學於淳安方先生楘如，工文章，中乾隆己卯科鄉試，名著於遠邇矣，而屢躓會闈，迄母喪終，君遂絶志求進。吏部符取爲知縣，亦不就，惟日與諸生講誦文藝以爲樂。

歙城南，越溪陟山有古寺。寺雖多頹毁，而空静幽邃，多古松柏。君攜徒稍葺治，讀書寺中，其意蕭然。余昔主紫陽書院，去寺不十里，嘗與往來；或至夜月出，共步溪厓，林巠寒窮，至今絶可念也。

君論文尤能起人意，又多藏書，喜借人閲，歙士多歸之，用君説取科第仕朝者數矣。君竟老山中，年七十四以卒，嘉慶三年十二月九日也，余去紫陽亦十年矣。

君性仁厚，與物無畦畛。其没也，非其徒亦皆思之。娶方孺人，先三年卒。生府學生良會。良會將葬君某所，以書乞余銘。銘曰：

行伊修，其文彪，澹寡求。懋學優，授羣髦，日月遒。藏陰幽，後億秋，於吾諏。

高淳邢君墓誌銘

君諱復誠，字良生，高淳邢氏。祖諱之鵬，考諱本岐，祖考皆娶陳氏。君爲人樸誠慈和，與人無爭，而好施予。乾隆三十四五年間，高淳大水，壞民廬舍，既而大疫；君多所賑施，以濟民困。又爲設醫藥葬埋。至五十年大旱，民病尤亟；君盡出藏穀千餘石以食衆，又假貸數百金以佐施。自其大母陳孺人，建石橋於村溪之上，久而圮，君復建焉；又買石治塗以便行者。君考嘗欲爲邢氏設義倉未就，君與弟復吾卒就之，寘義田五百畝。君祖於宗祠既寘祀田矣，至君益之又數十畝。故鄉族無不愛戴君者，然君遇之謙甚，未嘗敢自德也。

君年八十二，卒於乾隆五十五年四月十八日。嘗以急公議叙授職直隸州同知。娶劉氏，生增廣生國秀。繼娶楊氏，生允模。側室費氏生國學生晉、國學生國勛。晉從余學於江寧。余在江寧，見高淳人多言君長者。晉之來，君没既葬于先隴之次矣，而晉求補爲君誌，余因書所聞而銘之曰：

斯民憊矣其生危，孰職撫是顛則持？邑有魁艾敦愛慈，積而能散衆所飴。遺休逮後理不疑，刻石藏幽視來兹！

繼室張宜人權厝銘 並序

宜人十七歲而歸余，三十一歲而没。上事姑，中接娣姒，下撫諸子婢僕，無以異今時女子，而悖傲苟賤暴虐之事，所必無也。治家不能極於儉嗇，而矜奢縱佚之事，所必不爲也。尤喜稱人之善，聞人不善，雖於余前亦絶不言。余迂謬違俗，仕不進而家不贏，宜人不怨，顧以爲宜。然以余所遇不偶，獨幸得宜人偕居室十五年，而今又死矣！

乾隆四十三年，兩淮運使朱子潁，請余主梅花書院，又勸以家往。宜人之疾，以多産氣虚，猝無良醫，或反以藥疎其氣，故以閏六月朔殞於揚州。宜人高祖爲張太傅文端公，曾祖爲少詹事諱廷瓚，祖爲贈奉政大夫諱若霖，而今四川屏山令君，爲宜人之父。其母又爾姑也，皆在屏山，隔數千里，不知其亡也。余先娶亦張氏，同出文端之父，遺一女，宜人視之，殆無以加其善。既没，所出子女各二，幼不甚知哀，而長女之慟不可聞。

八月，柩還，厝之縣南五里而銘其室曰：

循階庭，立軒楯，窈若存！夐超遠，風幽幽，翩哉返。稚子嬉，潛來盼，竚以須，精霧散。歸無窮，物之本，罔荒忽，曠靡戀。生笑欣？死奚怨？厝委形，於此館。

江蘇布政使方公墓誌銘 並序

公諱昂，字叔駒。其先由歙遷於義烏，自公祖諱紹倫以上，居義烏二十三世。至公考諱起英，乃遷歷城。祖考皆贈江蘇布政使。公十三歲而孤，貧甚，爲歷城諸生，親執薪汲以養母，而其意怡然。

乾隆壬午科，舉山東鄉試。辛卯恩科成進士，授刑部主事。居刑部十餘年，再擢至郎中。其執法平，用心仁恕，屢以此與上官爭至忤，而公不變所守。

乾隆五十四年，授饒州府知府。饒州人甚愛之。期歲命擢爲江蘇道，文印將發矣，而營弁以捕私鹽，擾民於德興。民大驚恐，皆欲奔亡。公曰：「吾不可辭此責。」馳往，民見公即定。公旋請削武弁職，而寘民之犯官閧衆者於法。然後至江蘇待缺。以委審積案三百餘，勞甚致疾暫解。病痊引見，復發江蘇，署松太道事。值海上盜近寶山，總督率兵至寶山防之。公籌軍需甚備，盜旋去。公乃建八策，大府頗用之以弭後患。次年，補江寧鹽巡道。公以爲吏治不善與民俗之惡，二者每相因而益甚。故其與諸生庶民語，皆諄諄教之如子弟，知其貧乏者，時濟以資。至懲治姦蠹，則極嚴峻，嘗早暮聽訟不懈，民益趨公所而訟。人或謂此非觀察之體也，公曰：「然。使舉吾職，視不肖令長盡汰之，吾坐受成，豈不善？然其勢不得，非如此，何以盡吾心哉？」自公臨江寧凡五年，吏民風習之尤惡者，大抵皆革，而士皆親公矣。旋擢貴州按察使。行日，民涕泣送之，連塞數十里；公亦爲泣顧而不忍去。今上夙聞公治名矣，及臨大政，即擢公爲江蘇布政使。公至江蘇，甚欲有所建，而已被疾，百日而卒，嘉慶五年閏四月二十八日也，年六十有一。

公爲人孝友仁厚，雖家去義烏，而修祠墓、厚宗族，皆盡其禮意。作詩文不多，而自然穎拔，讀者知其爲奇人也。夫人歷城楊氏，生子世平，女二，壻張鎮峯、周霞。繼娶海陽趙氏，生子世德。又繼娶上元吳氏，生子世紱，女一未字。世平奉公葬歷城之□山。桐城姚鼐居江寧時，親見民之戴公甚也，爲之銘曰：

卓犖其才，勤撫衆黎，用意慤慈。天子既知，作屏海淮，任荷當時。宜壽以祺，而早謝之。家貧子羸，舊民戴思！作是銘詩，以告萬期。

惜抱軒文集卷十四

記

儀鄭堂記

六藝自周時，儒者有説：孔子作易傳。左丘明傳春秋。子夏傳禮喪服。禮後有記，儒者頗裒取其文。其後禮或亡而記存，又雜以諸子所著書，是爲禮記。詩、書皆口説，然爾雅亦其傳之流也。

當孔子時，弟子善言德行者固無幾，而明於文章制度者，其徒猶多。及遭秦焚書，漢始收輯，文章制度，舉疑莫能明；然而儒者説之，不可以已也。

漢儒家別派分，各爲耑門，及其末造，鄭君康成總集其全，綜貫緜合，負閎洽之才，通羣經之滯義，雖時有拘牽附會，然大體精密，出漢經師之上。又多存舊説，不掩前長，不覆己短。觀鄭君之辭，以推其志，豈非君子之徒篤於慕聖，有孔氏之遺風者與？

鄭君起青州，弟子傳其學既大著；迄魏王肅，駁難鄭義，欲爭其名，僞作古書，曲傳私說，學者由是習爲輕薄，流至南北朝。世亂而學益衰。自鄭、王異術，而風俗人心之厚薄以分。嗟夫！世之說經者，不蘄明聖學詔天下，而顧欲爲己名，其必王肅之徒者與？

曲阜孔君撝約，博學工爲詞章，天下方誦以爲善。撝約顧不自足，作堂於其居，名之曰儀鄭，自庶幾於康成，遺書告余爲之記。撝約之志，可謂善矣。

昔者聖門顏、閔無書，有書傳者或無名。蓋古學者爲己而已。以撝約之才，志學不怠，又知足知古人之善，不將去其華而取其實，據其道而涵其藝，究其業而遺其名，豈特詞章無足矜哉，雖說經精善猶未也。以孔子之裔，傳孔子之學，世之望於撝約者益遠矣。雖古有賢如康成者，吾謂其猶未足以限吾撝約也。乾隆四十五年春二月，桐城姚鼐記。

寶扇樓後記

朱子潁家有聖祖仁皇帝之賜扇，作寶扇之樓庋焉。王禹卿爲之記，成以其辭視余。余讀而歎曰：「昔漢武既招英俊，程其器能。左右近臣，若主父、嚴、朱，皆出爲守相；獨東方朔以不得任用，至於上書自訟。才士之亟於自効若此哉！若以人臣愛君之心言之，則日侍帷幄者之志，固已得矣；況乎出臨一方，有吏事之責，人情乖迕，有詘伸應接之難，曷若一意以親媚於主上者之爲善哉？

都統公以筆墨文字，遭逢聖祖知遇，内侍最久。其後乃出入宣力，躋於二品。今子潁之任用，略同於都統公而且滋重矣，而回思昔日都統依天日之輝光，侍清宴之閒暇，聖翰雲章，璀璨懷袖，蓋有邈然不可及之慕。況於禹卿，辭玉堂之廬而飄搖江海者乎？余於是書爲後記。

子潁既外任，家雖作是樓，而未得以登。異日倘召居闕廷近職，以休沐之餘，俯仰斯樓，循玩吾言，感念國恩之無窮，將有濯然不知泣涕之隕落者已！乾隆四十四年七月，姚鼐書。

記蕭山汪氏兩節婦事

蕭山汪君輝祖之母曰王孺人，其生母曰徐孺人。汪君考爲淇縣尉。淇縣君没，兩孺人皆少，遺孤十一歲，而上有七十之姑，門無族戚之助。或謀殺其孤以奪其貲，忌兩孺人，日欺陵困辱。兩孺人不爲動，卒奉姑保育孤子，教之成立，登第爲聞人。是時有司既疏兩孺人之節而旌其門矣，汪君顧悲傷兩母少所處危苦，徧走士大夫，求爲文章，褒揚其行義，所致凡數百篇。又自越以書遺余，請記其事，汪君志亦勤矣。

夫兩孺人之名著海内者，以其子之成立也。設幼孤不幸或殤，或長而不才，則兩孺人泯無聞矣。方其窮阨困難，伏首相對閨闥之中，豈能知子之必才而待之？雖子成立不可必，而終不忍負吾志義者，此兩孺人所以賢也。賢者固不求名而名至，然世竟無稱者亦有之。且女子尚能堅其持操，卓然自立，而顧謂天下之士，無獨立不懼、守死服義其人者乎？其泯無聞焉則已矣。夫士貌榮名，卒何加於其身毫末哉？

記江寧李氏五節婦事

江寧李文兆之妻呂氏，年二十二而夫死，一子方襁抱，家貧甚無以生也。文兆有族兄弟曰文采，哀之，以屋居其母子。子長爲賈，呂氏今年六十餘矣，於法當旌於朝，待吏舉焉。文采之族有文華妻楊氏、文昇妻魏氏、文旭妻胡氏、文中妻張氏，皆守節以老。文采皆收卹之，凡數十年；而四人者，夫死婦年逾三十矣，於例不當旌。夫人之所遭不同，女年三十而嫠，其苦有逾於二十而嫠者。國家立制，不得不立之限耳。若夫人心之褒善，非可以例論也。

文采生平嘗憫五節婦之遭，欲爲之紀。文采没，子際春從鼐學，以告鼐。鼐謂五人者，貧而能守善，皆可褒；而文采之卹其窮而欲著其名義，併可稱也。因爲之録云。

快雨堂記

「心則通矣，入於手則窒。手則合矣，反於神則離。無所取於其前，無所識於其後，達之於不可迮，無度而有度。天機闔闢，而吾不知其故。」禹卿之論書如是，吾聞而善之。禹卿之言又曰：「書之藝，自東晉王羲之，至今且千餘載。其中可數者，或數十年一人，或數百年一人。自明董尚書其昌死，今無人焉。非無爲書者也，勤於力者不能知，精於知者不能至也。」

禹卿作堂於所居之北，將爲之名。一日得尚書書快雨堂舊榻，喜甚，乃懸之堂内，而遺得喪，忘寒暑，窮晝夜，爲書自娱於其間。或嚳之，或笑之，禹卿不屑也。

今夫鳥鷇而食，成翼而飛，無所於勸。其天與之邪？雖然，俟其時而後化。今禹卿之於尚書，其書殆已至乎？其尚有俟乎？吾不知也。爲之記，以待世有識者論定焉。

遊媚筆泉記

桐城之西北，連山殆數百里，及縣治而迤平。其將平也，兩崖忽合，屏矗墉回，斬横若不可徑。龍谿曲流，出乎其間。

以歲三月上旬，步循谿西入。積雨始霽，谿上大聲漎然十餘里，旁多奇石、蕙草、松、樅、槐、楓、栗、橡，時有鳴禽。谿有深潭，大石出潭中，若馬浴起，振鬣宛首而顧其侶。援石而登，俯視溶雲，鳥飛若墜。復西循崖可二里，連石若重樓，翼乎臨於谿右。或曰：「宋李公麟之垂雲沜也。」或曰：「後人求公麟地不可識，被而名之。」

石罅生大樹，蔭數十人，前出平土，可布席坐。南有泉，明何文端公摩崖書其上，曰媚筆之泉。泉漫石上爲圓池，乃引墜谿內。左丈學沖，於池側方平地爲室，未就，要客九人飲於是。日暮半陰，山風卒起，肅振巖壁榛莽，羣泉礒石交鳴。遊者悚焉，遂還。是日，薑塢先生與往，鼐從。使鼐爲記。

登泰山記

泰山之陽，汶水西流；其陰，濟水東流；陽谷皆入汶，陰谷皆入濟；當其南北分者，古長城也。最高日觀峯，在長城南十五里。

余以乾隆三十九年十二月，自京師乘風雪，歷齊河、長清，穿泰山西北谷，越長城之限，至於泰安。是月丁未，與知府朱孝純子潁由南麓登四十五里，道皆砌石爲磴，其級七千有餘。泰山正南面有三谷：中谷遶泰安城下，酈道元所謂環水也。余始循以入，道少半，越中嶺，復循西谷，遂至其巔。古時登山循東谷入，道有天門。東谷者，古謂之天門谿水，余所不至也。今所經中嶺及山巔崖限當道者，世皆謂之天門云。道中迷霧冰滑，磴幾不可登。及既上，蒼山負雪，明燭天南。望晚日照城郭，汶水、徂徠如畫，而半山居霧若帶然。

戊申晦，五鼓，與子潁坐日觀亭待日出，大風揚積雪擊面。亭東自足下皆雲漫，稍見雲中白若樗蒱數十立者，山也。極天雲一線異色，須臾成五采。日上，正赤如丹，下有紅光動搖承之。或曰：「此東海也。」迴視日觀以西峯，或得日，或否，絳皜駁色，而皆若僂。亭西有岱祠，又有碧霞元君祠。皇帝行宮在碧霞元君祠東。

是日觀道中石刻，自唐顯慶以來。其遠古刻盡漫失，僻不當道者皆不及往。山多石少土，石蒼黑色，多平方，少圜。少雜樹，多松，生石罅，皆平頂冰雪。無瀑水，無鳥獸音跡。至日觀數里內無樹，而雪與人膝齊。桐城姚鼐記。

遊靈巖記

泰山北多巨巖，而靈巖最著，余以乾隆四十年正月四日，自泰安來觀之。其狀如壘石爲城墉，高千餘雉，周若環而缺其南面。南則重巘蔽之，重谿絡之。自巖至谿，地有尺寸平者，皆種柏，翳高塞深。靈巖寺在柏中，積雪林下，初日澄徹，寒光動寺壁。寺後鑿巖爲龕，以居佛像，度其高當巖之十九，峭不可上，橫出斜援乃登。登則周望萬山，殊騖而詭趣，帷張而軍行。巖尻有泉，皇帝來巡，名之曰甘露之泉，僧出器酌以飲余。回視寺左右立石，多宋以來人刻字，有墁入壁內者，又有取石爲砌者，砌上有字曰政和云。

余初與朱子潁約來靈巖，值子潁有公事，乃俾泰安人聶劍光偕余。聶君指巖之北谷，泝以東，越一嶺，則入於琨瑞之山。蓋靈巖谷水西流，合中川水入濟；琨瑞山水西北流入濟，皆泰山之北谷也。世言：「佛圖澄之弟子曰竺僧朗，居於琨瑞山，而時爲人說其法於靈巖，故琨瑞之谷曰朗公谷，而靈巖有朗公石焉。」當苻堅之世，竺僧朗在琨瑞，大起殿舍，樓閣甚壯。其後頹廢至盡，而靈巖自宋以來，觀宇益興。

靈巖在長清縣東七十里，西近大路，來遊者日衆。然至琨瑞山，其巖谷幽邃乃益奇也，余不及往，書以告子潁。子潁他日之來也，循泰山西麓，觀乎靈巖，北至歷城，復泝朗公谷東南，以抵東長城嶺下，緣泰山東麓，以返乎泰安，則山之四面盡矣。張峽夜宿，姚鼐記。

晴雪樓記

遼東朱孝純子潁知泰安府之二年，境內既治無事，作樓於居室之東，曰晴雪之樓。

又一年，余自京師來遊泰山，偕子穎登其上。思昔子穎西在巴、蜀，以軍興使雲南永昌；後又逾美諾之巖，入小金川之阻，冰雪所沍，師旅所屯，往來常數千里。今年賊起泰安鄰郡，子穎最先造大府幕，爲出方略，親戰臨清城下，巨炮越頭上，手射斃賊首一人，率士入城，遂定餘孽，余誠偉其氣。然方其出入險難之地，履鋒鏑之所交，忠謀勇氣，誼不顧己，固不知復有燕遊之樂。及事定時夷，口不言功伐，蕭條登眺，澹若無爲。此所挾持，蓋過人益遠矣。

余駑怯無狀，又方以疾退，浮覽山川景物，以消其沈憂。與子穎仰瞻巨嶽，指古明堂之墟，秦、漢以來登封之故迹，東望汶源西流，放乎河、濟之間，蒼莽之野，南對徂徠、新甫，思有隱君子處其中者之或來出。慨然者久之，又相視而笑。

余之來也，大風雪數日，崖谷皆滿，霽日照臨，光暉騰映，是樓之名，若獨爲余今日道也，然則樓之記，非余而孰宜爲？乾隆三十八年十月，作樓始成。三十九年十二月，桐城姚鼐記。

遊雙谿記

乾隆四十年七月丁巳，余邀左世琅一青、張若兆應宿同入北山，觀乎雙谿。一青之弟仲孚，與邀而疾作不果來；一青又先返。余與應宿宿張太傅文端公墓舍，大雨谿漲，留之累日。

蓋龍谿水西北來，將入兩崖之口，又受椒園之水，故其會曰雙谿。松隄内繞，碧巖外交，勢若重環。處於環中以四望，煙雨之所合散，樹石之所擁露，其狀萬變。夜共一鐙，憑几默聽，衆響皆入，人意蕭然。

當文端遭遇仁皇帝，登爲輔相，一旦退老，御書「雙谿」以賜，歸懸之於此楣，優游自適於此者數年乃薨，天下謂之盛事。而余以不材，不堪世用，亟去，早匿於巖窔，從故人於風雨之夕，遠思文端之風，邈不可及，而又未知余今者之所自得，與昔文端之所娛樂於山水間者，其尚有同乎耶？其無有同乎耶？

觀披雪瀑記

雙谿歸後十日，偕一青、仲孚、應宿，觀披雪之瀑。水源出乎西山，東流兩石壁之隘。隘中陷爲石潭，大腹弇口若罌。瀑墜罌中，奮而再起，飛沫散霧，蛇折雷奔，乃至平地。其地南距縣治七八里，西北距雙谿亦七八里，中間一嶺，而山林之幽邃，水石之峭厲，若故爲詭愕以相變焉者，是吾邑之奇也。

石潭壁上有刻文，曰「歟陽王孚信道、建安陳信臣、滎陽張嶢子厚、合淝皇甫升，紹聖丙子正月甲寅」，凡三十六字。「信臣」「皇甫」「甲寅」之下，各有二字損焉。以兹瀑之近依縣治，而余昔嘗來遊，未及至而返。後二十餘年，及今乃履其地。人前後觀兹瀑者多矣，未有言見北宋人題名者，至余輩乃發出之。人事得失之難期，而物顯晦之無常也，往往若此，余是以慨然而復記之。

隨園雅集圖後記

曩者鼐居京師，友人程魚門爲語：「在江寧時，嘗寓居袁簡齋先生隨園幾一月。其水石林竹，清深幽靚，使人忘世事，欲從之終老也。」簡齋先生與鼐伯父薑塢先生故交友，而鼐未見，獨聞魚門語，識不能忘。其後鼐以疾歸，閒居於皖，簡齋先生遊黄山過皖，鼐因得見先生於皖。又後七年，鼐至金陵，始獲入隨園觀之，魚門語不虛也，而魚門於前數年卒於陝，獨家歸江寧，因見先生，述其語而相對太息。

先生故有隨園雅集圖，所圖五人：爲沈尚書、蔣編修、尹公子、陳文學及先生。先生以示鼐：考作圖之年，與魚門語鼐時相次，時陳文學年纔十八。今先生外惟文學尚存，仕爲郡倅，亦已老矣。圖後名公卿、賢士題識數十人，於今求之，非特昔之耆舊宿德遡焉已往，即與鼐年輩等者亦零落殆盡。獨先生放志泉石三四十年，以文章詔後學於此。夫豈非得天之至厚，而鼐亦幸值之於是時也。圖有山陰梁相國記，五人爵里具焉，先生俾鼐書其末。

夫人與園囿有時變，而圖可久存；圖終亦必毁，而文字可以不泯。千百年後，必有想見先生風流者，顧鼐非其人，不足託也。先生故人皆有題詠，魚門獨無名字其間，鼐識其辭，亦以補其闕云。

西園記

黟自漢爲縣，而其後境屢析，分爲佗邑。今其縣所據者，蓋漢縣之北隅而已。徽州處萬山中，而黟又在徽州羣山之隘，略無平處，民居其間，尤敦樸多古風。魯語云：「瘠土之民，莫不好義。」誠不虚也。

其南二十里曰葉村。村有曰西園者，葉君冠山之所爲也。冠山篤行君子，而好文學，老於諸生。於其宅西爲屋數間，背山臨谿，爲課子讀書之所。其子有和，從余學爲文，卓然有志於古。昔人稱洛陽多名園，極鉅麗閎曠之觀。惟司馬温公獨樂園，至狹陋，不足競其勝。然人尤重其園者，以温公故也。今西園亦數畝地耳，然以賢者創於前，佳子弟承於後，安知異日世不絶重此園，以謂逾於鉅麗閎曠者耶？

余年二十二，嘗一至黟，未與葉君相識。其時君之子尚未生，園尚未作也。後幾四十年乃至歙，去黟不遠，亦未及識君而歸，獨君之子見告，家有是園而已。今君歿逾年，君子書來，述君臨歿欲得余文爲園記。余老矣，殆不復入萬山之隘，以見所謂西園者。又念能增重此園者，君子也，豈在余文乎哉！顧重君之賢，傷君愛余之意，姑爲文述之，以勗君之子。至於初作園之日月，及谿山登眺之勝，足以娛人耳目者，皆不足論也。

金焦同遊圖記

乾隆丁酉、戊戌之歲，朱思堂運使方在淮南，邀余主揚州書院，而王夢樓侍讀居京口，嘗期之同遊金，焦二山，屢宿僧寺。一日，三人對立山間，悠然若有所悟。思堂因言，欲使工爲三人共作一圖。其後圖成，而余已去揚州里居，不及見也。思堂旋亦歸京師，惟夢樓常居京口。余懷思兩君，寄以詩云：「三客并知非一世，兩山迴首有餘踪。」紀是事也。數年，思堂竟捐館舍。又後數年，其子丹厓來爲江寧糧道。余適在江寧，相向感念思堂之不作。獨見賢子偉然繼武，重涖江南，悲思之懷，一時交至。

丹厓攜昔工所爲三人同遊之圖，出以見示：作圖時，三人微及斑白。今鼐與夢樓，皆鬚髮皓然，與圖中不相似，蓋屈指閲十六年矣。思堂之儀容，固邈然既亡；鼐與夢樓，餘年處世更復幾何？未知此身與是圖，當孰爲真幻？因題其後，併以寄夢樓云。乾隆五十八年八月晦日，姚鼐記。

袁香亭畫册記

香亭太守與其兄簡齋先生解官之後，皆買宅金陵而寓居焉，風流文采，互相輝映，固門内之盛也。簡齋性好山水，年六七十，猶時出遊，探極幽險，凡東南佳山水，天都、匡廬、天台、武夷，達於嶺海無不至，而香亭日閉户，邀之暫出，輒有難色。其性與簡齋異者若此。顧獨好畫，窮日夕執筆爲之不倦。蓋林麓煙雲之趣，浩渺幽邃之觀，水石竹木花葉鳥獸蟲魚之奇態，香亭自具於胸，而時接於几席之上，意其遊亦未嘗異於簡齋耶？

兹册香亭摹董思白山水，凡十二幅，而簡齋自書詩十二首與相間。香亭以示余。余於詩畫深處，非所能解。自來金陵，與其兄弟交遊往來累歲，識名其末，以存其迹云。

少邑尹張君畫羅漢記

畫家白描之法，世謂始於李伯時。伯時龍眠山莊，在吾邑境，嘗入龍眠求其故址，卒不可知，悵然而返，而伯時之畫，生平亦未之見。往者袁春圃方伯爲言：「曾於常州僧寺見伯時畫一應真，其衣摺引筆屈曲，上下可二丈許，止作一筆，此殆爲真蹟無疑。」余聞而想見之，不能忘。

少尹張君以高才來涖敝邑，多藝能，以日治伯時舊里，追希妙蹟，於簿書之暇，作應真長卷，持以見示，俾書其尾。余既未睹李氏絶藝之真者，不敢定君與伯時之畫相去幾何；又思伯時山莊、西園諸圖，有蘇、米爲之記，畫泯記存，使人讀而髣髴焉，而余又無是文也。徒歎美少尹之逸情高韻，欲塞其請，漫書而歸之。

江上攀轅圖記

仁和孫公總督江南，歲未及期，綱紀上張，惠澤下布，吏慎而法良，税平而事簡，人方樂其治，而上召公入爲協辦大學士。夏四月，旌旆首途，耋艾壯稚，扶攜追送慕懷而不欲其發。於是袁君樹爲之圖，又有袁簡齋、浦柳愚兩君，作詩以詠其事，持以視鼐。

鼐謂公負閎偉之才，仰佐聖治，俯安黎甿，外攘異域，勳業播四海，靡不聞矣。至其遇平生故舊，無貴賤，辭色愉愉，執禮謙遜之甚，如布衣交，此惟與公接者知焉。孔子曰：「事君而達，卒遇故人，曾無舊言。吾鄙之！」若公者，不亦賢乎！

抑聞之：古王者勗諸侯詩曰：「君子樂胥，萬邦之屏。」又曰：「彼交匪敖，萬福來求。」

夫君子承天王德意，以屏萬邦，惕惕焉惟恐不盡其任。處位雖尊，未嘗見爲此爲我寵貴資也，故驕傲之氣泯，而屏翊之道至。詩言賢侯之行二端，而理通於一。君子觀人一節，而知其備焉。然則見公之處交遊者如此，而亦可以推明公爲大臣之度矣。袁、浦兩君，皆公鄉里故舊，而鼐則江南萬民之一，又故人也，故述斯義於茲圖，以爲敬愛公者，公誼私情，若是交至，而公德益宏矣。

吳塘別墅記

無錫汪君銘常作別墅於吳塘之側，又自定壽終之藏於是地。丹徒王夢樓先生爲之銘，及作吳塘八韻詩，寄余觀之，且使爲記。

昔莊生述子祀、子輿、子犁、子來謂：「孰知死生存亡之一體者，吾與之友矣。」今汪君之志，與此四人者，其奚異乎？子來又曰：「善吾生者，乃所以善吾死也。」吾聞汪君能以厚德成其內行，又擇山林澗壑之佳勝，將以遺世事而樂其生，此非所云善其生者乎？夫夢樓了通釋氏無生之法，殆無愧於子祀所云足與友者。若余俯仰人間，慕道而未見，苟遇子祀，當爲所擯。夫烏足記汪君之墅？獨念生平亦好樂山水，渡江至丹徒，止於夢樓之堂。自是以東，皆足迹未至。今讀夢樓之詩，景物奇勝，足繫夢想。尚思以異日東遊，造錫山而窺吳塘之域，接汪君之容，而探其曠遠達觀之旨，斯誠平生之至願矣。昔蘇子瞻不識吳德仁，因陳季常寄詩，有「寓物而不留物」之羨，因以「握手一笑」相期。余願亦以此覬之汪君，其尚可得歟？是爲記。

陳氏藏書樓記

士大夫好古能聚書籍者多矣，而傳守至久遠者蓋少。唯鄞范氏天一閣書，自明至今，最多歷年歲。國家修四庫書，取資范氏，以助中秘之藏，海内稱盛焉。余家近合肥，聞合肥龔芝麓尚書所藏書，亦至今未失。其家專以一樓庋之，命一子弟賢者，專司其事。借讀入出，必有簿籍，故其存也獲久。聞范氏之家法，蓋亦略與同焉。夫一人之心，視其子孫皆一也，而子孫輒好分異，以書籍與田宅奴僕資生之具同析之，至有恐其不均翦割書畫古蹟者，聞之使人悲恨。然則藏書非必不可久，抑其子孫之賢不異也。

新城陳凝齋先生，嘗購書萬卷。其後諸子爲專作樓，以貯手澤，樓旁即爲子孫讀書之舍。今其仲子約堂太守，又慮歲久而後人或有變也，乃摹凝齋先生之像於石，而奉之於樓下，使後人一至其樓前，而愴然思，惕然悚，愈久而不敢不敬守也。

以余少獲奉見凝齋先生，乃以拓本寄余，且命爲樓記。余於先生後裔又識數人，皆賢儁也，而約堂用意，又如是之至。然則百年之後，數海内藏書家，必有屈指及新城陳氏者矣，吾安得不樂而爲之記也。

重修石湖范文穆公祠記

南宋資政殿大學士范文穆公，既以文學著稱當世，其詩尤爲天下所愛。後世爲詩者，每誦法之，以謂宋詩人之傑。然考公生平立朝出使，卓有節行，臨民布政，方略可觀，亦非第詩人之傑而已。

世傳公爲中書舍人時，與張敬夫俱論已張説簽書樞密事。説曰：「張左司平時不相樂，固宜爾也。范致能與吾故交，胡爲亦攻吾？」世以此或疑公。吾謂此公之所以賢也。君子之行不必同，大趣歸於義而已。拒小人甚嚴，君子之介也。「於人何所不容」，故舊往來，有不能絶者，君子之和也。至於當國家大政，進退賢不肖，則不敢忘守官之節，以平居暱好之私，奪朝廷是非之正，此非賢者而能之乎？易曰：「君子夬夬，獨行遇雨，若濡有愠，无咎。」范公於張説，殆若是矣。吾益以見公賢，夫何以疑公哉？

公，吳人也。吳西南石湖，公詠遊之地，故有祠，歲久且頹。嘉慶二年春，觀察歷城方公、大興查公、府同知歙汪君同泛舟石湖，思范公之賢，至公祠而傷其敝，始議更修之。返告於方伯德化陳公及蘇州太守任君，皆樂成其事。因聞於侍郎學使長沙劉公及凡守牧江蘇者，競出財而濟其功，以其年某月竣事。方公至金陵語余，請爲之記。

余謂范公之賢，誼當祠於吳不朽，而諸公之競勸於此，亦有性情嗜好不必同，而同樂爲義者乎？是固可紀也。余生平未嘗至吳，而慕其山川之勝。異日或從諸賢瞻遊湖濱，造於祠下，見公像而一酹焉，其謂「是知我者」哉？

孫忠愍公祠記

明北平都督副使、燕山忠愍侯孫公諱興祖，始以雄傑之材，從高祖於淮上，渡江開國，數立戰功，終奮伐元遺孽，深入失援，身没沙漠。其忠烈之跡，具載明史本傳。

忠愍兄子諱繼達，始同以族從淮上，積戰功爲濠梁衛指揮使。忠愍侯，定遠人也。及指揮使守常州，與張士誠拒〔一〕戰最久，從徐達平士誠復有功，高祖乃賜之田宅於常州武進。指揮子孫遂爲武進人。指揮之子泰，當建文時，爲北平都指揮使。燕師起，與戰於懷來，中矢，裹血力戰，竟陷陳死，惠帝追封廣威侯。

廣威有從父兄恭，亦早從太祖取沂州、密州、益都及克元都，屢有功，官至前軍都督僉事，授驃騎將軍。孫氏一門，在洪武、建文時，功業著聞凡四人，而死事者二焉。忠愍之子恪，亦繼爲良將，爵至通侯矣，而不幸與藍玉之禍，故孫氏之居定遠者衰，而武進獨盛。明禮部尚書文介公愼行，則濠梁指揮之八世孫，而廣威之弟後也。今兗沂曹觀察星衍，又文介兄七世孫也。觀察以謂孫氏建功，肇始於忠愍，而無專祠，非所以表忠義以光後嗣。乃於江寧城中買地，建爲祀所，以奉忠愍，而以濠梁指揮、廣威侯、都督僉事三主祔其左右。又於祠室置書籍彝器之藏甚備，俾後子孫能讀書者守之，餘皆可假觀，而終歸於祠。因請余爲之記。

余謂孫氏之始興也以武烈，而後子孫之達者以文學，文武雖異，而一歸於忠孝大義則同。今觀察建祠之法，上以崇先祀，下以啓後賢，不以遠遺，不以己私。其用意甚厚，其望於族人者甚巨且遠。孫氏忠孝之美，其將有世濟者乎？

〔校記〕

〔一〕「拒」，原作「出」，據叢本改。

方正學祠重修記

天地無終窮也，人生其間，視之猶須臾耳。雖國家存亡，終始數百年，其逾於須臾無幾也，而道德仁義忠孝名節，凡人所以爲人者，則貫天地而無終敝，故不得以彼暫奪此之常。昔明惠宗之爲君，成祖爲臣，自下逆上，篡取其位。當時忠義之士，抗死不顧，而方正學先生之事尤烈，此貫天地不敝之道也。天道是非之理，間不與禍福相附，楚商臣、匈奴冒頓，皆身享大逆之所取，而傳之子孫。當其造逆之日，亦安知無仗節死難之臣於其間？而古記或略而不傳。要之忠義之氣自合乎天地，士固不必以名傳也，而靖難之事，於今爲近。正學先生本儒者之統，成殺身之仁，雖其心不必後世之我知，而後人每讀其傳，尤爲慷慨悲泣而不能自已。成祖天子之富貴隨乎飄風，正學一家之忠孝光乎日月，此豈非人心之上通乎天地者哉！

明萬曆時，南京士大夫始建正學祠於其墓前，至國朝數經修飭，今祠宇又以久敝矣。江寧巡道歷城方公昂，其先金華人，正學之族子也。來謁祠下，因亟修治其漏壞，又增建前後之屋各四楹，旁屋三楹，以便守者之居，而壯祠之觀。歲月久遠，或更有視其敝、感正學之誼而來修者，公乃請余爲記以待之。嘉慶二年秋七月，桐城姚鼐記。

常熟歸氏宗祠碑記

吳中歸氏，皆出於唐翰林學士兵部尚書餘姚宣公之後。宣公之孫五世，其名可考；五世之下，更宋及元，其世次名爵皆佚焉。明太僕丞震川先生作歸氏世譜論之詳矣。常熟之族，震川世譜所云在常熟者居白茆是也。

始自吳遷白茆者曰榮四公。榮四七世孫曰椿，震川所爲作歸府君墓誌銘者也。其子有雷、霆、電三人。霆於白茆建祖祠焉。後其子孫自白茆遷常熟城内，而白茆祠久圮壞，乃更建祠城北，爲堂三間，中祀宣公，旁祀始遷祖榮四公以下凡三十五人。堂後爲樓，凡居白茆時所藏石刻遺像皆遷藏於是，時康熙六十年也。迄嘉慶二年，今歸君文學寅亮、拱等，以堂久黯敝，加丹雘而新之；又於堂前增建門廡凡八間，而祠之規制乃益嚴以靖。

常熟歸氏，自明中葉至國朝二百年中，以名德尤稱鄉賢者，曰刑部主政裔興公，少詹惺崖公，贈工部尚書監茲公，又有孝子松期公。孝子故於宗祠堂側有專祠，今圮，乃於其地重立之。其三鄉賢，則買地各建專祠於宗祠之後，逾年工悉竣，乃至江寧請記於余。

余謂歸氏在明著稱以崑山，今世則以常熟，至大司空監茲公以才德勃興，列位正卿，真古公侯族矣。今歸君爲大司空之孫，繼承祖德，而尤盡心於宗祀，其道不已善乎！且崇先者，一家私情也。尚賢者，天下公誼也。茲之立制，蓋兼盡之。

昔震川每惜古人宗法之壞而不可復，而立宗祠者，收宗復古之先務。吾聞震川無後嗣，其墓在常熟，宗人爲修祭焉。夫常熟之宗，能厚於其別宗者猶如此，而況於其本宗哉？由是推之，其將弗憾於宗法之敝也歟？是足記也。嘉慶三年十月，桐城姚鼐記。

峴亭記

金陵四方皆有山，而其最高而近郭者鍾山也。諸官舍悉在鍾山西南隅，而率蔽於牆室，雖如布政司署瞻園，最有盛名，而亦不能見鍾山焉。

巡道署東北隅有廢地，昔棄土者聚之成小阜，雜樹生焉。觀察歷城方公，一日試登阜，則鍾山翼然當其前，乃大喜，稍易治其巔，作小亭。暇則坐其上，寒暑陰霽，山林雲物其狀萬變，皆爲茲亭所有。鍾山之勝於茲郭，若獨爲是亭設也。公乃取「見山」字合之，名曰峴亭。

昔晉羊叔子督荆州時，於襄陽峴山登眺，感思今古。史既載其言，而後人爲立亭曰峴山亭，以識慕思叔子之意。夫後人之思叔子，非叔子所能知也。今方公在金陵數年，勤治有聲，爲吏民敬愛，異日或以茲亭遂比於羊公峴山亭歟？此亦非公今日所能知也。今所知者，力不勞，用不費，而可以寄燕賞之情；據地極小，而冠一郭官舍之勝。茲足以貽後人矣，不可不識其所由作也。嘉慶三年四月，桐城姚鼐記。

惜抱軒文集卷十五

賦

聖駕南巡賦　並序

臣聞王者兼覆九州，内撫畿甸，外察方岳，其爲道蓋至廣遠。易傳曰：「風行地上觀，先王以省方觀民設教。」夫八方之氣不同，而風行因土以生物者，天地之至德也。九州之俗不同，而天子省民因方以成治者，聖人之至教也。

古揚州之域，厥民輕心，火耕水耨。昔者嘗蒙仁皇帝六莅之恩及世宗十三年休養生息之福。皇帝承基，至仁究物，念東南之幽阻，懼民隱之不聞，十六年、二十二年時巡，再莅於江、淮，察吏問俗，民勸於化。夫恩篤者道崇，志深者念遠，海内承平百年矣。天子仁沛而義凝，南綏而北撫，教友民而征不庭，懷異俗而廣徼塞，風雨雷霆之所施，地里億萬以計。受萬國之攸同，輯祥嘏而來備，歸福慈寧，乾坤愷豫。

重光之歲仲冬，維皇太后七旬萬壽之慶。聖孝攸崇，推恩庶類，北户而北，窮髮之南，靡弗欣懌。既履逸樂，不忘憂勤，維兹江、浙之間，實聖心所尤切。二十七年春，玉輅復臨，清問疾苦，禁惰玩於民萌，昭震疊之宏業。

昔三代王者，繼有神聖。臣嘗攷之詩歌，必先述其小心勤惕，治内治外，罔弗安恬，又使萬物得其理，覽草野之鄙事，然後民樂其德，揚懌和之聲，保世滋大，集庥福於無窮也。以東南之區，古稱難治，而屬車三歷，俗變風移，豐美之化成，謠詠之聲作，雖其言不出於閭閻鄙俚，而足以上占國家隆治之昌，景福之遠。臣愚無似，竊作賦一篇，不敢自附於古詩之流，亦欲以道鄉里之民情，述覩見之所及，以揚盛世輝光之萬一云爾。其辭曰：

於皇時清，維祖宗濬恭緝熙，佑民勤恤。乃篤生皇帝之文武睿哲。匹天運而日行，紹丕業而無逸。穹覆庶生，萬方如一。方内人和，乃治遠夷。既定邛、僰之外疆，招西域而懷來。乃有狼顧豕竄，鳥距魚髻，跳踉矜恃巖幽曲渚之中，而以仰抗夫天威。萬士勃怒，是命將帥，收準、回之兩蠢，翕萬部而失氣。定功葱嶺之北，闢疆玉關之外。蓋爲地二萬有餘里，合古三十六國而歸於郡縣之吏。靡不被德施而恩流，葳蕤而滂沛。治肸蠁，産祥禔，雲日輝和，風雨歸善，於聖母錫福，於下土重光。元英日行，牽牛臨於河渚。皇太后履萬壽而當七旬，仰覩聖孝巍崇，邁於前古。莫不踴躍歡欣，忭手歌舞，曰：「是宜康豫無爲，輝明黼黻而鏗鳴鐘鼓。」皇帝曰：「嘻！余敢自康自逸，雖兹江、淮，東暨於越。昔聖祖恩加乎六巡，及朕亦再爲臨閲而式加優恤。顧猶恐化澤有未究，疾苦有未聞，宜噢咻以三復，豈朕躬而憚勤？」乃命百吏，稽禮文，循前典，加鴻仁，水衡頒錢，司農調均，散委積於京倉，蠲租税而拯貧。申誡使者：「汝領治河。鞏成金隄，洪流逶迤。」然後禮官奉儀，太史練日，首春晨暄，大駕將發。總虎賁之禁旅，陳鹵簿之有秩。奉慈寧之安輿，乃迤出於殿闕。條狼執鞭，誦訓夾軌，華芝道游，秋秋蹡蹡。沛艾騰驤，扶輈翼騑，順和氣之萌茁，轉春郊之青旂。芾裳景從，雜遝重委，日動而雲飛，邪拂乎海岱，光熛燭乎淮、沂。

當鑾輿之未行也，先明詔乎有衆曰：「咨吏以居民，維儉德之是奉。假靡麗以飭恭，實朕心之攸痛。快視聽於須臾，懼百室之瘝痌。所臨馳道，宫館所供。式攸循禮，毋以麗用。萬乘所至，廛市無動。度財大農，毋敢私貢。」是以吏無供帳之煩，而民無威臨之恐。乃以南徂，乃觀大河。天雲澹而飛揚，長風柔而蕩波。龍伯戢其之而，從蜿蜒乎蛟鼉。仰萬乘之戾止，召百靈而委蛇。分渠浪蕩，淮口是過。各官奉職，金隄峨峨。刻玉禮神，永戢以和。超渾流而南踰，徵萬民之咸喜，儷雲日之輝光，吾宿瞻乎天子。兹念我之弗釋，又再莅乎我里。誠慰我之慕思，呼萬歲而拜稽。連襟接袂，錯頂累趾。扶掖厖眉，亦擕稚齒。有垂伊絲，楊柳依依。有龍飛矣，天子之旂。布廣澤與崇山，敷春卉之披離。兹風景之未改，夙昔憬乎帝思。宛來莅於兹土，計杓運之數移。既長我之嬰稚，又增壽乎耋耇。敦風俗之懋和，閔多僉而阜熙。固皇心之載嘉，粵集休之孔宜。

乃御龍舟，黄頭擊櫂，吴歈越吟，涉江激譟。讙鳧鴈之鳴飛，攟紫蘭之茁冒。晴日麗乎平臯，流帆揚而照耀。俯龍虎之盤蟠，招奔趨而繚繞。越江、漢而超五湖，東以介乎海嶠。

乃御離宫，周以清籞，鍾山之麓，浙江之滸。倚郭控郊，或帶田圃。梅林揚葩，春禽初語。修竹菁菁，谿流有湑。遡自昔兮幸臨，言於斯而晏處。不侈增乎前觀，有依閑兮庭廡。儉德昭乎軒楹，睿藻宣於鐫鏤。

爾乃莅南土，觀稼穡，瀰湖陂，利溝洫。地早燠而後寒，税再熟而餘食，美風雨之既和，見萬類之滋植。桑榮柔而衣履豐，麥青黄而倉廩實。有丱婦之餉饁，懿兹農之樸力。爰補助之攸行，復胡憂於乏亟？

若夫左江右湖，指次吴、會，天地鬱阻，東被海介。皇甄治之有嚴，吏慎防乎封界，戢島夷之肆心，安商舶之失戒。乃閲舟師，艅艎載旆。縱鳥逝而龍驤，芴荒裔而四逮。火焱發其煌流，熛星奔而雷礚，蛟龍竄伏而屏氣，山島陁落而失隘。瞰武節之式昭，宣威棱乎域外。

於是帝乃頒賚，守職長吏，農工商販，既徧以備。暢和氣之休嘉，鬱充塞乎天地。乃朝羣辟，展皇儀，張廣筵，式燕私。黼黻蹌蹌，鼓鐘諭詩。飫於隆恩，載飽德施。上皇太后，萬壽有祺。合海隅之羣歡，以上奉於一巵。愔愔帝德，厥殷治教，袪所患惡，謹所好樂，杜治術之陂邪，警愚惷之失道。嗟我友民，世服忠孝，服冕攸興，敬爲民導。作嘉頌而揚休聲，亦既各宣其舞蹈。弦誦闤闠之所，歌謡江海之濆，爰進試其秀才，升時髦而允掄，或晨宅於菰蘆，而夕進於宫鄰。夫惟江、浙之俗，亦勞亦侈。地下以阻，包數千里。富以溢禮爲華，秀以文辭爲靡。列厥土之最下，惟民力以營之。澤草所生，芒種維宜。桔槔挈首，注高引卑。作力獨深於海内，寡儲亦易以怨咨。苟非蒙聖主之式臨，何以永載於雍熙。

昔歲載陽，既賁帝趾，雲日其輝，於江海涘。民仰識乎隆準，習玉輅之和音。何念復於此而弗忘？誠被德之滋深。上竭其思，下寫爾忱。八荒既已阜安，猶顧瞻而有餘心。造至化以敦德，將集祉萬億載以有王。

惜抱軒文集卷十六

祭文

祭林編修澍蕃文

嗚呼！寥曠朗而曀陰兮，風四起而蕭瑟。草未霜而先萎兮，華始春而零落。時不可以中淹兮，地不可以久宅。路遠荒忽兮天茫茫，去海隅兮超河、漳，窈憭慄兮悅遠望。上有母兮下有兄，食不甘兮寢不寧，隱思子兮涕零。年弱而非壯兮，貌皙而不頹。遄不得徠歸兮，儵忽以終生。

鬱紛綸之多才兮，爲近臣而婉孌。出奉使而不欺兮，入在廷而款款。世競諂以容進兮，蹇何君之徙倚？挾寶珵之照乘兮，投淤泥而媿恥。耿獨立其不懼兮，孰余怒兮孰喜？水何坎而不逝兮？民何生而不死？失與得之須臾兮，吾至今而知君之不悔。

臭若蕙兮玉有輝，朝吾室兮暮予帷，君愛予兮不忍歸，青春黽出薊兮憯與子違。殷結友兮知者稀，建旐兮緋緋。風回回兮舷進難，出淮汭兮循邗，望出涕兮江之干。雖爲善兮何恃？既寡妻兮無子。骨將朽兮道不毁，千齡兮萬祀，遊無生兮反無始。尚饗！

祭張少詹曾敭文

嗚呼！昔君始降，宵中營室。鼐生逮君，後五十日。君長而才，鵬揚驥騖。鼐也無能，伏尋章句。十年二之，偕聞鹿鳴。風雪載途，共以車征。軀坼其膚，褰闢帷軨。笑我擁袖，懦婦稚嬰。省試罷歸，獨君登第。送我西墉，援衣出涕。

君爲禁臣，彪胸爛手。裁觚朝脱，暮誦士口。鼐走南北，五躓一升。來則授榻，行爲檢滕。荒園廢寺，挈攜交朋。畸客窮士，受禮不能。狂歌踞罵，酒悲沾膺。人或駭厭，君恬不憎。鼐不能飲，君每代舉。同車出入，相從坐處。奬善救過，或喜或頩。嗚呼君往，而孰余成？

士氣之卑，言甘貌順。君企古人，欲以義振。兩試翰林，辭成拔儁。遂至詹事，益將孤峻。衆所顧畏，索刺瘢疵。詔衡貢士，有當無稽，勇於知恥，怯於賄貲。交讒去官，大快羣欺。自是與君，別居南朔，在歲壬辰，來僾去邈。念君魁梧，面丹有渥。終接檐甍，晨宵商榷。

鼐始告歸，君在大梁。靳世大用，爲師一方。正月十二，作書示我。暮已告疾，晨琴徹左。凶問遠承，將信終叵。手執君書，情密辭夥。天道祐善，芴不可論。既煢獨余，又奪所親。强盛先隕，弱寧久存？鼐在揚州，君柩歸里。不牽其紼，不撫其子。寫辭可窮，有悲曷已！尚饗！

祭侍潞川文

昔歲庚午，鼐始鄉舉。張、徐、汪君，及君余伍。初入京師，寓居佛寺。君曁三君，謂余同志。余病而興，不勝跪拜。數子時來，色腴神快。張、徐先仕，汪以繼登。或中或外，官爲世稱。操衡貴人，姸媸以臆。五貢有司，子偕余斥。君第之歲，我猶窮羇。忘君之喜，爲我嗟咨！又後四年，余第南還。幽幽子室，館我其間。重五泛舟，萬夫呼譟。風起水溢，升龍以櫂。淮南冠蓋，君飲之酒。謔論諧辭，擊掌濡首。網魚於江，烹鱗璀璀。有唱四酬，怒出如蕾。

始隕汪君，追求莫及。四子人間，數於分合。張君禁臣，屢以才達。直立嶷嶷，羣手交掇。君丞太學，鼐屬尚書。相憐失侶，把手欷歔！挍文四庫，與子偕命。晝几宵鐙，目窮心競。鼐以疾還，君留闕下。换秩翰林，責殷身寡。張君既替，玆春疾喪。遺書報君，俾君悽愴。開緘讀復，凶問隨來。天乎人乎！奄受之災。

昔其相知，渥顔始冠。未三十年，凋零過半。有才絶人，引鑱自寇。擢性滑神，終於不救。君既亡子，長女喪夫。有稚攜抱，隱痛何如？君之期余，勉余爲義。靡以益君，俯仰懷媿。尚饗！

祭劉海峯先生文

嗚呼！自聖有道，道存乎文。孔徒之傑，與顔同倫。周室世衰，末流歧分，或嗚爲技，或以道陳。迄千餘年，其傳緡緡。豈無才士，識闇其本。苟爲僨强，卒顚而隕。聖言載世，有炳其光！蔽晻於曚，日月何傷？吾鄉宗伯，勇繼絶軌。甘嗑朐腊，寧遺腴旨。賅萬逾俗，去古則咫。先生再興，益殫厥美。上與詩、書，應其宮徵。抉挼百家，掩取瑰偉。抑揚從心，不見端委。日麗春敷，雖妍不靡。世有斯文，千載之雄。百世所述，當世則窮。半生場屋，老授學官。卒亦不居，退處江干。天奪其子，獨與以朋。昔我伯父，始與並興。和爲文章，執聖以繩。劇談縱笑，據几執觥。召我總角，左右是膺。賤子既冠，於京復見。先生執手，爲我嗟歎！嗣學古人，以任道期！亹亹其文，以贈吾離。其後閲年，又逾二十。豈徒君耄，鼐亦衰及，念吾伯父，相見以泣。先生益病，侍帷妻妾。要我牀前，强坐業業。猶有高言，記爲上法。孰承遺書？竟委几榻。舉世茫茫，使我孤立。有言莫陳，終古於邑。嗚呼尚饗！

祭朱竹君學士文

嗚呼！海内萬士，於中有君。其氣超然，不可輩羣。余始畏焉，曰師非友。辱君下交，以爲吾偶。自處京師，君日從語。執拒相諍，卒承諾許。或歲或月，以事間之。清辭酒態，靡不可思。余與君訣，乙未之春。有言握手，期我古人。

君之屬文，如江河滙。不擇所流，蕩無外内；猋怒濤驚，復於恬靡。小沚澄潭，亦可以喜。世皆知君，文士之碩。莫見君心，堅如金石。不爲勢趨，不爲利昧。吃口澁辭，遇義大啓。嗚呼今日，士氣之衰。天留一人，庶卒振之！七年江濱，日思君面。已矣及今，終不可見。嗚呼尚饗！

惜抱軒文集後集卷一

説

五嶽説

或問：五嶽所居，前儒異説，惡所定諸？曰：是不可定也。昔舜攝天子，一歲中周歷四方。書第言東巡之爲岱宗而已，南西北曷嘗言其嶽之爲某山哉！夫嶽者，以會諸侯，使望走其山下者也。天子歲所至方，適有當親覿於其地者。其地左右遠近不可必，則必擇其地近之嶽而朝焉。可先時使命以告其方之侯，而不可爲一成不易會侯之嶽。可爲會侯不易之嶽，惟東方限於海，其地不甚曠遠者也，故書言之不得不異其辭爾。

蓋昔黄帝嘗合符釜山，釜山爲北嶽，而非必恒山也。及禹合諸侯於塗山，塗山近霍，則霍山爲南嶽矣。禹又合諸侯會稽，則會稽亦南嶽。是故南、西、北會侯之嶽，無一定之山，此禹以前之制然也。自禹以後，天子不能行一歲周行四方之禮，惟於岱宗尚有巡至之事，則偏召四方諸侯，於一嶽之下，以至周所云「衆頫曰同」者，蓋在岱宗爲多云。若夫南、西、北之嶽，既不爲巡狩所至，其山徒爲望祭所秩，秩望可以有定名。故四嶽有定名，不知何時始然？必三代之君，不能行一歲周巡之時之制，非唐、虞之制矣。夫古帝所巡狩，昔嘗命是山爲嶽矣，則後王皆可取之爲嶽，嶽有定名，而前後王所定又異焉。故爾雅釋山既載「河東岱，河北恒，江南衡，河西嶽，河南華」矣，又載「泰山爲東嶽，霍山爲南嶽，華山爲西嶽，恒山爲北嶽，嵩高爲中嶽」，儒者相傳異説，蓋皆古王者制也，而不能質言其更易之時。故鄭康成以爾雅後説釋大宗伯之五嶽，以爾雅前説釋大司樂之五嶽，誠亦不知二者於周禮，孰是非也。

若夫虞書第言四方之嶽，而何休注公羊引書，於「如西禮」下，有「還至嵩如初禮」六字。太史公封禪書，記舜四巡後亦有「中嶽者，嵩高也」之文。似所見尚書，同於何氏。且夫國主山川，天子之都，宜有嶽焉。唐、虞皆在河東，惟霍太山近帝都，殆帝都之嶽也，故霍太山古有嶽之名。至潁川、南陽、夏人之居，湯居亳，皆在中土，則太室爲王都之嶽無疑矣。然亦不知當世果有「中嶽」之名否也？稱嵩高爲中嶽，或虞、夏已有是名歟？或始於周歟？夫考論五嶽爲定説，作爾雅者不能明，而後人欲明之，非所見之過也歟？

序

胡玉齋雙湖兩先生易解序

六藝之學，惟易最難明。自朱子生於東南，而天下之學始有統宗，而啓蒙、本義之書，固講易者所當奉守也。婺源爲朱子故里，而胡玉齋先生方平，生南宋之末，受學於黄勉齋之門人董介軒夢程，於是作啓蒙通釋上下二卷，發明啓蒙之旨。及其子雙湖先生一桂，當元時隱居不出，作本義附録纂註十五卷，詳取諸子他書之言及羣儒所説，以廣朱子本義之意。又作啓蒙翼傳上中下篇及外篇，則於其父之書，爲益詳博矣。

宋、元學者，皆宗尚朱子，而胡氏父子於朱子之易尤深。近世學者厭宋儒之學爲近易，乃蒐求殘闕，自名漢學。譬如舍五穀之味，而刮木掘土以爲食者也。

胡氏三書舊於婺源有雕本，今皆殘缺，而崑山徐氏所刻通志堂經解，則三書具存。今玉齋先生裔孫華川□□，取家藏殘本，與通志堂本校其異同，而擇從其善，復刻此三書於婺源，以之示余。余欣華川能闡揚其先祖之美，而冀是書流傳天下，士君子有志於學易者，愼毋舍此而他騖也！遂爲序之。

尚書辨僞序

古文尚書，出自東晉。至唐韓退之，自言辨古書之真僞，而不明言僞者爲何。吾意其殆即謂古文尚書也。宋大儒始啓論古文爲僞之端，儒者展轉尋攷，益得其理，至於今日，而古文尚書之僞大明。余謂前儒議論慎重，不敢輕出，此奉古之道當然，固非過也。若至今日，學者猶曲護古文尚書，此則近於無識，不可云非過矣。

學問之事有三：義理、考證、文章是也。夫以考證斷者，利以應敵，使護之者不能出一辭。然使學者意會神得，覺犁然當乎人心者，反更在義理、文章之事也。昔閻百詩之斥僞古文，專在考證，其言良爲明切；而長沙唐石嶺先生，作尚書辨僞，其辨多以義理、文章斷之。先生生遠，不得見閻氏之書，而能自斷於此，可謂真有識矣。

鼐昔作尚書說，中有數條，乃復與先生意合。今先生子刺史，以先生書見示，愚竊以自喜，第恨生晚，不見閻先生，亦不見先生也。先生既未見閻氏之書，故言亦不能無誤，如以孔註爲安國撰，而不知其亦僞也。以此歎前後學人，每不能盡聚以廣其識，獨其大體同者，遥遥可合符而已。

禮終集要序

禮制之衰廢久矣，士恣其情，循流俗之鄙陋，詭於義而咎於中者，不可勝道也，而喪禮爲尤甚。楊君病之，作禮終集要，欲扶而正焉，其用意可謂善矣。先王之世既遠，民俗異而國制屢更，盡用古法，則不可；酌其所可行，通古人之意，期存人心之正，足以講倫理、厚風俗而已。嗚呼！君之用意，可謂善矣。

或疑士有親在而詳言喪禮爲不宜。夫人子質言親終，而擬議其事，則誠不忍。若夫汎言喪制，辨論其當否，正儒者致知之事，古聖賢皆爲之，列經傳以教弟子，夫豈有豫凶事之嫌哉？況又有遭事有疑，而欲有所徵，以定其所從者乎！然則是編不可廢也。嘉慶十三年秋八月，桐城姚鼐序。

晉乘蒐略序

晉之有乘，孟子以與魯春秋、楚檮杌並稱，而後世不見。使其得傳，縱不敢望孔子之春秋，豈出左傳、戰國策諸書下哉？近世録史家者，正史之外，有雜史、傳記、地理之目；然考漢、晉、隋、唐藝文之志，其存於今者，十不及一焉。典籍文記，易泯難留，誠好古者所深歎惜也。

合河康茂園先生，蒐輯山西一省山川、疆圉、人物，前人所記載、史氏所當知而不可聽其泯没者，又以意論斷其得失，凡爲若干卷，取古晉乘以名之。先生之才，足任史事，固無愧左氏之流，而其爲此書，乃當耄耋之年，孜孜於撰述，君子之不肯棄日如此，豈非衛武懿詩之志乎？

鼐少嘗有意紀述之事，迨老無成；先生年長於鼐，而卒就此書，以存數千里疆土中數千年之掌故。今以書來，令爲之序，鼐不勝歎服先生用志之美，而復俯而增媿，非徒蒲柳之衰，亦志氣之惰也已！嘉慶庚午中秋日，桐城姚鼐撰。

泰山道里記序

余嘗病天下地志謬誤，非特妄引古記，至紀今時山川道里遠近方向，率與實舛，令人憒歎。設每邑有篤學好古〔一〕能遊覽者，各孜紀其地土之實蹟，以參相校訂，則天下地志，何往不善。余嘗以是語告人，嘉定錢辛楣學士、上元嚴東有侍讀，因爲余言泰安聶君泰山道里記最善，心識其語。比有岱宗之遊，過訪聶君山居，乃索其書讀之。其孜訂古今，皆詳核可喜，學士、侍讀之言不妄也。

余疑水經注於汶水左右水源流方面，頗有舛誤。又謂古奉高在今泰安，右汶水。故古登封，入奉高境西行，度環水而北，至天門，歷盡環道，躋岱，乃得封所，馬第伯記可覆案也。往昔在濟南，秋霽登千佛山，望岱巔諸峯遥相接。竊謂歷城以南諸山，皆泰山也，後人多爲之名耳。今閱是書，每與余意合，而辨正尤起人意。

聶君欲余序以重其書。余淺學，又偶過臆度，徒幸有合於好古力索久往來是山中者。聶君足重余耳，余安足重聶君哉！

〔校記〕

〔一〕原作「篤好學古」，劉本、備要同，據文義改。

滇繫序

方志爲史家之一體，非具史才者，爲之不能善也。昔司馬子長以父子繼爲史官，而成太史公書。然其後班彪即仕爲縣長令，而首爲漢書，世推良史，何嘗以其職哉？自是之後，居史職者，往往屬諸上車不落之才，而具史才者，不得居其職，是亦多矣。

雲南入中國最晚，古事闕軼，國家定天下幾二百年，文治遠被邊陲，雲南之文獻彬彬出焉。然不得生其土地具史才者論定之，猶患不能善也。大理趙州師君，天下才人也，工詩文，明吏事，仕爲望江知縣。合生平聞見，蒐輯雲南事類，成滇繫一書。撰論古今之是非，綜核形勢之利病，兼采文物，博考故實，此史氏一家之美，而師君以吏治餘力成之，豈非其才之過人而庶幾於叔度之事者哉？

吾始識師君於懷寧，後屢相接對，見其人豈弟忠信，篤於友誼，愛士殷殷，出於至誠，真世之君子，亦非獨才智之美也。今以事過吾舍，出滇繫示余。余既取其人，又樂其備西南一方之事，成一家外史之書，因書爲序云。

廬州府志序

廬州居江、淮之間，湖山環匯，最爲雄郡。余嘗謂國家因明季舊制，臨江建安徽省治，官舍吏廨，成立百餘年，不可猝移耳。若以地勢寬平，原隰雄厚，控扼南北之要言之，安徽大府建牙，未有宜於合肥者也。故守是者，尤貴得其人焉。

晉江張鞠園使君，以尚書賢郎，受特命守廬州，敷政三年，吏靖民和，人頌其治。使君夙工文章，勤學稽古，於吏事之暇，展尋舊志，覺其舛失漏略，且志後事未及紀者，將百年矣；乃復精考博采，補綴修削，更成新志凡若干卷。於是鉅郡之規橅益彰，而文獻之事益備。

夫廬州，古文章地也。昔者廬江周興之徒，蘊匱古今，博物多聞，見推漢朝，而民間作孔雀東南之詩，遂爲千古五言之冠，其風俗文盛可知矣。及三國兵興，爲用武之地，文教衰薄。風俗美惡，與世轉移，其來久矣。聖朝統治百餘年，吏謹而民樂，俗朴而道文。夫文學者，所以興德義、明勸戒、柔馴風氣、登長才傑，於爲政之事，似賒而實切者也。今使君勤成是志，以示此方之人，而因教導之；則其所以化民成俗者，固可觀其一節矣。

河渠紀聞序

康茂園先生，負經綸當世之才，懷飢溺由己之志。生平宦迹所至，爲民興除利病，往往身雜畚挶之間，備歷艱苦，而境内受其福者，或可以經閱百千年之久而不渝也。其讀書博考，遇有言治水之事，皆取而紀載，上自禹績，下及當代，大爲河海，細及溝渠，支分而統貫之，共爲一書，曰河渠紀聞。夫太史公作河渠書，止於漢武之時而已，而茲則舉武帝以後，天下治水之理，辭悉備焉。

孟子曰：「禹之治水，行其所無事也。」夫無事非束手坐觀及苟且因循、任其成敗於天之爲也；精思博訪以求之，苦身勞力以營之，建作方術、或有改更故迹，而使水土各得其性之所安，使斯民利無弗興，害無弗去，斯乃真行所無事矣。太史公曰：「甚哉！水之爲利害也。」夫水苟不能使之爲利，則必使之爲害矣。然則讀茂園先生是書者，仍以太史公之意求之可也。鼐既讀終其編，因書爲序。

方氏文忠房文譜序

方氏與姚氏，自元來居桐城，略相先後。其相交好爲婚媾二三百年。方氏明時多達人君子，自文忠以上，名著海内，人知之矣。逮入國朝，英賢繼踵，及鼐生晚，不得與相值也。獨與平羅令君褚堂先生相接對，在里則常同文酒之會，適遠則共舟輿、同旅舍，見其翰墨文章、風采談笑，至今不能忘也。

先生没後，其仲子汝葵，與鼐爲僚壻，不幸早喪。繼又知其季子今休寧學博治青及治青之子象三，爲羣、紀之交，又三世矣。

治青録其先世生卒事蹟，而尤詳載文忠以下，謂之支譜，持以示鼐，而命之序。以累世之知交，見人才之輩出，觀覽是譜，固欽且欣之。又念昔明英宗時，先大參公與廷獻公交善，爲名其堂曰翕樂，贈以詩文。及平羅公詩集成鐫之，先伯父薑塢先生實冠以序。今鼐又及治青書成，獲執筆以嗣先人之末也，是不可以不文辭矣！是爲序。

句容裴氏族譜序

河東聞喜裴氏，與秦同祖，至唐而極盛。歐陽公作宰相世系表，以裴氏爲第一。其分五房：曰西眷裴、洗馬裴、南來吳裴、中眷裴、東眷裴。而唐之前，聞喜之裴，有從晉元帝渡江者，其後有松之、駰，至梁裴子野，皆以史學著名，累世重於江南矣。

及隋後江南之裴蔑聞，惟五房之裴最盛。當宋高宗建炎時，有從河東南遷者，不知於五房中爲何房也？其名曰武德，上書高宗不見納，乃卜居句容之青于村。

歷十四世曰景山，當明成、弘之年，遷塘頭村，世謂之老裴村。又歷七世，則當國朝康熙時矣，景山之孫分爲前、中、後三支，而中支人最繁衍，有思逵、思達、思遴、思週四人，皆武德廿一世孫而景山七世孫也，以循謹忠厚稱，而思達、思遴、思週，自老裴村遷緑野村，始造爲宗譜。

今思週之玄孫玠，字□□，五世孫鈐，字□□。錡，字□□，念譜之未修，又閱百年矣，人愈繁，才俊奮起，乃更補輯新譜，請序於余。余謂晉、宋之南渡同也，武德公之從宋高，猶松之祖之從晉元也。今裴氏之居緑野者，敦行好禮，多騖於文學，已有舉孝廉者矣，而才傑鵲起，其將有繼松、駰、子野之盛表於史傳者乎？而玠、鈐、錡等蒐輯放失，考論譜牒，甚勤忘勞，亦孝友之事也。爰樂爲之書云。

重雕程貞白先生遺稿序

昔明高皇帝定天下，使燕、遼、寧三藩，擁兵居北邊，捍禦外侮，以强中國之勢，豈非爲子孫謀慮遠哉！然而篡弑之禍由此起，事變無常，非人智所可料也。當其以封建策問諸生，而績溪程長史貞白先生通試爲第一。其言「置子當置之艱阻備嘗之中，不當置之膏肥美麗之地」，此其言最有當於高皇心者。卒又言「垂旒之久，或有意料之所不及」，此乃足括後事之變，真可謂通人名論矣。然則當燕師之起，其所上封事，必有可觀，惜其文逸不傳也。

長史以矢忠建言，遭成祖之戮，文字禁絶，至嘉靖時，其從孫長等搜集僅得十一，凡詩文二百餘篇，而備燕封事，雖有目而無文。又載封建策乃有二篇。昔董生對策，因漢武重問，故有三篇。明高皇試士，豈亦有重問之事乎？抑次篇他人所對，而長等誤收之乎？明初事遠，而遭禍之家，紀述無從，事難審定，自其理也。

夫靖難之禍，千古傷心。後人讀史至方正學諸賢之傳，唏噓流涕。長史之義，與正學諸賢同。其著撰逸而僅存者，安得不爲世重，況其文章又自有踰人者乎！嘉靖雕本，今已刓敝，今其族孫等又重雕之。余讀而論之，以爲之序。

朱二亭詩集序

余之聞朱二亭也，自朱子潁。其後余至揚州，遂獲與二亭時見，盡讀其詩。間嘗取二人之詩論之：子潁才雄氣駿，多感激豪蕩之音，其佳多在七言；二亭氣清神逸，多沈澹空遠之趣，其佳多在五言；皆數十年詩人之英，一亡而不可再遇者也。

夫詩之於道固末矣，然必由其人胸臆所蓄，行履所至，卒然達之翰墨，揚其菁華，不可僞飾，故讀其詩者如見其人。二亭居揚州城北，陋巷狹室，而其胸次超然塵埃之外。其可追媲陶淵明、韋蘇州者，非第詩也，而詩乃發之。

嗟呼！余年二十，始見子潁。子潁承先世用武之餘烈，嘗思舍章句之業，奮迹戎馬，建立功名，使後世知其豪俊，而其詩亦時及此旨。及暮年，乃仕爲轉運使，俯仰冠蓋商賈之間，忽忽時有所不樂；而二亭以布衣放情山水，見俗人輒避去，高吟自適，以至老死。子潁雖富貴，而志終不伸；二亭雖貧賤，而可謂自行其志，卒無餘恨者也。

往時子潁之子刻其詩集，余爲論訂，於七言十取七八，五言十取三四而已；若以訂二亭集，則當反是。今二亭子以其家稿來，值余有脾胃之疾，不能細讀精擇之。又二亭詩余索見者尚多，今收之未備；故姑爲序其首，俾其子更搜集至備，請他人取余意訂之成集；茲可以傳後世，而爲一代布衣詩人之絕出矣。

吳禮部詩集序

昭文吳竹橋禮部，以英異之才，沈酣古籍，發爲詩歌，不爲亢厲矯激之詞，而自然超軼，有遠俗之逸韻，誠一時詩人之傑也。君與鼐始未相知，乾隆之末，鼐至江寧，適君以事嘗再至江寧，遂相見論文，意甚快。嘉慶三年，鼐東遊，泛舟洞庭，觀錢唐西湖。君期鼐且遊虞山，至其家一晤也，而鼐自杭入蘇州，遽思返，不及往，君聞之悵然不樂，逾五年而君没。余乃亦自恨昔歸之速，不一至君家，而遂不見君也。

君兄弟並起昭文，君弟既爲封疆重臣，著功業於當世，而君謝歸山澤，抗志追古爲文章，遨遊吳、越，賞會翰墨，極風流文采之盛，士方歸之，而君年甫六十而没。

君詩前集四十卷，後集二十卷。君自序以爲「論古人之詩宜嚴，論今人之詩宜寬。吾詩所存多者，姑以今人論也。然吾終當以古人之得失自衡，天假吾年，將自芟削，定爲一集」。然則今誦君詩，所共歎爲雋詞麗句不可及者，或乃君所不欲存，而惜乎君不自爲訂而遽喪也。今君子以集抄本見示，鼐老憊昏瞀，但見其雋麗，動心眩目，未敢爲删訂。然則寬存之以待後世論詩者之别擇可也！乃書此爲之序云。嘉慶十二年九月，桐城姚鼐序。

夏南芷編年詩序

昔夏醴谷先生，當雍正、乾隆之交，以文學奮起高郵，舉詞科，入館閣，卒以文章教訓後學。其所爲半舫齋詩，追步白、蘇，爲世傳誦久矣。而其長子南芷令君，以文嗣其家學，所爲詩蓋具有半舫之法度意韻。南芷自少至老，中歷仕宦，晚依子舍，爲詩不輟。其性情趨向，固有以異於俗而足世濟其美矣。

南芷鄉舉，在乾隆庚午，與鼐爲同年生；至乾隆四十年，自滋陽引歸奉養，亦與鼐之歸休同時也。然鼐與君僅在京師一再見，其後隔不相遇。君歸四年遽喪，有子味堂，繼以文名，收録君詩千餘首，請長洲王惕甫選存十四卷七百餘首。君孫齊林工楷書，書以付工，爲鐫本甚善。

嗟呼！事有相待而彰，世有力學工文之君子，不幸没無賢子爲繼；或雖有繼，而哀録先集之功或鮮，其遺文卒廢墜；而君之家世所遭，何其盛也！君存有詩見懷，未及致；今君子持詩集來視，余乃得讀，悵然思故友之不作，日月逾往，計與君同舉，幾六十年矣。又世如君有嗣先啓後之美者，復有幾家？余老且憊，乃僅獲見之，歎息以爲幸，因泚筆述爲序云。

嘉慶十二年九月序。

石鼓硯齋文鈔序

歙曹宮保文敏公，以德器才識，見知於高宗純皇帝，授位正卿，秉持國計，謩畫得失，爲四海生民之所仰賴，非徒文士而已。公之歸也，某嘗至歙，於其雄村宅中見之。其言次頗舉川陝、黄河兩事，爲國家慮。今十年之外，其言皆驗矣。信乎！其先識之過人也。

公五十歸養，太夫人猶在堂，而公不幸先殁，不獲爲朝之壽俊，以卒盡其所能爲，則今惟其文章遺編具存，學者讀之，以想見公之生平而已。

夫文之道一而已，然在朝廷則言朝廷，在草野則言草野，惟其當之爲貴。夫詩、書所載之文，大抵朝廟之文也。公之文雍容俯仰，明切而不蕪，優柔而有餘。書曰：「辭尚體要。」公可謂得朝廷之體者與？

某譾陋無狀，而公獨愛其文以爲善。公殁後，公子詹事抄集其文十二卷，以公遺意寄鼐，俾爲之序，因具論其義如此。

梅湖詩集序

汪梅湖先生名之順，字禹行。梅湖者，在懷寧西北鄉，與桐城西南境相際。其水入桐城練潭以趨江，而汪先生居湖側，故號梅湖焉。先生明末諸生，入國朝，自匿以老死；爲人多技能，而尤長於詩，清韻悠邈，如輕霞薄雲，蔽空映日，不必廣博，而塵埃濁翳無纖毫可入也。

當時吾郡名工詩者，錢田間與先生並。二人之才，各有優絀，較之正相埒。然田間交遊較廣，爲世盛稱，而梅湖伏處草澤，僅南昌陳伯璣知之，而復不盡。其後遂聲華寂寞。凡諸家選明詩者，裒録遺老甚備，而梅湖之作，終不與焉。非徒生前身之顯晦有數，即死後之名，亦若有厄之使不揚者，而孰知其有不可没者存哉！

余始識梅湖族子鋭齋鉞，得梅湖詩愛之，抄一册置笥中，欲遺海内論詩者，匆匆十餘年無與言。今夏鋭齋自京師書來，言方刻梅湖詩集將成矣。余大喜，乃書是寄之。意自是世將多知有梅湖者，則鋭齋之事誠善矣哉！嘉慶十三年六月七日，桐城姚鼐序。

方恪敏公詩後集序

吾鄉方宮保恪敏公，以經濟之才，上輔聖治，膏澤被萌庶，功業垂信史，而又秉受異姿，嗣增家學，作爲詩歌，超軼閎肆，自進於古，蓋以名臣而兼詩人之盛者也。公自少即以詩名，北窮徼塞，南涉江湖，其詞多沈鬱慷慨，固古人所云詩以窮而工者。然詩人之情詞，因時而變易，朝野窮達，各有所宜，豈必盡出於窮愁而後工哉？

公之詩舊已刻行世者有八集，其七集，皆雍正以前之作。至乾隆以後，官位轉登，淳意鴻文，上答天藻，政事之暇，亦間自操吟咏，而已刻者，蠶詞一小集而已。自丙辰以至戊子之作，别爲薇香、燕香兩集凡五卷藏於家。今公子南耦尚書將赴閩、越督軍，過江寧出以示鼐。

鼐竊論國朝詩人，少時奔走四方，發言悲壯；晚遭恩遇，叙述温雅，其體不同者，莫如查他山。今公詩前後分集，頗同他山；其述情紀事，直達胸懷，自能兼包古詩變態，亦無愧他山也。然他山侍直頻年，不出禁闥。公則督領畿輔，遠使龍沙；障決流以奠民生，籌過師以助聖武：忠悃感奮之志，憂慇篤至之忱，舉見詞閒，存諸後集；非第如他山紀恩揚美而已。論公詩至是，當以匹唐燕公、曲江之倫，故曰以名臣而兼詩人者也。

鼐家與方氏世有姻親；公與家伯父薑塢先生，相知尤密，於鼐爲丈人行，而鼐昔里居，公居江寧，鼐仕京師時，公又在保定，竟不獲瞻階砌。今南耦尚書將以後集付工雕板，俾述爲序。鼐不辭固陋而輒爲之，蓋以攄平生仰慕之情，又以發海内論詩者之意也。嘉慶己巳九月，同里後學姚鼐謹序。

南園詩存序

昆明錢侍御灃既喪，子幼，詩集散亡；長白法祭酒式善、趙州師令君範爲蒐輯，僅得百餘首，録之成二卷。侍御嘗自號南園，故名之曰南園詩存。

當乾隆之末，和珅秉政，自張威福；朝士有恥趨其門下以希進用者，已可貴矣。若夫立論侃然，能訟言其失於奏章者，錢侍御一人而已。今上既收政柄，除慝掃姦，屢進曩昔不爲利誘之士，而侍御獨不幸前喪，不與褒録，豈不哀哉！

君始以御史奏山東巡撫國泰穢亂，高宗命和珅偕君往治之。君在道衣敝，和珅持衣請君易，君卒辭。和珅知不可私干，故治獄無敢傾陂，得伸國法。其後君擢至通政副使，督學湖南；時和珅已大貴，媒櫱其短不得，乃以湖北鹽政有失，鐫君級。君旋遭艱歸，服終補部曹。高宗知君直，更擢爲御史，使直軍機處。君奏和珅及軍機大臣常不在直之咎，有詔飭責，謂君言當。和珅益嗛君，而高宗知君賢，不可譖，則凡軍機勞苦事，多以委君。君家貧，衣裘薄，嘗夜入暮出，積勞感疾以殞。

方天子仁明，綱紀猶在，大臣雖有所怨惡，不能逐去，第勞辱之而已。而君遭其困，顧不獲遷延數寒暑，留其身以待公論大明之日，俾國得盡其才用，士得盡瞻君子之有爲也。悲夫！悲夫！

余於辛卯會試分校得君，四年而余歸，遂不見君。余所論詩古文法，君聞之獨喜。君詩尤蒼鬱勁厚，得古人意。士立身如君，誠不待善詩乃貴。然觀其詩，亦足以信其人矣。余昔聞君喪，既作詩哭之；今得其集，乃復爲序以發余痛云。

望溪先生集外文序

望溪先生之古文，爲我朝百餘年文章之冠，天下論文者無異說也。鼐爲先生邑弟子，誦其文蓋尤慕之。計鼐少時，亦與先生之老年相接。然先生居江寧，鼐居桐城，惟乾隆庚午鄉試，一至江寧，未及謁先生。其後遂入都，又數年先生没，遂至今以不見先生爲恨矣。嘉慶庚午，鼐在江寧，去始至江寧之年六十矣，先生之曾孫□□，乃以先生集外文見示。先生立言必本義法，而文氣高古深厚，非他人所能僞；今此編凡□十首，讀之誠皆先生文無疑也。然先生望溪集乃手自定，此皆其芟去不欲存者。雖後之君子閲此芟去之文，亦以爲不可及。然仰思先生之芟，宜有知其用意深嚴而憬然增悟者矣。然則□□其復鐫刻附之集後可也。至其所以芟之之理，鼐淺學也，恐妄度未必當先生之意，故亦不敢遽有論，將以待後有讀者自得之焉。嘉慶庚午重陽日，同里後學姚鼐序。

程綿莊文集序

鼐往昔在京師，聞江寧有程綿莊先生，今世一學者也。乾隆庚戌，余來主鍾山書院，則綿莊已死，求所著書，亦不得見。今歲楊存齋令君乃持綿莊集見示，遂獲卒讀。乃究論曰：孔子之道一而已！孔子没而門弟子各以性之所近，爲師傳之真，有舛異交爭者矣。況後世不及孔子之門，而求遺言以自奮於聖緒墜絶之後者與？其互相是非，固亦其理。然而天下之學，必有所宗。論繼孔、孟之統，後世君子必歸於程、朱者，非謂朝廷之功令不敢違也，以程、朱生平行己立身，固無愧於聖門，而其論説所闡發，上當於聖人之旨，下合乎天下之公心者，爲大且多。使後賢果能篤信，遵而守之，爲無病也。若其他欲與程、朱立異者，縱於學者有所得焉，而亦不免賢智者之過。其下則肆焉爲邪説，以自飾其不肖者而已。

今觀綿莊之立言，可謂好學深思、博聞强識者矣，而顧惜其好非議程、朱。蓋其始厭惡科舉之學，而疑世之尊程、朱者，皆束於功令，未必果當於道。及其久意見益偏，不復能深思孰玩於程、朱之言，而其辭遂流於蔽陷之過而不自知。近世如休寧戴東原，其才本超越乎流俗，而及其爲論之僻，則過有甚於流俗者。綿莊所見，大抵有似東原。東原晚以修四庫書得官禁林，其書亦皆刻行於世，而綿莊再應徵車，卒不用而歸老死。其所撰著，僅有留本，不傳於世，將憂泯没。斯則所遭或幸或不幸也。綿莊書中，所論周禮爲東周人書及解六宗辨古文尚書之僞，皆與鄙説不謀而合。若其他如解易、詩所論，則余未敢以爲是。其文辭明辨可喜，固亦近世之傑，而爲人代作應酬文字，則不足存録。後有得綿莊書而觀之，必有能取其所當取者。嘉慶十五年十二月十八日，姚鼐序。

蔣澄川詩集序

余同年友陽湖蔣君熊昌，字澄川，以才儁仕爲户部郎，直軍機處，出守潁州府凡八年，有政績，以事被議，歸里不出，又二十餘年卒。余初於京師送君出守，及君居潁之季年，余歸安徽主敬敷書院，乃與君再遇，得數聚矣，而君未嘗以詩見示。第聞在潁州開東坡西湖，瀦以利民，因招文士飲讌賦詩其間。潁人以爲美談，誦歎而已。及君於乾隆庚戌再至安慶，余已去安慶，君以二詩見懷，寄至江寧。余始見君詩，歎美其意，以至於今。君少子純徵以君集來請序，則君亡已九年，而去余與君别時三十年矣。

君爲人和雅温厚，其詩即似其人，而自潁州歸後，出辭沖淡悠遊，無不平之氣，此尤爲可貴，所以爲懿士長者之風也。純慨言君生平詩可萬首，今抄得未及半，然已二三千矣。余八十之年，昏耄畏讀文字，以詩文示稍多者，即不能盡讀，涉獵而已。故姑書此，以序君詩。若詩之美尚有逾吾所論外者，則以待世之君子能得君詩而盡讀者。

陶山四書義序

論文之高卑以才也，而不以其體。昔東漢人始作碑誌之文，唐人始爲贈送之序。其爲體皆卑俗也，而韓退之爲之，遂卓然爲古文之盛。古之爲詩者，長短以盡意，非有定也，而唐人爲排偶，限以句之多寡。是其體使昔未有而創於今世，豈非甚可嗤笑者哉，而杜子美爲之，乃通乎風雅，爲詩人冠者，其才高也。

明時定以經義取士，而爲八股之體。今世學古之士，謂其體卑而不足爲。吾則以謂此其才卑而見之謬也。使爲經義者，能如唐應德、歸熙甫之才，則其文即古文，足以必傳於後世也，而何卑之有？故余生平不敢輕視經義之文，嘗欲率天下爲之。夫爲之者多，而後真能以經義爲古文之才，出其間而名後世。使人率視爲科舉體，而無復爲古文之志，則雖有其才而不能自振也。故貴有其才，又貴必有其識也。

長沙唐陶山先生，固嘗以文取科第矣，而其志乃欲以經義爲著書之事，不以科第論也。

作四書義一編，寄以視余。余乃知君之才與識，皆高出當世，而將上比於唐、歸之流者也。余之鄙陋，持守孤論，雖欲率天下而不能得。君之倡爲高文，將世必有應者，一代文章之興，安知不出於是？余耄老矣，而重望於君，故欣然爲書其編首云。

高淳港口李氏族譜序

高淳之水，自禹時引江東南流，過溧陽，入太湖，禹貢所謂「東爲中江」者也。後世壅其流爲東壩，而高淳自受山谿，其流乃西北入江，洩之不速，潴爲數湖。其民居多近湖陂，取稻田魚鳧之利，而風俗樸厚，遠於市井，故雖爲江寧府屬縣，而其俗異於金陵之浮夸也。縣治東南，有固城湖，湖水西流，乃過港口。李氏本出於隴西，其後自北南來，屢遷移。明時有清三公者，自芝山遷居港口，爲港口李氏云。今數百年矣，其子孫最爲繁衆，而家法尤善，有勸學堂以養毓其才俊，故士多奮於學，而耕者亦務於本，而鮮爲犯義之士。

當明時，港口李氏故有舊譜，及國朝康熙中復修之。今又將百年，支派益蕃。其宗長□□及其族中□□、□□等同建議再修之，凡期年成書爲若干卷，持來請序於余。余以爲隴西李氏，皆本於將軍廣。太史公爲李將軍傳，論之曰：「桃李不言，下自成蹊。」以爲賢者爲世所欣慕，雖衛、霍之勳不足比也。今港口李氏，方急於學問之事，其必有賢哲起焉，而爲天下所欣慕者。余是以序之，而願以是義益勗其族人，葆其舊俗之美，而益其新學之富，其可也！

疑年録序

嘉定錢辛楣少詹事，嘗考求古今名人生卒之年，核其壽數，取左氏傳「有與疑年」之意，作疑年録四卷。詹事亡後，秀水吳君思亭得其書，頗增易所闕失，又推廣爲續録四卷。

夫人之生死，其大者或係乎天下之治亂盛衰與道德之顯晦，其小者或以文章字畫之工，以年之長少爲藝之進退，亦考論好事者所欲知也。故此編遂爲世不可少之書，相知者多請思亭雕板以行，維余固亦樂之。

獨是余平生獲知於海内賢士君子，遊從之情未厭，而睽離之後，繼以凋亡。其生卒俱入此録，而余猥以昏耄僅存，孑然四顧，展讀是編，悲懷悽愴，其亦何能已也！嘉慶十八年，姚鼐年八十三，元旦雪中，爲疑年録序。

新修宿遷縣志序

郡縣有志，本史體也。夫史之爲道，莫貴乎信。君子於疑事不敢質。春秋之法，信以傳信，疑以傳疑。後世史氏所宗，惟春秋爲正。

夫宿遷之地，在古臨乎泗上，當楚頃襄王時，楚人以弋説王，有曰「泗上十二諸侯」，而其擧有名者，鄒、費、郯、邳四國而已，其八無聞焉。今所可知者，宿遷境介郯、邳之間。其獨爲國乎？抑包於二國内乎？不可知也。唐人乃以宿遷爲宿國之地，於古無徵，爲志者苟執以爲説，是首爲不信也。

縣志自康熙年後，久廢不修。今縣之士君子，合謀爲之，而某君等主其事，成書示余。縣居南北之交，負山臨大河，於天下形勢爲要地，而豪傑才儁，自古有聞，今士輩出。其風土質厚，士多慷慨振立之氣，惟志紀之甚備，而余尤喜其首不取故宿國之論，以爲史家傳信之誼宜如是。然則是書所取之事，必存乎信實而已，其爲道不亦善乎？嘉慶十八年正月，桐城姚鼐序。

稼門集序

天下所謂文者，皆人之言，書之紙上者爾。言何以有美惡，當乎理，切乎事者，言之美也。今世士之讀書者，第求爲文士，而古人有言曰：「一爲文士，則不足觀。」夫靡精神銷日月以求爲不足觀之人，不亦惜乎！徒爲文而無當乎理與事者，是爲不足觀之文爾。

吾鄉汪稼門尚書，其生平不欲以言行分爲二事。上承天子之命，有撫安衆庶之績；下立身行己，有清慎之修。其所孜孜而爲者，君子之事也；津津而言者，君子之言也。故其詩與文，無聱悅組繡之華，而有經理性情之實。士守其言，則爲端士。歷官者遇事，取其所記一一行之，如繩墨之可守。此豈可以文士論哉？

漢時校書有六藝、諸子、詞賦之略，本無集名。魏、晉以後，集乃甚著，而蘩蕪益多。若尚書之集，其文則諸子略之儒家言也，其詩則通乎古三百之誼者，此當爲劉向、班固之徒之所取已。

今春二月，尚書將入覲，與鼐遇於江之南，以其文七卷、詩十卷視余。余歸卒讀，而竊歎以爲古今所貴乎有文章者，在乎當理切事，而不在乎華辭，尚書得之矣！乃以題諸其首。嘉慶二十年三月望，同里姚鼐序。

惜抱軒文集後集卷二

跋尾　題辭

跋鹽鐵論

漢昭帝始元五年〔一〕,「令太常、三輔舉賢良各二人,郡國舉文學各一人」。六年,「詔有司問郡國所舉賢良文學,民所疾苦。」此鹽鐵論所由起也。其國病篇,大夫謂賢良曰:「文學皆出山東。」「子大夫論京師之日久。」以賢良爲太常、三輔所舉,宜先在京師也。

論內丞相、大夫外,有丞相史、御史之言。按漢制:丞相下,長史二人,蓋即此丞相史矣。若御史本近御之官,自御史大夫出佐丞相爲外朝官,而其屬有二丞。其一中丞,仍統內臺。侍御史內臺之臣,非特詔不與外朝議。外朝議成既奏,天子乃與論所取舍。然則此議鹽鐵時御史,非中丞及侍御史,其御史之一丞在外者乎?

夫有司議政,反覆之辭,不得過多。韓安國與王恢論誘匈奴,漢書載其詞稍繁,讀者固以爲後人所擬,非當時言之實矣。然豈若桓寬此書,繁多若是甚哉?其明切當於事,不過千餘言，其餘冗蔓可削也。

又議鹽鐵自第一篇至四十一篇，奏復詔可而事畢。四十二篇以下，乃異日御史大夫復與文學所論。其首曰「賢良文學既拜，皆取列大夫」。按：漢士始登朝，大抵爲郎而已。如嚴助、朱買臣對策進説爲中大夫，乃武帝不次用人之事，豈得多哉！昭帝時，惟韓延壽以父死難，乃自文學爲諫大夫。魏相以賢良對策高第，僅得縣令。其即與此對者與？固未可決知。要之無議鹽鐵六十人取大夫之理，此必寬臆造也。

其載「大夫曰：獲禄受賜，六十餘年」，漢武在位五十四年，加昭帝六年，才六十年。桑弘羊侍中，必不在武帝前，然則獲禄必無六十餘年。弘羊以武帝後元元年爲御史大夫，至此時才七年，而文學謂其自「搜粟都尉至御史大夫，持政十餘年」，此何説也？寬之書文義膚闊，無西漢文章之美，而述事又頗不實，殆苟於成書者與？

〔校記〕

〔一〕原作「元始」，劉本、備本同。據殿本前漢書改。

跋列子

莊子、列子，皆非盡本書，有後人所附益。然附益莊子者，周、秦人所爲。若今世列子書，蓋有漢、魏後人所加，其文句固有異於古者。且三代駕車以駟馬，自天子至卿大夫一也。六馬爲天子大駕，蓋出於秦、漢君之侈，周曷有是哉？白虎通附會爲說曰：「天子之馬六者，示有事於天地四方。」此謬言也。列子周穆王篇王駕八駿，分於二車，皆兩服兩驂，此子文之真也。至湯問篇言「泰豆教造父御六轡不亂，而二十四蹄，所投無差」，此非周人語也。且既二十四蹄矣，轡在手者安止六乎？僞爲古文尚書者，取說苑「腐索御奔馬」之文，而更曰「朽索御六馬」，皆由班氏誤之耳。古書惟荀子有「伯牙鼓琴，六馬仰秣」語。此言在廐秣馬有六，聞音捨秣仰聽，與駕車時不相涉。自晉南渡，古書多亡缺，或輒以意附益。列子出於張湛，安知非湛有矯入者乎？吾謂劉向所校列子八篇，非盡如今之八篇也。

跋許氏說文

許氏是書，誠於小學之義，爲精且博矣。吾以謂此非一人一時所成之書也。漢經師各承一家之學，其經文亦異，故說文所引，多殊今學者之讀。又有本書互異者，若於易既引「以往吝」矣，又引「以往遴」；既引「重門擊欜」矣，又引「重門擊榜」。於書既引「宅堣夷」矣，引「暘谷」矣，又引「嵎鐵」、「崵谷」；既引「鳥獸褎毛」矣，又引「鳥獸毴髦」；既引「旁述孱功」

矣，又引「方鳩僝功」；既引「濬く巜」矣，又引「睿畎澮」；既引「若顛木之有甹櫱」矣，又引「若顛木之有㽕枿」，古文言「由枿」；既引「西伯戡黎」矣，又引「西伯戡𨙫」。於詩既引「江之永矣」矣，又引「江之羕矣」；既引「是褻袢也」矣，又引「是紲袢也」；既引「衣錦縈衣」矣，又引「衣錦褧衣」；既引「赤舄掔掔」矣，又引「赤舄几几」；既引「不敢不趚」矣，又引「不敢不蹐」；既引「四牡騤騤」矣，又引「四牡騯騯」。於論語既引「色孛如也」矣，又引「色艴如也」。内惟「由枿」明言古文，而其餘率不著爲何家之經。蓋始注是者，自承專門之學，以所見爲定；及異人注之，又以所學者爲定，是以不可孚也。若以一人能兼通數家之傳經，則必能注明某氏之傳，必不第云易曰、書曰矣。然則是書誠兼貫諸家傳經之書，而許叔重非能兼貫之人也。

說文所引董仲舒、淮南王、司馬相如、揚雄、劉歆、杜林、譚長、徐巡、甯嚴、尹彤、周書、王育、官溥、衛宏、逯安、賈侍中凡十餘家之說。又有不出前人名而說出前人，如耐字注是杜林說，以應劭漢書注而知之。吾以謂是書之精當，大抵本於杜林、賈逵。叔重尤親受之逵，故舉其官而不名也。

竊疑分部之法，自逵啓之。逵附會讖文，興左氏春秋，而隋志言：「讖緯，賈逵之徒獨非之。」近閻百詩謂：「隋志不考遠傳，誤讀張衡傳遠摘讖互異事，遠實未嘗非讖。」吾謂不然：隋志之言，誠有所據，非因張衡傳也。遠之附讖，假術數以助孤學，亦其不修小節之類耳，豈誠尚之哉？其傳教後學，固有正論。讖書附會俚言俗字以爲說，通人盡識其鄙陋，遠豈不能辨耶？以時主方崇之，不敢頌言，考文正書，崇古明教，即非讖之道也。

許氏序是書，末言「演贊其志，次列微辭，知此者希，儻昭所尤。」隱以定、哀微辭之義，斥讖緯之非，蓋賈氏之傳如此。然則隋志之言，詎爲過哉！說文引左傳，則第云春秋傳，引公羊則曰春秋公羊傳。賈爲左氏學者，故內外之詞如此。

古燕、齊境邊之海，謂之北海，後乃轉爲教海，加水而爲渤字。戰國策、史記屢言渤海，及漢高祖立渤海郡。意加邑爲郣字，宜在立郡之前後時也，而說文有「郣」無「渤」，如謂從古，則古當但有勃；如謂從後俗，則「渤」「郣」同，而「渤」當差前於「郣」。徐鉉尊許氏書，云「郣爲正而渤爲俗字」，豈通論哉！

說文鼎部之鼏，蓋本是鼏字。其下註云：「以木横貫鼎耳而舉之，從鼎冂聲。」又於金部鉉字註云：「易謂之鉉，禮謂之鼏。」此蓋許氏以前舊師之註，其說未嘗不詳也。鼏字不便於隸書，故禮經師假借用扃字矣。

又古覆冪之字，蓋但作冖，而冖字亦不便於隸書，經師假借爲密字。士喪禮「冖用疏布」覆鬲。「冖用葦席」覆重。「陳一鼎」，「設扃冖」。三處鄭皆註云：「古文作密。」其後乃始作爲冪、鼏字以代密。然則冪、鼏皆漢時俗字，而鼏形近鼏，說文遂變鼏爲鼏。其字與音，與其舊註乃不相合，此叔重之失也。

詩之黽勉，爾雅作蠠勿。蠠字在篆，蓋本作蠠，從䖵鼏聲。鼏黽之聲，亦相近也。蠠字不便於隸，故爾雅本變作蠠，而劉向疏用密勿字，俗或誤從鼏，而叔重䖵部遂以蠠、密爲一字，殆亦非也。

跋吳天發神讖刻文

吳天璽元年刻石文，世傳皇象書。象爲吳大帝初人，與趙達同輩，計其年恐未能至天璽也。其書本就山刻石，其石圜長，環而刻之，非碑也，而俗呼天發神讖碑。

吳志載「孫皓天璽元年，歷陽山石文理成字二十」，又陽羨山有石文之瑞。蓋皓以無道好佞，羣下妖妄競作，此神讖亦天璽元年出，史偶遺耳。當時詭託事多，不可勝載也。其前書神讖五十七字，繼記其始見及識其字者之事，最後列臣下銜名。蓋爲是記者，其官蘭臺東觀令。按皓東觀令華覈，天册元年免。次年天璽。此繼覈爲東觀令，而其姓名皆缺蝕，詔子〔一〕爲欺，名不著於後世，其幸也。

自是五年晉滅吴。後不知何時石斷而爲三，棄於野。宋人取而置諸漕使之署。明時置江寧縣學尊經閣下。嘉慶十年，余來江寧；其秋閣燬於火，石爲燼矣。此本猶未燬時所拓，兹後拓本不易有矣。

〔校記〕

〔一〕「詔子」，劉本、備要同，疑有訛誤。

跋顔魯公與郭僕射論坐位帖

魯公與郭英乂書，所論兩事：一論魚朝恩坐位之僭，由英乂之諂，書内所敘自明。一謂英乂不當令左右丞勿當尚書。蓋六朝以來及唐舊制，尚書令、僕及六尚書，謂之八座，此尚書省正官也。其屬乃有丞、郎，故左右丞坐，應當六尚書之下。梁書：賀琛爲左丞，加員外散騎常侍；舊南坐無貂，貂自琛始。按：丞乃南坐，則八坐皆北坐也。今英乂使丞勿當尚書，意欲抑尚書於南坐，使與丞、郎同爲令、僕之屬而已，此魯公所以爭也。宋元豐官制，以左右丞爲長官，在尚書上。唐時則尚書三品，丞四品，以職事言，乃其屬耳，烏得爲等列哉？

魯公是書，當作在代宗廣德二年郭晞敗吐番於邠西之後。次年爲永泰元年，郭英乂爲劍南節度使，爲韓澄所殺矣。

跋王子敬辭令帖

此帖舊題辭中書令非是，乃辭尚書令也。晉時尚書令任重於中令，故子敬爲中令不辭，而尚書令則辭。尚書乃建立政治之本，中書主陳奏發詔而已。比今制，尚書略如軍機處，中書略如奏事處也。然此亦在人君委任，若因奏事而與評論得失，權衡進退，則中書更親於尚書，此荀勗自中令遷尚書令，悵爲「奪鳳皇池」也。若孝武時，中令自不甚任事權，故子敬乞假表有「不同並急」之語，豈若尚書令之執要哉？子敬辭尚書，必更有表，此乃書也。

按晉書孝武太元二年，尚書令王彪之卒。意使子敬爲令，即在此時。時王藴爲徐州刺史，此書自稱州民，必是與藴。藴乃后父，乞藴言於帝，使遂其辭也。孝武紀：自彪之卒後，至太元八年，以謝石爲尚書令，中五六年未有令。疑子敬固辭，遷延歷歲，故此帖引蔡謨辭司徒之事自比，而其時謝安以中書監録尚書事。晉時録尚書或六條七條，非必盡總諸曹，任蓋不如令；而其時既不置令，殆謝公總諸曹乎？故謝公出，然後以石爲令也。

是帖未見古摹，此乃明嘉靖中吳章傑摹本，多姿媚而少古韻，乃有唐李北海等筆法，竊疑非子敬蹟也。

跋聖教序

劉軻作大遍覺玄奘塔銘云：「貞觀二十年秋七月，進新譯經論請製序。二十二年，高宗居春宮，撰述聖記。永徽三年，中宗產後，玄奘請號之曰佛光王，乃進金字般若心經。」又按褚中令於永徽年書聖教序刻石。其時雖有心經，當如釋氏諸經之體，其文繁冗。迨于志寧等五人潤色之後，詞乃簡要，爲今本心經。度其潤色之事，必在顯慶之年，褚令既逐後也。逮咸亨三年刻此碑，乃以于志寧等所潤色之經，附之序記之後。計其時惟許敬宗當尚存，其餘四人，亦皆死矣。

吾推原此碑之刻，當由武后深怨褚令，併其書碑亦思廢之。自虞、歐久喪，登善之書，獨超一世，非遠假逸少，誰能壓之哉？沙門懷仁所見古蹟幾何？而集字如是之多，非宮闈之助，曷以能爾。本以嬖后忮心，而後世得傳晉賢之髣髴乃反賴之，而褚碑之聲價，遂不能不爲退讓矣。但褚書碑首題「大唐文皇帝製三藏聖教序」，其稱甚當。此想有意異之，以「大唐」字加「三藏」字上，於文理殊爲不順。吾意懷仁者，直是一陋僧也。

唐時右軍書雖多，然集書安得無闕乏，假借湊改，勢必不免。「正」「曠」皆右軍家諱，此碑内二字無增損筆，此爲湊改之迹甚明。若思翁之以集書爲習書，則是妄説之極可嗤者耳。

跋褚書聖教序

褚河南此碑，於用筆極細瘦中，見起伏轉變之妙；非此舊拓，鋒穎纖豪具存者，無以見之，誠可寶愛。

唐中書令尊於晉之中書令，王獻之不書太極殿榜，而登善不免書碑。觀此，令人有世道升降之感矣！

跋顔魯公送劉太冲序

送劉太冲序類帖，多係從搨帖轉摹失真。此宋慶元中，溧陽令戴援從顔公真跡摹入石者，故筆勢具存。魯公書多取篆籀法入真行，而此帖尤可見也。

跋褚書陰符經

此書故不劣，然實非登善蹟也。唐時書學最盛，虞、褚之體，習者尤多。二氏之徒，往往僞作，假名臣以自重其書。

案褚公在永徽，其職任最重者，同中書門下三品也。今若以非本官不入銜，則監修國史，亦不必入銜矣。唐封爵以古國爲名，如褒、鄂、燕、許，則但稱某國公；非古國，則曰某郡縣開國某爵。故褚公之爵，爲河南郡開國公。僞書者以褚之族望，出於河南，遂於郡下直接其名；不知臣於君前列銜，無舍爵稱郡望之理。此猶僧徒僞虞書破邪論，列其銜曰「太子中書舍人」，不知世無此官。僧道謬妄無知，夫亦何怪，而自宋至今，書家無一人悟其詐，斯則異矣。

跋李北海麓山寺碑

李北海書嶽麓寺碑自稱「前陳州刺史」，是其貶遵化尉時矣。北海死於天寶初年，年七十。碑立於開元十八年，其時殆逾五十。中有云：「宋元徽中，尚書令湘州刺史王僧虔，右軍之孫也。」按僧虔未嘗爲湘州刺史；雖爲尚書令，而非元徽之年；又非右軍孫，乃右軍從祖兄弟中領軍洽之曾孫耳。是皆用僧徒妄説以入文，故致兹失。

此本婺源胡君黄海所藏，較今時本尚爲舊拓，然已經俗手刓字。其「寶后依於佛光」，當是「瀆后」。又「因」也者今誤作「同」。此似皆刓改之失，非必其本然也。後見宋拓，因字猶完，而瀆作竇，則元本固誤耳。

跋方望溪先生與鄂張兩相國書稿後

方望溪宗伯與鄂張兩相國書，論制準夷事。當乾隆年間，準噶爾國生内亂，禍變相尋。我高宗純皇帝一乘其弊，舉若振槁，遂闢萬里之疆。此固由聖人智勇非常，而亦天之祐福我國家，而欲滅彼賊醜也。

若昔雍正之時，則彼國勢猶完，未可云非一勍敵矣。宗伯此書，欲爲嚴軍屯守，撫士蓄力，以待可勝之虜，勿爲輕舉深入，以邀難必之功。未知兩相國見此書後，所以入告者何如？而公之憂國忠友之情，則皆可以謂至矣。

公自定文集，未載此書，此係公手稿藏於家者，於公平生風義所關頗重，後有刻公集者，宜並入此篇。嘉慶辛未五月二十六日，同里後學姚鼐題。

書朱子語略後

朱子語略，楊與立所編，二十卷。與立乃楊文公大年之裔。其族有楊道夫、楊驤及道夫之子若海，皆從於朱子之門。此即見於語録中者，而其行事皆不可考矣。

與立此書名，見郡齋讀書志。呂氏刻朱子語録，所從校舊本無此書，四庫書目亦無此書，今僅見此本而已。惜殘失其序，不知編集年月。其中載朱子有易簀前之語，知必成於朱子身後也。

跋史閣部書後

鼐之六世從祖湘潭公，爲明祔宗時清吏。其長女適吴氏，夫亡守節育孤，後與兄同遭流寇之亂，駡賊死義。史閣部撫皖時，高其誼，請於朝旌之。夫人子爾玉公，今侍御賡枚之高祖也，於史公憂歸時，以啓陳謝，史公復之。書藏於吴氏，今侍御以見示。

鼐惟史公千古偉人，撫皖時吾鄉尤被其賜，民敬祀之，至今不衰；而吾五世祖姑節烈之風，光於兩氏家乘，又因史公之言而彌顯。展讀手書，敬感交至，因題其後云爾。

張花農詩題辭

吾家春木持其同里張君花農遺詩兩卷見示，余最愛其「谿行無雜樹，人聲出叢竹」十字，及「白下人初去」，「寒食清明連上巳」兩章，爲有超遠之韻；其餘亦多有清思，誠近來詩人一好手也。而其人終身困厄，不見知於世，至於將死，傳語春木，必爲流傳其所作。

夫人之爲詩，聊以發一時寄興而已。其流傳後世或否，亦何足論，而天下士卒不能忘情於此。余傷花農之惓惓垂没，其志可悲；又重春木於故人之意，因爲之記。至於余之庸愚，且衰老昏荒，言不足重，不能有增益於花農者，固亦非所計也。

左蘭城詩題辭

蘭城爲夢樓同邑弟子，因夢樓識余。三人嘗同住攝山般若臺，論文字累日夜。其爲人孤清遠俗，真詩人性情也。所爲詩法夢樓，得其風韻。余嘗語夢樓：「以蘭城之年而才志若此，積功至吾輩之年，安知不跨越吾輩乎？」夢樓曰：「然！」

今夢樓往矣！遠思北固、金、焦，烟景冥茫，但增悽愴；惟尚有蘭城吟詠其間耳！近閲蘭城集，因題集卷，願蘭城終如吾言　亦足慰夢樓於地下矣！

吴孝婦傳題後　長洲人，錢少詹大昕君傳。

余往年作揚州蕭孝子碑記，以割已救其親者，非有悖於義，既爲具論矣。今吴孝婦乃割臂以救其姑，其事爲尤難。嗟呼！彼賢者行出乎至誠，而奮發於不能自已，惡知有所爲難易哉？思其倉卒之情可痛也！嘉慶十三年秋八月，桐城姚鼐題。

惜抱軒文集後集卷三

書

與王鐵夫書

十月二十四日，姚鼐頓首奉書鐵夫先生侍史：昔桓譚有言：「凡人忽近而貴遠。」以鼐之不才，又於今世，固所謂「禄位容貌，不能動人」者，而先生獨盛稱之，載諸文集。是其取舍遠乎流俗之情，而鼐獲不棄於賢哲，有不待乎後世之子雲也，豈非幸哉！舉世滔滔，知己寧可再遇，而相去四五百里，無因緣一見。久欲奉一書於左右，而忽忽未及爲；昨賢子至，乃承賜書先之，展誦喜躍不可勝，而又以自慚其疎惰也。冬寒惟興居萬福！

先生文章之美，曩得大集，固已讀而慕之矣；今又讀碑記數首，彌覺古淡之味可愛，殆非今世所有。夫古人文章之體非一類，其瑰瑋奇麗之振發，亦不可謂其盡出於無意也；然要是才力氣勢驅使之所必至，非勉力而爲之也。後人勉學，覺其累積紙上，有如贅疣。故文章之境，莫佳於平淡，措語遣意，有若自然生成者，此熙甫所以爲文家之正傳，而先生真爲得其傳矣。

詩之與文，固是一理，而取逕則不同。先生之詩，體用宋賢，而咀誦之餘，別有韻味，由於自得，非如熙甫文佳而詩則平淺者所可比也。至於尊書亦殊妙，所寄册，當裝以爲世寶，固不復奉還。略論其欣仰之意，聞之以爲有當否？

鼐今歲在江寧過臘，歸期尚未能決。昔年嘗一遊蘇州，極思其風景；若再獲東來，一瞻容儀，則大快平生矣。但不知得果此緣否？賢子在此，且當時得通書。率復不具。

復劉明東書

師令君差至，得寄書並詩，欣慰！欣慰！以賢主人爲依歸，可謂得所矣。處幕中以謙愼韜晦爲要，自與默默用功不相礙也。

見贈五言排律，句格頗雄，此是長進處；但於杜公排律布置局格，開闔起伏、變化而整齊處，未有得也。大約橫空而來，意盡而止，而千形萬態，隨處溢出，此他人詩中所無有，惟韓文時有之，與子美詩同耳。李玉溪、白太傅及朱竹垞，皆刻意作排律之人，而不得此妙，吾豈敢便以責之明東哉？然作詩，心之所向，必須在此，否則止是常境耳。

又明東所用故事，都不精切，止是隨手塡入。姑摘其一聯：誌公謂徐陵天上石麒麟，豈可易石爲玉？又陵官非學士，學士唐乃有此官耳。公孫弘與陵，於鄙人絶不似。止十字中，而病痛已四五矣。

前所論在詩境大處，勤心深求，忽然悟入，或半年便得，或一年乃得，又或終身不得。後所論在詩律細處，精意讀書，可以必得，然非數年之深功不能。前所論文章之虚，故可速而不可必。後所論乃學問之實，故可必而不能速。如近時顧亭林，非有得於詩家之妙，而其故事，卻精切之至。渠是學問人，故能於此見□□□。□□俱能功到，方是卓然成家之作。二者得一，亦可謂佳，但非其至。二無一得，便是今日草頭名士之詩，吾恐明東陷入其中，故須爲詳言之耳。

吾於下一月必回家去，料明東歲末亦必歸家，必過城中，得一晤也。漸寒，珍重千萬！

復欽君善書

欽君足下：辱賜書並示所爲文一篇。足下畸士也，其文亦畸文也。夫文技耳，非道也，然古人藉以達道。其後文至而漸與道遠，雖韓退之、歐陽永叔，不免病此，況以下者乎。足下之文，不通於俗，而亦不盡合於古；不求工於技，而亦不盡當於道；自適己意，以得其性情所安，故曰畸文也。

齊桓公見甕盎大癭説之，「而視全人，其脰肩肩」。足下謂不欲以人首加己身，其意善矣，而欲僕繩削其文。僕不能偶俗，略有類足下耳，豈能以區區文法爲足下繩削？第如齊桓之視甕盎大癭者視之而已。

復姚春木書

姚鼐頓首，春木足下：鼐今世一庸才耳！足下乃以宋、元以來學問文章之統相屬，見推崇重，甚愧！甚愧！素無交遊之緣，不遠千里，遺書求益，謙懷樂善。足下之志則美矣，顧鼐不足尸之耳。夫求學之道，牖於聞見及所嗜好者，每患其偏；平心廣采，則病其不精。愚見嘗欲持平，固視偏溺者差異矣。然嘗自恐不精，此所望海内賢士君子有以教益之。至於求勝之心，則誠未敢也。

足下所欲爲紀載之編，此一代史學也，所志甚大。昔退之少有成唐一經之志，及後身爲史官，乃反不敢仞其事，可謂惑矣。然鼐謂此亦有天數焉。夫生而富貴及死而聲名，其得失大小，皆天所與也。紀載者，人名聲所由得之所託也。故天欲其成乃成，天欲其傳乃傳，不然則廢。足下姑亦爲之，以聽天意可耳。

鼐舊作九經說，已有刻本，今寄上。其有增益及他書未刻者，則未能寫寄。賜寄湖海詩傳乃未至，不知於何處浮沉？述庵先生想尚健，其文傳成書未耶？先伯薑隝先生無成書，平生讀書，好以所得細書記於簡端。鼐欲爲集成筆記，然以其太碎細難輯，故不能就，私心所最憾。僅采數條，以意次叙入鼐九經說而已。至敝鄉密之先生撰述，飲光、海峯、南堂、息翁詩文集，皆有刻本，而此間卒未可得。若江、金書則具在歙也。

鼐頃自皖移來金陵，主鍾山書院，衰老絶不能作大字。所命爲楹對字，又犯鼐家諱，故不可爲也。胡雒君所欲爲書皆未成，而於去年已病喪矣，甚可傷。敝邑如此子者，亦未易多得也。兹因便上復，安得一見面言？希時通消息！不具。

復吴仲倫書

姚鼐頓首，仲倫先生足下：鼐才陋識闇，無得於古人之學，而士大夫徒以故舊之好與之，遂横竊虚譽，甚可愧恥。今先生又過聽而推及之，至比之歐陽永叔，是重益其愧，而使之不知所爲答者也。

伏讀賜示文集，理當而格峻，氣清而辭雅，今之世固未有其比。先生所希者退之也，以學退之者較之，蓋與習之、持正並，不待言矣。僕嘗謂古之論文事者多矣！惟退之與人言，必盡其底蘊，若與李翊、劉正夫、尉遲等書，本末始終精粗之義盡，甘苦之情達，隱顯之理備，他人不能若是也。然習之、持正，親見韓公，宜悉聞其言矣，而文不能盡韓公之旨。以先生之才而力希韓公，日取韓公之言而蹈其軌，意者其必能追配韓公乎。

夫天下文士皆慕乎古，操筆向紙，氣盛志厲，以爲凌出古人之上，而及其成文以較古人，則不如遠甚，何也？古今才力有厚薄，而真爲學者，其志必不自欺也。雖然，以一端之長短言之，則後人固亦有賢於古者。引其長以益其短，苟有所就，其亦可矣。今先生之文，果足並退之與否？抑間有能勝之者否？先生真爲學，必自能決之。如鼐之淺，未足爲先生定此矣。暑熱惟佳勝！安得一日面談？不宣。

答蘇園公書

吳世兄至，接讀手書，並得快讀大作之全，喜慰無量！大抵高格清韻，自出胸臆，而遠追古人不可到之境於空濛曠邈之區，會古人不易識之情於幽邃杳曲之路。使人初對，或淡然無足賞；再三往復，則爲之欣忭惻愴，不能自已。此是詩家第一種懷抱，蓄無窮之義味者也。以言才力雄富，則或不如古；以言神理精到，真與古作者並驅，以存名家正統。譬如司馬氏立國江東，縱不能剋復中原，然必不與石虎通聘者也。其間五古、五律，最多妙製，次則七律、七絶；四言及歌行排律，備體而已；應制館課之屬，雖悉删刈可也。

鼐以硃筆閲識頗嚴，是閲古人不相識者詩集之法，非閲同時人詩之法。然千載之論，竊謂已定於此。使吾兄生得聞之，不愈於後世揚子雲乎？

復汪孟慈書

七月朔，姚鼐頓首，孟慈孝廉足下：惠書知舊疴新愈，欣喜！欣喜！云欲就受業，聞之愧悚不寧。謭陋何足師？況以加高明卓絶如足下者哉！遇事激昂，欲以「躬自厚而薄責於人」爲勗，則足下所自處者善矣！鼐安能加一言耶？承示文册，展誦攬見該博，非恒士所有；而昏耄畏久尋文字，深玩究論，則力所不逮矣！謹繳納。

夫天下爲學之事，不可勝窮也。有睿哲之姿，有强果之力，包括古今，探索幽渺，經歷數十年之勤苦；然遂謂於學盡得，而無一失焉，此殆必無之事也。是故學不可不擇所用心，擇而得其大者要者，而終弗自多焉，斯善學矣。

今世天下相率爲漢學者，搜求瑣屑，徵引猥雜，無研尋義理之味，多矜高自滿之氣。愚鄙竊不以爲安。自顧行能無可稱，年過學落，不能導率英少。第有相望之意，不敢不忠。嘗以是語人，今故亦舉爲足下告也。或蒙採納否？

惜抱軒文集後集卷四

壽序

陶慕庭八十壽序

皇帝即位之三年，海內太和，俊傑輩生。江南於天下分省，據地最大，人才尤多。是秋江寧陶慕庭先生，以偉才醇學，舉江南試榜第一，天下聞而慕之。其後五十二年，皇帝聖壽八旬矣，撫臨勤治如一日，羣彙歡欣，里閭歌舞；而先生亦於是年壽屆八十，可謂盛世之閎材、景運之嘉瑞也。

先生嘗兩宰劇邑，權司馬，爲賢有司。其子又繼爲令爲刺史，皆有循聲。諸孫年之少者，皆以文章著稱矣。自古治世，嘉士每聚於一家，若神明有意爲之者。故觀先生之處一室，而治世之庥，徵於國矣。某之少也，嘗聞先生名，意以邈焉如古人不可見；豈意數十年之後，竟得接杖履而共笑言乎？

先生初度之辰，在歲十二月。某於十月杪將自江寧歸里，不及與稱觴末賓之位，姑留文爲壽，以紀斯世之懿美，又以勸諸客之來庭者，抃手而歌之。

陳約堂七十壽序

陳約堂先生，當其六十之時，作守姑孰，余既爲文以壽之矣。逾十年，君自宛丘解組，過余里而歸老新城。時君之次子，得爲刺史於寧州，而三子新捷於京兆。君則貌充而神益健，年至是七十矣。昔周公留召公以仕，而末終以「明我俊民，在讓後人於丕時」。蓋君子老之不能不終退者，理也；而冀俊民之興，以助國家丕時之盛者，人臣無已之心也。後之士大夫，雖不敢上比周、召；而願助國家之盛，求俊民而讓之，夫亦何嘗不同是情哉？夫誠得俊民之可讓矣，雖四海九州素不相知之人，吾猶將樂之，而況出於吾之子姓也哉？

今約堂一家羣從，列官清要，效才内外，爲國器者既衆矣；而約堂甫遂歸田之志，即兩子奮翼之初，是一家俊民之興，蔚焉勃焉，未有極也。此天下相知，所以咸爲約堂慶，而約堂亦不能不熙然以喜者已。

顧吾又思之：周公作君奭之年，召公老矣，而卒不得退，至於康王之世，年蓋逾百而作卷阿之歌。其言「吉士」、「吉人」，亦猶之周公讓「俊民」之旨。然而周公欲明農而不能，召公欲退，至逾百歲而猶不能。然則後人讓俊民之心，可竊附周、召之心；而歸田之樂，則有周、召之所欲而不得者矣。

余以無狀，早放田野，今年亦七十矣。去約堂家五六百里，約堂懸弧之日，不能遽往登堂。然或異日扁舟來訪，與君徜徉山水之間，共話數十年之離合，倏然矢音，亦差爲交遊之盛事。今先屬此一觴，以爲後約，不亦可乎！

許春池學博五十壽序

春池學博，篤行君子，而沉思好學。爲文華美英辨，而切於理。既成進士，授職長丹徒學。丹徒諸生，無不樂其人而親其教也。

余往主揚州書院，多有丹徒生在列，知其地多異才矣。又往來江上，過北固、金、焦山，每與客登眺，愛其山川雄秀而曠深，蓋所以能蓄清英而生佳士者。其後又主安慶敬敷書院，春池以同鄉生來著録焉。余論說學問，必崇古法，蓋世人所謂迂謬者；春池時獨能信吾說而不疑，余固賢之，知其異矣。今以春池之賢，而教丹徒之秀傑；諸生之信春池，殆猶春池之信吾，固宜其有合也。

昔與春池聚時，春池固猶少壯；今忽忽越二十餘年不見春池，而春池壽五十矣。既樂其聲名之有聞，而亦感余益老且憊。丹徒江山之麗，才傑之多，與春池風義之舊，皆邈然不可復見，而其生徒以春池初度，舉觴爲慶，乞余爲之辭。余欣然書之，亦所以識余感也。

馬儀顓夫婦雙壽序

嘉慶丙寅八月，爲吾四妹七十初度；越及半歲，妹夫儀顓亦七十矣。族戚咸造其室，舉觴爲慶。吾隔在鍾山之麓，未能遽返，乃以所欲言者，書而寄之。

夫一鄉之衆，七十者鮮矣。夫婦具而七十者尤鮮。儀顓之孫獻生，前一年登第，入翰林，告歸而稱家慶。夫婦一堂，俯見兩曾孫挾筴而就家塾，此族戚所爲喜也。

儀顓坦中樂易，與人不爲怨惡，鄉黨謂之長者，而吾妹亦頗以賢見稱。當乾隆甲戌、乙亥間，吾家貧最甚，日不能具兩飯，晡輒食粥。吾妹嫁則夫家始猶裕，而繼亦貧。其前後處貧困，皆能怡養性情，無纖毫尤怨。至承事舅姑，有常人所難任者，而吾妹能盡其理。此所以備經艱苦之餘，晚見榮慶，而人亦不以謂鬼神之妄施，而謂其宜也。

然吾始者弟兄三人、兩妹，今吾與四妹僅存。儀顓有才子吾甥魯陳，甫登第而隕，賴有孫繼起速耳。今之稱慶者，衆人之情也。若吾與吾妹夫、吾妹，固有追懷而默愴者矣。

夫欣戚之境無常，而善否之理不易。吾妹夫暨吾妹，精神方健，不似老人，而吾亦幸未逮昏瞶之甚。往事姑置之矣，所願更以此身相勵以謹，相策以道，耄耋不衰，庶足以終對先人而教子孫者。若夫積善餘慶，雖有是理，而不敢以覬覦焉。吾所爲言者盡於此，而吾妹夫、吾妹，必能受吾言而盡一觴矣。

方母吳太夫人壽序

嘉慶十有六年，方葆巖尚書方自總督浙閩告歸，奉母吳太夫人，養疴於江寧之里。夏四月，有詔召入爲軍機大臣。於是奏以「臣之母不能頃刻離臣，臣又不能奉耄年病軀之母，疲曳就道，懇辭新命」。上聞，憫而俞可，乃輟召，而加賜珍物以助孝養之忱焉。是年，太夫人八十有三歲矣。七月下浣，值設帨之辰。江寧之士大夫及桐城之婣黨，咸來庭爲太夫人稱祝舉觴，而以鼐之年最長，俾首爲之辭。乃言曰：

「夫古之臣子忠孝之情，不獲兩達者多矣。尚書童稚而違養先恪敏公，太夫人教之成立，獲嗣先公。懿德碩學，起任國家遠鉅之事。內治郡邑，殄除凶醜。外則西踰崑崙，經萬里冰雪無人之域；南涉海濤者再，爲國弭患，奮不顧身，豈暇念家哉？而卒蒙仁主矜其母子相依之情，俾得優游奉養於里巷，此古所未易有也。蓋非天子盛德孝治之極，必不能遂尚書之私情；而非太夫人積德修誼，善教令子，早著成功，亦必不能致國家如是之隆恩也。斯其足慶至矣！」衆皆曰然。乃進述以爲太夫人壽，而退記其辭，以告天下，將載之惇史云。

沈母王太恭人七十壽序

乾隆三十一二年間，余在兵部，與沈光禄華苹先生、陳勤齋中丞，同署相友善，入則共官事，出則同文酒之歡。其時光禄初補主事，迎其家人都，而贈大夫於道被疾，途中難於得醫，賴光禄有賢婦今王太恭人，善於承事，多方以起老人之病，竟得安復以就光禄之養。光禄驚憂之餘，乃復自慶。余於是時知太恭人之賢矣。

其後余移官去兵部，又繼而歸里；而光禄受主知，擢諫垣，又晉秩爲卿，終於京師，與余遂隔不得見。其間勤齋中丞嘗來任方伯於安徽，余適主皖中講席，獨與相對，語及光禄而思之；而光禄適有子今直夫令君，始來安徽試用，才器偉然。勤齋與鼐皆甚喜，謂光禄及夫人之賢，宜其有繼起也。其後又十餘年，吾令君之才益著，大府以下，靡不賢之，以謂宜擢居大邑，遂授以桐城。令君奉太恭人以來養於官舍。太恭人自獨居之後，摒擋家事；又奉先姑之終，艱難辛苦，事舉禮備；而迄今神明茂清，起居如壯年，詢聞官政，以助成令君之嘉績，有雋母平反之風。於是吾鄉靡不尊仰令君之德，而亦稱歎太恭人之美。

今歲十二月望，值太恭人七十初度。邑人同懷慶忭，將進而舉觥於堂下，以鼐之知太恭人之最先也，使首爲之辭。𢥠回思三十餘年，日月遷流，境象屢變，獨太恭人德福彌隆，殆詩所云「樂只君子，福履綏之」者與？是時勤齋中丞没，而其子亦既成進士，授官國博矣。余於是又喜兩公名德成於身，而俱有賢子嗣於後。信哉，君子之必有報與！

令君慈祥明哲，優於其職，將擢晉尊顯，必非久於茲土；而太恭人稱壽嘉辰，乃適在此邑；而某以三十餘年之故交，列於部民，奉觴稱壽，此皆未易遭之事也。余是以述之，以見吾令君之光承先業者非偶然，而太恭人亦可以欣然慰意矣！

馬母左孺人八十壽序

乾隆辛巳、壬午之歲，余館於馬長清令君之家，而馬君宣和，誨令君弟中翰之子，朝夕常相見也。宣和爲人介直，好學而家貧，身多疾，内有賢婦左孺人，雖窮居執苦而無懟，故君亦以是自適。余後入都，則聞宣和没矣，遺子僅六歲。孺人守身、持家、教子之誼，勤謹如禮，鄉黨以爲賢也。又數十年，余歸里居，孺人昔者六歲之子，成立有稱，字曰伯萊，年四五十矣，能養其親，遷居與吾家爲鄰，而吾乃益得知孺人之家政，果有以異於常人者也。今則伯萊之子，已以文章稱，爲丁卯科副榜，又復有子矣，而孺人壽至八十。

伯萊以歲三月，爲孺人設帨之辰，請余一言爲之壽。余因追思昔與宣和聚居笑談之狀，猶如在目，而人事之變，倏忽萬端。曩者故人多亡，雖余與宣和所授之徒，亦皆亡矣，余獨幸存，而孺人康强如昔，睹其子孫之賢，家祚方興，豈非天欲報其食苦立節之勞，而祐之於暮歲哉？國家之法：女子既三十歲而守節者，則不旌。或欲使孺人稍損年以就旌法，孺人以爲此欺謾，不可。余以爲如孺人者，天所貴也。豈係乎旌與否哉！因書此以爲壽序。

伍母馬孺人六十壽序

乾隆甲寅之春，余爲伍孚尹之母陳孺人作六十壽序，今十八年矣。馬孺人者，陳孺人之長婦也。孚尹之兄□□早喪，馬孺人守節三十年，今亦壽六十。其子思樹等來請於余曰：「昔吾祖母秉節守義，謙不肯請旌於有司，惟見諸先生之文。今吾母節義實同於祖母，鬻子勤劬，教訓成立，至於今，母老而勞不懈。又論三子以祖母昔者不欲受旌之誼，『吾雖於例當旌，而不敢逾焉。』惟歲正月，當吾母六十初度，亦欲以其事見諸先生之文，此亦吾母之志也。」

余聞而歎焉！念昔陳孺人讓善之誼甚厚，今馬孺人同其節行，而又同其謙讓，非詩所謂能「嗣徽音」者乎？余始來江寧，見富盛之族絢赫一時者多矣！至今才二十年，而盛族衰替，十有六七。獨乎尹一族多賢子，遊吾門者冠履相接。其家風之美，傳數十年而日起日增，斯母教之助爲可貴也。庸鄙迂謬如余，桓譚所云「祿位容貌不異人」者，而孺人乃盛欲得吾言焉，其用意固有異於常人者已！

又思：余本江北儒生，獨以耄年久處於茲，獲聞見伍氏一家數十年之事，斯若有天數焉。然則述孺人之美，繼陳孺人之後，誠爲此郡之美談，余於茲安得不一言也。

惜抱軒文集後集卷五

傳

黃徵君傳

順治時，有徵君黃調鼎者，洛陽人也，字鹽梅。其先在明有都指揮僉事鎧，鎧生潤，潤生奇瑞。奇瑞生二子：曰九鼎、調鼎。一女，爲福王常洵世子由崧之妻，早没，葬於洛陽。崇禎十四年，李自成陷洛陽，殺福王及奇瑞。調鼎輔世子以逃，世子疲不能行，則負之北渡河，至懷慶，復自懷慶南渡，越淮、江至太平，會南京迎福世子監國，遂稱帝，贈奇瑞爲洛中伯，以九鼎襲爵。立蘇州巡撫山陰祁彪佳女爲后，而以彪佳少女妻調鼎。福世子既立荒政，信用馬、阮，調鼎諫之不聽。大清兵渡江，福世子出奔太平。其母鄒太妃，爲馬士英挾之以至浙江，後歸山陰。時九鼎降附我朝，爲阿達哈哈番矣，而調鼎匿山陰，依祁氏不出。

順治八年，有薦其賢者，朝行徵命官之，調鼎乃至京師陳情，固辭得已。時福世子死，柩在京師，調鼎求得之，乃載歸洛。又迎鄒太妃於山陰，而奉養之於其家。及鄒太妃卒，葬於福王之園，而福世子葬調鼎姊故妃之園。調鼎，明時諸生也，常自稱諸生，閉户論學以終。姚鼐曰：徵君之玄孫時清，爲余同年進士。時清之弟時和，爲言其曾祖事如此。余讀明史，記福世子既出亡之後事不詳，而黄君述其先祖事必不謬。徵君節行可稱，而福世子之終事，可以補史氏之闕，故爲次其傳云。

禮恭親王家傳

禮恭親王諱永恩，其始封禮烈親王諱代善，太祖高皇帝第二子也，推戴太宗，有大功於社稷。子惠順王諱祜塞，未嗣爵先卒。惠順王子諱傑書，嗣爵爲王，是爲康良親王。生康悼親王諱椿泰，悼王生康修親王諱崇安。修王之子，則恭王也。

恭王生而有至性過人，祖母悼太妃嘗病，時修王督師於外，恭王甫五歲，而侍湯藥於前，未嘗離，日禱神以冀愈。雍正十一年，修王薨。王以年幼，始封爲貝勒。讀書騎射，爲學日益精厲，作詩古文皆有法。高宗純皇帝聞而喜之，命奉朝請。王侍衛勤慎，歲時扈從，出巡邊塞，屬櫜鞬從射獵，而考論古今，吟咏篇什不輟，嘗曰：「上馬挾箭，下馬持筆，吾分内事也。」

乾隆十七年，襲封康親王，時王年二十餘。上以王忠敏質實，通曉政治，時召與議論，頗親異之矣，而時相與忤。會護衛有潛出境爲不善者，時相屬吏傅會，以爲王故知，將興獄累及王。上察其非是，乃得解，第奪王俸，然王自是少疏。每入班次，趨朝會，駕出入則迎送惟謹，曰："此亦臣子所以效靖共也。"

暇則以筆墨爲娛，其論文以義法爲要，詩以清遠澹約爲宗。其往來議論者，謝皆人、劉大櫆、徐炎、朱孝純輩也。故識趣高卓，越出流俗。間染翰，或以指作繪，皆有生氣。其生平遇人甚厚，而已常致不給，尤以持籌計得失爲鄙，曰："吾雖貧而忝居王位，忍言利乎？"

初烈王始封曰禮親王，及惠順王嗣爵於康熙初，改號曰康親王，自是傳四世。及高宗念烈王之元功，謂宜復祖號，乃復封號曰禮親王。是年賜半俸，召至灤京，賜宴較射。上曰："三十年不見卿射矣，精采猶如昔也。"王頓首謝。嘉慶元年，預千叟宴。九年冬，預宗室宴。初乾隆十一年，宴宗室於惇敍殿；更五十九年重與宴者，惟王及貝子永碩二人而已，次年二月十九日薨，年七十九。上聞輟朝，賜謚曰恭，贈恤如典。

王燕居動靜嚴整，好禮。自護衛得過後，稀論朝事。偶言所料成敗輒中，然未嘗以自喜。至於人才興亡進退之間，每有聞見，其憂樂之情必深至，所思長遠，非恒人見所逮也。所著誠正堂集若干卷、律呂元音四卷。妃吳札庫氏先喪。繼妃舒穆禄氏，生一子某，嗣禮親王爵。

劉海峯先生傳

劉海峯先生名大櫆，字才甫，海峯其自號也。桐城東鄉濱江地曰陳家洲，劉氏數百户居之，爲農業多富饒。獨海峯生而好學，讀古人文章，即知其意而善效之。年二十餘，入京師。

當康熙末，方侍郎苞名大重於京師矣，見海峯大奇之，語人曰：「如苞何足言耶！吾同里劉大櫆，乃今世韓、歐才也。」自是天下皆聞劉海峯。然自康熙至乾隆數十年，應順天府試，兩登副榜，終不得舉。乾隆元年舉博學鴻詞；乾隆十五年舉經學，皆不録用。朝官相知、提督學政者，率邀之幕中閲文，因歷天下佳山水，爲歌詩自發其意。年逾六十，乃得黟縣教諭。又數年，去官歸樅陽，不復出，卒年八十三。無子，以兄之孫□爲後。

先生少時，與鼐伯父薑塢先生及葉庶子酉最厚。鼐於乾隆四十年自京師歸，庶子與鼐伯父皆喪，獨先生存，屢見之於樅陽。先生偉軀巨髯，能以拳入口，嗜酒諧謔，與人易良無不盡，嘗謂鼐：「吾與汝再世交矣！」

天下言文章者，必首方侍郎。方侍郎少時，嘗作詩以視海寧查侍郎〔一〕慎行。查侍郎曰：「君詩不能佳，徒奪爲文力，不如專爲文。」方侍郎從之，終身未嘗作詩。至海峯，則文與詩並極其力，能包括古人之異體，鎔以成其體，雄豪奥祕，麾斥出之，豈非其才之絶出今古者哉？其文與詩皆有雕板，鼐欲稍删次之合爲集，未就，乃次其傳。

〔校記〕

〔一〕查慎行仕歷或贈官均未至侍郎。此稱「侍郎」疑誤。

吴殿麟傳

吴殿麟，歙人也，其名定，字殿麟。少時事親謹，三年之喪如禮。自期功及師友喪，飲食起居，必變於常，非如世人之苟且也。家本貧，至老貧甚，然廉正有守，屢鄉試不售。嘉慶初，有司以孝廉方正舉之，賜六品服。時謂是科舉者，惟殿麟差不愧其名云。

劉海峯先生之官於徽州也，殿麟從學爲詩文；海峯歸樅陽，又從之樅陽。兩淮運使朱孝純，亦海峯弟子也，請姚鼐主揚州書院，會殿麟亦有事揚州，附鼐舟，於是相從最久。其爲人忠信質直，論詩文最嚴於法。鼐或爲文辭示殿麟，殿麟所不可，必盡言之。鼐輒竄易或數四，猶以爲不，必得當乃止。

殿麟暮年歸歙不復出，專力經學，希爲詩文矣。歙中學者言經，自江慎修、戴東原輩，大抵所論主考證事物訓詁而已，而殿麟乃銳意深求義理，註易、中庸各一編。蓋殿麟於文及學，其立志皆甚高，遠出今世。雖其才或未必盡副其志，然可謂異士矣。卒年六十六，有子四人。

方恪敏公家傳

方恪敏公諱觀承，字遐穀，桐城人也，而居於江寧。桐城方氏，自明以來，以文學名數世矣，而亦被文字之累。公之祖工部都水司主事諱登嶧、考中書舍人諱式濟，皆以累謫黑龍江。公時尚少，與其兄待詔觀永，歲往來塞內外，以營菽水之奉，奔走南北，徒步或數百里。數年，祖、考皆没，公益困。然於其間，厲志氣、勤學問，偏知天下利病、人情風俗，所當設施，遂蓄爲巨才矣。

平郡王福彭嘗知之。雍正十年，平郡王爲定邊大將軍，征準噶爾，即奏爲書記，詔賜中書銜以往。在軍營建策善，歸補中書舍人。乾隆初入軍機處，累遷吏部郎中，出爲直隸清河道、直隸布政使，擢浙江巡撫。乾隆十四年，遂授直隸總督，自是居直隸二十年，中惟西疆用兵，暫署陝甘總督，籌軍餉，半年即返。

公性明於用人，一見與語，即能知才所堪任，授之事，隨難易緩急，委寄必當。及公没而爲督撫有名，若周元理、李湖等凡十餘人，皆宿所拔於守令丞尉中者也。直隸爲天下總匯之區，人事糅雜紛擾，不易靖安。乘輿歲有臨幸，往來供張，而公在任，又值西征軍旅之興，所過備置營幕芻糧，柔調桀悍。公處此皆儲備精密，弛張得宜，卒未嘗少舛乏，而於民居無擾病焉。

公自爲清河道至總督，皆掌治水。直隸之永定河，故無定河也。其遷移靡常，不可以一術治，不可以古形斷。公皆見地勢，相時決機，或革或因，或濬或障。其於河務，前後數十疏，從之輒利。純皇帝每歎其籌永定之爲善，非他人執成法者所能及也。磁州有逆民爲亂，公擒治，定斬絞罪十人，餘皆釋。上疑公寬縱，廷寄嚴責者數，公執不易。詔令九卿軍機訊獄，乃知公所定之當，上益以賢公。

公素勤於學，工爲詩及書。乾隆初，嘗舉博學鴻詞，以平郡王監試嫌，避不試。仕宦數十年，署中未嘗設劇，公事之暇，即執書讀之。嘗偕秦文恭公輯五禮通考。所著直隸河渠書百三卷，詩集十三卷，其餘雜記直隸事又數十卷。及薨，家無餘財，而有書數十笈。

公在時，已加太子太保。其薨在乾隆三十三年八月，年七十一。賜祭葬及謚，祀於直隸名宦祠及賢良祠。娶劉夫人。公五十而未有子，撫浙時，使人於江寧買一女子，公女兄弟送於桐城及江寧，皆建家祠，置田以養族之貧者。兄弟相愛甚，遺命與兄待詔同葬一山。

之至杭州，擇日將納室中矣。公至女兄弟所，見詩册有相知名，問知此女所攜其祖父作也。公曰：「吾少時與此女子祖以詩相知，安得納其孫女乎？」即還其家，助貲嫁之。公年六十一矣，今吳太夫人乃生子維甸。既孤，純皇帝以公故，賜爲中書舍人，成乾隆庚子恩科進士，今復爲尚書、總督，繼公後。

姚鼐曰：唐時凡入史館者，必令作名臣傳一，所以覘史才。今史館大臣傳，率抄録上諭吏牘，謂以避黨仇譽毁之嫌，而名臣行績，遂於傳中不可得見。然則私傳安可廢乎？余讀國史方宮保傳，爲之憮然。今尚書將修族譜，請敘恪敏公事，遂次其傳。公功在天下，還女事小，然世稱公後之大興者，斯亦有助焉，故並書之傳末云。

印庚實傳

印庚實，名鴻緯，庚實其字也。其考爲寧紹台兵備道憲曾，世居寶山，有四子，分季子居吳縣，故庚實終於吳。庚實在家，能順親志，事兄撫諸子無失理，外接賓友有信義，鄉黨稱其賢。嘉慶元年，詔舉孝廉方正，有司以庚實應選，衆以爲當也。

當寧紹府君時，天台有僧曰寶林，寧紹賢之，常與接對。庚實在旁，亦喜聞其説而歸心焉。嗣是庚實於進退得失之事，視之泊如；然於義利必辨，於非道必不爲，非借釋氏以掩其爲邪者也。嘗再至江寧，與鼐相見。其氣淵靜近道，樂山水，偏覽僧舍；頗喜爲詩，詩思清潔，然無意求工，以自適而已。嘉慶十三年卒，年五十四。子康祚、駿祚。

後二年，康祚至江寧，請鼐爲之傳。庚實考，鼐同年友也，昔嘗傳之矣。今又喪庚實，人事無常，思之黯然。嗟呼！庚實固知其然，而決然遺世者與？

吳石湖家傳

吳君諱山南，字石湖，婺源人也。婺源自宋篤生朱子，傳至元、明，儒者繼起，雖於朱子之學益遠矣，然内行則崇根本而不爲浮誕，講論經義，精覈貫通，猶有能守大儒之遺教，而出乎流俗者焉。近世若江慎修永，其尤也。慎修死，而石湖獨好其學，凡慎修著書，抄輯寶貴而時誦之，蓋多有世所未見者。

君居於江寧西郊，臨江上。乾隆之末，鼐來江寧，君時就論學，因得借觀君藏慎修所著未刻者數種。其後君取慎修所録鄉黨篇文刻之，又欲盡刻其餘書，未及爲而君没矣。

君爲人事親孝，接人以誠信，好施恤衆而近賢。藏書甚富，讀之時論得其大義。少補婺源諸生，讀書於鍾山書院，考授得布政司理問職，年四十四而卒。其才其志尚可以有見，而惜其未竟也。祖□、父□。娶孫氏，繼娶江氏，子二曰坤、培。培亦鍾山書院生。嘉慶十年，余再至江寧，君已喪，聊紀其行，付其子以爲君家傳云。

鄒母包太夫人家傳

姚鼐曰：今世女子守節，必其年未逮三十夫喪者，乃予之旌表，此朝制也。然世固有才逾三十，守節而行義尤可稱者，皆君子所樂道也。若丹徒包夫人，自三十二歲守節至年八十二，以五世同堂之慶，蒙天書降扁於其家。自封太恭人晉三品，又加贈至二品夫人，雖其始未及旌，而終乃有逾於常旌之榮者，豈非天之所以褒行義哉？予嘉其事，因次述爲傳。

夫人爲丹徒包氏，布政司經歷諱□之女，適同邑贈朝議大夫太學生鄒諱□。贈朝議以喪父哀毁成疾，乾隆二十二年七月遂卒。有三子：長文琮，年十五；次文瑛，五歲；幼文琳僅八月耳。家貧甚，夫人盡棄簪珥供殮，於喪事中節合禮。自是上奉姑，下鞠孤子，勞瘁艱憊。其後文琮漸長，乃能經理爲生計。夫人教之恭儉，稍裕命以廣施，鄉人多賴其惠。其後文琳仕爲山西寧武府知府，乃告歸，時渡江治鹽運事於揚州，往來歸侍夫人。鄒氏子姓蕃衍，自其舅以下，有服親屬七十餘人，夫人皆撫慰訓誨之，而命文琳治公賑貸之事，尤宜盡其力。

嘉慶九年，夫人年居八十，曾孫錫蕃生子增貴。有司以高元一堂上聞，御賜「昇平人瑞之匾，加大緞二疋，天下以爲盛事，後二年乃卒。卒後以逢嘉慶十四年萬壽恩，加贈二品夫人。嗚呼！觀天之所以祐其家如此，則夫人存心制行之善，所以隱格於神明者，蓋有人所不能盡見者哉！

程樸亭家傳

婺源程樸亭尚友者，字硯北，其考爲贈中憲大夫諱文達，余前所傳程養齋之兄也。母曰張太恭人。君幼，太恭人課之學最嚴，人稱爲賢母。君亦自策厲好學，爲縣學生，而不喜科舉之文，一朝棄去，取宋五子書朝夕讀之。言動必出於莊敬，雖獨居不敢惰，嘗著近思録輯要六卷。其論學必本之躬行，以謂尋求章句，何足以爲學也。

事父母孝，張太恭人晚歲患風疾，口不能言，指畫色授。君侍疾三年，視聽於微眇，獨得其意。其兄躍濤以母喪哀毁卒，遺孤七歲，君撫之恩誼周至，卒使成立而俾之裕。於鄉黨宗族，有匱乏必濟，遇凶災必賑，接人和愉而不流，人多服焉。其自號曰樸亭，故人以爲稱，年四十九卒，卒後贈徵仕郎内閣中書舍人。子組，乾隆壬子科舉人，今爲内閣中書舍人。綬、縉光，皆鹽大使。錫紱，翰林院待詔。

夫天下學者騖於文章博聞之事，而内行或不足焉。如樸亭處流俗之中，而慨然有慕宋五子之爲人，欲求其髣髴，斯可謂有志之士歟？組見姚鼐於江寧，述其父生平如此，故爲次其家傳。

周梅圃君家傳

梅圃君，長沙人，周氏，諱克開，字乾三，梅圃其自號也。以舉人發甘肅，授隴西知縣，調寧朔。其爲人明曉事理，敢任煩劇，耐勤苦。寧朔屬寧夏府，並河有三渠：曰漢來、唐延、大清，皆引河水入渠，以灌民田。唐延渠行地多沙易漫，君治渠使狹而深，又頗改其水道，渠行得安，而渠有暗洞，以洩淫水於河，故旱澇皆賴焉。唐延渠暗洞壞，寧夏縣吏欲填暗洞，而引唐渠水盡入漢渠，以利寧夏民，而寧朔病矣。君力督工修復舊制，兩縣皆利。大清渠者，康熙年始設，長三十餘里，久而首尾石門皆壞，民失其利，君修復之，皆用日少而成功遠。君在寧夏多善政，而治水績最巨，民以所建曰周公閘、周公橋云。

累擢至江西吉南道，以過降官，復再擢爲浙江糧儲道。當是時，王亶望爲浙江巡撫。吏以收糧毒民以媚上官者，習爲恒矣；君素聞疾之。至浙，身自誓不取纖毫潤，請於巡撫，約與之同心。撫臣姑應曰善，而厭君甚，無術以去之也。反奏譽君才優，糧儲常事易治，而其時海塘方急，請移使治海塘。於是調杭嘉湖海防道。君改建海岸石塘，塘大治，被勞疾卒於任，而王亶望在官卒以貪敗。世言苟受君言，豈徒國利，亦其家之安也。君卒後，家貧甚，天下稱清吏者曰周梅圃云。

姚鼐曰：梅圃，乾隆間循吏也。夫爲循吏傳，史臣之職，其法當嚴。不居史職，爲相知之家作家傳，容有泛濫辭焉。余嘉梅圃之治，爲之傳，取事簡，以爲後有良史，取吾文以登之列傳，當無愧云。

贊

潘孝子贊

嘉定潘孝子諱德馨，割肱以愈母疾，事在雍正四年。嘉慶十二年，其曾孫孝曾，持錢可廬大昭所記事蹟來示，請爲之傳。鼐讀可廬之記，既已詳盡，論復精當，是爲傳已無以易之，乃爲之贊。

子之事親，理有常變。親逮死亡，何擇何辨？志極身忘，真性方見。懿哉孝子！割膚奉薦，誠動鬼神，危者安宴。感事悲傷，紀聞欣勸。

寧化三賢像贊

三賢者：故副都御史雷鋐翠庭，故光祿卿伊朝棟雲林，故歲貢生陰承方靜夫。

宋既南渡，儒學在閩。或嗣或絶，或僞或真。聞三君子，厲志海濱，口誦朱訓，志踐以身。賤子弗識，有想其人。惟光祿亡，嘗銘其窀。賢子奉圖，載舟與輪。三賢同軸，日侍師親。式穀之慕，雅言用遵。瞻像匪遠，其道日新。

太常寺卿萊陽趙公遺像贊

名崙，號閬仙。

世奚治寧？維人才盛。察才百端，首身潔正。睠焉求賢，昔仁皇聖！上自監司，下逮守令，舉清官七，以厲貪競。偉時太常！持造士柄，行部江淮，皎如冰鏡。斥賕絶干，有當無倖。升舉於朝，四海稱慶。年不及耆，厥施不竟。百年江介，惟休悼病。安得有公？復履玆境。展公遺像，以思增敬，發歎眇焉，攄是膋詠。

惜抱軒文集後集卷六

碑文

光禄大夫東閣大學士王文端公神道碑文 並序

公諱杰，字偉人，王氏。先世居山西洪洞，遷陝西韓城。居五世，至石門縣主簿諱廷詔，公之考也，以公貴，贈光禄大夫東閣大學士。公妣吳太夫人生三子：長濬、仲澈，公爲季。端凝好學，見於幼稚。長以拔貢生得教諭，未任，遭父喪。服終貧甚，爲書記以養母。所居幕府，尹文端公繼善、陳文恭公宏謀之爲江南督府時也。兩公皆名知人，而最賢公，謂爲正士。乾隆庚辰恩科中鄉試，次年恩科中會試。殿試，讀卷官進列第三，純皇帝親拔爲第一。引見，風度凝然，上益喜，授翰林院修撰。由修撰四轉得詹事府少詹事，日講起居注官，直南書房，旋晉内閣學士，歷工、刑、禮、吏四部侍郎，都察院左都御史。母喪回籍，在籍擢兵部尚書，詔服闋赴職。充經筵講官，賜紫禁城騎馬，爲上書房師傅，直軍機處。乾隆五十一年正月，拜東閣大學士。

公爲人廉靜質直，誠於奉職，其居位與和珅同列。公以大體接之，不爲壯頄悻悻之事，而遇所當執，終不與和珅附。公素行無疵瑕，純皇帝知公深，和珅雖厭公，亦不能去也。如是數年，及今上臨政，公意益得發攄矣。然公嘗念大臣所當爲者，非盡於所能言，獨居意嘗邑邑，深念而不怡。蓋公之心，人不能具識，而至其入陳禁陛、裨益朝廷者，又非人所得聞，故不可得而述也。

嘉慶七年，公以老病乞休；詔予在籍食俸，加太子太傅，御製詩送之，有云：「直道一身立廊廟，清風兩袖返韓城。」玆足以盡公生平矣。嘉慶九年，公與夫人八十歲，又有御詩及頒賜諸物。公季冬入都謝恩，留至十年正月十日，薨於京邸。命榮親王奠醊，賜銀二千兩治喪。又賜祭葬，贈太子太師，祀賢良祠，謚曰文端。

公爲乾隆庚戌科會試總裁官，又嘗爲湖南、江西、浙江考官；一督福建學政，三督浙江學政，所進多佳士。其于門下士相愛甚篤，然未嘗少涉私引，教之必爲君子而已。夫人程氏。四子：主事堘時、監生塝時、武選員外郎埫時、廩膳生堜時。孫九人。公葬于韓城北原，既立神道之碑，乃刻銘曰：

科第士首，爵位朝碩。德器優優，以居無怍。大臣之度，遠思邈邈。去名釋功，匪矯以激。事賴其休，物被其澤。惟其志宏，歉而不懌。天子知之，降予載赫。著厥儀形，紫光之閣。顧思德音，公逝弗作。過墓思敬，瞻此穹石。

吏部左侍郎譚公神道碑文 並序

公諱尚忠，字因夏，南豐譚氏。其先世多聞人矣，及公成乾隆辛未科進士，授户部主事，三徙爲山西道監察御史，出爲福建興泉道，又入爲刑部員外郎，再出爲廣東高廉道，三遷至安徽巡撫，降福建按察使，再遷至雲南巡撫，入爲刑部右侍郎，調吏部左侍郎，嘉慶二年十一月廿八日薨于位。

公之在户部也，嘗司寶泉局，及高宗純皇帝察局中事，惟公無纖毫私染。在興泉時，以洋行事例降官，而上又察知其不汙，故復進用。其在封疆爲大吏，室中澹如寒士，遇屬員甚有禮，藹然親也，獨不能少入之以財利。天下論吏清儉者，必舉譚公爲首。然公遇事奮發，則執誼不可回，其爲安徽巡撫，以忤和珅故，降爲福建按察使；在福建，復屢以事與督、撫爭。至督、撫同官，事尤相牽，而爲撫者每委曲以就督。公在雲南，獨能持正裁之，且謂曰：「公自爲其德，吾自任其怨可也。」其丰采峻厲如此，故公雖和平廉潔，而非煦煦曲謹者也。其教子有曰：「人當先約其身，身約則心約，心約則事不踰閑，然後可以擴充，爲有本之事功矣。」故公所至，興利去害，必究其原委曲折之盡，則斷然行之，使所莅必蒙其澤而後已，去則民多涕泣送之。高宗純皇帝嘗稱爲正人可任事，今上亦絶重之，而公遽没矣。公在安徽，姚鼐主敬敷書院，時接談讌，食設五器，而情厚有餘，及聞公薨而悲，今又十年矣。公子光祥以庶吉士改禮部主事，自京師移書至，曰：「先公既葬矣，而碑未立。」某夙奉公教，宜爲文，至其家世及夫人子姓之詳，則編修陳用光誌之矣，故不具。銘曰：公居士林，文學愔愔。接物以情，不爲阻深。秉節當官，箴敢私干。進者宜之，退者弗怨。歷邇及遐，隴坻海嶠。攘抉姦蠹，耋孺鼓樂。晚爲侍從，公望在衆。殂未及登，刊石載頌。

墓表

中憲大夫保定清河道朱公墓表

公諱瀾，字問源，其先吳人顧氏也。明天啓時，有以義憤擊魏閹所使緹騎逮周順昌者，避匿江寧，自是爲江寧朱氏。國朝始爲江寧學生者曰應昌，生贈編修圻，贈編修生康熙己丑科進士翰林院編修元英。編修生江寧學貢生贈通議大夫松年，嘗舉孝廉方正，不就，早卒，公之考也。

公生八歲而孤，家貧身弱，妣舒太夫人苦節，撫而教之，稍長即遊幕於外以供養，蜀、楚、閩徼無不至，於民情美惡、政教利病無不曉，卒在直隸通永道幕，爲總督方恪敏公所知，保舉以從九品職引見，發河工，補楊村主簿。值漕船起撥，運丁有多奪小船以病衆者，公往數語諭之即服，公名自是起。歷縣丞，知獻縣、河間縣務關同知，務關，治河官也。公治運河有績，而上官惡之，以報水遲解其職。會有大臣出勘河患，乃保留公。公始以水漲害民田廬，請上官修治爲斥拒；至是陳於使者，功舉，畿輔民獲寧焉。逾年，授天津府同知，卓異，擢正定府知府，再擢清河道。公在道職凡五年，而五署按察使。

方公之爲知縣，所臨案無留牘，屢以平反寃獄，稱明允於直隸矣。及攝臬司，尤以獄爲重，每屬吏所不能決，公親研鞫，或晝夜據案披訊，經月不輟，所定必當罪，全無辜者甚衆。又爲獄囚疾，設隔別之法，令無傳染；籌得歲千餘金，爲獄中炭薪醫藥之費，至今爲利。歲饑，總理賑救，勤察無遺濫。值純皇帝東巡，至趙北口，召公見於行幄，時以水災請蠲魚葦課，上問：「魚葦宜水者，而亦蠲何耶？」公曰：「水小則魚聚葦生，大則魚溢出而葦没爛。」上大稱善。又詢數事皆稱旨，將大用之矣，而以審案稽遲去職。公之四攝臬司也，爲日淺甚，有盜案在保定府，未定上。其後盜發他省，供首盜在保定而未究出。上怒，自總督以下皆得過，方以法繩下，雖知公在職暫，不特宥也，久之，乃賜復原銜，既又令總督遇相當缺出題補。然公久勞於官致憊，自以老病乞歸，不能仕矣，時乾隆五十六年也。上後猶數問其病愈否？公竟於嘉慶元年九月十九日卒於江寧里中，年七十三。

公生平嚴持清節，而施人則甚厚，仕歸，資業蕭然。嘗著才識論，謂：「處事以識爲主，而才副之，不可偏廢，不得已而去，寧無才不可無識。」故其立身治民，必求其大者要者云。所著待潮書屋存稿四卷，又詩三卷，待潮雜識二卷，歷官紀要二卷。夫人陳氏，誥封恭人。生子三：紹曾，安徽布政使；賢仰，早卒；續曾，靈州知州。側室于氏生子三：顯曾，候選縣丞；述曾、承嘗俱候選從九。孫七：桂棟，候選同知；桂楨，己未進士，文選司主事；桂馨，桂森，桂柱，桂樞，桂楹。女十一人。孫女十人。公與夫人合葬於江寧□□□。桐城姚鼐爲之阡表云。

修職郎碭山縣教諭瞿君墓表

君諱塘，字澂川，嘉定人，有文學，爲王光祿鳴盛門人，光祿稱之。以商籍爲錢塘學生，由廩貢得教諭，嘗署浙之嘉善、寧波、淳安學官矣，卒改歸本籍，乃爲碭山教諭。奉上官檄察邳州水災，君不避勞苦，所察得實。既又值旱災，君察之亦然，民被災多賴以存者。父艱歸，服終署昭文、元和、金壇學官，所至皆爲諸生所親樂。然君厭塵事，遂謝病不復出，託居蘇州閶門之北。

君爲人篤謹和易，未嘗有疾言厲色於鄉里。遭喪以毁得疾，數年，遂習爲導引，通道家之說，夜長不寐，年六十，嘉慶九年坐而逝。

妻諸孺人，賢恭稱君配，生子中浩、中溶。先君九年卒，嘉慶十年，合葬長洲之天森山。側室周氏，生子中淦、中濟。中溶娶錢少詹事大昕之女，嘗見爾於江寧；今葬君，以王侍郎昶之銘寄示余於懷寧，余掇其要以表其墓。

姚休那先生墓表

休那先生之先世，自婺源遷桐城白苓里，是爲白苓姚氏。居九世曰一鑾，爲諸生而早卒，妻吳氏爲節婦，子士晉。士晉後改名康而字休那焉，爲明諸生，有儁才高識，而屈於場屋，里中何文端延之入都。文端爲吳江周忠愍宗建墓誌，爲世稱；其文史家今據以爲傳，出先生手也。文端告歸後數年被召，又邀先生同行，先生知世不可爲，嘗題卧猿詩以諷之，文端遂稱病而反。先生後入史相國幕中，故史公檄文，多爲世稱。然先生旋歸里，得免揚州之難。

改革之後，屏居田野，鬱邑悲傷，作忍死録以記其家自曾祖以下四世事，其言最悲痛。平生文字，爲人作與自爲者相半，凡十餘卷藏於家，惟評貨殖傳、黄巢傳刻傳於世。順治十年卒，年七十六。

先生存時，史相國爲豫題墓，曰：「明讀書人姚康之墓。」卒後百五十年，同里姚鼐述其生平，表於碣云。

石屏羅君墓表

石屏羅君諱會恩，字際叔，宗人府丞諱鳳彩之孫，隴西知縣諱元琦之子，有文學，數不第，退居修行於家。其事父母，盡孝養之誠。父歿，使婦侍母寢數年；母終，免喪而後婦復。君，乾隆戊子科舉人也，吏部選爲安寧州學正，君不忍離母，竟不就官。其兩執喪，皆能如禮。有兩兄兩弟，以事以撫，能恭以愛。其遇族里誠且直，責人言或至切，而人感其意不爲怨也。里中事宜，謀於公所，君卓然建議，躬任其勞，必衆利而後已。其身終於鄉，而人信其才足以任世事也。

嗚乎！士溺於俗久矣，讀古人之書，聞古人之行事，意未嘗不是之，而及其躬行，顧憚不能效也。如羅君，可謂勇於善而不負其學者已！君嘉慶九年卒，葬於懷寧之□□，江濬源銘之。逾二年，桐城姚鼐爲書其生平之概，俾其弟覲思揭諸墓上云。

婺源洪氏節母江孺人墓表

江孺人，婺源江某之女，爲洪永禧之妻。永禧家貧甚，勤耕薄田，未明而興，逾昏而息，孺人歡然共其勞。有子三，一歲殞其二，永禧痛之甚，亦亡。孺人獨撫六歲仲子立登於田間，殆無以爲生矣。於是晝督傭客，夜執針黹，茹苦積瘁，以至子立登之長出賈，乃稍有贏。孺人顧好賙恤，有負其財者，念其貧憊，棄券而復資之，而自奉則儉，不欲逾田家時。有孫鈞，自幼餐宿皆依其側，長則督之學。立登後居於江寧，鈞亦來江寧從余學，爲余言孺人所以訓之者，率如古賢母言，而孺人目不知書，其貞哲天性然也。

孺人亡年七十有五，其喪夫時逾三十，於例不應旌表。余嘗論女子夫亡守志，有未三十而守猶易，有逾三十而守倍難者，例有定而人所遭不可定也。孺人之執節，可謂難矣！因書其實，俾鈞刻諸墓上云。嘉慶十一年秋七月，桐城姚鼐表。

臧和貴墓表

武進臧氏有孝子曰禮堂，字和貴，家貧無僕役，躬執薪水之事，以事父母，能盡愛養。父病瘧，畏寒惡火，和貴每夕身溫其被。父喪，三日不食，三年不入内如禮。母疾，割股禱而母愈。其初娶也，懼婦不能孝其親，作七言辭以教婦；婦至，使人抗聲誦，俾立聽畢而後合巹。苟有益於親之事，必忘身而爲之也；苟足悦其親，雖違衆不顧也。

和貴與兄庸皆好學博聞，尤精小學，善讐校，爲四方賢士所貴，而和貴不幸年三十而死。桐城姚鼐嘗識庸，聞和貴之學行，未見也；今以天下悲惜和貴之情，乃爲表其墓云。

姚氏長嶺阡表

姚氏自餘姚遷桐城，始遷曰勝三公。勝三公後，四世以農田爲業。五世爲明雲南布政司右參政諱旭，有政績而貧。參政卒，子孫復修農田，三世皆有隱德。參政四世孫諱自虞，爲諸生。其子諱之蘭，爲汀州府知府，加按察副使銜。所歷海澄縣、杭州、汀州二府，民皆爲祠以祀。參政、副使仕績，明史皆載入循吏傳。副使之子諱孫棐，仕爲職方主事。職方之子文然，仕國朝康熙時，以刑部尚書終，謚曰端恪。至世宗時，追論先朝名臣，思其賢，詔特祠，春秋祀焉。祠今在城東門内端恪公之第。四子諱士基，以舉人爲羅田縣知縣，羅田民以奉入名宦祠。

羅田府君之次子，是爲贈編修公，鼐之祖也，年二十六而卒。配任太恭人，賢孝秉節，上奉姑，下教二子。長子爲翰林院編修諱範；次子爲贈禮部員外郎諱淑，鼐之考也。贈編修公承累世賢哲之遺風，敦行勤學，而不幸無年。編修府君既孤，憤發策勵，外友天下賢俊，以相資長，爲詩古文辭，故同里則劉才甫，山陰則胡稚威，常熟則邵叔宀，皆編修所尤厚也，而編修自沈究遺經，綜括先儒，茹精晰微，萃成己得，然仕爲翰林數歲，不究其用而歸，歸著書亦未及竟而卒，此天下士所共爲歎惜也。

當端恪公薨，羅田府君買得墓地，居長嶺之巔，去城七十里，將葬端恪，而羣從子以爲遠僻不用，乃別葬。後羅田府君卒，亦別葬。羅田長子中書公與贈編修公，相繼没矣，而故買長嶺之山，其契藏族君子來安訓導文默之笥，吾家不知也。有謀葬地，就來安求售，來安不許，然後吾家得聞。任太恭人乃命編修兄弟奉中書及贈編修公合葬於此山，雍正之六年也。又其後編修公没，未葬；任太恭人及鼐父贈禮部公皆別葬矣。鼐與伯兄昭宇乃奉編修及伯母張太宜人，合葬贈編修墓下之右。其時鼐繼妻張宜人亦未葬，又葬於編修張太宜人冢右，時乾隆五十二年也。故姚氏之阡，爲冢三而有五柩焉。

自是後又二十年，贈編修公諸孫盡喪，獨鼐存，懼舊德遺事泯不聞，乃謹書以列諸隧左。中書公諱孔鋅，字振修，康熙三十九年舉人，候選內閣中書舍人，康熙四十九年卒，年四十一。娶廣德州學正方曾祐女，生二子：興涘、興浹。二孫漣、支幹。贈編修公諱孔鍈，字瓊修，縣學生，康熙三十七年卒，贈承德郎、翰林院編修，累贈朝議大夫、禮部儀制司員外郎。娶懷寧任氏，大理寺少卿諱奕鑒女，生二子，有八孫。編修子曰縣學附貢生昭宇，南寧府同知羲輪，舉人登，監生勷隆，縣學增生斟元。贈禮部子曰刑部廣東司郎中鼐，候選州吏目訏，副榜貢生鼎。編修府君始名興涑，今贈編修墓所列，其舊名也，後改名範，乾隆七年進士，改庶吉士，授翰林院編修，乾隆甲子科順天鄉試同考官，三禮館纂修官，乾隆十五年歸里，乾隆三十六年卒，年七十。娶縣學生贈内閣侍讀張若霖女，乾隆三十九年卒，年七十四，今合祔焉，生子五。鼐始娶張宜人卒，繼娶張宜人，乃前婦共五世祖妹也，爲屏山縣知縣張諱曾敏女，其始權厝，鼐有銘矣，兹不具。

贈中憲大夫湖廣道兼掌河南道監察御史加二級孟公墓表

國家定制：一品官封贈三代，得及曾祖父母，而又有特令，官未至一品，而願以己身及妻應得封典，特乞貤加及曾祖父母者，呈請部臣奏聞而詔命焉。蓋所以伸人子孫追遠事亡之至情，又以示士有積善者，或遠或近，期必蒙報於後世，此又聖朝錫福之廣，所以勸天下之爲善也。

乾隆五十三年，覃恩封贈諸臣之家，而太谷孟御史生蕙請以所應受之封，貤及曾祖已故候選府經歷，奉旨允給。於是遂贈公中憲大夫、湖廣道兼掌河南道監察御史加二級。夫人趙氏，贈太恭人。公諱鴻品，字飛陸，其立身有行義，事親尤孝謹，愉色婉容，能曲成親心。其考邑庠優生旣，亦君子也，母武孺人，皆樂公之能養志。公外接人無城府，獎正疾邪，而能有容。其教子孫，必爲正士。謂「士品立，則可富貴，亦可貧賤；士品一隳，富貴則驕溢，貧賤則卑污，均爲可恥」。公生於康熙十五年，卒於雍正十一年，年五十七。後六年，葬孟家莊東南原，又後四十年而得贈官焉。趙夫人年九十，乾隆二十九年卒，祔公墓。子三人：長熙，邑庠生，贈朝議大夫、湖廣道監察御史；次照，次烈，恩賜從九品鄉飲耆賓。孫八人：啓周，贈中憲大夫、工科給事中；啓疆，歲貢生，汾陽縣教諭，貤封奉政大夫、順天府西路同知；啓堂，國學生，贈文林郎、清河縣知縣；啓林，啓域，啓堃，啓墉，啓基。曾孫十八人：生蕡，贈中憲大夫；生蕙，乾隆癸未科進士，歷官至通政司參議；文蔚，府經歷；生草，乾隆戊戌科進士，順天府西路同知；生蘭，生菖，庠生；生藻，生英，從九品；生萬，生芮，生茂，生芬，生崧，生荃，生康，生傑，生夔，生度。玄孫以下，人材滋起。人謂公德之貽甚遠，不享於其身，而光於後嗣，未有艾也。

鼐與公曾孫生蕙爲同年友，生蕙遺書令爲阡表，鼐愧不文，顧以通家晚列，仰望懿美，國恩家慶，皆可贊述，因書所聞見，以謂可爲賢者慰矣。

博山知縣武君墓表

乾隆五十七年，當和珅秉政，兼步軍統領，遣提督番役至山東，有所詗察。其役攜徒衆，持兵刃，於民間淩虐爲暴，歷數縣，莫敢何問。至青州博山縣，方飲博恣肆，知縣武君聞，即捕之。至庭不跪，以牌示知縣，曰：「吾提督差也。」君詰曰：「牌令汝合地方官捕盜，汝來三日，何不見吾？且牌止差二人，而率多徒何也？」即擒而杖之，民皆爲快，而大吏大駭，即以杖提督差役參奏，副奏投和珅。而番役例不當出京城，和珅還其奏使易，於是以妄杖平民劾革武君職。博山民老弱謁大府留君者千數，卒不獲，然和珅遂亦不使番役再出。當時苟無武君阻之，其役再歷數府縣，爲害未知所極也。武君雖一令而功固及天下矣。

君諱億，字虚谷，偃師人，乾隆四十五年進士。其任博山縣及去官才七月，而多善政，民以其去流涕。君自是居貧，常於他縣主書院，讀經史，考證金石文，多精論明義，著書數百卷。今皇帝在藩邸聞君名，及親政，召君將用之，而君先卒矣。

君卒以嘉慶四年十月二十九日，年五十五。余與君未及識，第聞其行事，讀所著述。今遇君子穆淳於江寧，爲文使歸揭諸墓上。君行足稱者猶多，而非關天下利害，茲不著。嘉慶十八年二月，桐城姚鼐表。

贈中憲大夫武陵趙君墓表

君諱宗海，字匯川。其先世居歙之巖鎮，宋之宗室也。有朝散郎不彼之裔孫字仲容者，自歙遷於湖南，爲武陵人，君之祖也。君考曰商山，早世。君三歲而孤，繼又喪母，乳媪哀而育之於家，稍長，出入里閈，恭慎勤敏，異於常人。時武陵有王西厓妻劉安人，寡居而賢，知能鑑人；生一子一女，女聰慧，通知古今書史。劉安人奇之，欲得良壻，見趙君愛之，曰：「此孤兒後必大。」乃以女女焉，是爲王太恭人也。君遂爲王氏贅壻，治生爲賈，然能敦信而輕利，遠近服其爲人，所交多四方長者。當趙氏來武陵，猶有貲，君考之亡，族人皆侵取之。君既立家，顧厚於族人尤甚，微弱者皆依以成立，先世柩在歙未安葬者，君皆葬之。人有事就謀者，必忠告而爲盡力焉。以積勞卒，卒年四十，時王太恭人年三十八。

君未没時，綢繆趙、王兩姓，皆立門户，子皆能讀書矣。太恭人兄春埜爲名諸生，太恭人以子屬教之，今觀察也。及君喪，太恭人督教子益嚴，嘗杖子而杖折，太恭人識歲月於折杖而藏之。初君所受託以財賄者，有數千金，及君没，頗乏償貲，□謀以孤寡辭而弗與。太恭人曰：「吾夫信義，故人託之；今弗償，是爲夫取惡名也。」乃破産鬻室中衣物，以盡償負。其周恤族黨親故之事甚衆。人謂君固賢，而成君賢者亦内助也。

君與太恭人以子貴，屢被國恩封贈，而今觀察爲編修時，以己及妻應得之封，貤贈外祖及劉安人云。君之子二：曰慎晐，嘉慶丙辰科進士，今爲廣東惠潮道；慎畯。君與王太恭人合葬於□□。嘉慶十八年冬，桐城姚鼐爲之表。

方母吳太夫人墓表

吳太夫人者，吳縣人，事太子太保、直隸總督方恪敏公爲側室，而今尚書浙閩總督維甸之母也。尚書生十一歲而孤，歸居江寧，或見其孤弱侵侮之，太夫人置不與論；而自刻厲勤苦彌甚，教子極嚴，不使稍有子弟之過。嘗篝鐙治女紅，而課子誦讀于側，每至夜分。及尚書長，成進士登朝，則日勉以道義忠敬之事，而治家以勤以樸，不改于初。尚書或被使命出，戀侍膝前，雖行萬里磧外，太夫人必正色責其速行急國事，不得少佇；逮既出門而爲涕泣焉。

當恪敏公存時，兩從子孤幼，撫之身側；太夫人愛誨之，與己子無少異。故今侍郎河南巡撫受疇，嘗述於上前，上聞爲太息，及太夫人亡，而令持一月之服也。其天性尤好聞人爲善及有慶樂事，則欣喜若在己，苟力所及，則必助之。其有不善或憂苦，則戚然不安者移時。於舊怨則忘之，而令子更以厚待。既以子貴，國恩得封太夫人，而上稔知其賢，屢加賜問。嘉慶十八年卒于江寧里第，年八十五。上聞，特使江寧將軍至宅祭之。命婦加祭非常典，以旌德也。是歲十月甲子朔，葬于句容北葆山恪敏公之西麓。惟太夫人徽懿徹於九重，惠澤洽於閭巷，朝廷賴毓成之器，室家奉先立之型，核厥嘉休，宜垂後世，墓成之日，桐城姚鼐述爲之表。

惜抱軒文集後集卷七

墓銘誌一

安徽巡撫荆公墓誌銘 並序

荆公諱道乾，字健中，蒲州府臨晉人也，以縣學生中乾隆二十四年山西鄉試。三十一年，挑發湖南爲知縣，所莅麻陽、龍山、東安、永順，皆有賢蹟，而在東安，卻鹽商歲餽千金，則俗吏以爲恒事固當受者也，於是上官舉公卓異矣。適丁太夫人憂，服滿乃引見，仍發湖南候陞，復補龍山、調善化，前後在湖南十二年，擢寧夏同知，又舉卓異，擢池州府知府。

公清介端謹，與人甚和易，而臨公事無纖毫内顧之私，故尤爲當世賢者所貴。諸城今劉相國墉撫湖南時，以謂第一良吏也。大興今朱尚書珪撫安徽，亦謂公第一。自池州調鳳陽、安慶，又舉卓異，擢登萊青道，歷山東按察使、江蘇布政使。嘉慶四年秋，授安徽巡撫，距其去安慶時未五年也。

公既習于安徽，又繼朱尚書後，其治相似，以安民便俗爲要。其有所陳奏，雖其事有爲天下督撫所不欲言者，公皆直達於上，上亦知公之至誠也。公任巡撫兩年病作，請解任；上令公養疾，待少愈入都，將處以内職，然公竟以嘉慶七年三月癸酉卒于安慶，年七十二。卒後，入哭者視其帷被如寒士。喪行，吏民送者莫不泣涕。上聞，有詔愍惜賜祭，令山西巡撫俟喪終擇其子若孫送引見焉。

公曾祖諱爾極，祖諱毓光，考諱德志，皆贈如公官。有三兄，其二先卒。公夫人姚氏亦先卒。其第三兄學乾，常與公居官舍，晝同器食，夜同室寢，依依如幼稚，以至於終。子二：澤桓、澤楨，歸葬公，請鼐爲銘。

鼐目睹公清修令德，以謂當世達人才傑蓋多矣！若夫真樸淳至，表裏如一，則無以逾公，故舉公行如此。其吏事之常，雖有善能，猶於公爲不足道也。銘曰：

以德爲寶，以義自好，其行皜皜。帝曰賢哉！宜臨江淮，載離載來。治以道靖，㫰良宥眚，悲哀法弃。德人之祥，衆戴曰臧，歿而不忘。歸葬河汾，有慕故民，銘其幽墳。

廣西巡撫謝公墓誌銘　並序

公諱啓昆，字藴山，世居江西南康之蘇步，公後徙居南昌南郭，乃以蘇潭爲自號云。公於乾隆二十五年庚辰科會試中式，次年殿試，以朝考第一名選庶吉士，年二十五。乾隆三十一年授編修，既而充國史纂修官，日講起居注官，出爲鎮江府知府，又知揚州府、寧國府，擢授江南河庫道、浙江按察使、山西布政使，調浙江布政使。今上親政，命爲廣西巡撫，凡三載，嘉慶七年六月乙丑終於位，年六十六。

公爲知府時，即明決于吏事，所持堅正，上官雖異意而不能奪，屢以善績稱於江、淮矣。及爲藩司，其時各省官帑多缺，或公私相㬥，閱歷數官，前後援倚，所虧愈多，不可補復。公持身廉潔，而智能究郡縣利病之多寡，立法以其贏絀相補，任使盡其能，操縱當其時，故所莅不數年，無造怨于吏民，而能完久虧之額。他人或欲效公所爲，輒中窒而不能遂。故公爲藩司多美政，而世尤稱公理財爲最善。及至廣西，内治吏民，外撫夷獠，築湘、灕之隄以爲民利，民呼曰謝公隄。又嘗興學校，飭營伍，文武皆懷愛之。其卒也，以盛暑步禱雨致疾。上聞甚悼惜，賜金治喪，又詔賜祭葬。其後廣西士民呈於大府，請以公入祀名宦之祠。

公自少本以文學名，博聞强識，尤善爲詩，其才宏贍精麗，兼具唐、宋名家之體。所爲樹經堂集若干卷，雜古文四卷，西魏書若干卷，小學攷若干卷，晚成廣西通志若干卷，則士謂公文學吏治蓋兼存於其中焉。

曾祖諱茂偉，祖諱希安，考諱恩薦，皆以公貴贈資政大夫，妣皆贈夫人。公娶某縣李夫人，生女。繼娶某縣劉夫人，生子學增，候補主事，先公卒。側室四，盧孺人生子二：學崇，嘉慶壬戌科進士，庶吉士；學坰，候選府同知。女一。衛孺人生子學培，候選府同知。管孺人生女三。高孺人生女一。

公在翰林時，爲乾隆庚寅恩科河南鄉試正考官，辛卯會試同考官，多得賢才。其最者巡撫會稽陳永文，布政使歷城方昂，以吏績名，而檢討曲阜孔廣森以文學顯。其在浙舉孝廉方正，亦多名士。生平重交遊，獎氣類，居廣西作懷人詩數十篇，首其座師大興翁學士方綱，次桐城姚鼐也。遺命其子，必使鼐爲墓銘。嘉慶□年□月□日，學崇葬公□□。鼐爲銘曰：

儒者之風，退然其中。剛果有能，作吏見功。北徇汾、洮，南及嶺嶠。没而民思，生被其曜。惟其多才，文武惟試。講藝賦詩，異於俗吏。帝褒良績，天祐厥家。妥奉棹居，銘幽詔遐。

通奉大夫廣東布政使許公墓誌銘 並序

公諱祖京，字依之，德清許氏。曾祖諱煌甲，祖翰林院編修南昌府知府諱鎮，考舉人西安教諭諱家駒，三世皆以公貴，贈通奉大夫。公少勤學，工文辭，乾隆戊子科中浙江鄉試第一人，己丑科成進士。授官内閣中書，貧甚，徒步懷餅入直，暮而出，歷七年。内閣侍讀缺，公次當擢；金壇相國于文襄公欲別擬人矣，聞公論謂許舍人不得擢爲不平，乃卒擢公。在內閣，兩逢京察皆一等。

丁酉科充四川鄉試正考官，復命奏對稱旨，旋命爲雲南驛鹽道。逾三年，擢雲南按察使，屢辦疑獄，悉精當得情。姚州有刼盗以刀背傷事主，司擬死罪上。部駁謂刀背雖金非刃，不當死；承審官知州誤擬，應降職。公言：「州本擬如部所論，臣飭改之，咎乃在臣。」奏上，純皇帝愈以此重君，擢廣東布政使。

公在雲南時，值總督李侍堯怙勢求賄，其後事發得罪。屬吏多爲所累降絀，公初不迎附，卒亦不與其咎。及在廣東，仁和相國孫文靖公爲總督，值林爽文亂臺灣。文靖馳至潮州，調兵餉甚衆。公抗言臺灣亂當即平，不可無故先用粤民。文靖得牘怒甚，欲奏公沮軍，會臺灣平乃止。及毅勇貝勒相國福文襄公爲總督，勢益重，而公守意自如。文襄之護安南阮惠入朝，公定郡邑供帳有限數。阮惠行出廣東，緣道官乃務極華侈，傳單至達行在所。純皇帝以讓文襄，文襄乃歎公初所定豐約之當也。廣東濱海，民雜易擾，公治之凡十年，於事患多所消弭。民有欲請於瓊州開鑛者，公駁不許；又有欲於省設船步綱利者，公亦不許，民以晏然。乾隆五十九年以請養歸，逾一年丁母蔡太夫人之憂，既而病，居杭州就醫，嘉慶十年二月二十一日卒於杭州，年七十四。

公強識過人，少所見文字，至老未嘗忘。治官事勤甚，累日夜廢寢食不疲。其在雲南，不置幕客，文案皆親定之，又以餘力訓子爲學。其在内閣，修官書一統志、西域圖志、西域同文志、勝朝殉節諸臣録，皆獨當其勞。平生自著書，則有書經述八卷、詩四卷、許氏譜二卷，藏於家。

夫人同縣進士祁縣知縣胡官龍女，賢明有禮，先公卒四年。子二：翼宗，國學生，早卒；宗彦，嘉慶己未科進士，兵部車駕司主事。女一，適山陰王思鈞。胡夫人先葬武康春岡嶺上，青浦王侍郎昶銘之矣。嘉慶□年□月□日，啓穴以公夫人合葬焉，桐城姚鼐爲之銘。銘曰：

公以儒興，操筆文雄，秉節吏能。愍愚察病，勇爲衆靖，優哉從政。其道蹇蹇，建謨伊善，植躬靡涊。禁闥著庸，山徼海邦，身去慕從。天靳民澤，錢塘之郭，公卧不作。有配允賢，魯祔茲阡，厥嗣昌延。

中議大夫通政司副使婺源王君墓誌銘　并序

君諱友亮，字景南。王氏自宋祕書少監炎居婺源，其子孫皆家焉。國初居婺源之漳溪者曰承裕，生贈中憲大夫啓仁，啓仁生候選縣丞贈中憲大夫士鏡，士鏡生平陽府同知贈中憲大夫文德。平陽之子三：長順德知府廷言，次工部虞衡員外郎廷亨，次即君。君十歲能詩，稍長文名大著，以貢生中乾隆三十年順天鄉試舉人。三十四年會試，取爲中書舍人。四十六年成進士，授刑部主事。歷員外郎，擢山東道監察御史，轉禮科、兵科給事中。嘉慶初，累擢通政司參議、太僕寺少卿、通政司副使。嘉慶二年五月十二日卒，年五十六。

君少以孝弟稱於家，及在官，恪敬吏事，在中書嘗值軍機處，在刑部總辦秋審，皆躬任勞苦，不急求人知，所建議皆當理。及居科道，奏議多可稱。奉命巡視南城，屢監鄉、會試，於事皆辦。其暮年承命巡視南漕，尤有績，善撫䘏運丁，寬嚴有體，於是漕船之行，倍速於往年。純皇帝甚嘉之，故君未及復命而再遷卿職，將遂更大用之也，而君入京師，居通政甫半年卒，天下是以惜其才之不盡也。

君於乾隆丁未科會試、癸丑科武會試，皆爲同考官，號爲得士。其生平邃於文章之事，中年自號葑亭，所著古文曰葑亭集六卷，議論正大，叙事有法。近時爲古文之善者，推歙編修程魚門，而君頗似之。當乾隆之季，京師士大夫奉廣惠寺僧爲師，君惡之，作一篇曰正師。其後僧與奉之者皆得罪，而君之名益彰。其詩爲雙佩齋集六卷，又金陵雜詠百餘首，新警有韻，皆可誦也。余在京師時，君官中書，將與相知，未及而君以事歸江南，使程魚門致意於余，余爲題其觀雲圖，及君入而余已歸。余之江寧書院，至君家，而君仕京師，以至没不得見，見君文筆誦歎而已。

夫人潘氏生子三：太學生行恕、貢生麟生、候選府通判鳳生；女六。側室李氏生女一。始君考平陽公自婺源僑居江寧生君，故君少爲上元學生，以是入仕。既仕，乃復請改歸籍婺源。及喪歸，以婺源山水峻遠，難以還柩，君子乃葬君於江寧之□□，而請鼐爲之銘。銘曰：

君度委蛇，而正妄邪，著緒有嘉。年近才多，未竟厥爲。卷有遺文，悠哉雅馴，卓出俗羣。貌不識君，藹焉如親。山水清善，秣陵之坂。故鄉雖遠，子孫式衍，式居式展。

贈文林郎鎮安縣知縣婺源黄君墓誌銘 並序

婺源之黄村有孝子曰黄君獎，字譽傑。君之祖曰大珙，考曰鴻。其祖以上，蓋嘗富矣，至其考而大落，兄弟皆無以生，遠爲幕客於蜀中。去時君數歲，十餘年不通問；君冠，乃走蜀求其父，備經艱困，得見於重慶，父已病風痺矣。君乃於重慶一石崖中居，以課童子爲養，踰年父終，無資，不能以喪歸。始其父募得巴縣江北地爲義阡，及没，君遂葬之於巴，成塚立碑而去，依其世父，未幾其世父亦死。君自是流離漂泊，於川東西無不至。嘗於峨眉重嶺中，值大雪，迷道入無人地，飢不能行，自分必死。忽一丈夫至，予之莜麥餅數枚，曰：

「竟此，可以至通路矣！」由是得生。

遇歙商謝氏，素知君孝，延爲童子師。卒從謝氏，得東下江南，至蕪湖，而時年已六十矣，始娶婦於蕪湖顔氏，而同歸婺源。其母程孺人已前卒，祖以下猶有期功親六人，未幾盡喪，君拮据營其喪葬。其妻顔孺人亦賢女，與同居敝屋，忍飢凍而樂爲善，僅一子能讀矣，則課之甚嚴。如是十餘年，子煇以拔貢生入都廷試，特命爲陝西知縣。遂以鎮安縣知縣覃恩封君及顔孺人，煇乃請養以歸。歸後又三年，爲乾隆四十七年七月二十八日，君卒，年九十有六。又後二十一年爲嘉慶八年正月十九日，顔孺人卒，年八十有六。

嗟呼！如君生平所遭困厄且數十年，使竟隕喪，或雖不死而無後，則世亦無由知君矣，而卒於衰老之後得妻子，身以上壽終者，天之欲表潛德也。夫天且重之，而況人乎？君子煇以□□□年□月□日，葬君□□，姚鼐爲之銘。銘曰：

陟山泝水，求親萬里，以瀕於死。身危家圮，茹荼若醴，卒以有子，升爲命士。述之可唏，揚之無既！

光禄少卿沈君墓誌銘 並序

秀水沈君諱琳，其字潤輝，而交遊皆稱其號曰沈華坪。乾隆三十一年，鼐試職兵部，其時君與上元陳中丞步瀛先在兵部，三人相得甚歡，入治公事，出復談讌，或抵夜而後散。君爲人通明于事，善談謔，與人言無不盡，聽者欣喜；然所存厚，有行誼，惟習於君者知之。

余在兵部年餘移禮部，後七年以疾歸，而陳中丞出爲知府，後仕至貴州巡撫。惟君居京師久，仕至光禄少卿卒。卒時陳中丞適爲安徽布政使，告余喪君而泣君也！又後十餘年，君子方大爲余邑令，其時君已葬矣，請補爲銘。嗚呼！余老疾，幸未即死，而海内故人零落至盡，追思多可悲者。往在江寧，既爲陳中丞墓銘矣；然則君雖先葬，而其平生行事，宜見於余文，亦其理也。

君祖諱光裕，考諱雍嘉，皆贈光禄少卿。君成乾隆二十六年辛巳恩科進士，歷官武庫司主事、武選司員外郎、郎中、江南道監察御史、吏科給事中、光禄少卿，皆有聲。其使任嘗監督兵部馬館，丁酉科監順天試，辛丑科監會試，巡視乾隆四十八年南漕，皆辦於所職，公私情理皆協。事父母孝謹，篤於親黨交遊，先世嘗富矣，至君貧，而供養施助之事猶豐也。有文學，兼通醫，見病者雖臧獲必盡心爲處方。卒年五十八，乾隆之五十一年也，葬于□□。夫人王氏。子一，女四。銘曰：

有才卓謍，久居臺省，優寬絀猛，其蹟載炳。秀州東境，桑菀覆頃，光禄之井。吾銘炯烔，以鞏幽靖。

中憲大夫雲南臨安府知府丹徒王君墓誌銘 並序

君諱文治，字禹卿，丹徒人。自少以文章、書法稱於天下，中乾隆二十五年一甲三名進士，授編修，爲壬午科順天鄉試同考官、癸未科會試同考官。其年御試翰林第一，擢侍讀，署日講官，旋命爲雲南臨安府知府，數年以屬吏事鐫級去任。其後當復職矣，而君厭吏事，遂不復就官。高宗南巡，至錢塘僧寺，見君書碑，大賞愛之。内廷臣有告君、招君出者，君亦不應。

君之歸也，買僮教之度曲，行無遠近，必以歌伶一部自隨。其辨論音樂，窮極幽渺。客至君家，張樂共聽，窮朝暮不倦。海内求君書者，歲有餽遺，率費於聲伎，人或諫之不聽，其自喜顧彌甚也。然至客去樂散，默然禪定，夜坐脅未嘗至席，持佛戒，日食蔬果而已，如是數十年，其用意不易測如此。

君少嘗渡海至琉球，琉球人傳寶其翰墨。爲文尚瑰麗，至老歸於平淡。其詩與書，尤能盡古今之變，而自成體。君嘗自言：「吾詩、字皆禪理也。」余與君相知既久，嘉慶三年秋過丹徒訪君。君邀之涉江，風雨中登焦山東昇閣，臨望滄海，邈然言蟬蜕萬物無生之理，自是不復見君。今君來訃，以嘉慶七年四月二十六日趺坐室中逝矣！妻女子孫來訣，不爲動容；問身後事，不答。然則君殆莊生所謂遊方之外與造物爲人者耶！著作文藝雖工妙，特君寄迹而已，况其於伎樂遊戲之事乎！

君年七十三。夫人黄氏。生子槐慶。女四，壻曰溧陽狄□、丹徒陳□、商丘陳杲、長洲宋懋祁。孫男六。將葬君□□，鼐爲之銘以代送窆。鼐爲王氏秀山阡表，具君世矣，故不復述。銘曰：

茫乎其來何從乎？芴乎其往何終乎？嗟吾禹卿乎！生而燕樂，與世同乎！名表於翰墨之叢乎！骨蜕於黄壤之宫乎！倏乎寥乎！憑日月之光而遊天地之鴻蒙乎！

中憲大夫松太兵備道章君墓誌銘　並序

君諱攀桂，字華國，一字淮樹。先世自建州浦城數遷而居桐城。十餘世至君祖諱紹七，考諱天祐，皆以君貴贈中憲大夫。君歷仕甘肅渭源知縣、武威知縣、江南鎮江府知府、江寧府知府、蘇松督糧道、松太兵備道。其在甘肅，年甫三十，强果任事，獲久逋巨盗，總督特奏其功。引見，純皇帝甚器之，命擢同知。總督未及擢，上已特命知鎮江府，旋以才優調首府。

君博知天下利病，所莅官興廢多得宜，而尤明於地形勢。純皇帝屢南巡狩，始皆自鎭江陸行至江寧。詔改通水道，大吏使君相視。衆初謂：「昔吳陳勳鑿句容破岡瀆，下達毗陵，六朝因之，隋始廢，今可復也。」君往來察之，以爲句容茅山岡，石巨勢高，鑿之極難；縱成瀆，非閘不可儲水，其勞費無已。不若從上元東北攝山下，鑿金烏珠刀鎗河故道，以達丹徒，工力省而後修易，可永爲利。大吏如君議上奏，令君監修。君鑿瀆百里，既成，謂之新河。御舟行甚安，而數十年至今，商民率避大江之險行新河，君之力也。純皇帝嘉其能，故君方以糧道被吏議，而上巡至，即以松太授君。

君好士獎善，樂施予。自鎭江、江寧及至松江，興理書院，撫恤熒困，人多賴之。乾隆五十年，安徽大眚，桐城尤甚。君時在松太，聞之，出萬金以救飢者。又以糴穀以賑，必驟長市價，乃先於他處購山芋、玉米數千石運至，所全活無數。既而又爲疫死者葬埋。君平生惠閭里族黨之事甚多，而玆其最巨。其時君妣黄太恭人里居，哀飢者多所救恤。君迎養不肯往，遂請告歸。太恭人時健甚，然逾年遂卒。人謂早去官而獲送終，亦其孝也。

自是君不復仕，或居里，或居金陵。居金陵時，鼐主鍾山書院。錢塘袁子才，於金陵城中作園林甚盛麗，丹徒王禹卿時來遊，與君皆有家伎。三君每召聚賓客遊讌，鼐亦與焉。然君及禹卿，皆内耽禪悦，事佛甚精，子才時譏之，二君不以易也。六七年間，子才先亡，鼐歸，俄聞禹卿喪，今又失君矣。余悵然寂處，追思昔遊，一往真如夢幻，然則二君之歸心釋氏，庸爲過乎？

君卒於金陵，豫剋期，辭交好，以嘉慶八年十二月二日卒，年六十八。嘉慶十年六月□日，葬於懷寧西馬鞍山之北麓。夫人先後皆吳氏。子維極，候補知府；維桓，乾隆己亥科人、兵部武選員外郎。女二。孫四。子才、禹卿之卒，鼐皆銘其葬矣，今君子請銘，詎不可辭。銘曰：

趨世工而建有功，植財豐而能濟窮，生也憂樂與世同，超然一往遊虛空。書其可稱以飭終，寥乎趣嚮誰能窮？

蘇獻之墓誌銘 並序

常熟蘇君去疾，字獻之，桐城姚鼐同年友也。孤清峻立，以古人道持身，衡於世知不行，年四十四去官，自號曰園公。處場圃，觀山水，作文章自娛，尤工爲詩，標舉性情，引擢幽渺，斲雕藏耀，人初視若無足賞，再三往復，則爲之欣忭悽愴，不能自已。

乾隆五十五年冬，君訪友於安慶，鼐與遇於江津舟中，各出其詩相示，分持而去，自是十五年不見。嘉慶十年正月，君卒於里。次年八月□日，葬於常熟西山父墓之側。君子來告，請鼐爲銘之。

君曾祖翔鳳，康熙壬戌科進士，沂水知縣。祖佑，昌平州同知，贈興化府知府。考直言，贈內閣中書。君於乾隆己卯科中順天鄉試。辛巳恩科，取爲內閣中書，考得贈官。癸未科成進士，改庶吉士。散館改刑部廣西司主事，發貴州爲直隸知州，署都勻府八寨同知，以逸獄罷官。次年引見，以原官起用，君請疾遂不復仕。

其狀小身短視訥言，然胸中通貫今古，於事理無不曉，敢爲介直辭，在刑部屢爭疑獄。當安南黎氏爲阮氏逼篡，仁和孫相國文靖公士毅爲兩廣總督，將討之。君於文靖姻也，與之書曰：「虛聲不可以讋强悍，鄉鄰有鬭，雖閉户可也。取之是爲貪兵。發難有端，將爲吾患，不可不念。」文靖迂其説，然竟以喪師，身幾不免，乃悔棄君語。大臣間亦知君才者，而君不樂與俗伍，間應其招，嘗爲山西、河南書院山長，旋歸以老，年七十有八而終。有詩集六卷、制義律賦二卷，已雕板；古文數十首藏于家。夫人錢氏，處士用和女，前卒。生三子：汝詔，監生；載，漳浦縣丞；采，廩膳生。一女，適大理寺評事孫輿，文靖子也。側室魏氏生女尚幼。有孫十一人。銘曰：

嗚呼園公！有道植躬，仕而不見通。有文閎崇，視於世而不見工。吾銘其幽宮邪！以待後世之無窮邪！有知而如見其中邪！

浮梁知縣黃君墓誌銘 並序

君諱繩先，字正木，黄氏，鄞人也。唐末有江夏侯晟，以禦盜功爲明州刺史，其後屢有聞人於鄞。閱二十九世爲君祖曰振齡，考曰起忠，皆贈文林郎。君以鄞學生中乾隆十七年恩科鄉試，成乾隆二十二年進士。發爲江西知縣，任樂平、浮梁兩縣，勤事致疾，告歸數月，以乾隆三十年九月九日卒于鄞，年四十七，葬於東湖陳墅塋父墓左。

君在江西九年，天性仁明，强力於政事，未明起閱文書定，晨召吏即發。有訟者至當鞫，或當往驗視，皆不越旬日。坐堂上決事，日或十餘案。即作判詞，自讀與訟者聽之，幕友書吏，無從留閣以取市。與囚言，廢屏刑器，嘗以至情動之，而囚自服。有豐城民余上文之弟，爲浮梁人毆死，藏其屍。訟二十年不決，上文乃走候大駕出陳告。事下大吏，欲第論上文驚蹕罪。君鋭意治其寃，自往履毆所，於民宅後試掘，即得其弟屍，獄遂定。嘗謂事紏亂者，非必難察，由吏不盡心，惰玩致也。故君所斷本治及上官委治他縣事百數，無不曲當，而積勞亦深痼不可痊矣。其所去縣，民必涕淚送之數十里，浮梁爲之立碑。其後浮梁民有爲後令屈抑者，走浙江將訴於君，至則君已喪，乃悲痛而去。

夫人張氏，生子五：定宇、定文、定衡、定樞、定杓。定文今爲揚州府同知，與桐城姚鼐遇於金陵，請補爲君誌。時嘉慶十一年，距君亡四十年矣。銘曰：

萬姓委命，君則真令。熕祛亂靖，人安己病。嗚呼！天不與以齡，其貽以後慶。

贈光禄寺少卿寧化伊君墓誌銘 並序

君諱爲皐，字景陵，汀州府寧化伊氏，以孫朝棟貴，得贈朝議大夫光禄寺少卿。君生而勤志力學，欲有聞於當世，然於時衡才者無所遇，伏處寧化城中，以奮以鬱，康熙五十九年五月九日卒，年五十三矣。

卒後八年而朝棟始生，長而讀其書，經君點勘，丹鉛之蹟，縱横斑駁行間者，千餘卷也；撰著文字，手書精楷，黍粟積成巨册者，尺餘也；其家傳至今悲之。君考順昌縣訓導鄉飲大賓諱應聚，長者也，君又長者也，其家始稍裕，而卒大貧。有姻族欲假人千金，求君爲説之，既得遂不償。君大媿，鬻産以償債者，故困。

君娶黄氏，生子經邦爲諸生。生二子，長朝棟，乾隆己丑科進士，光禄寺卿。生二子，長秉綬，乾隆己酉科進士，令揚州府知府。光禄在揚州，以君葬昔闕志，俾秉綬求追爲之。嘉慶十二年太歲丁卯正月，銘曰：

守信不衰利則棄，篤學不怠名則翳，卒有褒聞生則蹶，日月逾往將百歲。述德簡辭足知義，桐城姚鼐作喻志。

封文林郎巫山縣知縣金壇段君墓誌銘 並序

君諱世續，字莘得，金壇段氏。祖諱武，父諱文，及君三世，皆爲金壇縣學生。金壇自明以來，爲海内制義名家之藪；至君考及君，皆善其事，君尤爲學使者所賞貴，而皆不遇於舉場，終身以訓生徒爲事。其訓必使以讀經爲根本，與講授熟復之，唯恐有弗達也；朝夕課之，多方以誘之，唯恐己力之餘而弗致也。其後學徒多成立，而君子玉裁，遂以經學名天下者，君之教也。

君三十二而孤，至八十九歲矣，思至則悲哭。博陵尹學使會一，嘗召諸生與言志，君曰：「生無能，惟願不忘父母而已。」君以恩貢入太學，以玉裁爲巫山知縣得封職，年七十而玉裁歸養，自金壇移居吳閶門之外，于是又二十餘年。君嘗步遊郊野，或至十里之遠，而獨未嘗入蘇州城。其遇人無貴賤長幼，率怡如也。年九十而見玄孫。嘉慶五年，吏上於朝，賜扁曰「七葉衍祥」，又賜銀幣。嘉慶八年六月十四日，年九十四而終。

君娶史孺人，生玉裁，乾隆庚辰科舉人，巫山縣知縣。玉成，丙午科舉人，桐城訓導。玉章，貢生。玉立，副榜貢生。女一，適江都杜士彬。孺人亡，繼娶錢孺人無出，亦先君喪。

孫七。曾孫十二。玄孫二。君之卒，自吳已返葬金壇治西大壩頭，銘未具。嘉慶十二年，姚鼐追爲之銘曰：

篤於慕親，宜有後也。忠於訓人，宜繼道也。和於治身，宜康以壽也。歸窆故鄉，藏斯寶也。銘之以信，用貽遠宙也。

中議大夫太僕寺卿戴公墓誌銘 並序

嘉慶十一年五月甲午，故太僕寺卿揚州梅花書院山長長興戴公卒于書院，喪歸湖州。次年，其子以公行狀求桐城姚鼐爲公墓銘。鼐與公皆乾隆二十八年癸未科進士也。是年成進士爲京朝官者蓋六十人，而浙江最勝，逾二十人。長興戴公在工部時，浙江有二戴，以公年少，羣呼曰小戴公。每同年聚會，鼐見公溫溫寡言說，而謙謹讓人，知爲長者也。其後十年，仕京朝者或出或死亡，鼐以病歸，留者十餘人而已。鼐既歸三十餘年，又加少；其末歲在朝者三，皆浙江人也，錢塘費相國淳、富陽董相國誥及公是已。既而聞公去，又聞其亡，迄今同年生合計內外朝野，不過五六人，而鼐最爲篤老焉。昔鄭康成以「比牒并名者爲宰相」，而已「樂論贊之功」，有「日西方暮」之嘆。余之無聞，安敢比於康成，而草澤之中，犬馬之齒未盡，彌見同年之摧喪，則感又有逾于鄭公者，是可悲也。

公諱璐，字敏夫。曾祖諱容，贈通議大夫。祖諱永椿，雍正癸卯科進士，江蘇按察使。考諱文燈，乾隆丁丑科進士，禮部儀制司員外郎。公所歷官，自工部都水司主事，再擢至郎中，遷湖廣道御史，禮科、吏科給事中，鴻臚、光禄、太常三寺少卿，通政副使，太僕寺卿。嘗爲乾隆甲午科廣西鄉試考官，充文淵閣詳校官。其爲人謹飭奉職，不求苟表異爲聲名，以資平進至三品，而家常窶乏，諸子遊幕乃得爲生，終不爲取贏計，故年六十有八，而客殁于揚州，兹其可述者矣。

夫人沈氏，子錫衡，崧申、鼎恒。鼎恒，嘉慶戊午科舉人。女四。孫三。銘曰：

德有常，進有方，至九卿，無辱行。承世祥，能文章，貽後生，遠不亡。歸翣牆，於此藏。

新城陳君墓誌銘　並序

君諱吉冠，字嘉甫，新城陳凝齋先生道之第十三孫，而薊莊孝廉守譽之長子也，才儁好學，少而篤慎，未嘗有子弟之過，爲文英異出疇類，中乾隆五十四年江西鄉試，後遭母吴夫人喪，哀毁甚，旋感疾，卒於乾隆五十八年十一月朔日，年二十七。妻楊氏，二十七爲嫠。三子曰效曾、勷曾、敬曾。

凝齋先生之門，多賢之門也。余於凝齋先生及其子孫，大抵識之，獨未見薊莊父子，以書通而已，而於嘉甫甫知其才，旋聞其喪，茲可悲也。嘉甫工書法，尤善八分，余得見其所書文字數種，勁厚有韻，非常人所能逮。薊莊既痛子亡，乃盡取其書刻於石，厝於一室，陳其生平所好几硯書策於室內，薊莊每往，徘徊及暮，慟而返，於是者數年。嗟乎！觀薊莊所以思其子不能忘者如此，其子賢可知也。今薊莊葬□□於□所，余哀而爲之銘曰：

家有則，承以克，維俊特。天才騫，藝有妍，奪厥年。藏之厚，銘之壽，宜昌後。

中憲大夫陳州府知府陳君墓誌銘 並序

君陳氏，諱守詒，字仲牧，世爲江西建昌府新城人。君祖以汧，以富而好施稱於江西，自是累世皆然。其居中田村，故天下稱中田陳氏。君考諱道，乾隆戊辰科進士，不仕而篤學植行於家，世稱凝齋先生。君爲凝齋第二子，其人勇于爲善，嘗首出財，建立義倉於所近村落，春借秋收，至今民賴其賜。在京師買宅，立爲新城會館。乾隆五十二年，甘肅官以冒賑事多被戮，其家屬不得返，君出金使人至甘肅爲贖罪，且助使返。至於朋友急難之誼尤厚，嘗分宅以居鉛山蔣編修士銓。君少擁先世遺財，屢費，至暮年遂竭盡矣；遇事有所欲施而力不供，輒咨嗟不樂，蓋急於濟人者，固承其家風使然，而亦君天性也。

君仕爲兵部武選司員外郎、車駕司郎中、安徽太平府知府、河南陳州府知府。其在官，與人誠信慈惠，猶鄉里然。凝齋凡五子，余識其二：其一君兄金衢嚴道，其一君也。金衢朗亮疏達，而君恂謹，皆君子人也。君守太平時，甫居安慶書院，君來訪，自是相知。及君自陳州告歸，余尚在安慶，送君江上，別九年，而君以嘉慶十四年十一月甲子卒於里，年七十八。昔金衢最早喪，而其後今多貴顯；君生亦未及盡君志，天固昌其後世使大成君志歟？君夫人魯氏，封恭人，前卒，生子二：舉人光祿寺署正煦；嘉慶辛酉科進士、翰林院編修、文淵閣校理用光。側室胡氏，生寧州知州繼光。方氏生瑁光。湯氏生瑾光。君没時有孫十人。某年月日，君子葬君於□□，以書來請爲銘。銘曰：

仁人之族，固靡暴也。愉懿有士，其可好也。親賢樂義，鞫無告也。不擁其貲，施以好也。衆欲其存，耆未耄也。鬱其餘慶，徯久報也。

惜抱軒文集後集卷八

墓誌銘二

通奉大夫四川布政使姚公墓誌銘 並序

公諱令儀，字心嘉，別字一如，先世自浙江遷婁縣。曾祖諱天麒，祖諱士英，考諱宗侃，三世皆以公貴贈通奉大夫、四川布政使。公少爲松江府學生，乾隆四十二年爲選拔貢生，次年朝考一等，引見以知縣用，發往雲南，至則攝祿豐縣事，值易門缺官，上官令並攝，事皆辦，改署尋甸州。

總督誠嘉毅勇公福康安，見公所爲賢之。時四川有亂民爲患，福公移督四川，乃奏以公從幕府。其後繼福公爲督者，李公世傑、孫公士毅，皆知公賢，俾令犍爲、仁壽，晉石砫同知。又從將軍鄂輝，進討西藏廓爾喀，兵行人迹不至之地，迈寒巖谷之中，爲儲峙供頓皆辦。鄂公本四川總督也，以罪降，而孫公士毅復爲總督，福公爲大將軍，同征西藏而異路，皆以書招公。公以既許鄂公，從之不去，而任事彌力。上聞亦義公，乃賜花翎，旋擢雅州府知府；及功竣，又調成都府知府。

其後川東、湖廣苗民爲亂，福大將軍又往征，檄公至軍。初，福公以公於西藏之行不就其招爲慍也，既而意解；及征苗，軍中事率與公謀。公言無不盡，屢有功矣；會大將軍輿人毆都司徐某於營門，裂其衣。公叱止之，不聽。公乃擒杖之，一夕死。大將軍頗憾，抑其勞不進官。其時大將軍從人暴橫甚，軍中皆倚公爲重。公旋以勞疾請假，而大將軍亦薨於軍。

其後四川達州白蓮教復爲亂。及威勤侯勒保爲總督，又檄公入幕。當嘉慶二年、三年，與賊連戰，公皆與謀畫以戰捷。所獲俘囚，公承鞫，其無罪獲釋者，不可勝數。威勤公旋被逮，其時公晉官四川鹽茶道矣，而未之任，乃護送威勤公入都，旋釋罪，又與偕返，而威勤復權總督事。其時數大帥相峙，公皆與相知，于間勸以和一，言甚忠盡，諸帥多聽，功成寇殄，四川以寧。嘉慶六年，公乃涖鹽茶道任，逾四年，擢四川按察使，次年擢布政使。

公生平在軍中時爲多，臨民時雖淺，輒有績。當爲縣令，善平獄訟。方孫公士毅爲督，禁民間小錢，法峻幾廢市。公乃急發倉穀，令以小錢若干，易米若干，錢收而民靖。孫公大善之，令各屬以爲法。其知成都府，歲祲，請發倉粟，大吏持不可，公身任，請必償，卒以濟民。每冬月，設粥廠以食餓者及春。逮爲監司，令各郡行其法，至今四川賴其賜。其爲按察使也，數月清釐積案六百餘事。然亦積勞，自居軍中，已常失血，暮年遂亟，嘉慶十四年十一月癸未卒於成都，年五十六。

夫人許氏，生子二：椿、楗，皆諸生。公持身廉，而厚施於族黨故舊。少能文，工爲書，至老不倦於學。嘗謂鼐知爲文，以書交，使其子諭學就鼐，然未及見公而聞公喪矣。其子扶柩歸葬，嘉慶十六年十一月甲申，窆於青浦縣三十八保一區二十八圖罔字圩。鼐爲之銘曰：

愉愉有文，侃侃其武。不辭險艱，不憚彊禦。内靖外襄，不以功詡。柔撫勞民，作藩西圉。不竟厥緒，銘告來許。

資政大夫光禄寺卿加二級寧化伊公墓誌銘 並序

公諱朝棟，字用侯，汀州府寧化伊氏也。當雍正、乾隆之間，寧化有雷副都御史鋐、陰先生承方，以朱子之學，講於里中，勸教學者。公少以二人爲師友，故其生平言語動作不苟，而於取舍進退，常有以自守也。以拔貢生中乾隆二十四年己卯科鄉試，己丑科成進士。其間嘗處極困，將會試而無資。邑令方重公，有富子被逮，請公一言解之而酬百金，公執必不可。既成進士，分試刑部，補安徽司主事。諸城劉文正公最賢公，欲薦舉，而文正殁。其後歷員外郎、郎中，皆計俸需次而僅得之。公治曹事甚勤恪，不求人知，獄有不平，必與同僚上官力爭之，人或説或不，而公不爲易，故自分發刑部二十年，乃擢浙江道御史。爲御史一年，轉户科給事中。嘗奏對，純皇帝知其賢，於是五轉至光禄寺卿，且將重用之，而公遽病偏枯，以乾隆五十七年去職，年六十有五矣。是時公長子秉綬，以進士爲刑部主事，於是予告養痾於京師。又逾三年，爲嘉慶元年，扶掖以與公卿千叟之宴。

其後秉綬知惠州府，公從至惠州。當是時，嶺南多姦民，歸善、博羅，屢有爲逆者，而提督標兵反與通謀，大吏特諱言之也。秉綬既以先事請兵靖亂，觸總督吉慶之怒，劾戍矣，而亂黨遂起。公以爲子之屈可以不伸，而嶺南官弁縱賊，及兵與賊通之患，不可不詰；身嘗爲侍臣，不敢隱，草疏將奏之。會後總督倭什布至，聞吏民所論皆同公言，乃頗奏陳其當得罪者，而秉綬因以得釋，後爲揚州知府。公從至揚州，以嘉慶十二年八月六日卒於揚州官舍，年七十九。

公事親孝，居喪盡其哀。相國蔡文恭公嘗曰：「居貧實樂、居喪實憂者，吾見伊君而已。」自少好讀書，既病去官，作南窗叢書，多發先儒疑義。其爲詩尤有高韻逸氣，曰賜硯齋集四卷。夫人羅氏。二子：秉綬、秉徽。始公爲刑部主事，鼐爲刑部郎，直四庫館，與公未及相知，後乃知公子秉綬。公喪將歸葬，乃先爲墓誌以授其子。公家世俱詳鼐所爲公祖贈光禄誌中矣，故不復出云。銘曰：

居約有恥，既貫靡肆。葆茲常度，淵乎君子。其道有承，其學有嗣。其歿無憾，安宅桑梓。

禮部員外郎懷寧汪君墓誌銘 並序

禮部員外郎汪君，於嘉慶十三年十月八日卒於京師。次年，其孤湳奉柩歸葬於懷寧，先以書請余爲之銘。嗚呼！學之敝甚矣！世俗説經者，不務講明，服習聖道，行天下之公是，而求一己之私名。搜取隱僻爲異，而不必其中；辨晰瑣碎爲博，而不必其當；好惡黨讎，乖隔錯迕；是失聖人所以作經之本意，而以博聞强識滋其非者也。

君少稟承宋儒之言，行己有恥。其於經也，辭義訓詁之小者，未嘗一一拘守程、朱，而大義必宗嚮，而信且好焉。因推明其旨，將以扶正道率後賢，是可謂君子之爲學矣。余始未識君，居懷寧敬敷書院時，君來，偶見余説詩關雎，言：「古序及毛傳，皆同朱子之説；謂爲后妃求賢作者，鄭康成一人之誤説耳。」君因探懷出所著説，則意正同余，自是往來益密。其後君去，入京師，中乾隆五十三年順天舉人，嘉慶元年成進士，選庶吉士，告歸，又一見。其後君改官禮部主事，擢員外郎，以公事被議，旋復待缺，遂卒。

君所讀經，皆有札記，其子編之爲八卷。君年僅五十餘，所欲爲者非第如今八卷也。

君深識天下事利病，遇義慷慨敢爲，使喦行一方，施於政事，亦當有可觀者，惜其仕與學皆未竟而身没矣。君諱德鉞，字崇義。祖諱周煜，父諱文墀。娶徐氏，繼娶阮氏。子三：時湳，時漣，時泰。孫□。銘曰：

篤行好學義之徒，志遠事鬱失士模，後百千歲敬厥墟，沐椁中瘞非俗儒。

誥贈中憲大夫刑部員外郎加三級瀘溪縣教諭楊府君墓誌銘 並序

君諱芳，字仲篪。先世撫州臨川楊氏，自臨川遷金谿，居鵝塘里，累世皆以學行爲儒，而率終於諸生。曾祖諱遴，祖諱曰遷，考諱毓淇。君生幼而三世皆喪，惟曾祖差晚，撫教君至十歲而已。君於危孑孤處之中，矯能自立，一日發父遺書，慨然涕泣，思究學，乃窮日夜治諸經，悉通其義，遂爲諸生，雍正乙卯科、乾隆癸酉科，再以五經爲鄉試副榜貢生。

君平生手鈔五經至四五通，而寡著述，曰：「士貴於經所云行與副耳，若傳注則前儒備矣。」故其處家盡孝弟之誠，雖貧不較於財，雖勞不表於衆。其持身能極儉約，故能介然無求，而室家安之。於交朋友，誨弟子，必以誠信。士羣推其文行矣，而終屈於有司，乃選瀘溪縣教諭。君在瀘溪，以身訓士，尤以敦倫紀惜廉恥勤職業爲亟，非公事未嘗謁令，亦不輕受人謁。士有見枉，則告於令直之，其人來謝卒不見。文廟敝，君勸修於瀘溪；瀘溪人素重君，聞君言皆應。值積雨，竈無薪，治廟材者或束木柹以遺君，君拒不許。至今瀘溪人言官于彼者曰「如楊學官，乃君子已」。

君之瀘溪，年七十矣，數年遂歸，歸五年，以乾隆五十二年十二月望卒於里，年八十。未没時以子護貴，封奉直大夫、刑部主事加一級；卒後贈中憲大夫、刑部員外郎加三級。夫人同縣李氏，生庠、生韶；繼配同縣聶氏，生乾隆甲辰科進士江寧布政使護，乾隆辛卯科舉人䛒；皆贈太恭人。李太恭人先君卒，已別葬。聶太恭人君卒後三年卒，年□十□。其爲人慈仁恭儉，甘貧，善承君志。愛韶甚於己出之子。嘉慶□年□月□日，葬君於□□□□，聶太恭人祔焉。銘曰：

秉義嚴飭，誦經行則，内行靡忒。善羣而貞，不忮而清，君子之能。德充仕狹，闇無著業，光闡嗣葉。有配仁厚，偕厥老壽，同藏兹阜。

舉人議叙知縣長洲彭君墓誌銘 並序

君諱希韓，字玉擎，長洲彭氏。自順治丁亥科進士長寧知縣瓏，生翰林院侍講定求，侍講生鄉飲大賓正乾，大賓生兵部尚書啓豐。侍講於康熙丙辰科、尚書於雍正丁未科，皆以會試、殿試頫第一名授修撰，故天下稱盛族必曰彭氏。自大賓以上，四世皆贈如尚書官。

尚書長子爲舉人、曹州府桃源同知紹謙，而君又桃源之長子也。昔侍講撰儒門法語，以教子弟爲修士，而君幼尤端謹明惠，能讀先人之書，尚書以爲喜。乾隆乙酉科，中江南鄉試舉人，時君考已仕山東爲令。君往來官舍，奉侍之暇，偶言商政事必當理。君考旋以卓薦升曹州府桃源同知，未之任，省親乞歸，歸六年卒，其時尚書里居尚健也。君治喪事既聞，則奉大父惟謹。其後值乾隆四十五年純皇帝南巡，蘇州紳士建迎鑾亭館三處，君以尚書命任其事甚修備。其年尚書入都祝釐及返，君皆侍焉。四十九年又值南巡，蘇州當有修建，計費頗廣於前，衆欲以畝派。君曰：「蘇賦固重矣！紳士迎鑾紀恩，而費及小民，不可。吾曹捐之，慎用無糜可也！」衆曰善。初君嘗爲四庫館謄録，既竣功議叙，當得分發知縣矣，以尚書春秋高，不欲離，故未就。是年夏，尚書遂捐館，君以冢孫視疾及喪皆如禮。然君傷甚，自是亦病，遂里居不復出，卒於嘉慶十一年十月四日，年六十三。

君爲人誠厚端凝，而明敏於事；有就謀者，語之必盡其道，任之必盡其力。輯宋以來儒者之説，時取自省，曰退齋日録。君叔父紹升，以開敏堅卓之資，融合儒釋爲義，世所稱二林先生也。君自幼與同塾讀書，中歲講論，皆資受其益，而君持論，終守家法不渝，所謂善學柳下惠者與？君工文，善楷書，暮年既病，終日危坐讀書如常時，以迄於卒。

娶顧孺人，生澧州石門知縣藴琨。繼娶吴孺人，生女一。再繼娶孔孺人，生候補縣丞藴琳、庠生藴燦。女二。以嘉慶十□年□月□日，葬君吳縣太平鄉梅灣山麓。桐城姚鼐爲之銘曰：

植行篤，養志卓。才可遠服施一匊，葆厥澹邈靡不足。繼前修躅遺後福，藏君兹寶鞏且隩。

中憲大夫順德府知府王君墓誌銘 并序

君諱廷言，字顧亭，婺源王氏。平陽府同知諱文德之子，候選縣丞諱士鏡之孫，兩世皆贈中憲大夫。君才通曉世事，而性清遠，喜文章，耽禪悦，嘗仕爲河曲州知州矣，又晉順德府知府矣，兩地皆有政聲名跡。而在順德值歲饑，君於公帑振救之外，又自出財以施貸，所全者甚衆。上官尤稱之以爲賢，將更薦舉，而君以目疾不痊，遂請告去官。

君始家婺源之漳溪，遷居饒州，既乃定居於江寧之西南郊；故於江寧、婺源事有當爲利民者，君皆以鄉里之誼任焉。立積倉，興文社，今入婺源塗中，有溪橋數處，皆君建也。君兩弟工部員外郎廷亨、通政副使友亮，皆先卒，而君獨壽。嘉慶元年入都，與皇極殿千叟之宴，賜綺、鳩杖，自是歸不復出。

鼐來江寧，與君知十餘年。其家有樓臨江，上置積卷，每凜秋氣霽，要余登之，眺臨空曠，爲説無生之義。其平居禪誦之餘，吟咏而已。尤喜余詩，多能舉其辭，而余或自忘也。

所著有自娛草若干卷。嘉慶十二年正月四日卒，年八十三。娶江恭人，無出。繼娶戴恭人，生子二：長候選主事汝成，先君卒；次候選中書舍人芝祥。女五。君夙愛饒州□□□之山，命必葬是，以嘉慶十□年□月□日葬。爾爲銘曰：

婺源重巖，黝、歙之南。王氏徂居，自宋秘監。數十其世，衣冠庸繼。君才卓興，北遷江裔。秉持符竹，布惠煢獨。養志懸車，邈焉高躅。里懷其厚，曰俊以壽。藏棺玆阜，銘貽無朽。

朝議大夫臨安府知府江君墓誌銘 並序

君諱濬源，字岷雨，懷寧江氏。曾祖諱守侗，祖諱汝湛，考諱嘉椿。祖考皆以君貴，贈朝議大夫。君以縣學生中乾隆三十五年舉人，四十三年成進士，授考功司主事，晉員外郎，又晉稽勳司郎中兼考功事。君在考功十餘年，貨賂不敢及門，吏不敢爲姦弊。

乾隆五十八年，出爲雲南臨安府知府。臨安邊遠，民寡知義，君一以道理諭之。訟者至，君呼至案，與言如鄉里，至不可教，乃威以法。有兄弟以財訟者，君爲言骨肉之誼，其辭痛甚，言未終，訟者泣涕求罷訟，復於好，後訟者益稀。臨安所屬夷氓土司十，掌塞十五。舊土官謁知府，其儀嚴甚。知府坐堂上如神，階下跪拜惶迫，不聞一言而出。君獨接以和易，賜坐與問夷情具悉，土官感恩奉命愈謹，而事大治。居寡燕樂，廚舍蕭然，優人跡不至其郡，而境内小大績無不舉。縣皆立義學，爲立法甚密。任内公私修橋梁至五六十，君自爲文以記，臨安民以爲榮。嘉慶二年，貴州興義苗爲亂，蹂近雲南，君調土練防禦，賊不得入境。後二年，君護迤南道，值大兵勦倮倮土司，君駐威遠督理防勦有功，以卓異薦入都，既引見，反臨安待陞。君以年七十，請致仕歸，後五年爲嘉慶十三年九月辛巳，卒於家。

君少工文章，爲諸生時，嘗事劉海峯先生聞古文法，著介亭内外集十二卷、介亭筆記十卷。其在臨安，澧社江六蓬渡有螞蝗之孽，時覆人舟；君爲文祭神，其夜大風雷鳴，若有物隕墮，祟竟滅，人以配昌黎之告鱷云。在威遠時，作邊防四篇，其言守邊利病尤具。在考功時，爲己酉科陝西鄉試正考官，取士稱當焉。

娶胡恭人，同里太學生熾女，事寡姑趙太恭人最孝，趙太恭人謂孫女：「作婦者宜效之！」又能以勤儉助夫爲廉，嘉慶四年□月卒於臨安官舍，年□十。生七子：甲寅科舉人彦和、己酉科舉人景綸、附監生郁才、監生景綬、候選縣丞甸、附學生景紱、廪生爾維。君喪時有孫十六、曾孫六。嘉慶十五年□月，葬君於縣西北四十里亭家沖山麓，胡恭人祔。桐城姚鼐爲之銘。銘曰：

講仁導義，德被邊迦，以及夷裔。樹績佳吏，内原儒藝。有助賢嬪，稱其翟茀，爰安同瘞。

吉州知州喻君墓誌銘 並序

喻君諱寶忠，字元甫。祖曰懋達，考曰世岸，皆以君仕知縣贈文林郎。先世爲建昌府新城縣人，君考遷居南城矣，子孫猶貫新城籍。君自新城學生中乾隆二十四年江西鄉試，三十一年成進士。君先以大挑一等得知縣，成進士後，乃分發廣東，所歷河源、陵水、石城、翁源四縣，署南澳同知、化州知州事。

嶺外命案，好爲詐僞，吏每爲所罔。君察傷涖獄，能盡其聰明，究其情曲；又婉喻理義，使之心服焉。在石城值大旱災，君首捐財市米，且勸富民出賑，設粥廠七；每鄉民所出米，即賑其鄉，不足則取於縣；又爲平糶施醫藥棺槥之法甚詳，民賴以濟。是時君積勞數月而鬚白，以卓異擢山西吉州知州，未一年遂告歸，時君年六十矣。

君少工文章，在廣東四爲同考鄉試，多得士。及退歸，衆推之主盱江書院，成益多才。君之歸也，居於南城，嘉慶十一年卒於南城，年八十二。配鄭宜人前卒，生子三：宗衡，縣增生；宗緒，國子監生，皆卒。宗勳，乾隆乙亥科舉人，爲安仁縣訓導。側室陳氏生子三：宗崙以縣學生舉優貢、候選知縣；宗嶠，江蘇從九品；宗嶧。女九。君卒時有孫十一，曾孫二。

□□年□月□日，葬君於□□□□。銘曰：

奉職能，持己清，文可稱。壽既登，子若孫，殷當興。書藏堋，後必徵。

朝議大夫户部四川司員外郎加二級吳君墓誌銘 並序

君諱元念，字在宮，桐城吳氏。曾祖諱子雲，順治乙未進士，河南提學按察司副使。祖諱祖佑，浙江安吉州知州。父諱文炳，候選州同知。母馬太恭人，生六子，而君爲長，年二十餘而孤。君撫諸弟成室，治家有法，不貪而殖。君始仕得雲南建水州知州，有善政。有土官亡，有子，而其弟欲奪其襲位構訟。弟以金置酒甕饋君，君召兩造升堂，開甕出金，罰使修橋，而斷以子襲。鄰州有盜越境至，爲君獲，君以與其州官而不居其功。數年，擢户部四川司員外郎，二年告歸。里居凡三十三年，嘉慶八年正月乙未卒，年八十。

君爲人長者，呐言而和易，里人多愛君。其生平無妾媵，居京師時，以妻子侍母於里，與姚鼐同賃一宅而分居之，朝夕談無間。鼐後君四年乃歸。鼐自歸里，多居書院，不復與君長聚，然時念君，及君喪而鼐故人盡矣。夫人左氏，懷來知縣世壽女，能佐君以成其志，生子二：候選訓導金榮、監生承露。女三。孫九。夫人卒於乾隆五十三年□月□日，嘉慶九年三月□日，合葬於縣治東南十里方莊之原。鼐爲銘曰：

質素寡競，以簡居政，民樂以幸。懸車既定，優游多慶。年耄身竟，其族方盛，繩繩子姓。有配維稱，永偕幽夐。

順天府南路同知張君墓誌銘 並序

君諱曾份，字安履，桐城張氏。祖諱廷□，南川縣知縣。考諱桐，萊州府知府。君本諸生，能文章，而爲吏勤明有斷，所至民以便安。始仕爲寧晉知縣，遷南皮，皆有能績，遷大興。畿下多貴人勢家，君秉法，請託不得行，尤著强幹名。擢順天府南路同知，其績益起。京師達官知其才，將大起之，而君以淀水漲，親往護文安隄，自夏迄秋，晝夜勞憊，隄得固而君得疾，次年疾進，以乾隆四十一年五月十五日卒於官，年四十五。

始君妣姚恭人，姚鼐從曾祖姑也。君娶姚宜人，鼐從曾祖妹也。當乾隆二十八、九年，鼐在京師，君需次吏部，與少詹事曾敞三人，同居一巷，日夕相對，意密甚，鼐遂以女許君幼子。君後出仕爲縣，復入爲大興，其年少詹事罷官去。君擢南路，距都城三十里，鼐與君相見猶數。夫遠宦數千里，而婚姻得相依近，此人生不易遇，可幸者也。然鼐以乾隆四十年去京師，次年即聞君喪，又次年而詹事亡。君有三子：長元輅，爲廣西巡檢病歸；次元輈，以嗣君兄曾□；次元輯，鼐女壻也，君没後九年而喪，吾女又無子，悲夫！人生倖得可快之事何其少？而不幸可痛之事何其多也！

君始葬於縣治北山，以有水泉之害，嘉慶十年□月□日，改葬君於□□之原，姚宜人祔。彌念君才優年絀，不獲大展於生前，而没後又多可悲者，因銘以寄吾傷焉。銘曰：

殷哉畿輔，難治自古。矯矯强武，卓不可侮，遐矚長撫，而中折殂。天道何主？孰昌孰膴？孰抑孰阻？擇是安土。蕃祐厥後，銘是魯祔。其信其庶！

知縣銜管石碑場鹽課大使事師君墓誌銘 並序

君諱問忠，字恕先，師氏。本居山西洪洞，明初從黔寧王定雲南，以功得世襲指揮使者曰毓秀，始居於滇。其後乃有定居大理府□□者，至君凡七世。君之祖諱可植。考諱行甫，爲縣學生。君十四歲而孤，孑立無伯叔昆弟。貧以耕食，欲奮於學而姿魯，讀書不得入。君愈發憤，且求禱於神，一夕寐，若有人以刃剖胸，取其心濯之，寤悸猶苦痛，然自是聰悟，文冠其儕，旋入縣學。乾隆六年，中雲南鄉試第二名，試於禮部數不利，丙戌科試後，挑晉寧州訓導。四歲，吏部取入都，旋授爲長蘆樂亭縣石碑場鹽課大使。於是居樂亭二十年乃歸，歸居八年而卒，年八十有五。

君有文學才識，屈居下職，然不以爲忤意，遇人甚和易，至非義則堅不可犯。樂亭令以竈户地誣爲荒地，招姦民而市之。竈户訴於朝，人知令之不直也，而多爲之地者。君以實報上官，且持之甚力，上官謂之强項埸官。然終以君議正，不可奪也，卒以地歸竈户。其持身儉甚，衣履敝不易，曰：「苟欲華侈，一至不給，則敗所守矣。」娶金孺人，生子翼，先君歿。繼娶任孺人，生子範。君以文章教弟子，多成名者，而範亦中甲午科雲南鄉試第二名，今爲安慶府望江知縣有聲矣，天蓋報君於其子也。範已葬君，使鼐補爲銘。銘曰：

其學天啓，其行人韙。官偃不起，誼植弗毁，昌後其徯！既安幽里，銘貽萬祀。

中憲大夫開歸陳許兵備道加按察使銜彭公墓誌銘　並序

公諱如幹，字天培，惠州陸豐彭氏也。其考諱名史，雍正壬子科舉人，登乾隆乙丑科明通榜，爲江川縣知縣，以公貴授中憲大夫，生七子，公第四，兄弟從雲南官舍，爲學精甚。乾隆己卯科，偕次兄如槐登廣東省鄉試榜。公於丙戌科成進士，而以榜前大挑一等，得高州府教授，遭憂服滿，乃以甲次得汝寧府汝陽知縣。

公驟爲政，即明達多惠利，以緝獲江南阜陽盗首引見，詔以同知題補。還治未及擢，值新蔡縣民李剑爲亂圍城，公率衆援之，賊駭散。公佐上官追討，親往麻城界捕獲盗首二人。旋署陝州事，捕盧氏姦民常禮。繼擢南陽府同知。上官謂同知雖尊於令，而任則簡，方賴公才治劇，俾仍攝縣事。公治縣益勤且惠，民益欣之，遂攝歸德府。既而以監運糧引見，命擢知府，授汝寧府。當公在汝陽，既多惠政，而營辦災賑，所濟溥密，民尤賴之，故重至爲守，衆皆喜，而公亦樂爲之勞勩，百務皆舉，適值歲豐，民皆謂公爲貽福云。

調開封府，其治猶汝寧，而以居首府，雖異郡事時治及之，所予奪輕重悉適當。嘉慶之初，湖廣亂民起，連及河南，開封設軍器餉運之局，公督理無不備。又嘗赴軍營，值內鄉、淅川有賊，率兵往，夜馳三百里，賊不意悉爲禽得，而後入城，民始知官兵之至。以是功奏賞花翎。息縣賊民張雲路爲逆，有梁國幹者，素與相識，而投公前願自效。人謂是爲賊偵，不可用，宜殺之。公曰：「觀其形辭，非詐也。」待之厚，卒禽雲路者，國幹力也。以是功上令加道銜，而頒御物賜之，旋授開歸陳許道，職兼理河事。

國家數十年內，屢有河患矣，而公在任三值焉：嘉慶四年決儀、睢，數月而塞；八年秋決祥符，逾月而塞；冬決衡家河，其患最鉅，逾半年乃塞，天下所謂「衡工」也。公皆在工所，相視形勢之便，籌思導塞之宜，指麾畚挶之事，不避風雨昏夜，故功每易成。卒以督辦衡工引河，勞瘁致疾，猶勤不輟，以至於没，是爲嘉慶八年十一月二十四日，享年七十。事聞，詔謂公深悉河務，實心任勞，力疾不移，致没工次，故加恩賞給按察使銜，異數也。公持躬有節，而厚於待族戚交遊，天性明果，而行以仁恕。久任河南，稔其風土，所舉必爲衆便賴，既亡，公私皆慕思之。

夫人劉恭人，繼配葉恭人，皆先卒。子十：應焜、應燕，爲瑞州府知府；應燾、應杰，候選員外郎；應煦，候選知縣；應陽、應勳、應照、應烺、應煥。葉恭人所生子六。側室白氏生應陽。側室劉氏生應照以下三人也。女三。孫男八。孫女四。公之子以嶺南道險遠，不能歸葬。葬公於江寧之□□□□，而移家從公墓焉，爲嘉慶□年□月□日。姚鼐適在江寧，爲之銘曰：

才勇德善，理煩靖變，姦亂息宴。厥用未盡，勤國身殞，天子惜閔。其功在民，其道可循，子孫振振。秣陵原土，輿伏龍虎，宜爲藏所。

贈朝議大夫户部郎中福建臺灣縣知縣陶君墓誌銘　並序

君諱紹景，字京山，先世彭澤人也。宋端平初，有自彭澤官江寧者曰細三，後遂居江寧東南鄉，今謂之陶村。居陶村若干世，遷居城内者曰可能，是爲君祖，以君貴贈文林郎。君考諱勳，以君貴封文林郎，又以孫敦仁貴贈奉政大夫。

君之少也以孝聞，母疾，割肱以療之而愈。讀書勤苦逾人，工文章，以庠生中乾隆三年戊午科江南鄉試第一名。閱數年不第，選雲南大姚縣知縣，調永善，遭艱歸。服闋，補福建松溪知縣，調臺灣。其在雲南，民風陋樸，君專以德化，有訟者，反覆勸諭，民輒悔改。及至閩，民詐狠健訟，君乃嚴法繩之，其邑亦治。君在臺灣，嘗署淡水同知，皆有績。以海疆任滿，當擢官去，臺灣民素戴君，爲立碑頌。然君經涉海洋之險，厭吏事，不待擢而遂告歸。其在鄉里，温温長者，口未嘗稍言人之過，喜論文。在雲南、福建，皆嘗爲同考官，多得佳士。又開設書院以啓其秀俊，士皆賴其誘進焉。

君之歸也，年四十餘，優游閭巷復四十年。又值戊午科，乃重赴鹿鳴之宴，世以爲盛事。又逾二年，爲嘉慶六年二月二十六日，終於里，年九十一。夫人詹氏先卒。子二：保德州知州敦仁、國學生敬修。孫十人：渙悦、濟慎，皆嘉慶丁卯科舉人。君始以子得封奉政大夫、保德州知州矣，身後以渙悦爲户部郎中，得貤贈朝議焉。嘉慶十五年，與詹夫人合葬江寧安德門外林堂山麓。桐城姚鼐爲之銘曰：

才俊之興，君冠以稱。出宰殊俗，優優吏能。其德無矜，宜壽之增。載貽後禩，餘慶其徵。

惜抱軒文集後集卷九

墓誌銘三

抱犢山人李君墓誌銘 並序

自劉海峯先生晚居樅陽，以詩教後進，桐城爲詩者，大率稱海峯弟子。然吾謂爲詩自有性情，非其性情，雖學不能善。李君僊枝，字寶樹，遊海峯之門，學其詩而似之。孤介自喜，爲縣諸生，早棄去科舉學，在家爲園池，植竹樹自娛，稍稍積錢，即出遊覽山水，遠絶城市，其性情真詩人矣。

乾隆五十八年，余在江寧。君忽至，問所自來，曰：「偶思洞庭及錢塘西湖，因遊月餘，塗間未嘗與人談話；今將歸，過此來見君耳！」因邀余至其家。後余歸里，以君居抱犢山，去城猶百里餘，未及往也，而君旋卒。卒後君從子宗傳述君意，欲余志其墓。余以君之可稱述者如此，因許銘之。君祖熙載。父光璐。娶王氏。卒於嘉慶元年三月十一日，六十四歲。抱犢山人，其自號也。銘曰：

大江之北，浮渡之東，抱犢窿崇，是爲詩人之幽宮。林高谷空，寥寥泠風，如或吟嘯於其中。

孫母許太恭人墓誌銘 並序

太恭人常州宜興許氏女，武進孫氏婦。考諱建，康熙辛卯科舉人，廣西義寧知縣。舅諱謀，康熙辛未科進士，禮部主客郎中。夫贈中憲大夫諱枝生，主客之第三子也。少而父母皆喪，其兄鳳飛爲恩承州吏目，攜至廣西，義寧見而愛之，遂以女與之，爲贅壻於義寧官舍，二年生子孝勳，又二年贈中憲大夫卒。時恩承已前喪矣，而義寧無子，度兩姓後皆無依，頗欲奪女志。太恭人以死誓，且曰：「女在，何不若兒耶？」

數年，義寧卒於官。太恭人奉父、夫兩柩，踰嶺嶠，沿湘，越洞庭，歸於江南，訪求武進孫氏，僅一宇，而五世同居之，太恭人分有敝屋兩間而已。以宜興贈嫁田，易之於武進，得二十餘畝，不足供食。於是晝則紡織針黹以助食，夜則課子讀。子有過必撻之，撻畢必大慟。其後孝勳中乾隆丙子科舉人，又後十年得句容教諭。太恭人從武進至句容，乃命以武進田爲祭田，曰：「子有薄禄，吾田宜奉公矣。」又後二十三年，孝勳爲河曲縣知縣。其時太恭人之孫星衍，以丁未科一甲第二名入翰林矣，太恭人乃從居京師。其後星衍爲兗沂道，孝勳亦請告從太恭人居山東。後星衍以母喪去官，再起爲山東督糧道，太恭人乃又與子至德州。嘉慶十年六月十九日，卒於德州官舍，年九十八。

其平生嚴整，不苟言笑，而御下和恕，未嘗以重語詈之。體素健彊，當星衍去官，居金陵燕山侯祠，祠有假山小樓。太恭人年九十矣，時輒不杖登之，至於終壽而神明不昏也。居武進時，歸葬其父宜興，母亡又葬其母。及子孫既貴矣，命買田宜興供許氏祀，而孫氏家祭後必祭許氏，以報義寧德焉。始以節孝舉得旌表，卒以子及孫貴累封至太恭人。子一。孫三：星衍、星衡、星衢。嘉慶十年十一月□日，孝勳葬之於武進夾巷口，祔於贈中憲之墓。桐城姚鼐爲之銘。銘曰：

懿女少罹，洊閔酷矣！秉節濟危，峙惸獨矣！忍寒與飢，命子穀矣！天褒以壽，康食禄矣！同穴於兹，貽裔福矣！

王母潘恭人墓誌銘 並序

潘恭人者，通政司副使王公友亮之配也。通政家本婺源而居江寧，故娶於江寧潘氏贈武德騎尉安慶衛守備朝士之女，年十八，歸於通政，事公姑能恭以承意，事夫能任家事之煩，俾通政得專力以成其學行。

當通政仕於京師時，通政母林太夫人在堂，恭人侍之於家，代通政之孝養。既而林太夫人就養於都，而恭人以子女衆多，婚嫁未畢，尚留里中。王氏故富室也，及通政仕而家已落，官愈進則貧益甚，然人猶以富家觖望之，惟賴恭人摒擋經營，以供京師及里中之用，其所任有甚難者。通政於乾隆六十年以給事中巡視南漕至揚州，恭人乃一往揚州。蓋夫婦不相見者十八年矣，於是始一遇，而逾二年，通政卒於官矣。

恭人三子，時長者行恕既喪。次麟生，終父喪旋亦喪。恭人撫兩嫠婦及季子、諸女，悲哀勞苦，整理其家，常如一日。自奉極薄，而與人惟恐不厚，年既老而早暮治事如少時，凡姻親中外見之者，未有不歎其賢而愍其瘁也。又後將十年，季子鳳生乃仕爲浙江通判，三署府同知，恭人從之官所。於嘉慶十四年十一月八日卒於杭州，年六十九。

恭人事佛甚謹，而慈仁恭儉，出於天性，喜言人善，聞有言人過者，必正色止之，雖婢僕未嘗重詈也。六女皆適士族，其季庶出也，恭人愛之甚，以亡而慟，故病遂至亟。有孫一，世林。孫女四。曾孫二。當通政之亡，鼐爲之銘墓矣，嘉慶十□年□月□日，其家將以恭人合祔，復請銘焉。其家世已詳於通政銘内者，兹不復具云。銘曰：

賢者勞，智者憂。男外勤，女内修。懿恭人，敬有謀。視室中，有與不，厲黽勉，靡安媮。昌厥家，貽多休。惟母德，不可酬。銘厥藏，慰明幽。

張母鞠太恭人墓誌銘 並序

太恭人淮安鞠氏，候選州同知諱文燦公女，年十六，歸於銅山張氏贈中憲大夫彰衛懷道故宿北河營守備諱瑞。贈中憲嫡夫人王、吳兩恭人，皆先喪無出，而上有母王太恭人。惟鞠太恭人至，能敬事以助中憲之孝。生子裕慶，十一歲而孤，卒能教督以成其才，仕至河南彰衛懷道，而太恭人被國恩晉封焉。

始贈中憲復有歸、陳兩孺人，各生一子，一裕福，彰衛兄也；一裕臣，彰衛弟也，皆繈緥喪母，太恭人撫育教誨，其意誠至，三子若一。其後又成就福與臣之子，皆並登仕籍矣。當贈中憲之亡，家貧子幼，太恭人茹苦勤力守之，以至于仕。既貴而飭躬如故，戒約其家勿侈費；至於施予親族内外，則以時而加豐，惟恐弗至。平日愛子甚篤，及裕慶以逆匪自川、陝擾及河南，從巡撫入營壘擒捕勁寇，如是者三年，太恭人時勉以盡力効忠而已，毋念己也。河南屢被河患，裕慶以府通判莅工防護，及治衡家樓河口險工尤勞瘁，太恭人勉諭之，終不及私。故子之績成，官擢，而封加母氏。世以爲宜。

太恭人壽至八十，於嘉慶十二年九月二十五日卒於彰衛道官舍。裕慶自銅山遷居金陵，故於嘉慶十三年十月十一日葬太恭人於上元縣東五十里張官山之陽，以狀示姚鼐請銘。太恭人一子，得一孫保成方幼。一女適宿遷附學生羅璞，璞之子紳從鼐遊。又鼐有叔，嘗從居彰衛官所甚久，夙聞太恭人之賢如狀，故爲銘曰：

儼其秉德賢以壽，子爲國材用未究，恩褒母氏疊且厚。金陵東南鬱深秀，蒼山四周中一阜，卜萬世藏昌厥後。

太子少保兵部尚書總督江南河道提督軍務兼右副都御史徐公墓誌銘　並序

公諱端，字肇之，湖州府德清徐氏。曾祖庠生諱元臣，祖舉賢良方正岷州知州諱志丙，考涉縣知縣、候補府同知諱振甲，三世皆以公貴，贈太子少保、資政大夫。

公生而强記明達，涉縣贈資政公始仕江南，知蕭、碭、清河，縣皆臨河；公年二十，從官佐治，於隄防疏導之法，身習心解。及從之涉縣，助挑引河，工竣先諸吏。阿文成公奉使在河上，見以爲才，公於例應選通判，即奏留於東河河工，遂補蘭儀通判。逾三年，蘭儀改爲同知官，即以公升任。調睢寧及開封下南河同知，其間屢遭大河漲彎，塞禦得宜，河南稱其績。乾隆五十八年，大計薦卓異，護開歸道印。值湖北邪教爲亂，從河督帶兵赴湖北界防堵有功，賜戴花翎。旋以江南總督、兩河督合請，以公署兗沂曹濟道。其年睢州河決，曹州河涸，公豫築河北兩壩，以待水至。及睢州決口合，河至曹漲甚，賴壩以安。今皇帝親政，公引見，以知府用。其冬授饒州府知府。江南總督、河督請調淮安府，旋加道銜。逾年擢淮徐道，值改淮徐道專轄徐州，公居任，遭贈資政公憂。其時河南衡工河決，上憂河事甚，命回籍治喪，百日回徐州道任，其後令以三品頂帶署東河〔一〕河道總督。公至，衡工決口初塞，善後之政，皆公籌也。是年冬，即補授江南河道總督。逾一年，上命設河督正副官，以戴均元爲正督，以公爲副。逾二年，戴公病歸，公復爲正，其年冬又改爲副。逾一年裁副總河，而公復爲河道總督。

公自嘉慶十年居江南河督任，至是六年，明習河事，授吏程功，贏絀必如所計。躬耐勤苦，以趨險急，賴以安者屢矣。時有議改河入海之口者，公往相視，以爲不可。迄今河入海，循故口甚利，皆公識之當也。然而大河多變，非盡人力所可施，而國家以河、淮濟運，泛涸或引濁入清，漲急或權輕重，決彼隄以保此岸，於河道民居，安得無傷？故公之才，與所處之難，皆上所深悉也，而國有正法，在任值有河患，安能引天災而不爲法受過？故嘉慶十五年冬，遂令去職，仍留工次。公於是每遇要工，必以身先衆。次年冬，以治碭山李家樓決口，旁開引河，公任其事，嚴寒積勞，遂至病甚。世謂使其功完事定，天假之年，必復爲上所褒擢，而公竟不能待，然其所已見於世者，亦可稱矣。

公著有迴瀾紀要、安瀾紀要二書。年十二而妣錢太夫人喪，與母弟妹甚友愛。及贈資政之亡，遺庶子及兩女皆幼稚，公撫之悽惻，恩勤尤至，見者爲感動焉。夫人蔡氏生二女。側室張氏生一子鏞，□女；謝氏生一子鑽，□女。公年六十二，以嘉慶十七年四月初六日卒。以嘉慶□□年□月□日葬於□□□□□□□。銘曰：

河流渾渾，東居淮濆，朝治而平，暮忽改奔，効功以人，底績者天。佶維徐公，國之勞臣。載任水官，三十其年。有勩其襄，有資以安。鬱蘊餘志，曰瘞茲原。

〔校記〕

〔一〕「東河」，原作「河東」，劉本、備本同。據清史稿職官志三總督巡撫條改。

贈奉直大夫翰林院編修加三級鄧君墓誌銘 並序

君諱巨源，字崑發，其先高密鄧氏，遷居閩。宋建炎初，有左正言肅，以直言著於宋史。其後世屢遷，明末居壽州。入國朝，有順治丙戌科進士、陝西洮岷道按察副使旭，始自壽州遷爲江寧人。生貴池訓導煊，煊生廩膳生重及堪。重無子，以堪子附貢生贈編修鑽嗣，是爲君考。

君生而好學能文，爲江寧府附學生，爲人孝弟恭謹，其父晚病偏枯，侍疾不離側，扶持抑搔，數年不懈，父以爲安。教子嚴，必使近正人，延其從叔某爲授讀，禮敬甚至。後某老矣無嗣，君朝夕饋之食。其於宗黨戚友，多施惠。

君年五十五，於嘉慶元年五月卒。娶陳太宜人，同縣歲貢生延年之女也。君之事父母爲善，太宜人能盡力以相之。君族叔某喪於君亡之後，而終不失奉養之宜者，太宜人力也。持家勤苦儉約，及子既貴猶不改，勗以廉正而已。年六十九，卒於嘉慶十七年二月。生二子：長廷楨，嘉慶辛酉恩科進士，翰林院編修，寧波府知府。君考及君，皆以廷楨在編修任，得贈奉直大夫、翰林院編修加三級。君妣彭太君贈太宜人，陳夫人封太宜人。次廷櫟先卒。女一，適王世琛。君亡時，已從葬考墓於江寧城南矣；及太宜人没，嘉慶十七年十一月□□日合祔。廷楨乞姚鼐追爲銘。銘曰：

篤行好善，生抑弗顯，其卒光衍。懿媛在闈，佐志繾綣，同藏窀楗。

周青原墓誌銘　並序

乾隆三十年春，高宗純皇帝南巡江、浙，合江南士之獻進賦頌者，召試於江寧。自十六年南巡，至是三召試士矣。是年定爲糊名閱卷，取中尤嚴，而江寧周君，以廩膳拔貢生入試，欽定爲一等，賜舉人。授内閣中書舍人，君之名乃大著於天下。君入都供職，旋入軍機處辦事。一夕內直，上偶問得君名，歎曰：「此吾南巡時所得江南才子也！」時大臣無不欽重君者。

君兩會試未第，倏挂吏議；君時年才逾三十耳，而意沮喪，無仕進之志。君故通曉天下利病，又善爲文奏。既退閑，於是四方督撫，多請君入其署爲章奏，而君亦藉以遨遊徧天下。當君之得過，以人有來探事者，君對不知。後其人得罪，引君及同直軍機者，皆未泄密也。吏有與軍機官相惡者，即以「不嚴斥探者」傅重比，鐫級。其後與君同罪者，復進用至卿貳，而君獨遠迹都門，雖其居幕府爲奏之善，多爲天下稱誦，而身一見枉，終放廢以至於老，此天下所共慨惜也。

君諱發春，字卉舍，其號曰青原，人皆呼之，故青原之稱尤著。余初於京師見之，其文章書法之美，交遊中所希見，而議論和平，與人接，恂恂溫良人也。余歸里，主皖中書院，君時來皖，得再見甚歡。余後至江寧。而君尚依君子之桂於皖，遂不見，而之桂今以君柩歸矣。君夫人沈氏，賢而早没，生二子：之桂，安徽候補知縣。之桐，先喪。嘉慶十六年十月十日君卒，年七十四。次年□月□□日，葬於江寧南吉山之麓。夫人沈氏先葬，於是今以君合焉。爲之銘者，桐城姚鼐也。銘曰：

才高不盡其能，名著不究其升，智可逮遠而身失其憑。惟其君子長者也，卜其後之式承。

中憲大夫杭嘉湖海防兵備道長沙周君墓誌銘 並序

君諱克開，字乾三，先世自豐城徙長沙。明末張獻忠破長沙，脅降諸生周繼聖，至斷腕不屈者，君五世祖也。其四世孫宣智，中乾隆甲子科舉人，爲溆浦教諭，以君貴贈中憲大夫。

君爲贈中憲之長子，少有盛才，後父一科而爲舉人。乾隆十九年，以明通榜引見，發甘肅以知縣用，授隴西知縣，調寧朔。寧夏之田，竝河爲渠，歲得河新水則腴，得湖山宿水則鹻且瘠，故渠有引河之閘，又有洩宿水入河石竇，民謂之暗洞。君在寧朔，值唐延渠暗洞崩塞，渠水不行。上官從他吏建議填暗洞，而竭唐渠入漢渠，以便寧夏之引河。君念暗洞廢，則寧朔水無所洩，夏秋水盛，民且溺，力請修復之。夏民以爲農事近，新水將至，不可待。君約以五日爲之，乃取故渠廢閘之石。晝夜督工。五日而暗洞復立。又嘗爲寧夏治唐延、漢來及大清三渠，皆前吏治之無功者。君受檄相度，或濬或徙，至今民賴其利。

君再以卓異薦，擢知固原州，父喪去官。服終爲姚州知州，擢都勻府知府，調貴陽府。在都勻時，嘗從巡撫與總督吳達善、侍郎錢維城，治貴州苗民爲逆，獲其首從鞠之。君謂錢侍郎用法有不當者，固爭不爲下。在貴陽，亦以强直忤巡撫宫兆麟。二公始皆憾而卒以重君。

旋以公累解職，引見，復授蒲州府知府。調太原府，大清積案，修復風峪口隄堰，障山潦而導入汾。始君在寧夏，治渠作閘，民謂之周公閘。至太原，民亦德之，於隄上作周公祠云。擢吉南贛寧道，署布政使事，以王錫侯書案被罪。然高宗素知君賢吏也，乃發江南以同知用。值駕南巡，君以署江寧府見，上命知九江府。擢浙江糧儲道，又調杭嘉湖海防道，值改建海岸石塘，君莅其工。總督欲徙柴塘近數百丈以避潮，君曰：「海不與河同，徙而讓之，潮益侵，無益也！」力爭得止。君督視勞甚致疾，然猶不懈。在任年餘，以乾隆四十九年七月二十日卒，年六十一。

君生平所莅官皆有績，善治獄，多所平反；禮儒生，以私錢興書院，而性尤廉。其授糧道，盡革舊徵之濫，而身與上官約，不取一錢之賄，上官故移之海防也。没後，家無餘貲。娶張恭人，先卒，生子有聲，乾隆六十年進士、貴州大定府知府。次有度，早殤。女三。側室童氏生子有蕃，國學生。女一。有蕃年未三十而卒。君與張恭人合葬本邑河西鄉藴玉山。嘉慶十年，有聲將復治其墓，桐城姚鼐銘之。銘曰：

嶠立其義，惟堅以毅，惡恤子忌，奮襄民事。辨害興利，河壖海澨，方略載備，衆曰君恃。生爲良吏，没而民祀。貽厥厥裔，銘告千禩。

中議大夫兩廣鹽運使司鹽運使蕭山陳公墓誌銘 並序

公諱三辰，字北樞，先世居義烏，自義烏遷山陰之臨浦鎮。鎮去蕭山城二十里，居者多貫籍蕭山，故公六世祖至公，皆稱蕭山人。曾祖嚴州府教授贈奉直大夫諱正治，祖縣學生諱常敬，考金壇縣知縣諱逢霖，祖考皆贈中議大夫。

公少爲蕭山縣學生，援例爲安徽縣丞，升鳳陽縣知縣，以獲鄰州巨盜，升府同知，借補亳州知州。亳巨州也，訟者日進狀數十；公得其狀，即訊即判，逾月訟者稀，半年則鮮矣。乾隆四十九年，河南柘城民王立山爲亂，距亳州百餘里。公聞，即募鄉勇，得千餘人練習之。河南官兵爲立山所敗，公度立山必至，設伏路左右而自待於城外；立山入亳州境，見無備，易之，趨城，忽見兵，駭而戰，伏起蹙之，衆遂潰，生禽立山。其年安徽大饑，上官令亳州設兩粥廠以賑。公計一州兩廠，何足贍饑者？自增三廠，分設境內。又收民棄男女者集於佛寺，令一老嫗撫孩幼十，如此數十處，身時周巡其閒。計其費，上官發銀，曾不及半，移用以濟之。人謂如此，終必以虧庫銀獲罪矣。公曰：「活民而得罪，吾所甘也。」

當公禽王立山時，大學士文勤公書麟，方爲安徽巡撫，至亳巡其戰處，太息曰：「君，將材也!」及覩賑民增廠，愈賢之。令藩司盡補公所費，公以無累，世以此益稱文勤爲知人也。而總督不喜公，奏禽立山事，不叙公績。純皇帝見奏，以理勢隱度，知公之賢，即令引見，加直隸州。公旋知泗州，時書文勤爲總督，保升知府。引見，授常德府知府，調長沙府。會征鎮筸苗亂，公總理糧餉，隨戰於平壠，大捷，加道銜。嘉慶四年，擢廣西右江道，屢署布政使、按察使。十一年大計卓異。十四年，擢兩廣鹽運使。

公才高識遠，遇事陳説慷慨。屢署兩司，勞於吏事。及授運使，事逸而衆所利也，公遽以老疾請辭職以去。仕安徽時，買宅江寧城内，及謝官歸江寧，令諸子出仕，自穿池種花，而時會故人。君一日謂姚鼐曰:「吾死，君當爲吾銘墓。」卒前一夕，召客飲酒劇談，夜端坐而卒，爲嘉慶十七年五月二十五日，去官三年矣，年七十有七。

先娶孫夫人，生一女卒。繼娶方夫人，生四子一女:子侯補知縣星珠、府通判星華、布政司庫大使星軫、布政司經歷星景。側室王氏，生一子:未入流星德。以嘉慶十□年某月日葬□□，姚鼐銘之。銘曰:

仁及於民，法可遠施。功著於時，中蓄餘才。任於繁勞，去彼膏脂。惟以明智，蹈夷遠巇。清曠江城，終以懌怡。

奉政大夫順天府南路同知歸安沈君墓誌銘 並序

君諱錦，字中甫。歸安沈氏，自宋、元有聞人矣。君之高祖鉞，貢生，贈湖南按察使，以德祀於鄉賢祠。曾祖慶曾，康熙庚辰科進士，四川會理州知州。祖世杓，康熙甲午科副榜，江西崇義知縣。父麟炳，增生。祖、父兩世皆以君貴，贈奉直大夫、薊州知州。

君少以文名，以庠生中乾隆己亥恩科浙江鄉試，以舉人直四庫書館，叙勞以知縣分發直隸，授蠡縣、長垣知縣。嘉慶三年，大計舉卓異，擢薊州知州，旋病，後痊引見，上命往陝、甘以知州用。時直隸總督知君賢，習直隸事，奏留於直隸，補安州知州。州數遭水患，有田畝久沒水者，賦額猶存；君履視知其病，固請於上官奏除之。嘉慶十年，擢順天府南路同知。南路所轄七州縣，民俗悍而健訟，君恩威兼施，能燭其姦竇，俗爲之戢。又兼署治中，府尹每倚君以治事。畿輔殷繁，君明習於事，而敢任之，勞憊益甚。嘉慶十四年，君六十有七矣，遂堅以病辭任。

君仕終始在直隸，直隸民佩其德者甚多。其尤著者：始署大名縣，值段文京亂後，捕餘黨，安良善，最有鎮定之功。在蠡縣，滱龍河漲，欲決隄矣，君盡力護之，身立風雨，隄竟以固。以艱去，蠡民泣送者塞路。過清苑，忽有數十人素衣來拜送者，問之，皆君在省讞獄所平反人也。藁城嘗被災，吏散賑不善，飢民怒噪，欲死其令。省中或議以兵往，君謂必不可，自請單騎往諭，散其衆。入城摘令印，坐廳事決胥吏數人。定其賑事，一縣遂以帖然。君之謝病也，其三子惇厚方知雄縣，乃赴其官舍。其次年四月晦，即卒於雄縣，年六十有八。夫人長興朱氏，爲歲貢生贈奉政大夫兖州府同知謙鏊女，温惠賢孝，君少而爲客四方，壯而在官，而卒不以家事累其心者，夫人力也，誥封宜人。嘉慶十七年九月二十八日，宜人卒，年六十有九。生子四：長敦乂，乾隆乙卯科順天副榜、杭州府訓導。次敦彝，兖州府運河同知。次敦厚，雄縣知縣。次敦典，嘉慶戊辰恩科舉人。女二：長壻嘉慶辛未科進士、庶吉士、吳縣戴葆瑩；次壻候選主事青浦徐光煒。孫八人。以嘉慶□□年□月□□日，合祔於□□□□□□山。銘曰：

沈族武康，蹶興南朝，誕暨今時，播聞益昭。君始文士，起膺吏事。功載紀能，庶民懷懿。輔於畿南，劇殷是堪。斂翮退飛，不究所覃。莘莘賢子，繼爲國才。懷槧操符，騈秀聯瑰。亦有魚軒，内修其德，同祔嘉壤，貽庥千億。

贈奉政大夫刑部郎中南昌縣儒學教諭鄱陽胡君墓誌銘 並序

君諱祚安，字紹蘧。其先世居婺源，有胡學爲唐散騎常侍。學之後十餘世，遷居樂平。又數世遷鄱陽琳橋里。當明季有諸生居晉，君之曾祖也。君祖諱文炤，入國朝爲居士。考諱世高，以君仕時贈修職郎，以孫克家貴，累贈中憲大夫惠潮嘉兵備道。君之妣曰詹恭人，生二子伯常及君而殞。繼妣徐恭人生子濟民。贈中憲暮年得風痺病，卧起待人扶掖，君時尚幼，入塾讀書，稍閒歸侍疾左右，甚得其宜，勤苦無倦色，見者爲悲之。及既孤，兄弟相依，力學奉母，其季弟尤聰慧，君自課之誦讀，愛友甚至。而季弟竟以羸喪。其時徐恭人有喪明疾，又遭愛子之殞，不勝其痛，君承事婉至，苟可以慰親者，竭盡其力，無勞與難，於是以己中子爲季弟後，自是數十年，奉侍安養徐恭人以終。

君篤學，工力爲文。既冠爲鄱陽學生，中乾隆二十一年江西鄉試，屢試禮部不第，卒乃授南昌縣教諭。君平生爲己及語人，皆以敦行爲先，而後及於文藝。及爲師儒之官，尤以是爲訓，從遊聞其言者，多有動焉。

當四庫全書館之開，朝廷蒐求祕書，而因有以藏違禁書相告訐者；亦有本非違逆，而姦人以妄訊所怨，牽致官所，人心惶惑。君承上官檄主其事，乃開示條目，分別應呈繳毀與否。人遵其教，數旬而畢，無被罪者，衆以謐寧。南昌有爲匿名書，謗豫章山長，張之衢。其山長意疑爲某兩生也，告巡撫褫兩生攝罪之。君知其枉，辨於上官，未許；君執之益力，兩生卒賴以全。君遇事能別白是非，又堅定有守，雖職卑所及不廣，而所用意有足稱矣。

君卒於乾隆四十五年六月，年五十三。娶童夫人，生子四，長國子監生克恭；次廩貢生候選訓導克勳；次乾隆庚子恩科進士、今安徽巡撫兼提督軍務克家，君所命爲季弟後者也；次候選知州克健。孫五。曾孫一。君始亡，浮厝於里；今獲卜兆於□縣□山之原，嘉慶二十年□月□日遷窆。於是桐城姚鼐爲之銘曰：

有懿修士，操始孝弟，婉愉在室，祥被門外。以儒爲官，亦正厥誼，載施未閎，餘慶斯大。繩繩後賢，卜兹松隧，乃鞏幽藏，降嘏百世。

實心藏銘 並序

實心藏者，兵部尚書總督浙閩軍務桐城汪公之生壙也。公自言平生惟矢心去妄而存實焉，此念無間於終身，故以名其壙。且著說以示子孫，以謂殁且不棄實心，況生者乎。又以說寄同里姚鼐，使爲之壙銘。

鼐謹案：公名志伊，字稼門，以乾隆八年正月□□日生。年二十九，中乾隆辛卯恩科舉人。其歷官爲靈石知縣，霍州知州，鎮江、蘇州知府，蘇淞糧道，江南按察使，甘肅、浙江布政使，福建、江蘇巡撫，工部尚書，湖廣、浙閩總督。

其政績之美甚衆，而其尤著者：山西有孟本成者，爲人誣以殺死張光裕，一省之官皆定爲情實矣。公驗其兇刀甚小，與傷痕不合，所序情節甚乖舛，執以爲誣。欽差至，猶頗以翻衆案爲難也；公辨之，詞證明而義堅正，本成卒得生，公名由是大起。東南之漕，爲天下至重。公爲糧道及浙藩，尤能清理之，使輸者不困，而官運充。自昔江、漢汎溢，沈浸民田，或數十年，且數百里。公督湖廣時，奏請建閘濬河，而建立隄工，親往督視，用財實而工鞏，至今爲利。其察江盜尤嚴密，法當而令行；及在閩治海盜，事皆整辦，江海行者靡弗頌焉。其自勵訓士，及誨其家子弟，一皆出於儒者之正義，而歸於實心，則公所自得之要也。是藏成於嘉慶二十年，公年七十三矣。鼐謂古人多以垂暮之年，復大建勳業，若漢趙營平、宋文潞公，皆以八九十，而更有事功，載於史傳。今公雖逾七十，而精神尚健，足爲國任。前日之事可書，後日之業吾不能紀。然惟一以實心之道成之，則事雖未見，理則可明，大人君子之道，一於誠而已，以是作公藏豫銘可也。

公曾祖諱□□，祖諱□□，考諱□□，皆以公貴贈資政大夫，妣皆贈夫人。公夫人姚氏先卒，已別葬。子□□、□□。孫□□。銘曰：

國政巍崇，寢食之細。悉以誠將，一言可蔽。猗惟汪公，名德重臣。塞淵其心，自矢畢身。其行未央，焯其已見。銘告千禩，爲士林勸。

惜抱軒文集後集卷十

記

晉鎮南大將軍于湖甘敬侯墓重修記

晉丹楊甘于湖敬侯卓，初起有平石冰、陳敏之功，逮元帝太興中，屢著勞績，封于湖侯，爲安南將軍、梁州刺史，假節鎮襄陽，有惠政於襄陽。及王敦稱兵爲亂，侯露檄致討，聲動京師，事皆詳於晉書本傳。當王敦逆志方盛，下據石頭，兵勢既振矣。然止於殺周顗、戴淵而退，終未及篡代者，畏侯據其上流。其露檄遠近，足以讋其氣也。然則侯雖被害於敦，不獲以功名終；然固可謂大有造於王室矣！

其喪後歸葬丹陽。迄隋滅陳，廢丹陽縣，析丹陽北境入江寧，故侯墓今在江寧界，人呼其地曰甘墓岡。甘氏居其側者，尚有數百家，云皆甘侯後也。墓碑中失，有鉏地者得碑，曰「梁州刺史甘府君墓」，乃復辨之。然墓崩壞，屢修不固。

嘉慶十六年，裔孫福字夢六，出財修之，於墓門之前，環巨石爲址，可以歷久不圮，乞余爲記。自余來江寧，欲尋晉室建平諸陵及當時名賢墓隴如李白所云「衣冠成古丘」者，皆漫無其迹矣。惟甘于湖敬侯及卞建興忠貞公墓，修整可瞻。良以兩公皆有子孫，恒依此土。時省飭以彰前烈之賢，此固考古思德者所爲深幸矣！而夢六追遠致恭之意，亦足稱也。嘉慶十六年四月□□日，桐城姚鼐記。

安慶府重修儒學記　代

古有成均鄉黨州閭之學，而無祀先師之廟。釋奠則於學設席以祭，祭而徹之。後世學廢而孔子之廟興，至宋乃因廟爲學。自元、明至國朝，悉因其制。觀仰聖人，以啓學者效法之思，制異於先王，而意未嘗不合也。

安慶府治，始於南宋嘉定年，黄勉齋先生之所營建。意此府學之興，亦必始勉齋矣。恭維我列聖御宇，以朱氏之學訓士，而勉齋，朱子之高弟也。其守此郡，以朱子之學教於一方。雖當時支撐江、淮，戎馬之間，不竟其志事，而其意可思也。

昔當朱子時，有象山、永嘉之學，雜出而爭鳴。至明而陽明之説，本乎象山。其人皆有卓出超絶之姿，而不免賢智者之過。及其徒沿而甚之，乃有猖狂妄行，爲世道之大患者。夫乃知朱子之教之爲善也。近時陽明之燄熄，而異道又興。學者稍有志於勤學法古之美，則相率而競於考證訓詁之塗，自名漢學，穿鑿瑣屑，駁難猥雜。其行曾不能望見象山、陽明之倫，其識解更卑於永嘉，而輒敢上詆程朱，豈非今日之患哉？

安慶府學，歷代屢有損壞脩復。今某來撫此土，又值其年久功弊，乃合官民計量，出財而脩之。自嘉慶十三年□月起工，至次年□月畢工，用銀一萬□千□百兩。自大成殿外及門廡階砌及旁附祠，靡不整飭。吏民請紀其事。余幸當海宇清晏、庠序大興之日，臨勉齋之舊治，仰企勉齋道德，渺不可追。惟近推聖天子崇教之心，而遠循朱子、勉齋之舊訓。願諸生入是學者，一遵程、朱之法，以是爲學，毋遷異説！至其修建興革之細碎者，則不足載云。

重修境主廟記

龍谿水出羣山之中，衆谿交絡，匯而奔出龍眠之口，横嶂塞谿隘，是建境主之廟。唐中葉桐城丞張公孚卿，有德政於兹邑，歲旱禱雨，水大至，溺焉。縣人思而祀之於此，謂之境主。自唐至今，廟或圮敝，民輒新之。豈非賢者之澤，垂留者遠而愛慕者深哉！

嘉慶十三年，歲大水。潛、霍山中蛟出，毀田廬，殺民人，患甚劇，而桐城獨免，民尤以爲張侯之庇我也。其祠有損壞者，衆出財脩而新之。是年秋末，余自江寧歸，往遊龍眠，策杖渡谿水，至公祠下，瞻新宇之既成，同衆仰戴公之無斁也！遂書爲記云。

萬松橋記

徽州之縣六，其民皆依山谷爲村舍。山谷之水，湍悍易盛衰，爲行者患，故貴得石橋爲固以濟民。吾至徽州，觀其石梁之製，堅整異於安徽他郡；蓋由爲之者多，石工習而善於其事故也。

黟之東南有葉村，村北大溪東流，達休寧漁亭，以合新安江水。村東西各有小溪，北流入於大溪。兩小溪上有石橋四，皆葉君廣芥一先人之所爲也，而大溪曲當村口，有萬松亭。亭側架木溪上爲橋，曰萬松橋，時爲大水決去。村人病之，欲易石久矣，然其功巨不可就。乾隆五十三年夏，徽州蛟水發，葉村之南山崩阤，壞田廬，毀橋岸。其後數年，民脩田廬既飭，而山之崩壞未復，地脈虧敗。葉氏以爲憂，羣出財脩之，衆舉葉君掌其事，壘石培土，山之形勢，不逾月而完，餘銀數千兩。衆喜，復請君董爲石橋於村口。當昔蛟水之發，山隕一巨石於地，方三丈餘。葉君視其質堅而理直，取爲橋材。嘉慶七年九月橋成，長十二丈，廣丈六尺，高如其廣，仍名之曰萬松之橋。猶有餘石與銀，葉君使工復爲石橋於其溪之上流，曰西閈橋，而村之左右舊橋，盡脩而新焉。

當蛟起之年，余適在歙，見被害者之遠且巨，甚可傷痛。今葉君爲橋，乃反因其隕石之力，因禍爲福，轉敗爲功，豈非智乎！余嘉葉村之族，不吝財以營公事，而又得葉君之誠篤而明智，善任其事以督之，故衆工無不舉，是皆足書也。嘉慶六年八月，桐城姚鼐記。

節孝堂記

國家於女子節孝著聞者，有旌揚之典，有列女之祠，所以表章潛德、風勵閨闥者，蓋至矣。然天下賢女秉節守道，或實可貴，而於旌表之例有不合；抑或身亡無後，及有後而衰困稚弱，不能舉報；其爲懿美，吏不能知，若是者亦有之。是以江寧孫生金相，作節孝備考録，以廣旌典所未及者，其書夙爲節使守土諸賢所稱善矣。惜孫生蒐舉未已而身泯喪。江寧士大夫皆欲依其法，考詢而增益之。郡中故有恤嫠公局，今司其局者，就其堂爲録中節孝祀所。地狹不能人立一位，乃合作一神牌而列書之，春秋得展禮焉，名其堂曰節孝之堂。其續有稱舉可徵者，同人爲核實，再刻續編而後書之，以防遺濫。余登其堂，嘉諸君之誼，輒書以爲之記云。嘉慶十一年五月五日，桐城姚鼐記。

寧國府重修北樓記

佳山水名絶著，爲古今賢士君子所頌歎，四海之内可百餘區。雖其所以稱盛之故，大體略同，而其間各負絶異之境，非人意度所至，有必不可以相似之地，儷而一之者，此天地之文也。君子因所身遇，覽天地之至文，以養神明之用，是爲智而已。若夫較量優劣之論，則智者所不爲。余素持是論，往時丹徒王禹卿侍讀最取其説而稱之。

今夫江以南列郡之名樓，鎮江有北固，寧國有北樓；其山勢皆自南入城，陂陁再聳，樓當城北而面南山，此圖可傳言可著者也；而其各有獨絶之異境，非親覽不知，圖與言不能具也。而此二樓，皆在太守署内，余嘗數至丹徒，不識其太守，不獲登北固；幸識寧國太守魯君矣，而余足迹未至宣城；二地之勝，故皆想慕而不見焉。

嘉慶十一年，魯君爲守之三年，治内謐安，惜故北樓之頽敝，命工飭之，既竣，以書告鼐，使爲之記。余謂君賢明仁決，善吏事而能文章，可謂智者也。又王侍讀弟子，家於丹徒而臨宣州。其成是樓也，余雖未登，而能用吾意以觀於其間，將以踰越謝玄暉、李太白之所舊得者，非君而何？爰書以爲之記。君名銓，乾隆庚戌科進士。其樓之落成，在嘉慶十一年某月。桐城姚鼐記。

遊故崇正書院記

江寧城西倚山，古因其勢作石頭城。今古城盡變，而石頭之一面不改也。石頭城内清涼山巔有翠微亭，南唐暑風亭址也。亭下稍西有僧寺，南唐所謂清涼寺也。寺之左，明户部尚書耿定向爲御史督南畿學時，建正誼書院於此。迄張江陵柄國，毁書院。江寧諸生改爲祠以祀定向，至國朝祠亦頹敝矣。今釋展西居之，飭修其祠宇具完，因建前後屋以奉佛居僧，而俗猶因故名呼曰崇正書院。

其前有竹軒，窈然幽靜，可以忘暑。後依山作小室丈許，啓窗西向，則萬樹交翳；樹隙大江横帶，明滅其間，爲登覽之勝。余來江寧，每徘徊翠微亭畔，四望曠邈，輒回憩其室。展西亦喜客來，具茗食相對。今年余與太倉金麓村、錢塘葉心耕至者再矣。展西欲余有紀，因書以遺後來遊者，俾有考焉。嘉慶十三年三月晦日記。

甘氏享堂記

先王之禮，墓藏而廟祭。戰國乃有祭於墦間，至漢時而有冢舍，蓋原涉以冢舍著名於哀、平、王莽之世。夫有祭則當有舍，原涉特以舍之僭侈逾於常人耳！計當時冢之有舍，非第涉也。至東漢而謁墓之禮，上自天子，下徧於士大夫之家。此後世因俗制宜，使先王復生，必以爲不可廢也。

江寧甘夢六福，爲晉甘敬侯之裔，嘗修敬侯之墓。余爲之記矣。兹爲其先君葬江寧南靈母山之東北，去城五六十里，歲時省墓祭祀，無所託居，乃買田建享堂六間於墓麓之前，復以請余。余聞夢六之先君子生有孝行，而夢六繼之，敬共於墓祀，自遠祖及近，皆有稱焉，此固君子所樂予也。因爲述古今之異禮，而以當乎人心者爲貴，乃復爲之記云。

先宅記

鼐先世自餘姚來桐城，始居麻溪南，至八世葵軒公居栗子岡南，十世芳麓公居城中天尺樓宅，先高祖端恪公居北門雁軒，曾祖居南門，宅曰樹德堂。

麻溪南宅，今猶爲世寬公後人居之。栗子岡南宅，其宅與田，今屬中翰公房裕綸守其業，堂懸芳麓公爲禮部郎時楄尚存焉。天尺樓宅，至職方公令八房分居，是宅以遺幼子，故至今爲第八房竹塢公後人居之。

天尺樓者，其門樓名也。宅最後居樓五間，鐵松中丞截居樓爲職方公支祠，乃與天尺樓宅隔分。當芳麓公之世，有鐵釜〔一〕負木甑，從空飛來，其聲薨薨，甑内蒸秔猶熱。釜容四斗許，今在祠樓上。

雁軒者，端恪公買北門倪氏宅也。自天尺樓宅徙居之。後五房分居，其宅亦以遺幼子，故爲第五房朝邑公後居。再世售於潘氏，潘氏毁拆雁軒而别構焉。先曾祖羅田公，自雁軒徙入樹德堂，居四十年。鼐生於樹德堂，八歲時宅售於張氏。伯父太史公與先贈大夫乃徙北門口之宅，曰袇復堂。今七十年矣，宅少人衆，不能容，必有徙。鼐因修譜，倂記先世宅於此，以爲後人考信焉。嘉慶戊辰臘月朔，鼐記。

〔校記〕

〔一〕原作「斧」，劉本、備要本同，據文義及下文改。

朱海愚運使家人圖記

右圖一卷，凡六人。偉丈夫據盤石正坐、長髯下垂者，朱海愚運使公也。衣藍簪桂、憑檻坐、若有言者，夫人梁氏也。左侍兩少年：立稍前者，公之長子字白泉者也；後立子執蘭藥進者，公次子字蒼巖者也。姆抱小兒帶銀環倚檻右立者，公孫奕勳也。乾隆四十三年，運使公年五十，在揚州，兩子未仕，甫得一孫，使工畫其家人相聚之樂如此。

鼐於乾隆十七年入都，與公相知，公時尚無子也。其後公仕蜀中，余仕京師，相隔數年，公返，乃復得見。公守泰安，余解官至泰安。歲暮風雪，同登泰山，夜觀日出，公自爲之圖。及公至揚州，邀余主揚州書院，於是相聚者兩年。公旋病歸京師，遂没於京師。至今日，余不見公三十四年矣，而復展對公像，爲之隕涕。

公夫人已前没，次子蒼崖當得太守而亦病没。惟白泉再爲江南觀察，與余相見最久，爲出此圖。其時白泉子奕勳爲山東黄縣令有聲，圖中之銀環兒也。白泉復有三子二孫，蒼巖亦有子二人、孫四人，皆生於作圖後者。家祚方盛，可慰公地下。余獨追感今昔，閲六十年有如旦暮，耄昏僅存，愴思冥漠，因書爲圖記云。嘉慶十七年六月十七日，桐城姚鼐記。

種松堂記

乾隆時，宫保方敏恪公總督直隸，居保定日，念贈光禄中翰公塋兆未定，乃作「白首歸來種萬松」之圖，自題詩其上，欲以身依先壟，極悲思慕願之意云。其後贈光禄葬句容之葆山，種松蓋不啻萬。及公薨，亦歸葬葆山之東麓。蓋公生未遂依壟之志，而藏體於斯，固亦可以安公之靈矣。又其後，今南耦尚書以母吴太夫人亡，葬之葆山西麓。蓋去宫保公作圖時，五十餘年矣，而長松茂蔭，蓋蔽巖嶂，陰映雲霄，十餘里外，望之蔚然，知爲方氏阡也。乃作堂以爲墓舍，遵宫保之遺意，名曰種松之堂。

夫所謂故國者，非喬木之謂，世臣之謂也。今尚書將以功名繼宫保之後，爲國楨幹，而丙舍之護蔭於兹，日久日益。然則睹喬木之盛，而發世臣之思者，其斯堂也歟！嘉慶十九年七月晦，姚鼐記。

餘霞閣記

江寧城西四松庵，僧彌朗居也。庵後倚山有軒南向，本民居，衆買其地歸於庵。方葆巖尚書嘗邀余登之，喜其崇敞而惜其荒穢也。

嘉慶十八年冬，陶熙卿暨其從子子靜樂庵居之靜，乃出財飭其敝壞，種卉木，治石磴，作室爲陶氏讀書之所。又於軒後爲閣三間，西向臨江，盡收江南北之山於楹内，觀於夕陽時尤宜。俾余名之，乃取謝朓詩語以表其美，且著閣所由始焉。嘉慶十九年二月，桐城姚鼐題并記。

祭文

祭方葆巖文

嗚呼！世有俊民，爲時而出。宜壽以康，盡其才實。竟奪以殞，天胡弗卹？惟昔恪敏，績佐高宗。公孤髫年，已有父風。占奏有儀，見於帝宫。弱冠授官，旋復登第。密勿禁闥，決事靡滯。出從戎旃，遠踰西裔。躋陟崑崙，雪霜所閉。裁奏氈幄，招戎馬蹄。旁行書來，受爲吾隸。屢以其賢，見知先帝。

今皇親政，方面遂膺。疲羸是撫，亂略是懲。迄至清夷，洽效益登。建牙樹纛，滄海南憑。鯨波颶風，談笑載乘。萬里臺灣，如涉溝塍。內治外攘，惠洽威棱。爲臣則忠，爲子則孝。母老子遥，陳辭內告。帝愍其忱，朝請夕報。奉母金陵，寒暄菹芼。出入里閭，書生衿帽。抑抑其心，恂恂其貌。

惟太夫人，既終其壽。天子賜慰，命官奠酹。公嘗壤兆，積勞在疚。嗚呼逮今，面黧身瘦。遘疾遂深，不可療救。帝待公出，作蕃作相。民望公來，雨膏保障。公亦自期，終吾喪葬。日月猶長，庶竭忠亮。年未六十，云胡泯喪？要經未除，涙容屬纊。公今往矣，海內同惜。況在親舊，嘗從朝夕。樽酒言笑，翰墨間作。鳳儀儼在，晒思疇昔。茹悲陳詞，酹茲奠席。尚饗！

惜抱軒詩集卷一

古體五十六首

錢舜舉蕭翼賺蘭亭圖

萬壑千巖當坐起，斷取越東山百里。世間不見永和人，長有春風流曲水。滄海日高開寺樓，樓上當窗僧白頭。越僧世得鍾張法，頭白朝朝摹禊帖。扣門客坐軒檻風，茶香酒煖笑語同。致君有道堯舜出，訪古無人羲獻空。頻說法書日西晏，蕭郎縮手心無限。老僧抵掌僧雛睨，似謂慢藏旁欲諫。語卿且勿諫，懷璧不可居。御史稱有詔，明日將登車。長安再拜陳玉除，歐虞俯首愧不如。年往運謝五百餘，錢生染筆中躊躕！石牀閉絕昭陵夜，無復人間第一書。

元人散牧晚歸圖

日落未落東皋黃，搖風欲靜千絲楊。榆莢雨後村塢涼，澤中草長人微茫。牛從雜遝老犉將，刺促或走或羊望。或掉尾立銜藏莨，牛背短箠二尺强。握坐者牧舟樹檣，或來以笛吹其旁。據牛横坐如胡牀，後有蓬髮趨踉蹡。前有招之右袂張，首伏牛後尻前昂。二人蓑薜行驅羊，掀笠偃背丫髻長。其一糾笠風中颺，林木度盡横陂塘。前村暝色寒蒼蒼，一人先俟牛宫旁。遶宅榆柳青蒼筤，老翁飽腹飯黄粱。出攜幼稚嬉徜徉，少婦機杵鳴東廂。人生正可知農桑，春夏耕牧秋築場。不見臧穀羊皆亡，嗟哉此畫真吾鄉！

山寺

四山動秋響，高林黯將夕，披雲度寒榛，暮陰下前壁。寺門風蕭蕭，飛葉滿巖積。箐嶼暗深溪，淙鳴出穹石。想見谷口外，落日遠峯碧。一磬流煙中，萬壑抱檐隙。豈無湛冥人，於兹衣蘿薜？初月輝易盡，悵望遂停策。

偕一青仲郛應宿登城北小山至夜作

秋聲鴻澤滿，暑氣蟲階謝。攜客眺寒原，居人斂餘稼。酒取脱枝温，席以柔莎藉。餘照在單椒，暝色生林下。泫露亘天垂，巨壑當巖瀉。微風度灌吟，澹月流雲罅。情集交悲歡，生得幾清暇？寧於蟪蛄春，而慕燕雀夏？視後無虚鞭，規前有戒駕。懷哉古已遥，逝者今方乍。勿歎平分秋，更卜將來夜。

春雨

日暮東風休，掩卷幽窗靜。颯然春雨來，一室生微冷。時有棲鳥聲，自令虛懷警。

詠古 五首

和璧非珠翠，流光悦婦人。章華宮畔路，天子欲何陳？客行漢江渚，思見游女神。蘋皋風日晚，寧不怨青春？

秦皇服胡越，六合歸懸衡。雄心中不繼，乃築女懷清。漢廷策賢良，裒然儒董生。慷慨公儀子，食禄復何營？如何桑與孔，賈豎充簪纓？富民封丞相，他日悔心萌。已衰不再盛，痛惜此孤惸。

鼓枻出大江，迴首樅陽渡。中有漢帝臺，言是射蛟處。日夕大風吹，青條變枯樹。上有黄鳥吟，下有寒兔顧。憶昔翠華游，帆檣隔雲霧。中流造新歌，清音發衆嫭。巡游既已疲，神仙不可遇。爲念祈招詩，廣心焉所務？

循吏有兒寬，乃以負租黜。設吏爲繭絲，何以責乾没？念彼魏二臣，屬厭風饋畢。豈不愛吾君，懼以滋遺失。高亭發秋吹，廣野多邊聲。誰和羌笛歌，難爲愁士聽。昔應縣官募，希有絶幕名。奮隨兩校尉，西詣車師城。夷虜衆且桀，漢障懸孤旌。創夷更登陴，回首涕縱横。累月㸑弩鎧，援絶城遂傾。將軍既效命，舊卒皆凋零。歸來室家盡，門巷荆棘平。昨聞漢天子，已拔單于庭。微功不得録，委棄秋草并。

贈郭昆甫燦助教

老儒閉門元向白，牢邪石邪五鹿客。寄生入盆爲窶數，衰盛人間如反手。君才磊落天下奇，四海賢儁誰不知。五年見子銅駝陌，瀸淹東風吹鬢絲。朝爲石鼓詩，暮奏鹿鳴雅。先生且卧鴻都下，絳帳譚經瀸灑灑。嗟我水車旱資舟，嗟君反衣狐白裘。三月春心寄鳴雁，南來飛過岳陽樓。

爲王琴德昶題泖湖漁舍圖即送旋里

王郎昔居泖湖裏，出户觀漁並湖水。王郎今作漁舍圖，紙上蘆菰北風起。蘆花菰葉風蕭蕭，煙深不見垂虹橋。水澤朝飛洞庭雨，亭皋暮落吳江潮。江上漁村帶寒巘，緩刺輕舟向平遠。波靜鳴榔月上遲，日斜挂席風吹晚。曉來網得淞江鱸，尊有清酒飯炊菰。蘆簾紙閣夜颯颯，風雨坐伴青鐙孤。就中隱約畫師意，蒼茫一葉湖山次。頗似蒲帆別岸初，迴頭恰見湖中寺。只此丹青貌故山，拂衣歸思向雲間。秋風夜火松陵驛，唯有漁人認客還。

感春雜詠　八首

晨坐執書策，惘焉思古人。勳業建九州，名德在一身。一身尚不治，九州安能仁？積水必成淵，何患賤且貧。苟非秋實堅，孰爲春木芼。客來各有勸，匪我同心親。不恤同心拗，所感餘澤淪。

新陽散餘沍，和風汎窗櫺。披褐藹自怡，舉象難爲名。坐有素琴彈，流韻方泠泠。往復動心志，終奏有希聲。其人五百年，遇我一朝并。神理不可滅，道與天地貞。使我百世下，無以移此情。

夜聞子規啼，朝看春已晚。圜天高九重，誰令互激轉。北陸既藏凌，西宅復寅餞。野草青更青，衰盛吾何辨。

中谷多雨寒，叢蘭蔽幽阻。託身萬物表，英華與誰睹。既荷春陽氣，柔芳冒寸土。處有不自矜，養節故難侮。雖無桃李蹊，豈失松桂伍。葆真復其根，甘與此終古。

可憐夭桃花，植彼玉階側。旖旎揚柔枝，上與綺窗直。美人出素手，日攬芳菲色。朝粧倭墮鬌，暮作金瓶飾。采采枝已空，何以成秋實？

陽澤降時雨，卉木初萋萋。黄隕豈其時，片葉飛吾階。昊天施大化，榮悴理不齊。胡爲日與人，多寡較毫釐？聖舜乃惡父，牧犢遂無妻。順命苟無忤，焉往不得諧。

橘樹多好陰，乃在湘江涯，光風蕩朝日，朱實榮緑枝。馨香既遠達，乃託白玉墀。被遇主人盼，賓客皆嗟咨。植根諒非舊，爲枳復何悲。

昨日衆賓會，送我臨漳河。芳草碧如染，春風吹作波。坐有兩少年，鼓瑟而商歌。一爲黄鵠曲，令我涕滂沱。逸翮横萬里，儔侶離別多。不如燕與雀，啁啾相鳴和。

柬王禹卿病中

羣舒山色如連雲，萬里江濤蹙山動。我昔結屋山中居，歊霧蒸雲日澒洞。青篔短棹放中流，山壑貞觀信天縱。與君初未奉餘歡，各對煙波一江共。而今俱作長安人，林麓朝辭暮羈鞚。論交塵土一茫然，迴首前游渺清夢。生平素無諧俗韻，轉喉棖觸嫌譏諷。雖非鷚鼠隔雲泥，忍爲蠻觸競庸衆。君才磊砢出千尋，匠石如逢任梁棟，雕鐫緣飾會成名，枉軑清吟如鳥哢。只今病卧況兼旬，朝夕鹽虀愁屢空。妻子牛衣色尚欣，邑人狗監文誰誦？燕山雲物萬里清，落葉秋聲一庭送。高蓋誰過敝席門？酒徒爲具新芻甕。愛君力疾劇清狂，尚有瑰詞成酒中。跌宕寧非軼世才，激昂頗負窮途慟。從來烈士志濟時，一割鉛刀貴爲用。不然脱屣去人間，肯伏光範稱鄉貢？君懷奇興逸如鴻，我逢有道慚非鳳。依違見事信爲遲，責備時賢毋乃重！何當去此脱吾累，卻因疾愈思當痛。山光水態終不殊，俗狀塵容還自恐。但須鹿門攜妻子，休俟臨邛致騎從。清暉萬里兩幽人，迴望塵埃真一閧。

奉答朱竹君筠用前韻見贈

朱侯磊落抱奇懷，相逢意氣劇飛動。視我詩箋雜一卷，商榷古今真鑒洞。前儒瑣屑被屏棄，健筆淩空出奇縱。採玉荆山虎豹競，織綃泉室黿鼉共。珍奇海嶽悉駢羅，累壓方艚與兼艂。況辱長篇持贈余，大鼎特陳吳壽夢。坐覺古色盈座隅，深夜秉燭耽吟諷。連年摘髭取科第，射策彤庭語驚衆。從古豪傑先輦轂，邇來冠蓋競高棟。漿酒藿肉獨鄙夷，金奏宫縣羞唫哢。首春上將西出師，蟻穴初開天宇空。美君奏賦揚馬儔，屬草文成萬人誦。金閨頗未掩豪雄，長轡寧惟資縱送。嗟余舊業本躬稼，回首寒山餘牖甕。欲鼠持璞真聽熒，射虎臨石枉命中。平生思就季主卜，清時焉用賈誼慟。只今潦倒愧君知，夷也雕龍具非用。憶昔譚子劉海峯與陳伯思，時余初隨計吏貢。未及相如被放歸，郊坰空望觚稜鳳！而今幸得比户居，晨夕相從荷倚重。吾生關塞棲遲感，故人江漢飄零痛。落落獨爲燕市飲，駸駸況對殘秋恐。君方簪筆入承明，努力拾遺供侍從。予將散髮入林深，好聽砰訇泉石閧。

王君病起有詩見和因復次韻贈之

我如惰農春未種，已失農祥土膏動。室如懸磬待遺秉，大腹便便乃空洞。由來人苦不自知，未免心侈還口縱。君方鋭敏有奇懷，遠駕千古誰能共？渥洼天馬或跅弛，那遽柔心受持鞚？高掌擘分二華岳，開胸吞納九雲夢。何由菖歜獨嗜余？不惜揄揚雜諫諷。心親料應塵埃稀，迹奇反致嫌猜衆。子輿一病至跰躃，惟有擁衾看屋棟。時余獨處復誰憐？喬木虚庭響寒哢。蟋蟀俄驚旅舍秋，蛜蝛頗惻幽房空。昨君新愈幸來過，依舊雄談間歌誦。短袖百尺光熊熊，未出霜縑目先送。千帆寒水下金陵，一鴈秋聲横鐵甕。遠思暝浦落帆還，苦怨騷人薄寒中。舊游曾對孫登嘯，新詩欲作唐衢慟。磊落君才衹自知，支離余德彌無用。慚非大厦任栟櫨，恥作小璣號游貢。神全聊當比木雞，德衰豈敢歌芭鳳。方今聖德足兼包，坐御共球湊居重。南塞宣房萬福來，北治匈奴一方痛。有道未穀奚爲恥？薄植乘時反足恐。雲霄未上且沈冥，幅巾步屧鴟夷從。明朝牆角見黄花，泥酒相將一喧閧。

往與長沙郭昆甫游歷城西見小千佛寺菊花甚盛昨復過其處殘菊無幾寺僧亦亡是時昆甫歿一年矣適竹君又次前韻來勉僕爲學辭意甚美中頗念及昆甫並吾鄉孫汝昂余感其事因更答之

去年重九天氣佳，城角黄花倚風動。精廬偶與故人來，卻眺晴雲出煙洞。竟填溝壑且無論，自比雲龍吐豪縱。今年重九故人死，濁酒盈尊强誰共？蕭蕭風雨動秋城，席帽短驢時獨控。晝陰荒寺更無人，卧地殘英杳如夢。寒蟬哀鴈共吟秋，雖有新詩向誰諷？豈期復遇翰林知，謂我才殊千百衆。投詩見和託幽思，欲候雲旗桂爲棟。居然雅樂發遺音，豈肯繁絃奏新哢。中間陳義亦何堅，列櫓嚴城誰穴空。古聖垂教宏且遠，六籍具存可説誦。尚思時述蛾子勤，敢取謏聞禽犢送？法言夷棄競靡詞，如退韶虞樂秦罋。辨麗徒於博弈賢，滑稽奚貴談言中。僕也幼志慕孔姬，禮樂崩離每長慟。博士書券終自哈，司空城旦成何用？孤吟詎比郢中歌，語人真若遼東貢。未如口吃子雲才，賦罷甘泉胸吐鳳。看君少作已絶人，草玄行使桓譚重。生世交游本寥落，況經車過感腹痛。酒鑪從此邀君醉，歧路久已深余恐。但望植學培根柢，願捧珠盤譬牛從。勿搜奇險持驚人，似向穴中爲鼠鬨。

桃核硯歌爲庶子葉書山先生賦

丈人石硯安得之？蒼然古色凝寒姿。開匣四坐盡驚立，蹜手不敢爲摩持。黯澹凸坳水痕漬，鎮几礌硍重不陂。潤氣上結雲絲浮，晴天怒翻墨花碎。陰厓江潭湛深黑，大澤電光劃夜晦。幽輝豈非玉質藴，舍芒況淬筆鋒利。昔聞漢武靈臺夜，獻桃遠致曾城駕。餘核猶含茂陵思，不獨銅人泣元霸。或言天上隕星精，下入淵谷爲玉英，千秋漱激風波爭，至今尚作濤頭形。曾爲趙宋宮中秘，上有君謨作題字。御府流傳景祐藏，夢華髣髴東京事。宣和文物太清樓，艮岳奇山錦石稠。九重博古親翰墨，焉知玩物非良謀。北風塵冥青城路，舊物飄零竟何處？清燕當時御至尊，丹鉛此日供儒素。槧筆朝成奇木對，屬車暮奏長楊賦。文章猶壯身衰老，金石無情世今故。龍溪流水萬竿竹，無數秋山點紅樹。丈人雅意慕投簪，他日煙霞墨池吐。

讀史

古來江海人，抗懷天下事。閱歷多激情，沈冥有餘志。賈生洛陽子，梅福抱關吏。流涕復上書，言之豈不羲？賢者與道隆，儒林惡言肆。願從君子游，寡學當默識。

詠史

白日黯澹明河光，騑騑駟馬驅王良。萬廡天庫開天倉，北斗何爲挹酒漿？市樓炯照旗亭張，磊落錢室金爲堂，西園車馬趨道旁。詔版朝裁授使者，明日司徒拜階下。後車紿鮑前建旄，擊鐘列鼎朱門高，室中何物灑屑刀？君不見夏王初定九州貢，茅茨已遠蠙珠用。傾宮璇室後王多，筐篋司農愁屢空。一任臨民責繭絲，安知長國傾梁棟！匹縑持出別宮門，滿堂金玉還飢凍。方知洛誥享多儀，發粟當年有餘痛。

臨清雨夜

昔挂輕帆濟江澤，載酒同舟盡佳客。兩岸秋聲楓樹青，半夜月明江水白。飄零朋舊感平生，摇落關河復今夕。漳水東流汶水清，寒雨孤篷百憂積。

酬胡君 業宏

我如游雲出廬霍，千里飄飄向京洛。黄山西畔初別君，溪流飲馬桃花落。江南花落幾春風？羈思漁陽飛塞鴻。今年乘舟玩海月，片帆淮甸摇晴空。西尋廬阜彭蠡側，拂袖千峯萬峯碧。仙人一去白雲秋，明月無心照石壁。遠公東林寺，徐孺南昌宅。寒草蒼烟昏似積，我對青天空太息。丹楓十月凋南州，雨聲寒抱章江樓。登高把酒忽相遇，昔君頗料如今不？明月寒胎耀當代，楚望沈淪媚幽彩。人間得失似浮雲，且對江山吾輩在。清詩一唱碧霄間，五色餘霞散湖海。湖海西風萬里吹，酒闌明日各天涯。青山挂席余將去，嗟爾塵埃玉樹姿！

望廬山

我行昨出廬山西，藤竹蒼蒼陰虎溪。東林鐘聲晚出寺，高巖木葉秋平溪。白雲萬疊倏然合，窈眇迴聽清猿啼。洪州三月憶惝怳，徑駕歸艇輕於鷖。宫亭湖東日初出，嵐彩欲見一片青煙迷。滄洲淼漭萬餘里，巖風忽落聞天雞。屏風疊開張，浸入青頗黎。滄海貫石梁，白日挂丹梯。松杉上接瀑布落，藤蘿下拂雲光低。須臾湖波興，日晦風淒淒。岧嶤香鑪峯，摇曳同掋稗。舟行望遠勢還出，矯如踏雲浮動之蒼霓。山摇海蕩不知處，想見枕石醉卧人如泥。晚泊湖心照南斗，仰視正與石門齊。莫言靈境近咫尺，帆檣倏過難攀躋。將游天地之一氣，廬山從我到處如提攜。

漫詠　三首

周道既已敝，儒術猶未淪。暴君方代作，孟子戒思申。得國容有之，天下必以仁。秦法本商鞅，日以虜使民。竟能威四海，詩書厝爲薪。發難以剗除，藉始項與陳。刀筆吏相漢，法令惟所遵。王霸雜用之，叔孫爲聖人。盛衰益隆汙，治道何由醇？焉知百世後，不有甚於秦？天道且日變，民生彌苦辛。所以佛法來，賢知皆委身，超然思世外，聞見同泯泯。

立人通天地，斯足爲大儒。多聞闕其疑，慎言而非迂。兩漢承學者，章句一何拘？硜硜誠小哉，賢彼不學徒。奈何魏晉間，放棄以恣踰。靦然無汗顏，誕說作僞書。子邕及士安，同敝無賢愚。淵彌雖未來，人心喪已夫。不學殖將落，周亂不斯須。所以禁言僞，宜爲治君誅。述茲誠當來，慎以防厥初。

子長千古士，被難身何窮？悲哉百年後，毀譽猶不公。孔子録小雅，怨誹君子風。美善而刺惡，史筆非不忠。文園爲令客，竊資自臨邛。將死勸封禪，佞諛以爲工。文章兩司馬，擅爲西漢雄。人君取士節，優劣安得同。如何永平詔，抑揚恣其胸。宜乎朝廷士，進者多容容。所以歌五噫，邈然逝梁鴻。

秦帝卷衣曲

池水生青蒲，枝葉自相扶。水緑平如故，池上蒲成樹。秦關百二氏王才，麾劍風雲萬里來。圖籍河西收四郡，旌旗鄴下宴三臺。燕姬趙女顏如玉，輦入殽函貯金屋。閣道春游度渭南，珠簾暮卷臨灃曲。貴主還留鉅鹿名，小腰絶愛鮮卑束。去國嬋娟意可憐，新恩慰藉情難足。別有春風飄綺羅，華鐙斗帳夜煙和。君王欲卷衣裳贈，一片流雲柰曉何？雄略英姿冠當代，指麾旦夕收江外。戎國分居大荔城，降夷盡保長榆塞。大度何嘗愧帝王，驕心豈免成傷敗。卷衣空憶可憐宵，月底花枝煙柳條。婕妤從招秦苑鴈，侍中曾插漢宮貂。錦袍再賜無顏色，笑殺河東金步搖。當年力戰壺關隔，雀來燕室誠何益？女戎亡國志先荒，那係南朝謝安石？千秋編簡載功名，一朝富貴埋荆棘。青蒲零落水東流，不見霓旌下枋頭。碧雲散盡梧桐影，太息阿房幾度秋！

唐伯虎匡廬瀑布圖

江南萬重山，匡廬乃出萬重上。人言秋晴萬里峨嵋巔，青天一點東南望。連峯蒼蒼不見頂，日出彩煙生半嶺。玉堂石室藏其中，縱有天風吹不冷。羣巖環峙不可名，巖端霞氣升空行。石梁忽貫青霞落，倒海流雲走空壑。萬谷鈞天廣樂鳴，思鳥哀猿一時作。石門百仞當空開，吳越江帆千里來。仰首見吳越，俯首聞風雷。何人攜杖凌倒景，蕭條六合誰友哉？林岑藤蔦相撐拒，驂鸞過處原無路。世間惟有銀河數派通，濺珠飛玉流平處。我昨乘小艇，正出宮亭湖。湖心黯默沈黛色，夕陽一半開菰蒲。是時初冬水不落，懸知崆峴巨壑轟千車。傾崖曲岪天長雨，山鬼幽篁人見無？咫尺未登疑有命，評畫看山定誰勝？煙雲絕境自人間，文采風流隔嘉靖。流落當年惜異才，江山尺絹今殘剩。人生衰老來無時，五嶽求仙莫辭夐！

雨霽

高齋過暑雨，白雲逝滄洲。涼風起林杪，一葉已先秋。落照耿空開，倏與蒼煙收。西山轉斜漢，龍角相隨流。朝晡不相知，逝者焉能留。今之隱几者，未審當奚遊？

田家

昨宵雨未足，劚畦俟南塘。果聞北山雷，檐溜夜已長。開門陰正重，匝地垂千楊。朝日尚未升，風條自輕颺。環村水盡白，丹杏獨含光。荷鍤向隴上，但聞土膏香。鄰里盡言好，吾欲良亦償。勤劬待一飽，四體誠安康。相與不相負，莫若種稻粱。

詠七國

孔道窮獲麟，風雅泯無正。蚩蚩大國主，蟲豸力爭競。函關向東啓，四海一朝定。銅柱絀燕謀，天奚愛秦政？屈子放湘流，信陵罷稱病。傷哉鄭國渠，延韓數年命。當時天下士，寧蹈東海覓。松柏與房陵，哀歌不堪聽！

寄友

一室聞秋鴈，倏有江海思。空水澹寒天，遥待孤帆至。念君朝未來，誰當共吾逝？相望隔清溪，西風滿林次。

出獨山湖至江口作

初日澄前陂，餘陰澹巖曲，清流杳終古，宛此媚幽獨。煙消淨衰草，風來振疏木。移舟度雲影，停橈玩空淥。理昧後人踪，興與前游屬。託世楚雲裏，孤懷亮自足。

連日清齋寫佛經偶作數句

結髮慕勝因，而復役人事。秋空泝江水，勝地雲帆至。煙際東林鐘，月出山谷寺。猿鳥諸天外，中宵倚寒被。劣觀清靜理，一寓情賞寄。遣物非安排，取境即塵累。雪餘冬日美，門掩衰草翠。清夢觸舊想，即目遇新義。聊披貝葉書，終與忘文字。

過天門山

鼓檝淩驚波，連山缺東隅。飄飄天門上，千里見全吳。鍾阜何盤盤？列城帶江湖。風高黃雲動，日落青天孤。不見昭明宮，羅綺爲榛蕪。草白風蕭蕭，枯樹上啼烏。所以豪傑士，竹帛奮良圖。良圖亦焉在？樹立才須臾。悲風與流水，萬古一歸墟。不如和叩舷，高歌稱釣徒。

送演綸歸里

西風吹海月，萬里散銀山。徘徊清夜席，照君如玉顏。玉顏願長保，日月逝不閒。如何言別遽，不念相逢艱！金尊斟綠醅，爲唱古陽關。男兒非藤木，安得相附攀？君有江上宅，青山繞如環。朝望江雲起，暮入江雲間。雲開江路盡，山月照君還。

送子潁之淮南

憶昔去家三千里，未有交游託燕市。當時獨聞劉海峯，每把清尊説吾子。尊府多年爲貴臣，君才氣更淩青雲，會稽禹穴華嶽頂，胸中萬里千嶙峋。歸來風月澹襟抱，勢去金貂非等倫。君愛朋交重圭璧，不恤家空徒四壁。壯士論心天地間，往往狂歌同落魄。去君遠下滄江煙，醉卧白雲天上船。西風落葉東流水，擣首南鴻思北燕。新知强對傷懷抱，未若平生故交好。海峯老隔黄山雲，見子依然薊門道。雄才應勒萬里勳，收身豈厭五湖島？但願爲龍我作雲，對子玉顔長不老。千里淮南雲水昏，幾人流落憐王孫。平生志意詎如此，離緒茫茫何可論。

萬柳堂分韻得房字

驅車轢草越敗牆，高柳萬數餘兩行。同來十客弔荒圃，自昔幾輩升此堂？相公退直紫微省，詞客盡會平泉莊。外張緑雲作帷幕，中吹白雪調竽簧。尚餘宋桷挂蛛網，已無户牖開蜂房。脱輻當門掃塵席，舉案置地斟虚觴。平生眩視魯郊饗，日思埋迹蟻丘漿。治世羣才美可用，放言吾志嘻其荒！已知堯桀未須辨，焉明凡楚今誰亡？默對荒陂夕陽盡，獨憶秋風江水長，僕夫促駕各歸去，回首陳迹煙蒼蒼。

泊聊城

高柳汶川颸，落日聊城煙。玄雲翳明月，忽墮孤舟前。衆星稍磊落，空水正回旋。疇思燕將守，辨說下魯連。達士貴逃名，奚以解紛傳？一朝辭世網，泯迹東海邊。高臺今突兀，空枕汶陽田。

南旺湖

一花開湖尾，千楊映緑潯。孤霞照幽步，春風蕩遠陰。鱗鱗渚雲合，淼淼平湖深。不知水影外，猶受天光侵。游目極東隅，頗聞岱西岑。石樓瞰海日，磵户窺花林。春巖滴幽竇，草木蒙清音。雲峯不可見，高原誰爲尋？時有漁帆逝，遠接鷗鳥沈。蒼煙忽暝色，惆望空勞心。

蜀山湖

步登高阜巔，一眺衆川會。崩騰壓雲下，濆薄吹地隘。南旺夾雙鏡，清汶劃横帶。當空晝日陰，將雨天風大。連瀾將我心，超越長天外。廣宇靜蕭條，歸鴻忽流瀨。卷石屹沆溶，明波被翳薈。頗似圌亭游，中逗孤山礙。據地乃偏遐，瀕江富樅檜。寓目偶爲佳，風景誰當最？吾行未可留，登艫湍擊汰。

邳州黄山

下邳有老父，來登下邳橋。遺身獨世外，六合皆蕭條。偶傳太公書，聊以定紛淆。卷舒出形迹，可遇不可招。寄語張孺子，起佐興王朝。一身尚爲石，功名何足驕？我來芳草歇，南渡黄河潮。大風起泗上，白雲莽蕭蕭。英雄盡泯滅，仙蹟空岧嶢。

題沈學子步屧尋幽圖

君昔依山居，孤懷睏高寄。步屧逐泉聲，因風造幽地。一逕獨流煙，千山共成翠。空巖太古花，不與松柏異。閉絶未成蹊，焉知有開墜？自與深山辭，餘嵐在衣被。夢渡泖湖陂，圖成廣陵市。萬壑動春雲，爲君渡江至。余亦泉石人，因之悵遥思。

贈沈方穀

昨挂雲帆來，黃河流浩浩。遥天沃日滄海波，長風送客淮南道。不見隋朝之宫殿，但見隋堤之芳草。燕城蕭索無可歡，卻遇故人情獨好。真珠滴酒斟金杯，櫻筍玉截珊瑚堆。脱冠把袂相徘徊。夜深星斗滿空落，仰見孤鶴横江來。身後名，生前酒，二者於吾並何有？嘗願登臨九子峯，又思放浪五湖口。難得人生一日閒，況值相知十年久。看君鸞鳳才標孤，秋風吹翼升天都。難策言堪詘丞相，作賦才寧非大夫？豫章杞梓雲霄上，豈與人間伴社樽？楚雨才晴京口樹，上有流雲不知處。君望西南千萬峯，我棹漁舟從此去。

遇劉樸夫

坐逢春已晚，留滯揚州郭。獨立望寒潮，江空夏雲作。雲中忽見君，來帆廣陵落。自攜蘭陵酒，殷勤爲余酌。新詩别更奇，玉貌看猶昨。白雨灑閒軒，紅鐙照垂幕。非賴此流連，何能忘蕭索。

與侍潞川鄭楓人集不其山房分韻得希字

江郭晴朝雨，煙草滋掩扉。紅藥坐成晚，青山仍未歸。高齋方置酒，良會遽披衣。垂簾石蘚長，拂硯風花飛。業承愛微劣，敢言知貴希。所慚乏文藻，況念歇芳菲。終反羣舒路，相望林岫微。

與王禹卿泛舟至平山堂即送其之臨安府

往年與子游揚州，紅蕖盡落陂塘秋。秋風吹江上海月，照見蒼煙吹笛之孤舟。形骸放浪各無累，釣竿只欲垂滄洲。君後文辭動天子，起家簪筆承明裏。我復逢君向鳳城，對把清尊思故里。春日辭君返鄉縣，江草江花不相見。何意昨宵明月來，重照揚州故人面。一麾出守未須嫌，且泛江南水如練。江南水暖揚州城，亭閣半空絃管聲，垂楊一棹千絲輕。船窗玉面歌童出，捧手迎君如有情。錦帆畫舸競朝渡，翠袖紅妝看晚明。松風吹入棲靈寺，一片斜陽渡江至。江雲葉葉向南飛，繞遍吳山萬重翠。青山雖好不留君，爲念來朝復愁思。愁思迢迢送別離，勸君努力向天涯。鳳皇須下滇南郡，處士虛聲何足奇？

贈侍潞川

走昔少年時，志尚在狂狷。希闊古哲人，奮學乃所願。北渡超大河，遇子燕山甸。謂我如草木，臭味吾同薦。步登昭王臺，滹沱蕩南面。塞上來驚風，白日色俱變。慷慨和悲歌，流俗頗笑訕。從此別春明，三年乃一見。相見復奔馳，豈不傷貧賤？今年訪子居，淮堤緑楊徧。紅鐙照故人，洗盞復相勸。誰言壯士懷，不如兒女戀。感舊默傷懷，日月幾賓餞。借問此何時，夏屋飛乳燕。嗟吾倦遠游，明朝返鄉縣。身世如萍波，茫茫孰先辨？惟慚志業衰，如何答深眷！

雨行白沙嶺至昆沖遂宿

覽物長松杪，春谷正蔥芊。北望雙闕門，硤石何蒼然！寒雨從中來，白雲鬱鉤連。山鳥排空鳴，四嶺下飛泉。林崖倏開闔，磴嶂窈回旋。稍稍出孤村，盤盤下蒼煙。霽樹遠禽歸，溼陰小桃妍。俯仰羣化間，何時不推遷？真賞存物表，了遇空山前。鐙窗響松澗，此意欲誰傳？

惜抱軒詩集卷二

古體六十二首

送侍潞川主德州書院用前歲在揚州留别韻

一枝鷦鷯巢，高蹈許由狷。士生各有志，齊心孰同願？美君騏驥才，掉鞅淮南甸。策名白牒中，早與南宫薦。家託管絃城，青樓列玉面。百里雉未馴，行用陽春變。而君獨何苦，遠走妻孥訕。任公釣會稽，豈作井蛙見。已信黔婁富，寧有陳平賤？嗟我游孤踪，南北舟車徧，索米飢八尺，摛賦羞百勸。賴君每見阿，欲忘鄉閭戀。如何燕市酒，更作郵亭餞。經譚東魯麟，曲唱西飛燕。諸侯重上賓，六籍傳下縣。清廟奏升歌，待君調駕辯。小别近郊門，踟蹰應回眷！

柬張櫄亭庶子

我愛嵇中散，讀書想介狷。濁酒彈素琴，了畢平生願。孤生託江淮，垂纓入王甸。匹若菁茅微，偶與芹菹薦。生世湘中帆，曲折衡九面。可憐牛馬走，坐閱魚龍變。渾沌中央死，巒壑北山詘。空館復何有？皓月相邀見。九衢金鑰開，萬樹銀花賤。不及輕薄兒，珠樓聽歌行。知君亦寥寂，座乏尊罍勸。惟應好兄弟，短檠猶堪戀。金匱紀神功，大蒙入寅餞。柱石佐休明，夏成紛賀燕。丰采天下思，爰論同鄉縣。豈如一曲士，聊游六氣辨。未稱入金門，青山結遥眷。

次櫑亭韻寄張安履 曾份

天運自密移，至道無遷改。小夫每自私，乘物以智宰。往來撓世紛，茫如汎瀛海。焉知鶋居德，衆萬納淵滙。寧憂聾五聲，而目盲五采。君如懸棟材，起負高甍嵬。我如小莛柔，叩鐘逾欲怠。二者同物役，黽勉赴褒采。昨日東風休，夏綠謝春蕾。豈不感啼鴂，鄉思寄江茝。兹意恐亦非，韋布驕錦綵。不若兩俱忘，養空復何待？

送鄭義民忬郎中守永州

至德交萬物，賢否各有宜。譬彼蕙與艾，同被春風滋。鄙人出孤陋，小若鷽燕知。託君通家愛，謂我相逢遲。大賢何不容，而我竊自私。造請百不厭，童僕或旁嗤。雨窗黯青鐙，聽君絶妙辭。清韻倏邈遠，南行指湘灘。遠近何足言，跬步有離思。儀郎古清要，位望今已衰。出守千里疆，豈復嫌一麾？歸家酌玉尊，緑窗櫻桃枝。起挂衡嶽帆，天碧剗九疑。曙日清崖猿，渚風摇江蘺。一聞漁父唱，再繼柳侯詩。卧理丹橘間，民言不忍欺。公行良自得，何以慰余羇？

紫藤花下醉歌用竹垞原韻

紫藤書屋古椽橑，紫藤春花復秋槁。紫藤架底著書人，吟魂冢閉縈青草。過從飲酒雕龍客，百歲風鐙迹都掃。由來歷世猶駒隙，安得長生服軀腦？況余本性杞柳直，戕賊彎回成栲栳。朝走黄塵暮歸坐，便覺明鐙賢晝杲。今日攜行差快意，佳士花陰共懷抱。虬龍兩幹拏空立，瓔珞萬條垂地倒。晚春蜂蝶惜來遲，夕照尊罍歸厭早。賞花京洛稀常遇，吹鬢東風易先老。承恩自昔如竹垞，抵巇一旦辭瓊島。男兒恨不早歸去，脱粟可餐衣布襖。鄙人欲作雞棲桀，多士自欣魚在藻。乘舸春水向江湖，迴首花前幾人好？

趙北口舟中作

鳴蛩濼岸秋，殘月趙水白。捨轡理輕橈，蒼茫盡湖澤。葭菼遠蕭蕭，鳧鴈時拍拍。地有瓦橋城，路失金隄石。民昨歌子威，皇今謂河伯。不見秋歸壑，那免春無麥。坐愧田居懷，未辨經世策。想見滄洲人，煙波面咫尺。

景州開福寺塔 俗云景州塔爲天下塔王

百里見卓錐，震旦仰雄最。叩門謁香臺，據地乃非大。削立外無堦，穿空中不礙。矯立長風巔，萬里散秋籟。天地莽相圍，白日轉檐外。太行青嶂斷，煙霧積幽藹。漳汶與滹沱，流空忽交會。帆檣趨溟渤，鴻鴈下吳會。回首送秋雲，蕭蕭出燕塞。緬思開皇年，建造盛幢蓋。移國女寵階，貽家適宗廢。福田安得長？遺迹巋猶在！嗟余塵鞅倦，聊駐絶景對。落景下層梯，茫茫廣川晦。

德州浮橋

運河繞齊魯，勢若張大弓。限中抱泰嶽，兩簫垂向東。德州倚河壖，南北適要衝。帆檣遶其外，車馬出其中。浮橋與流水，午貫相横縱。嗟我游中原，來往如飛鴻。弱冠一川水，屢照將成翁。大澤湧飄雲，滄海起飛龍。鼓蕩漳汶氣，日觀交鴻濛。落葉下河隄，飛雨來淙淙。觀河吾眼在，憑檻望秋風。

九月八日登千佛山頂

泰山出青雲，天半蒼然獨。梁宋暨東溟，萬里環其足。陰嶂走濟南，雲濤尚奔蹙。勢盡朊益高，塹斷無陂麓。振衣斗直上，陟磴逾援木。落葉下濼泉，秋風散海曲。一卷華不注，拖雲點青綠。猶見山花開，顧絶棲鳥躅。高寒不可留，歸來泛秋菊。

大明湖夜

南山已暝色，回見明湖光。秋盡濟南郭，渺然江水長。中流上新月，輕舸復徜徉。煙昏鷗鷺宿，波沈蘆荻蒼。孤往仍中夜，回飈城曲涼。亭楸高拂霧，寺棘下零霜。佛幢猶立魏，名士正思唐。安知後游者，聲迹永相望。

從千佛寺回過趵突泉暮飲張氏園

濟南城南山正横，人言山前舜所耕。崩榛衰草蔽秋色，古井深崖餘昔清。曉入南山僧住院，爲訪北宋人題名。初陽穿入洞窈曲，佛龕鑿破山崢嶸。大明湖動水雲白，華不注抽煙霧青。惘然憑欄忽歎惜，古人不與余同生。南尋日觀諒未可，回念灤源重一經。流穿山骨軸中出，人遶瀵魁輪外行。誰言渴馬半崖水，解作黃牛三峽聲。顯晦動靜一致耳，惜哉枉使羣兒驚。敗荷衰柳下零亂 夕陽逝鴈高青冥。卻入荒園洗盞坐，旁有小泉時復鳴。

白河

京師如倚屏，其北萬山立。往往塞外水，南穿塞垣入。旋衰才没踝，驟盛懷原隰。未出軍都障，斂若衣在拾。汗漫順義西，每當驟雨及。橋梁既突壞，猝又無舟楫。聖人歲北巡，虎旅萬羣集。灌漲夏秋交，吏以供張急。治道草露間，隱慮事不給。六飛竟安驅，神靈信懷輯。我來辰角見，征衣不挾笠。明當迎翠華，夜渡漲沙溼。彌知近塞寒，霜風凌袴褶。

送張檟亭少詹爲晉陽書院山長兼寄朱石君方伯東坡在密州除夕詩云龍鍾三十九勞生已强半鼐與少詹方伯皆辛亥歲生今三十九矣故用其韻 二首

吾生如尺捶，焉勝日取半。少壯曾幾時，撫節能無歎！昔年十八九，里舍共嬉玩。見君升明堂，瑶璧薦角散。鄙才何所中？强逐冠蓋伴。賢愚别驥駑，征邁同昏旦。凋年感新曆，短檠熒舊案。坐閱燕郊晚，行想淮流亂。懿君清素懷，室闕奉匜盥。聯居幸時近，呻吟聞鄭緩。倏遭浮雲翳，孰辯清濟貫？余才從俗客，署尾豈非儒。孤懷復送君，冷若冰中炭。郊環如可待，休踰燕昭館。運會有屈伸，賓餞易寒暖。別離不可數，垂領髟行粲。代并控朔漠，連峯矗天半。形勝擁晉陽，英傑昔稱歎。碧玉唐叔祠，春陂足流玩。俯仰一古今，摛筆朱霞散。誰爲賢主人？十載承明伴。方伯氣俊爽，清風發平旦。孰言揚馬才，治乃任牘案。淮陽一卧臨，渤海何憂亂。垂澤已如膏，虚手真若盥。君往風景地，流連帶其緩。頓使庸俗目，驚見兩宝貫。誕生同一歲，少長惟余懦。窮冬方兀坐，雪窗聊撥炭。想君越井陘，稅車行授館。敷文列士興，吹律窮谷暖。離立不可參，曷由發笑粲？

安肅道中

簷聲三夜滴牀頭，海日三朝照衣領。風清每快行人意，泥滑仍爲車轍梗。南行常遶西山麓，青銅新沐煙鬟影。出岫溼雲行自媚，蔽野緑陰寒且靜。高禾連壠出芒槊，行潦逾道跳蛙黽。更有水田白鷺飛，便如長夏江南境。少年燕趙苦行役，十七年間一俄頃。故人黃土寧復見，古道荒煙聊自省！竹輿夢斷一蕭疏，高木嘶蟬挂殘影。甲戌，往王端木楷太守署所經此，今十七年矣。

獲嘉渡河

河北山形壓天半，左挾軍都東海岸。雲騰風掣到河陽，二千里餘青一斷。我來經過衛州西，雲巘迴頭百回看。竹林亭立明玕清，原泉飛下珍珠散。想見幽人尚考槃，安得同歸脱羈絆？北風忽出白陘口，吹渡秋河百川灌。山川聊供中流喜，舟車顧有知津歎。西南廣武數峯來，屈指英雄幾更换？

許州

初秋過潁上，草木尚蒼然。午日澹平野，極望空無煙。亂蟬相繼響，獨樹垂陰圓。舊渠八九廢，許下猶良田。如何文潞公，種竹繞嬋娟。行受使相寄，不見車蓋旋。荒園今亦盡，潩水長涓涓。

西平

明月郾城頭，汝水下瀲灧。五更楊柳底，渡艇聞魚唵。水南人未起，行行一鐙閃。鐙盡天轉黑，數星澹可覘。冥行不知處，高下似原塹。此間入蔡師，吾心爲一念。館人邀我入，酒幟曉挂店。適已具晨炊，行早食定欠。旁見婦孺喜，今年秋禾贍。軍罷驛傳稀，民吏安眠暫。吾寧作典農，差愈棠谿劍。

吴戍橋

已盡韓鄭郊，始入青山路。積雨曉未開，前嶂隱忽露。風林上蕭疏，谿水下奔注。傳聞元和初，於兹畔藩戍。地險九州分，天子一朝怒。上相歌采薇，嚴軍入懸瓠。千營盡凱歌，三州始内附。豈謦作輔材，差免輿尸誤。當事始知難，斯人豈常遇！沉没不可論，寒陂下飛鷺。

渡淮

朝日出復陰，廣野風浩浩。淮源山萬重，飛流下穹昊。渺然走滄溟，梁楚在襟抱。汝潁交東環，穰鄧控西道。秋水欲歸壑，憑渡馬腹燥。矯首桐柏陰，展坐淮南草。隧岸鳴蛩蜊，村簷挂梨棗。風土近鄉里，問語向耉老。西成未爲惡，苦被飛蝗惱。連村撲未盡，何以實萬寶？長嘯招西風，害氣一吹掃。

應山至孝感道中

山光異遠近，間若重樓花。行人度高下，起落波中槎。足迹未辨鄖隨國，半生左史窺浮夸。義陽關南出鳥道，縱觀蒼壁瀲朝霞。野田茅屋秋未冷，高藤翠木樛相加。千峯南盡出江面，一鳥東可投吾家。上游勢已據荆郢，左肱屈更招蘄巴。胸吞雲夢不芥蔕，囊括漢國無離瓜。宜有奇才表荆楚，不然深谷逃麏麚。惜哉我行不得遇，翩翩且逐投林鴉。

寄仲孚應宿

曰余性質吶，諧物無言詞。游宦二十載，殊乏新相知。依依鄉閭愛，握手自丱羈。臭味若椒茝，非是孰爲思。今年覽雲夢，飄飖來沙羨。江漢一以會，秋水浮天垂。廣川起孤望，日落吹參差。憶昔各年少，共戲澄江湄。青天澹秋色，帆舉風颸颸。海月萬里上，屬酒酬清詩。歡樂去不復，青鬢將成絲。萬事無不改，風景長如斯。拂衣便可去，潛霍吾前期。

登黄鶴樓次補山韻

夷陵西望巴山連，大江出空如墮懸。奔流一抹蹙滄海，大别黄鵠横障天。導江至此一夾束，瀠洄衣帶高樓前。憶昔赤烏始築邑，凴軒雷鼓空江堧。此間開勢自明遠，釣臺樊口誰能賢？一朝金鴈瘗吴郡，何殊繐帳臨漳川？高樓千載幾興復，傳芭士女徒哀憐。因山命名義自當，俗説詎可丹青傳？虞翻地下應大笑，孰逢黄鶴騎飛仙？我聞譙郡戴仲若，往往野服從斂畋。仙人毋乃即此是，惜哉林壑空蒼煙。農部腹中有武庫，瘴鄉幕府嘗周旋。深入深穴縛虎子，欲效左手如羊牽。正當千里縱黄鵠，豈將一渚從棲鳶？嗟余年往道亦廢，顧思暇豫偷安便。陪君欲鼓瀟湘柁，湖南未到秋雲邊。漢口暮見樓雉影，江風曉踏蛟龍涎。晴空孑孑上反宇，天幕澹澹垂重淵。無心坐見白雲滅，屹立惟有蒼山堅。人間萬事不須説，跂足當樓聊醉眠。

雨登岳陽樓

衡疑阻南服，江漢朝東溟。巴陵山澤會，煙雨長晦冥。風交廣漠野，雲起盪天經。荒忽洞一氣，焉揚帝子靈？坐銷積霧白，稍見君山青。波下辰陽渚，秋來襄郢坰。澹余千里客，城觀此孤停。奄落西陵日，餘陰横洞庭。咸池行復奏，倚待與誰聆？

由橋頭驛至長沙

雜樹接行雲，晨朝吐清氣。遥望西峯頂，已上丹霞蔚。遠山狀一同，近嶺形千彙。澗霧忽成陰，巖蘿密如衣。泠風發空響，幽愴多髣髴。漸出深谷口，始縱秋泉沸。湘帆轉昭曠，途夷畫經緯。遄往湊舟車，趨來孰涇渭？物象倏以遷，亭午待猶未。緬憶獨居情，將毋狗俗畏。

嶽麓寺 兩巨松數月前風拔其一

萬林圍一嶺，古寺仰白日。客來亭午後，峯陰落崷崒。山巔長風起，鼓盪四蕭瑟。寒聲沈谿涯，激轉久未畢。老僧寂來對，坐石邈悽慄。延登佛閣望，清湘隔林出。雉堞帶洲斜，帆檣轉雲疾。此身偶南寄，天光正東溢。新霜倏已零，斑駁青林密。殿角兩鬣松，風雨失儔匹。惟有石間泉，澄泓總如一。前賢杳無見，來者悵難必。試將萬古懷，移問金仙術。

九日渡湘水

夜雨長沙郭，餘陰被湘洲。攬衣趨朝津，朋好方維舟。微飈颯以生，澮蕩向中流。初日忽東上，連山正西浮。葉落洞庭渚，邈然江漢秋。昭曠有餘景，沉没靡前修。涼風送陽鴈，空景弔陰虯。孤思安敢極，良會聊相求。

詣嶽麓書院有述

夙秉宋賢説，太息懷斯文。矧近講席前，遺趾播餘芬。湘東望湘西，連山如陳雲。亟渡入谷口，空翠四邊分。築室倚岸粤，開宇面巖垠。當門古澗響，環墉高樹曛。荒榛延暮色，泠風交遠聞。去之六百年，垂教志何勤？藹彼援鶉手，傷兹獲角麐。吾生志不就，斯世邈無羣。回艫天地晚，空悵逝沄沄！

鐵瓦祠

寒雲飄烈風，盤石壓其上。後踵倚絶壁，前趾踏驚浪。老松奮壑底，長鬣仡相向。結構託翠微，丹青昔何壯！玄武盛嚴衛，髣髴動幽愴。好從神霄淫，迹自宗藩創。神理有誕欺，人事閲興喪。衡岳百里外，隱然出〔一〕南望。吾聞董鍊師，玉顏故無恙。解帶逝從兹，將入青霞訪。

〔校記〕

〔一〕「出」原作「山」，據《叢》、《備》改。

爲香荳兄題秋梅圖

梅花如幽士，盛滿每不居。澹泊向春風，養氣故有餘。雨晴百日暖，天葩還自舒。八月風露冷，金波滿堦除。傾城矯獨立，疑來霽雪初。主人昨何往？密箐蠻僚廬。伐畔安反側，功豈崇誅鋤。排斥蕯收氣，獨任春扶輿。寒廳慰歸眼，香影横空疏。借問花無心，何爲能待余？君看同晚節，芳情長宴如。

隆興寺閣

烈風吹沙昏，天低雪將至。晡度滹沱水，騎入隆興寺。結阿層欄轉，嵬閣當空企。平當金像面，下臨欲無地。伏聽驚飈響，緩送飛鳥墜。迴首諸天外，蒼然向幽冀。自從隋唐來，恒州幾鎮帥？轂綰太行口，旌麾委兒戲。頗懷宋藝祖，親攬六龍轡。方釋晉陽圍，迴出土門騎。山海近英盼，渤碣在指臂。圖黠隆準顔，堦存刻石記。黄土蔽賢愚，萬古一幽翳。冥冥止觀理，漠漠浮生事。何爲李匡威，獨下登高淚？

定州遇雪

夜出真定府，已行一百里。日晡人馬倦，西風大無比。大聲長遶空，沙石四面起。竹輿轉人肩，翻翻欲見底。偷眼望太行，亂雲出其裏。落日映其上，昏黄到山趾。投憩道邊廟，相對袖縮指。面色纔一回，計程不可已。入輿坐龜息，下帷任所詣。漸聞棲鴉聲，始知風稍止。張鐙到定州，空庭月如水。欲看雪浪石，城閉二更矣。夜卧聲更寂，寒光忽透紙。不知何時雪，茫茫没人履。踏冰渡唐河，隔岸朝暾啓。

長椿寺觀明劉孝純太后畫像

辛卯年春同數客，宣武門西登佛閣。壞牖長椿寺裏來，畫圖崇禎年間作。仰瞻后像非副褘，卻號菩薩佩瓔絡。莊烈自初封信邸，顧影摧心長已矣！夢魂不識劉孝純，外家顧見徐夫人。法駕淒涼迎畫像，髣髴平生真未真？内宫已拓奉先殿，外寺還修香火因。當時圖像别有一，供懸卻在瀛國室。宗社竟至甲申年，戚里都爲灰燼日。太后門真忠孝存，一朝畫與山河失。不知寢殿託誰人？惟有此圖長傍佛。君不見前有九蓮菩薩容，奉之乃在東嶽宫。松楸石屋深陰雨，神鬼虚檐交冷風。興亡死後誰能必？富貴生前迹已空。罷歸三歎徑歸去，澹澹青天翔暮鴻。

會試出闈作

季春入鎖闈，土青芽未寸。漸復槐枝暗，鸖毆納鳩遯。滿堂皆彦英，末座寄頑鈍。朱紫目爲眩，反覆心亦困。仰屋偶欠伸，放筆才一飯。單緒少黨親，愚者昧恩怨。自任平生懷，豈爲他人勸。丈室忽託想，風隄吹馬噴。徒有遥山青，隔城不自獻。静極遠囂來，髣髴雜禪販。今朝始縱步，妻孥迎問健。坐看轉夏陰，掩户散無悶。

沈椒園按察晚芝亭圖

昔侍先伯居鄉邑，四海賢人嘗語及。清如冰雪沈御史，復有瓊瑶好篇什。出持使節海岱間，吹滿春風開東溼。生爲後輩見之難，公至暮年名轉立。郎君與鼐再世交，尚書禮曹先後入。每看鶴骨出人羣，輒想龍門趨父執。京師昨竟到軒車，謝客未嘗容拜揖。鼐也問疾就郎君，語重行艱年七十。傳將畫照索題詩，展册欲書眶已泣。卻思先伯年正同，曳杖歌先駒影急。幅巾終冀一升堂，白旐忽看翩指隰。從兹前輩彫零盡，況復孤生途路澀。城邊執手別郎君，歸看畫圖仍在笈。紫芝深谷自長生，茅屋秋風爲誰葺？惟有名德寄人間，兩家後裔收文集。

王少林嵩高讀書圖

我初訪子在揚州，天寒攜手王夢樓。破窗鐙暗風颼颼，擁褐無伴聲伊優。推闔徑入驚仰頭。王君戲子令子求。指我君識是子不？多君曾未一面謀。道我姓字能探喉，王君撫掌笑合眸。一朝省試同見收，無錫尚書賓館稠。朝退論經幾客留，召我與子時從游。王君先達居上頭，我才於世真一鯫。俯仰郎署斑生髟，尚書零落今山丘。王君放浪江湖舟，邈然罷郡歸幾秋。笑我滯迹猶貪婾，君如百鍊不改鏐。名在吏部將鳴騶，偉建功業爲民休。正當容我狂不羞，少日讀書老壯猷，回思故迹真雲浮。（夢樓、少林及鼐皆出秦文恭公之門，而夢樓爲前輩。）

送沈觀察（清任）赴四川同知任

古槐連理陰初綠，（禮部後堂庭有槐連理，明朝植也。）我始逢君偕署牘。春長風暖笑談餘，身若停鸞面如玉。旄麾忽去暮堂空，葉落霜初森似束。使君行部向窮山，吏議蘗輕俄折軸。全家安否託江湖，罷俸如何飽饘粥？君還京國足如蓬，我老塵車耳生木。浮生託迹皆偶爾，往事回頭嗟夢速。喜君容貌愈充然，有道何嘗驚寵辱。亦知傑士不長閒，所惜歡情猶未足。竟作西南半刺官，終起休明九州牧。小蠢沈黎兵欲銷，大餔成都酒應熟。不須別緒道酸悽，好與疲甿作膏沐。

送張侍御敦均歸里

昔交湯綏叔，信覩儒者傑。好學老不衰，養懷貞素節。自還江上廬，奄忽喪明哲。當時承學徒，幾家誦師説。侍御獨尊聞，前賢道未歇。濬無才知競，真抱與衆別。與君居連巷，頗覺造請缺。世外託知賞，豈必相見熱。羣才方進用，君子胡退列。既往發遺經，繼學良可悦。日月正遷流，所憂變齒髮。俛仰尚後君，豈不媿頑劣。

甘泉宮瓦歌

漢家離宮渭南北，前俯終南插天色。椽欒山北古明庭，盛夏凌兢寒不釋。萬乘長安未足居，迎風既立增儲胥，年年避暑雲陽去，儲偫千官趨道途。紅光翠氣相陵亂，甲帳珠簾設霄漢。美人鼓瑟待神仙，羽林拱衛行人歎。弄兵戾子起，觸瑟何羅來。甘泉見聞乃若此，土木壯矣人危哉！宮車卒別寒門道，甍宇雖存瞻可哀。嗚呼況復狐兔穴，零瓦當年一膏血。捨置耒耜作陶旊，鞭笞畚挶升蝃蜺。辛苦前人匠作誰？摩挲今日形橅別。君不見靈光既秦餘，九成亦隨舊，宗廟既已夷，慆心猶未究。先王宮室蔽風雨，侈君土木衣文繡。千窑已作向南山，三輔幾何不苑囿？茅茨太璞固未能，露臺不起寧非厚？陳屋三瓦戒居盈，作室幾家貽肯構？對此悲傷千載心，漢事已過良勿又。

羅兩峯鬼趣圖

形役此勞生，束縛日來往。謂當返其真，六氣同一廣。如何釋委形，轉受拘物象？匹若脫繭蛾，翻飛挂蛛網。君看隙外光，穿落窗中壤。或方或橢圓，橫斜直曲枉。游光倏忽暝，茲形究安放？萬象不可窮，顛倒由一想。幻作三途業，何異景罔兩。畫師如說法，染筆興幽愴。變狀悉呈露，目覩非髣髴。觀象轉得空，智者一反掌。天人阿修羅，一一超無上。稽首證導師，茲義實非謬。

萬壽寺松樹歌呈張祭酒 裕犖

萬壽寺有元朝松，七株偃仰無一同。五百餘年到今植，幾時變化風雨中。我來頻見尚動色，拏攫未敢趨當中。甲戌京華夏初及，禮闈始散羣賢集。翰林邀客會城西，寺門正帶朝暉入。冥冥氣蓄雷霆寒，颯颯風搖露枝溼。是時同輩八九人，鼐也年纔逾二十。同披單衫跋輕履，一時散向松間立。風流諸客皆好文，當筵意氣陵青雲。有松嘗經幾輩客，高論松前曾幾聞。自從車馬寺外分，十年一半爲丘墳。甲戌，祭酒爲編修分校，出邀同游者，張鏡壑閣學、涵暉助教、馬牧儕舍人、方午莊明府、眉山孝廉，今皆歿矣。嗚呼此地松猶在，薄游曳杖僧窗外。萬里秋吹遼海空，重陰晝塞西山隘。獨聽颼飀恐欲生，況經搖落情先廢。借問種松樹，松樹何處無？吾邑最南境，何止百萬株。上枝搖蕩潛霍雲，下根磅礴松山湖。往往中有宋元植，榮枯蘿蔦騰[illegible][illegible]。年少去之歸老夫，何況不歸使松孤。君不念男兒莫待齒髮脱，無情松樹始長活。

嚴侍讀長明散木菴集時嚴將南旋

風日一何佳？初冬殊未冷。高齋客來暮，檐陽露俄頃。小庭木盡脱，蕭蕭散空影。所貴人心閒，適與物候靜。平生值數賢，驟見良已幸。招邀況一室，行不待造請。主人無俗懷，稍爲設蔬茗。既脱形骸累，觀醉不妨醒。試思士多才，爰啻木有癭。苟得謝斧斤，何嫌寄幽屏。所惜送將離，屈指江路永。曷以盡餘情？宵深燭猶秉。

延祐元年江西鄉試石鼓賦卷題後

小賦八首蘇君書，我初見之詹事錢坤一載篋。短檠風動目揩瞋，長卷夜寒手鈔怯。延祐正當元運中，詔書初行貢舉法。主司聘用行省書，布衣名上州縣牒。十八路並集隆興，第二場中題試帖。至今異日蹟還留，想見同年心最愜。當時鄧公主浙試，深褒吳生奏鄉捷。聲名傳少惜終淪，拔取雖多頗非躐。低徊千載岐陽鼓，笑談一代慈恩塔。文字貧兒矜敝帚，宇宙飄風吹落葉。賦好誰人手可叉，時過幾日鬚當鑷。童幼嘗爲揚子雲，長大更思袁伯業。世間筆墨未能抛，太息古人譏目睫。

章華國課子圖

君居西郊我城裏，同飲桐谿一谿水。我行京國百不歡，惟見鄉閭來輒喜。值君新著隴西績，收縛窮姦才折箠。侍中贊引入金門，天子書名留玉几。出同鐙火倍欣然，行異關河良久矣。室家勞問到髫齓，歲月崢嶸看髮齒。一經君已勝籯金，四十余才射蓬矢。根柯羡說長豫章，圖畫更教看騄駬。失笑天吳紫鳳間，那免任童蔣翁恥。君行努力快清時，身活千人家必起。郤賦徐卿有二雛，所愧衰遲如子美。

寄蘇園仲

蘇君信慕古，閱世如有道。蕩蕩胸臆間，不知何者好。小心衆人内，高視萬物表。徒欲春馴雉，而羞夜撮蚤。作吏見不能，收身豈嫌早。平城山後郡，八月衰塞草。蠻狐祥一丘，固由佳士少。君往聊託居，已使陋俗矯。日昨向汾陰，南行就粳稻。目病細書難，交疏吳語悄。兒瘦苦憶翁，女嫁已泣媼。授館賴主賢，妻孥稍相保。嗟我別君來，仰見昏中昴。千里懸一心，頻搔不可爪。位置賢者生，豈不在蒼昊？正以松柏姿，不厭藜藿飽。諸生朱游客，數紙山公嬲。寄聲問起居，曷以終素抱？

十一月十五日雪翁正三學士偕錢籜石詹事辛楣學士登陶然亭回至鼐寓舍與程魚門吏部曹來殷贊善吴白華侍讀陸耳山刑部同飲至夜翁用東坡清虚堂韻作詩垂示輒依奉和並呈諸公

西山指海如龍蛇，揚雲弄霧行衙衙。九門陰靄塞朝景，雙闕明光開玉花。羣公欲眺山半脊，高閣上出城千家。皓空正對北風客，斜陽忽送西林鴉。八逢日至在京洛，又見郊仗陳莖葩。好景宜從客游戲，碎事厭聽人梳爬。惜未聯鑣踏冷絮，顧承枉轡呼煎茶。月堦凍面行蟻盞，雪地立奴垂馬撾。漸至中宵柝三兩，猶取前輩文稱嗟。後來知更道今不？自記過眼看雲霞。

爲翁正三學士題東坡天際烏雲帖

東坡自謂字無法，天巧繩墨何從施？青霄碧海縱游戲，自中律度精毫釐。嘗託西湖佳麗地，仍記閒情書小詩。前人不見蔡君謨，後人不識柯九思。人生翰墨細事耳，古今相接良賴之。學士新作蘇米齋，欲飽看字療輖饑。此册神妙尤所祕，雲煙閱世憐公癡！今朝我更作公病，斂册向篋重手持。日午來看到昏黑，兀兀不樂歸車馳。學士平生妙臨本，試作嘗眩真鑒知。請煩冰雪襟懷手，再寫佳人絶妙辭。

三長物齋詩爲魚門吏部作

椒花吟舫學士朱，十年種樹茲舊廬。主人擁節江山去，遂使程侯來借居。長身美髯眉鬢疏，吟誦齋中朝與晡。窮病聲名五十載，劣將文字調妻孥。掃除萬物無一須，猶藏玄璧值連都。咸亨舊碑北宋搨，同時一硯遺大蘇。風流頗與前賢俱，文力猶健斑生鬚。天地大矣偶相寄，三物一身游有餘。學士江南昨寄書，齋前修竹復何如。春風欲展小庭緑，晴日涵空軒檻虚。我亦長安一腐儒，戲弄筆墨來停車。人間長物伴閒客，正爾齋中不可無。

送吳編修敬輿

吳侯自學道，往往造淵靜。不以宇宙廣，而爲一塗競。桃李常不言，儕類輒愛敬。乃知君子器，宜從大夫政。在朝量已優，告歸韻尤勝。名班三殿旁，身逐一帆正。花落春水生，天合松陵鏡。或逢鄉曲人，爭席昧名姓。刈草先人廬，種松丘壠徑。倏忽秋風生，相望北枝勁。所恐竟脫屣，杳與海鷗泳。

董賢銀印歌 爲嚴東有作

渭南城郭都非故，南對南山止陵墓。書生嗜古寶殘餘，忘卻輿悲啓幽户。小篆鏤銀印紙紅，土花新洗到關東。回頭秦嶺傷心碧，袖裏金貂漢侍中。

花朝雪集覃谿學士家歸作此詩

京師信人海，時時遇賢哲。事會一聚之，倏復歧車轍。出動千百里，入乃限禁闥。遠近雖則殊，容儀皆邈絕。獨兹五六人，有職幸非熱。從游頗最久，盤罍遂屢設。亦知天運旋，終當有離別。在目且欣然，流連詎能歇。正如春未深，坐賞花朝雪。平生覬聞道，隨處知可悦。清宵接嘉論，有蒙固當發。遂歸吟塵窗，耿未寒鐙滅。

述懷 二首

門有吳越士，撟首自言賢。束帶迎入座，抗論崇古先。摽舉文句閒，所守何戔戔！詆鄙程與朱，制行或異旃。漢唐勤箋疏，用志誠精專。星月豈不輝，差異白日懸。世有宋大儒，江海容百川。道學一旦廢，乾坤其毁焉！寄語幼誦子，僞論烏足傳？

昔者先端恪，實作虞廷士。質對與神明，非邀矜恕美。一端或自咎，中夜輒懲跽。當時網信疏，奸猾亦衰止。先朝忠厚統，所垂良遠矣！自是百年來，法家常繼軌。刑官豈易爲，乃及末小子。顧念同形生，安可欲之死。苟足禁暴虐，用威非得已。所慮稍刻深，輕重有失理。文條豈無説，人情或不爾。不肖常淺識，倉卒署紙尾。恐非平生心，終坐再三起。長揖向上官，秋風向田里。

魏三藏菩提流支在胡相國第譯金剛經刻石拓本

佛在祇樹園，當時説此經。須菩提跽前涕零，復有千二百五十人旁聽。草堂寺盛秦姚興，鳩摩羅什天竺僧。譯諸經品中，此經爲大乘。後有菩提流支來，世言可埒羅什才。侍中崔光爲執筆，相國之第爲之開，别出譯本劉崔嵬。自從西晉亂，震旦人最苦。是時佛法興，經律徧中土。大慈無力拯橫流，象義猶能歆暴主。其間暫廢太平真君年，厥孫事佛俄加虔。廢者奉道希神仙，復者諂媚求福田。糜爛戰鬥峻刑網，窮飾寺廟開法筵。太和以來既南渡，洛陽伽藍起無數。胡后宮闈不可言，永寧佛圖功最鉅。後胡國珍前馮熙，敬事釋門皆后父。富貴已極憂死生，外戚無功謂神助。譯經更薦國珍死，作福寧非太后故。我聞佛法不可文字求，廓然無聖道最優。天宮龍藏積萬卷，紛紜律論誰窮搜？其中佛語魔語雜，掃除皮毛見正法。章句文義若爭巧，不二無言何處答？君不見胡后起自姑爲尼，死入雙靈寺内棲。其始以此終亦此，妙義那知葱嶺西？河陰朝士埋碧血，洛下宫闈生蒺藜。祇有青山完片石，留傳絶域舍婆提。崔光執筆事，見三藏法師傳。此譯本云：佛在舍婆提國。

錢詹事座上觀沈石田畫檜歌

三百年中畫第一，天趣橫流腕間出。弟子尚作文徵明，先生自入董源室。長卷大樹爲者難，屈伸神鬼開雲䦘。忽移拔地風霆間，紙上已作千年斑。常熟蕭梁七星檜，七株今尚三株在。一株橫空偃圓蓋，二株曾遭雷火焚，直幹依然挺靈怪。海氣沉霾古觀中，行人太息虞山外。徵君攜客游觀之，自從圖成復寫詩。豈徒草木生顏色，談笑風流皆可思。吾家乃在舒州住，未過鎮江東一步。曾聞此檜不曾逢，卻憶江帆建康路。壬申之歲給事園，往看六朝之松樹，長鬣上激虬龍鳴，蜷身下作狻犀怒。江寒浪湧排風煙，日落天空走雲霧。此松此檜遥相望，神物而今松獨亡。樵薪荆棘誰當念，寂寞巖阿亦可傷。人間貴賤誠難測，且展煙霞吐胸臆。作畫看山終此身，富貴不以離其親。已逢弘治昇平日，更作東吴偃卧人。古樹江南春復春，可憐輪轍盡勞薪。世間詩畫猶餘事，今我長思真逸民！

王舍人友亮坐看雲起圖

灊皖萬嶺江之西，朝雲暮靄長升躋。吾家乃在雲中住，出户二里三里迷。江上看山卓雲立，略與吾居平地齊。吾嘗策杖更西上，猿捷鳥逝非常蹊。嶽雲盛氣遠翕合，何所埋廢元封珪？窮丹踰翠亂雲墮，其上點點才如鷖。乃知大山宫小霍，一丘軟草平流谿。不謂坐處已嶄絶，但覺四面峯頭低。雲生石罅走一髮，下作霹靂淙鳴畦。繚繞連峯態萬出，咫尺晴日交陰霓。暮宿僧菴光正白，月横露壑風淒淒。晦明朝暮看盡好，惟有遠别無由攜。君家看雲昔黄海，新居乃卜長干堤。崇山到此勢已盡，吐氣猶是龍虎棲。欲窮餘霞散綺色，請登天闕攀雲梯。嗟余送子隔雲外，獨憶秋山猿夜啼。

七夕集覃谿學士家觀祈巧圖或以爲唐張萱筆也

驪山秋樹圍宮殿，列屋同居異歡宴。人人七夕望牽牛，歲歲秋風落團扇。渭南渭北明河光，張生腕底風露涼。定知紈袖停針後，金井殞梧聽漏長。玉貌綺羅天寶末，霜霰未深炎已奪。宮中兒女爲情死，牆外書生籌國活。燒燭披圖又一時，夜深題作女郎詩。青天織月長如此，巧拙人間那得知？

今歲重九翁覃谿學士登法源寺閣作斲字韻七言詩亦以屬鼐而未暇爲也學士屢用其韻爲詩益奇臘月飲學士家出示所得宋雕本施注蘇詩舊藏宋中丞家者欣賞無已乃次重九詩韻

學士金石搜南朔，攬異爲詩工刻斲。閉門高興逸如雲，舒紙揮毫疾逾颮。今秋九月金垂砌，西嶺無雲玉出璞。霜寒勇上寺樓看，風舞懸旛翩不卓。成詩淵海得驪珠，欲和空倉飢雀啄。茲晨招客爲看書，來似鴻儔飛撲撲，雕鐫遠有嘉泰字，收藏近與商丘較。蘇詩傳世幾千首，高語去天真一握。當年獄案可悲傷，他日注家還踳駁。此編晚出施顧手，黨禁正解東南角。後來補闕更何如？虎賁雖在中郎邈。耽詩愛古皆結習，計短衡長非大覺。曾薄富貴書何厚，甘典衣裘襟可捉。子瞻自是千載人，學士豈比無心學？佳本與公吾亦欣，叩門會辦來觀數。

用前韻贈朱竹君學士

嘗聞至德還其朔，緣飾雕几皆鏟斲。忘情世患了不驚，絶勝爰居避災颱。先生宿有超世量，刮摩無功完太璞。出受使命寧熱内，善誘諸生忘苦卓。先幾獨奏啓鴻文，後學多聞承轂啄。世人那悟鴛雛德，纖兒枉作蚊虻撲。卻思此地羣冠蓋，昨歲春風送重較。僕時貢院從有司，不見乘軺節在握。默懷鄉郡江淮上，道樹未嘗忘六駮。懸知按部方千里，曲若回文周四角。傳聞山水頗流連，復有篇章發幽邈。歸校中文亦復佳，人道左遷原不覺。最欣朋好復尊前，風月不須勞捕捉。子長好奇餘一病，枝葉曷芟歸本學。與君差近古人交，苦語未嫌朋友數。

賞番圖爲李西華侍郎題

禹昔導川疏溝渠，四載不及東南墟。漫天漲海游龍魚，西界閩越東尾閭。百島散處黑子如，自漢不屬王無諸。聖朝持載配地輿，鄭氏世竊蠻島居，曷不稽首朝殿除？仁皇在阼二紀餘，天戈南指皆薅鋤。設立郡縣軌同車，御史監郡法秦初。歲在困敦月在余，臨川黄門受詔書，南征軺傳前建旟。舉帆度海風帷袪，宣恩諭德遍里廬。是時萬彙蒙喣嘘，啓之闢之其檉椐。遶屋種竹及芭苴，枸櫞餘甘椰栟櫚。四時青青百穀蔬，流脂稻米有餘糈。轉市海内連籧篨，吏治清靜絶詐狙。因俗示禮兩相於，海風不復還爰居。番人秉性豈異余，與民雜處駿并駼。春秋射獵山作阹，箙帶束腰聹耳鐻。身衣鹿皮弓綝箊，沙魚登岸脱填淤。距躍三百如蟾蜍，迹纏迹速升躉山岨。舍矢麃麋及豪豬，相聚牽臂飲以醵。好人怒獸或齟齬，撫之有道難自紓。草薙禽獮豈義與，使者治定靡紛拏。乃命頒賞布燕譽，天清海宴風颶袪。使者之幄面廣虚，諸番部衆從長胥。相排壓背蹩駏驉，佩刀守將跪舉袪。受命分賜金帛綀〔一〕，牽羊肩酒持巾帤。既賜拜舞歡情攄，蠻歌振股疑蚣蝑。使者閲歲菑未畬，歸逾江淮超青徐。清廟重器升璠璵，司空度地九澤豬。藐彼外郡隣沮洳，有番海上思欷歔。道山延閣册廣儲，公與羣儒聯珮琚，春風思遠夢蘧蘧。陳圖示客言既且，遼哉古放龍蛇沮。天子代來恩澤湑，上褚中褚賜衣袽。黄屋之國少躊躇。於今絶域覆腋胠。魯鷄伏鵠如蜀䧳，此圖稽典宜寶居，乃知柔遠術不疏。

〔校記〕

〔一〕「綀」原作「繻」，據叢、備改。

篆秋草堂歌贈錢獻之

古文遭秦燒不存，當時丞相篆獨尊。登山刻石作竵扁〔一〕，頗取茂美異本根。嗚呼秦人尚刻鑿，自兹書亦含秋氣。魯壁再傳蝌斗書，相傳竟斷衞伯儒。世競草隸篆益疏，卓哉陽冰導二徐。破碎都無保氏義，瑰奇獨繼秦人橅。錢君晚出江海陬，學篆欲溯軒黄初。草堂多秋懷，用意亦何孤。豈但用意孤，筆力不世出。金壇王侍郎，先朝篆第一。濡毫未免先著漆，布置雖均生氣失。錢君寫篆不擇筆，冥合毫釐未嘗溢。乃知天巧工中微，不似粗工常縛律。君家詹事今古人，君與學古情益親。詹事登朝三十年，大儒師保居虎門。嘗見所作篆，亦如儒者端拱齊韠紳。況君年紀未三十，老生相逢低首立。家學益承安可及，明廷待君雖未入。經術終當佐天子，挾筴那能歸下邑。長安二月春風來，草青欲出花未開。江湖夢遠春水白，篆秋草堂安在哉！門多問字揚雄客，聲振羣公賈誼才。盛名雖好戒多取，千古當推殊俗懷。我今廢學苦多忘，願就諮君日百回。他日張紘隔吳下，苦將名篆憶徘徊。

〔校記〕

〔一〕「竵扁」原作「竵匾」，叢、備作「蝸匾」，據夢溪筆談改。

城南修禊詩

暮春正三日，來會城南隅。長川明若練，其上源西湖。下輸南海子，草橋貫中途。晝陰天多風，楊柳密復疏。草芽沙岸緑，葦席縱横舒。面流坐中林，默數同會徒。長者二十五，幼稚十人餘。自從導此川，種樹歲增株。我來再修禊，風景日可娛。何況冠蓋衆，前春尚不如。是時朝廷清，在列多鉅儒。清修好名節，室不聞笙竽。四海草野賢，招徠盡于于。相從抗論古，薄游散其劬。山陰雖可慕，豈若帝王都。羣賢及古哲，文藻復交敷。鼐也最寡聞，寬世容其愚。頗減吏事責，與使談詩書。累從諸公後，觀覽物華初。當有異世賢，慨慕今兹無。中筵既自幸，迴念顧鬱紆。昔者孔氏門，材孰非時須。後先及疏附，所欲返唐虞。如何浩歌人，舍之風舞雩。乃知士有志，聖人不與渝。既乏經世略，披褐宜田廬。遼哉千古會，日月終不居。夕陽散車馬，長途眺廣虚。屬斯告後來，慨焉或念諸！

惜抱軒詩集卷三

古體四十首

新城道中書所見

大霧被野天爲遮，海東曷不翔金鴉？寒威逼人斂默息，倏忽眼眩生奇花。是時夾道萬凍木，半生半死交杈枒。含靈孕氣作怪異，纈如桃李冬揚葩。蒼龍立海負冰雪，天女隳地紛珠珈。黄帝此夜戰涿鹿，蚩尤肩髀埋谽谺。三軍凱旋盡解甲，亂挂林木光明霞。千形萬態未易究，琮琤忽墜當吾車。發書占策苦不得，野老能説殊亦佳。或云休徵備飯甕，捆載千億收禾麻。或云此咎達官怕，有鬼欲瞰高明家。從來休咎兩難定，況何與此枯樹耶。紅爐圍坐别妻子，敎宿起看聊矜夸。虚榮幻象豈久據，午位已正陽輪加。飢腸得食出戲語，荒店凍壁題攲斜。

皁城作

積雪河間道，初日弓高城。單車十二月，自此將何征？僕昔弱冠歲，始竊鄉曲名。充賦自南來，意氣頗縱橫。謂當展微抱，庶見康民甿。行能苦陋薄，疾疢復相嬰。十年省闥內，回首竟何成。側聞太山谷，往往仙人行。雲霄晝下鹿，東海遠騎鯨。願言見求道，倘許傳其精。披我故時裘，浩歌出皇京。旁觀擁千百，拍手笑狂生。

於朱子潁郡齋值仁和申改翁見示所作詩題贈一首

我昔少年百不求，車舟載走殊方州。短褐之衣飯不足，胸探江漢千珠旒。偶向人間結豪士，擊筑和歌燕市秋。自從通籍十年後，意興直與庸人侔。徑辭五雲雙闕下，欲攬青天滄海流。故人剖符守東嶽，長髯忽對當風虬。坐中賓友況英俊，聞名往往從交游。嘉陵驛路劍關口，君昔黃綬憂民憂。一朝解印歸不得，西南漂泊猿玃愁。是時朱君亦羈客，攜子登閣覿江涪。萬里解散復會合，並有百錦囊壓輈。荷君爲我盡傾出，紅燭低看三白頭。精金美玉價在市，鯨波蜃氣升成樓。信知江山助雄麗，使我媿向平生搜。擬將雪霽上日觀，當爲故人十日留。高巖磨壁不敢寫，盍借巨筆鑱天球。文章道路識老馬，世事滄洲漂白鷗。相看興極一迴首，日月往矣空悠悠。

歲除日與子頴登日觀觀日出作歌

泰山到海五百里，日觀東看直一指。萬峯海上碧沈沈，象伏龍蹲呼不起。夜半雲海浮巖空，雪山滅没空雲中。參旗正拂天門西，雲漢卻跨滄海東。海隅雲光一線動，山如舞袖招長風。使君長髯真虬龍，我亦鶴骨撑青穹。天風飄飄拂東向，拄杖探出扶桑紅。地底金輪幾及丈，海右天雞纔一唱。不知萬頃馮夷宫，併作紅光上天上。使君昔者大峨眉，堅冰磴滑乘如脂。攀空極險才到頂，夜看日出嘗如斯。其下濛濛萬青嶺，中道江水而東之。孤臣羈迹自歎息，中原有路歸無時。此生忽忽俄在此，故人偕君良共喜。天以昌君畫與詩，又使分符泰山址。男兒自負喬嶽身，胸有大海光明暾。即今同立岱宗頂，豈復猶如世上人。大地川原紛四下，中天日月環雙循。山海微茫一卷石，雲烟變滅千朝昏。馭氣終超萬物表，東岱西峨何復論？

孔撝約集石鼓殘文成詩

在昔成周造西土，日出海隅皆奄撫。同文遂光天子政，異學敢施私智舞。大蒐有禮朝金舄，小雅餘篇鐫石鼓。東遷孔子悼詩亡，史有闕文吾尚睹。用劉子駿説。倔興暴國尚首功，撥去古文焚一炬。小篆從茲法丞相，爰歷競言受車府。援筆且便徒隸才，立政安求周召侶。雖然六體試古文，尚有典刑存一縷。魏晉以後述者稀，科斗僅傳逮韓愈。厥後推求鐘鼎文，形響猜疑似聾瞽。銘勒誰可迹郟梁，眞僞奚能知岣嶁。獨留此鼓見周人，猶似裔孫瞻鼻祖。文士甲癸紛臆決，强定成宣道文武。斷文闕義那得知，偉畫奇橅差可數。一朝聯綴使完善，墜玉零珠同貫組。文王清廟固難晞，急就凡將眞下頫。乃知翰林有奇智，鍊石星躔如可補。嘗疑秦篆一家學，叔重雖精猶異古。言之成理或近鑿，有似郢人書燭舉。保氏本體益茫昧，後賢傳說時舛午。日在茻中會意莫，背私公乃韓非語。豈如石鼓堅可信，乃諺胡爲譏厥父。說文：「莫，日且冥也。從日，在茻中。」石鼓文從早不從日。按：說文載自芥至薊五十三字大篆皆以從茻，莫固草名，見詩，安知非本草名而假借以爲蚤莫之莫，亦猶蚤之借蚤蝨也。以假借言之，亦不必取日在茻中矣。又說文「公，平分也，八猶背也。」韓非曰：「背私爲公。」石鼓公字下從口，不從厶，亦不合背厶之說；而說文載古文訟字下正從口，故知石鼓可信。必以許氏所解六書義難之，則反失之矣。說禮無徵傷杞宋，崇舊有由敬收弆。嗟君好古如食跖，快讀奇字嘗如吐。益友多聞求寡昧，家法虛懷銘傴僂。何當再發壁中書，小學源流勝張杜。

題唐人關山行旅圖

亂山𢍰如濤，急水高如山。千山萬水不可度，況有倚天絶地之雄關。終南東走洛與宛，劍閣岷嶓天最遠。山頭日落關前晚，青烟滿地黄雲返。棧中馬足躡重雲，巖底車聲行絶坂。後有輿從前建旄，孤騎席帽絲鞭操。負擔汗頳賤且勞，耳邊不斷風騷騷。猿鳥悲嘯兕虎嗥，青楓密竹苦霧塞，仰首始露青天高。林開地闊春陂緑，商舶漁舠牽纜續。嘉陵江水下渝州，愁聽巴人竹枝曲。不道曲聲悲，且説含辭苦，山頭十日九風雨。君王腸斷爲零鈴，行路誰能不酸楚？路草巖花秋復春，關山猶有未歸人。丹青寫盡關山怨，千古行人行不斷。將身涉險豈非愚？不及田間藜藿飯。或言男兒桑弧蓬矢射四方，那得日在妻孥旁？樵夫隱士同一谷，英雄賈客偕征行。士生各有志，未易相評量。亦有進退無不可，出亦非見居非藏。蒼生自待命世者，豈必棲棲求異鄉？

正月晦日期應宿同游浮山余往徧歷諸峯而應宿不至遂宿會勝巖次日至華嚴寺作詩歸示應宿兼寄朱竹君學士

朝暉揚瀾渡，明漪泛巃嵸。舍艇杖筇入，兩崖一道甬。石若垂天雲，與地離跟踵。立柱裊纖箾，垂乳墜擁腫。長風流其隙，飄摇殆將動。初入浩笑廊，題名紛蠛蠓。昏泐間一讀，鼻磨目勞瞯。三曲既穿洞，一門俄出籠。睥睨昔建矛，搏鬥事呼詾。中山信人傑，造迹拔岩勇。浮雲失前功，巨障有餘鞏。（徐中山破浮山砦事，見本傳，今尚有陳氏所築岩門。）超登萬壑上，空宇散羣壅。嘗聞此山木，連峯覆鬱蓊。陋僧不知惜，十八櫝熅熜。俯視惟壑谷，青葱若箸篵。上有石攢羅，象似豈寓俑。江湖漫遠明，峯稜點脩聳。是時春始和，菜麥競刺蘢。佳人終不來，逝鳥時企玃。天風警虚襟，寒陰肅晝恐。天池見纖鱗，人言乃龍種。卻立不敢浴，引手聊一捧。浥水洗石蓮，戲答羣慫慂。繞雲梯頗峻，僧導使余踵。右詣張公巖，欲乞餘鉛澒。夙聞九帶禪，唽義啓愚懂。異哉不二門，兼紹洞山統。（遠公本臨濟下嗣，而受洞宗太陽和尚記以授青公，使遥嗣太陽。今洞宗皆其後也。）我登遠公石，但見青草菶。安得聞説法，顛頂灌酪湩。日暝返龕閣，中心獨悵懵。青鐙熒石壁，照佛兩臂拱。終夜風雨急，環巖吐泉孔。坐待朝陽洞，果見先曈曨。置案未盡餐，僧雛來趣董。西北舍舊歷，東南發新竦。紫霞闕其隘，穹蜷偃脩蝀。僧登余未上，仙牀危可悚。最鉅金谷巖，斑駮矗上湧。赤玉挂彎環，青天受蟠擁。巖竇立金容，縱横結梁栱。其右闢石室，弃上竅若籠。冬凝曜冰柱，春雷墮乳㧖。有童試擲爆，訇殷坻隤隴。其外沸石泉，當户三曲踴。長谿決兩隘，霜鍔拔鞞琫。轉入華嚴寺，高林墮鳥氄。鯨鏗震幽陰，奚啻破蛚蛬。遂穿巨竹徑，上詣可師塚。婆娑芳桂陰，趺坐遺痕。借問張文端，寧辭柱石重。蕭爾此淹留，何如驚辱寵？張文端有浮山十可坐處，桂下其一也。有志嚮浮山，自余始角鬉。長序仲孚詩，銳思撥倥偬。余有左仲孚浮渡詩序。悲哉吾仲孚，奄已乘翠輁。而吾二十年，京洛仕闒茸。翰林持節來，思余隔塵塕。嗟彼千里驥，倏以短轍覂。至今壁上刻，光晶照珠珙。惜我先後迹，與君不可總。此生逋世役，幾如説梏拲。孰慰獨游寂，靈怪交獻奉。所恨未聞道，仍將棄凡冗。糞掃石壇隅，終身縛竹䈵。遠道或見思，作詩遺笑唪。

雜詩　五首

誰植高原樹，花葉相離披。幽陰上蔽日，野鳥中巢之。朝飛呼其友，暮宿呼其兒。豈不樂平生，久託終不移。微霜變青綠，涼風又先吹。餘葉猶滿林，颯颯聲何悲。四海諒云廣，欲逝顧〔一〕徘徊。獨食雖得飽，不如羣食飢。一夕不相親，百年安得知？但冀藏弱羽，奚必棲高枝？

挾瑟昔侍君，中宵錯明燭。芳尊前既陳，衆女皆列幄。不謂微且鄙，過蒙君顧辱。爲君起新聲，竭才自結束。盼睞人心移，曾無待終曲。堂上有萬里，薄帷能蔽目。親者巧有餘，疏者拙不足。欲逝不敢遠，沈吟就別屋。秋風拂堦墀，皎月如寒玉。恐欲傳清光，爲人照幽獨。

陽澤將被物，秭鵗乃先嗥。天運苟不通，密雲在西郊。哲人亦何爲，託與萬物遨。語默非有心，進退一所遭。嗟彼盛名諱，雖值禹與堯。不容蓬艾間，乃有膾胥敖？握有荆山璧，不以易銀鏐。韶虞發高音，陽阿何足謳？高門擊鐘磬，尊爵缺獻酬。酒肉雖飫人，豪傑當懷羞。不聞弋鸞皇，披羽持爲裘。一朝毁周鼎，鑄作棘與耰。白首不能言，小子方呭嚘。願舍中閨態，君當聽道周！

步陟高巖巔，浮雲鬱如海。扶桑升圜日，眩曜生五采。宛虹首幽恒，江漢拕其尾。氛霧倏清澄，島嶽乃錯峙。俯聽深崢嶸，空曲巨聲起。勃上充玄天，下達幽泉底。倡始羲黄前，萬世卒未止。傾耳魂九逝，返乃得宫徵。獨抱虚音歸，中心竊自喜。寫曲欲遺誰？冀有伶倫耳。

〔校記〕

〔一〕「顧」原作「願」，叢、備同，據文義改。

湖上作

江潮日夜上，廣澤何瀰瀰。青山隱其側，白日漾其裏。竟日無檣帆，鳧鴈或孤起。傾耳鳴瀨間，植立澹何俟。昔者水中央，蓋有天下士。豈忘濟物情？審見人與已。名姓不可聞，何況覩容止。默默千載下，悵望辨茲理。

平皋日將暮，草舍面陂湖。良禾被當門，喬木列萬株。含緑泛幽光，長風忽披敷。水鳥雜岸禽，異響如相呼。近玩既蕭淡，遠趣來虛無。不知青冥外，沈霞杳何徂。人生各有適，豈論榮與枯。倚立待暝月，孰云高興孤。屬言寫自賞，非欲遺吾徒。

暮行青山下宿田家作

江皋夕霧中，初月寒津上。雜樹轉蕭疏，長風拂清曠。夙愛青山隅，既暝猶一望。勢別列殊峯，光沈藹同嶂。夜鳥寂還啼，春澗幽逾壯。人從草徑逢，屋與雲巖竝。感茲洵有情，欣我久無恙。場圃共披襟，風露頻開釀。耽樂未渠央，疏慵任遺謗。

康熙間無爲州僧曰修學死而其身不壞其徒塗以金奉於所居三官廟舟過瞻之作詩

是身一塵垢，與物孰爲親。有迹與無象，二者孰爲真。借問此比丘，方其閱世辰。杳乘六氣辨，萬彙同一鈞。縱復隨化往，存者猶日輪。何爲累一蜕，長託茲川津。萬刼一剎那，久暫固已均。不以去爲快，不以存爲珍。見者自分別，何足議至神。連朝卧小艇，了不見異人。躡屣謁導師，默與扣淨因。推測可與否，定知師不嗔。出門縱鳴榜，烟霧江泯泯。

泊采石值沈南雷來爲姑孰山長夜話因贈

江山俯仰皆吾舊，送我清風滿襟袖。雙橈徑度大江東，南徼雲霞皆出岫。高閣平臨日月輝，傾巖下湧金鐘奏。空江遠影弔蒼茫，幽谷寒聲生左右。止疑萬古謫仙人，念我平生尋邂逅。那知玉趾向姑溪，正挂蒲帆出杭秀。開尊丈室寘盤餐，燒燭深宵繼窮晝。小邑經師道自尊，荒村菜食容常瘦。風搏秋澤見鴻翔，雷響春陂聞雉雊。安有才如萬斛泉，不汲王明藏井甃。明朝我欲攬鍾陵，未獲爲君停宿留。祝君早起濟當時，儻有音書寄巖竇。

舟中望板子磯以南山勢甚奇因題長句

黄山天半卅六峯，包含雲海蟠奇松。忽乘風霧走江岸，横入江心如卧龍。風清霧霽水摇碧，遠見初日穿玲瓏。煙鬟俯仰久未定，玉圭角立誰爲宗？十年前再入春穀，每下籃輿揩短筇。楓丹照眼秋錦亂，茶香薰鼻春焙濃。山中猶未識山好，正坐一障藏千重。輕舠兀坐忽昂首，有似故人天際逢。凋零緑鬢塵埃後，借問青山好憶儂？

田居

自我游人間，嘗恐失情性。負擔偶歸休，捷户良多幸。外物解羈牵，中田託觴詠。既免五漿驚，又謝四簋敬。乞醯常友直，飲酒安用聖。寡偶亦可懽，多稼況爲慶。白雲與户齊，青山入檐映。南榮就冬暄，北斗懸夜柄。逝者諒弗居，優哉復何競！將老澹忘年，達生庶無病。

題四更山吐月圖

環海世界中須彌，光明隱蔽行兩規。玄夜穹蓋覆四維，清氣鼓動東南陲。寒魄欲吐風先吹，倒影滄海升厓巇。壹氣孔神中夜持，仰首雲隙先見之。或來稽首問導師，指端湧現圓若斯。憶泝沅澧踰沙羡，洞庭下浸高樓危。四更起坐星杓垂，月生尚在湘東涯。半映湖面山蔽虧，須臾天地成瑠璃。夢游所到不可追，惟有明月窺余帷。

於子頴揚州使院見禹卿遂同游累日復連舟上金山信宿焦山僧院作五言詩紀之

結友二紀前，別離萬里外。每恐終此生，無復容交會。安知三故人，一夕今相對。綠鬢既先凋，行恐成聾聵。妻孥幸無恙，幼稚盡成大。兩君蓋神祐，滇蜀出萬隘。僕也疾未平，中朝謝儔輩。舉目孰不改，身存心可碎。那擇儒與佛，有得差爲快。既攬淮南春，雕闌雜錦繪。使者官事餘，翩然動旌旆。連舫指空江，但見天垂蓋。駮嶂立陽殺，受日騰光怪。陰壑靄如雲，蒙蘢奏悲籟。陰陽有開闔，一氣無遷代。誰云逝者多，澄川故如帶。舉觴酹馮夷，布席卧驚汰。聊與平生心，從容託江瀨。

同王禹卿馮拙齋游八公洞循招隱寺歸

潤州山雄如戰馬，駢飲江中尻未下。長波漂盡百興亡，古淚登高誰不灑。不知更有南山南，疊嶂雲關塞平野。初穿幽谷琅玕入，卻聽細竇珠璣瀉。陰陰鳥語萬朱櫻，寂寂僧居十蘭若。兩君梵行正清修，伴我蕭閒如結夏。未須不二問維摩，風磬一聲言自寡。空階久坐袂生寒，小嶂試登筇可捨。更斟虎跑甘如乳，重過竹林青没踝。豈徒公輩愛家山，我亦淹留爲白社。江風吹面迓歸途，還入喧聲攢萬瓦。

偕蔣春農舍人王元亭給事金蒔亭御史登江鶴亭康山草堂

憶昔武功身不用，南走江津作游弄。江風海月四天垂，中有琵琶聲一縱。清濁都忘身後名，軒裳那計當年重！世間從此有康山，二百餘年存屋棟。江君新葺作階墀，千歲虬龍今始種。每來放鶴羽如輪，縹緲雲霄思獨控。揚州三面邗溝上，中阜獨臨天宇空。風前帆影入城來，天際斜陽低首送。臺省兩賢皆鸑鷟，舍人文筆真芭鳳。淮南芍藥落花時，記入層軒留玉鞚。獨余不飲復無詩，應媿主人開馥甕。

惠照寺分韻得自字

我昨山中居，嘗愛林下寺。每俟風雨休，杖藤輒孤至。矧兹清郊外，良朋逾三四。道人晨啓關，涼蔭散幽地。墜蕚點階稀，高藤仰空邃。壁掃唐相題，宇拱金人臂。山鳥罷啼時，風篁識聲自。疇謂聞見間，奄忽忘深智。身世苟無牽，頻來坐寒翠。

暑懷

乘化日行逝，童稚固已然。朝徂暮復改，矧此將頹年。一室曠清暑，桐蔭落疏懸。涼颸倏西起，和鳥鳴階前。飛雨遂飄颯，墜葉亦聯翩。適賞在須臾，顧思彌悵焉。混成故無尾，象帝詎有先。悟彼空外旨，汎此世間緣。夕陽忽西露，倚檻聽悽蟬。

潘惟勤弟兄有小園在城北當龍眠山口林麓谿嶂蟠擁最爲可愛惟勤於松下作亭余爲名之曰谷口亭

龍眠崖壑誠幽峭，一往深如處窔奥。卻來谷口快平夷，青嶂芙蕖開四照。筋彊骨健易江山，登涉平生恃年少。而今老矣欲閉門，苦畏拕舟及輿轎。城闉徒步半里餘，及此林巒已妍妙。朋游獨往皆不惡，但欲雨晴途不淖。朝暾尚及露濡瀼，晚日更看山照曜。況於松下落陰翳，萬樹寂無山鵲噪。夾谿紅葉颯蕭蕭，天際秋聲時一到。農樵遇我不相顧，倚柱獨吟頭自掉。世間多少東海生，吾作井蛙君勿笑。

張印沙七丈得先職方亦園故址作逸園

吾邑青山圍四境，小嶂城西庳亦勝。昔吾先世籠有之，遂作兩園地相竝。其後閲姓凡幾家，敗牖頹垣蓬滿徑。新堂忽起闢荆榛，舊木猶存覆陰暎。百年父老觀廢興，舉觴競來爲地慶。丈人健吏勇爲國，嘗抑豪彊沮姦倖。餘才歸逸作兹園，舉廢治荒譬爲政。賤予歸休一畝宮，横榻僅容揩麈柄。每于田野縱嬉游，復荷鄉閭同愛敬。霜風吹澹夕陽時，往聽僧庵打鐘磬。開軒松竹復清疏，解帶親交共觴詠。坐久時逢歸鳥斜，飲罷仰看圓月正。百歲如輪那得知？一日縱狂何足病！老梅巖隙已含苞，更待雪香攀石磴。

夏晝齋居 三首

中庭榮夏木，靄此南榮幽。微風汎其陰，好鳥鳴相求。乍聆已可怡，移時復悠悠。未知古與今，此意有遷不？願言觀吾生，託與萬物游。

望道苦弗見，安敢輕爲言。大哉天地化，示人初不煩。物表時一遇，忽又汩其源。孤生千載後，屬念祇弗諠。客從茅山來，教我默自存。服氣至萬息，顧見天地根。多謝丈人意，求生固有門。謷乎游恣睢，何爲畜於樊？

終日居揵户，披卷慰寂寥。久坐生微涼，不待輕紈招。上覽虞夏輿，下及衰亂朝。耳目雖不接，感歎自蕭條。舉首望中庭，忽斂西陽驕。喬木陰暮氣，朱霞灼穹霄。檐昏已飛蝠，林杪猶鳴蜩。俯仰萬化中，安知盈與消？

感冬

四運革成歲，日月播陰陽。萬化靡弗徂，天地固有常。玄陰蔽朝日，堅冰嗣微霜。俯仰偶一世，思彼乘雲翔。既無終與始，焉用思羲皇？願言從問道，或爲言其將。

王叔明山水卷

大山如雲高蔽日，小山如眉青入室。千林過雨長青葱，大山小山瀑爭出。低首見峯仰見水，軒窗宛此空巖裏。此中有士無四鄰，草木猶涵太古春。巖花落盡春澗長，遂有漁舟來問津。居者既無求，來者亦無意。但見白雲倚蒼翠，屋上寒雲流滿地。山風卒起漁舠歸，澗石交鳴幽嶂閉。借問何處有此山，豈非廬與霍，盤互雲霄間。哀猿思鳥不知路，惆悵王孫游不還。眼底溪山止平遠，嵐光深處飛禽返。開途伐木吾無徒，老夫那得淩絶巘？昔聞趙承旨，作畫居吳興，筆法晚授王氏甥。授受有緒諒可貴，意匠不到天機生。妙趣磅礴出域外，承旨雖工容未能？我憐叔明擅此技，丞相之宅才一至，明祖殺士夫何忮？嗚呼翰墨衹作他人娛，露才往往傷其軀。曷不避世深山居？竟友麋鹿從樵漁。衣冠名姓世莫識，結屋無能與畫圖。

仇英明妃圖

明妃一出蕭關道，玉顔不似當時好。卻留青塚地長春，復有畫圖容不老。漢官佩劍卒舉旗，分布四馬連尻脽，毛端颯有風沙吹。侍女頗具宮中儀，中有襜褕擁獨騎。落日黃沙萬馬迹，臨風翠袖雙蛾眉。欲到穹廬前幾許，賢王迎跪廬兒語，琵琶曲終淚如雨。佳人那必逢佳侶，表餌生分漢帝憂，容華死作單于土。遺事竟寧傳到今，王昭有曲聲中琴。仇生豈亦能知音，寫出別怨關山深。王使夔州哀杜老，春風省識忽傷心。

贈錢魯思

少日懷賢甘執御，既老猶思身一遇。朅來三載皖中居，惟對龍山如可語。城外拍空江水流，雲中引首時登樓。東風忽有天涯客，青草生時吹泊舟。裁詩作字皆非俗，意中正繼開元躅。信古方能見性情，遺今誰得加榮辱？世間口說何紛紛，未知天意於斯文。鳳凰五色偶鳴和，麒麟一角方超羣。有才如此誠難得，田舍禿翁長語塞。邀君風露月明中，坐歎玉英人莫識。卻憶平生知子時，侍郎舉族住京師。安昌弟子聞張樂，謝傅家庭多詠詩。樽前冠蓋俄逾貴，室內孤嫠今莫支。門户難留百年盛，文章要使千秋垂。修名莫待榮華落，白日終令奴隸知。頻來莎砌同清暑，耽聽狂言亦未癡。

唐伯虎赤壁圖

東坡居士賦有畫，風月無窮瀉清快。畫中有賦情亦奇，唐寅使筆能爾爲。登高臨水秋氣悲，山空夜明木見枝。憑虛欲望天涯處，可似湘中瞻九疑。九疑山高湘水深，重華不作哀至今。青楓摇落幽竹林，湘君窈立風滿襟。江妃海若夜起會，或有雲中竽瑟音。雲開月出天寥闊，俛首悲風興大壑。不見帝子乘飛龍，但有横江之一鶴。横江鶴，何徘徊？蘇子乘之去不回。賢者挺生當世才，重之九鼎輕塵埃。脱屣竟從赤松子，賦懸日月何爲哉！情往一樂復一哀，後六百歲余兹來。曳杖江頭看山碧，思得公語從追陪，請與圖中一客偕。今夕何夕月當户，霜落收潦面深渚。涼風吹林蕩空宇，作詩要公公豈許？

感衰

朱顔相娛嬉，倏復爲老醜。每見長童稚，屢失故交友。生平免夭折，得天諒已厚。所志尚千百，爲者才八九。終非力所及，曷不歌鼓缶？第恐日失足，盡隳平生守。松檜晚彌榮，所以異蒲柳。脩短未足論，請勿喪吾有。心與逝者寧，道與存者壽。

送余伯扶重游武昌

好士如好山，不容置几席。好詩如好士，每見輒增益。皖中山遠人士稀，愛詠清辭長面壁。余生才名二十年，江關處處吟飄泊。蕭條秋氣遠歸來，落楓未盡還爲客。挾册棲遲不療貧，青山重過句仍新。往憑黄鵠山頭望，江漢風流今幾人？

夕懷

西嶺斂斜規，餘暉猶辨色。暗牖此終日，俛起釋書策。巡檐風蕭蕭，墜葉動階石。羣鴉得枝棲，復起噪林側。萬物皆寓形，何者爲主客？追前信已愚，探後詎爲適？舉首默無論，寒月偶清夕。

見禹卿題拙書後因寄

侍讀淨業真頭陀，静中萬象觀菴羅。起攪風雲入紙墨，筆勢所向揚天戈。金翅擘海作平地，巨靈分山流大河。世人不悟三昧力，將謂妙蹟回永和。嗟予弱腕縮春蚓，索處陋巷藏泥蝸。何緣手迹荷題字，皮薦價視蒼璧多。憶昔風帆共投宿，金山夜鼓驚鳴鼉。君呼起説微妙義，履行巨浪穿烟蘿。倚立雲間天澹外，長江蕩與空相摩。三客恍知宿世在，千生了辨須臾過。人間别離細事耳，乘輪退轉憂蹉跎。子穎困卧已近死，與子那得長委蛇？一臂可爲初祖斷，三折豈屑張芝波？快雨堂中想投筆，仰見圓月升牆阿。江上一書通問訊，翻湫倒海將如何？

答王生

古人曠不見，生世惻愴多。幸逢賢哲知，交臂倏已過。鄉耋盛文行，孟韓紹同科。四海士仰流，踵門肩相摩。嗟余生晚矣，始冠贄庭阿。繼見曾幾時，奄復從虞歌。所承得綫霤，洪流逝江河。況復久遺忘，髟領垂衰皤。猶欲抱殘缺，爲昔揚其波。豈不愧謏聞，稍足異傳訛。顧恨學非優，身名一么麽。時髦策遠騖，高閎冠峨峨。孰于藪澤下，而爲焦朋羅。坐是卧蓬衡，緘閉如蠹蠃。邈隔後來賢，朱墨方研磨。寫述恐弗遂，畢世埋蘋莎。獨君不見鄙，每顧問無他。投卷逾束帛，陳藉瑋珪瑳。見譽配懿古，媿汗生顔酡。豈君擇取舍，有願正衺頗。睠茲牛下鐸，尚俾雅樂和。廣地孰無材，利欲爲之劘。塵霧苟不興，萬里曜羲娥。士爲千章林，毋爲附施蘿。寒風發江潯，危葉隕庭柯。一觴向風月，願得相婆娑。念子百里外，弁影篝鐙俄。闔井歲苦饑，併日塵生鬴。古鬴即俗鍋字。飢喉出金石，植道爲嘉禾。報詩恧言耋，嘉貺將奈何？

題張篁村萬木奇峯圖

一峯掘起天當中，撐拄元氣開鴻濛。左右闔闢兩巨壑，逕路各絶風雲通。松風遠自雲中起，搖蕩雲光山色裏。水交山斷置人家，松響谿聲動窗几。巖高谷迴居無鄰，松林有路無行人。豈非高士嘗避秦，自此千載無問津。又疑靈境與世隔，乃是天地神物之所珍。我家龍眠東，西望兩谷口。每至夕陽時，嵐光紛照牖。日月逝矣身今衰，芒屨竟隔青崔嵬。卻尋圖中幽谷到窮處，忽有數峯天際來。張君畫山最得古人妙，俯視百年畫史皆塵埃。人家收得尺絹素，屈指不數王麓臺。何況林卉與翎羽，擾擾俗工何足取！韓幹戴嵩堪障壁，徐熙周昉遺兒女。落落平生山水情，移將看畫亦眼明。於今安得張君死復生，與余結茅共對青山青。

惜抱軒詩集卷四

古體三十首

題合簫樓稾

國風有正變，用冠皆婦人。德載重一世，美言播千春。江山狀龍虎，人物渺荆榛。卓兹白髮嫠，養志忘賤貧。濡翰寫胸懷，皎月升秋旻。感激或哀怨，終無俗淄磷。二班漢東西，異彼蔡與甄。何況競宫體，綺麗玉臺新。少游詠芍藥，蔑與昌黎倫。異哉女郎詩，於今論過秦。

宿攝山幽居僧舍次日略覽山中諸勝逮暮遂歸

五月暑未甚，況經新雨餘。攝山若雲起，飄然望遠墟。出郭偕好事，入谷扣幽居。日晡禽聲涼，崦風迓籃輿。萬樹歊澗壑，一鐙耿軒疏。夜幅傍佛龕，晚案得山蔬。雲白緑林外，鳥啼朝日初。推枕醴清泉，杖策曳輕裾。雜石擁樹根，萬疊雲濤如。穿徑石雲中，杳然疑躡虛。法剎引遐歷，宮樹亦瞻諸。高松蔭暘行，清若循階除。亭午不逢客，寂爾惟鐘魚。回首金碧轉，始知山徑紆。聳望最高峯，筋力乏升岨。循年嗟老矣，視日盍歸歟。復向山僧約，期余巖桂舒。

九月八日偕葉治三陳碩士從弟儀筐姪彥卬謁明孝陵游覽靈谷寺晤其方丈僧祇園

萬事靡弗改，誰能測所終？蔣山自齊梁，幢蓋浮屠宮。安知明祖宅，毀塔遷誌公。何怪三百年，寢闕生蒿蓬。我來謁松下，黃槁間霜叢。故事識已少，今帝德良隆。守吏衛樵蘇，金碧餘穹窿。環峯嶂東南，西眺曠青空。郭外隱大江，杳來逝無窮。杖策越斷橋，攀躋入巖東。密樹欲無徑，涼飈激榛中。頹垣外已盡，二殿中猶雄，想見徙建初，頗極匠制工。老僧爲設餐，共語斜陽紅。賓彼萬古懷，企此三幡通。人歸壑谷閉，深翠澹濛濛。林杪餘塔頂，盤鶻下秋風。

良醫行贈涇陽張孝廉 菊

自古良醫多出秦，孝廉晚出當其倫。授受無從古術絕，山川靈異能通神。一戰燕山屈羣士，殿側裁文奏天子。君中己酉順天鄉試，是歲詔更試宮內。謂知弓冶繼家聲，孰料刀圭起人死。江山地有金陵壯，萬室曾城壓江上。乃翁强項困爲宰，令子活人譬良相。經營智出非禁方，痾瘵情切方無恙。老夫卧病常兼旬，賴子每過情愈親。已信發蓍遣有喜，況聞快論偪可伸。君家孝友稱義門，詔書褒使薄夫敦。乃翁行古非俗吏，餘慶那不遺後昆？帝所諧聲待韶夏，天池奮翼須鵬鯤。地中生木象慎德，況年始逾冠加元。術如和扁固小技，文高潘陸猶無論。巖嶭終南氣未已，當今相國誠賢矣！安知人無邁古才，更與成周閎散比。老夫未死得君醫，拭目人間有見時。願子勉學致其大，一世膏肓皆可治。

與張荷塘論詩

薰蕕非同根，鴳鵰豈並處？欲作古賢辭，先棄凡俗語。青巖萬仞立，丹鳳千里翥。寶氣照山川，芳華出霧雨。快此大美聚，亦使小拙嫵。淺易詢竈嫗，險怪趨虬户。焉知難易外，横縱入規矩。小黠弄狡獪，窺隙目用鼠。不知虎視雄，一嘯風林莽。嘵嘵雜市井，喁喁媚兒女。至言將不出，曩哲遭腹侮。謂獲昔未搜，頗疑今者愈〔一〕。嗟哉余病耄，奈此衆簧鼓？絃上矢難留，蓄憤終一吐。不期得吾心，君先樹幟羽。將掃妄且庸，略示白與甫。病几偶對論，陽氣上眉宇。東南百俊彥，解者未十五。寡和君勿嫌，終世一仰俯，有得昔幾人，屈指君試數！

〔校記〕

〔一〕「愈」，原作「忿」，據《叢》、《備》改。

訪坳堂觀察於城南寶光寺釋皓清亦至讀觀察近詩數十首雨中共至皇姑寺作詩二首

江霧帶長干，南望盡蒼碧。何處使君居，空山少人迹。東風汎林影，逕草含新色。數轉造精廬，遂爾逢巾舄。漠漠寒雲光，幽幽丈室白。山僧共披帷，飛雨颯沾席。清言接今茲，高文自曩昔。真性不容遏，筆墨偶流溢。結習誠未忘，固已遺喧寂。誅茅鍾阜顛，邀君共晨夕。

樹引南岡升，雲垂午光晦。披衣細雨中，曳杖荒林外。企彼建琳宮，遠矣自前代。庭園青竹幽，石倚紅牆壞。危閣墮泠風，空櫺塞寒靄。列架備龍藏，展讀吾未逮。所欣道人韻，斂坐肅相對。

偕方坳堂登牛頭迴至獻花巖宿幽棲寺

昨雨竟夕晨未休，與君宿約登牛頭。我怯欲止君意鋭，中道稍幸霾雲收。山陰轉至南澗曲，佛宮上倚雲峯稠。入門階磴鑿蒼翠，兩闌松桂交龍虬。十圍銀杏穿入地，再出若濟與陶丘。霑衣尚有林雨潦，拄杖且趁石逕幽。深洞傳爲辟支坐，小沼或記昭明遊。世往荒昧不可辨，登冢一俯千山周。東來句曲氣咫尺，大江三面環如鉤。仰思萬古正儻怳，飛鳥忽逝投滄洲。下踐僧廊出門外，危循鳥道升東陬。獻花巖居萬木杪，片壤劣架懸鐘樓。其時山花開且落，枝間偶復鬭啁啾。迴視來逕杳修曲，山光金碧交相浮。幽棲寺近暮投宿，林深霧暗風颼飀。道人昔處此石窟，遠有望氣來相求。廓然無聖乃家法，金屑雖貴寧居眸？尚有佛見師所斥，了無一法今何修？嗟予與子厭塵壒，但云芒屩賢鳴騶。若尋第一微妙義，豈於喧寂論誰優？山僧煮笋春米熟，虎跑泉瀹香盈甌。鐙前飽食放頭睡，起看杲日青天流。

瞻園松石歌爲陳東浦方伯作

昔有淮淝帝起凌江東，金陵始建吳王宮。蒼松白石傳是宋元蓄，位置乃在西園中。是時招徠天下雄，游賞時與匹士同。謀畫紛綸史述不可盡，故物矗立皆英風。蔣山南徙新宮衛，松石遺在中山第。君臣際遇自當年，景物蕭疏成異世。我朝奄撫江南陲，大功坊設行省司。人言江寧使院天下冠，日月煙霞生古姿。翠華臨錫瞻園字，松石光輝又一時。此邦有宅城西面，六朝松石名嘗擅。漁洋司李爲題詩，賤子少年曾一見。四十年來古松死，三品石徙金壇縣。嗚呼于文襄，没乃返故鄉。何嘗得一日，幅巾屣履莟石旁！人事興衰變倏忽，古蹟銷磨多慨慷。豈如使院長清祕，冠蓋頻誇松石異。自昔元依天子家，於今尚託諸侯帥。使君動法前賢事，文章可傳政可嗣。倚石松前聽松吹，謝公哀樂羊公淚。好誦甘棠召伯詩，休偕異石菱谿記！露砌風軒攜酒尊，更邀白髮醉芳園。古今事往都須置，松石之間别有論。

雨晴出廬江寄諸同學

北風夜甚厲，急雨鳴淙潺。大樹俯驚波，連舫纜其間。崩騰勢欲往，撼拒力何艱？勢極曉應衰，柳葉摇翩翾。柔橈蕩春渚，芳草被澄灣。重陰既蕩滌，丹霞忽斒斑。舟進暮未休，野日澹以閒。回首碧林外，數點龍舒山。邈彼二三子，送我出柴關。神會無遠近，道合非附攀。毋以損夷懌，屬念爲衰顔。

舟中漫興

終朝風有常，百里谿多曲。屢使帆起落，一若路來復。春氣澹多陰，四顧垂連綠。草逕人獨行，田家麥併熟。屬此旅與居，同寄光陰速。遇物皆可欣，乘化孰非足。暖倚船窗清，展册呼兒讀。

犧舊縣

清江靜無風，曉岸初上日。高下雲影合，遠近山青出。連舫纜盡解，孤舟飯未畢。惝涉齊物旨，曠慕養生術。逐事偶在途，澹懷猶一室。復此對清遠，未應嫌遲疾。願與漁父言，仰送飛鳥逸。又泛滄波東，聊作前游述。

題陳碩士母魯恭人端居課子圖

我識夫人夫，朝衫託京國。繼遇夫人弟，幅巾江水北。自始逮今茲，春秋三十易。當時談宴末，偶及中閨德。儀容黯終掩，吾友亦遠隔。遥想琴瑟哀，與彼同生戚。徒存四尺紙，繪作鐙火夕。慈母如師嚴，雒誦殷四壁。圖中最稚兒，玉立今八尺。挂席出彭蠡，就我同書策。萬卷容可收，熊丸不復得。我聞畫閡氏，泣涕甘泉側。憬彼休屠子，忠孝漢庭則。何況傳經家，不匱名當赫。又聞悲思者，不可爲太息。憐吾失母雛，丱髮初覆額。奄垂二十年，感傷衰鬢白。

金蘢村招游莫愁湖偕浦柳愚毛俟園陳碩士醉中作歌

四月春風猶未已，吹蕩湖煙與湖水。水上青山何所似？擁髻莫愁明鏡裏。風生水軒三面回，白鷺鳧鷖空際來。山光半入城囊括，湖影全將天蕩開。當軒俯仰人間世，莫愁尚得留名字。坐上山川處處奇，胸中今古時時至。君不見英雄誰似中山王，一枰昔對明高皇。山陰墅賭謝太傅，肥牛亭賜張安昌。徐氏到今取湖税，軼事傳或非荒唐。軼事縱傳何必詳，元功極貴同泯亡。運盡勳華亦鳥滅，時來屠販皆龍驤。春水滿時春草長，湖波澹淡漂夕陽。欲喚莫愁歌一曲，四坐賓客各盡觴，顛毛日夜生秋霜。何暇遠計千載事，石室金匱求芬芳！

題胡山甫不浪舟記後

便門將渡樓船津，御史欲以血汙輪，船危橋安稱曉人。寧知三峽遠導泯，負舟麾斥黄龍馴。人生自貴此有身，正恐畏途出牀茵。至人平視夷險均，覆卻不入操舟神。杅匜江海雲霞巾，馮夷肩吾與我鄰，六合一室誰疏親？歐陽畫舫齋名新，自記夸述草木春。憑欄四望疑漣漪，所言枝葉非本真。君齋繼作義相循，平生未與君主賓。有齋亦未逝其陳，讀君雨記擬歐倫。賢子求書意頗諄，跋尾君見或不嗔，邈哉歐子不可詢。

王石丈得異石於莫愁湖余名之坐龍石戲爲作歌

洞庭雷風夜中起，飛度嶠潼戰涇水。歸來歌吹月明中，貴主輕綃泣淚紅。歡樂悲哀一朝盡，寶珠獻得無生忍。歸坐深淵情自枯，誰能出此定跏趺。莫愁湖影涵秋月，道是龍宮光貝闕。探得驪珠何足奇，迎將室內坐之而。抱笏下拜情未已，儼如共浴咸池底。窗前詠作蒼龍鳴，走避定使諸梁驚。煙霧繞堦還吐潤，或將霖雨爲蒼生。

馬雨耕住相圖

自有天地驅羲娥，風雲變滅流江河。我昔嬰稚今髮皤，如箭逝弩絲運梭。直逮建嬰嘶虞歌，焉得停晷容婆娑。君取住義將云何？君言變者自遷訛。有不變者常無他，心如死灰身槁柯。所住非中非四阿，須彌蚊睫誰么麽？稊米萬物非寡多，萬刼靡辨於剎那。了無未來與已過，此爲住義奚可訶。我聞塵根相蕩磨，應無所住傳佛陀。須菩提聞涕滂沱，今始知道異昔科。況君涉世猶同波，晝成戴髮爲優婆。忽然念起火焚和，恐君禪病容未瘥。因言生義皆網羅，住與不住同偏頗，更請斷臂求達摩。

秋齋有述

雨歇朝暾時，風來稟秋候。樓上倚層軒，城端見重岫。楚樹遠連空，江雲澹横晝。芳桂已繁英，叢蘭猶一秀。幽居謝物喧，孤賞欣良覯。幸無好爵縻，終卻多文富。淵乎象帝先，曠矣發吾覆。寧執近名心，翻求百年後。

游攝山 二首古佛菴有明太祖御容

學道苦不深，塵擾輒有損。所賴行游趣，養真復吾本。況兹絶靜麗，深谷抱重巘。始尋寺鐘來，回視村逕遠。怪石倚磵興，奇柯冒巖偃。幽日曖疏照，流籟逝忽返。偶接道人談，世外情亦悃。久處山氣寒，眺盡夕陽晚。鳥宿人語絶，暗響無一遯。圓月見松上，長影散偃蹇。遡當遺視聽，於法求奥梱。達彼無生寂，見兹有物棍。豈必閉石窟，没齒食芝菌。

鑿石龕像佛，遠自齊梁爲。累世導師居，龍象固有儀。何意入僧室，隆準乃可窺。當時平僭亂，四海誠福禔。所嗟攀龍鱗，十九遭焚殉。戰兢展遺像，目角流千皴。想見劉宋輩，日侍豈不危？篝火息夜榻，聞鐘逐晨麇。朝日草露間，往讀始興碑，慨歎閱千古，誰識無成虧。

乙卯二月望夜與胡豫生同往憨幢和尚慈濟寺觀月有詠

夕陰連遠麓，嵐翠斂高岑。新月吐巖缺，先照寺西林。籃輿轉重障，香度碧谿深。春樹葉未多，疏影落衣襟。佛宮坐遥夜，妙義託幽尋。上眺層閣暉，下步重階琳。素魄行無極，光霽曠來臨。本非有擇照，安知受者欽。文學俊才筆，禪悦亦所歆。余衰邈違世，慕道恐弗任。非徒遣煩慮，更當遺賞心。闍黎淨業就，結習猶謳吟。共會忘言契，何嫌金玉音。

三月九日鄭三雲通守邀於隱仙庵看牡丹竟日翌日雨毛侯園復邀同往賦呈兩君

幕府山頭天接水，千古英雄此中死。惟有東風歲歲來，石頭城下紛紅紫。人生何日不當醉，何處花開不可喜。況惜晚春餘幾日，更對奇葩翻萬蘂。鄭侯年少發新硎，毛子老儒鑽故紙。同欣就我如菖歜，竝道愛花入骨髓。昨攜天香歸滿裾，今踏紅雲重曳履。明妝已看照晴熏，深暈復憐含雨泚。桑根三宿固慚僧，羊肉慕羶終勝蟻。華陽真逸來句曲，人道此間嘗隱几。齊宮粱苑今何在？況遡神仙真脱屣。道人疑是殷七七，能使荆榛變羅綺。被惱少陵何用訴，樂死右軍差有旨。隱仙菴外臺城路，我購一廛家可徙。落花風盡草如茵，更弔斜陽挂殘壘。

景陽鐘歌

景陽山作元嘉帝，逸游已匱民生計。累世增加到齊武，采集良家萬佳麗。朝朝從獵向琅琊，夜夜嚴粧看星嘒。端門鐘遠禁庭幽，此時別起景陽樓。萬鈞猛虡懸雲陛，五夜蒲牢驚翠幬。永明英主猶爲此，何怪黄奴極淫侈。迄今偃卧對斜陽，卻想雄鳴流結綺。無射心疾事當戒，有國色荒寧不阤？迹同潘岳弔乘風，理異周官命鳧氏。昔者宋武戰勝收金墉，西京筍虡遷江東。別命率夫千五百，大鐘引出温洛中。當時物有故都思，詎與隋陳情不同。臺城自入韓擒虎，廢徹雕梁傾反宇，坐視宏鐘棄平楚。竟鬱奇聲不可聞，定知偉器難爲樹。或言此鐘誠有神，霜日駁炙長如新。草間時起光璘瑞，不許中宵輕卧人。我悲亡國此遺迹，聞見要留戒淫僻，不然鎔毁用之何足惜！

金麓村招同浦柳愚毛俟園宗棠圃飲莫愁湖亭作此呈諸君

往者此荒菴，吾儕已來眺。但欣雲木妍，一覽湖山妙。樓觀俄修飭，欞檻悉光耀。既便陟巡游，益足展談笑。博士信好客，先後用承召。風日快今美，歲月忘昔趭。已逾楝花殘，未逮黃梅摽。千林敷盛綠，環堤亂蘆葦。晝陰風氣疏，遥青見羣嶠。煙深出鷺翔，波靜響魚趒。近檻種荷蕖，翠葉始揚翹。雖未吐含葩，香已襲肌竅。良取富流覽，豈病隘漁釣。地運有盛衰，人事孰先料。亡國感六朝，登樓憑四徼。帆轉清淮長，城倚石頭峭。儻來遽舜禹，運喪奚羿澆？緬思徐中山，大功過衛驃。以智僅自全，終始明高廟。當世諸文儒，豈特冠遭溺。事往多可傷，迹存聊一弔。諸君采鸞凰，卑棲比鴟鴞。久知投閑散，大勝執機要。鄙人謝局束，犓得展吟嘯。所貴鼓缶歌，寧惜舉盃釂。曠蕩望無垠，徘徊待斜照。

跋馬雨耕破舟詩後

大禹昔導江，志濟昏墊黲。中流龍負舟，聖心堅不撼。其餘涉川民，臨濤輒歎感。欲停苦不得，豈盡負勇膽？嗟子前時歸，妻病卧牀毯。倉卒往視之，别我執手寋。石頭帆北張，天門日西晻。知止信不殆，貪進意猶飲。風利急上駛，石險藏下黮。苟非神靈祐，已入蛟龍噉。磯巨夜復昏，舟破木僅攬。念與子相親，歲月遡髫髧。白髮終牖下，固當埋坎窞。焉可葬洪濤，含珠不投頷。始聞涕爲眴，再見衷始惔。憙子命才脱，高吟昧已醰。得喪似失馬，甘苦類食欖。人生託大化，陰陽聽舒慘。脩短要有命，不係避與敢。食案寢席間，或逾鋒鋭憯。不見王會稽，誓墓避世坎。岷峩萬里外，欲溯三峽覽。世情外益忘，道味中愈憯。子置青溪宅，吾將共鉛槧。不然棹漁舟，相從入葭菼。更與傲風濤，衣簑食藜糝。

梅石居松化石印歌

深谷立龍爪矛戟，風雨電雷洶拒格。電歸雷散自吟風，韻入簫韶殷山澤。有脂不流作虎魄，反真凝髓成霜白。一朝劫至遭樵斤，持與市人呼作石。梅子懷玉披褐衣，弄印成剠自詫希。嗟余秃顛眊視微，取廣多識朝扣扉。脩短較石焉敢幾，萬物出機還入機，狡獪變化奚是非？

王秋史二十四泉草堂圖

濟南南山立蒼玉，珠散膏渟遶其足。憶循秋水就荒陂，惟見昏煙挂喬木。不見詩人舊草堂，百年圖畫展滄浪。低徊翰墨前賢在，隨卷雲煙入渺茫。

題葉君雲海移情圖　葉君字芥一

我昔身在黄山邊，青天無翳朝日鮮。白雲足下横鋪綿，彌滿萬谷爲一淵。亂峯飛來無所緣，蕩揺欲定未定然。高者百丈卑一卷。驚呼衆觀足未旋。微風已動雲升遷，蒼巖露足藏其巔。山靈變異理幽玄，默存在胸逾八年。葉君好雲揮五弦，自言冥會如海壖。伯牙移情于成連，千載合轍容有焉。圖其髣髴妙不傳，我悵前游隔蒼煙，題詩寄思清不眠。

朱白泉觀察以其先都統公指畫登山虎見示因題長句

颯動秋山萬枝響，寒雲四野當空上。欻歙沙礫走林莽，陰森虎出晴暎朗。峯高欲升短頷仰，卧枝交戟壓前掌，聳身距躍踰十丈。不知都統何處看？指端盡得雄威象。想茲暗谷下，志在千仞岡。隅目眈顧周四方，不屑俯立同豺狼。又疑郡州賢牧守，政成渡江驅猛獸。平地不復食牲畜，奔上高巖取鼯狖。轉逕掉尾直似竿，攀崖過迹深如臼。都統固國彦，指畫亦有神，一蹬上進天子珍。八十筋骨健，濡墨每覺壯氣振。遽現活虎驚蠸呻，文采斑斑逮子孫。我從三世接交親，留遺墨寶容窺覘，回首登堂四十春。我老吟詩轉寒乞，驟瞻壯虎心震慄，觀察家聲繼茲日。勉爲累葉之虎臣，獨立草間狐兔不容出。

喜陳碩士至舍有詩見貽答之四十韻

初冬言趨家，霜風隕門柳。仲冬櫂槁柯，倚門時出首。望子逾彭蠡，計日當至否？遠惟古聖籍，義富若淵藪。鮿生非宏知，鑽研百代後。譬如物有十，或取一遺九。雖然竊自欣，千金享家帚。執裾時語人，充耳莫爲取。獨子甚見阿，戒車屢載糗。就我金陵館，居我西序牖。往復意屬厭，忘餐嘗及酉。懷此三改歲，述別自癸丑。今夏寄書說，定當訪衰叟。起帆盱江曲，款户龍眠口。季冬霜雪霽，薄暮客造霤。蠟梅紅燭下，膽瓶燦金釦。竟得展一笑，共此篘新酒。人生樂莫樂，久別還執手。況日迫桑榆，小聚那易有？呼我稚孫前，俾子問名某。俯仰人間世，感歎及賢舅。我出銘墓文，爾讀目泫瀏。新詩情邃切，見貽媿瓊玖。璥中子多文，昃離吾鼓缶。敢謂横海鱗，制以寡婦笱。頻年洪州試，似不辨稂莠。升牒名九十，子璞乃未剖。所貴士豪傑，千禩期尚友。威鳳登絳霄，奚較玃企醜。本心如日輪，遭蝕情欲誘。始謂微掩缺，繼昏晝見斗。願子念没世，崇樹三不朽。遷義如轉圜，而內堅所守。文章非小技，古哲逮今壽。超越彼粗糲，固在頻投臼。海內諒多賢，荷于老夫厚。區區相望心，豈在金懸肘？北瞻宛丘道，嚴君今衆母。樂哉子行逮，升堂奉萱滫。別離未須恤，雅志幸勿負！

惜抱軒詩集卷五

古體二十六首

夜讀

篝鐙每夜讀，古人皆死矣。而我百代下，會其最深旨。吟諷至往復，欲罷不可已。安得與之論，謂我能知彼。今世綴文者，異世亦如此。念此衷悽惻，淚下如鉛水。顧思文載道，筌蹄徒寄耳。陋哉執此愛，束縛作文士。汝聞天籟乎，飄風滿空起。

題汾州張太守墓廬圖

三代重廟祀，墦祭禮所略〔一〕。義謂迎精返，宮室專神託。藏欲弗得見，豈事大興作。所以修防封，孔聖涕隕落。邃古墓不墳，於義詎爲薄？自從秦漢來，園宮禮銷鑠。厭祭不迎尸，同堂廢特禴。廟輕墓乃重，阡表極華爚。所以上陵儀，造自漢都雒。仁孝既屬茲，福祐亦攸酢。七略載相墓，魏晉稱管郭。大儒予朱子，於焉頗采獲。固欲先靈安，匪繫俗見縛。張君少孝養，節母處幃幕。板輿迎入越，風木痛寥廓。佳城猶未卜，霜露走巖壑。秉義諒無愆，神感助求索。面勢峯棱秀，種樹柏樅錯。鬱鬱氣佳哉，晅想幽靈樂。窀穸中妥依，丙舍外營度。在晉陶士行，元功表衡霍。少日居潯陽，牛眠藏父槨。諒知神報德，陰相啓窮約。期君功業隆，異日登名爵。善績史備書，墓廬事不削。

〔校記〕

〔一〕「略」原作「恪」，據叢、備改。

送胡豫生之山西趙城將訪乃翁舊知

晨朝雨歇石城水，一挂江帆幾千里。邀君小立白門前，往事回頭四十年。章江寒渚丹楓落，乃翁共坐滕王閣。詩情酒態天下豪，旅舍生兒始綳縛。湯餅衆客闐登筵，碩果惟余遲入槨。渥洼種卒成權奇，見爾文章繼翁作。貧交令我慚叔孫，駿足憐君無伯樂。承家彈鋏向風塵，有母尸饔尚藜藿。小倉亭户拓玻瓈，敗荷落桂沈秋泥。主人昨日會賓飲，緑尊滿捧青蛾低。美人壯士各有思，隨衆歡笑中含悽。況到霜風河北岸，襆被只餘僮僕伴。太行地脊天下雄，汾水秋風古來歎。晉中小邑猶萬家，往往車馬能豪華。賢令聲名有遺思，郎君憔悴宜矜嗟！我悲乃翁今不見，衰盛人情孰無變。男兒精金須百鍊，勉走塵埃莫辭倦，豈有美若陳平乃貧賤！

書樂志論後

大功濟一世，富貴當崇高。運會苟不逢，引身入蓬蒿。良田及美宅，誠免苦身勞。既非先世遺，求致寧非叨？吾鄙樂志論，陳酒烹豚羔。雖愈乾沒徒，未爲肥遯豪。不見陳元龍，牀下卧此曹。

闞口阻風

一出金陵郭，兩日北河口。翻翻鍾阜雲，背我逝蒼狗。試曳市廛杖，迴飲王生酒。墨香發笺外，古色盈座右。吳畫奪造化，黄字耀星斗。上河王養中家，觀所藏書畫甚富，吾尤愛山谷道人書子建詩及吳仲圭夏村圖。乃知此淹留，風伯意良厚。自是飽挂帆，卯行嘗及酉。離家百里外，故山當船首。正及湖水闊，忽起西風吼。引領吾徒羨，銜尾來舸走。停棹入菰蒲，繫纜向榆柳。老翁晝夢醒，試一憑船牖。遥山紛冶麗，下水亦清瀏。魚艇夕陽邊，楓葉零霜後。雖乏古墨妙，景物亦希有。行止要不礙，愠喜兩無取。默坐獨成詩，横肱進吾糗。

次日又阻風

暮風聲已厲，入夜尤洶洶。有如九淵底，怒起千鬭龍。吾舟繫樹本，幾欲拔起從。一夜枕席間，鏜鎝如金鏞。晨興無日暉，四野雲逢逢。樹葉下如雨，棲烏無復容。豈必大木竅，空響自相舂。吾舟一長年，擁袖衣蒙茸。小舟自後來，所受可百鍾。笑傲舞兩棹，踴躍升斜篷。此怯豈非夫，彼勇誠可庸。吾知任事難，坐譚第恣胸。假令吾操舟，畏葸恐更慵。天道不能久，既盈還當沖。飄風明決止，朝暾望東峯。遲行一日耳，何必責犯鋒。吾取老聃言，挫鋭萬物宗。

朱石君中丞視賑淮上途中見示長句次韻　二首

此身未作軀藏六，擾擾人間同一局。春水常乘東下舠，霜林每引西還轂。論材真似蒿蔚卑，學道不如荑稗熟。先生伯仲才峻崇，兩角去天幾一握。文高萬士喑無聲，德盛千豪書可秃。固應廝養皆人豪，卻媿雕鐫加朽木。筲河已歎火傳薪，使君今作凶年粟。我從竹馬試迎車，但覺謙衷彌粥粥。咳唾小且出千珠，事業閎宜安萬屋。獨思舊夢五十年，那得從容髮還緑。

北臨潁尾南瀆六，壽春邑據東南局。英布倔起逮劉安，豪傑興亡如轉轂。列仙曾授鴻寶方，下客猶吟楚詞熟。山川極盛在一朝，鍾離帝起乾符握。自是蕭條英儁無，草木八公皆赭禿。惟餘暴桀多劫人，每犯刑科俾荷木。先生欲革小人面，上書先請調均粟。夜犯霜風走旆旌，往問飢寒散饘粥。詩書猶且待陶甄，桴鼓豈教驚井屋。鄰邦擾攘此安居，淮甸麥豐桑柘綠。

酬釋妙德

闍黎信耆宿，貌古神清完。如尚處獉狉，未入今世間。與之論俗情，鈍若椎刺穿。幾昧馬幾足，況識機械千。見人輒談法，不視憎喜顔。科判捨經本，誦解波瀾翻。剖晰義微妙，賢首及慈恩。古說久蒙晦，光明興舌端。乃知其中利，凜然持太淵。聞者無愚知，悟解增悲歡。嗟我嘗脩心，勤在此生前。自從一念失，漂轉來塵寰。譬若乘蜀舟，東下三峽關。迅忽造海壖，矯首求西還。泝流青天上，得不勞且艱。愛師秉直心，啓予三昧門。師亦喜我意，不謂鄙且頑。相從宜不厭，勿論暑與寒。不待盛言說，目擊道已存。

許秋巖太守問耕圖

先生伏首諸生日，深耕疾耨惟研筆。先生彯纓登玉堂，鋪棻垂穎皆文章。秉麾出作江東守，欣戚時時念農畝。陰雨膏惟恐後期，非種鋤還去爲莠。男兒起任天下事，問舍求田非所志。不恤四體昏作勞，固將九域蒙吾利。一朝回首望丘園，歲見成功惟樹藝。君不見伏波將軍不世才，中興事業光雲臺。營軍瘴霧沈鳶地，苦憶平生季弟哀。又不見北宋盛時君子達，韓范富歐同禁闥。偶聞鵓鳩數聲啼，忽念隴頭耕曉月。此圖有士何美髯，豐玉饑穀茲身兼。繫君節鉞與華袞，那容短褐從腰鎌。感事撫躬成一歎，寫圖非戲非爲幻。無人得喻使君懷，官舍把圖時自玩。我謂才難自古然，士如麟角偶一焉。教民樹藝且一事，只今百務須旬宣。慷慨建樹窮歲月，譬如穮蓘亦有年。志業精勤信諸己，進退早暮從諸天。或圖麟閣或歸田，請君置此中情牽。周公未遂明農志，何況紛紛後世賢。

米友仁楚江風雨圖卷　王養中藏，後有友仁自題七言詩。

萬山欲駕雲飛去，風雨江聲挾東注。波翻雨横客登樓，天地渾茫不知處。藤厓高下縣太陰，霾霧冥濛露江樹。颯颯風漂勁柯動，急雨小停江浪涌。低昂島溆數舟行，寂寞魚龍暮天恐。楚江晴甸亦蒼茫，況值蕭條風雨涼。山鬼含睇帝子怨，海洲忽近吳天荒。破墨氤氳載元氣，胸前突出山川勢。不須慘淡擬形模，元是分明出層次。君不見阿章早許元暉繼，楚山已進先皇秘。此圖卷末復題詩，南朝又見顛翁字。父子崢嶸書畫學，江山慨歎遷移事。

五百年來江自流，江城余亦澹淹留。借來寶墨流虹卷，且慰無憀風雨秋。

題句容學博馮墨香小照

我於江寧城，始接馮君貌。蕭靜有古韻，當座展圭瑁。固知其中異，清絕遠塵淖。而今對此圖，睇視目增眊。審知爲子真，指説賴前告。寫真自古難，神藝有深造。點睛加頰豪，用意孰能到。後世圖太多，往往雜仁虣。卷軸紛牛毛，題詠亂蟬噪。君實精六法，自摹山水樂。昔賢縑素遺，窮辨極窔奥。倉卒命俗工，胡亦同衆好。想處山澤儀，局以入黌校。士有笑吟披，莫乃分臂臑。學舍小如舟，請鄰仍杞竈。誰知曠世懷，天宇大哉謷。抑鬱無與言，寫圖實寄傲。工拙固勿論，似否亦弗較。譬若影罔兩，等是無特操。又若太虛雲，約略狀旌纛。與古寫真意，迹本不同蹈。此理如不然，姑縱吾言耄。雨霽天欲霜，候迫風落帽。邀子野鶴態，試鼓青谿櫂。一醉酬廪秋，相對遽然覺。

王麓臺山水

幽谷蒼蒼擁煙樹，樹底明流沙石布。畫中取勢作低平，已是人間最高處。倚谷崖石千萬層，嵚崟仰映天光澄，猨攀獸顧不可登。石根砰隱谷風響，崖後別盤幽徑上。峯迴徑轉山仍開，畝有禾黍林松梅，結構精舍當其隈。更貫倒景出高嶂，鬼神所會騰雲臺。若憑絶頂眺萬里，脱屣人間何有哉？侍郎起家入華省，貴仕何由造兹境？染毫興至成此奇，乃知妙悟通神領。我昔孤藤極幽險，溼雲常與襟裾染。窮山或至絶齎糧，日取豁毛供一啖。呼吸瓊樓碧漢通，近郭山谿皆可貶。一往真當絶世塵，卻來平地望高旻。春秋郊野雜衆賓，此圖於我情獨親。卧遊雖慰平生意，欲策衰慵更問津。

瀟湘圖 王宸畫

雲霽出楓林，烟深停水驛。來往石崖間，迷離竟朝夕。欲畫猨啼聲，寒峯數重碧。

贈孫雨窗

秋風吹蕩秦淮白，老翁獨行成落魄。故交死喪新知少，晚逢公子敬愛客。牙籤玉軸縹緗，貫虹妙墨千金藏。茶香竹淨好風日，請我俛仰前賢旁。我如落葉枯桐峻，寒聲時起無妍潤。莫愁湖上可憐春，花柳宜君美才俊。何事愛我詩句奇，往往眈吟燭花燼。謂當四海同一情，更召木工急雕印。桂花落盡黄花開，我爲扶笻時一來。念子嚴君連帥首，心愍民憂走羣部。公子閉門止讀書，不近少年親老叟。異哉公子今安有，古有名家繼前後，勗子以方報瓊玖。

碩士約過舍久俟不至余將渡江留書與之成六十六韻

敦牂歲三月，桃李羣飛花。東望鍾阜雲，風帆待江涯。欲發不能決，撟首背負鼃。吾堂子昔登，寒梅照檐牙。子去歲幾何？三見青草芽。俄聞子將來，笑口成喎斜。望子翔鴈初，祓禊今鳴笳。澉廬長掩闔，不聞扣馬撾。豈以積雨多，樜舍限泥塗？抑或戀廁牏，日侍欣清嘉？戒徒久易期，卒未成巾車。吾行不可留，子來日猶賒。間闊終不逢，顧念深咨嗟。聞子官舍中，弦管謝嘔呀。夜誦或鳴雞，晝披逮昏鴉。裁爲五色文，爛若開晨赮。元年求孝廉，詔紙頒南衙。郡舉尚遺賢，有才爲兔罝。孑孑處士中，燦燦金居沙。射宮萬辟易，一矢行拔䡨。我老又多疾，析若枯蒼葭。兀爾默終日，短榻支僧跏。食案廢脫作，毛羽哀刳剄。嚶聞求友聲，一一皆頻伽。唯有文字習，癢不禁搔爬。仰惟聖有作，豈以文矜夸？奇麗光至今，乃逾初日茄。其中矩矱存，已足範奇衺。後賢但有述，敢擬作者姱。譬若鏤之而，畫繪鳥獸蛇。巧工棄常度，拙工藝反加。一失外形體，豈復中精華。在昔明中葉，才傑蹈高遐。比擬誠太過，未失詩人葩。蒙叟好異論，舌端騁鏌鋣。抑人爲己名，所惡成創痂。衆士遭豐沛，皎月淪昏蟆。我朝王新城，稍辨造漢槎。才力未極閎，要足裁淫哇。豈意羣兒愚，乃敢横疵瑕。我觀士腹中，一俗乃癥瘕。束書都不觀，恣口如鬧蛙。公安及竟陵，齒冷誠非佳。古今一丘貉，詎可爲擇差。所貴士卓識，不受衆紛拏。朗然秉獨鑒，豈必蓬生麻。我雖辨正途，才弱非騏驊。願子因吾説，巨若瓞引瓜。吾舍倚龍眠，青嵐壓闉闍。中有太傅墳，昔是公麟家。子來我雖去，風景猶可誇。試停行道驂，拄策探岭岈。誦我前日詩，酌彼新焙茶。清嘯發巖中，大勝諧箏琶。吾曩游南昌，鉅邑觀閎奢。顯慶帝子閣，西山明列娃。去之四十年，題字行涎蝸。子家有舊園，吾迹荒蔓遮。子往定憶吾，北望天垂霞。吾非山斗倫，不詆排釋迦。頗與同好奇，結友宜仝叉。秀句成見寄，豈不珍朋蚆。日月兩馳輪，形骸一棲苴。何暇競一世，口大身如椰。卮言聊一放，閉口終呲耶。耿耿遺子志，毋嫌吾道洿〔一〕！

〔校記〕

〔一〕「洿」原作「污」，據叢、備改。

題謝蘊山方伯蘇潭圖

南昌山色如青玉，下照澄江千里緑。倚江都會賢俊居，各起亭臺帶修竹。先生小園堂數弓，聚書萬卷花蕚紅。四方名士春秋同，舉觴吟嘯於其中。遊賞年年情未足，世推豐玉兼饑穀。使節東領黄河隄，法冠北上太行麓。獨於錢塘治績多，來旬再莅西湖曲。杭州前後瞻蘇公，先生事與東坡同。小園舊以蘇潭命，或疑前定天所通。讖占小數何足道，先生本憶南康好。因懷蘇步作蘇潭，更著新圖寫昔抱。君不見安石東山在越中，金陵亦託東山號。當時曾治循海裝，中原事定思一航。威儀山澤百世芳，遠述祖德何能忘！功名卓越人間事，自古男兒悲故鄉。

弔朱二亭 賓

吾年垂七十，四海故人少。東望每思君，如立雲霞表。往昔朱子穎，豪才起燕趙。向我道君才，五言幾謝朓。子穎貧無食，子亦家集蓼。相從邗溝曲，吟和觴清醥。我時隔京師，想見姣人僚。丙申至江都，遂得訪窈窱。其時子穎貴，冠蓋頗叢繞。君顧無所干，陋巷閉門悄。扣闔就談詩，但覺風嫋嫋。舟乏仲舉同，書絶巨源鬭，獨荷時見阿，累投珠玉皛。惜哉近子舍，攝提僅三肇。我歸子穎罷，舊迹如逝鳥。一别二十年，中未脱塵擾。澄懷實愧君，高與秋旻杳。子出諒不能，吾遊尚可紹。行當一相就，帆挂横江淼。昨得郎君書，已設韜練旐。豈但悲友生，問道苦不了。君疾正月初，一榻兒女繞。呼與告逝期，屈指七日剿。屆時一笑亡，何嘗貳壽夭。銜哀遠弔君，諒爲君所小。那復弄毫翰，繁詞報劉沼。

題劉雲房少宰滁硯圖

侍郎誠意之子孫，亦統御史風憲存。自從弱冠登金門，湘東才子弟與昆，拭硯濡毫書國恩。豈似犁眉少遭亂，晚逢真主猶憂煩。誠意江南舊門閥，侍郎四執江南節。硯吐雲霞霄漢間，筆驅風雨蛟龍窟。四海文章見師表，累代風流推繼述。内侍寧誇金氏貂，傳家惟奉鄭公笏。竣使重當入金殿，裝槖依然藏一硯。聖人前席或咨猷，史官舍墨裁佳傳。侍郎德業垂無窮，硯也既久從有功。卻顧江南老秃翁，猥稱當代一文雄。豈知心氣今摇落，況復逃禪文字空。松煤竹管行抛棄，蕉白紅絲塵自封。

登天平山觀白雲泉

萬木塞岭岈，環巖抱秋静。澄泓中一池，導源仰幽敻。壓頂累穹石，側足折微徑。略可半畝平，深隱小潭瑩。酌口識清甘，煩慮豁開醒。僧牕啓絶壁，遠納湖光淨。晒彼支遠智，屬此魚鳥性。誰與送歸途？松風濇遥聽。

觀飛來峯入靈隱寺由寺西上韜光菴乃北高峯上也

連山聳西南，水勢東北趨。山蟠四十里，障合中成湖。矯矯北高峯，獨瞰西南隅。高下測三二，乃是韜光居。靈隱古名寺，所處實山趾。門外地如砥，奇峯矗覆壺。中空四穿達，立距疑神扶。所以西域僧，謂是鷲嶺逋。造説固詭異，度形疑非誣。九月未肅霜，嶺木猶榮敷。我從湖尾來，橫截乃西逾。日薄桑陰間，舍舟入籃輿。遂造飛來峯，鑿刻多佛圖。題名自元豐，指顧雜賢愚。秋壑見于中，（飛來峯有林希、賈似道等題名。）想亦加邪歈。發我一長歎，舍之入僧廬。琳宮既巍傑，巨鑊中容車。不識飯千僧，中有龍象無？萬竹繞一逕，登陟方縈紆。幽谷微風來，泠然寒肌膚。俯視羣山卑，乃知所立殊。内湖而外江，驚潮見天吳，蒼然浮數翠，不得其名呼。略辨浙水東，僧言蕭山區。仙人遺丹竈，聊一窺其窬。長生固非願，遺物即道腴。徘徊未忍去，曦影俄西晡。山川自清麗，迹過如烏烏。悵懷幽興極，寫託天雲孤。

戊午九月十四日出雲棲寺作

萬樹納幽光，峯頂日初到。寺樓人始啓，四嶺鳥羣噪。鐘磬隱虛堂，蔬水薦僧竈。門與道人別，逕有修篁導。邅迴將出谷，陰森猶入奥。返瞻昨履地，木末一峯冒。玆生入世網，空王實先覺。豈不被聲聞，所病無持操。是以雲棲門，堅持一佛號。要取同趨歸，非謂異宗教。睠焉顧其室，喟然發中悼。焚和從一念，繫物沮高蹈。既厭流俗靡，豈耽山水樂。終辭弱喪情，屬爲知者道。

次韻答秦小峴觀察贈別並以別謝蘊山方伯

我如行雲向九州，飄然一往不可留。東南烟水一千里，挂帆曲轉楓林秋。西湖絶景四面好，北客拄杖十日遊。夜月披襟倚湖檻，曉烟聽櫓摇湖舟。朅往山深友麋鹿，歸從水宿同鳧鷗。兩君丰采古賢伯，亦邀賓客探奇幽。孤山處士余所慕，香山玉局君之儔。四賢祠前共遊舫，魚蟹菱芡新登篝。恪官事異元豐世，豈開魚鑰貪林丘？斜陽欲盡旌旆返，野人朝亦生離愁。從來佳處不可盡，安用萬壑窮兩眸？主人雖賢客當去，徑買輕舸隨北流。兩君各示七言妙，扣缶詎和編鐘璆？使君文章配旄節，漫士蹤迹同漂漚。敢期一事嗣前古，培隄去葑仰令猶！想公更遊水深闊，倒浸南北山僧樓。

惠山寺觀御賜寺内王紱溪山漁隱卷歌

秋陰細雨梁溪前，停舸往酌第二泉。石巖偃仰神所窟，密林寒邃風泠然。泉東穿過惠山寺，我從拄杖尋幽異。山僧手持王紱卷，語我前年寺中事。火爐竹罏山房圖，吏傳天府琳琅賜。晃曜日月升虹霓，山僧室内瞻御題。次看王畫果神妙，清深意境窮天倪。山長水遠合氣勢，人家漁艇從幽棲。武林溪口落花出，西塞山外斜陽低。豈徒畫師今莫躋，孟端自喜非常蹊。三處題詩兩番記，宜升秘笈同璋珪。我聞貞觀天子求僧室，闍檻蘭亭一朝失。英主嗜好乃如此，豈如緗縹宫庭出。翰墨風流異代情，明廷故實村氓述。況記此間迎翠華，寄暢園蒙頻駐蹕。不賢識小宜作歌，大政元存史臣筆。

青華閣帖三卷紹興御刻皆二王書後有釋文余頗辨其誤復跋一詩

蒼頡始作書，已聞夜哭鬼。官民信治察，淳樸存有幾？何況尚草法，几牖駭蛇虺。筆勢取奔趨，形體雜騣騥。多寡亂馬足，左右錯丁尾。假如羲獻存，翰墨矜有斐。試籀文上下，自讀口亦悱。儒者厭草書，所識詎不韙？傷哉宋南渡，國有存陳晞。鐵馬苟臨江，所憂杭一葦。奈何耽安燕，宫苑豔禯卉。近擬大觀年，取法寔比匪。鐫工聚樂石，名帖啓籯篚。帝后各擅書，親釋文如螘。吾今適無事，舊册陳几棐。頗亦從俗嗜，驤騰震瑰瑋。默對淹永日，錯昧瞰與朏。舊釋或得失，吾説亦葑菲。古帖殘闕餘，誰能誦娓娓？盍各陳小辨，聊於博弈偉。若夫大雅才，自命則吾豈？

方天民獨覺次韻余少在京師與朱竹君王禹卿酬和長句見贈又示病起五言用其病起韻答之

大哉天地化，縱視忘形拘。耳目乃可遺，況識肥與臞。將適汾水陽，首謁冰雪膚。徑凌天池〔一〕度，袛拂扶桑株。俯短鷗鶴齡，詎與蜉蝣殊。聖凡本無隔，妙道藏頑軀。聖門講六經，抑或營廢居。若論微言絶，二者皆可吁。陳魚取乙鬛，顧已遺腴膴。吾幼耽文章，矻矻不知愚。二十入京師，兩漢希闚櫥。斯文有先驥，朱王騁高衢。揚班以見待，竝謂詡匪誣。灑墨疾風雨，往復競裁觚。投老自愍惜，雕蟲稚子俱。我棄良晚矣，子取非過歟！少小同研席，里閈多歡娛。秋燕四故人，室存形影徂。獨君卧冬巷，久病幸一蘇，短日發長詠，走餽逾苞苴。我誦雪牕前，意驟興縶駒。終願超言象，共子遊虛無。呵毫罷一笑，升暾煌八區。

〔校記〕

〔一〕「天池」，原作「天地」，叢、備同，據文意改。

題外甥馬器之長夏校經圖

聖人不可作，遺經啓蒙愚。大義乖復明，實賴宋諸儒。其言若澹泊，其旨乃膏腴。我朝百年來，教學秉程朱。博聞强識士，論經良補苴。大小則有辨，豈謂循異塗。奈何習轉勝，意縱而辭誣。競言能漢學，瑣細搜殘餘。至寧取讖緯，而肆詆河圖。從風道後學，才傑實唱于。以異尚爲名，聖學毋乃蕪！言多及大人，周亂兆有初。彼以不學敝，今學亦可虞！嗟吾本孤立，識謬才復拘。抱志不得朋，嘅歎終田廬。甥有吾家性，禮部方升書。才當爲世用，勉自正所趨。矻矻校遺經，用意寧投虛？盛夏示我卷，秋葉今零株。至道無變更，景物乃須臾。僞學縱有禁，道德終昌舒。試觀宋元間，士盛東南隅。以視後世賢，人物誠何如？願甥取吾說，守拙終不渝！

惜抱軒詩集卷六

今體七十九首

夜抵樅陽

輕帆挂與白雲來，棹擊中流天倒開。五月江聲千里客，夜深同到射蛟臺。

山行

布穀飛飛勸早耕，春鋤撲撲趁初晴。千層石樹通行路，一帶山田放水聲。

貴池道中

曉過池州郭，人家傍曲谿。白花臨岸發，青草度江齊。秋浦殘林雨，春山徧竹雞。東樓懷李白，風日至今迷。

黟縣道中

蒼翠壓人低，流雲落大谿。連巖薰草日，懸磴帶陰霓。雨歇羣山響，春深萬木齊。寥寥方久立，谷鳥一爲啼。

出池州

桃花霧繞碧谿頭，春水才通楊葉洲。四面青山花萬點，緩風搖櫓出池州。

江上竹枝辭 四首

滔滔無際是秋瀾，估客牽江泊夜灘。江岸唱歌江上聽，不知風雨爲誰寒？

蕪湖山露小於船，池口銅陵山接連。那得青山江岸盡，止應西上到青天。

年年八月旺潮期，送潮送到小姑祠。惟有滿天風共雨，小姑祠上送郎時。

東風送客上江船，西風催客下江船。天公若肯如儂願，便作西風吹一年。

古意

青柳高樓白馬駒，五陵春醉酒家胡。君家新市長安少，臣里仁人楚國無。在下願爲莞蒻席，與郎儂作博山鑪。東風門外蘼蕪晚，更折瑶華向路隅。

效西崑體　四首

咸陽

蘄年宫外八川流，輦道環通徧雍州。萬里黿鼉横碧海，六王鐘鼓在朱樓。地中闕表終南胏，天上城開太華旒。獨令上林辭賦客，曲江蕭瑟不勝愁。

渚宫

樓觀雲陽入窈冥，兩東門對楚山青。錦帆暮雨迴江渚，鳴籟雄風起洞庭。北望六雙飛鸞鴈，西來五尺困蜻蜓。渚宫衰草秋風裏，愁絶當年帝女靈。

洛陽

洛陽形勝匹西秦，累葉章陵氣尚新。甲第雙崤如黽谷，芳林九派似江濱。生前父有張常侍，死後兒還史道人。借問西園冠蓋盡，溼螢飛暗小平津。

越臺

臣佗事漢抱孫年，滄海無波阜井廛。嶺嶠春臺餘繐帳，牂牁秋水下樓船。空詢萬里番禺醬，不及千金好時田。一自建章荆棘後，越巫方更與誰傳？

寄和劉海峯三丈游伊闕之作

聞去梁園超廣武，西登闕塞眺黄河。伊陽風雨從中出，洛下山川向北多。白髮上賓聊自許，青春歸興復如何？且從浩蕩詩懷劇，莫念沈淪壯歲過。

寺寓贈左一青

南北風煙萬里深，對君王舍有香林。春來夜夜江南夢，不及高齋聽雨心。

送一青歸因寄仲郛

與君兄弟夙相依，洛下今年遇陸機。天末四愁思莫致，秋來九辨送將歸。行窮南汶山初見，吟到澄江葉盡飛。若把迷方語鄉里，更憐心事卜居違。

出塞

連營鼓角夜星環，擐甲弓刀曉露間。列障三邊開幕府，勒兵萬騎出蕭關。黄河日落人旋渡，青海春深鴈未還。聞道南庭先效順，輕車齊會涿邪山。

八月十五日與朱子潁孝純王禹卿文治集黑窰廠

寒吹動關河，登臺白日俄。孤雲高渤碣，秋色渡滹沱。海內詞人在，尊前往事多。夜來明月上，烏鵲意如何？

送人往鄴

九月燕郊草尚青，送君且爲住郵亭。明朝月落漳河曉，無限飛鴻不可聽。

贈戴東原

新聞高論詘田巴，槐市秋來步落花。羣士盛衰占碩果，六經明晦望萌芽。漢儒止數揚雄氏，魯使猶迷顏闔家。未必蒲輪徵晚至，即今名已動京華。

寄仲郛

天外思將新歲酒，雪中同醉故人家。折梅憶客楚江遠，凍竹閉門山郭斜。春晝鋤犁無素業，少年詞賦共青霞。長安溝柳看垂發，直恐相望到鬢華。

天門山

萬里江流斷，雙崖地脈通。冥冥浮積氣，漠漠送長風。滄海孤帆外，神州落照中。人生如鳥迹，獨上俯鴻蒙。

望灊山

道邊隻堠復雙堠，天半大山宫小山。客子出林暮喚渡，居人微雨寒閉關。横空積樹雲漠漠，交流斷逕谿潺潺。不知蒼谷最深處，喬松白鶴誰往還？

由宿松向黄梅

秋山紅葉重，煙樹暮巖鐘。水澹松兹郭，月生天柱峯。人間二南嶽，江上六禪宗。悵望停車者，征途何所從？

宿德化縣

南行三百里，舉首白雲端。大壑連陰靄，中天峙碧巒。夜潮千嶂閉，明月九江寒。更就東林宿，蕭條鐘磬闌。

題負薪圖

落葉被逕行客稀，晚風吹樹斜陽微。空山短日惜餘景，野老長鑱甘息機。瀑流側足巨巖響，峯高倚杖秋雲飛。村林舂黍户將閉，寒谷束荆人未歸。

南昌竹枝辭　二首

南昌南去盡山谿，白石清沙不見泥。一到鄱陽風浪黑，行人那更出江西。
城邊江内出新洲，南北彎彎客纜舟。莫上滕王閣前望，青天無地斷江流。

石鐘山

挂帆初月出，風起大孤塘。遥夜來湖口，江天寒渺茫。石潭流激激，巖樹鬱蒼蒼，千載元豐士，風流何可忘。

出湖口

扁舟昨夜泊湖涯，霜重蘆枯宿鴈知。朝日忽生彭澤縣，挂帆無數小姑祠。

送客之南昌

野曠深春草，江空起夏雲。樅陽更西上，日日見匡君。

寄友

千仞青巖萬壑雲，辭家藤杖謁匡君。玉簫吹處非人世，江上秋風偶一聞。

郡樓寓目

檻前洲渚後山坳，劇郡樓臺草樹交。白霧乍開人入市，丹林猶綴鵲歸巢。授衣霜露齊民節，倚劍江天大國郊。竟作陳登牀下客，長鑱思訪地肥墝。

由郡城適樅陽漫詠

渺渺江流汎檝維，蕭蕭岸戍見旌旗。斜陽萬里背人去，落葉千聲與客悲。寂寞子雲期後世，蒼茫詹尹謝先知。青山滿目身無累，惟有憑磯坐罟師。

關山月

遼海初生月，長城幾度秋？夜吹羌管笛，風滿戍亭樓。紫塞斜銀漢，青天澹玉鉤。如何渭橋渡，止道似牽牛。

秦宮辭　二首

挾瑟佳人載輦行，渭南秋月綺羅情。秦皇愛聽邯鄲曲，不及叢臺夜宴聲。

露下梧桐墜井欄，滿宮明月見君難。傳聞博浪霓旌過，磁石宮門閉夜寒。

漢宮辭　四首

君王武帳御船樓，一片旌旗拂女牛。日晚移舟鳴趙瑟，昆明池上月如鉤。

井榦樓上見飛塵，宛馬新來集渭濱。欲詔海西先涕泣，帷中誰報李夫人。

關外花迎帳殿開，箜篌隨上射蛟臺。柳邊細馬雕鞍過，新自河間望氣來。

金罍春殿酌瓊漿，夜賜黄門樂府倡。三十六宮歌舞地，一時風靜玉階涼。

黄河曲　二首

負羽千營臂角端，平明卷幕北風寒。青天西挂黄河水，立馬長榆塞外看。黄河繚繞漠南山，秋盡蒲昌鴈盡還。萬里白雲飛不去，朝朝長結玉門關。

山行

石徑幽巖竟日曛，杖藤行逐遠樵聞。縱無世外冥鴻翼，猶愛林間野鹿羣。春渚夭桃無雜樹，暮天殘雨有行雲。故人谿口如相問，何物空山可贈君。

一青仲郛往金陵屬訪耕南三丈消息

域中前輩盡頹顔，混迹劉伶尚閉關。孤艇著書江水上，百年閲世酒尊間。天邊落木流揚子，秋盡寒雲出蔣山。若憶園亭舊漁釣，挂帆明月共君還。

榆中

直北天低見磧山，黄河南下曲如環。白榆夜雜雕戈戍，青草春稀牧馬還。寒吹滿空雲出塞，暮天無色日平關。千秋猶對秦時月，多少功名大漠間。

初雪憶去年是時經潛山下

窗外聞風竹，緣階雪遂深。我思山谷寺，天遠大江陰。石氣青霞嶂，秋聲黃葉林。更穿巖徑去，應阻故人尋。

送左冠倫丈往平羅

萬里靈州外，孤懷焉可論。關山疑路盡，士馬尚秋屯。河水流中國，寒陽下塞門。重開漢四郡，豪傑幾家存？

南朝

宮雉南朝接玉繩，幾年金掌露華承。衣冠志節悲終始，草莽英雄有廢興。海壯五州開北府，江通三峽督西陵。銷沈轉眼愁隨主，欲作長城更不能。

登報恩寺塔

山迴煙繞出浮圖，迴踏青霄萬里孤。斷鴈秋雲飄莽蒼，高甍飛閣散榛蕪。江風颯颯吹天日，海氣昏昏浸楚吳。多少人間興廢理，蔣山松柏正模糊。

登永濟寺閣寺是中山王舊園

中山王亦起臨濠，萬馬中原返節旄。坊第大功酬上將，江天小閣坐人豪。綺羅昔有巖花見，鐘磬今流石殿高。憑檻碧雲飛鳥外，夕陽天壓廣陵濤。

金陵曉發

湖海茫茫曉未分，風煙漠漠棹還聞。連宵雪壓横江水，半壁山騰建業雲。春氣卧龍將跋浪，寒天斷鴈不成羣。乘潮鼓楫離淮口，擊劍悲歌下海濆。

丹徒寓樓上作

鬱鬱山川面倚樓，側身江左舊徐州。寒潮不隔中原望，白日遥縣大海流。北府千年京口鎮，西風一夜秣陵舟。古今只此滄波色，煙霧何時竟掉頭？

望岱

峻極通天地，陰陽辨魯齊。連峯渤海外，流畎穆陵西。樹擁金輿路，雲深玉檢泥。山川俱効佞，千載一淒迷。

泊臨清漳口

泊舟寒渚對徘徊，岸木蒼蒼水鏡開。滄海霧搖孤月上，青天影合二流來。平生苦憶清江櫂，深夜休嫌濁酒盃。明發風帆好停處，拂衣先上魯連臺。

由張秋至汶上口號 四首

汶川千里路漫漫，三峽船如上闇灘。篷底春風九十日，穀城山隔缺隄看。

細草春陰碧四圍，空隄花落燕初飛。澹雲何處飄殘雨？迎取魚山神女歸。

風定遙山水面青，垂楊不見釣舟停。晚來忽唱橈歌去，疑載高人小洞庭。

帆前莽蒼暗平蕪，風雨神靈定有無。一片雲遮分水廟，四垂天入蜀山湖。

太白樓

李白任城住，於今九百秋，青天東海月，長爲挂南樓。三月楊花雪，餘春客濟州，憑闌空汶水，相憶下滄洲。

濟寧城東酒樓憶亡友馬牧儕

汶河垂柳萬枝輕，把酒高樓對馬卿。十四年來兩行淚，春風重過濟州城。

河上雜詩 四首

碭沛蟠紆接下相，風雲咫尺會舟航。中原日落關城白，西楚河來天地黄。山閉彭門千里暮，林開祠廟一陂荒。背關懷此君休笑，自古男兒悲故鄉。

海上晴天雷雨豗，驚濤奔入亂山開。青冥楚越孤帆去，浩蕩淮沂四面來。春草不知韓信里，秋風曾到項王臺。誰明鼓檝中悲慨？仰視雲霄數鴈迴。

使者治隄久未還，東南波浪海雲間，只愁天上桃花水，浸失淮南桂樹山。任土司農操户版，薄征都尉且河關。勤憂中澤須良吏，又待霓旌問里闤。

南登楚岸出楓林，回首天邊萬里心。日月空濛探海窟，魚龍縹緲踏春陰。故人京洛思朝夕，鷗鳥滄波自古今。河上近連江上路，蒼蒼千嶂碧煙深。

淮上有懷

吳鉤結客佩秋霜，臨别燕郊各盡觴。草色獨隨孤棹遠，淮陰春盡水茫茫。

淮陰釣臺

人傑乘時會，功成運已非。可憐高鳥盡，回憶釣魚磯。淮上春風起，高臺柳絮飛。王孫殊未反，惆悵落斜暉。

留別揚州諸君

年少諸郎各俊才，要余夜盡廣陵盃。明月相隨天際去，思君還傍月邊來。

由儀真至滁州口號　三首

醉點紅鐙碧樹明，夜看亭閣廣陵城。醒來忽向蒼山路，獨聽寒松曲澗聲。
初日牆隅出未高，孤花叢樾間相遭。陂塘行度重陰底，惟有蛙聲和桔槔。
陰陰巖偃蒼龍腹，片片雲飛白鶴翎。江浦縣南來暮雨，滁州山露半邊青。

寄潞川　二首

江雲萬重合，中有故人行。西風吹落照，一半向蕪城。君家種新竹，牆陰雨中長。若爲北窗來，蕭蕭數聲響。

南陵送渭川

楚澤橫千里，登高望不分。山城正風雪，江路忽逢君。歲晏梅初坼，長宵酒易醺。只愁明發去，空水與寒雲。

過江浦縣

江出天門雲水長，客心孤迥路蒼茫。寒山自繞滁中碧，不與斜暉過歷陽。

徐州

霽雪城頭戲馬場，憑城三面瞰蒼涼。河流畫地分中夏，雲氣隨風出大荒。竟入山林惟孔令，遠求風雅獨元王。間關此日方爲客，殘照天涯數鴈行。

邳州

遼闊山川縱遠游，又欹風帽過邳州。千秋遺蹟尋黃石，一片寒陽下白樓。難得真龍逢漢帝，易將窮虎縛温侯。英雄潦倒尋常事，惜與曹瞞作畫籌。

過汶上弔王彦章

楊劉兵度大梁危，飲泣猶當奮一麾。亂世鳥飛難擇木，男兒豹死自留皮。天連白草横殘壘，日落陰風擁大旗。莫問夾河爭戰地，渾流徒去黍離離。

惜抱軒詩集卷七

今體六十九首

戲贈山陰陶生

凜立塵中面渥丹，自言鴻寶受劉安。貧無素業彈長鋏，行入朱門著小冠。候日竟知中景再，談天始識九州寬。東方惜未遭時會，便作蘇張未是難。

戲贈宏夫兄

昂藏七尺氣縱横，篋内中宵寶劍鳴。屠市故人從偶語，屏風侍史不知名。鬢華攬鏡增霜雪，胸智探囊有甲兵。仍作棄繻關内客，西風吹短曼胡纓。

戲贈鄞章生

山澤歌謳自負薪，誰招跌宕入京塵？翹身曳步驚風止，蹙齃魋顏擬聖人。捫蝨九流隨俯仰，雕龍萬古會精神。若教一與貂蟬列，便作當時折檻臣。

蔡萬資履元水鄉菱藕圖　三首

平湖秋櫂木蘭船，醉入汀花弄碧煙。日暮都忘天近遠，坐間明月到尊前。
緑萍白芷春陂生，菱葉藕花秋氣清。語兒涇畔各含思，爲待先生吹笛行。
隔岸越山青倒開，花光湖影照徘徊。圖成張向西風裏，野鶴天邊飛欲來。

寄仲郛應宿

蟲臂覯生非有象，馬肝持論故無親。虛名那辨星牽軛，猛士難翻日轉輪。但使琴漁從叔夜，不妨櫻筍送殘春。白雲憑語相思劇，三月谿山兩故人。

送曹效伯司務歸里

觚棱回首暮雲空，拂袖歸途似御風。解厭奔趨將虎子，定無喜怒爲狙公。故人長揖都亭外，新月多情滄海東。行上成山浥天碧，早知蓬閬落盃中。

送左墨谿往貴州

何處黔中郡，憐君最少時。今猶偕旅食，明復送將離。夏口經春闊，辰陽到日遲。臨歧無以慰，迴雁與歸期。

法源寺 時張樊川侍讀引疾同游

卧碣唐朝寺，春階上草芽。客來清磬歇，鳥啅夕陽斜。筒水澆青圃，檐風隕白花。欲偕投紱老，終日問楞迦。

同秦澹初雄飛道長朱克齋岐王蘭圃士棻兩比部游洪恩寺時秦王將往主山西試僕與克齋赴山東

古寺松杉一鳥鳴，初暾煙霧兩階清。風幡秋氣飄鐘磬，草木晴嵐入檻楹。坐倚團蒲身近遠，出看車轍路縱橫。明朝相憶皆千里，那易僧窗啜乳茗。

賦得昭烈宅

涿水東流草樹荒，千秋已比沛中陽。依然桑蓋垂籬落，誰種蕪菁負曉霜？高卧登樓豪自許，入山披髮意非狂。平生髀肉銷鞍馬，游子何任悲故鄉。

張方伯諱秉文祠

曆數天將改，藩籬國早亡。士餘忠壯志，家在戰爭場。女烈甘懷石，臣心盡布裳。同聞悲舊史，異代入祠堂。樹積陰雲黑，旗翻落日黃。行游魂魄毅，溟海地茫茫。

密雲縣

當道孤城一水邊，漁陽斜照隔城懸。斷崖朔吹來陰地，連塞橫山蔽遠天。設險檀州防禦所，建安脩令塹湮年。男兒未辦安邊策，略借曹瞞定損賢。

清苑望郎山有懷朱克齋時知衛輝府

男兒三十分銅竹，多少功名到白頭。紫陌鶯花故人牘，黃河風雨郡城樓。欲將北海同樽酒，遠盡西山到衛州。回首數峯蒼翠在，幾人能不憶林丘？

定州

東橫海右中山國，西接天邊御射臺。辨謗獲君從古少，成功食子令人哀。飛流倒馬關中出，急雨盧龍塞外來。欲下高原更迴首，尚疑奇士在蒿萊。

呂翁祠

白荷花照水娟娟，綠柳千條壞檻前。午過微陰行客倦，呂翁祠畔聽秋蟬。

邯鄲口號

邯鄲妙伎繡襦衣，屧屣無雙鼓瑟希。止作低頭廝養婦，不如匍匐壽陵歸。錐囊有意來成市，玉貌無端亦被圍。秋色滿空吾徑醉，西山當面挂斜暉。

彰德懷古

韡鐸居然擁伯才，地蟠河朔氣佳哉！丹崖秋幸黃華館，玉貌春歌金鳳臺。漳水東流何日盡？高城西對夕陽開。獨憐石柱平城去，猶似銅人洛下來。

疑塚

祖虞冑稷兩難求，枯骨誰知屬夏侯。邢史何嘗識天道？鄴婁家盡大長秋。

蕩陰有懷嵇侍中

晉朝城壘結愁雲，播蕩金輿此戰氛。事去萇弘猶有血，時危繻葛不能軍。冥鴻物外誰當篡？野鶴雞中故不羣。西望山陽林竹盡，寒聲蕭瑟詎堪聞？

淇縣

曉色高原上，連山來路隅。單車度淇水，秋雨緑王芻。聞道青巖迹，長懷隱者徒。林巒深翳薈，中有片雲孤。

黄陂道中

故鄉東望隔齊安，馬首才旋去不難。略似霸陵臨渭上，瑟聲清怨走邯鄲。

懷葉書山庶子

遺學千秋賴服膺，閉門白首向青鐙。伏生老有殘經懼，韓愈師爲舉世憎。終夜思公今底柱，秋風吹客又巴陵。滔滔身世成何事？愧憶當年許代興。

懷劉海峯先生

先生高卧楚雲旁，賤子飄摇每憶鄉。四海但知存父執，一鳴嘗記値孫陽。於今耽酒能多少？他日奇文恐散亡。脱足耦耕如未晚，百年吾亦髮蒼蒼。

懷王禹卿太守

大江五月水湯湯，送爾西南守夜郎。聞道還家生白髮，可憐解印縱清狂。天垂襄漢涵秋色，水下金焦接大荒。青草洞庭還獨去，空山樅桂渺相望。

懷程魚門舍人

淮南倒屣盡賢賓，綸閣今稱老舍人。潦倒青春長似醉，交游白首每如新。一椽託足終何處？四海知髯故絶倫。惟有詩情渾不減，獨吟今夕莫傷神！

渡江

秋風生郡外，江漢合舟前。靄靄列城樹，摇摇長薄煙。南州殊未極，西嶂正蒼然。不識臨崖叟，垂綸復幾年？

官塘

碧雲巖壑盤遥勢，斜日榛林映晚清。澗虎欲來風滿谷，四山秋葉一時鳴。

萬年庵次劉石蕣韻以呈補山　三首

驛路陰將雨，林深鳥不喧。遠風來習習，涼葉忽翻翻。野曠蟲何怨？秋成物自恩。迴依僧舍憩，寒水静當門。

觀化吾生眇，焉知從古年？平生聞赤壁，邀客上青煙。霧雨藏南嶽，江湖蕩左偏。前峯猶自遠，未可盡龕緣。

前輩輶軒過，風流憶宛然。人隨寒雁遠，迹付野僧傳。磵户藏秋小，虚空放唄圓。欲窮生滅理，雲影在諸天。壁有吾鄉張鏡壑閣學詩，今年閣學亡矣。

湘陰

雨積湘東行客難，啼猿楓樹四山寒。晚日黄陵戍前出，湖雲江水白漫漫。

道中回寄長沙諸君

日月行踪兩不留，新交故友孰從游？歸人夜夜聽山雨，落雁聲聲下郡樓。萬壑盤來趨鄂渚，千峯斷處是潭州。別離倏忽真成老，青草湖邊對暮秋。

岳州城上

高接雲霄下石磯，城頭終日敞清暉。孤笻落照同千里，白水青天各四圍。山自衡陽皆北向，鴈過江外更南飛。人間好景湘波上，卻照新生白髮歸。

夜起岳陽樓見月

高樓深夜靜秋空，蕩蕩江湖積氣通。萬頃波平天四面，九霄風定月當中。雲間朱鳥峯何處？水上蒼龍瑟未終。便欲拂衣瓊島外，止留清嘯落湘東。

漢口竹枝辭　二首

揚州錦繡越州醅，巨木如山寫蜀材。黃鶴樓頭望鐙火，夜深江北估船來。

蜀江水長漢江低，江水東流也向西。霜後西風江盡落，可憐離別漢陽隄。

信陽

已逢秋鴈下江沱，更望飛篷捲大河。短日人行鄳阨少，長淮山繞義陽多。水源四瀆思乘檋，地險三關每荷戈。海内乂安輜傳緩，獨將停策問巖阿。

論墨絶句九首

宣和香劑用油煙，奚李前楳竟邈然。筆法而今論篆畫，江南三絶自當年。

涉足塵埃世態生，山林養節久方成。論松略似觀人法，誰及新安戴彦衡？事見老學庵筆記。

朝鮮舊國解燒松，使者朝正數笏從。著硯未能堅似石，卻無膠滯不妨濃。

膠折燕山風莫勝，篋中片片似春冰。時工止解緣邊漆，不悟堅金儼故棱。

除卻廷珪跨乃公，幾家絶藝後能同？來男作相虞兒匠，何怪方今曹素功？

霄漢樓憑江水空，鶴峯書畫散秋風。盛時猶記先人説，淚與殘丸滴硯中。先君外家任大理公藏書畫甚富，皆大理先世鶴峯先生所蓄。今有鶴峯墨，奇品也。

程君文筆工無比，姿媚何嘗解俗書。累壓篋中爲長物，不妨啜汁賞心餘。程魚門多藏程君房、羅小華、方于魯及明内龍香舊製。名其齋曰三長物，墨其一也。

我愛瑶田善論琴，博聞思復好湛深。才傳墨法五千杵，已失家財十萬金。程瑶田語云：「墨以多杵爲佳，然自千杵以上，則難杵數倍於初時。」墨不過千杵，瑶田用古法杵至三千已極難，而程君房必五千杵。

年年兩袖染成烏，佳字奇文一筆無。惟向天涯寫歸興，故應銘背作思鱸。范成大製墨事，見老學庵筆記。

祝芷塘編修德麟接葉亭圖

人爲碧海神山侶，亭傍叢花醜石安。異世定懷風景好，此生得倚玉枝歎。衣冠前輩名相繼，琴弈中宵興未闌。昨日移居已陳迹，就君時索畫圖看。

鄭前村以辰州守被議授員外郎

銅符分守楚雲開，襆被今隨秋色迴。閩閣卧時傳治績，江山行處助詩才。爲郎父老家安在？作相公孫國又推。青瑣幾人憐故侣？白頭相遇數銜盃。

喬鷗村鍾吳江村圖

素産吳淞水，春風未别家。閉門深翠竹，展席上飛花。客散看陰轉，鶯啼到日斜。匆匆將好景，題詠在京華。

翁學士方綱蘇米齋

宋賢遺故蹟，乃在嶺南山。海上流雲氣，冥濛石壁間。披榛逢節使，摹石載舟還。遠興高齋對，猶令客動顔。

送朱子潁孝純知泰安府　四首

當日長安一布衣，十年糠覈食猶肥。遨游誰識爲巴守，調笑何嘗入世機。巒瘴盡穿江塞路，嶽雲來款洞天扉。東西踪迹君休論，珍重平生志莫違！

岷嶓東接泰山陽，歷歷專城待俊良。掃定蛛蚉將偃伯，登封鶼鰈欲來王。禁中伏奏心飽壯，劍外邅迴鬢已蒼。若會明堂陳治績，豈忘沂汶古時狂。

文筆人間劉海峯，牢籠百代一時窮。別來書到長安少，死去才令天下空。傳說足疲登陟罷，尚應舌在笑談雄。君懷師友頻郵置，消息淮南幾次通？

禹卿自入滇中路，不見淩雲作賦才。剖竹西南仍放浪，挂帆江漢竟歸來。往年使酒同燕市，九日悲歌上廢臺。此世論心常恨少，至今相望各懷哉！

冬至大風雪次日同錢籜石詹事程魚門吏部翁覃谿錢辛楣兩學士曹習菴中允陸耳山刑部集吳白華侍讀寓同賦得三字三十韻

侍讀城西住，西望城上嵐。雪明邀數客，風定即同驂。嶺照斜規掩，林鐘晚韻諳。聽詩情窈窈，說士味醰醰。燭盡撾街鼓，盃傾倒室罎。昨朝寒太劇，此歲日窮南。氣抱虛堂白，聲搖空閱酣。閉將同蟄螘，卧欲作僵蠶。綵仗從天轉，瓊膏灑地覃。農田占穀麥，齋殿映松柟。圓陛宵陪位，前衙曉放參。是日停朝賀。頻逢熏燎慶，竊有負茲慚。大祀，鼐以疾未陪。雖替祠官職，曾求國典諳。竹宫今日禮，茨屋異時談。急景看如此，遐思嘿有含。墐知坏户暖，壤愛滌塗甘。酒幟懸風店，漁蓑向凍潭。靜尋封逕崦，響聽打窗庵。茲意仍遲暮，當前且樂湛。醉歸曹適百，病滿月幾三。重德吾嘗慕，多材世所貪。羣公高韻在，游地奉陪堪。接臭皆幽蕙，連根比灌藍。敢援交吉禹，終愧附音譚。西徼蠻猶桀，方隅澤待涵。洪頤今向舉，幕府正深探。雊鵲巢須掃，蟬蜩股盡戡。雪霜更卒愍，日月腐儒眈。疏藿咸逾量，樽罍況盍簪。因思王趙舊，今夜宿巖嵁。謂琴德、損之。

飲鄭前村寓舍觀其兩郎君新作文藝前村本出先伯之門追感往昔作此 二首

君居室館一牀横，霽雪階除半尺明。避世重來金馬日，向余久得石交情。張鐙酒煖真歡伯，擁袖詩寒覺瘦生。蕭瑟思鄉懷舊意，當軒星轉北風聲。

省垣羈宦迹相親，再世論交況有神。聞説伯高真可學，從游桑扈見長貧。中年樂趣殊兒輩，此日儒林少丈人。金玉欣看文價貴，眼前過邁又超倫。

元宵曹習菴中允家燕集

聲名座上逢前輩，鐙火堂中值令辰。攜手故交皆好事，當頭新月最憐春。太平不數神龍節，鼓舞宜容蟣蝨臣？夜夜元宵吾未厭，相逢誰似酒濡脣。

演綸入都賦贈兼懷橿亭作江漢書院山長 二首

昔别燕郊路，今看草又春。還留三載客，爲對再來人。酒態君都減，詩懷家更貧。匆匆頭並白，鐙火一相親。

君家昔全盛，再相一經傳。伯氏方遲出，清名似古賢。入宫羣女日，男子詣曹年。悵惜風塵裏，蕭疏江漢邊。

寄葉書山十丈 二首

側聞八十志猶長，盡取遺經發憲章。一卷豈容羣閧市，千秋何讓再升堂。無人當代傳朱墨，有願平生結老蒼。瞻望淮南真室邇，徘徊燕北又春陽。

葉劉年歲略相隨，先伯同行又後之。至貴不關天子爵，齊名起作衆人師。青州邴鄭原同術，林下瞻乎倏異時。四國傳公欣老健，一家如我獨漣洏。

祫祭前一日齋宿官舍懷左一青時聞其罷官始還

少年尚戀雞豚會，將老寧追鴻鵠翔？風閣聲摇情歷亂，春山雲接夢飛揚。君歸白首無餘事，江照青天送一航。鐙火弟兄相見熱，正余寒夜倒衣裳。

雲南布政使王芥子入覲賦贈 二首

維藩萬里護邊黎，擁節三年祀碧雞。草緑閉關銅柱外，江喧行部鐵橋西。蠻夷月出邀歌舞，城郭風柔靜鼓鼙。安遠最宜張祝在，莫嫌功伐奏璇題。

繡衣持斧鎮潭州，解帶賓筵值素秋。密樹萬鐙圍作伎，清湘千尺照迴舟。歸艎鄂渚青楓晚，移節滇南白日流。石廩祝融煙霧裏，幾能散髮澹淹留。

送弟訏赴杭州後一日行草橋卻寄

汝猶爲客日，吾亦未歸人。復有山川隔，寧同少小親。疏林更下葉，晚陌每揚塵。欲得長懷弭，彌如車轉輪。

得朱子潁書

使君書札發齊州，戰伐新經欲白頭。出涕潺湲哀萬室，獨居威望鎮諸侯。清秋念我狂尊酒，落日同誰眺郡樓？海内幾人功力建，腐儒端合任沈浮。

惜抱軒詩集卷八

今體八十六首

雄縣詠周世宗

世宗北伐志猶勤，山後寧容地剖分。天意自留耶律氏，人心俄變殿前軍。五朝庶見真神武，再世何難嗣守文。反覆興亡無處問，瓦橋關外又斜曛。

平原詠東方生

陛戟千官列，衣冠九尺豪。滑稽通强諫，辭賦變離騷。車就公孫借，家令少婦操。惟羞齒編貝，長對口無毛。

去歲吾邑喪葉花南庶子今秋喪王懷坡吏部皆文行爲後學之師又皆鄉丈人行也道中念之追愴竟日作一詩以寄海峯先生

吾邑平居三數賢，十年風雨地相懸。文章後死能無懼？日月東流逝每然。滄海一笻憑嶽觀，青山千嶂待江船。畢將宿草銘幽墓，止就先生卧短椽。

漫興

故人揖我燕山前，送我來過清汶川。海右青山不可極，中原落日何茫然！牛羊落落散高壠，車馬駸駸誰少年？往來斯世卒無補，俯愧古人青簡編。

朱無逸孝廉自平陰来會賦贈

自愛名山一杖笻，敢言老子迹猶龍？布帆垂拂淮南樹，芒屩來登日觀峯。雲海似於人有約，冰天豈意客相從？憑君欲問平生業，倚聽寒巖夜壑鐘。

題子頴所作登日觀圖

窮臘陰凌蔽暮曛，高巖孤迹此偕君。前生定結名山諾，到死羞爲封禪文。豈有神靈通默禱？偶逢晴霽漫懷欣。卻從元旦官齋静，看掃滄洲萬里雲。

次韻子頴送别 三首

盤盤泰山石，終古不相離。石上雲如蓋，青天多路歧。浮雲將客去，盤石此心知。諒守平生誼，寧無後見期。

海月依巖上，官齋記客來。登樓一俯仰，窺牖共徘徊。盃引千峯氣，心思萬古才。爲留三百字，長對碧雲開。

白髮遲聞道，青山且縱狂。江風清一曲，樹日蔽千章。古哲惟文字，天心豈喪亡。當憂商訂少，暇日一東望。

乙未春出都留別同館諸君

同承天詔發遺編，對案常餐少府錢。海內文章皆輻湊，坐中人物似珠聯。三春紅藥熏衣上，兩度槐黄落硯前。歸向漁樵談盛事，平生奉教得羣賢。

汶上舟中

春風迎我是江淮，岸柳將陰花漸開。盡室相看浮汶去，數山如畫入船來。微波夕照融當面，飛鳥長空近好懷。欲上濟樓呼李白，月澄滄海玉爲盃。

江行絶句

天低兩岸直，風緩夾江灣。樅陽猶未到，已見晥公山。

夏日

空庭朝復暮，邈爾若無依。自顧與人遠，方知近道稀。暑雲檐外盡，晚日竹中微。谷鳥翩翩影，孤翔識所歸。

夏夜

舊讀殘書向几横，新陰鄰木隔牆生。檐風草閣方孤坐，雲月蕉窗度二更。擾攘蚊虻無一影，纏綿絡緯有餘聲。謳吟自覺偷閒便，那比前賢挾勝情。

曉齋有述

盡舍人間事，將求達者機。開軒垂草露，曉日潤煙霏。梧竹清千尺，雲峯碧四圍。不知滄海内，此志孰相依？

泥汊阻風

泥汊絶岸菰蘆風，吹逐白雲如轉蓬。兀兹小舟未可下，杳然叠嶂何當通？一夜寒谿聞落木，萬里長江同拍空。懷抱須向碧天盡，起借漁郎沽酒筒。

宿攝山寺

嚴風洗霧出芙蓉，含冷流哀越幾重。拄杖曙雲驚鳥宿，古碑秋雨讀苔封。交流急澗鳴千步，極北憑江更一峯。誰識風濤鄰咫尺？不妨幽壑自從容。

出金陵留示故舊

又向青谿十日留，依然雙闕望牛頭。交游聚處思移宅，衰病行時愛棹舟。蕭寺風多長似雨，後湖煙澹總如秋。摩揩老眼僧書内，不爲興亡作淚流。

竹林寺懷王禹卿

盤磴上香臺，雙峯倚檻開。江流天影盡，海氣地陰來。左右皆松響，蕭條獨客回。他時君到此，空復憶徘徊。

招隱寺

竹林層檻閣，江水照晴空。杖策來招隱，巖松與澗風。鳥聲含雨細，樵徑隔雲通。便恐鳴泉曲，彈琴值戴公。

江行

夜宿蕭然伴釣翁，曉乘涼月出蘆中。縱横島嶼中流失，繚繞雲煙萬里空。燕尾水分斜渚岸，魚鱗波颭夕陽風。散人隨意江南北，處處青山户牖同。

同禹卿拙齋登木末樓

江邊攜酒送春歸，霽雨登樓風滿衣。賈舶霾雲吹暗浪，佛圖懸日照空磯。故交縱蕩情忘老，寒衲逢迎語亦稀。第一江山容易到，舉盃猶欲盡斜暉。

惠照寺或言古木蘭院也見禹卿於此寫維摩詰經

落盡淮南萬樹紅，晝陰僧院鳥玲瓏。檐含梅子黄時雨，户進新篁緑處風。出世了無香海界，置身休在碧紗籠！鐘堂一飯成遺迹，回首天花丈室空。

雨後

晝陰沈地一花明，裂紙窗前素卷横。展讀未終雷雨過，竹軒梧閣作秋聲。

江上送吴殿麟定還歙

我行江北路漫漫，送爾江南山萬盤。青天落日如相憶，更倚蓮花峯上看。

題二王帖 四首

自斷平生誓墓餘，會稽東去世情疏。無端卻念虞安吉，不似田間種菓書。偶有所感，書此自嘲，勿謂譏右軍也。

寫付官奴論一通，千秋俯首有涪翁。自憐無力收遺本，梁帝何嘗擅折衷？

古人已與不傳亡，優劣誰堪品二王？地下右軍如可作，詎將知己許文皇！

餘杭甥作桓家婦，妙蹟從汙寒具油。忠義有靈應不忝，幾能藏弆託清流。

太白樓

太白樓頭空復空，滄洲晴照碧流東。久傷白髮生明鏡，每見青山憶謝公。萬壑鼪松鳴水上，九秋霜鶻入雲中。不妨無客聞高詠，自有江山興未窮。

燕子磯

臬臬丹崖挂薜蘿，石亭松檜俯驚波。蒲帆從此通滄海，藜杖曾攜眺曲阿。舟楫客逢前日少，江山秋見夕陽多。水雲洲渚還相錯，獨鴈流哀奈遠何？

寄王禹卿

竟日無人至，蕭蕭風雨涼。樓臺憑晚霽，天地正青蒼。思爾西湖去，拏舟春草長。無因聞玉笛，煙月夜琅琅。

答客

鳳城恩近賁新除，鴻漸都升省閣居。楚國多聞推左史，漢臣清望動中書。春深文讌盈金谷，日晏儒林論石渠。盛世彈冠誠欲往，祇憐衰髮不勝梳。

懷朱竹君

學士文章三十年，清修難弟亦稱賢。肯令節似郊祁詘，何必才爲絳灌憐。世態期期求復古，酒懷浩浩欲登仙。一時門下稱英少，誰是侯芭受太玄。

懷陳伯思

壯年車馬劇馳奔，晚節疏慵日閉門。奉粟幾時能飽朔，合尊何處更留髠？室中婢老都無齒，竈下奴清不茹葷。料得涼宵風雨急，誦詩流涕脊令原。

涼階

涼階今夕又飛螢，倚檻風前已涕零。人迹不如修竹影，每隨明月到中庭。

題僧照

少通輕俠老如冰，禁足蒲團學小乘。聞說秣陵前日事，只疑元是六朝僧。

鮑鸞書自歙渡江問業於蒙陋媿其意贈以詩

我如山徑斷行軒，擁腫枝柯大樹存。節目何由能待問？青黃久已謝爲樽。披榛客自非流俗，歧路誰當見道原？共對小庭芳草積，林風吹晚更無言。

敬敷書院值雪

空庭殘雪尚飄蕭，時有棲鴉語寂寥。久坐不知身世處，起登高閣見江潮。

霄漢樓

三十年前登此樓，招攜緑鬢賦滄洲。四山雜樹排檐入，萬里清江抱郡流。過眼雲煙窺物外，凭欄花鳥又枝頭。層軒尚有斜陽白，更就明霞望逝鷗。

春日漫興　四首

春冷江城裏，端居到日斜。閉門生逕草，空砌墮鄰花。亂帙從行鼠，分餐與聚鴉。千生彈指過，何處惜年華？

芳草深春後，高樓擁樹端。一城萋更緑，累日未曾看。江氣浮煙薄，山光抱郡寒。故人猶辱問，數字自長安。

春動彭蠡鴈，蕭蕭正北飛。長空照江水，孤影與斜暉。託處吾將老，平生侶更稀。一聲當檻外，擧首忽沾衣。

絃月藏雲氣，幽庭自夜明。樹疏懸鳥宿，花密照人行。書册催兒誦，衣囊撿婦情。人間紛感觸，何遽見無生。

又絶句 二首

新蕉才展中心緑，芳杏將殘半樹紅。門掩小庭無客到，呼兒相對立春風。

几榻塵生坐不知，一鐙深夜照書帷。江邊春盡瀟瀟雨，空館花開又落時。

自詠

羣賢鼓舞赴明廷，陋巷無車户久扃。已作元龍牀下士，每書子玉座旁銘。故交四海多衰白，何事千秋託汗青？風雪繞窗鐙火暗，更披朱墨讀遺經。

聞河決張瑞書以陝汝道督工没焉愴悼作詩

歲賦長茭築水墉，又聞萬室入波衝。王尊勇竟爲冥死，趙孟儕還謝禹庸。祠廟吏民垂淚過，衣冠先壟想魂從。衰罷媿乏當時用，焉敢熏膏議楚龔。

細雨

細雨餘春尚薄寒，緑窗風定蕙香殘。七年同種階前樹，獨坐花開掩淚看。

留客

高齋西面向澄江，緩酌蘭陵春酒缸。莫厭坐深風露重，宵分圓月始盈窗。

寄子潁禹卿

拔地凌江峙碧峯，水雲禪榻此相從。解衣蘿薜巖前石，倚被旃檀閣外鐘。三客竝知非一世，兩山迴望有餘蹤。太虛爲室時相見，豈爲離憂日置胸。

銷暑

古木陰能大，空牆日亦幽。風絲垂縊女，雨蔓長牽牛。尚友誠多遜，離人庶寡羞。暑窗深竹韻，危坐與神謀。

不寐聞江聲

憶昔乘舟徧遠征，和風惡浪每殊情。同舟死喪身今老，欹枕江聲入皖城。

夏日絶句 二首

數株當户緑交加，徙倚前榮見早霞。忽有宿禽驚起語，露稍飛落石榴花。

牆頭高樹緑雲天，謝盡餘花未噪蟬。掩卷看陰移午後，數聲啼鳥在風前。

夏夜

黄昏急雨夜中收，起見華雲吐玉鉤。久立玲瓏階下影，樹梢風過已鳴秋。

穀樹

牆西生穀兩株連，陰蔽斜陽媚夕煙。惡木豈能妨志士，吾廬何厭聒繁蟬。窗間細響鳴秋籟，屋角新光照上弦。幸假不才居隙地，清風時爲至江天。

感秋

秋草萋萋蘆荻花，涼風嫋嫋大江涯。雨餘墜棗兼黄葉，日落歸禽背絳霞。俯仰羣生同逆旅，棲遲百里亦離家。餔糟晚欲從漁父，倚待亭皋立杖斜。

題畫梅

老夫對客常思卧，誰寫疏枝劇可憐！渾憶揚州喚吹笛，梅花嶺上值新年。

魚門編修曩以一詩送僕南歸今失其稿更向僕鈔取因併一詩寄之

六藝高論玉麈揮，百家楊秉莫能非。欣登雲閣仍簪筆，卻送春艎憶釣磯。再應徵書丞相老，三爲祭酒大夫稀。聖朝擧欲留儒者，豈得歸田志不違。

寄朱二亭

念君里舍會絲簧，獨屏吟詩兩鬢蒼。閉户不知誰與語？向人自謂我非狂。居惟甕牖仍耽酒，行過旗亭就賣漿，送我横江歸艇疾，蜀岡西望幾斜陽？

臨江寺塔

江上浮屠三十尋，半登迴首見楓林。夕陽忽送孤鴻出，暝色將生百雉陰。浩浩東流浮積氣，茫茫後死獨傷心。西風飄蕩蒹葭外，止有滄浪漁父吟。

寄任幼直

昔開金匱集羣賢，花藥春風坐榻連。藏史著書歸苦縣，祠官侍禮在甘泉。羈閑繫馬階前地，悵望飛鴻樹杪天。豈必知音當代少，衆中時一鼓琴絃。

寄孔搗約

岱山樅檜鬱嵯峨，礀户秋風吹女蘿。早厭雕蟲卑入室，遲歸金馬且槃阿。萌芽頗歎言詩少，枝葉惟嫌擬賜多。千古著書非近用，廟堂伊鬱獨絃歌。

聞禹卿以書名上達幾更出山而竟止因寄

王氏風流草隸兼，江東行樂且遲淹。解官誓苦歸元早，合妓情多聽不㦝。家作道民輸斗米，身惟服食乞戎鹽。練裙團扇名皆貴，豈必凌高署殿檐。

哭魚門

魚門素有同居之約，今春聞其引疾，方爲欣然，而魚門旋以訪畢中丞于秦没矣！子幼，才三歲耳。

遇君通籍已華顛，猶見雄才賦百篇。送別議聯元亮井，論文曾許伯牙絃。十年白虎成通論，幾日揚烏與太玄。一入崤函身不返，空聞解紱買江船。

論書絶句　五首

裙屐風流貴六朝，也由結習未全銷。古今習氣除教盡，别有神龍戲絳霄。

筆端神動有天隨，迅速淹留兩未知。莫道匆匆真不暇，苦將矜意作張芝。

雄才或避古人鋒，真脈相傳便繼蹤。太僕文章宗伯字，正如得髓自南宗。

論書莫取形模似，教外傳方作祖師。老去差當捫鼻孔，世南臂痛廢書時。

本是欽崟可笑人，衰羸今況髮如銀。薑芽斂處成何狀？正得嚴家餓隸倫。

哭孔撝約三十二韻

孔夢興疇昔，斯文失在兹。世從乖大義，家尚誦聞詩。舊德誠遥矣，通家願附之。壁中書若授，坐上客何辭？往歲南宫直，東征使節持。鹿鳴君始賦，駿骨竊先知。庾信升朝歲，揚雄好賦時。翰林真不忝，家法亦胡虧？文富韓陵石，書摹鄒嶧碑。談經工折角，好學復深思。海宇承無事，宫庭大有爲。九流嘗秘省，三俊接彤墀。博誦先王語，當求孔氏師。二劉今幾見，後鄭獨勤儀。君作儀鄭堂，嘗乞余爲記。老氏藏書室，儒林習禮帷。廟堂君竟返，延閣士奚資？道德慚途説，文章劣管窺。燕居頻接膝，狂論每無疑。處處同盃酒，殷殷愛履綦。逮聞辭禁闥，先已病茅茨。岱嶽分天峻，江流控地卑。龜陰人去少，舒口鴈來遲。鵩鳥妖斜日，龍蛇在歲支。風流前日會，天意百年期。橘幼靈均頌，蘭摧長史悲。豈教爲異物，真見瘞瓊枝。銘鼎幾先德，沾袍辨異辭。君書來云：「近喜公羊學，方爲之説，未竟。」書成寧餅肆，身泯罷饘斯。適就潛夫論，希聞智者規。九原終不達，一卷更投誰？余以經説寄君甫去，計不及見。髟鬢秋增白，雙髦昔對垂。止餘名篆在，啓篋涕交頤。

寄釋誦芬

瓶鉢相逢慧業兼，碧雲詩法授江淹。離居一夕身衰白，禪悦多時味屬厭。陶令社容耽枕麯，周生室久謝無鹽。卻思半日山光寺，共聽風鈴語塔檐。

答孫補山中丞過港口萬年庵見懷　二首

嶺嶠頻褰問俗帷，流歛夾道擁蠻夷。建牙巨海重雲上，弭節千山落日時。明月珠崖盈近岸，祥飈神廟送歸旗。懸聞諸管環相慰，久識中朝吳隱之。

湘東松竹帶郵亭，十五年前兩使星。鴻翼久迴春水白，隼旟重向越山青。僧堂吟就輿遥夢，麟閣圖成失壯形。我欲更除三宿戀，就公新治乞壇經。

聞香茝兄擢廣東按察使卻寄二十韻

舊德前朝在，傳家後起難。江山留治迹，祠廟足辛酸。兄仕初爲令，君恩每改官。分符臨夏口，建節過閩灘。荒服南溟闊，雄藩列嶂巑。命提中典使，首立外臺端。經術良爲本，科條亦可觀。霜風清瘴癘，蛟鰐伏波瀾。陳氏嘗慚長，諸袁實繼安。公卿終可致，道德在無刊。永憶家風厚，咨嗟獄吏殘，深文堪惕息，考讞極創瘢。昔濫京倉禄，晨趨省户丹。循書黄案尾，默媿惠文冠。隱几今懷耿，中宵每竊歎。政兹褒召杜，道必閉申韓。陳臯雖無陂，推情或未殫。勿憂陳奏卻，翻戒慮囚寛。梅嶺延冬燠，茆檐卧歲闌。公私相望切，引領屬加餐。

詠史

將軍猶駐碧油幢，積石河源未盡降。安定有城名第一，隴西出將每無雙。牧民豈謂非良幹，伐畔何教震友邦。憶昔盟書金似粟，百年金鼓不聞摐。

答客

藜藿粗嘗便閉關，幾看榮謝隔谿山。淹留正爾因衰病，敢笑何公去復還。

大觀亭

中丞祠倚石厓青，杖策秋風更一經。舉目衰林如脱髮，幾人采鞠制穨齡。清江三面舒州郭，南嶽千峯皖口亭。落照横天鴻雁起，獨憑長嘯對冥冥。

黃慎雨景

數椽深壑架茅茨，亂木霾雲出谷遲。忽聽後巖飛瀑急，四山風雨已多時。

李敦庸荷葉雙鳧

落盡芙蓉葉未枯，野塘深處唼雙鳧。貌來合乞忘機侶，曾入煙波得見無？

謝陳勤齋方伯餽紙

已震戎韜靖阻遐，又瞻弭節澤江涯。游思竹素真餘事，分乞谿藤賁物華。身媿詞人居楚國，腕嫌餓隸出嚴家。安能泚筆形周翰，會見褒書降草麻。

懷故學士朱竹君

洛下書生起侍朝，獨陵天地氣飄飄。青雲後進時來附，白髮前交意每饒。中夜酒多猶擁榼，過春花少尚連鑣。卻臨杖節經游地，立望江亭晚落潮。

懷故編修程魚門

走昔雕蟲志尚勤，十年操牘每從君。承吟雌霓知聲病，荷定雞人潤小文。白下退將鄰舍卜，玉堂晚逐少年羣。世間一別逢無日，聞有遺孤未展裙。

唐伯虎墨筆牡丹

兩枝芳蘂出深叢，休比徐熙落墨工。曾向金陵參法眼，了知花是去年紅。

離思

畫角一聲江郭，布帆幾疊風亭。前日故人千里，倚樓依舊山青。

惜抱軒詩集卷九

今體一百十首

寄天柱山人

天柱萬重雲，雲中抗棟棼。巖花稀見客，松蔭獨隨君。浣手旁行字，琴心内景文。坐忘如著論，須與謫仙聞！

入龍眠

策杖向山碧，心清境亦幽。樹陰藏雨漬，花落信風柔。鳥迹交深逕，人家面曲流。寧當容竝舍，終歲記夷猶。

江路感舊

山藏春穀堞，岸折石城船。白髮尋前路，青春似往年。落花江館雨，叢樹縣樓煙。未逮忘情者，臨風故黯然。

野戍

野戍孤無障，停舟此作鄰。連朝江路冷，數點岸花春。白霧離村樹，青蕪向渡人。無從商去住，試禱水祠神。

江路又一首

無復平生侶，重於故迹經。春風吹短髮，江路數長亭。帆遠横天白，山多跨地青。寂寥仍獨往，風浪接滄溟。

寄靈谷僧

自昔居靈谷，終年聽石湍。落花趺坐軟，深樹衲衣寒。孤月胸前指，千山定後看。無緣居士室，暫接問經安。

漫游

東風吹脱鬢毛斑，舉世誰如老子頑？欲抱龜蓍終蜀肆，豈將詞賦動江關？五更竹露聽蕭寺，一逕松風入蔣山。越客偶談天姥勝，相逢倚杖夕陽間。

謝簡齋惠天台僧所餉黄精

衰年不願海山居，願舐淮南藥鼎餘。但使體中還少壯，更偕兒輩向詩書。蒼山旨蓄承分乞，白首飛蓬或掃除。想見赤城霞畔路，長鑱木柄下空虚。

輓陳勤齋中丞

西南地控五谿遐，承詔單車往建牙。出令蠻夷方企踵，從行琴鶴政忘家。山圍幕府秋迴雁，霜落旌門曉聚鴉。故宅但瞻雙戟在，迎歸白旐拂江花。

陶怡雲深柳讀書堂圖

我如枯樹託婆娑，愛見新條發舊柯。往日讀書真恨少，少年如子豈能多？風軒百尺揺陰翳，雲幌千秋對嘯歌。願得隔窗斜倚聽，立深飛絮覆堦莎。

王孔翔香雪梅宴集圖

渡江春盡冬初去，風雪寒山獨閉門。羨殺烏衣衆年少，梅花時節又開樽。

讀書秋樹根圖

秋容自老君方少，昕夕披尋歲月長。不識五車書就日，卻須林葉幾番黄？

孔信夫舍人自揚州挐舟見訪將自此適蘇州章淮樹觀察邀與共觀家伎因作此送信夫

櫻笋成時燕入堂，當軒陰重草初長。共扶白髮三千丈，來看金釵十二行。灩座玉船傾若下，指塗蒲席向吴閶。明朝萍迹都成憶，耳識仍增記繞梁。

題右軍帖

蘭亭衆會獨傷懷，先墓歸誠誓更哀。顯授何嘗較懷祖，扶生或竟遜方回。峨眉汶領終難至，青李來禽尚可栽。我亦年今垂耳順，千秋思若坐中來。

雨夜

秋館蟲吟出草根，倚窗塵榻一鐙昏。瀟瀟半夜龍江雨，知有寒潮又到門。

簡齋年七十五腹疾累月自憂不救邀作豫輓詩　四首

龍飛四載一詞臣，吟嘯江山五十春。莫怪尊前爲了語，當年同輩久無人。

一代文章作滿家，爭求珠玉散天涯。替人未得公須住，天上寧無蔡少霞？

宮闕前朝迹惘然，隨園花竹獨清妍。故墟憑弔終難免，且願從游更數年。

氣聚升爲五色霓，倏然散與太虛齊。海山兜率猶黏著，那更投生向玉谿。

作書戲題

遂良舊日鬚皆白，秘監今年臂更衰。結習欲除猶未盡，前身或是永禪師。

哭孔信夫次去歲觀伎韻君自遺書乞余銘墓

公子聲高魯廟堂，爲余江水遡游長。石銘歸託名千載，玉版前留墨數行。鵩臆怳知從物化，人情未可扣天閶。清樽急管同聽處，依舊烏衣上玳梁。

次韻答毛學博　二首

文家俗見蔀千層，嫵媚誰曾識魏徵？若反清言從正始，便同乳穴復零陵。有源君導如春水，無盡人分是慧鐙。愧我尚爲知解縛，不成得髓自南能。

江北青山隱隔層，今秋豐穀應休徵。東籬正可歸彭澤，左席奚求赴信陵。諸物總非長袖舞，相看各守短檠鐙。初涼好共尋巖桂，拄策僧廊病尚能。

倪學博欲爲設食而僕病後畏酒肉次前韻約爲茶果之會

看花眼霧亂層層，蒲柳先秋信有徵。渴愛旗槍烹似乳，鬧嫌壺矢祝如陵。連朝苓木衡三品，薄晚鹽虀共一鐙。君爲禪房設清供，試拈螺蛤小詩能。

又示客一首

已識西堂合射艱，況教口腹累人間。庚郎正貴陳三九，袁粲何須破八關。明月清風同入座，緑葵紫蓼總開顔。不容更命門徒議，早聽周生諫小山。

秋室漫詠

積痾謝書册，人事亦無關。曠爾一室内，秋聲動遠山。廊依風葉轉，砌繞露花斑。客至希言說，依依久坐還。

隱仙菴雙桂相傳元時植秋時花閙極盛攜客及幼子師古觀之因賦

鍾離真主渡江前，雙桂蜷枝已刺天。南國市朝非曩日，西風闌檻又經年。黄金萬蕊香浮閣，白雪千莖冷覆肩。零落滿堦君勿歎，吾生那得較花堅。

漫游

青嶂連江抱隔闉，此間容託葛天民。垂金花落秋將老，流汞光升月又新。隱几無心從喪我，登山有句偶驚人。每攜笻竹尋蓬藋，容有齊梁迹未湮。

登清涼山翠微亭下重入隱仙庵看桂偕浦柳愚山長毛俟園倪健堂兩學博

亭高碧嶂秋風上，帆出青天曉日時。一攬橫江全楚勢，再尋幽壑小山枝。樓前影擢交龍起，雲裏香薰駐鶴知。賴接數君情不淺，不妨繞樹坐頻移。

次韻同年蔣澄川見懷澄川去夏皖中貽詩今夏始達

江北江南兩岫雲，從風偶聚又披紛。鋤犁久分終南畝，隴隧今傳晢右軍。難得經年通尺素，況期千里合離羣。相望都似秋林葉，澹倚寒山挂夕曛。

毛俟園用僕看桂前字韻作詩見貽因復答之

萬里清江到坐前，又逢佳客九秋天。短筇共散幽憂疾，芳樹誰知偃蹇年？君輩論文推馬齒，世間相士貴鳶肩。止宜不負看花約，自斷平生志已堅。

問張荷塘疾

君抱幽憂卻酒卮，空堂視蔭每同誰？今年青女慵司令，九日黃花未吐枝。欲起毗耶居士疾，愧無天寶謫仙詞。瓦棺閣外江天遠，請眺餘霞落鴈時。

喜胡冠海至

高樹寒陰落掩扉，城頭鍾阜夕煙微。青楓江上人纔返，黃菊花初蟹欲肥。行樂繫錢隨處好，論詩燒燭隔年違。黑頭那易身無事，且爲頻來趁短暉。

天門

草緑濡須口，天青博望門。雲山開四面，波浪急東奔。地有千秋感，人傷垂老魂。頻年逐帆影，幾處認潮痕。

題畫　二首

横風吹雨過林丘，萬片飛雲作水流。倚檻數峯藏又見，渾如天際識歸舟。

千巖雲起壓林低，黄葉聲涼送馬蹄。雨急看山行更緩，野人家止隔前谿。

觀明賢在楚宗室宅詠繡毬花詩卷郭美命首唱凡十九人王夢樓跋尾有評繡毬花詩以宋牧仲爲冠語因題其後

往日東風帝子家，濡毫上客寫妍華。時乖竟值憂危議，春盡難留錦繡花。節概青緗悲志士，文章白髮笑生涯。從游紫柏猶吾願，綺語何煩甲乙加。

答朱石君中丞次韻

衰年薝蔔甫聞香，那得全將六用藏。縱有隨之推老馬，其如後者未鞭羊。使君膏物真時雨，故侶零柯怨早霜。不貴藥珠傳不死，諒公宇定自天光。

天界寺閣遇兩蜀僧

南朝宮闕悉榛荆，尚有旃檀閣未傾。坐看青山圍建業，來從赤脚下桐城。殘英偶爾餘春色，布穀泠然早夏聲。萬里峨眉僧接膝，小窗深潑夕陽明。

送方坳堂解官後將之上江 二首

鎖闈將闢始聞名，夢過春秋二十更。三省最遲麾出把，九州獨許蓋先傾。山當蕭寺時停騎，身付扁舟欲濯纓。我亦舉頭偕衆望，謝公終起爲蒼生。

君與名山宿有期，那應長閉入車帷。好乘腰脚年來健，偏攬煙霞物外奇。僧俗總隨雲水宿，漁樵或與姓名知。故當飽歷人間路，歸見桃花一笑時。

重宿幽棲寺

南山東面最孤騫，拄杖時攀問法源。紺宇中臨千嶂小，黄梅旁出一枝尊。春堦雨歇緣懸榻，夏院陰成又扣門。深洞了無來去迹，只餘石溜滴苔痕。

陳東浦方伯招飲瞻園次韻

前代英雄不可尋，千秋臺榭敞憑襟。攲松立石泠風度，暗草叢花夕照深。官閣留傳多故實，謝公寢處愜山林。酒闌倚檻容吟嘯，無那高垣易夕陰。

次韻答吴竹橋

稱病君真似長卿，我如蒲柳老無榮。文章已謝當時好，止足寧希史傳名。獨立懷人常企踵，相逢狂論復盱衡。清詩泠若臨風笛，吹徹秦淮秋氣生。

題吴竹橋湖田書屋圖　二首

中田有精舍，挾册青林間。起見海東月，流光湖上山。時聞漁者唱，或值耦耕閒。非得忘機侶，倏然自掩關。

君昔辭省闈，余亦卧江濱。山淥垂湖岸，宜容澹蕩人。藏書多足老，資物少無貧。更欲刺舟往，相從忘主賓。

題黟縣朱棨朝望嶽樓圖

記託新安郡，晨朝見畢峯。遥異黄葉逕，多被白雲封。孤往未能決，他年焉可逢？披圖如曩昔，惆悵列巖松。

題李抱犢山人僊枝四友圖

君築巖居積翠重，飄然偶出似雲龍。孤舟乘興行千里，襆被吟詩入萬峯。屢痛昔賢披墓草，自希良友結霜松。歸休梅竹蕭疏裏，風雪余將策杖從。

方坳堂觀瀑圖

泰山北面寒巖谷，曾逐谿聲就朗公。莫道出山泉竟去，舉頭長在碧雲中。

坳堂觀察自安徽返將歸濟南仍入都補官餞之於清涼山

天門赤岸涉波濤，問訊秋來迹已勞。風雨才晴將送遠，江山無際共登高。重來郭伋誰能必？獨立王尊氣自豪。衰眼摩揩瞻事業，何妨萬里縱旌旄。

題坳堂所藏諸城劉文正公手蹟

獨立清修動主知，喟然耆艾在彤墀。後來董令思文偉，誰許王弘繼穆之。竹素蒼茫千載事，丘山零落百年期。寸縑中有平生感，曾共山公把酒巵。

跋汪稼門提刑登岱詩刻

昔乘積雪被青山，曾入天門縹緲間。日觀滄溟猶在眼，白頭明鏡久驚顔。壯才許國朝天近，名嶽裁詩擁傳還。盛藻宜標千仞上，衰翁無力更追攀。

過蕪湖

不見春江際，安知路所經？遠隨煙外席，時逗岸邊亭。鵲尾雲彌白，鳩兹山漸青。更投前港宿，雨勢復冥冥。

四合山阻風

柳枝搖不息，久立望空津。帆勢遥投戍，濤聲故近人。雲光開岸晚，草色澹谿春。安得知言者，披襟志一申。

天門阻風

亂山蟠野合，雙嶂矗雲開。地擁江聲出，天橫雨勢來。輕蓑漁故往，挑菜市都回。老子惟高枕，東西任擊豗。

東梁山僧舍

津濤行復滯，峽嶂路還緣。石壁凌江閣，風林隔浦舡。鶻盤崖樹側，㹠出浪花巔。往迹無儔伴，春陰彌悄然。

復阻風

三月鶯花盡，江村直似秋。陰從亭午合，風挾暮潮留。水氣侵匡上，寒聲在樹頭。長年仍益纜，水宿亮多憂。

烏江阻風

金陵如咫尺，牛首在船窗。棹往彌求速，波來未可降。急風吹白雨，薄暮泊烏江。鐙火連檣底，瀟瀟雜語龐。

楊龍友墨蘭竹　二首

秣陵春盡倍銷魂，紅藥花殘綠萼存。被惱更尋修竹逕，千叢元是畫時孫。

江左風流染翰時，越疆同裹故人尸。風蘭露竹容相憶，寒食曾無上冢兒。龍友殉難時，吾鄉孫武功監軍與之同死。後監軍子收其骨併龍友合葬桐城北楓香嶺，余嘗至其墓側。

爲周期才題春江歸棹圖

如織江帆上下流，無人天際識歸舟。昨來停棹還西去，畫裏昇州似鄂州。

陳約堂武陵泛舟圖

曠懷無染俗情濃，芳樹春流到處逢。喚作武陵何不可？桃源元止在君胸。

憶禹卿在南昌

我憶人間王禹卿，休心總異少年情。青娥玉笛春風盡，朱雀金花夜氣生。揮麈便應通肇論，折釵偶或作顔行。洪州止爲西山戀，便滯南來累月程。

游攝山宿緑雲庵 二首

不見深巖桂，微風谷口香。披雲過石徑，聽澗到僧房。穹壁天容峻，環林地籟長。欲求明處士，偃蹇待斜陽。

叢樹未摇落，寒山已改容。自攜孤杖影，晚下最高峯。燭隱秋聲閣，詩成夜壑鐘。白頭餘健在，幽處欲潛蹤。

最高峯登眺

已上嶕嶢又佛臺，正逢秋霽夕陽開。地窮江海與天際，山自岷嶓夾水來。南國中原同下類，華林衰草幾千回。何當住此雲霄上，長與星房日馭陪。

題汪君試硯齋圖

涵空高蔭氣清泠，黝玉開匳發古馨。蕉葉滿窗苔滿逕，倚楹研綠寫黄庭。

題畫

山遠雲尤澹，江空影最長。秣陵秋易到，不獨爲林霜？

瓦棺寺

招提地亦古長干，圍入南城體勢殘。穿逕石崗隨繚曲，到門風葉颯清寒。虎頭無影存金粟，馬鬣何年出瓦棺？尚有里民矜故事，一成臺上集文翰。前有小阜，民謂即鳳皇臺，側建鳳游寺。

翠微亭

蘭若門中山逕清，攀躋幾折與雲平。排空疊嶂穿城入，鋪地横江隔樹明。天運九秋如有怨，人思萬古到無生。奇文腐草要同盡，何用登高作賦名。

掃葉樓

碧雲垂下大江流，坐倚江城古石頭。丹嶂欲平猶作巘，青楓未落已成秋。三山夕照新林渚，萬里西風掃葉樓。虎踞地形猶在眼，清涼深院發鳴虬。

陳碩士藏管夫人寒林小幅

獨於疏澹著精神，山遠林枯意倍真。借問倪迂嗣誰法？右軍書學衛夫人。

癸丑重九無樽酒之會往問袁香亭同年亦獨居寂然乃邀登雨花臺臨眺至暮香亭有詩和之 二首

六朝建國猶形勝，九日登臺思悄然。故壘蕭疏黄菊節，旅懷摇落白頭年。秋聲城郭千家樹，返照雲霞萬里天。若對江關悲作賦，不如山石解談禪。

君解銅符五六年，逢余黄髮白門前。彈冠舊侣真無幾，策杖清郊尚有緣。俯踞小亭衰草地，仰思高座雨花天。兩翁自愛尋荒迹，豈必龍山會衆賢。

婺源胡奎若藏黃石齋自書五言詩蹟題後

直言瀕死荷戈餘，社稷猶思再掃除。指佞朝廷惟汲黯，存亡時勢異申胥。秋來草没宫門路，石齋將死于江寧時，過故宫門猶下車。見榕村記。夜半鐙寒屋漏書。要識艱危成節概，不隨流俗在平居。

和袁香亭在鄭思贊孝廉宅看牡丹

三月江城泛玉卮，朋簪不異少年時。露華朝暖春應駐，幽檻風微日漸移。興極捲幃看國色，病餘擁毳作僧詩。惟君彩筆猶豪健，合有紅雲捧硯池。

和袁香亭清話

白頭老子尚婆娑，未便空山考在阿。紅藥堦前春事減，沙棠舟上酒情多。衣沾天女花辭去，隙閲奔駒影易過。試就詩人乞禪悦，右丞容即古維摩。

朱白泉觀察以僕往昔訪其先公運使於泰安時所作詩文各一首同裝成卷見示感題

平生交友接龍門，霽雪高山共酒尊。立處不知天下小，坐中衹謂古人存。文章海内亡知己，旄節江東見後昆。留得白頭如夢過，舊書重展落啼痕。

贈釋妙德嘗作老子疏者

上人杭越秀，攜笠到江邊。晏坐苔生地，談空花雨天。道場隨里舍，法性寄詩篇。了悟無人相，何妨解叉玄。

過明孝陵

蔣侯山與故宫連，想見興王作邑年。銀海竟從僧易地，石牀空令女朝天。山青尚似觚棱闕，澗涸曾無功德泉。正是江村寒食節，落花飛絮羡門前。

見諸君作莫愁湖櫂歌戲擬 四首

繁華才過即千春，遺迹荒寒任水濱。復送酒船歌板至，那知中有斷腸人。
春光易盡是湖涯，桃李陰成柳作花。和雨和煙千萬樹，不知誰是莫愁家？
游人散盡漸烏棲，惟有漁舟半隱堤。一曲櫂歌明月上，淒清風露女牆西。

前古煙波後世樓，教人歡喜耐人愁。新詞才子情深淺，付與雙鬟試囀喉。

游瞻園和香亭同年兼呈東浦方伯及在座諸君　八首

自有丹陽郡，何時不勝遊？名園今日會，宮閣累朝留。古意蟠松正，天成立石稠。遠思嘗建力，名字向誰求？

開第從徐氏，元功得賞延。飛龍天子去，喬木世臣傳。室榻神疑在，山亭迹邈然。時將青簡事，回憶綠尊前。

儒者資爲政，維藩見節旄。阜居憑井邑，清氣擁林皋。暇日聊陳醼，臨風一染毫。石梯摹蜀道，往迹念仍勞。

高軒開夏氣，幽檻剩春花。蘿翠升還墜，松聲壯不譁。褰衣穿數曲，當席眺千家。未覺淹留久，江天送落霞。

山遠良難步，江空遽易臨。無如三畝近，不厭四時吟。苔藉幽人履，風披牧伯襟。寧如羊叔子，感慨畏幽沈。

諸君羅俊藻，野客與追陪。地下魚爭出，天邊鶴亦來。朱顏今已過，笑口古難開。豈恤狂言發，頻當覆酒杯。

畫手有袁張，同時并擅場。筵前交履舄，海内各文章。雅集圖如就，裁詩墨盡香。祇憐才盡者，偏畏孽㠑長。

夙願鍾陵下，茅茨架薜蘿。卜鄰人有幾，小築計云何。地異官齋闕，朋隨風雨過。耆英真可會，山似洛陽多。

送李嵛生歸揚州後卻寄

論交談藝氣飛揚，清夜纔邀共舉觴。楓葉江天舟檝杳，桂華樓榭雨風涼。悲傷短髮秋三月，淪落高才水一方。計日賁來還有約，糞除東序布藜床。

懷祝芷塘

聞住華亭四五年，東風輒爲望江船。料應玉貌今衰醜，卻誦清詩轉妙妍。地上朋儕餘有幾？天涯風雨颯無邊。白頭垂憶平生事，更寄傷情到海壖。

江南榜發同居諸友多被落感歎成詠

九日明朝至，千山秋氣來。江南悲送客，雨際罷登臺。旅館須躭醉，風帆且緩開。誰憐黄菊節，多滯白衣才。

有懷雒君

秋陰不成雨，黯黯望空津。楓落初寒水，帆行失意人。山林違遠性，書筴逐羇身。安得將尊酒，相邀慰此辰。

毛俟園倩樸山道人設素食於隱仙庵見邀同袁簡齋浦柳愚金麓村陶讓舟王柏崖馬雨耕門人朱珏同游其時桂花甫謝率詠一首

野蔌烹香進舊醅，鶴儀道士住蓬萊。青山曲曲藏修竹，紅葉莖莖暎碧苔。孔蓋蔽空雙立桂，龍腰偃地半枯梅。清風又引羣賢會，何必花時逐衆來。

別治三　二首

日月雙輪邁，文章一管窺。劣容留後死，敢謂使先知。求子才寧易？從余志亦奇。深山有神會，何異接披帷。

秣陵城外水，空遠動離心。楚澤同津去，歸帆隔浦深。秋風吹短日，江霧蔽長林。孤唱中流發，寥寥無賞音。

洲上見桃花

荻芽初出麥莖寒，中有江桃作意丹。開落年年天不管，夕陽洲上獨來看。

祝袁簡齋八十壽時方送小郎就婚湖州 二首

春風鳩杖挈佳兒，棗栗盛筓共壽卮。樂事天教今世獨，才名人作昔賢疑。分司且遂休官早，柱史從留食乳遲。會見小倉編後集，較多盈萬渭南詩。

先生築館冶城隈，壇坫爭趨末座來。司馬從官嘗雨立，元戎小隊及花開。後堂弟子聞歌管，西邸英王致酒桮。此日壽登誰不慶？早詢安否遍中臺。

送香亭重赴嶺南

昔君溟海我燕京，萬里相逢建業城。草緑冶亭同策杖，花明江閣擁彈箏。東山未可留安石，南越重須見陸生。又送離帆天際望，自垂白髮入柴荆。

重游隱仙庵並詣古林律院承諸君和僕去歲詩韻見示因復繼和三雲通守四十矣前見其貌似年少因以入詩今知其誤故復以詩解之 二首

殘花猶未墮蒿萊，拄杖濃陰踏逕苔。魚鳥都於吾輩慣，江山轉憶昔人來。觀空應叩鋪金地，遣累頻斟釀玉醅。歸把清詩慰岑寂，一庭繁雨綴青梅。

江城朗見玉山來，當座朱顏發緑醅。流轉光陰速輪轂，飄蕭花絮付苺苔。黑頭子豈輸王簿？秃髮余真似賀梅。四十功名非便晚，會看風引到蓬萊。

賦得謝公墩

昔聞謝太傅，登眺此江東。宰物仍高韻，清言見道風。早齊東海德，晚配始興功。曹植詩多怨，羊曇慟復窮。閭閻葵扇在，煙靄石城空。遠想非無士，從游詎有公？一墩當水白，三月落花紅。更作書生詠，青山夕照中。

香亭得雄於其去歲所失小郎有再生之徵一詩爲賀兼以識異

普門大士感修熏，福德兒重乞細君。正似吾鄉張太傅，再招東晉大將軍。張文端太傅母，始夢有異人自稱王敦至其家，生子名敦哥，數歲殞。母慟甚，夢異人復至，曰：「吾終爲夫人子。」遂産太傅，名之敦復。太傅長，遂以爲字。金環乘穴真堪信，老蚌珠胎倍可欣。逸少諸郎他日貴，不妨小者最超羣。

次韻答朱二亭

遼闊江山又值秋，企余猶限水悠悠。文章我欲從障瓿，筋力君堪較上樓。風雨白門尋史傳，丘山黄土想朋儔。幸餘秃鬢人間老，那不相思一命舟。

題朱涵齋都統便面洛神兼臨十三行 二首

誰識傷心賦洛神，每思千載一天人。持將便面西風障，卻愛淩波韈下塵。

都統丹青秘殿儲，偶傳斷箑亦琳璵。正如大令多兼擅，烏犍牛成便作書。

題李孝曾海上釣鼇圖 二首

東方無盡是虛空，惟有扶桑日出紅。釣罷六鼇無一事，海天吹淡釣絲風。

人間得失爭蝸角，末俗榮華看葦鳩。但使胸遊天地表，海鼇何異瀆中鰍。

惜抱軒詩集卷十

今體九十三首

過程魚門墓下作

憶挈柔毫就石渠，春風花藥襲襟裾。隨珠荆玉多奇士，金匱名山見異書。霄漢幾人成今僕，滄洲吾道在樵漁。獨君埋骨青山隧，長鬣松呼似識余。

送江寧郡丞王石丈運餉入蜀 　珊座師王文莊公之子

使傳驅天府，家聲長地官。書名留御墨，急病在衷丹。行受專城寄，寧辭報國難。天從秦嶺窄，身入棧雲寒。轉餉千峯裏，傳餐萬木端。才猷經事大，體骨積勞安。憶昔趨階序，初欣見羽翰。山丘嗟歲往，風義值江干。短髮飄藤架，長歌共藥闌。亭皋春寂寞，閣道路巑岏。涼燠車中換，情懷事外寬。吾衰君自壯，談笑去征鞍。

題夢樓集

與君交久無如我，並到頭童白頷髭。事業銘鐘都未逮，林泉投紱卻非遲。燕關秋氣聯吟袂，江寺潮聲接卧幃。五十年間都憶起，一鐙廿四卷中詩。

送陳東浦方伯自江寧移任安徽三十二韻

衡嶽羣舒地，横江六代都。風煙通上下，民俗别荆吴。駐節方從化，移轅有待蘇。生申元四國，借寇豈私吾？白下公初莅，黄中信早孚。從容又禮樂，談笑奠江湖。小察羞誇智，訏猷始作謨。五年休息意，四境蕩平途。愛士憐彈鋏，知音辨濫竽。古風宣䕶夏，僞體闢榛蕪。豈以文妨政，真看效是儒。甘棠方芟舍，瓠子計搴芻。天語褒丹鳳，人心縶白駒。皖公先在望，泗上且須臾。四載俄安宅，雙旌遂載驅。同州淮海合，分省井疆殊。作伯臨諸帥，投閒有一夫。登龍慚郭泰，伏鵠媿南趍。江遠林烟澹，霜初岸草枯。遠偕迎竹馬，近即送檣烏。回首思鄉郡，傾心仰大鑪。土風兼俠武，鄰域急軍需。狗有生毚逸，人無佩犢粗。依仁諧衆願，舞德況微軀。劇邑將辭醴，歸村更飲酺。瓶開惟説尹，襁負共將雛。九派潯陽會，千峯天柱孤。詞源瞻几杖，坐上又醍醐。此歲娵訾口，他時北斗樞。旬宣寧楚尾，羽翼上天衢。業廣同環海，恩周詎向隅？形容羣作頌，傳詠慰吳歈。

寄袁香亭　時爲墺門同知

同歲書生盡白頭，異時江國共登樓。蒼茫身世餘孤策，歷落山川又九秋。雲出易迷巖曲岫，鴈飛難到海南州。卻聞壯事猶能作，談笑吳霜拭佩鉤。

題王麓臺山村扇面

谷口停舟傍石林，幽人猶隔幾重岑。濛濛山氣將爲雨，待長谿流二尺深。

偕陳渭仁吳子見朱引恬南濱游攝山宿般若臺院次日邀釋卓羣入寶華山　五首

九月寒初未擬還，江南草樹正斒斑。短笻慣識青巖路，白髮重攜向攝山。

萬葉霜凋變錦叢，雙巖金碧擁行宮。宮門右畔谿橋石，竟日涼飇響墜紅。

密樹陰沈般若臺，珍珠泉映井天開。蕭條彌勒龕邊宿，一夜横江風雨來。

路掩青山舊孝陵，村零黃葉古江乘。騎驢共踏秋風裏，新識南宗小院僧。

雞犬民家帶柘桑，誌公人説出東陽。寒山一往無尋處，卻見鷹窠是道場。

慧居寺 恭閲三朝御書

獵獵霜風拂袂斜，偶攜僧裓入峆岈。山蟠句曲横青靄，樹自深巖上碧霞。霄漢奎章藏鷲嶺，人天法會憶龍華。白雲蒼狗塵寰感，也到空林釋子家。

寄吴殿麟 聞其里人欲爲舉孝廉方正

天都山下結茅茨，閉户盤桓自命著。弟子三千周士貴，公孫五十漢徵遲。朝中筐篋將更策，天下文章要起衰。聞道洛陽才不世，吴公第一始深知。

鷲峯寺

寂寂青谿水，蕭蕭祇樹園。江潮春入郭，海月夜當門。銀杏風前活，寺有銀杏已死，今復榮。金容世外尊。殿中佛像，傳猶江總捨宅時造，金色獨異他像。陳隋銷落後，來聽道人論。

葆光寺

一徑循修竹，高低杳靄間。秋風深院桂，寒色寺門山。龍象來居少，寺無方丈僧。鴉烏暮語閒。故人餘隱迹，孤杖此追攀。方坳堂嘗避喧于此。

報恩寺

江上來興甲，宮中失委裘。升朝君難靖，建刹母恩酬。風物長千古，雲山短髮秋。浮圖三百尺，陟級望滄洲。

南唐

小朝偃蹇大江東，煙月流連六代風。建業文房收寶笈，清涼法眼啓琳宮。帝都執玉才嫌後，天塹浮橋已架空。一聽大梁春夜雨，最思花是去年紅。

龍江阻風

紫金山外俯羣巒，白鷺洲前木葉丹。十月清霜天地肅，一江空水古今寒。往來未定秦淮宅，冷落唯投大澤竿。坐待暮天霞作綺，吾生何處不盤桓。

憶慧居寺

九閏初鴈在江南，一詣靈山杖策探。殿角夜明升鷲嶺，鐘聲秋發過龍潭。歸攜衣袂烟霞染，迴望雲關石樹參。料得老僧居絶頂，峯坳時見度風帆。

歸舟

風起横江晚未休，躊躇山下送歸舟。遠天青白依依日，近樹丹黄颯颯秋。早歲經過忘故迹，百年死喪憶前儔。老翁萬事投空寂，只寫清詩處處留。

過黄陂湖

離家百里泛晴川，遲速吾心總曠然。澹淡風揚初日上，高低山匝一湖圓。連村黄葉叢叢霧，舉櫂滄波面面天。好景一過須記取，擬同兒女話鐙前。

自嘲

冬烘老子木棉裘，苜蓿盤邊與古謀。曳踵車輪良病緩，拄頤劍首正嫌修。雖讐七略無藜火，未證三幡愧苾蒭。儒佛兩家無著處，祇將黄髮邁時流。

嘉慶丁巳三月十六日阻風於繁昌三山磯因游三華庵庵爲僧山若建山若傳爲明進士楚人不知其姓名國變後爲僧塔在庵左側 二首

青山緣曲逕，紺宇帶修林。江影高軒覆，花光小閣深。峯巔横落照，門外澹春陰。不厭風潮阻，頻爲淨院尋。

勝國傳遺老，開山託巨磯。三衣藏服辱，一鉢寄餐薇。名姓塵寰滅，波濤過客稀。祇聽松竹韻，三歎出巖扉。

寄李雨邨 調元

故人與我尚人間，曾傍金羈玉筍班。地勢風煙難蜀道，天涯雲水各江關。偶將文筆傳消息，竟謝簪纓孰往還？衰鬢不妨論事業，發揮潛德又誅奸。

題畫 二首

深谷高巖寺閣扃，蔬林谷口見谿亭。亭中恐是龐居士，坐對無埃山四青。

未凋林碧發梅紅，石壁天齊岸勢窮。摇艇更深何所遇？武夷君在白雲中。

題夢樓集

春雨高梧灑夜涼，夢樓詩卷伴虛堂。未知他士堪看否？我自微吟欲斷腸。

題韓魏公早朝像

當年秉笏獨書思，每進鄰陳父子詞。逮託北門榮晝錦，永昭陵遠夢罘罳。

王文成公像

餘事功名到五谿，室家累世輯羣黎。除將道統千秋重，我更傾心爲鼓鼙。

宋人水殿圖

金波鳷鵲麗秋光，高下空明水一方。天淨不知河漢轉，玉階風露覺新涼。

趙承旨天寒翠袖圖

冷落山花間竹竿，誰言空谷異長安。態濃意遠無人見，自倚天風翠袖寒。

王太常雨景

沙上浦漁歸，煙際村林閉。風雨黯成昏，湖山轉清氣。

將會夢樓於攝山道中有述

太平門外雨初晴，又聽新蟬第一聲。轉轂年光逢小暑，夾衣天氣似清明。山雲近作迎人態，僧院歸如返舍情。未死故人重執手，舉看藤杖一枝輕。

別夢樓後次前韻卻寄

送子拏舟趁晚晴，沙邊瞑立聽橈聲。百年身世同雲散，一夜江山共月明。寶筏先登開覺路，錦箋餘習且多情。饅頭半箇容吾與，莫道空林此會輕。

次韻贈左蘭城

我似穎陽尚美晴，子如雛鳳發新聲。殷勤老馬途頻問，高下精金市自明。共案八關尋至味，聯牀三宿係餘情。屬將道域深攀援，更覺文章小技輕。

題趙雨亭出關圖

葉君中子謫伊犂，趙與有舊，省之。葉没，又往致其柩歸。

冰雪天山照往來，懸旌四見玉門開。尊前渥赭顏如昔，身是唐朝老萬迴。

秋至

積雨晴時風滿襟，夕陽空院落疏陰。暑過秋至關誰事？付與寒蟬樹上吟。

自海峯先生喪十餘年甯不至樅陽今年自江寧循江西上過其故居不勝追愴乃作二詩

往時四海一衡茅，頻使升堂命酒肴。輕許便當人俊傑，高言寧計衆譏嘲。寥寥空宇今羅雀，兀兀荒臺古射蛟。草宿重因天下痛，百家新學總謠淆。

樅陽山市枕江濆，何陋廛闤只爲君。此日羊曇重下淚，百年端木永離羣。霜風激激圜亭水，天日昏昏大澤雲。正是平生停櫂地，招魂當復細論文。

松圓老人小景

荒寒空水夕陽流，落鴈聲遲近荻洲。識取松圓詩裏畫，秣陵天遠不宜秋。

松圓谿山亭子

半依平遠半巖扃，雜樹逢秋一半零。入谷未深林未密，拈來詩思在谿亭。

入山

雪餘冰泮日華清，試向寒山託漫行。曳杖穿林逢客少，解裘登嶂覺身輕。丁東石溜巖幽出，層疊嵐光樹上明。取作分司隨口句，驚人無復謝宣城。

徐半山桂

已將僧裓謝塵緣，猶有深情拜杜鵑。極望湘南天更遠，秋風零落桂連蜷。

仇英熏籠宮女手持團扇

梅萼香薰靜女旁，熏籠煗倚意寒涼。懷中不合時宜在，愛詠齊紈冰雪光。

輓袁簡齋　四首

早應詞科稱玉堂，出臨大邑見文章。流傳政牘吳歈裏，得助詩才蔣阜旁。官罷買田如好時，身亡起冢在桐鄉。祇憐行樂平生地，門掩西州澹夕陽。

文集珍傳一世間，兼聞海外載舟還。千篇少孺常隨事，九百虞初更解顏。竈下媪通情委曲，硯旁奴愛句斒斑。渾天潭思胡爲者，縱得侯芭亦等閑。

館閣江湖並盛名，胸苞今古手持衡。當關報客無朝暮，下筆噓枯有性情。羣輩角巾從郭泰，公侯小巷候君卿。希光時彥今多少，籠溷辛勤悵賦成。

半世秦淮作水嬉，沙棠舟送玉簫遲。錦鐙眈宴韓熙載，紅粉驚狂杜牧之。點綴江山成綺麗，風流冠蓋競攀追。煙花六代銷沈後，又到隨園感舊時。

嘉慶戊午二月十一日攜持衡偕左良宇叔固張侍喬晴牧素從同游雙谿四子留宿山中侍喬及余持衡暮歸憶去歲是時亦與諸君游集於此因作 二首

千嶂龍眠碧玉圍，雙谿蟠遶玉龍飛。圓隄松響交山閣，曲崦花光照磵扉。青草已埋黃閻骨，絳霄還振素流衣。衰羸幸與年年會，昏黑猶嫌早命歸。

此邦曾住李公麟，何處山莊問翠筠？衆壑莫如今據地，四朝誰問昔時人？龍眠山甚廣，然莫佳於太傅墓前，疑昔山莊即此。雨過澗漲多新響，崖闔林開別貯春。玉局黃門徒對晝，吾曹差勝得身親。

寒食雨

細雨泠風日夜催，陰沈庭户長莓苔。山城樹底花頻墜，關路淮南客未來。三月晚春悲老物，百年後死待奇才。坐看暝色階前合，北嚮寒空數鴈哀。

哭錢侍御灃三十二韻

能國泠君子，平時讓俊民。九苞鳴大夏，一鶚降秋旻。士盡歸遺直，朝方賞諫臣。如何孤有德，終歎百其身。家世昆明遠，聲名上國珍。青編先珥筆，白簡奮當仁。受詔乘軺急，當官襆被貧。九流分混汙，三族責頑嚚。始使清流重，終教惡女嚲。遷官依日側，持節度江濱。魯酒師圍趙，曾參罪惑親。湘東辭樹蕙，滇海卧誅榛。脫穎賢名舊，聞絲帝念新。雲霄重起翼，風雨又司晨。授命官何擇，賢勞事不均。更生徒禁闥，長孺是前薪。心苦非搏石，言高觸秉鈞。苟無光日照，蚤與魑魅鄰。被薄焚香夜，盤空翦韭春。孤危仍不恤，溘死又誰論？節概今無兩，文章古與倫。廟堂虛讜議，館閣重詩人。昔試儒家法，招徠觀國賓。登茲一片玉，忝作九方歎。晏笑鋪筵會，潺湲擘袂辰。江湖漂擊櫂，霄漢望拖銀。遠慰空庭目，時烹尺素鱗。病羸增復減，兒女學兼姻。任道誠無負，論交亦有神。祝雞從廢墜，乘驥又邅迍。宇宙宏才少，風霜往迹陳。蒼生卒何望，青史豈終淪？

題宋院畫林檎孔雀

風舉高枝露葉乾，明花暄日鳥情歡。世間好處憐儔侶，翠尾張屏盡意看。

張呂環選勝圖

何處龍眠勝？無如太傅墳。嵐光千嶂合，泉響四邊分。前月吾行至，春風鳥獨聞。只憐烟月暝，幽絶不逢君。

謝蕴山方伯得晉永平八磚以爲硯作寶硯圖圖中三子侍

琢磨新試麝煤烟，委卧荒榛幾歲年？匣硯寶貽安石後，甄泥事在永和前。列階才已成三秀，入院聲應嗣八磚。便爲越中誇故實，不須零瓦問甘泉。

𩁹姬靈澤夫人畫像

壻維大耳紫髯兄，螓首帷中與論兵。英氣不隨興廢盡，危磯時蹙怒濤聲。
中興天子得成家，撫鏡佳兒祀麗華。原廟一甎霜露冷，不如蘋藻奠江涯。

汪蛟門少壯三好圖康熙間題詠數十家今藏秦編修敦夫處屬題其末

世間嗜好總雲烟，差有風流翰墨傳。長卷展窮階蔭轉，强將衰病附前賢。

題釋果仲詩

慧業何嘗不可珍，研思處處鬬清新。寒山拾得誠難企，正作人間休上人。

祝芷塘同年惠書併以新刻詩集見寄復謝

浩蕩君才江漢浮，魚龍沙石盡從流。豈徒小我吞如芥，更使前賢放一頭。集鳳文章遺舊省，垂虹煙水澹新秋。圖書跌宕應忘老，莫爲悲傷歲月遒！

查篆僊淳於揚州訪得其叔二瞻墓荒翳幾盡爲修整種樹立碑旋獲二瞻舊硯於僧舍自紀以詩屬繼作 二首

一團紫璧墮僧扉，無復蛟龍引墨飛。百歲白虹重吐氣，更從濡染瀉珠璣。

形骸石硯孰爲親？一卧荒郊一几茵。梅壑有靈應附此，諸孫門内接詩人。二瞻號梅壑老人。

爲胡雒君題説經圖二首圖三人一雒君一錢晦之一陳仲魚

遺經殘缺在人間，已墜斯文不復還。一髮千鈞餘傳説，九州三子尚追攀。孝廉郡國同推舉，吳越溪山共燕閒。若使老翁參坐論，頻遭奪席也欣顔。

聞名吾未識錢陳，應是東南兩俊民。最憶半生同硯席，獨誇胡子出風塵。文章經術元同貫，塤屋徽車總致身。他日聖朝論白虎，三君誰是著通人？

蘇州新作唐杜公白公宋蘇公祠於虎丘嘉慶戊午八月鼐及陳方伯諸公遊宴祠内作四絶句

柁樓吴越壯遊年，遺佚編詩歷下前。惟有高祠照寒水，文章千古寄雲烟。

文采風流並世芳，蘇州德業獨難忘。澄波五宿渾兒戲，政使微之羨此堂。

端明過迹亦怱怱，遺像高樓醉面紅。記取樓頭看塔影，小山叢桂正秋風。〔獨餘叢桂小山幽〕，東坡爲虎丘詠也。時祠前桂花極盛。

草堂橘刺藤梢裏，官閣清香畫戟中。繼蹟白蘇賢將在，老夫乘興便遊東。

穹窿山真一觀

山前雨歇日初升，盤道穿松出霧登。匝地湖光連海曲，垂天雲影落吴興。遥遥上古思蟬蜕，澹澹秋空縱鳥憑。周覽便辭高閣下，幾時重宿看神燈。

鄧尉

盛衰人事總無常，鄧尉梅枯半作桑。賴有山川長不改，倚欄依舊見漁洋。

古柏庵

高榦枝稀似立虬，裂柯横草翠還抽。七株嘉慶三年看，更歷人間幾百秋？

石湖草堂

昔爲祠宇記，今訪石湖園。烟水長如此，風流向古論。堂開懸石趾，潭隱曲巖門。滿谷芳幽桂，虬枝誰與援？

楞伽寺

上方雲氣上，寺塔上方巔。杖策層層石，凭欄面面天。翠華嘗駐此，丹閣故依然。吳越吾初到，微茫眺海壖。

東浦方伯邀與同遊西山偏覽諸勝歸以二詩呈之

南北吳山又越山，排雲點黛洞庭間。乘舟秋水天空闊，拄策高巖徑曲環。石谷漫泉斟乳液，琳宫殘碣剔苔斑。歸來夜夜餘清夢，攜得烟霞到市闤。

海内詩才各長雄，幾人真嗣浣花翁？草堂鵜鴨聊宜我，碧海鯨魚卻付公。松石相看懷舊日，烟雲同泛又秋風。極知老遇斯遊最，便腐柔毫寫未工。

謁德馨祠

先人莅政浙江潮，廟貌湖山鎖寂寥。近日守官新檻楯，百年父老戒蘇樵。青編史傳悲思極，白髮秋風道路遥。遺像幸瞻垂老日，獨慚無狀負登朝。

登松篁嶺酌龍井泉與吴江郭頻伽朱鐵門及持衡同遊及暮乃返

天宇青蒼秋氣悲，松篁嶺上拄藤枝。西湖烟景當巖下，北宋風流似昔時。龍井甘泉長不滅，虎溪送客竟何之？幸逢佳士聊盤倚，悵望西林隱半規〔一〕。

〔校記〕

〔一〕「悵望」，叢、備作「月上」。

虎跑泉觀東坡詩刻

神功虎穴作龍湫，乳竇杭州與潤州。一勺寰中尋廢寺，廿年招隱記閒遊。才誇新句蘇夫子，已誤前身戒比丘。飲罷清甘應有悟，高巖風葉墜當頭。

城隍山

秋風吹蕩亂雲開，曉踏吳山頂上來。左右江湖遥會合，東南天地此徘徊。宋宮衰草烟中白，滄海驚雷勢盡迴。都邑且誇今日勝，趾前城郭抱樓臺。

曉過蘇隄作

蘇公隄畔緑烟堆，行上澄波似鏡開。秋柳霜風餘旖旎，水亭金碧略傾頹。浙東峯影遥空見，湖外鐘聲四面來。更入南山深處住，擬將淨社結宗雷。

將去杭州項秋子墉邀餞余及持衡於其宅同會者孫心蒔侍講效曾孫貽穀觀察嘉樂潘蘭垞道長庭筠以一詩留别諸君

絶境東南偶杖笻，西湖十卧寺樓鐘。無邊風月隨千里，不盡溪山任萬重。樽酒偕來尋舊夢，雲帆何處計前蹤？世間那有長相對，留語天涯慶此逢。

戊午八月廿六日過蘇州忽忽一詣虎丘後二十五日自杭州回與馬雨耕及持衡重往竟日登攬因題八韻

虎阜前朝寺，蜂房四面樓。檻前山杳杳，巖下水悠悠。負海帆斜出，生烟郭正浮。地標鈴塔峻，天納劍池幽。捨宅希塵外，開堂問石頭。樹凋吳苑緑，雲是晉時秋。一慕莊嚴界，重經澶漫遊。不隨零落候，金粟爲余留。

別張慕青吳竹堂兩同年

此身千里一飄蓬，來值姑蘇兩寓公。宿草堆中思故侶，菊花樽畔賸衰翁。各隨腰膝尋山好，莫苦心脾索句工。盡醉便將孤棹遠，胥江西上水浮空。

無錫贈王錫公

吳山秋色舉杯前，各醉人間七十年。一別相逢應更少，只今同酌惠山泉。

宗人無錫半塘令君置酒寄暢園漫成一首

九龍山下好園林，雲物秋來澗户陰。迴棹江湖孤客迹，舉杯風雨故人心。青蒼石樹淩空色，隱見巖泉注壑音。此地買田陽羡近，總將遺跡付登臨。

丹徒值雨夢樓邀挈持衡及江鳴韶同遊焦山登東昇樓

滄江僧榻壓龍宫，二十年前一宿同。偃蹇青山長待我，飄蕭白髮又乘風。檻前萬頃淩天外，樓上千生説夢中。何事驚濤翻急雨？苦將悲壯撼衰翁。

題花塢夕陽遲圖

誰辨韶光速與遲？無情有態問花枝。分明羲御長停處，正在淩雲一笑時。

張惺齋見示先贈侍讀公西阪草堂集輒題一首

數卷清風迴出羣，正如縹緲敬亭雲。宣城古是詩人地，張氏才多奕世聞。踰嶺奇遊蘇玉局，登樓傷别杜司勳。通家獨恨升堂闕，聊比中郎誌郭君。

方坳堂昂以巡道提調南闈被詔擢貴州按察使僕適遊吴越逮其出闈不及祖餞以一詩追送二十八韻

千山百越郡，萬里五溪源。地遠開都會，才難任翰藩。皇仁同近輦，使者命乘軒。道在儒生勇，人依執法恩。繡衣將日月，襆被共朝昏。一夕朝青瑣，三年住白門。帝咨方略盛，民戴德風温。涕泗秦淮水，徘徊禁掖垣。遄歸期仲甫，急病且臧孫。帆泝三江上，塗窮五嶺垠。秋風彭蠡鴈，落日洞庭猨。志壯行無繫，時艱事有原。楚郊嗟獸駭，蠻洞聚蠭屯。太乙迴西指，將軍據右尊。風雲霾戰壘，歲月未櫜鞬。封事參降畔，夷情雜詐諼。喬良今屬汝，頗牧不須論。辱好如昌歜，瞻風接芷蓀。烟開江總宅，草長謝公墩。半榻棲荒寺，聯裾訪廢園。極知東壁蟋，豈偶北溟鯤。適越才開艇，興賢正閉闈。盤遊淹帢履，情好隔篴塤。想像登車節，乖違祖帳罇。丈夫矜大志，兒女謾銷魂。國伐書金鼎，田家醉瓦盆。所欣光事業，非僅賴平反。寄望天涯路，因歌江上村。

阻風三山夾因偕陳碩士及兒姪遊三華庵庵内牡丹頗盛而僧不知惜也

巖松塢竹俯江皋，小檻憑虚散鬱陶。南障近圍春穀縣，東風遥送廣陵濤。堂無鐘梵從僧嬾，徑有苔蹤記客勞。冷落國香聊與慰，午晴扶向石臺高。

又寄方植之一首

草青雲碧接孱顔，一徑深林記共攀。步屧只如前兩歲，停舟仍在上三山。巖空松響含風急，春盡花枝著雨殷。寄語閉門千帙畔，夢魂曾否到江關？

哭陳東浦方伯三十二韻

自古思賢傑，因時各長消。孤生情易感，偶合興嘗饒。老我依經肆，逢公駐使軺。一從捫蝨話，屢歎阿龍超。九牧分滘霍，三江帶射洮。憂勞中野瘠，甄鑄在城佻。移轉天書重，周流水國遥。紫闈遲覲履，白旐促歸鑣。士尚宗三肆，民懷奉六條。縱非情合契，應惜韻孤標。昨歲舟同載，秋林葉始凋。登臨雲漠漠，唱詠水迢迢。山勢蟠吳越，天風送汐潮。援毫肯賢墓，解帶野僧寮。文字鈔榛碣，泉源酌木瓢。乾坤孤過客，今古一終朝。北闕求衣切，西垂擐甲勲。殷憂分聖代，得佐豈虚朝？未竟銘鐘鼎，徒思芨琫瑶。龍髯雲去路，鶴語雪寒宵。秦杵俄停相，虞廷正罷韶，滄洲波浩浩，空宇氣寥寥。六代煙霞郭，三春士女撓。神徠靈雨冷，迹在緑蕪蘇。車斗容凡物，堂階切久要。敢云當虎眂，深辱好蟲雕。江月今弦魄，吳帆舉過船。出迎周士拔，哀和楚巫簫。貽厥爲箕近，恩斯作室翹。故人留白首，賢子尚青霄。盡此平生痛，從今道路遼。陳詩動冥漠，帷帳颯風飈。

孫淵如觀察星衍萬卷歸裝圖

自興雕板易鈔胥，市册雖多亂魯魚。君自石渠緍七略，復依官閣惜三餘。世推列架皆精本，我願連牆借讀書。政恐衡山承召起，牙籤三萬又隨車。

惜抱軒詩集後集

古體四首

九客圖歌爲王鎮之中丞賦

九客者：編修歙程晉芳魚門、工部郎昌平陳本忠伯思、禮部郎仁和沈世煒南雷、檢討歷城周永年書昌、潮州知府錢塘景江錦瀫江、御史興化任大椿幼植、御史昆明錢灃南園、御史豐潤鄭澂秋浦與今安徽巡撫井研王公汝璧鎮之，於乾隆壬寅、癸卯間，同聚京師，作是圖。

人才最盛乾隆時，磊落九客鬚眉奇，中丞示我使我思。伯思少日吾早識，繼識魚門與幼植。官於禮部遇沈郎，錢君吐文五色章。我見奪目貢玉堂，是年因識周書昌。景鄭兩君吾未見，但聽聲名知國彥。我去燕山歲月侵，江邊再遇沈與任。後來但聽懸歸旐，一別天涯涕淚深。惜哉諸客今零落，萬里秋風餘一鶚，中丞獨立淩江郭。當年九客居京都，寫摹同氣爲之圖。圖内中丞方盛壯，今日霜華凝鬢上。況復衡門老禿翁，夢寐平生惟惻愴。接滕他鄉理必離，寫真佳士神恒王。九客高才世所珍，中有直節高嶙峋，既没不朽真諫臣。流傳文筆皆千古，寥落弓裘得幾人？天留一客康世屯，中丞貴矣而能貧。野樹蒼山秋復春，披褐作頌容耆民。尺圖千載傳不泯，亦可髣髴於其人。

左蘭城見寄古銅器謂之洗非也蓋刁斗之小者耳所容不及一升戲作一詩

古鐎如釜柄而足，今之至者形乃同。晝炊不飽壯夫腹，夜擊猶警罷士躬。想從營車入雲壘，白草龍沙踰萬里。行色終辭馬足塵，清風却傍蟳書几。君不見綬帶賢無挽强力，升米不能盡一食。磊落寸衷包武庫，票姚萬騎隨麾斥。但持此器出蕭關，膚公自勒天山石。又不見惜翁衰老將盡年，見此雖小亦喟然。挈取山行煑野菜，擊歌聊和採芝篇。

銅鼓歌

蠻夷作銅鼓，豈欲遺中原。酋豪勢有衰，守器非子孫。想其鼓橐初，巨電流山樊。范金當冒鼉，積環固無痕。峒溪春秋會，祈報進雞豚。聲震歌舞中，斑衣伏尻臀。一如沅湘俗，會鼓迎東暾。一旦敢旅距，跳梁集猱猨。邊徼有駭鼓，使我吏士奔。今日幸清晏，博古收彝尊。旁及異方物，設簴陳階軒。丸隤中嚴節，參撾有吏禪。讌集雜是鼓，鏜鞈訇雷門。道隆舞僸佅，世亂糅羌渾。所願張祝守，撫懷兼威恩。考擊聊自娛，終不驚塞垣。毋致馬伏波，矍鑠居軍屯。嗟彼銅馬式，不若下澤輹。

吳小僊巖棲道侶圖

高巖接天豁巖腹，洞口垂蘿蔭巖木。巖中有客忘歲年，但見花林果新熟，下有解角初茸之巖鹿。人世苦炎熱，幽谷寒凌肅。寒熱不受兩丈夫，偶坐意到羲皇初。前跪者誰子，捧桃上獻何區區。山中寧有僕與奴，將無就學從門徒。或疑二客沈冥道未至，猶有光氣驚巖隅。遂令山鬼敬，尋迹來相揄。吳生作畫如草草，逸氣迥出人間少。我披此圖中繚繞，世間豈乏此巖谷？嗚呼圖中人！以命仙佛縱不足，俯視塵寰真碌碌。

近體

嘉慶辛酉十二月二十日訪方天民於龍眼

寒空欲雪雨霏微，草逕孤筇傍石磯。碧玉山圍修竹宅，梅花時扣故人扉。蒼茫舊事談麈扨，寂歷新詩近道機。更約小桃紅破後，來餐春澗蕨芽肥。

壬戌正月四日有懷天民

愛君深谷結茅茨，擁座梅花千萬枝。貪就子雲論字久，其如元亮欲眠時。松杉蔽徑才通澗，風雪空山獨咏詩。容有一函來見訊，樵夫擔出白雲遲。

八月十四日與胡冠海左叔固張禔喬秦棨共於雙溪觀月

萬松堤俯石潭深，挈榼攜筇更一尋。月自峯頭開碧宇，人於露下坐青林。歸樵寂寂時穿逕，涼吹蕭蕭每入襟。勝地良宵何所語，水流山峙總無心。

重陽復宿雙溪

人間何事與衰翁？惟有溪山興未窮。杖履來頻雞犬識，雲霞卧與夢魂通。朝來霧霽千巖緑，檻外霜初一樹紅。我老諸賢年尚富，總毋零落感秋風。

太傅懸車作此堂，寶書中霤奉仁皇。松杉圍較當時大，棟宇存因後嗣昌。近閱百年天迅速，遠思千古事蒼茫。吾生但快親交會，又把茱萸盡舉觴。

嘉慶八年九月二十二日馬雨耕邀遊雙溪是日爲雨耕七十初度作一詩呈之

萬疊蒼山兩白頭，清霜錦樹照深秋。松巖雨逕交行屐，苔石風亭醉掩裘。世上敢言槃澗大，樽前差幸役車休。幾人七十能强健？況得相從物外遊。

題孫節愍武公先生鄉試被放後詩册

才子聲華義烈雄，偏安又見失江東。時當傾覆干城後，身入孤危一旅中。朝燕無名惟士氣，軍師謀敗值天窮。平生不遇寧無感，非謂齎咨在一躬。

甲子夏日遊草堂庵

此生差遍歷精藍，顧惜西山近未探。深入密林寒夏景，履行飛瀑上層嵐。舉觴共念鵑啼晚，拄杖聊欣鶴骨堪。留與兒童尋故迹，九年四月草堂庵。

題許令君逗雨齋集 二首

鶯湖繼武一詩人，懷古思鄉别有真。憔悴青山江水上，誰知白髮唱陽春。

踟躕山下酒盈樽，陶令官休倚菊園。詩境澹如秋水遠，不教哀怨和啼猿。

題庚午同年通州馮甘浦采樵圖

草屨擔樵入亂峯，寫圖猶是少時容。低回五十餘年夢，柯爛青山不可逢。

題夢樓手蹟

重到金陵失舊歡，江山蕭瑟麥秋寒。谿藤兩幅銀鈎字，又向山陽笛裏看。

次韻答李嗇生 二首

少期學古老逾遥，冗闒人間敢樹杓。堦闥静中聊隱几，江湖隨處與停橈。形骸有幸留衰白，文字無功謝琢雕。猶蓄狂言思一發，青楓魂夢冀君招。

淮南饑歲奈愁何？湫隘貧官感倍多。精衛漫銜填海土，鸑凰自上覲天坡。談經草長先生帶，混迹流隨舉世波。一夕吟詩渡江岸，僧廬幽處擬同過。

遊隱仙菴　二首

我來重值桂花期，白髮青山載酒巵。物候榮華誰作使？人生天地偶棲遲。舊遊行輩成千古，問訊知交又一時。早識今宵亦陳迹，當筵笑口合題詩。

衰慵自分百無堪，賴有羣賢勝共探。幾度花開醉花下，三年江北憶江南。斜陽曳杖行黃葉，明月聞鐘轉碧嵐。最愛交枝橫曲逕，隨園西到隱仙庵。

門人談承基吳剛周承祖阮林邀遊攝山宿般若臺　二首

共邀衰弊入秋山，絶頂峯高不可攀。怪石自穿雲片片，暗泉時遶逕潺潺。霞天岫遠層開碧，林谷霜初小作斑。我卧更欣諸子興，宵分聯步月巖間。

春林花落鳥喈喈，記別山堂下佛堦。歲月老真催竹箭，霜風秋更踏芒鞵。珍臺翠壁開千仞，松響泉聲合兩崖。此地故人生死隔，舉將禪衲亦傷懷。往年屢與王夢樓宿此院。

過章淮樹故宅

昔招詞客會華堂，爲出金釵十二行。乞取濡毫書便面，度將繁曲勸深觴。門頻畫采迎新主，室有披緇就法王。重到西園苔逕緑，春風猶舞舊垂楊。

顧澗薲焦山拓銘圖

焦山寺裏隨僧粥，枯木堂中看古文。三客兩亡餘有僕，百年幾盡忽逢君。按銘欣得聞京兆，載酒常當同子雲。却使卧遊生遠想，海門東眺碧天分。乾隆丁酉，與蔣春農、王禹卿同宿焦山，觀古鼎。

題鐵制軍籌海圖

持槖嘗從漢建章，擁旄全督禹徐揚。内憂鴻羽勞中澤，外鎮鯨波瞰大荒。星月夜懸籌筆幕，風雲晝護建戈檣。歸來更就論經席，巾卷諸生似堵牆。

同年張涵齋燾見過劇談濡筆作記奉讀感歎因酬一首

秋陰空舍草縱横，同照衰顔酒一盛。豈任斯文稱後死，追思往事似前生。光同秉燭衰年學，澹若浮雲閲世情。差喜故人堪作健，劇談猶吐氣崢嶸。

題洪稚存遊歷圖圖十六幅末學圃種梅二事其在伊犁時事也

迹登海内名山徧，身向天涯絶塞窮。種菜便判遷客老，看花敢望故人同？玉關生入承優詔，講幄遥思更竭忠。我昔翰林曾著論，對君悲喜叙愚蒙。

清涼山南唐暑風亭址下明耿定向建崇正書院今釋展西居之後有小樓絶勝

虎踞關前一徑斜，僧樓西上瞰江涯。牕間夕照横全楚，谷底長風散落霞。荒砌昔經雕玉輦，講堂又變梵王家。人寰何處非桑海，倚檻春闌未盡花。

次韻答陳石士二首

懿子垂纓鼓篋年，遺經勇紹昔儒傳。一登雲閣親藜火，十見春城改禁烟。遠夢江湖浮桂檝，舊居池館積苔錢。蕭疎黄髮鍾陵下，鎮有相思望日邊。

隱矣何須復著書，百年清暇惜三餘。劣如老馬知文事，敢比猶龍在物初。祕苑待君勤校理，荒亭無客問玄虚。難期敷衽論心會，且託天涯尺素魚。

又二首

闌將春盡惜徂年，已和清詩使未傳。案上眈淫蟫食字，人問散落麝流烟。久判老病辭醫藥，遠愧貧交輟俸錢。料得燕山須想見，江東啼鳥緑陰邊。

發德誅姦作一書，名山思貯殺青餘。竟終茅舍賫前志，空見明堂建太初。箋若衆星真小說，學乎舊吏似憑虚。不妨筆記傳吾黨，磊落寧嫌釋鳥魚。

送胡長慶爲永壽令

不嫌輟侍出承明，疲瘵惟當念庶萌。風露九秋衣楚製，關河四塞入咸京。岐陽山遠横邊徼，渭北原多雜廢耕。好作循賢齊召杜，豈希騎省賦西征。

洪造深深柳讀書堂圖

所居江上宅，春柳萬千枝。緑逕最深處，幽軒獨詠時。微風一以度，好鳥頻相窺。忽見古賢意，無言中自知。

題王慕韓渡江圖

登艫當月朏，鼓棹及風輕。波浪浮春氣，星河泛夜明。壯情真叱馭，高詠遠流聲。德被光生岸，朝暾似已迎。

題胡始泉試硯照

硯材如士才，選儁百不遇。想像託空虛，寫圖聊自喻。

束馬雨耕

團扇抛時逼授衣，棱棱霜氣復侵幃。遥知谷口泉成釀，無那江南客未歸。猿鶴山中通夢寐，鴈鴻雲際送音徽。世間離合尋常事，感歎晨星故侶稀。

明弘治中長洲吳原博寬常熟李世賢傑長洲陳玉汝璚吳王濟之鏊吳江吳汝疇洪五君子同官京師命工畫之爲五同圖陳公歷官户科給事中左副都御史今其十一世孫鶴獲收是卷屬題

衣冠容貌昔賢存，展閲增恭況子孫。此卷更教千百載，長留故事在吳門。

題陳稽亭工部鶴桂門圖

編籬植援桂爲門，中置藜牀道自尊。縱使淮南好仙術，淹留無計致王孫。

屢於楊存齋宅觀牡丹呈一首

白下名花處處栽，迎風浥露倚亭臺。不知盛事終何日？且慰衰顔又一回。多品君家遲共早，惜春吾迹去還來。未須分別矜奇種，總與留連覆淥醅。

題趙甌北重赴鹿鳴圖

六十年前幸附君，見君登第應卿雲。禁闈持橐猶瞻近，滇海分符遂離羣。見説懸車耽撰述，極思操筆接清芬。而今起冠嘉賓會，何意工歌又共聞。

緑髮諸郎並白頭，同承天澤賦嗚呦。先生人瑞真麟鳳，下走才微一燕鳩。敢道與君成二老，與逢此會亦千秋。却悲舊日同登侶，原隰霜零不可求。謂鐵松、蓬觀兩兄。

寄趙甌北

一尅歸期不可留，送君藤杖已登舟。候門定樂孫曾繞，望遠其如故舊愁。重合固應稱吉語，計年良是事奢求。祇欣巨集添新卷，健筆凌雲勝黑頭。

輓周東屏總憲

西蜀名家世正卿，擒華弱歲早知名。麟洲最覺遭迴久，烏府終持憲紀平。近日賢豪皆隕落，中朝人士感哀榮。況餘白髮滄江叟，空憶星軺過舍情。

題汪星石記事圖

美君從宦縱遊遨，步屧輕衫向近郊。吳苑酒香初罷獵，錢塘潮湧對登高。衆推才儁如麟角，自寫襟期染兔毫。一悟雲烟無住著，獨徵心月謝塵勞。

道院素食對牡丹觀前賢遺墨數幅　二首

碧玉根饞白玉脂，驚雷一夜出金芝。春蔬故勝雞豚味，不爲寒酸菜肚宜。
低徊往迹感猶新，安得前賢共此辰？消受落花春盡雨，天香寒滲白頭人。

壬申四月朔陳蓟莊招遊隱仙庵承和題庵中舊句奉酬一首

青溪水長君初到，紅藥花開我共探。昔畫三君傳潁上，今逢季子在江南。餘春澹蕩添新緑，細雨冥濛閉衆嵐。安得世間幽絶地，常教相對並茅庵。

授經圖爲汪孟慈題

僕昔遨遊翰墨場，逢君先子在維揚。精勤力偏紬金匱，毀敗書終隔禮堂。英跱百年埋馬鬣，清標兩世見鸞翔。偉將繼業名當代，欲盡頹齡尚一望。

乾隆戊寅冬見凝齋先生於南昌今五十五年矣蓟莊舍人以遺像見示於金陵因識以詩成六韻

昔至洪州郭，曾瞻長者顔。論言尊卑側，賞會水雲間。蝸舍千餘里，烏輪五十環。遺編升館閣，封斧遂丘山。季子今賢俊，江城值朽頑。風儀重展對，悽感記追攀。

題方葆巖尚書青溪放棹舊照

少日春風縱畫棹，丰神已見阿龍超。乘槎西遡河源外，攬轡東逾海國遥。却返青溪尋舊迹，終圖紫閣許熙朝。與公晚值吾今慰，展卷平生接冠髫。

戲題馬雨耕紀夢詩後

夢幻無端寄寢興，夢中占夢又何憑？君來説夢吾圓得，長晝焚香請曲肱。

題沈啓南楓落吴江冷畫

紙上風生已颯然，數番楓葉落江邊。老翁閉户無詩思，猛觸清愁二十年。

題畫菜册

晚菘早韭各乘時，露重霜初併有宜。菜肚先生聊自喜，不須傳與里豪知。

題沈石田吳山圖卷　二首

孤棹平生記一經，吳山南對越山青。朝來三萬烟波頃，十笏齋中接洞庭。
偶然濡墨寫胸中，不覺荆關指下通。欲識禪宗無學處，畫家證取石田翁。

章渠濱及琴僧晴江度曲偶成一絶

老翁聵聵欲無聰，簫客琴僧坐上逢。欣與羣公同屬耳，晴軒風静voorbeeld初冬。

題甘夢六桐陰小築照　二首

室可催成種樹難，疎桐差易出簷端。不須早計思爰伐，只愛清陰覆座寒。
新荑秀出承春露，鉅葉聲乾墜早霜。但坐小軒參密諦，了知聞見總清涼。

題孫淵如青山莊訪古圖

曾聞綺席集華軒，倏見衰林俯斷垣。杜老自偕高李客，輞川非復宋王園。英才黄土今埋骨，往迹青山憶斷魂。我與披圖同一歎，江南烟淡謝公墩。

題朱嶽雲麥浪舫圖 二首

柳堂春水源源活，花塢芳條歲歲添。小築天人合作勝，倚闌鍾阜碧當檐。

道人詩思絶氛囂，自作桃源傍近郊。風雨吟龍江振户，霜天棲鶴月當巢。

題寒石長老吾與庵圖

山逕支硎記一探，却無問法入茅庵。想今伸得山僧指，數點峯青在户南。

題戴夫人詩集 二首

文籍先生有婦賢，奉湯侍疾曲肱邊。雞鳴問旦真恒事，束帶終宵遂歷年。

總角多時與授詩，未嘗含怨道閔斯。他年流涕王裒憶，最是燈寒欲灺時。

吴中三賢像 三首 三賢者：范少伯蠡、張季鷹翰、陸魯望龜蒙。

鳥喙猶能用士豪，功成祇畏作胥濤。居陶三富猶蛇足，一往烟波故可高。

一夕秋風起洛陽，中原零藿各飛揚。江東王謝皆僑寓，正遜吴人守故鄉。

青山影濳水波風，笠澤詩筒並釣筒。剳席自哀皮學士，高人何病没蘆中？

題方式亭詩册

出岫凌空濳濳雲，譬將清思吐氤氳。宜春山水歸新詠，京洛風流述舊聞。著屐每經余往迹，題襟多有昔同羣。年徂夢斷嘗懷感，珍誦瑤編幸遇君。

題齊梅麓梅麓圖即送其歸里

西清初入復思家，泛棹晴江水暖沙。春到深山須一月，君歸繞舍正梅花。碧潭清照香猶冷，修竹陰遮影忽斜。早暮一樽珍重看，明正風雪又京華。

題嚴翰洪一發獲雋圖

獸肥草淺試雕弓，射獵詩書一歲同。馬上少年今老矣，霸陵風景畫圖中。

題朱魯門拈花照　二首

八方麾蓋著膚公，一室團蒲見道風。莫作兩般膺背判，智珠運處得毋同。

幾人參學問楞伽，辛苦終身不到家。何似低頭成一笑，春風開出手中花。

題戴淳授經圖 二首

老儒辛苦保遺殘，少女聱牙講授難。所歎服膺終不得，智囊心自屬申韓。

嗟余蕭瑟一衰翁，敢望傳家及湛隆。劣見女長裁褐穩，展圖空仰漢儒風。

題萬壑松風圖

昔住黄山麓數旬，仰瞻天際碧嶙峋。遥思萬壑吟松處，容有千年餌朮人。我老而今空見畫，君閒他日必尋真。會知廣樂鈞天響，長託雲峯動甲鱗。

題李竹君青溪垂釣圖

青溪幾曲入秦淮，絲竹聲繁合兩街。獨把釣綸尋野徑，蕭然篛笠與棕鞋。

題李紉秋桐陰讀書圖 二首

自植修桐數畝園，緑雲清氣接開軒。霜風忽掃庭前暑，更愛讀書秋樹根。

我欲秦淮結草廬，十年種樹計何如？只宜步屧家家竹，似此圖中合有余。

補遺

詠白杜鵑花

草没朱提古帝家，傾城餘恨獨横斜。空山淡月銜孤影，江水初波送落花。冪歷青蕪迷故國，霏微白雨怨天涯。後庭誰唱當年曲，玉樹飄零幾歲華？

詠蠟梅

亭亭芳樹暗彫年，脈脈明花静素烟。寶粟鈿簪團紫玉，金釭銜璧見連錢。輕寒翠幕重陰院，殘照朱樓未雪天。往日吳宮佳麗地，嬌黄零落有誰憐？

題羅牧畫

怪木蒙籐亂石間，生煙引素蔽遥山。蒼茫野氣無人會，惟有昏鴉去復還。

一如方伯秋山賭墅圖

文章經濟出江東，賭墅風流似謝公。保蜀功成身未返，也如航海計成空。

吴越王投太湖龍簡拓本

成周河裏珪還出，詛楚淵中石復陳。太息滄桑千古事，洞庭龍簡讀鐫銀。

喜左蘭城來居金陵　二首

廿年檇散託秦淮，祇與行纏木屐偕。繞郭山谿容俯仰，聯鑣冠蓋盡沈埋。傳亭易過誰為主？井竈粗安事亦佳。君若定居吾正願，便鄰五柳接三槐。

舊識階庭近上皇，又兼潔癖似元章。韻生古澮琴書內，詩就精嚴几研旁。元亮素心今定得，右軍喜避意彌長。只愁興發翻鴉墨，遍涴新居雪色牆。

祝汪稼門七十壽　二首

江漢東南接海濤，都經賜履擁旌旄。威風到處鯨鯢伏，定令頒時雨澤膏。容態書生長不改，勳名節使久逾高。潞公老有謨猷壯，傳讋蠻夷域外豪。

生同鄉國夙情親，村巷嘗邀作比鄰。草澤我衰餘馬齒，雲霄公上近龍鱗。野亭自隔元戎隊，嵩嶽惟欽降翰神。平格壽爲寰海願，私懷更近一盃春。

題蕉園方伯照　四首

平沙落雁圖

江邊蘆渚接沙汀，飛雁將停却未停。觀化迴殊塵眼見，撫弦方入太虛聽。

泛月理琴圖

兩忘身手與絲桐，真覺心同水月空。應笑江東謝希逸，苦將虛軫賦臨風。

瀟湘水雲圖

山入湘南深復深，風林水石自成音。七弦寫得蕭寥趣，張樂軒轅會此心。

梧葉舞秋風圖

秋來槭槭井梧乾，飛舞中庭弄薄寒。賴有清聲流鳳噦，高岡常作盛時看。

徐晴圃觀察從軍圖

西南蠡賊昔稽誅，幕府徵賢逐虎符。風雨四崖籌筆地，雲霄千仞據鞍塗。靈臺偃伯今都靖，武庫程材舊孰逾？料得馬援釃酒會，幾番慷慨叙前吾。

失題

千帆落日鱗鱗白，萬壑秋聲葉葉黃。每飯不忘京口酒，古人猶憶秣陵航。

臘月十一日登北郊小山作

拄杖茸裘病鶴形，雪晴風細出郊坰。溪邊樹隱寒陽白，谷口雲開列岫青。小嶂登臨容後死，故人存殁感前經。近城勝地須遊數，更擬營求置幔亭。

詞

三姝媚　侍潞川入都邀飲寓舍填此

思君江上路。正天澹雲閑，夕陽春水。杜牧揚州，任落花如雪，短簫吹醉。喚客流鶯，因甚勸、一帆東起？今夕相逢，只似當年，踏槐情思。早識清時有味。問舊簿西涼，一麾誰寄？把盞臨風，看碧雲玉宇，滿貯秋氣。未老生前，且莫聽、暗蛩愁砌。起嘯殘宵寒月，墮空烟裏。

水龍吟　詠蘆花二首

楚江漠漠連天，荻梢滿綴搖秋氣。寒雲影外，暮山低處，淡烟叢裏。一色迷空，短篷垂釣，雪時仍記。却蕭蕭挂冷，離離遶岸，正船傍，西風艤。最是天涯倦倚。憶湖村、霜零洲背。幾番夢到，波生葉下，月明千里。料得涼宵，江妃應折，一枝誰寄？只送將去雁，淒迷遥宿，向寒塘水。

誰將點綴汀洲，盈盈裊裊和烟水。染秋團冷，將花略近，澹無情思。林岸西風，柴門新月，江頭湖尾。任蕭疎一片，空門萬頃，又短笛，叢中起。且對滄波旖旎。想伊人、暮天無際。霜濃幾夜，宿鳧影壓，玲瓏秋碎。又逐寒潮，丹楓紅蓼，一般飄墜。待枯莖更織，疏簾映雪，漫漁村藥。

桂枝香　和鄭前村詠鄰家女子撲棗

西風繞舍。望裊裊弱枝，隔籬垂瓦。正是新霜綴滿，素烟細挂。才聽笑語憐紅小，又長竿，一聲飄灑。鬢鴉何處？筠籠應滿，夕陽漸下。笑杜老、清詩漫寫。怎忘近村園桑柘？幾度分甘，兒女故人情話。綠窗榛栗方同薦，數於今授衣近也。天涯知否？東隣織月，新添林罅。

臺城路 詠秋蝶

粉墻翅底尋芳處，栩栩夢回情老。冷露垂乾，微陽烘煖，一逕西園重到。寒枝自抱，恍穿人深深，壓簾春曉。甚又驚飄，却和輕葉墜霜草。流年偷換漫道，雙飛經幾度，而今黃了。砌暗蘭衰，籬荒菊瘦，故侶相逢應少。樓陰靜悄，正欲向東家又依殘照，倚檻誰看，滿庭風嫋嫋。

長亭怨 詠殘蟬

乍聽得玉簫波上，落葉涼飆，一聲哀曲。遠睇空亭，正餘寒蜕抱殘綠。露餐烟宿，曾幾度孤吟斷續。別剩傷心，却付與斜陽疎木。幽獨。倚樓深院畔，早伴石榴紅蹙。梧宮舊恨，暗擁鬢一雙如沐。又隨他月扇團團，被五夜西風催速。只篆刻愁魂，寫怨宮庭敲玉。

琵琶仙　東問潞川微疾

蟾魄天涯，看仍似挂出揚州秋碧。凴問枝上棲鳥，何當共踪跡？才别了紅燈翠幕，西風也早欺涼席。料得宵來，紈衫月露，羅韈階石。　恁輕與留滯琴書，算何似漁郎泛江宅？問訊茂陵須聘，慰相如岑寂。却又被桐君碎録。苦伴人客枕將息。剩有鄉夢回時，膽瓶荷白。

定風波　暹吶堂將入都

最多情，折盡垂楊，絲絲依舊縈路。冷夢青蕪，醉魂黄葉，記送君歸處。緑窗人，疎影句，轉想天涯甚情緒？拚與，儘春山無伴，流鶯同住。　碧烟弄縷，乍隨風又拂清淮浦。恁波生雲鎖，天長路闊，人共江鴻舉。待爲君酌芳醑，掬取金波浣空霧。衣屨，料應猶帶杏花春雨。

詞學以浙中爲盛，余少時嘗效焉。一日嘉定王鳳喈語休寧戴東原曰：「吾昔畏姬傳，今不畏之矣。」東原曰：「何耶？」鳳喈曰：「彼好多能，見人一長，輒思並之。夫專力則精，雜學則粗，故不足畏也。」東原以見告。余悚其言，多所捨棄，詞其一也。既輟不爲，舊稿人多持去，篋中至無一闋。虬御甥今以此册相視，恍惚如隔世事。其詞則丙戌、丁亥間作也，今幾四十年，聊題歸之，並記太常所見識者，真後生龜鑑也。嘉慶九年正月識。

先君惜抱軒詩集十卷，嘉慶戊午年刻板行世。近十餘歲間有題贈酬答之作，往往手寫付人，不自留稿。嘗曰：「詩道非一端，然要貴有才氣。人年衰，則才氣多隨而減，故吾年七十以後，不復常作詩矣。」⿰亻雉日侍案側，見有所作，輒私録成編；至乙亥歲，先君乃見而删去三分之二，蓋其不欲多存如此。然⿰亻雉私謂歲月方長，雖先君意不欲多存，而集後之詩，可私録以積成卷帙。嗚呼，豈意遽止於是哉！今僅得古體四首，近體八十四首。其間咏白杜鵑花、蠟梅二首，實少時所作，不欲自存者。青浦王蘭泉先生歎賞而勸存之。今輒取附近體，而爲人書扇、題圖，舊失其稿，而今始得者，亦附後焉。詩既少，不克分卷，僅合詩餘八首刊一卷，附詩集後，曰惜抱軒詩後集。外有文後集十卷、筆記十卷，今皆繕寫讐校，旋盡刻以公海内云。嘉慶丙子夏六月，男⿰亻雉謹識。

惜抱軒詩集外集

試帖

湧泉出雙鯉 江

姜詩賢冠蜀，婦德復偕龐。奉母誠無二，嘉魚饋有雙。珍同丙穴出，仁使涸陰降。麗罶真堪拾，開冰豈待摐？言綸聊射井，操勺儼分江。不用持芳餌，何須棹桂艭。天方褒孝愛，鄰亦美敦厖。託詠南陔意，庥祥播庶邦。

紅綻雨肥梅 紅

五月零梅雨，淒迷小院中。方看千樹綠，忽訝數枝紅。碩大漿應足，勻圓氣太充。葉邊明點綴，顆上鏄玲瓏。得潤香痕吐，迎陽霽色融。溼陰前日重，乾㮽異時功。低亞湘簾影，頻搖曲檻風。長卿最消渴，試賦上林叢。

拔園中葵 園

葵自民間利，胡爲魯相園？淸齋嫌折葉，放手早除根。比薤寧留白，非禾詎賴孫？好乘朝雨去，莫使負霜存。義豈思肥兔，心同不察豚。長鑱休託命，匪種惡爲恩。食力雖云素，資生未可繁。始知歌退食，蠲潔在饔飧。

謝公墩 公

昔聞謝太傅，登眺此江東。拯物仍高韻，和民以道風。早齊東海德，晚繼始興功。曹植詩多怨，羊曇痛已窮。閭閻葵扇在，煙靄石城空。遠想非無士，從遊詎值公？一墩當水白，三月落花紅。更作書生詠，青山夕照中。

黄麻似六經 麻

裁詔今時美，模經古義遐。詞頭頒紫殿，天語播黄麻。爾雅原儒術，文章擅滿家。訓謨眞有體，風雅其無邪。德合三王節，詞搴六籍華。援毫思博達，扶杖聽咨嗟。内相從唐貴，中書自漢嘉。絲綸逢聖主，視草倍難加。

越雞不能伏鵠卵 才

庶類同蕃育，成形異化裁。越雞良渺矣，鵠卵實宏哉。早計同時夜，兼包乏巨才。漫將孚粥久，奢望羽毛開。盈握雛宜出，橫天翼詎來。仙禽終殈殰，凡鳥自摧頹。螟負徵爲蜾，人師有鑄回。必求霄漢翥，樹栅豈蒿萊？

從官負薪塞宣房 寧

漢武行封禪，朝官扈在坰。決河流未塞，法駕路還經。嚴詔當齊力，羣公雜庶丁。綢繆芻一束，傴僂士千形。盎背容槎枿，垂腰或紫青。沈同神玉禮，勞異鬼薪刑。遂建宣房績，常教蔀屋寧。況今庸禹稷，荒度報明廷。

市南宜僚弄丸 家

末藝通於道，摶丸亦可誇。銷聲楚國士，託迹市南家。質或同埏埴，形元雜聚沙。圓如珠錯落，飛作雨橫斜。指上疑呈月，空中即隕花。一塵聊戲弄，萬目自驚嗟。鬭已忘蠻觸，兵旋靖鏌鎁。當筵仍祭酒，宣聖亦心嘉。

始駕馬者反之 前

驤首氣昂然，良駒奮欲先。未經銜勒慣，敢在軫衡前。轉使雙輪過，才教一轡牽。望塵看後輊，開道異先鞭。熟聽鸞和響，時從轍迹旋。柔心方受御，如舞遂無愆。超毋才非抑，馳雲德欲全。聖謨垂幼學，蒙養正希賢。

吴宫教戰 觀

善戰師無怯，何妨教綺紈。蛾眉人授孑，虎幄將登壇。八陣如荼合，重英戴勝攢。玉階辭奉帚，翠袖即稱干。蓬髮垂金甲，柔荑控角端。更揚兵氣壯，那畏襲讐難。伯業宫中始，軍容閫内觀。至今吴苑畔，感念鼓鼙讙。

象闕憲章新 龍

舊闕瞻雙鳳，新猷御六龍。懸初垂月吉，觀已樂時雍。下武儀型在，修文德澤鍾。頒書旬日布，讀法萬民從。首出乾同仰，申言巽未重。星辰光早燦，膏雨被先濃。遂撫三辰敍，長爲九服宗。作求仍古法，累洽快今逢。

五言長城　攻

五字攄才儁，千軍畏筆雄。包羅橫地理，卓立奪天工。萬雉生毫末，三邊劃坐中。壘疑蒸土築，辭任鋭師攻。但有層霞起，曾無一綫通。堅凝如護國，吟詠似巡功。風雅聲雖變，經營指略同。將摩大曆壘，莫謂後賢空。

高枕遠江聲　簾

野客江連閣，孤眠月浸簾。暗空吹浪急，靜夜覺聲添。巨響真春枕，微風與度檐。夢中驚蝶栩，人外舞蛟潛。斷續隨宵柝，依稀雜漏籤。雷奔殷大壑，露冷警單縑。秋到夔州峽，寒侵杜老欄。高吟仍擁被，悲壯怒濤兼。

山似洛陽多　吳

爲愛金陵秀，中原地不殊。洛陽山最勝，天闕景還符。匝匼層巒湧，參差列岫敷。入郊青未了，繞郭勢如趨。東晉猶西晉，新都擬舊都。有峯皆北向，憑水作橫圖。太白方辭闕，輕舟竟入吳。登臨迴憶處，嵩少夢遊無？

三復白圭　寒

哲后留遺什，賢儒戒謹端。抑詩才數語，洛誦每三歎。深念樞機密，寧教金玉刊。康圭原畏玷，捫舌更思難。行遠逾符節，輪誠勝敦槃。起羞功莫蓋，磨缺璧仍完。緘口前人識，危言聖世安。立誠惟自慎，非使學蟬寒。

沈珠於淵　珠

至寶非求貨，寧爭徑寸珠。來由鮫客館，沈向應龍區。曲渚從光墜，長流任影孤。止同懷蚌腹，猶似掩羊鬚。異采無相獻，藏珍孰爲輸。璇源仍曲折，仙露映零濡。淮浦蠙奚坼，江津岸不枯。聖朝何物貴？多士起菰蘆。

雊雉麥苗秀　苗

宿麥和風裏，連畦盡吐苗。丘中聞雉雊，隴上似遷喬。角立聯芒擢，莖翻見尾翹。朝飛春漠漠，有鷕野蕭蕭。未啄黃雲出，先依綠野驕。農登欣率育，鳥亦樂山橋。

因瓌才而究奇　奇

大木得工師，因材結構宜。不緣操斧巧，豈見豫章奇。桴有飛龍翼，窗來玉女窺。穹窿成畫棟，岌嶪負文榱。偉自山林出，高爲殿闕資。天朝方采擇，珍重所堪爲。

金波麗鳷鵲　隄

鳷鵲南樓出，蟾蜍碧影低。勢如翬負羽，光似水平隄。瀲灩文榱汎，晶明玉宇迷。清輝含上下，流照徧東西。飛閣翔空際，憑欄接皎兮。露華凝翡翠，雲氣溼琉璃。地切中宵望，詩從小謝題。秋懷宫雉畔，引領夜烏棲。

昂昂若千里之駒　居

駒或名千里，超然氣有餘。駃騠生自異，駑蹇詎同居？逐隊曾何累，空羣信不虛。仰思騰秣越，俯謝伏鹽車。德固尊天驥，才還稱帝輿。九州看歷歷，四足任徐徐。芻粟非吾志，鷗鳧那得如？取論天下士，顧盼豈徒歟！

傭書成學

士有千秋志，家徒四壁虛。經營謀斗食，辛苦作鈔胥。授簡非傳業，濡毫且疾書。誰知强識後，默遇會心初。薄糈酬雖儉，多文富已儲。曲肱甘竟日，莊誦異端居。稽古身從貴，爲傭計豈疏？寄聲温飽客，忍復負三餘！

讀書難字過

披册千篇富，精心一字難。悦因成解後，勞在致思端。義就三蒼辨，形稽六體完。雌黄初未下，竹素獲流觀。瑟僩文隨了，蟲魚註亦殫。迷疑殊穆傳，詰曲豁殷盤。誦似珠從貫，怡如凍釋瀾。由來書義見，百徧莫辭看。

畫地成川 流

聞有西京士，矜誇幻術優。導川寧致力，畫地忽成流。涇渭分條理，魚龍想泳遊。河疑天上落，江是坐中收。真看過帆肆，應逢資陸舟。何如通鄭白，便可潤田疇。

冠挂不顧　時

成允聞神禹，圖功戒後時。身當乘四載，冠或挂雙緌。已溺無他顧，過門有棄遺。子猶忘繈緥，服豈愛牟追？祇畏桑榆晚，非嫌李下疑。惜陰如失業，致美枉修儀。側弁今多士，訏謨古有師。克勤何敢怠，五寸惰遊垂。

秋露如珠

何物當涼夜，晶明點素秋。白雲零露降，碧草散珠浮。浦訝鮫人泣，皐疑漢女遊，懸林紛似琲，垂地忽成旒。霧裏圓相照，風前瀸不流，聖朝調玉燭，萬寶綴枝頭。

秋月如珪

涼夜影悠悠，澄輝照綺樓。輪欹非似璧，弦上異如鉤。角引金波轉，稜分碧落秋。蚌胎圓未滿，蟾魄瀸仍留。露白垂珠琲，天青削玉球。薦珪清質貴，先映御階頭。

弟從臣之嘉頌

翠輦風雲會，羣公獻頌頻。才華紛藝苑，論次屬楓宸。濡翰爭先出，連篇看雜陳。文皆優博弈，賦最貴詩人。賈傅堂誰及，相如室覬臻。卑同春豫諺，高法載歌臣。盛德形容備，摛詞藻鑒真。莫嫌辭甲乙，授簡總皇仁。

振衣千仞岡 衣

遠迹崇岡立，臨風一振衣。潔身離滓垢，引手接清輝。物外孤霞侶，天中灝氣歸。繞襟空翠合，雙袖拂雲飛。衽溼含朝瀣，裾寒帶暮霏。林深從屐入，嶂合似裳圍。士或偕軒冕，心非戀紫緋。亦如千仞上，高志不相違。

山高月小 寒

重嶂臨秋壑，瓊珪上碧巒。地高天四面，巖抱月孤寒。氛氣消空際，圓輪正夜闌。九霄清質外，一點萬峯端。玉宇微風轉，青林白露團。有輝澄似水，無暈小如丸。獨賦江山靜，迴瞻天地寬。攝衣憑赤壁，興極欲歸難。

王鮪岫居 居

鞏洛多奇産，山深慶有魚。懸巖應罕到，王鮪獨憑居。浮鬣循嵐動，文鱗倚石舒。庚池〔一〕寧待種，丙穴自通虛。芳餌求難致，依蒲定不如。風雷藏曲窈，澗壑泳舒徐。小雅歌蒸罩，周官命作獻。聖朝春薦後，珍味逮民間。

〔校記〕

〔一〕「庚池」，「池」疑作「泥」。管子：「青龍之所居庚泥，不可得泉。」

夏日天長

曦御行南陸，迢迢晝未央。立圭占影短，旋式覺天長。綏送葵心轉，遲生竹蔭涼。薰風方澹蕩，晴漏倍悠揚。久畀三農作，欣看萬彙昌。域中舒化日，天子正當陽。

好賢如緇衣 真

周有司徒善，緇衣愛最真。見賢今更少，好德古同倫。倒屣情如故，披襟誼益親。斷金蘭共臭，空谷玉爲人。館已登渠屋，餐宜薦八珍。始知三代後，無改秉彝民。

火中寒暑乃退

功成無不退，寒暑驗蒼穹。二至觀天運，終宵覘火中。旦明懸霽雪，昏耀度薰風。箭漏升皆半，璇璣正再同。三星才在戶，四序又移宮。令欲遷顓頊，權將謝祝融。窺衡馮相近，迎氣籥章通。警德宜中日，乾乾聖履豐。

從善如登 難 癸未會試

爲善從吾志，追攀敢避難？如循孤徑上，將倚半天看。尺寸尋梯級，虛空轉曲盤。日躋長畏躓，跬步詎懷安？出谷知巖峻，登峯歷磴寒。仰行卑故迹，俯立曠新觀。日月輝應近，雲霄志未闌。聖朝方宅俊，儒術盡升壇。

大禹惜寸陰 得陰字 四首 癸未朝考

祗德思神禹，功從自勵深。積分稽日馭，失寸儆王心。治欲崇朝徧，時防昃影沈。將令光四海，偏冀駐庭陰。敷土周要服，勤邦切睿忱。微危期允執，晨夕敢忘欽。則範須鈞石，懷柔致幣琛。嘉謨傳聖主，猶凜克艱箴。

歲月人同歷，偏殷古聖心。影占雙闕迴，光惜半庭沈。當盰猶忘食，中宵已正襟。如將同度意，彌迫及時忱。密察璣衡運，旁求鞀鐸音。儼憑三尺陛，頻驗一圭陰。亮采功無緩，陳謨意可尋。更聞頒小正，應使萬民欽。

孜孜思日勉，遺訓播于今。易得塗山璧，難迴昧谷陰。璇璣移歷歷，曦馭促駸駸。坐惜時光度，何容玩愒臨。八年遲底績，一寸敢輕心。運謹中天治，民瞻曶爽忱。豫遊空有諺，逸樂已聞箴。萬古垂明教，精勤飭士林。

天光長左運，帝道總中臨。步晷原無改，趨時祇自箴。測圭珍短影，當扆愛餘陰。晻藹暉才度，低迴意不禁。萬幾防逸豫，一霎懼寢尋。瑟若修如璧，皇然度式金。應知行健德，即似奮庸心。睿念同明作，羣方矢頌音。

杼軸予懷　得先字　二首　乾隆庚寅御命考試差

織文資杼軸，志士此精專。每以孤懷往，常搜衆慮先。章成真似組，意密更如緜。故錦誠何賴，新機任獨旋。經綸垂世遠，宛轉自予傳。極欲存前矩，還嫌襲曩篇。平原才倍麗，韓子誠仍堅，睿藻高千古，因之小昔賢。

士欲攄懷抱，操觚渺獨先。緒抽情曳繭，興往筆如椽。倏貫千絲會，紛綸五色宣。手如投杼捷，心擬運機圓。尺幅循予度，雷同絶衆緣。方知思軋軋，非借語戔戔。聖主宗文日，多才奮迹年。不甘爲蹈襲，斯善學前賢。

甌北集	[清]趙翼著　李學穎、曹光甫校點
惜抱軒詩文集	[清]姚鼐著　劉季高標校
兩當軒集	[清]黄景仁著　李國章校點
惲敬集	[清]惲敬著　萬陸、謝珊珊、林振岳標校　林振岳集評
茗柯文編	[清]張惠言著　黄立新校點
瓶水齋詩集	[清]舒位著　曹光甫點校
龔自珍全集	[清]龔自珍著　王佩諍校點
龔自珍詩集編年校注	[清]龔自珍著　劉逸生、周錫䪖校注
水雲樓詩詞箋注	[清]蔣春霖著　劉勇剛箋注
人境廬詩草箋注	[清]黄遵憲著　錢仲聯箋注
嶺雲海日樓詩鈔	[清]丘逢甲著　丘鑄昌標點

牧齋初學集詩注彙校	[清]錢謙益著　[清]錢曾箋注 卿朝暉輯校
李玉戲曲集	[清]李玉著 陳古虞、陳多、馬聖貴點校
吴梅村全集	[清]吴偉業著　李學穎集評標校
歸莊集	[清]歸莊著
顧亭林詩集彙注	[清]顧炎武著　王蘧常輯注 吴丕績標校
安雅堂全集	[清]宋琬著　馬祖熙標校
吴嘉紀詩箋校	[清]吴嘉紀著　楊積慶箋校
陳維崧集	[清]陳維崧著　陳振鵬標點 李學穎校補
屈大均詩詞編年校箋	[清]屈大均著　陳永正等校箋
秋笳集	[清]吴兆騫撰　麻守中校點
漁洋精華録集釋	[清]王士禛著 李毓芙、牟通、李茂肅整理
聊齋志異會校會注會評本	[清]蒲松齡著　張友鶴輯校
敬業堂詩集	[清]查慎行著　周劭標點
納蘭詞箋注	[清]納蘭性德著　張草紉箋注
方苞集	[清]方苞著　劉季高校點
樊榭山房集	[清]厲鶚著　[清]董兆熊注 陳九思標校
劉大櫆集	[清]劉大櫆著　吴孟復標點
儒林外史彙校彙評	[清]吴敬梓著　李漢秋輯校
小倉山房詩文集	[清]袁枚著　周本淳標校
忠雅堂集校箋	[清]蔣士銓著　邵海清校 李夢生箋

高青丘集	[明]高啓著 [清]金檀注 徐澄宇、沈北宗校點
唐寅集	[明]唐寅著 周道振、張月尊輯校
文徵明集(增訂本)	[明]文徵明著 周道振輯校
震川先生集	[明]歸有光著 周本淳校點
海浮山堂詞稿	[明]馮惟敏著 凌景埏、謝伯陽標校
滄溟先生集	[明]李攀龍著 包敬第標校
梁辰魚集	[明]梁辰魚著 吴書蔭編集校點
沈璟集	[明]沈璟著 徐朔方輯校
湯顯祖詩文集	[明]湯顯祖著 徐朔方箋校
湯顯祖戲曲集	[明]湯顯祖著 錢南揚校點
白蘇齋類集	[明]袁宗道著 錢伯城校點
袁宏道集箋校	[明]袁宏道著 錢伯城箋校
珂雪齋集	[明]袁中道著 錢伯城點校
隱秀軒集	[明]鍾惺著 李先耕、崔重慶標校
譚元春集	[明]譚元春著 陳杏珍標校
張岱詩文集(增訂本)	[明]張岱著 夏咸淳輯校
陳子龍詩集	[明]陳子龍著 施蟄存、馬祖熙標校
夏完淳集箋校(修訂本)	[明]夏完淳著 白堅箋校
牧齋初學集	[清]錢謙益著 [清]錢曾箋注 錢仲聯標校
牧齋有學集	[清]錢謙益著 [清]錢曾箋注 錢仲聯標校
牧齋雜著	[清]錢謙益著 [清]錢曾箋注 錢仲聯標校

東坡詞傅幹注校證	[宋]蘇軾著　[宋]傅幹注 劉尚榮校證
欒城集	[宋]蘇轍著　曾棗莊、馬德富校點
山谷詩集注	[宋]黄庭堅著　[宋]任淵、史容、 史季温注　黄寶華點校
山谷詩注續補	[宋]黄庭堅著　陳永正、何澤棠注
山谷詞校注	[宋]黄庭堅著　馬興榮、祝振玉校注
淮海集箋注	[宋]秦觀撰　徐培均箋注
淮海居士長短句箋注	[宋]秦觀著　徐培均箋注
清真集箋注	[宋]周邦彦著　羅忼烈箋注
石林詞箋注	[宋]葉夢得著　蔣哲倫箋注
樵歌校注	[宋]朱敦儒著　鄧子勉校注
李清照集箋注(修訂本)	[宋]李清照著　徐培均箋注
陳與義集校箋	[宋]陳與義著　白敦仁校箋
蘆川詞箋注	[宋]張元幹著　曹濟平箋注
劍南詩稿校注	[宋]陸游著　錢仲聯校注
放翁詞編年箋注(增訂本)	[宋]陸游著　夏承燾、吴熊和箋注 陶然訂補
范石湖集	[宋]范成大撰　富壽蓀標校
于湖居士文集	[宋]張孝祥著　徐鵬校點
稼軒詞編年箋注(定本)	[宋]辛棄疾撰　鄧廣銘箋注
辛棄疾詞校箋	[宋]辛棄疾著　吴企明校箋
姜白石詞編年箋校	[宋]姜夔著　夏承燾箋校
後村詞箋注	[宋]劉克莊著　錢仲聯箋注
雁門集	[元]薩都拉著 殷孟倫、朱廣祁校點
揭傒斯全集	[元]揭傒斯著　李夢生標校

三家評注李長吉歌詩	[唐]李賀著　[清]王琦等評注
樊川文集	[唐]杜牧著　陳允吉校點
樊川詩集注	[唐]杜牧著　[清]馮集梧注
温飛卿詩集箋注	[唐]温庭筠著　[清]曾益等箋注
玉谿生詩集箋注	[唐]李商隱著　[清]馮浩箋注 蔣凡校點
樊南文集	[唐]李商隱著　[清]馮浩詳注 錢振倫、錢振常箋注
皮子文藪	[唐]皮日休著　蕭滌非、鄭慶篤整理
鄭谷詩集箋注	[唐]鄭谷著 嚴壽澂、黄明、趙昌平箋注
韋莊集箋注	[五代]韋莊著　聶安福箋注
李璟李煜詞校注	[南唐]李璟、李煜著　詹安泰校注
張先集編年校注	[宋]張先著　吴熊和、沈松勤校注
二晏詞箋注	[宋]晏殊、晏幾道著　張草紉箋注
乐章集校箋	[宋]柳永著　陶然、姚逸超校箋
梅堯臣集編年校注	[宋]梅堯臣著　朱東潤編年校注
歐陽修詩文集校箋	[宋]歐陽修著　洪本健校箋
歐陽修詞校注	[宋]歐陽修著　胡可先、徐邁校注
蘇舜欽集	[宋]蘇舜欽著　沈文倬校點
嘉祐集箋注	[宋]蘇洵著　曾棗莊、金成禮箋注
王荆文公詩箋注	[宋]王安石著　[宋]李壁箋注 高克勤點校
王令集	[宋]王令著　沈文倬校點
蘇軾詩集合注	[宋]蘇軾著　[清]馮應榴注 黄任軻、朱懷春校點
東坡樂府箋	[宋]蘇軾著　[清]朱孝臧編年 龍榆生校箋

玉臺新咏彙校	吴冠文、談蓓芳、章培恒彙校
王梵志詩集校注（增訂本）	［唐］王梵志著　項楚校注
盧照鄰集箋注	［唐］盧照鄰著　祝尚書箋注
駱臨海集箋注	［唐］駱賓王著　［清］陳熙晉箋注
王子安集注	［唐］王勃著　［清］蔣清翊注
陳子昂集（修訂本）	［唐］陳子昂撰　徐鵬校點
孟浩然詩集箋注（增訂本）	［唐］孟浩然著　佟培基箋注
王右丞集箋注	［唐］王維著　［清］趙殿成箋注
李白集校注	［唐］李白著　瞿蜕園、朱金城校注
高適集校注（修訂本）	［唐］高適著　孫欽善校注
杜詩趙次公先後解輯校	［唐］杜甫著　［宋］趙次公注 林繼中輯校
杜詩鏡銓	［唐］杜甫著　［清］楊倫箋注
錢注杜詩	［唐］杜甫著　［清］錢謙益箋注
杜甫集校注	［唐］杜甫著　謝思煒校注
岑參集校注	［唐］岑參著　陳鐵民、侯忠義校注
戴叔倫詩集校注	［唐］戴叔倫著　蔣寅校注
韋應物集校注（增訂本）	［唐］韋應物著　陶敏、王友勝校注
權德輿詩文集	［唐］權德輿撰　郭廣偉校點
韓昌黎詩繫年集釋	［唐］韓愈著　錢仲聯集釋
韓昌黎文集校注	［唐］韓愈著　馬其昶校注 馬茂元整理
劉禹錫集箋證	［唐］劉禹錫著　瞿蜕園箋證
白居易集箋校	［唐］白居易著　朱金城箋校
柳宗元詩箋釋	［唐］柳宗元著　王國安箋釋
柳河東集	［唐］柳宗元著　［宋］廖瑩中輯注
元稹集校注	［唐］元稹著　周相録校注
長江集新校	［唐］賈島著　李嘉言新校

《中國古典文學叢書》已出書目

詩經今注	高亨注
楚辭今注	湯炳正、李大明、李誠、熊良智注
司馬相如集校注	[漢]司馬相如著　金國永校注
揚雄集校注	[漢]揚雄著　張震澤校注
張衡詩文集校注	[漢]張衡著　張震澤校注
阮籍集	[魏]阮籍著　李志鈞等校點
陸機集校箋	[晉]陸機著　楊明校箋
陶淵明集校箋(修訂本)	[晉]陶潛著　龔斌校箋
世說新語箋疏(修訂本)	[南朝宋]劉義慶撰　余嘉錫箋疏　周祖謨等整理
世說新語校釋	[南朝宋]劉義慶撰　[南朝梁]劉孝標注　龔斌校釋
鮑參軍集注	[南朝宋]鮑照著　錢仲聯增補集說校
謝宣城集校注	[南朝齊]謝朓著　曹融南校注集說
江文通集校注	[南朝梁]江淹著　丁福林、楊勝朋校注
文心雕龍義證	[南朝梁]劉勰著　詹鍈義證
詩品集注(增訂本)	[梁]鍾嶸著　曹旭集注
文選	[梁]蕭統編　[唐]李善注
蕭繹集校注	[南朝梁] 蕭繹著　陳志平、熊清元校注